GRETA MILÁN

Beyond Eternity

DER SCHWUR DER GÖTTIN

GRETA MILÁN

Beyond Eternity

DER SCHWUR DER GÖTTIN

Band 1

Ravensburger

MIX
Papier aus verantwortungsvollen Quellen
FSC® C111262

1 3 5 4 2

Originalausgabe

Dieses Werk wurde vermittelt durch die
Michael Meller Literary Agency GmbH, München.

Lektorat: Tamara Reisinger, www.tamara-reisinger.de
Umschlaggestaltung: Carolin Liepins, München
Verwendetes Bildmaterial von © Inga Dudkina, © Nataliya Turpitko,
© Irina Bg, © ilonitta und © lyf1, alle von Shutterstock

Printed in Germany

ISBN 978-3-473-40207-6

www.ravensburger.de

Für Mika, Ben und Bel

PROLOG

KARTHAGO, 759 VOR CHRISTUS

Über den Klippen der Mittelmeerküste ragte ein gewaltiger Palast empor. Die gewölbten Dächer wurden von Marmorsäulen getragen. Zarte Stoffe, die als Sonnenschutz dienten, waren über Nacht zurückgeschoben worden, um der kühlen Brise Einlass zu gewähren. Sie wehten im Rhythmus der Wellen, die nicht weit entfernt ans Ufer brandeten. Meterhohe Statuen huldigten den Göttern, wie es seit jeher Brauch war.

Auf dem höchsten Plateau, das umsäumt war von blühenden Hibiskus- und Limoniumsträuchern, stand die Königin auf einem hölzernen Podest, den Blick auf den Horizont gerichtet, wo die Sonne gerade dem Meer entstieg.

Sie trug keine kostbare Seide, sondern ein schlichtes weißes Gewand. Ihr nachtschwarzes Haar, das sonst kunstvoll geflochten und mit einer Krone aus purem Gold verziert war, fiel ihr offen über den Rücken. Einzelne Strähnen umspielten ihr Gesicht, als wollten sie die Tränen fortwischen, die ihre Wangen benetzten. Ihre Arme hingen kraftlos an ihrer Seite herab und doch stand sie aufrecht, den Rücken durchgedrückt, die Schultern gestrafft.

Ganz die stolze Herrscherin, die sie einst gewesen war.

Nun war sie gebrochen, ein Schatten ihrer selbst.

Königin Élyssa achtete nicht auf die Flammen, die unter dem Podest hervorzüngelten und sich bereits nach ihrer Robe ausstreckten. Stattdessen starrte sie auf die kleine Flotte, die im Morgengrauen Segel gesetzt hatte und sich mit jedem ihrer Atemzüge weiter von der Küste Karthagos entfernte.

Ein Beben ging durch ihren Körper, und ihrer Kehle entwich ein Laut, so qualvoll, dass sämtliche Zuschauer hinter ihr zusammenzuckten. Es war der Klang eines gebrochenen Herzens, das keine Macht mehr zu heilen vermochte.

Auch nicht die Göttin der Weisheit.

Minerva stand getarnt als Sterbliche unter den Anwesenden. Sie alle leisteten dem Befehl ihrer Königin Folge und unternahmen nichts, um sie zu retten.

Als Élyssa die Hand hob, blitzte im Schein der aufgehenden Sonne die Klinge eines Dolches auf. Es war eine fein gearbeitete Waffe.

Eine Waffe aus Troja.

Ein Geschenk vom letzten Überlebenden des Herrschergeschlechts.

Aeneas, Sohn des Anchises und der Liebesgöttin selbst.

Das Flaggschiff, auf dem sich der Verräter nun befand, steuerte über das türkisblaue Tyrrhenische Meer einer neuen Welt entgegen. Er würde niemals zurückkehren. Alles Bitten und Flehen der Königin hatte ihn nicht erweichen und zum Bleiben bewegen können. Er hatte ihr jede Hoffnung auf ein glückliches Leben geraubt. Deshalb hatte Élyssa beschlossen, ihrer Qual ein Ende zu setzen.

Sie zögerte nicht, als sie den Dolch gegen sich selbst richtete. Stattdessen trieb sie sich die Klinge mit all ihrer Verzweiflung zwischen die Rippen.

Blut sickerte aus der Wunde und färbte ihr Gewand karmesinrot.

Das Leben verließ die Königin und mit ihm verging der Schmerz. Erleichtert schloss sie die Augen. Ihre Lippen verzogen sich zu einem Lächeln. Dann brach sie auf dem Podest zusammen.

Die Flammen kannten keine Gnade. Sie fraßen sich zum Saum ihres

Kleides empor und nahmen ihren leblosen Körper in Besitz. Rauch stieg auf vor dem blutroten Himmel. Wehklagen wurden laut. Die Gefolgschaft der gefallenen Königin trauerte nun ohne Zurückhaltung.

Nicht so die Göttin der Weisheit, denn es war nicht Kummer, was sie empfand. Sie war wütend über den Tod ihres irdischen Schützlings. Und das alles nur wegen eines *Mannes*. Weil er die Liebe der Königin zurückgewiesen hatte.

Hasserfüllt wandte Minerva den Blick aufs Meer und sah dem schwindenden Königssohn nach. Es wäre ein Leichtes für sie, den Verräter zu vernichten. Sie müsste lediglich die Hand heben. Das Schiff würde kentern und Aeneas' Lungen würden bersten, noch bevor er das Ausmaß seines Fehlers begriff.

Doch das war nicht genug. Minerva gönnte ihm kein schnelles Ende. Er sollte leiden, genau wie Élyssa. So schwor die Göttin Rache:

»Aeneas, Stammvater der Ewigen Stadt und Ahnherr des neuen Volkes, Élyssas Schicksal soll auch dir und den Deinen widerfahren. Ihr sollt verraten werden von jenen, die ihr liebt und die eure Zuneigung erwidern, ehe ihr den Tod findet. Blut für Blut. Leben für Leben. Bis Liebe über Verstand obsiegt.«

Damit verschwand sie.

I

GEGENWART

Jesper hatte Salat zwischen den Zähnen.

Ich fragte mich, ob ich ihn darauf hinweisen sollte, ließ es dann aber doch bleiben. Stattdessen versuchte ich, seine verstohlenen Blicke zu ignorieren, indem ich konzentriert die Krümel musterte, die aus dem Brotkorb auf die gestärkte Leinentischdecke gefallen waren.

Summertown hatte nicht besonders viele Restaurants zu bieten. Aber Jesper hatte sich für das hübscheste entschieden: ein gemütliches Steakhouse, das über einen zauberhaften Garten verfügte.

Der April war an diesem Abend erstaunlich mild. Die brennenden Fackeln, die überall in der Erde steckten, sorgten zusätzlich für eine behagliche Wärme. Der sanfte Wind trug den Geruch von Harz und moosbedeckter Erde aus dem nahe gelegenen Wald zu uns herüber und mischte sich mit dem herben Aftershave, das Jesper etwas zu großzügig aufgetragen hatte.

Leise Jazzmusik erklang aus Lautsprechern, die geschickt im Garten verteilt waren. Geschirrgeklapper und gemurmelte Gespräche der übrigen Gäste hallten zu uns herüber. Doch all die Geräusche konnten nicht über die peinliche Stille an unserem Tisch hinwegtäuschen.

Jesper schien dies ebenfalls zu bemerken, denn er räusperte sich angestrengt und zupfte am Kragen seines blauen Hemdes herum. Er hatte sich für unser Date reichlich in Schale geworfen. Keine Falte war auf seiner Kleidung zu sehen, als hätte er sie stundenlang vorher gebügelt – oder, was wahrscheinlicher war, seine Mutter.

»Schmeckt es dir nicht?«, fragte er und ging dazu über, seine kurzen blonden Haare abzutasten, die modisch in Form gestylt waren.

Ich ignorierte sein nerviges Gefummel und zwang mir ein Lächeln ins Gesicht. »Doch. Es ist lecker.«

Angespannt säbelte ich ein Stück Filet ab und schob es mir in den Mund, während mir nicht zum ersten Mal an diesem Abend die Frage durch den Kopf schoss, wie ich überhaupt in dieser Situation gelandet war.

Eigentlich ging ich nicht mehr auf Dates. Schon gar nicht mit Mitschülern. Das lag nicht daran, dass ich keine Angebote bekam. Es war nur so, dass meine Eltern, die im Grunde wirklich cool waren, ausgerechnet was diesen Punkt betraf, geradezu nervenaufreibend spießig waren.

Dates waren für mich tabu. Und egal, wie oft ich versuchte, Mom und Dad zu einer Lockerung dieser Regel zu bewegen, sie änderten ihre Meinung nie.

Keine Ahnung, warum sie mir in Bezug auf das andere Geschlecht so wenig vertrauten. Ich war schließlich nicht blöd. Ich wusste selbst, dass die meisten Kerle in unserem Alter nur eins im Kopf hatten, und ich hatte keine Lust, als Kerbe in einem Bettpfosten zu enden. Leider raubten mir meine Eltern durch ihre Vorurteile jede Möglichkeit, einen netten Typen überhaupt erst mal *kennenzulernen.*

Jesper war wie ich im letzten Jahrgang, aber bisher hatten wir kaum etwas miteinander zu tun gehabt. Deshalb war ich überrascht gewesen, als er mich gestern Nachmittag während eines Stadtbummels mit meiner besten Freundin angesprochen hatte.

Ich saß gerade im Schneidersitz auf einer Bank und scrollte mich durch die Insta-Posts auf meinem Smartphone, während Delilah im

Buchladen gegenüber verschollen war. Jesper hatte freundlich gefragt, ob er mir Gesellschaft leisten durfte, und da ich ein höflicher Mensch war, stimmte ich zu.

Unsere Unterhaltung war angenehm gewesen. Er hatte mich zum Lachen gebracht und schien zumindest auf den ersten Blick kein Player zu sein, der bloß auf Sex aus war. Als Dee wieder aus den Untiefen von *Pete's Bookscorner* auftauchte, war eine Stunde wie im Flug vergangen, und ich hatte mich prächtig amüsiert.

Nach der letzten heimlichen Verabredung vor ein paar Monaten, die sich als totaler Flop erwiesen hatte, war ich eigentlich entschlossen gewesen, meine Eltern nicht noch einmal zu hintergehen. Ich hatte mich sowieso nie sonderlich wohl dabei gefühlt, und es schien mir das Risiko einfach nicht wert zu sein. Aber Jesper hatte so süß um ein Date gebeten, dass ich letztlich doch zugestimmt hatte.

Dee war vor Begeisterung total ausgeflippt, weil ich meine rebellische Seite endlich wieder auslebte. Natürlich erklärte sie sich wie die anderen Male bereit, mir für heute Abend den Rücken freizuhalten. Während meine Eltern also davon ausgingen, dass wir uns einen Mädelsabend mit Popcorn und Jane-Austen-Filmen machten, war ich in Wirklichkeit in dieses Steakhouse gefahren. Und nun saß ich hier und ärgerte mich, dass ich einmal mehr einer Täuschung erlegen war.

Nur mühsam verkniff ich mir ein enttäuschtes Seufzen. Ich hatte wirklich gedacht, diesmal wäre es anders.

Leider hatte Jesper inzwischen sein wahres Gesicht gezeigt. Das neckische Funkeln in seinen Augen war erloschen und einem unangenehmen Starren gewichen. Sein Blick klebte schon wieder auf meinem Ausschnitt. Dabei war ich für eine Siebzehnjährige regelrecht züchtig angezogen. Ich trug eine locker sitzende Bluse, geflickte Skinny-Jeans, Sneakers und eine graue Strickjacke. Mein blondes Haar hatte ich zu einem Pferdeschwanz zusammengebunden. Ich hatte nicht einmal besonders viel Make-up verwendet, weil ich es nicht leiden konnte, mir irgendeine überteuerte Kosmetikpaste ins Gesicht zu klatschen.

Jesper leckte sich über die Lippen – und mich überzog eine Gänsehaut.

Geräuschvoll ließ ich das Besteck fallen. Mir war der Appetit endgültig vergangen. Und das lag nicht an dem Salatblatt, das nach wie vor auf seinem linken Schneidezahn klebte.

»Lass uns zahlen«, sagte ich.

Jespers Aufmerksamkeit kehrte in mein Gesicht zurück. »Warum?«, fragte er uberrascht. »Amüsierst du dich nicht?«

Beinahe hätte ich gelacht. Stattdessen riss ich mich zusammen und schüttelte nur milde lächelnd den Kopf.

Absolute Ratlosigkeit erschien in Jespers braunen Augen, und egal, wie viel Mühe ich mir gab, ich konnte beim besten Willen nichts mehr von dem coolen Typen erkennen, mit dem ich gestern noch auf der Bank gelacht hatte. Da ich ihn aber auch nicht einfach sitzen lassen wollte, winkte ich dem Kellner zu und signalisierte ihm, uns die Rechnung zu bringen.

»Was hast du denn erwartet?«, erkundigte er sich in beiläufigem Tonfall. Er schien sich keiner Schuld bewusst zu sein.

Unfassbar!

»Keine Ahnung.« Müde rieb ich mir über die Stirn. »Dass du dich mehr für *mich* interessierst als für meine Brüste. Das wäre zumindest ein guter Anfang gewesen.«

Verwirrt sah Jesper mich an. »Ich dachte, Frauen stehen drauf, betrachtet zu werden.«

Tja, nun, das hing wohl vom Betrachter ab. Seine Blicke verursachten mir mittlerweile eher Sodbrennen.

Ich konnte nicht fassen, dass ich meine Eltern belog und meine beste Freundin als Alibi missbrauchte für einen Kerl, der kaum mehr in der

Lage war, mir länger als zwei Sekunden in die Augen zu schauen. Zu meiner Erleichterung eilte der Kellner herbei, der meine missliche Lage erkannt zu haben schien. Jesper zückte seine Geldbörse. Da ich ihm nichts schuldig bleiben wollte, kramte ich in meiner Handtasche und legte einen Zwanziger auf den Tisch. Dann stand ich auf und verließ das Steakhouse durch das Gartentor.

Jesper folgte mir schweigend. Auf dem Parkplatz blieb ich stehen und holte den Autoschlüssel aus meiner Handtasche.

»Wollen wir noch ein bisschen spazieren gehen?«, fragte Jesper unvermittelt.

Nun war ich es, die irritiert dreinschaute. Ich hatte eigentlich angenommen, dass mein überstürzter Aufbruch eine klare Botschaft vermittelte. Aber anscheinend musste ich noch deutlicher werden. »Ich möchte lieber sofort nach Hause.«

»Jetzt komm schon.« Jesper verringerte den Abstand zwischen uns und senkte die Stimme zu einem Raunen. »Wir könnten noch ein bisschen reden.«

Ich schüttelte ungläubig den Kopf. Klar doch. Das hatte beim Essen ja auch super funktioniert. Demonstrativ wich ich einen Schritt zurück. »Mach's gut, Jesper.«

»Rufst du mich bald an?«

Ich verstand ehrlich nicht, wieso er nach diesem miesen Date ernsthaft eine Wiederholung in Betracht zog. Aber seinem hoffnungsvollen Gesichtsausdruck nach zu urteilen war genau das der Fall.

»Wir sehen uns doch in der Schule«, redete ich mich heraus und entriegelte die Tür zu meinem roten Honda Civic. Ich wollte nur noch hier weg.

Jesper streckte die Hand nach mir aus. »Jetzt warte doch.«

»Ich muss los.« Hastig wich ich ihm aus, stieg in den Wagen und zog die Tür hinter mir ins Schloss. Die Verriegelung schnappte zu, ein

Automatismus, den ich meinem übervorsichtigen Vater zu verdanken hatte.

Ich pfefferte gerade meine Handtasche auf den Beifahrersitz, als Jesper wie ein Irrer gegen die Fensterscheibe hämmerte. Erschrocken sah ich ihn an, machte aber natürlich keine Anstalten, das Fenster herunterzufahren, geschweige denn noch einmal die Tür zu öffnen.

Als würde er mich für zu blöd halten, seine ausschweifenden Gesten zu verstehen, hob er die Stimme, sodass man ihn wahrscheinlich noch im Restaurant hören konnte. »Jetzt sei nicht so, Nayla. Der Abend ist doch noch jung.«

Da hatte er allerdings recht. Es war gerade mal zehn nach neun. Und das an einem Freitagabend. Da hätte ich auch gleich zu Hause bleiben können.

Missmutig funkelte ich Jesper an und schüttelte den Kopf.

Er schien einzusehen, dass er chancenlos war, denn er richtete sich auf. »Dann eben nicht«, brummte er und stapfte reichlich angepisst davon.

Na, das war ja spitzenmäßig gelaufen.

Seufzend kramte ich mein Smartphone hervor, wählte Delilahs Nummer und aktivierte den Lautsprecher. Während es klingelte, startete ich den Motor und fuhr vom Parkplatz auf die Landstraße, die nach Summertown führte. Das Steakhouse lag ein paar Meilen außerhalb der Stadt, weshalb ich mindestens eine zehnminütige Fahrt vor mir hatte, also ausreichend Zeit, mich bei meiner besten Freundin auszuheulen.

Nach dem sechsten Klingeln nahm Dee endlich das Gespräch an. »Nayla?«

»Hey.« Ich klang so traurig, dass sie nach Luft schnappte.

»Alles in Ordnung?«

»Nicht wirklich.«

»Bleib dran«, bat sie und sprach in gedämpfter Stimme weiter: »Mach mal kurz Pause. Ich muss mit Nayla reden.«

»Was ist los?«, erklang Matts Stimme.

Ich lächelte, als ich seine Sorge hörte. Abgesehen von Dee war Matt einer meiner wenigen wirklichen Freunde. Angefangen hatte alles, als wir im Kindergarten zusammen im Sandkasten saßen. Matt hatte mir eine Schaufel aus den Händen gerissen, um sie Delilah als Geschenk zu überreichen. Doch die briet ihm das Teil über, weil er es mir weggenommen hatte. Der arme Matt war so verdattert gewesen, dass er den ganzen Spielplatz zusammenbrüllte, und Dee weinte, weil sie ihm wehgetan hatte. Am Ende trösteten wir uns alle gegenseitig. Seitdem waren wir unzertrennlich.

Matt war auch der einzige Junge, den meine Eltern in meinem Umfeld akzeptierten, weil es geradezu lächerlich offensichtlich war, wie sehr er Dee liebte. Trotzdem hatte es Jahre gedauert, bis die beiden es endlich geschafft hatten, sich ihre Gefühle füreinander einzugestehen. Seit fünf Monaten waren sie nun offiziell ein Paar und widerwärtig glücklich.

Ich freute mich natürlich sehr für die beiden, war aber ehrlich genug, mir selbst einzugestehen, dass ich sie beneidete. Ich hätte auch gern einen großartigen Freund gehabt, der mir die Welt zu Füßen legte.

»Okay, ich bin wieder da«, sagte Dee. »Raus mit der Sprache. Was ist passiert?«

»O mein Gott, Dee. Es war grauenvoll«, jammerte ich. »Das schlimmste Date seit Brandon Mitchell.«

»Was? Aber wieso denn? Ihr habt euch doch gestern noch so gut verstanden.«

»Ich weiß auch nicht.« Hinter mir leuchteten Scheinwerfer auf, und ich drosselte das Tempo, als mich ein Wagen überholte. Zum Dank bekam ich ein Hupen, das keineswegs freundlich gemeint war.

»Arschloch«, brummte ich, was Delilah natürlich falsch verstand.

»Was hat Jesper gemacht?«, fragte sie alarmiert.

»Nichts«, erwiderte ich und runzelte die Stirn. »Er war einfach nur wie ausgewechselt. Gestern war er witzig und charmant. Aber heute Abend … Ich kann es überhaupt nicht richtig beschreiben.«

»Ach, Süße. Vielleicht war er einfach nur nervös.«

Schnaubend bog ich um eine Kurve. »Nein, ich denke, sein Problem lag definitiv weiter südlich, wenn du verstehst, was ich meine.«

Dee gluckste. »Na ja, du hast eben diese Wirkung auf Jungs.«

Ich stöhnte genervt auf. »Fang bitte nicht schon wieder damit an.«

Wir hatten diese Diskussion schon unzählige Male geführt. Sicher, ich war nicht hässlich. Aber auch nicht außergewöhnlich schön. Ich besaß Kurven und keine Modelmaße. Und ich lief auch nicht in Klamotten durch die Gegend, die mehr Haut als Stoff präsentierten. Ehrlich gesagt fand ich mich im Vergleich zu meinen Mitschülerinnen sogar eher langweilig.

»Es ist aber wahr. Du bist nun mal ziemlich sexy. Find dich damit ab«, beharrte Dee, bevor sie losprustete. »Matt meint gerade, *einschüchternd* beschreibt es besser.«

»Das ist doch lächerlich. Ich bin keine Femme fatale. Ich sehe nicht mal besonders gefährlich aus.«

»Nein, du siehst aus wie ein Engel«, erwiderte Dee unverblümt. »Und das ist definitiv noch schlimmer.«

»Großartig. Da fühle ich mich doch gleich viel besser.« Frustriert verzog ich das Gesicht, als plötzlich ein Knacken in der Leitung ertönte.

»Nayla? Bist du noch dran?«

»Ja, Funkloch. Kann sein, dass ich gleich weg bin.«

Dee seufzte mitfühlend. »Okay. Aber nimm dir das mit Jesper nicht so zu Herzen, Süße. Du findest schon noch einen netten Typen.«

»Wo denn?«, brummte ich, obwohl mir die Lust auf ein weiteres Date inzwischen endgültig vergangen war. Erschwerend kam hinzu, dass Summertown nicht unbedingt viel Auswahl bot. »Wir kennen bereits jeden Jungen in unserem Alter – und das sind alles Idioten.«

»Guter Punkt«, räumte Dee ein. »Den einzigen anständigen Kerl habe ich mir geangelt. Also müssen wir die Fühler über den Stadtrand hinaus ausstrecken. Lass uns doch mal zu einem Auswärtsspiel mitfahren. Ich glaube, unsere Basketballmannschaft hat nächste Woche ein Turnier in Williamsburg.«

»Äh, nein, danke. *So* verzweifelt bin ich nun auch wieder nicht.«

Dee lachte. »Du musst endlich deine Aversion gegen Sport ablegen und dir gesellschaftstauglichere Hobbys suchen.«

»Ich habe gesellschaftstaugliche Hobbys«, erwiderte ich pikiert.

Dee schnaubte belustigt. »So sehr ich dich auch dafür bewundere, aber stundenlang durch den Wald zu streifen, Fallen zu entschärfen oder verletzte Tiere zu heilen, ist nichts, mit dem du an einer Highschool bei den Jungs punkten kannst.«

Ich verdrehte die Augen. »Du bist büchersüchtig. Das ist auch nicht gerade cool.«

»Aber es bildet ungemein, sodass ich jederzeit einen coolen Spruch auf Lager habe.«

»Das stimmt wohl«, murmelte ich, während es erneut in der Leitung knackte.

»Du könntest natürlich morgen Abend auch mit zum Konzert kommen.« Ich sah praktisch vor mir, wie Dee den Kopf schief legte und nachdenklich die Lippen schürzte. »Wir kriegen sicher noch ein Ticket für dich an der Abendkasse. Vielleicht können wir deine Eltern ja doch noch überreden?«

»Unwahrscheinlich.« Meine Lippen verzogen sich zu einem zynischen Grinsen. »Schließlich gibt es dort böse, gefährliche Jungs, die mein armes, willensschwaches Herz brechen könnten.«

Dee gluckste. »Von deinem Jungfernhäutchen ganz zu schweigen.«

Unweigerlich musste ich an die Party denken, die ich kurz nach meinem sechzehnten Geburtstag heimlich mit Dee und Matt besucht hatte.

Ich hatte den ganzen Abend mit einem süßen Typen aus Atlanta geredet, der seinen Cousin fünften Grades oder so hier besuchte. Er war nett und ich fand ihn toll. Irgendwann küsste er mich, und weil er das richtig gut konnte, hatte ich mich eine Weile mitreißen lassen. Zumindest, bis seine Hand immer tiefer gewandert und mir klar geworden war, dass ich vergessen hatte, wie er hieß. Ein Kübel Eiswasser hätte nicht wirkungsvoller sein können.

Mein Herz hatte an dem Abend zu keiner Zeit in Gefahr geschwebt. Dennoch war das nicht die Art, wie ich mit einem Jungen zusammen sein wollte. So war ich einfach nicht.

Im Hintergrund stimmte Matt *Self Esteem* von *The Offspring* an. Das tat er vermutlich weniger wegen der Message des Songs, sondern eher, weil er auf diese Weise inbrünstig »La la la« schmettern konnte. Er liebte Punk Rock.

Meine beste Freundin brach in schallendes Gelächter aus. »Ich glaube, Matt möchte nicht wissen, ob dein Jungfernhäutchen noch intakt ist.«

»Himmel, Dee!«, rief ich und verdrehte die Augen. »Können wir bitte aufhören, in Gegenwart von Matty über meine intimen Körperteile zu reden. Er ist wie ein Bruder für mich. Das ist widerlich.«

Sie lachte noch lauter. Als sie sich wieder eingekriegt hatte, atmete sie tief durch. »Geht es dir denn inzwischen ein bisschen besser?«

»Ja, ich denke schon. Danke.« Ich zuckte mit den Schultern, obwohl Dee mich gar nicht sehen konnte. »Vergessen wir das Ganze einfach. Ich habe sowieso keine Zeit für Jungs. In ein paar Monaten machen wir unseren Abschluss, und dann sind wir hier weg.«

Ein freudiges Kribbeln wärmte meinen Magen. Ich wusste genau, wie unsere Zukunft aussah. Dee und ich hatten schon vor Jahren beschlossen, zusammen nach Nashville zu ziehen, und wie ich Matt kannte, würde er uns bestimmt folgen. Ich würde Veterinärmedizin studieren und Delilah Literaturwissenschaften. Wir würden uns ein Zimmer in einem coolen Studentenwohnheim teilen und unser Leben in vollen Zügen genießen.

Ich sah es ganz deutlich vor mir. So scharf wie den Lichtkegel des Autos, das mir auf der schmalen Landstraße entgegenkam.

»O ja!«, rief Dee, woraufhin ich leise lachte.

Das Lachen blieb mir jedoch im Hals stecken, als ich bemerkte, wie schnell der andere Wagen war. Was zum Teufel trieb dieser Trottel da?

Fluchend ging ich vom Gas und steuerte meinen Honda weiter an den Straßenrand, um der dicken Kiste Platz zu machen.

»Nayla?«

»Ja. Ich ...«

Meine Worte erstarben, als der SUV plötzlich ins Schlingern geriet und auf meine Spur schoss. Instinktiv trat ich auf die Bremse. Aber ich wusste, dass es zu spät war.

Schock, Entsetzen und nackte Angst überwältigten mich.

Eine Millisekunde später krachten unsere Wagen ineinander, und die Welt wurde schlagartig weiß.

II

Mit einem Schrei schreckte ich hoch. Das Blut rauschte mir so laut in den Ohren, dass ich nur am Rande ein leises Piepsen wahrnahm. Verstört sah ich mich um und erkannte, dass ich mich in einem Krankenhausbett befand.

Was zum …?

Scheiße! Mit einem Mal war die Erinnerung wieder da: Ich hatte einen Autounfall gehabt.

Der SUV, der auf mich zuraste, blitzte vor meinem geistigen Auge auf, und die Panik kehrte mit voller Wucht zurück. Sie hielt mich in ihren eisigen Klauen gefangen, bis ich beinahe hyperventilierte. Ich schüttelte den Kopf, um dieses furchtbare Bild zu vertreiben. Stattdessen konzentrierte ich mich auf meine Umgebung: blassgelb gestrichene Wände, ein Fenster mit Jalousien, zwischen deren Lamellen helles Tageslicht ins Zimmer drang, ein Nachttisch mit einem Strauß Blumen darauf. Wahrscheinlich hatte mein Vater ihn hingestellt. Er stand total auf Blumen.

Während ich versuchte, ruhig zu atmen, ließ ich meinen Blick an mir herunterwandern. Ich trug ein typisches Krankenhaushemdchen und war bis zur Taille mit einer weißen Decke zugedeckt. An meiner Zeigefingerkuppe haftete ein Pulsmessgerät, das mit der Maschine neben dem Bett verbunden war. Auf einem kleinen Monitor verfolgte ich, wie sich mein Puls verlangsamte, während ich weiterhin kontrolliert ein- und ausatmete.

Seltsamerweise spürte ich keine Schmerzen. Aber vielleicht war ich auch bis unter die Schädeldecke mit Medikamenten zugedröhnt, die mir durch die Kanüle in meinem linken Handrücken in die Venen gepumpt wurden. Das würde auch erklären, warum es mir vorkam, als hätte man mich in Watte gepackt. Mein Körper fühlte sich bleischwer an, vollkommen ausgelaugt. Aber immerhin hatte der Schock nachgelassen, und mein Puls schlug wieder in einem normalen Tempo.

Angespannt fuhr ich mir mit der Zunge über die Lippen. Sie waren rissig und spröde. Es kostete mich einige Anstrengung, die Hand zu heben und vorsichtig mein Gesicht zu betasten. Unter meinen Fingerspitzen konnte ich nichts Ungewöhnliches feststellen. Keine Verbände, keine Schwellungen oder blutige Hautabschürfungen. Auch an meinen Armen konnte ich nichts entdecken. Da ich zu kraftlos war, um die Decke anzuheben, rieb ich lediglich die Beine aneinander und wackelte mit den Zehen.

Alles fühlte sich unversehrt an. Bis auf die Tatsache, dass ich maßlos erschöpft war, schien es mir an nichts zu fehlen. Dabei hätte ich eigentlich mausetot sein müssen.

Erneut schwoll das Piepsen des Pulsmessgerätes synchron zu meinem steigenden Herzschlag an. Wie war das möglich? Wie hatte ich einen frontalen Zusammenstoß kerngesund überleben können?

In dem Moment ging die Tür auf, und meine Mutter kam herein. Als sie sah, dass ich wach war, blieb sie wie angewurzelt stehen. »Nayla!«

»Mom?« Meine Stimme klang rau und kratzig, völlig fremd in meinen Ohren.

Meine Mutter, Dr. Allegra Carlesso, war Chirurgin im Great Mountain Medical Center zwanzig Meilen südlich von Summertown, und ich konnte mich an keinen Moment erinnern, in dem sie nicht souverän auf mich gewirkt hatte. Egal, wie klein oder groß die Verletzungen von mir oder meinem Bruder waren, sie hatte es mit ihrer ruhigen Art immer geschafft, uns zu beruhigen und unsere Schmerzen zu lindern. Aber jetzt standen die braunen Strähnen ihrer modischen Kurzhaarfrisur wirr von ihrem Kopf ab. So, als hätte sie sich unzählige Male die Haare gerauft. Der blaue Kittel, der sonst immer tadellos sauber und faltenfrei war, hatte Kaffeeflecken und war zerknittert. Pures Grauen zeichnete sich in ihrem aschfahlen Gesicht ab. Sie hatte Angst.

Genau wie ich.

Tränen schossen mir in die Augen, und ein Schluchzen brach aus mir hervor. »Mom.«

»Oh, Liebling!« Sofort kam sie zu mir, setzte sich auf die Bettkante und zog mich in eine tröstende Umarmung. Behutsam rieb sie mir über den Rücken, während ich, die Stirn gegen ihre Schulter gepresst, hemmungslos weinte.

»Es tut mir so leid«, schluchzte ich.

»Ist schon gut«, murmelte sie. »Es ist alles in Ordnung.«

Gar nichts war in Ordnung. Ich war mit jemandem frontal zusammengestoßen. Ich müsste eigentlich tot sein. Und doch lag ich hier im Krankenhaus, unversehrt. Während …

Mein Puls beschleunigte sich erneut. »Was ist mit dem anderen Wagen?«, krächzte ich und lehnte mich ein Stück zurück, um sie anzusehen. »Wie geht es dem Fahrer? Waren noch weitere Personen an dem Unfall beteiligt? Ist jemand verletzt?«

Angespannt senkte sie den Blick. »Lass uns später darüber reden. Jetzt will ich dich erst untersuchen.«

»Nein, ich …«

»Später«, unterbrach Mom mich scharf, und da ich wusste, dass jede Diskussion zwecklos war, wenn sie diesen Ton anschlug, klappte ich artig den Mund zu.

Nachdem ich die Nase hochgezogen und mir die Tränen weggewischt hatte, setzte ich mich aufrecht hin und ließ sie ihr Programm durchziehen. Als Erstes hob sie die Hand, um mir mit einer kleinen Taschenlampe in die Augen zu leuchten. Das Licht war unangenehm, aber ich hielt trotzdem still, um es möglichst schnell hinter mich zu bringen.

»Wie fühlst du dich?«, fragte sie nun etwas sanfter.

»Ganz okay.«

Sie wackelte mit der Lampe vor meinem Gesicht herum. »Ist dir schwindlig? Hast du Kopfschmerzen? Siehst du doppelt?«

»Nein, ich bin bloß erschöpft. Das ist alles.«

»Hmm.« Sie reckte sich zum Bettende, angelte meine Patientenakte aus der Halterung und blätterte konzentriert darin herum.

Neugierig beugte ich mich vor und musterte verwundert die vielen Bilder und Befunde. »Was ist das alles?«

Meine Mutter zuckte mit den Schultern. »Röntgen, MRT, Labor. Auf den ersten Blick wirktest du unverletzt, aber wir haben noch mal alles gecheckt, um sicherzustellen, dass du keine inneren Verletzungen hast.«

»Ist das nicht ein bisschen übertrieben?«, fragte ich unsicher.

Ihr linker Mundwinkel hob sich zu einem schiefen Grinsen. »Wozu bin ich Oberärztin in diesem Krankenhaus?«

»Gutes Argument«, erwiderte ich und sah sie hoffnungsvoll an. »Und? Ist alles in Ordnung?«

Sie nickte. »Die Befunde sehen alle gut aus.« Mom holte tief Luft und betrachtete mich nachdenklich. »Du hast unglaubliches Glück gehabt.«

»Vermutlich«, murmelte ich zustimmend, doch es wollte sich partout keine Erleichterung einstellen. »Und der andere Wagen?«

Meine Mutter senkte den Blick auf die Akte in ihrer Hand.

»Wie schlimm ist es?«, flüsterte ich.

Sie presste die Lippen zusammen. Es war ihr anzumerken, dass sie mir nicht die Wahrheit sagen wollte.

»Mom?« Ich krallte die Finger in den Stoff ihres Arztkittels. »Bitte.«

Sie stieß ein leises Seufzen aus. Als sie wieder aufschaute, war ihre mütterliche Fürsorge einer professionellen Distanz gewichen. »In dem anderen Wagen saßen zwei junge Frauen. Sie haben den Unfall leider nicht überlebt.«

»Das kann nicht sein.« Ungläubig schüttelte ich den Kopf. »Ich bin unverletzt. Also müssen sie es auch sein.«

Irgendwo tief in meinem Inneren wusste ich, dass dieses Argument völlig unlogisch war. Doch ich weigerte mich zu glauben, dass ich ohne einen einzigen Kratzer davongekommen war, während andere ihr Leben verloren hatten.

»Es tut mir so leid, Nayla«, sagte Mom und strich mir liebevoll über den Kopf.

Fassungslos starrte ich sie an. Ich kapierte es immer noch nicht. »Aber wie ist das möglich?«, stammelte ich und versuchte, mich an die Details des Unfalls zu erinnern, obwohl sich mir dabei der Magen umdrehte.

Ich hatte mit Dee gesprochen, als mir der SUV entgegenkam. Der Wagen war schnell gewesen, aber nichts hatte darauf hingedeutet, dass er plötzlich auf meine Spur rasen könnte. Trotzdem war er irgendwie ins Schlingern geraten. Ich hatte noch versucht zu bremsen, aber es war zu spät gewesen. Licht hatte mich geblendet. Und dann war da ein Kreischen gewesen, als sich das Metall unter mir verbog. Ich konnte das Echo noch immer in meinen Ohren hören. Wie Fingernägel, die über eine Tafel kratzten, nur tausendmal lauter. Sogar die Wucht des Aufpralls hatte ich wie aus weiter Entfernung gespürt.

»Das kann nicht sein«, sagte ich bestimmt. »Der SUV kam geradewegs auf mich zugeschossen. Er hätte meinen Honda zerquetschen müssen.«

Wieder wich meine Mutter meinem Blick aus. »Dein Wagen wurde nur leicht touchiert und in ein Buschwerk gedrängt. Der SUV hingegen ...« Zittrig holte sie Luft. »Er hat sich mehrfach überschlagen, bevor er an einem Baum zerschellt ist. Für die beiden Frauen kam jede Hilfe zu spät.«

Verwirrt schüttelte ich den Kopf. Also hatte ich mir den Frontalzusammenstoß bloß eingebildet?

Nein. Keiner von uns hatte noch die Zeit gehabt auszuweichen. Da war ich mir sicher. Andererseits ergab nur diese Erklärung Sinn. Ich wäre sonst nie unverletzt davongekommen. Vielleicht ... vielleicht hatte ich ja eine Art Blackout und mir fehlten ein paar entscheidende Millisekunden in meiner Erinnerung?

Plötzlich fiel mir auf, dass ich nicht bloß eine Gedächtnislücke hatte, was den genauen Unfallhergang betraf. »Wie bin ich eigentlich hierhergekommen?«

Angespannt strich Mom eine kurze Haarsträhne glatt. »Mit einem Krankenwagen.«

Stirnrunzelnd biss ich mir auf die Unterlippe. »Ich kann mich überhaupt nicht mehr daran erinnern.«

»Das liegt vermutlich am Schock. Die Sanitäter haben dir auf dem Weg hierher ein starkes Sedativum gegeben. Deswegen hast du auch so lange geschlafen.«

Mein Blick fiel auf die Digitaluhr, die an der rechten Wand hing. Es war zwölf Uhr mittags. Aber das beunruhigte mich gar nicht so sehr. Es war vielmehr das Datum, das mich schockte. »Sonntag?«, rief ich ungläubig aus. »Ich war mehr als einen Tag völlig weggetreten?«

»Wie gesagt, dir wurde ein starkes Beruhigungsmittel verabreicht.« Mom legte mir die Hände auf die Schultern und drückte mich sanft zurück aufs Kissen.

Ich ließ es widerstandslos geschehen.

»Ich hole dir etwas zu trinken.« Meine Mutter erhob sich und schob die Akte wieder in die Halterung am Fußende des Bettes. »Ruh dich noch etwas aus.«

»Okay«, murmelte ich, obwohl an Schlaf überhaupt nicht zu denken war, weil meine Gedanken gerade völlig durchdrehten.

Zwei Frauen waren tot. Ich dagegen war lediglich mit dem Schrecken davongekommen. Wieder blitzten vor meinem inneren Auge die zwei Scheinwerfer auf, die frontal auf mich zukamen.

Frontal.

Ich hatte gebremst. Aber wie groß war der Abstand zwischen uns gewesen? Mehr als fünfzig Meter? Reichte das überhaupt aus, um auszuweichen, wenn man vierzig Meilen pro Stunde fuhr? Wobei der SUV deutlich schneller war als ich.

In der Fahrschule hatten wir die Formel für Bremswege auswendig lernen müssen und auch ziemlich oft berechnet. Doch in meinem Kopf herrschte zu viel Chaos, um sie jetzt mit Variablen zu füllen.

Ungeduldig wartete ich, bis meine Mutter mit einem gefüllten Wasserkrug und einem Glas zurückkehrte. »Dein Vater und Victor sind schon auf dem Weg. Sie sollten in einer halben Stunde hier sein, dann können wir nach Hause.«

»Okay.« Nachdem ich ein paar Schlucke getrunken hatte, sah ich meine Mutter fragend an. »Wo ist mein Handy?«

Mom zog einen Schokoladenriegel aus ihrer Kitteltasche und reichte ihn mir. »Es ist an der Unfallstelle verloren gegangen.«

Entgeistert riss ich die Augen auf. »Aber ich muss Dee anrufen. Sie flippt bestimmt schon völlig aus …«

Ich verstummte, weil meine Mutter die Augen zu schmalen Schlitzen zusammenkniff. Zornesflecken bildeten sich auf ihren Wangen, und mir wurde klar, dass meine Probleme noch viel, viel größer waren, als ich bis eben geglaubt hatte.

»Delilah weiß bereits, was passiert ist.« Mom verschränkte die Arme und musterte mich mit einer Mischung aus Wut und Enttäuschung. »Möchtest du mir vielleicht erklären, wo du am Freitagabend wirklich gewesen bist?«

Ich rutschte tiefer ins Kissen. Wir wohnten im nördlichen Teil von Summertown, wo sich ein Einfamilienhaus ans nächste reihte. Dee lebte auf der östlichen Seite, unweit der Ellington High. Leider lag das Steakhouse ein paar Meilen in Richtung Südwesten, also in einer völlig anderen Richtung. Ich konnte Mom ansehen, dass sie längst einen Verdacht hegte. Trotzdem kostete es mich Überwindung, die Wahrheit laut auszusprechen.

»Ich habe mich mit einem Jungen aus meiner Schule getroffen«, gestand ich leise.

Moms Augen weiteten sich, als hätte sie bis zum Schluss nicht geglaubt, dass ich sie wirklich hintergangen hatte. Sie schüttelte sogar den Kopf.

»Wir haben nur zusammen gegessen«, nuschelte ich und nestelte an der Decke. »Mehr nicht.«

»Verdammt noch mal, Nayla!«

Ich zuckte zusammen. Nicht nur aufgrund der Schärfe in ihrer Stimme, sondern auch, weil meine Mutter normalerweise nicht fluchte.

»Wie konntest du unser Vertrauen nur derart missbrauchen? Du weißt doch …«

Erneut schossen mir Tränen in die Augen, und ich blendete den Rest aus. Ich hatte jetzt keine Kraft für eine weitere Grundsatzdiskussion. Mir ging es auch so schon mies genug. Ein Schluchzen brach aus meiner Kehle hervor, und ich schlug mir beschämt die Hände vors Gesicht. Nie hatte ich es mehr bereut, eine Regel gebrochen zu haben.

Obwohl ich wusste, dass ich den Unfall nicht verursacht hatte, fühlte ich mich schuldig. Ich hatte den SUV gesehen, und ich wusste, dass er zu schnell gefahren war. Dass es streng genommen nicht meine Schuld war.

Aber wenn ich nicht mit Dee telefoniert hätte, hätte ich vielleicht anders reagiert. Ich hätte nicht bloß mein eigenes Tempo verringert, sondern hätte versucht, dem Wagen richtig auszuweichen. Vielleicht hätte ich den Unfall so verhindern können. Und dann würden die beiden Frauen noch leben.

Trauer und Reue überwältigten mich. Ich konnte spüren, wie mir diese Erkenntnis das Herz zerquetschte. Es tat weh. Furchtbar weh. Als würde ich von innen heraus verbrennen. Heiße Tränen strömten mir über die Wangen, während meine Atmung zunehmend heftiger ging. Sogar das Pulsmessgerät schlug erneut Alarm.

»Nayla.« Der Ton meiner Mutter war nun wieder sanft, als sie mich zögerlich mit den Armen umschloss. Sie wiegte mich wie früher, als ich noch ein kleines Mädchen war. Aber den Schmerz vermochte sie nicht zu lindern.

Letztlich war es wohl nur dem Eintreffen von Dad und Victor zu verdanken, dass ich es nach einer gefühlten Ewigkeit doch schaffte, meinen Kummer zu verdrängen und ein verzerrtes Lächeln aufzusetzen.

»Nana!« Mein kleiner Bruder verlor keine Zeit. Er stürzte zum Bett, kletterte darauf und warf sich in meine Arme, kaum dass Mom sich zurückgezogen hatte. Mit erstaunlicher Kraft klammerte er sich an mir fest. Er zitterte am ganzen Körper.

Victor war erst sechs. Doch der Altersunterschied hatte unserer Zuneigung keinen Abbruch getan. Ich liebte ihn über alles. Seinetwegen riss ich mich zusammen. »Hey, Äffchen.«

Über seinen braunen Wuschelkopf hinweg suchte ich den Blick meines Vaters. Er war blass und schien um zehn Jahre gealtert zu sein, seit wir uns am Freitagabend zuletzt gesehen hatten. Sein Kiefer war mit Bartstoppeln besetzt, seine dunklen Locken zerzaust. Auch er musterte mich mit Angst und Sorge.

»Was sagen die Befunde?«, fragte er mit rauer Stimme.

»Es ist alles in Ordnung, Julius«, erwiderte meine Mutter und lächelte. »Sie ist okay.«

Er entspannte sich ein wenig, aber längst nicht genug, um mich zu beruhigen. Mir war klar, dass ich noch nicht aus dem Schneider war. Trotzdem streckte ich die Hand nach ihm aus.

Dad ergriff sie, ohne zu zögern. Sein Adamsapfel hüpfte, als er meine Hand leicht drückte. Es schien fast so, als würde er seinen Augen nicht trauen und müsste sich auch haptisch davon überzeugen, dass ich immer noch hier war.

»Du hast so fest geschlafen«, nuschelte Victor in mein Ohr. Er zog sich zurück, um mich anzusehen. Den Blick aus seinen braunen Kulleraugen, die denen unserer Mutter unfassbar ähnelten, konnte man nur als vorwurfsvoll bezeichnen. »Ich dachte, du wachst nie wieder auf.«

Meine Kehle schnürte sich zu. »Entschuldige. Ich wollte dich nicht erschrecken.«

Victor schaute erst zu Mom, die immer noch neben uns auf der Bettkante saß, dann wieder zu mir. »Ist jetzt alles wieder gut?«

»Ja, Vic«, log ich. »Alles ist wieder gut.«

III

Als wir später am Nachmittag vor unserem Haus parkten, überraschte es mich nicht, Dee und Matt auf den Stufen unserer Veranda zu sehen.

Meine beste Freundin hatte die Knie angezogen und wippte ungeduldig vor und zurück. Ihre intelligenten blauen Augen, die von einer modischen Hornbrille umrahmt wurden, waren auf den Boden gerichtet, während sie ihre Unterlippe mit den Zähnen malträtierte. Sie trug ausgefranste Jeans, einen rosafarbenen Wollpullover und passende Chucks. Ihre schulterlangen braunen Haare hatte sie zu einem lässigen Dutt auf dem Hinterkopf aufgetürmt.

Matt saß dicht neben ihr, rieb sanfte Kreise über ihren Rücken und redete beruhigend auf sie ein. Normalerweise zierte ein schiefes Grinsen sein Gesicht, und seine braunen Knopfaugen blitzten schalkhaft. Aber heute war sein Blick getrübt. Sorgenfalten beherrschten seine Miene.

Dass die beiden meinetwegen derart außer sich waren, rührte mich so sehr, dass ich aus dem Auto sprang, sobald Dad in den Parkmodus geschaltet hatte. Obwohl ich noch ziemlich wacklig auf den Beinen war, lief ich Dee und Matt auf dem Steinweg entgegen, der durch unseren Vorgarten führte.

Sie sprangen gleichzeitig auf, als sie mich sahen, und hasteten die Stufen hinunter. Mit einem Schluchzen warf Dee ihre Arme um mich. Matt stand zwei Sekunden ratlos daneben, dann umarmte er einfach uns beide.

»Du blöde Kuh!«, stieß Dee hervor. Ein Beben ging durch ihren Körper. »Ich hatte solche Angst um dich.«

»Ich übrigens auch«, fügte Matt hinzu und löste sich wieder von uns.

Ich schniefte und lachte gleichzeitig. »Tut mir leid, Leute.«

Dee schob mich etwas von sich und musterte mich von Kopf bis Fuß, als wollte sie sichergehen, dass ich noch in einem Stück war. Sie klappte den Mund auf, um etwas zu sagen, zögerte jedoch, als Mom neben uns trat.

Sie hielt Victor an der Hand und maß meine besten Freunde mit strengem Blick. Dee und ich traten nervös von einem Bein auf das andere, und auch Matt wich unwillkürlich einen Schritt zurück.

Ich wappnete mich bereits für eine Standpauke, weil Dee mich gedeckt hatte, doch zu meiner Erleichterung blieb sie aus. Stattdessen drückte Mom mir meine Strickjacke in die Hand und wies uns an, in den Garten zu gehen, damit wir dort ungestört reden konnten.

Hinter uns heulte der Motor auf, und ich runzelte die Stirn, als ich meinen Vater wegfahren sah.

»Dein Dad muss noch ein paar Dinge erledigen«, erklärte Mom, ehe sie mit Victor im Haus verschwand.

Sobald die Tür hinter ihnen zufiel, stießen Matt und Dee fast gleichzeitig geräuschvoll die Luft aus.

»Du weißt, ich liebe deine Mom«, sagte Dee, »aber heute hatte ich zum ersten Mal richtig Schiss vor ihr.«

»Geht mir ähnlich«, gestand ich leise. Da es draußen tatsächlich recht kühl war, schlüpfte ich in die Strickjacke, und wir nahmen den Weg durch das Seitentor in den Garten hinter dem Haus.

Der vertraute, erdige Geruch des Waldes, der direkt an unser Grundstück grenzte, verband sich mit dem süßen Duft verschiedener Blüten. Ich hatte keine Ahnung, wie mein Vater das anstellte, aber unser Garten blühte *immer*. Egal zu welcher Jahreszeit ich über den Rasen schritt, erhoben sich rechts und links von mir prächtige Gewächse. Seit Kurzem erstrahlten Narzissen, Anemonen, Tulpen und Fresien in Weiß, Gelb und Rosa. Auch der Rasen war durchsetzt von Frühblühern, die Dad und Victor letzten Herbst gemeinsam gesteckt hatten. Es war ein herrlicher Anblick, doch für mich war das Blumenmeer schon so zur Gewohnheit geworden, dass ich ihm kaum noch Beachtung schenkte.

Am Ende des Gartens standen zwischen alten, hochgewachsenen Bäumen zwei große Gehege und drei Holzkäfige. Zwei der Käfige waren leer, doch in einem hauste derzeit eine Igeldame namens Thorn, die ich vor einiger Zeit im Wald gefunden hatte. Sie war allerdings nicht die Einzige, die in unserem Garten Zuflucht bekam. Letzten Monat hatte ich außerdem drei Rotfuchswelpen aus einer Lebendfalle geborgen, die an einen Fuchsbau angeschlossen war. Insgesamt waren es fünf Junge gewesen, doch zwei waren bereits tot, als ich sie gefunden hatte – genau wie ihre Mutter.

Inzwischen waren die drei etwa zehn Wochen alt und glichen sich wie ein Ei dem anderen. Sie bewohnten eines der beiden großen Gehege, die ich mit Dads Hilfe abgezäunt hatte. Mittendrin hatten wir einen provisorischen Bau für die Füchse errichtet. Es war zwar nicht ideal, aber besser als nichts.

Zum ersten Mal an diesem Tag hoben sich meine Mundwinkel zu einem aufrichtigen Lächeln, weil die drei Racker sofort an den Zaun stürzten, sobald sie mich entdeckten. Sie wuchsen rasch, und ich wusste jetzt schon, dass es hart werden würde, wenn ich sie in ein paar Wochen auswildern musste.

»Kannst du diese putzigen Kerlchen überhaupt auseinanderhalten?«, fragte Matt, ehe er sich ins Gras plumpsen ließ und die Beine zum Schneidersitz anzog.

»Klar.« Ich setzte mich ihm gegenüber ins Gras und zeigte der Reihe nach auf die Drillinge. »Willis, Lee und Norris.«

Matt grinste anerkennend. »Coole Namen.«

»Das sagst du nur, weil ihr beide die gleiche abartige Vorliebe für Actionfilme habt«, meinte Dee und kuschelte sich an seine Seite. »Ich hätte ja etwas Traditionelleres bevorzugt.«

Spöttisch hob Matt eine Braue. »Zum Beispiel Darcy, Heathcliff und Rochester?«

Ich unterdrückte ein Lachen. Delilah liebte die alten Klassiker. Und wir liebten sie dafür, obwohl wir sie ständig damit aufzogen.

Glücklicherweise wusste Dee sich zu verteidigen. Ich konnte mir ein Schmunzeln nicht verkneifen, als sie Matt in den Oberarm boxte. Anschließend schob sie sich die Brille ein Stück nach oben und sah mich ernst an. »Jetzt erzähl uns endlich, was passiert ist.«

Ich schlang die Arme um die Knie. »Ehrlich gesagt weiß ich es nicht mehr genau. In einem Moment haben wir noch am Telefon gelacht, im nächsten geriet der andere Wagen außer Kontrolle. Ich habe gebremst, aber plötzlich rasten zwei Scheinwerfer auf mich zu, und dann …« Ich schluckte schwer. »Dann war da nur noch dieses weiße Licht.«

»Krass«, hauchte Matt und musterte mich mit großen Augen. »Du warst wahrscheinlich tot.«

Ich lachte zittrig. »Wäre ich wirklich tot gewesen, würde ich jetzt wohl kaum ohne einen Kratzer hier sitzen, oder?«

Er runzelte die Stirn. »Na ja, vielleicht hattest du auch bloß einen Herzinfarkt?«

»Jetzt hör doch mal auf«, schaltete Dee sich entrüstet ein. »Nayla war *nicht* tot.« Sie schaute mich voller Überzeugung an. »Dich haben sicher nur die Scheinwerfer geblendet.«

»Gut möglich.« Ratlos zuckte ich mit den Schultern, während sich in meinem Kopf immer wieder der gleiche Film abspielte. »Mom hat zwar erzählt, dass ich es doch geschafft habe, dem Wagen auszuweichen. Aber ich kapiere nicht, wie das abgelaufen ist. Es ergibt einfach keinen Sinn.«

Andererseits, warum sollte meine Mutter lügen? Das ergab noch viel weniger Sinn.

»Ist doch vollkommen egal, wie du es geschafft hast.« Matt lächelte angespannt. »Hauptsache, das Ganze ist glimpflich ausgegangen.«

Reue schnürte mir die Kehle zu, und ich spürte wieder ein Brennen in den Augen. »In dem anderen Auto saßen zwei Frauen«, berichtete ich mit zitternder Stimme und schaffte es kaum, meine Freunde länger anzusehen. »Sie sind tot.«

Matt wurde kreidebleich, während Dee sich voller Entsetzen die Hand vor den Mund schlug.

»Es tut mir leid«, krächzte Matt. »Das … das wusste ich nicht. Sonst hätte ich das doch nie gesagt.«

»Ich weiß«, erwiderte ich beschwichtigend, denn auch wenn er oft kein Fettnäpfchen ausließ, war er nie vorsätzlich taktlos. Seufzend rieb ich mir über das Gesicht. »Wäre ich bloß zu Hause geblieben.«

»Du konntest doch nicht wissen, dass das passiert«, erwiderte Dee sanft und griff nach meiner Hand.

»Es war ein Unfall«, stimmte Matt ihr zu. »Du darfst dir dafür nicht die Schuld geben.«

Tränen raubten mir die Sicht, während ich angestrengt schluckte. Sicher hatten sie recht. Leider änderte das nicht das Geringste daran, dass mein Herz vor Schuldgefühlen lichterloh brannte.

Matt tätschelte mir mit seiner typisch unbeholfenen Art die Schulter. »Das wird schon wieder. Du brauchst einfach nur ein bisschen Zeit, um das Ganze zu verdauen. Die brauchen wir alle. Es war schließlich ein Riesenschock.«

Dees Augen wurden ebenfalls glasig. »Als das Gespräch plötzlich unterbrochen wurde, dachten wir erst, es läge an einem weiteren Funkloch. Aber eine Stunde später gingen unsere Anrufe immer noch auf deine Mailbox. Irgendwann habe ich es nicht mehr ausgehalten und deine Mom angerufen. Da war sie schon bei dir im Krankenhaus.« Dee holte zittrig Luft. »Sie ist völlig ausgerastet, Nayla. Im ersten Moment dachten wir, du würdest die Nacht nicht überleben. Ich habe sie kaum verstanden, weil sie so hysterisch war. Also hat dein Vater das Gespräch übernommen. Es war total merkwürdig. Wir wollten natürlich sofort zu dir ins Krankenhaus fahren, aber dein Dad hat es uns verboten. Er meinte plötzlich, dass es doch nicht so schlimm sei und dass wir lieber warten sollten, bis du nach Hause kommst.«

»Was wir natürlich nicht getan haben«, ergänzte Matt und zwinkerte mir verschwörerisch zu. »Wir waren gestern bei dir.«

»Ihr wart im Great Mountain?«, fragte ich überrascht.

Dee schnaubte. »Natürlich! Was dachtest du denn? Glaubst du wirklich, uns hält ein läppisches Verbot auf, wenn du im Krankenhaus liegst?«

»Wir sind abends reingeschlichen, sobald die Luft rein war.« Matt grinste, aber ich konnte ihm ansehen, dass der Schreck auch bei ihm noch recht tief saß. »Du kleine Schnarchnase bist aber einfach nicht aufgewacht.«

»Ich habe an dir rumgezupft, dich gekitzelt, dir die Haare frisiert und zum Schluss sogar überlegt, dir die Fußnägel pink zu lackieren«, zählte Dee auf und zuckte mit den Schultern. »Leider hat Matt mich nicht gelassen.«

Ich warf ihm einen dankbaren Blick zu. »Wahrscheinlich wäre ich vor Entsetzen gleich wieder umgekippt.«

Obwohl die Stimmung im Keller war, brachte uns diese Vorstellung alle drei zum Lachen. Plötzlich fiel mir ein, dass die beiden gestern Abend ganz andere Pläne gehabt hatten. »Und das Konzert?«

Verständnislos sah Dee mich an. »Denkst du echt, uns war gestern nach feiern zumute?«

»Vermutlich nicht«, räumte ich ein. »Aber ihr habt euch so darauf gefreut, und die Tickets waren auch nicht gerade billig.«

Matt zupfte Dee an einer losen Haarsträhne. »Meine gewiefte Freundin hier hat sie fürs Doppelte an Shelby verkauft.«

Meine Brauen schossen in die Höhe. »Das war aber nicht besonders nett, Delilah.«

»Wieso denn?«, erwiderte sie ohne jede Reue. »Sie kann es sich doch leisten.«

Shelby Benson war die Tochter des Bürgermeisters und die Königin der Ellington High. Manchmal glaubte ich, Highschools waren ausschließlich für den Zweck erfunden worden, Selbstdarstellern wie Shelby eine Plattform zu bieten. Das Mädchen war ein wandelndes Klischee, angefangen von der Cheerleader-Uniform bis hin zu seinen grenzdebilen Anhängerinnen. Es gab nur wenige Personen an unserer Schule, die wir drei noch mehr verabscheuten. Allerdings waren wir klug genug, unsere Abneigung gegen Shelby nicht offen zu zeigen. Schließlich wusste jeder, dass es den Schülern, die in ihr Revier pinkelten, äußerst schlecht erging.

Vor Kurzem hatte Shelby sogar einen Kerl aus dem Englischkurs beschuldigt, ihr nachzustellen und sie zu belästigen.

»Da hast du auch wieder recht«, stimmte ich Dee zu. »Aber dass sie sich mit einem fiesen Stalker überhaupt auf die Straße wagt.«

Mein sarkastischer Tonfall brachte Dee zum Schmunzeln. Sie glaubte ebenso wenig wie ich an all die Gerüchte, die sich um Shelby rankten.

Matt hingegen sah die Sache ein wenig anders. »Shane hat mir erzählt, dass letzte Woche jemand die halbe Nacht vor ihrem Haus herumgelungert ist. Ihr Dad hat sogar die Cops gerufen.«

Dee verdrehte die Augen. »Und das muss natürlich ein irrer Verehrer gewesen sein.«

»Wäre doch möglich, dass etwas an der Sache dran ist. Shelby wäre sicher nicht die erste Promqueen in spe, die von einem Psychopathen entführt und im Wald verbuddelt wird.«

»Du siehst eindeutig zu viele Horrorfilme, Matty«, sagte ich und zupfte einen Grashalm ab, den ich zwischen meinen Fingerspitzen zwirbelte.

Neben uns stieß Willis plötzlich ein erbärmliches Jaulen aus.

Matt zuckte zusammen. »Was hat er denn?«

»Ich schätze, er verhungert in den nächsten fünf Minuten«, erklärte ich mit einem belustigten Blick auf den unruhigen Welpen. »Zehn. Allerhöchstens.«

Matt schüttelte grinsend den Kopf, während Dee sanft meinen Arm drückte. »Dann machen wir uns jetzt auf den Weg, in Ordnung?«

Ich nickte. »Na klar.«

Dee musterte mich unschlüssig. »Wir können aber auch noch bleiben, wenn du möchtest.«

»Nicht nötig«, erwiderte ich leise. »Ich denke, es ist jetzt okay.«

Für meine besten Freunde war es ein Leichtes, die Lüge zu durchschauen. Trotzdem bohrten sie nicht weiter nach, sondern ließen mir Platz zum Atmen.

Dankbar begleitete ich die beiden vor die Tür und umarmte sie zum Abschied. »Wir sehen uns dann morgen in der Schule«, sagte ich.

Dee sah mich einen Moment lang überrascht an, hatte sich dann aber schnell wieder gefasst. »Ich kann dich mitnehmen. Dein Auto ist doch sicher in der Werkstatt, oder?«

Stimmt, daran hatte ich gar nicht mehr gedacht. Meine Eltern hatten es auf dem Heimweg zwar erwähnt, aber ich hatte ihnen nur mit halbem Ohr zugehört, weil meine Gedanken immer noch mit dem Unfall beschäftigt gewesen waren.

Natürlich wollte ich viel lieber mit meiner Freundin als mit dem Schulbus fahren. Trotzdem sah ich Dee unsicher an. »Aber das ist doch ein Umweg für dich.«

Sie winkte ab. »Mach dir darüber keine Gedanken.«

»Danke.« Ich drückte ihr einen Kuss auf die Wange. »Du bist die Beste.«

Sie wackelte vielsagend mit den Brauen. »Ich weiß.«

»Du willst echt schon wieder zum Unterricht?«, fragte Matt ungläubig. »Ich dachte, deine Mom würde dich krankschreiben.«

»Das hatte ich auch vor. Aber ich will morgen lieber wieder zur Schule gehen. Andernfalls drehe ich vermutlich durch.« Ich konnte jetzt schon spüren, dass sich etwas in mir verändert hatte. Allerdings konnte ich nicht konkret benennen, was.

Ich fühlte mich traurig, verwirrt, aufgewühlt. Es waren so viele verschiedene Emotionen gleichzeitig, dass ich gar nicht wusste, wie ich damit umgehen sollte. Und da war mir jede Ablenkung recht. Sogar ein Mathekurs schien mir verlockender, als den ganzen Tag zu grübeln.

Nachdem Dee und Matt sich auf den Weg gemacht hatten, brachte ich den Tieren ihre Abendrationen. Willis, Lee und Norris stürzten sich sofort auf die Futterschalen. Thorn hingegen verschmähte ihr Essen – und das leider nicht zum ersten Mal.

Stirnrunzelnd beobachtete ich die kleine Igeldame durch das Gatter. Sie musste endlich anfangen, richtig zu fressen. Doch sie lehnte immer noch alles ab, was ich ihr anbot, und allmählich gingen mir die Ideen aus.

Vielleicht sollte ich Mister Lopez fragen. Er unterrichtete Biologie und war einer der wenigen, die von meinem Hobby wussten, weil ich ihn gelegentlich um Rat bat. Ich nahm mir vor, ihn gleich morgen nach der zweiten Stunde anzusprechen, während ich hinauf in mein Zimmer schlich. Meine Eltern unterhielten sich leise im Wohnzimmer, doch ich hatte keine Lust, mit ihnen zu reden.

Obwohl ich gerade mal zwei Nächte fort gewesen war, war ich froh, wieder in meinem kunterbunten Reich zu sein. Die Wände waren bis zu meinen Schultern in einem hellen Grünton gestrichen. Der Rest und die Decke erstrahlten in Weiß.

Links neben der Tür befand sich eine weiß lasierte Holzkommode, in der ich meine Klamotten aufbewahrte. Darüber hingen unzählige Bilder von meiner Familie, Dee und Matt. Das breite Bett stand an der hinteren Wand und ragte bis in die Mitte des Raumes. Auf dem Nachttisch daneben hatte meine Mutter den Strauß Blumen, den wir aus dem Krankenhaus mitgenommen hatten, in einer weißen Porzellanvase arrangiert.

Unter dem Fenster stand eine wunderschöne Bank, die mein Vater mir vor Jahren gebaut hatte. An sie grenzten mehrere weiße Regale. Sie waren vollgestopft mit Schulbüchern, Ordnern, Schachteln und Notizheften, in denen ich akribisch den Krankheitsverlauf meiner Patienten festhielt. Vor der rechten Wand stand der Schreibtisch, auf dem mein Notebook und mehrere Schulsachen lagen.

Eigentlich bereitete ich immer am Abend alles für den nächsten Tag vor, doch heute beschloss ich, dass morgen früh immer noch genug Zeit war, um meinen Kram zusammenzusuchen. Müde rollte ich mich auf dem Bett zusammen. Ich hoffte, dass die Erschöpfung jeden meiner Gedanken wegfegen würde. Aber leider kam ich nicht zur Ruhe. Immer wieder kreisten meine Gedanken um den Unfall und die beiden Opfer, während Schmerz und Schuldgefühle erbarmungslos in mir tobten.

Als Mom später ins Zimmer kam, gab ich vor zu schlafen. Ich war mir sicher, dass sie mich durchschaute, aber zu meiner Überraschung ließ sie es mir durchgehen.

IV

Nach einer schlaflosen Nacht kauerte ich am Montagmorgen auf einem der beiden Barhocker am Küchentresen und kämpfte gegen meine Erschöpfung an, was von meiner Mutter natürlich nicht unbemerkt blieb.

»Bist du sicher, dass du in die Schule willst?«, fragte sie über den Rand ihrer Kaffeetasse hinweg.

»Ja, bleib doch zu Hause«, mischte mein Bruder sich ein. Er saß neben mir auf dem anderen Barhocker vor einer Schüssel *Lucky Charms* und grinste schief. »Dann kannst du den ganzen Tag Zeichentrickfilme gucken.«

Obwohl mir gar nicht danach zumute war, brachten mich seine Worte zum Schmunzeln. Neckend verstrubbelte ich ihm die Haare. »Klingt verlockend, Äffchen. Aber das geht nicht. Ich muss mit Mister Lopez sprechen.«

Bevor meine Mom mir noch mal ins Gewissen reden konnte, hupte draußen ein Wagen. Keine Minute zu früh, denn ich hatte gerade wirklich keine Nerven für weitere Diskussionen. Ich rutschte vom Stuhl, schnappte mir den Rucksack und warf meiner Mutter einen Kussmund zu. »Bis heute Abend.«

»Ach, Nayla?«, rief sie mir nach.

»Ja?«, fragte ich über die Schulter zurück.

»Ich möchte, dass du nach der Schule direkt nach Hause kommst.«

Verwirrt drehte ich mich um. »Wieso? Ihr seid doch sowieso alle unterwegs.«

»Ich will nicht, dass du dich überanstrengst«, erklärte sie im Doktormodus. Was sie jedoch nicht laut aussprach, war die Tatsache, dass das Thema *heimliche Dates* noch nicht beendet war. »Außerdem kommt dein Vater früher von der Arbeit nach Hause.« Lächelnd wandte sie sich an Victor. »Er holt dich heute schon nach dem Mittagessen aus dem Kindergarten ab.«

Mein Bruder stieß einen Jubelschrei aus.

Ich sah ein, dass ich mir die Mühe sparen konnte, mit Mom zu verhandeln, also ließ ich es gleich bleiben. Ich hatte ihr in letzter Zeit ohnehin schon genug Sorgen bereitet.

»Also schön. Dann bis später«, gab ich nach und wandte mich ab. Ich spürte ihren durchdringenden Blick in meinem Rücken. Doch ich ignorierte ihn, schlüpfte in meine Sneakers und verließ das Haus.

Dees grüner Fiat parkte am Straßenrand. Nachdem ich mich innerlich gewappnet hatte, stieg ich ein und ließ mich auf den Beifahrersitz fallen.

Sie musterte mich sorgenvoll. »Du siehst grauenvoll aus.«

Ich lachte trocken auf. »Danke vielmals.«

»Gern geschehen. Du willst das also wirklich durchziehen?«, fragte sie skeptisch.

»Jepp.« Ich wedelte ungeduldig mit der Hand in der Luft herum, denn ich war nach wie vor davon überzeugt, dass es eine gute Idee war, mich mit Schulkram abzulenken. »Fahr los, sonst kommen wir zu spät.«

Nur äußerst widerwillig startete Delilah den Motor. Wir fuhren an ein paar Einfamilienhäusern vorbei, bis sich die Straße teilte. Geradeaus ging es ins Stadtzentrum, doch wir bogen links auf die Ortsumgehung ab, die direkt zur Ellington High führte.

Neben uns erhob sich der üppige Mischwald der Great Smoky Mountains, für die Tennessee so berühmt war, und wie üblich wurde mein Blick wie magisch von dem satten Grün angezogen. Etwas Besonderes verband mich mit diesem Wald. Manchmal kam es mir sogar so vor, als flüsterte er mir seine Geheimnisse zu, wenn ich allein durch das Dickicht streifte.

Am liebsten hätte ich das Fenster heruntergelassen, um den frischen Duft von feuchter Erde, Baumharz und taubedecktem Laub zu inhalieren. Aber so früh am Morgen war es noch recht kalt, und Dee wäre nicht besonders begeistert gewesen, wenn ich ihren Fiat in eine Eishöhle verwandelt hätte.

Als wir eine Viertelstunde später die Ellington erreichten, herrschte bereits reger Betrieb vor dem Schulgebäude. Da viele Schüler aus den umliegenden Ortschaften kamen und die höheren Semester den Schulbus konsequent mieden, war der Parkplatz rappelvoll. Dee quetschte den Fiat in eine kleine Parklücke, bevor sie mich unsicher ansah. Erst jetzt fiel mir auf, dass wir auf dem ganzen Weg kein Wort geredet hatten.

»Alles okay?«, fragte ich.

Dee kniff die Augen zusammen. »Sag du es mir.«

Ich seufzte leise. Sie konnte es nicht leiden, wenn ich etwas vor ihr verheimlichte, und offen gestanden war ich auch nie besonders gut darin gewesen. Egal, ob es sich bloß um eine Kleinigkeit handelte oder um richtig wichtige Dinge, Dee hatte es jedes Mal durchschaut, wenn ich ihr etwas vormachte. Also versuchte ich es erst gar nicht mehr.

Beklommen rieb ich mir über das Gesicht. »Ich habe einfach noch ein bisschen an dem Unfall zu knabbern.«

»Nayla«, sagte Dee sanft und griff nach meiner Hand. »Es war nicht deine Schuld. Hör auf, dich deswegen fertigzumachen.«

Als wäre das so einfach. Angespannt beobachtete ich, wie ein paar Kids lachend an uns vorbeigingen. »Bitte erzähl niemandem davon, okay? Ich will nicht für den Rest unserer Schulzeit das Mädchen sein, das in einen furchtbaren Unfall mit zwei Todesopfern verwickelt war.«

Es gab Leute wie Shelby Benson oder Preston O'Grady, die es liebten, im Mittelpunkt zu stehen, und alles taten, um die Aufmerksamkeit der gesamten Schülerschaft auf sich zu lenken. Aber zu denen zählte ich nicht. Ich fühlte mich in der Menge am wohlsten.

»Ich werde kein Wort sagen«, versprach Delilah.

»Danke.«

Ich atmete noch einmal tief durch, bevor ich ausstieg und neben Dee über den Parkplatz zu dem dreistöckigen Schulgebäude marschierte. Die Fassade war im letzten Frühjahr erneuert worden und erstrahlte in einem fröhlichen Gelb. Wir ließen uns von dem Sog der Schülerschaft erfassen und passierten eingekesselt den Haupteingang. In dem breiten Korridor, der geradeaus in die Mensa führte, befanden sich rechts und links blaue Spinde.

»Ich habe gehört, der Typ soll Fahrerflucht begangen haben«, ertönte plötzlich eine Mädchenstimme hinter mir. »Ist das nicht furchtbar?«

»Was für ein Arschloch«, erwiderte jemand anders, der verdächtig nach Shelby klang. »Ich hoffe, er schmort in der Hölle.«

Ich erstarrte mitten in der Bewegung, weshalb Shelby prompt in mich hineinrannte.

»Hey!«, zischte sie mich an. »Pass doch auf, Nayla.«

»Sorry.« Dee packte meinen Arm und zog mich weiter zu unseren Spinden, die sich gegenüber vom Treppenaufgang befanden. Dort schob sie mich aus dem Schülerstrom, ehe sie mich besorgt musterte. »Alles okay?«

Zitternd schüttelte ich den Kopf. Mir war kotzübel, und kalter Schweiß klebte mir im Nacken. Schwer atmend lehnte ich mich gegen die Spinde. Eigentlich hätte ich damit rechnen müssen. In Summertown passierte nur selten etwas Aufregendes. Deshalb stürzten sich die Leute auch wie Habichte auf Neuigkeiten, egal ob es gute oder schlechte waren.

»Soll ich dich wieder nach Hause bringen?«, fragte Dee.

Alles, bloß das nicht.

Irgendwie gelang es mir, ihr Angebot abzulehnen, mich umzudrehen und meinen Spind zu öffnen, wo ich das Chaos nach meinem Geschichtsbuch durchsuchte. »Hast du schon ein Thema für dein Essay gefunden?«, fragte ich Dee in dem Bestreben, uns beide durch ein Alltagsthema abzulenken.

Ich hatte Biologie als Hauptfach belegt. Dee und Matt hingegen rackerten sich tagtäglich in Englisch ab und mussten bald eine schriftliche Abhandlung zu einem frei gewählten Thema abgeben. Die Tatsache, dass Dee stumm blieb, ließ mich vermuten, dass sie sich immer noch nicht entschieden hatte.

»Du findest sicher bald was Gutes«, sagte ich, um sie aufzumuntern.

Dee antwortete nicht, weshalb ich irritiert über die Schulter schaute.

Meine beste Freundin stand zwar immer noch neben mir, ihre Aufmerksamkeit war aber auf etwas im Korridor hinter mir gerichtet. Auf ihrem Gesicht lag ein seltsamer Ausdruck, irgendwie … fasziniert.

Neugierig lugte ich hinter der Spindtür hervor und bemerkte zwei fremde junge Männer, die durch den überfüllten Gang marschierten. Sie teilten die Schülermenge wie Moses das Meer.

Beide waren groß, viel größer als die meisten Kerle in unserem Alter. Der Linke war kräftig gebaut und hatte goldblondes, verwuscheltes Haar, das sich krass von seiner schwarzen Lederjacke abhob. Seine blauen Augen funkelten vergnügt, während er alle Leute grüßte. In der Hand hielt er ein paar der Bücher, die Anfang des Schuljahres in unserer Klassenstufe ausgeteilt worden waren.

Der andere Typ besaß eine athletischere Figur. Sein Gang war geschmeidig wie der einer Raubkatze. Er hatte rabenschwarzes Haar, das an den Seiten und am Hinterkopf kürzer geschnitten war, ihm aber tief in die Stirn fiel. Auch er hatte eine Lederjacke an, die sich eng um seine Schultern spannte. Dazu trug er dunkle Jeans und Bikerboots. Im Gegensatz zu dem Blonden hatte er weder ein Buch noch eine Schultasche dabei. Sein Blick schweifte fast schon gelangweilt über die Menge, bis er mich hinter der Tür entdeckte.

Als sich unsere Blicke trafen, stellte ich fest, dass seine Augen im Gegensatz zu seiner Miene wahnsinnig ausdrucksstark waren. Sie leuchteten in einem warmen Grün. Der Farbton erinnerte mich an den Wald, den ich so sehr liebte.

Nicht gerade sanft stieß er seinem Begleiter den Ellenbogen in die Rippen und nickte in unsere Richtung. Der Blondschopf folgte seiner stummen Aufforderung. Als er uns sah, hoben seine Lippen sich zu einem jungenhaften Grinsen. Zielgerichtet kamen sie auf uns zu und blieben unmittelbar vor uns stehen.

»Hi«, sagte der Blonde und strahlte mich an. »Wollen wir Freunde sein?«

Ich war so verdattert, dass ich keinen Ton herausbrachte. Neben ihm verdrehte der schwarzhaarige Kerl genervt die Augen. Aber ich konnte auch einen Hauch von Belustigung in dem Grün aufblitzen sehen.

Erwartungsvoll schaute der Blonde mich an.

Normalerweise war ich nicht auf den Mund gefallen. Aber all die neugierigen Blicke der umstehenden Schüler sorgten dafür, dass ich mich zunehmend unwohler fühlte, da diese Frage anscheinend ausschließlich an mich gerichtet war.

»Äh, hallo«, kam Dee mir zu Hilfe und schob sich vor mich, weil sie ganz genau wusste, was ich von der vielen Aufmerksamkeit hielt. »Und ihr seid?«

»Verzeihung«, antwortete der Blonde. »Wo bleiben nur meine Manieren?«

»Auf dem Parkplatz vergessen?«, riet Dee, woraufhin er fröhlich lachte.

»Gut möglich.« Er zwinkerte ihr zu, ehe er sich die freie Hand auf die Brust legte und eine Verbeugung andeutete. »Ladys, ich bin Philemon, aber meine Freunde nennen mich Phil.« Er schlug seinem Kumpel hart auf den Rücken. »Und dieser gut gelaunte Bursche hier ist Cyrian. Wir sind Austauschschüler.«

»Austauschschüler?«, wiederholte Dee mit unverhohlener Skepsis in der Stimme.

Philemon grinste breit. »Ganz genau.«

Ich musterte die beiden genauer. Aus der Nähe betrachtet wirkten sie nicht wie Schüler im letzten Schuljahr, sondern eher wie Studenten im dritten oder vierten Semester. Aber außerhalb von Summertown tickten die Uhren vielleicht anders.

»Und wie heißt ihr?«, erkundigte Philemon sich freundlich.

»Ich bin Delilah.« Sie trat einen Schritt beiseite und präsentierte mich wie den Hauptpreis in einem Gewinnspiel. Offenbar war ihr Misstrauen bereits verflogen. »Und das ist Nayla.«

»Was für hübsche Namen.« Zu meiner Überraschung schien Philemon das absolut ehrlich zu meinen. Er war geradezu verstörend charmant.

Plötzlich tauchte Matt neben uns auf und legte in einer besitzergreifenden Geste den Arm um Dees Schulter. Wie üblich trug er Jeans und ein Shirt mit einem Band-Logo. Seine braunen Haare waren mit ein wenig Gel in Form gestylt.

»Das ist Matt«, stellte Dee ihn vor.

»Ihr fester Freund«, ergänzte dieser prompt.

Ich presste die Lippen zusammen, um nicht zu lachen. Manchmal war Matt echt niedlich.

Cyrian hob eine Braue, sagte aber nichts dazu. Wenn ich so darüber nachdachte, hatte er bisher generell noch keinen Ton von sich gegeben.

»Glückwunsch, Mann.« Philemon streckte die Hand aus, die Matt nach kurzem Zögern schüttelte. »Ich bin Phil und das ist Cyrian.«

»Freut mich«, murmelte Matt, aber so ganz glaubte ihm wohl niemand.

»Kann mir jemand sagen, wo sich der Klassenraum von Miss Brisbane befindet?«, fragte Philemon und sah sich suchend um. »Wir haben in der ersten Stunde Geschichte.«

»Oh!« Sichtlich erfreut nickte Dee in meine Richtung. »Nayla auch. Sie kann euch hinführen.«

Phil lächelte breit. »Großartig.«

Ja, einfach fantastisch.

Mein Schicksal war besiegelt, als die Schulglocke genau in dem Moment losschrillte. Auffordernd nickte mir meine beste Freundin zu. Ihr war deutlich anzusehen, wie sehr sie sich über unsere neuen Mitschüler freute. Wahrscheinlich plante sie sogar schon mein nächstes Date. Aber das konnte sie vergessen. Ich würde mich nie wieder heimlich mit einem Jungen verabreden. Schließlich hatte ich meine Lektion gelernt.

Bei dem Gedanken rauschten aufs Neue grauenvolle Erinnerungen an den Unfall durch meinen Kopf. Es kostete mich einige Mühe, keine Grimasse zu schneiden. Stattdessen wandte ich mich ab, zog mein Geschichtsbuch aus dem Spind und knallte die Tür zu.

Gefolgt von Philemon und dem schweigsamen Cyrian liefen Matt, Dee und ich hinauf in den ersten Stock. Dort gingen meine Freunde weiter in die nächste Etage, während ich mit den hübschen Austauschschülern zurückblieb.

Am Ende des Ganges entdeckte ich Shelby, die mit zwei Mädels aus ihrer Cheerleadergang vor dem Büro des Schuldirektors herumlungerte. Wie üblich trugen die drei nur ihre grün-weiß gemusterten Trikots, sprich enge Tops und kurze Faltenröcke, die gerade bis über den Hintern reichten.

Die selbst ernannte Highschoolqueen strich sich eine platinblonde Haarsträhne hinters Ohr und bedachte mich mit einem Blick, den man nur als missgünstig bezeichnen konnte. Ich ging jede Wette ein, dass sie nur allzu gern mit mir getauscht hätte.

Kurz überlegte ich, Shelby einfach heranzuwinken, damit sie sich meiner Begleiter annehmen konnte. Aber das wäre lächerlich gewesen. Davon abgesehen war ich normalerweise nicht so unhöflich und wortkarg.

Ich verdrängte meine innere Anspannung und straffte die Schultern, ehe ich auf eine Tür in der Mitte des Ganges deutete. »Miss Brisbanes Klassenraum ist gleich da vorne.«

Galant wies Phil mir den Vortritt. »Nach dir, Schönste.«

Wieder verdrehte Cyrian die Augen, diesmal definitiv nicht amüsiert. Er rammte seinem Freund den Ellbogen in die Seite, und Phil stieß eine Mischung aus Grunzen und Lachen aus.

Ich ignorierte ihr Gerangel und marschierte voran in den Klassenraum. Miss Brisbane stand bereits an ihrem Pult und blätterte konzentriert in ihren Unterlagen. Sie gehörte zu den älteren Fachkräften an unserer Schule und hatte eine Vorliebe für adrette Damenkostüme. Heute bestand ihr Ensemble aus flachen Pumps und einem roséfarbenen Rock mit passendem kariertem Jäckchen, das sich etwas um ihre füllige Körpermitte spannte. Ihre weißen Löckchen waren stylisch in Form gezupft. Als sie mich sah, grüßte sie freundlich. »Guten Morgen, Miss Carlesso.«

»Guten Morgen.« Ich schlängelte mich an ein paar Mitschülern vorbei zu meinem Stammplatz neben Bobby an der Fensterfront.

Bobby war cool. Er blieb wie ich lieber unter dem Radar, weshalb wir uns super verstanden.

Langsam lehnte er sich zu mir herüber. »Wer ist das?«, fragte er in ehrfürchtigem Ton.

Leicht genervt klatschte ich einen Schreibblock auf den Tisch, während sich Miss Brisbane zum Glück erhob und mir damit weitere Erklärungen ersparte.

»Herrschaften!«, rief sie über das Gemurmel der Klasse hinweg. »Wie Ihnen sicherlich nicht entgangen ist, haben wir zwei neue Austauschschüler.« Als wären die beiden leicht zu übersehen, deutete sie mit einer ausschweifenden Geste auf Cyrian und Philemon. »Wenn Sie sich bitte selbst vorstellen wollen.«

Cyrian presste missmutig die Lippen zusammen, während Philemon fröhlich in die Runde winkte. »Hi! Ich heiße Philemon. Meine Freunde nennen mich aber Phil. Ich liebe scharfes Essen, wippe gern mit dem rechten Fuß und stehe total auf romantische Sonnenuntergänge.«

Schon brüllte die Klasse los vor Lachen.

Sogar Miss Brisbanes Mundwinkel zuckten, doch sie riss sich am Riemen und klatschte in die Hände. »Ruhe, bitte!« Auffordernd nickte sie Cyrian zu, der hingebungsvoll die Augen verdrehte.

»Ich bin Cyrian.«

Die Klasse wartete gespannt, ob er ebenfalls eine Macke oder Vorliebe preisgeben würde. Doch er verschränkte demonstrativ die Arme und schwieg.

»Also gut. Herzlich willkommen an der Ellington High«, sagte Miss Brisbane und wies auf eine freie Doppelbank, die sich schräg hinter der von Bobby und mir befand. »Nehmen Sie bitte dort Platz.«

Phil schlenderte an uns vorbei. Cyrian folgte ihm, ohne mich eines Blickes zu würdigen. Stattdessen schien er jeden, der ihn und Phil neugierig musterte, im Geiste zu sezieren.

Während Miss Brisbane mit dem Unterricht begann, konnte auch ich leider nicht widerstehen und beäugte unsere Neuzugänge aus dem Augenwinkel. Philemon hatte sich entspannt auf dem Stuhl zurückgelehnt und lauschte mit verschränkten Armen den Worten unserer Lehrerin.

Er schien nicht übertrieben zu haben, denn sein rechtes Bein zappelte ohne Unterlass.

Ich fragte mich, wie Cyrian das aushielt. Mich hätte es schon längst in den Wahnsinn getrieben. Aber ihn schien es nicht zu stören. Er schnappte sich den Schreibblock von Philemon, bettete seinen linken Fuß auf den Oberschenkel und platzierte den Block darauf, ehe er einen Kugelschreiber hervorzog und anfing, auf dem Papier herumzukritzeln.

Erst dachte ich, er machte sich Notizen für den Unterricht, doch bei genauerer Betrachtung wurde mir klar, dass er zeichnete.

Neugierig reckte ich den Kopf, womit ich prompt Cyrians Aufmerksamkeit auf mich zog. Er schaute auf und starrte mich mit seinen grünen Augen so durchdringend an, dass ich das Gefühl hatte, er würde mich mit seinem Blick regelrecht durchbohren. Als wollte er bis auf den Grund meiner Seele vordringen.

Meine Wangen wurden heiß. Ertappt drehte ich mich wieder um und versuchte, mich auf Miss Brisbane zu konzentrieren. Sie faselte irgendetwas über die Renaissance, aber ihre Worte wollten einfach keinen Weg in mein Gehirn finden. Stattdessen prickelte mein Nacken, weil ich das Gefühl nicht loswurde, dass Cyrian mich immer noch ansah.

Ich war so sehr damit beschäftigt, dem Drang, mich noch einmal zu ihm umzudrehen, zu widerstehen, dass ich erschrocken zusammenzuckte, als Miss Brisbane in die Hände klatschte.

»Herrschaften!«, rief sie und klopfte mit den Fingerknöcheln an die Tafel, auf der in großen Lettern das Wort *Exkursion* geschrieben stand. »Bei unserem Ausflug nach Chattanooga nächsten Montag erwarte ich höchste Disziplin und volle Konzentration. Meine Kollegen und ich werden einen fachübergreifenden Aufgabenkatalog erstellen, den Sie vor Ort zu bearbeiten haben. Bringen Sie also bitte Schreibutensilien und Ihr Geschichtsbuch mit.«

Die gesamte Schülerschaft stöhnte kollektiv auf. Sicher bereuten einige jetzt, sich bei der Abstimmung für einen Ausflug in die Stadt entschieden zu haben. Ich wäre lieber zum Nationalpark gefahren. Aber natürlich stand das überhaupt nicht zur Debatte, wenn ein nachmittäglicher Einkaufsbummel lockte.

Als die Stunde wenig später vorüber war, stürzten meine Mitschüler sich sofort wie die Irren auf Philemon und Cyrian, und ich ergriff die Chance zur Flucht.

Leider schaffte ich es gerade mal zur Tür hinaus, als Shelby plötzlich vor mir auftauchte. Bevor ich wusste, was los war, hatte sie mich gepackt und beiseitegezogen.

»Wer sind diese Typen, Nayla?«, fragte sie mit hochroten Wangen und verrenkte sich fast den Hals, um in Miss Brisbanes Klassenraum zu spähen.

Irritiert runzelte ich die Stirn. »Haben wir nicht zusammen Geschichte?«

Sie stieß ein ungeduldiges Schnaufen aus. »Ich war nicht da, weil ich mit dem Direktor die Termine für die nächsten Veranstaltungen durchgehen musste. Ausgerechnet heute. So ein Mist!« Ihre spitzen Fingernägel bohrten sich in meinen Oberarm, während sie in Richtung der neuen Schüler nickte. »Was haben sie gesagt?«

»Nichts Besonderes.« Genervt löste ich mich aus ihrem Klammergriff. »Aber wie du siehst, sind sie noch da drin. Rede selbst mit ihnen, wenn du sie kennenlernen willst.«

Mein Gleichmut den neuen Schülern gegenüber schien sie zu verwirren, denn sie musterte mich skeptisch.

Ich erwiderte ihren forschenden Blick mit stoischer Gelassenheit, was sie sehr zu amüsieren schien. Sie prustete los. »Du bist wirklich schräg, weißt du das?«

Da *Dito!* vermutlich nicht die richtige Antwort auf diese Frage war, behielt ich jeglichen Kommentar für mich.

Zum Glück tauchte in dem Moment Yen auf, eine von Shelbys Busenfreundinnen, und rettete mich vor einer Antwort. »Weißt du, was mir Preston gerade erzählt hat?«, fragte sie aufgeregt und ignorierte mich dabei komplett.

Sofort wurde Shelby hellhörig. »Was denn?«

Ich wollte mich gerade davonmachen, als mich ihre Worte erstarren ließen. »Sein Vater war Freitagabend am Unfallort, um die Straße abzusperren. Er sagte, diese Frauen, die in dem Wagen saßen, wurden quasi in Stücke zerrissen.«

Schlagartig wurde mir kotzübel, während diese gefühllose, dumme Kuh vor Begeisterung quietschte. »Wie in einem Splatterfilm.«

Shelby zog die Nase kraus. »Ist ja widerlich.«

»Ja«, pflichtete ich ihr tonlos bei und warf Yen einen vernichtenden Blick zu. »Widerlich trifft es auf den Punkt.«

Ganz so dämlich war Yen offenbar doch nicht, denn sie stemmte empört die Hände in die dürren Hüften. »Jetzt chill mal, Nayla. Diese Frauen juckt es sicher nicht mehr.«

Wut bündelte sich tief in mir und trieb mir Tränen in die Augen. Am liebsten hätte ich Yen eine schallende Ohrfeige verpasst. Meine Hände kribbelten bereits, als würden sie diese Idee gutheißen.

Bevor ich vor diesen Tussis jedoch völlig die Fassung verlor, ließ ich sie einfach stehen und flüchtete auf die Toiletten. Nicht sehr heldenhaft, schon klar. Aber ich brauchte einfach einen Moment für mich allein.

Ich mied den Blick in den Spiegel, als ich mich über das Waschbecken beugte und mir eiskaltes Wasser ins Gesicht spritzte. Die Kälte linderte die brennende Wut und die Schuldgefühle, die sich durch meine Eingeweide fraßen. Ich atmete ein paarmal tief durch und versuchte, mich wieder zu beruhigen.

Als es kurz darauf zur zweiten Stunde klingelte, stieß ich einen Fluch aus und hastete hinaus. Noch mehr Aufmerksamkeit konnte ich heute echt nicht gebrauchen.

Mister Lopez' Klassenraum befand sich einen Stock über mir. Ich rannte durch den leeren Korridor und wollte gerade ins Treppenhaus abbiegen, als ich Philemons Lachen vernahm. »Komm schon, Cyr. Mach nicht so ein Gesicht.«

Automatisch wurde ich langsamer und kam noch vor der Ecke zum Stehen. So konnte ich jedes einzelne Wort mitanhören, das er und Cyrian sprachen.

»Ich fasse es nicht, dass wir hierherbeordert wurden, um Babysitter für eine ahnungslose Highschoolprinzessin zu spielen.« Cyrians Stimme war überraschend warm, obwohl seine Worte vor Missfallen nur so trieften.

»Die Highschool ist doch lustig«, erwiderte Phil unbekümmert. »Ganz wie in alten Zeiten. Außerdem ist sie richtig süß, findest du nicht? Andererseits war das wohl zu erwarten.«

»*Süß* wäre jetzt nicht der Begriff, den ich benutzt hätte«, entgegnete Cyrian trocken.

»Ach, wirklich? Wie findest du sie denn?«

Cyrian schien einen Moment lang nachzudenken. »Langweilig. Ich kann nichts Besonderes an ihr entdecken. Sie ist wie ein Truthahnsandwich ohne all die netten Extras wie Salat, Gurke und Honigsenfsoße.«

Wieder lachte Phil. »Du kannst echt ein Arsch sein.«

»Hmm«, murmelte Cyrian und machte im selben Moment einen Schritt um die Ecke.

Ich schnappte erschrocken nach Luft, weil ich nicht damit gerechnet hatte.

Er hingegen schien keineswegs überrascht zu sein. Herausfordernd hob er eine Braue. »Solltest du nicht im Unterricht sein, anstatt zu lauschen?«

Vor Verlegenheit schoss mir das Blut in die Wangen. Schnell senkte ich den Kopf und huschte an ihm vorbei zur Treppe. Allerdings gab ich mich keinen Illusionen hin, dass ihm die Röte entgangen sein könnte. Dabei sollte *er* sich eigentlich vor Scham winden. Schließlich hatte ich ihn und seinen Kumpel gerade dabei ertappt, wie sie hemmungslos über eine Mitschülerin herzogen.

Einen Moment lang fragte ich mich, wen sie gemeint hatten, doch eigentlich war die Antwort klar. An dieser Schule gab es schließlich nur eine Highschoolprinzessin.

Shelby.

Abrupt blieb ich stehen und sah Phil an, der ein paar Stufen über mir lässig am Geländer lehnte. »Diese Schüleraustauschgeschichte ist ein Fake, oder?«

Seine Unbekümmertheit geriet ein wenig ins Wanken. Er warf Cyrian einen raschen Blick zu.

Ich drehte mich wieder um und bemerkte, dass er mir ein paar Stufen nach oben gefolgt war, sodass sich unsere Köpfe nun auf gleicher Höhe befanden.

Aus der Nähe betrachtet war sein Gesicht nicht so makellos wie das von Philemon. Eine feine Narbe zog sich durch seine rechte Augenbraue und seine Nase war ein bisschen schief. An seinem Kiefer zuckte ein Muskel, als würde er die Zähne fest aufeinanderbeißen. In seinem Gehirn schien eine Menge vor sich zu gehen, während sein Blick auf mir verweilte.

»Ja, Nayla«, sagte er ruhig.

Meinen Namen aus seinem Mund zu hören, hatte eine seltsame Wirkung auf mich. Aber noch mehr war ich erstaunt über seine Ehrlichkeit. Ich hatte nicht erwartet, dass er mir so freimütig zustimmen würde.

Forschend sah ich ihn an. »Weiß Shelby Bescheid?«

Eine kleine Falte erschien auf seiner Stirn, während er mich nachdenklich musterte.

»Um sie geht es doch, oder nicht?«, hakte ich nach.

Cyrian schien zu überlegen, wie viel er mir anvertrauen konnte, und in mir regte sich nun doch ein wenig Sorge. In einem verpennten Kaff wie Summertown schienen mir Bodyguards maßlos übertrieben. Ob an der Geschichte mit dem Stalker doch etwas dran war? Ich mochte Shelby nicht besonders, allerdings wünschte ich ihr auch ganz bestimmt keinen Irren an den Hals.

»Shelby weiß nichts davon«, sagte Cyrian schließlich. »Und es wäre gut, wenn wir es dabei belassen könnten.«

»Wird sie bedroht?«, fragte ich angespannt.

Cyrian schüttelte den Kopf. »Es ist eine reine Vorsichtsmaßnahme. Shelby ist nicht in Gefahr.«

Misstrauisch kniff ich die Augen zusammen, während Cyrian meinen Blick ungerührt erwiderte. Falls Bürgermeister Benson sicherstellen wollte, dass niemand seiner Tochter blöd kam, hatte er mit ihm sicherlich die richtige Entscheidung getroffen. Cyrian sah jedenfalls so aus, als wüsste er, wie man jemanden verteidigte. Er strahlte eine Aura von Kraft und Entschlossenheit aus, die sogar meine Knie weich werden ließ.

Philemon hüpfte ein paar Stufen nach unten und legte mir sanft die Hand auf die Schulter. Seine Berührung lenkte Cyrian ab und brach zugleich das merkwürdige Band zwischen uns. Ich sah Philemon an.

»Könntest du dieses Geheimnis bitte für dich behalten?«, fragte er.

Mir gefiel die Vorstellung nicht, dass ein Mädchen auf Schritt und Tritt verfolgt wurde, ohne sich dessen bewusst zu sein. Selbst wenn es sich dabei um Shelby handelte. »Ich denke, es ist gar nicht notwendig, euren Job vor ihr zu verheimlichen. Sie wird eure Aufmerksamkeit zu schätzen wissen.«

Phil ließ mich los und verschränkte die Arme, wodurch er tatsächlich wie ein Bodyguard aussah. »Wir möchten sie nicht beunruhigen.«

Skeptisch zog ich eine Braue hoch. »Habt ihr nicht gerade behauptet, es gäbe keinen Anlass zur Sorge?«

»Mir wäre es auch lieber, wenn man sie aufgeklärt hätte«, schaltete Cyrian sich nun ungeduldig ein. »Aber diese Entscheidung lag nicht bei uns, und wir haben versprochen, ihr kein Wort zu sagen.«

»Können wir uns auf deine Diskretion verlassen?«, fragte Phil und bedachte mich mit einem flehenden Blick.

Mir war nicht ganz wohl dabei, trotzdem gab ich nach. »Ich werde nichts sagen«, versprach ich und deutete nach oben. »Ich muss jetzt zum Unterricht.«

Phil ging mir nach. »Was hast du denn?«

»Biologie bei Mister Lopez.«

»Na, so ein Zufall.« Seine gute Laune schien schlagartig zurückgekehrt zu sein. »Da müssen wir auch hin.«

»Tatsächlich?«, fragte ich missmutig.

»Jepp.« Er hielt ein Blatt in die Höhe, auf dem sein Stundenplan aufgeführt war. »Ich habe nur leider keine Ahnung, wo es langgeht.«

Ich stieß ein Seufzen aus. »Kommt mit.«

Wir gingen nach oben und erreichten eine Minute später Mister Lopez' Klassenzimmer. Mein Lieblingslehrer lächelte erfreut. »Nayla, wie schön, dass Sie uns doch noch Gesellschaft leisten, und wie ich sehe, bringen Sie sogar neue Freunde mit.«

Die Klasse lachte.

Ich murmelte eine Entschuldigung und hastete zu meinem Platz in der vorletzten Reihe. Anabel hatte bereits ihr Buch aufgeschlagen und musterte mich neugierig. Sie hatte langes braunes Haar, schokoladenbraune Augen und war sehr zierlich gebaut. Als Vorsitzende des Schachclubs verfügte sie über ein gesundes Selbstbewusstsein, allerdings war sie nicht abgehoben wie Shelby und ihre Anhängerinnen. Sie war freundlich und nett.

Cyrian und Philemon folgten mir und nahmen den freien Tisch vor uns in Beschlag. Sowie sie sich gesetzt hatten, drehte Phil sich fröhlich um. »Ich habe doch gesagt, dass wir Freunde werden.«

»Eigentlich hast du mich lediglich gefragt, ob wir Freunde werden *wollen*«, stellte ich mit gesenkter Stimme klar, »was ich definitiv nicht bestätigt habe.«

Dafür war ich nämlich viel zu perplex gewesen.

»Aber du hast auch nicht abgelehnt.« Schmunzelnd lehnte Philemon sich noch ein Stück weiter in meine Richtung. »Und da ich unbedingt will, dass wir uns besser kennenlernen, bist du eindeutig überstimmt.«

Aus dem Augenwinkel sah ich, wie Anabel die Kinnlade runterklappte, während mich mindestens zehn Mitschüler anglotzten, als wäre ich nicht ganz dicht, weil ich überhaupt darüber diskutierte.

Am liebsten hätte ich meinen Kopf auf die Tischplatte geschlagen, doch damit hätte ich natürlich nur noch mehr Aufmerksamkeit auf mich gezogen.

Mister Lopez räusperte sich laut und schob sich seine Randlosbrille höher auf die Nasenwurzel. »Mir ist bewusst, dass viele von Ihnen am Freitag bereits mit der Wochenendplanung beschäftigt waren«, rief er über das Getuschel hinweg, »aber kann sich jemand erinnern, worüber wir in der letzten Stunde gesprochen haben?«

Shelbys Hand schoss in die Höhe, wofür ich ihr aufrichtig dankbar war, da sie Phil und die anderen von mir ablenkte.

Er drehte sich wieder um und musterte Shelby mit neuem Interesse, während sie mit stolzgeschwellter Brust auf die Frage unseres Biologielehrers antwortete: »Wir haben den Feinbau von Chloroplasten analysiert.«

Mister Lopez nickte zufrieden, während Anabel sich zu mir beugte.

Als sie den Mund öffnete, schüttelte ich entschieden den Kopf. »Frag nicht!«

»Oh, und wie ich fragen werde«, raunte sie in unheilvollem Tonfall. »Sobald die Stunde vorüber ist.«

V

Am Ende des Vormittags fühlte ich mich, als wäre ich in einem Strudel permanent hin- und hergeschleudert worden. Nach Biologie hatte Anabel mir gerade genug Zeit eingeräumt, Mister Lopez um Rat für Thorn zu bitten. Dann hatte sie mich mit Fragen über Phil und Cyrian bombardiert.

Eigentlich hatte ich gehofft, dass die nächsten Stunden besser verliefen, doch da Shelby und ich zu meinem unermesslichen Vergnügen den gleichen Stundenplan hatten, waren die populären Neuzugänge auch in Mathe und Physik nie weit entfernt. Die beiden waren das Topthema an der Ellington und sogar noch interessanter als der tragische Unfall, der ebenfalls immer wieder die Runde machte und jedes Mal blutrünstiger wurde.

Nach einer äußerst peinlichen Begegnung mit Jesper auf dem Weg in die Schulkantine gab ich auf. Mom hatte mir zur Sicherheit eine Freistellung vom Sportunterricht am Nachmittag gegeben, die ich Anabel mitten auf dem Gang in die Hand drückte. Außerdem bat ich sie, Dee auszurichten, dass ich nach Hause musste, bevor ich mich zum Schulbus rettete.

Freiwillig.

Da konnte man mal sehen, wie fertig ich war.

Es kam mir wie eine Erlösung vor, als das gelbe Ungetüm vom Schulgelände rollte. Da ich noch kein neues Handy hatte, konnte ich die Welt um mich herum leider nicht mit Musik ausblenden. Aber ich schaffte es irgendwie, das viele Getratsche der jüngeren Schüler um mich herum zu ignorieren.

Ich stieg eine Station früher aus und schlenderte zu einem kleinen Supermarkt, der sich ganz in der Nähe der Haltestelle befand. Mister Lopez hatte mir geraten, es mit Katzenfutter zu versuchen. Das kam mir zwar etwas unorthodox vor. Da ich jedoch noch keine Erfahrungen mit abgemagerten Igeln besaß, wollte ich nichts unversucht lassen.

Viel Auswahl gab es nicht. Aber immerhin hatte der Besitzer gutes Premiumnassfutter im Angebot. Ich packte jede Sorte in den Korb, ehe ich zum Süßigkeitenregal marschierte und einen Haufen ungesundes Zeug einpackte. Irgendwie musste ich schließlich das fehlende Mittagessen kompensieren.

Im Geiste sah ich mich bereits in der behaglichen Stille meines Zimmers sitzen und einen Schokoriegel nach dem anderen in mich reinstopfen. Ich lächelte selig.

Gerade als ich mich auf den Weg zur Kasse machen wollte, betrat Cyrian den Laden und schaute sich suchend um. Am liebsten wäre ich hinter dem Regal in Deckung gegangen. Doch er hatte mich bereits gesehen.

Als sich unsere Blicke kreuzten, flackerten seine Augen kurz auf. Dann setzte er sich in Bewegung und kam direkt auf mich zu. Unmittelbar vor mir blieb er stehen und musterte mich von Kopf bis Fuß, ehe seine Aufmerksamkeit auf dem überfüllten Korb in meinen Händen haften blieb.

Sein Mundwinkel zuckte. »Strebst du eine Karriere als Diabetikerin an?«

Innerlich stöhnte ich auf. Ich wollte jetzt wirklich nicht mit ihm reden. Ich war ohnehin schon ein nervliches Wrack. Trotzig reckte ich das

Kinn in die Höhe. »Ich hatte einen harten Tag. Wenn du mich also bitte entschuldigen würdest?«

Tat er nicht.

Da er keine Anstalten machte, aus dem Weg zu gehen, schob ich mich einfach an ihm vorbei zur Kasse. Doch er folgte mir, völlig unbeeindruckt von meinem patzigen Tonfall.

Missmutig packte ich den Korb aufs Laufband und stopfte jeden Artikel, den die ältere Verkäuferin gescannt hatte, in meinen Rucksack. Unterdessen inspizierte Cyrian die Snacks neben der Kasse und rieb sich geistesabwesend über den flachen Bauch.

Ich warf ihm einen neugierigen Blick zu. »Wieso bist du nicht in der Mensa?«

Er zuckte mit den Schultern. »Um ehrlich zu sein, mag ich den ganzen Trubel nicht besonders.«

Diese Aversion würde er definitiv ablegen müssen. Shelby liebte die mittäglichen Zusammenkünfte. »Wie willst du denn so die Prinzessin bewachen?«, fragte ich, woraufhin die Kassiererin irritiert den Kopf hob. Ich lächelte sie arglos an. »Er ist ein *World-of-Warcraft*-Fan.«

Cyrian stieß einen Laut aus, der fast wie ein Lachen klang. Verdutzt sahen wir einander an.

»Das macht neun Dollar und fünfunddreißig Cent«, sagte die Verkäuferin, woraufhin ich einen Zehndollarschein aus meinem Portemonnaie fischte.

Nachdem sie mir das Wechselgeld gegeben hatte, lehnte sie sich vor und zwinkerte Cyrian zu. »Falls deine Gilde noch einen fähigen Hexenmeister braucht, lass es mich wissen.«

Cyrian blinzelte überrascht, und ich hatte Mühe, mir das Lachen zu verkneifen.

»Also dann, einen schönen Tag noch«, wünschte ich zufrieden, schulterte meinen vollbepackten Rucksack und verließ den Supermarkt.

Keine zwei Sekunden später verstellte Cyrian mir erneut den Weg. Diesmal konnte ich ein genervtes Stöhnen beim besten Willen nicht unterdrücken. »Was denn noch?«

»Um deine Frage zu beantworten: Phil ist noch in der Schule«, sagte er, zog sein Handy hervor und tippte eine Nachricht. Als er fertig war, betrachtete er mich fast schon herausfordernd. »Wieso bist du nicht mehr dort? Soweit ich weiß, haben die oberen Klassenstufen auch nachmittags Unterricht.«

»Ich habe ein Attest.«

Er legte den Kopf schief. »Du machst auf mich keinen besonders kranken Eindruck.«

»Ich leide eher im Stillen.« Ich trat einen Schritt zurück, um etwas Abstand zwischen uns zu bringen. Seine Nähe machte mich nervös. »Wie auch immer, ich sollte mich besser auf den Heimweg machen.«

Lässig schob er sich die Hände in die Jackentaschen. »Ich kann dich fahren.«

Obwohl sein Angebot regelrecht gelangweilt klang, wurde ich das Gefühl nicht los, dass es ihm alles andere als gleichgültig war. Was absolut keinen Sinn ergab. Er war weder besonders freundlich zu mir noch wirkte er glücklich darüber, hier zu sein.

Ich schüttelte den Kopf. »Danke, aber ich gehe lieber zu Fuß.«

Er runzelte die Stirn, als hätte er Mühe, den Sinn meiner Worte zu erfassen.

Weil ich nicht wusste, was ich noch hätte sagen sollen, murmelte ich einen Abschiedsgruß und huschte davon. Bevor ich um die Ecke bog, konnte ich nicht widerstehen und riskierte einen Blick über die Schulter.

Cyrian stand immer noch wie festgewachsen da, als könnte er nicht begreifen, was soeben passiert war. Es kam wohl nicht so häufig vor, dass ihm jemand etwas abschlug.

Nachdenklich bog ich in die kastaniengesäumte Allee ein und spazierte an den Einfamilienhäusern vorbei, die sich kunterbunt aneinanderreihten. Im Gegensatz zu unserem Vorgarten waren die meisten Grünanlagen eher spartanisch mit Frühblühern besetzt, weshalb ich den Duft des Waldes hier viel intensiver wahrnahm. Ich legte den Kopf in den Nacken und holte tief Luft.

Allmählich wich die Anspannung aus meinen Gliedern, und ich hatte zum ersten Mal an diesem Tag das Gefühl, wieder frei atmen zu können.

»Wie heißt deine Katze?«

Entgeistert fuhr ich herum.

Cyrian stand direkt hinter mir und verzog das Gesicht. Er schien nicht fassen zu können, was er gerade gesagt hatte.

Mir ging es nicht anders. Voller Unglauben starrte ich zu ihm empor. »Sag mal, verfolgst du mich?«

Ein spöttisches Funkeln trat in seine Augen. »Das ist so ziemlich der schlechteste Anmachspruch, den ich je gehört habe.«

Meine Wangen fingen auf der Stelle Feuer. »Ich habe dich *nicht* angemacht.«

»Gut.« Lässig schlenderte er an mir vorbei. »Ich habe nämlich vor, dich zu meiner Komplizin zu machen, und da wären sexuelle Spannungen fehl am Platz.«

Allein die Andeutung gewisser Anziehungskräfte sorgte dafür, dass sich die Hitze in meinen Wangen auch auf meinen restlichen Körper ausbreitete. Dann drang der eigentliche Kern seiner Aussage zu mir durch. Ich sollte seine Komplizin werden? Das war doch wohl nicht sein Ernst!

Verdattert lief ich ihm hinterher. »Bist du schon mal auf die Idee gekommen, dass ich das gar nicht möchte?«

»Sei nicht albern. Natürlich willst du das.«

Ich lachte schnaubend. »Und wieso sollte ich dir dabei helfen, meine Mitschülerin zu bewachen? Shelby und ich sind nicht mal Freunde.«

»Nicht?« Er warf mir einen schiefen Blick zu. »Wer sind denn dann deine Freunde? Delilah, Matt, wer noch?«

»Eigentlich niemand sonst«, erwiderte ich und stellte fest, dass das ganz schön armselig klang.

»Nur die beiden?«, hakte Cyrian prompt nach, was mich ein bisschen ärgerte.

Trotzig starrte ich ihn an. »Zwei gute Freunde, auf die man sich verlassen kann, sind deutlich mehr wert als zwanzig, die einen bei der ersten Gelegenheit hängen lassen.«

»Punkt für dich.« Cyrian schien einen Moment lang nachzudenken. »Und dieser Typ, der dir vorhin im Schulkorridor auf die Pelle gerückt ist?«

Ich runzelte die Stirn. »Meinst du Jesper?«

»Keine Ahnung, wie der Kerl heißt. Aber seine Nähe schien dir unangenehm zu sein.«

Misstrauisch kniff ich die Lider zusammen. »Du bist ziemlich aufmerksam.«

Er zuckte mit den Schultern. »Ich bin jahrelang darauf trainiert worden, die Menschen in meiner Umgebung zu analysieren und ihr Verhalten zu deuten. Ihr seid mir zufällig aufgefallen, als ich auf dem Weg in die Mensa war. Keine große Sache.«

»Aha«, murmelte ich und überlegte, was mich an dieser Aussage störte. Leider kam ich nicht drauf.

»Wie alt bist du wirklich?«, fragte ich in dem Versuch, von mir abzulenken.

»Neunzehn.«

»Ganz schön jung für einen Bodyguard.«

»Meine Ausbildung hat früh angefangen.« Er drehte den Kopf, um mich anzusehen. »Du hast meine Frage nicht beantwortet.«

»Ich habe keine Katze«, sagte ich und blieb an einer Straßenkreuzung stehen. Abgesehen von einem näher kommenden Wagen und einer Spaziergängerin auf der anderen Straßenseite war niemand zu sehen. Summertown musste Cyrian wie der einsamste Fleck der Erde vorkommen.

Er kniff verwirrt die Brauen zusammen. »Diese Frage hatte ich nicht gemeint.«

Natürlich nicht. Aber ich wollte jetzt nicht über Jesper reden, denn dann würde ich an unser schreckliches Date denken und daran, was auf meinem Heimweg passiert war.

Sie wurden in der Luft zerrissen.

Wie in einem Splatterfilm.

Mein Brustkorb zog sich so schnell zusammen, dass ich plötzlich Mühe hatte, Sauerstoff in meine Lungen zu kriegen. Der Schmerz kehrte mit voller Wucht zurück, und mein Magen zog sich zu einem heißen Knäuel zusammen. Die Hitze wurde immer schlimmer, bis schließlich ein Beben durch meinen Körper ging. Meine Hände fingen an zu zittern, so stark, dass ich mich Halt suchend an den Riemen meines Rucksacks festkrallte.

»Nayla?«

Cyrians Stimme klang weit entfernt in meinen Ohren. Meine Augen brannten.

»Ich muss gehen«, presste ich hervor, bevor ich vollends die Kontrolle über meine Gefühle verlor. Kaum war der Wagen vorbeigefahren, stürzte ich über die Straße, und obwohl ich sonst ein gemächliches Tempo bevorzugte, drosselte ich meine Geschwindigkeit nicht, sondern rannte einfach weiter.

Mir war bewusst, dass Cyrian mir nachschaute und vermutlich meinen Geisteszustand infrage stellte. Aber es war mir egal, ob er mich für durchgeknallt hielt. Ich wollte nur noch nach Hause und mich vor seinen wachsamen grünen Augen verstecken.

Ohne mich noch mal umzudrehen, sprintete ich über den Gehweg, bis unser Haus in Sichtweite kam. Mein Atem ging immer noch stoßweise, doch jetzt lag es an der körperlichen Anstrengung. Außerdem hatte ich heftiges Seitenstechen.

Keuchend drosselte ich meine Geschwindigkeit und hielt mir die Seite. Diese sengende Hitze in mir war verschwunden. Zurückgeblieben war nur eine dumpfe Traurigkeit.

Erschöpft kramte ich meinen Schlüssel hervor und öffnete die Tür. Mein Vater und Victor waren noch nicht zu Hause, wie ich mit einem Blick auf die kleine Nische erkannte, in der wir unsere Jacken und Schuhe verstauten. Aber vermutlich würden sie bald kommen.

Nachdem ich meinen Hausschlüssel an das Schlüsselbrett gehängt hatte, blieb ich unschlüssig im Eingangsbereich stehen und schaute die Treppe hinauf. Unzählige bunte Rahmen, in denen Kinderbilder und Fotos von uns zu sehen waren, hingen an der blau gestrichenen Wand.

Am liebsten hätte ich mich sofort oben in meinem Zimmer verkrochen. Doch ich musste zuerst Thorn versorgen. Also ging ich am Arbeitszimmer vorbei in die Küche, hievte den schweren Rucksack auf den Tresen und kramte eine Dose Katzenfutter heraus. Anschließend schnappte ich mir einen flachen Teller und schlüpfte durch die Hintertür hinaus in den Garten, um nach meinem Sorgenkind zu sehen.

Willis, Lee und Norris sprangen sofort am Maschendrahtzaun hoch, sobald sie mich kommen sahen.

»Ihr seid noch nicht dran, Jungs«, rief ich ihnen zu und erhielt als Antwort ein klägliches Winseln.

Ich hockte mich vor Thorns Käfig und spähte hinein. Die Igeldame kauerte hinter einem Berg Stroh in einer Ecke. Ich drückte etwas von dem Katzenfutter auf dem Teller klein, schob ihn durch den Türspalt und wartete, ob sie sich regen würde.

Eine gefühlte Ewigkeit passierte nichts. Dann fing Thorns Nase an zu zucken.

Im Geiste feuerte ich sie an, mutig zu sein, und lächelte, als sie sich tatsächlich vorwagte und von dem Futter probierte. Wenig später hatte sie alles verputzt. Ich lachte leise. »Da biete ich dir feinstes Frischfutter an und du verlierst dein Herz an Dosenfraß? Unfassbar!«

Ich bereitete ihr auch den restlichen Inhalt zu, ehe ich die Futterschalen der Füchse einsammelte. Als ich gerade zurück ins Haus gehen wollte, hörte ich hinter mir das Knacken eines brechenden Astes.

Überrascht drehte ich mich um und suchte den Wald nach dem Verursacher ab, konnte jedoch nichts Auffälliges entdecken. Im Winter verirrten sich gelegentlich größere Tiere in dieses Gebiet, wenn sie auf der Suche nach Futter waren. Aber dass im April ein Wapiti hier vorbeispazierte, war eher unwahrscheinlich. Dazu veranstalteten Willis, Lee und Norris viel zu viel Radau. Andererseits musste ein Mensch sehr weit laufen, um in diesen Teil des Waldes zu gelangen.

»Hallo?«, rief ich, weil mich zunehmend das Gefühl beschlich, beobachtet zu werden. »Ist da jemand?«

Niemand zeigte sich. Die Geräusche des Waldes schienen auf einmal vollkommen verstummt zu sein. Sogar die Füchse verharrten mit gespitzten Ohren in ihrem Gehege und starrten ins Unterholz.

»Nana!«, brüllte plötzlich mein kleiner Bruder aus vollem Hals durch den Garten.

Gleichzeitig schoss ein Eichhörnchen einen Baumstamm hoch.

Ich zuckte erschrocken zusammen. Dann schüttelte ich den Kopf über mich selbst und ging Victor entgegen.

Er warf sich in meine Arme, sobald er mich erreicht hatte. Dabei war es ihm völlig egal, dass ich Futterschalen in den Händen hielt. Geschickt zog er sich an meinem Nacken hoch, und ich ließ kichernd das Geschirr fallen, um ihn richtig festzuhalten.

»Hey, Äffchen, wie war's im Kindergarten?«

»Tommy Tomson hat das Bad geflutet.« Seine Augen leuchteten vor Aufregung. »Das war voll krass.«

Ich lachte. »Kann ich mir vorstellen. Habt ihr ein paar Schiffe versenkt?«

»Jepp!« Er grinste schief. »Dad hat eine Überraschung für dich. Deswegen kommen wir auch so spät.«

»Verrätst du mir, was es ist?«

Mein Bruder biss sich auf die Lippe. »Eigentlich darf ich es nicht sagen«, flüsterte er, aber wir wussten beide, dass er es unbedingt wollte.

Belustigt lehnte ich mich vor. »Ich verrate auch nichts. Geschwisterehrenwort.«

»Dad hat dir ein neues Handy besorgt«, platzte er heraus.

Ich quietschte erfreut. Im Gegensatz zu anderen Vätern schien meiner genau zu wissen, womit er seine siebzehnjährige Tochter glücklich machen konnte, obwohl sie es vermutlich nicht verdient hatte. Aufgeregt setzte ich meinen Bruder ab und sammelte die Schalen auf, ehe wir wieder ins Haus gingen.

Dad lehnte mit verschränkten Armen in der Küchentür und musterte mich aufmerksam. »Hey, alles okay?«

»Alles gut«, antwortete ich und ging an ihm vorbei zur Spüle, um die Futterschalen auszuwaschen.

»Wirklich?«, hakte er nach und machte sich gar nicht erst die Mühe, seine Sorge zu verbergen. »Du fühlst dich ganz normal?«

Leicht genervt drehte ich mich zu ihm um. »Was soll die Frage, Dad? Mir geht's gut.«

Zugegeben, das entsprach nicht ganz der Wahrheit. Ich war immer noch aufgewühlt und angespannt. Aber das war auch kein Wunder, nach allem, was passiert war. Allerdings wollte ich das vor meinem kleinen Bruder nicht laut aussprechen, und mein Vater schien sich mit meiner Antwort zufriedenzugeben. Er nahm einen Karton vom Küchentresen und hielt ihn mir entgegen. »Für dich.«

Ich grinste breit. »Danke, Daddy.«

»Gern geschehen, Kleines.«

Unsicher zupfte ich an dem Klebeband des Kartons. »Hast du zufällig schon etwas von der Werkstatt gehört?«

Dads Miene verfinsterte sich. »Das wird noch eine Weile dauern.«

»Okay«, erwiderte ich und lächelte, weil ich nun wirklich nicht undankbar erscheinen wollte. Demonstrativ hielt ich den Karton ein Stück höher. »Du bist übrigens der Beste.«

Meine Worte schienen ihn ein wenig zu besänftigen. Er nickte und wandte sich der Kaffeemaschine zu.

Ich ging mit Victor ins Wohnzimmer, wo wir es uns mit den Süßigkeiten auf dem Sofa gemütlich machten.

Während ich mich mit meinem neuen Spielzeug anfreundete und die gesicherten Back-ups aus einer Cloud herunterlud, schaute mein Bruder den versprochenen Trickfilm und futterte mir die Schokoriegel weg.

Mein Vater kam wenig später zu uns, setzte sich in den Sessel und überkreuzte die Füße auf dem Tisch, was er nur tat, wenn Mom nicht in der Nähe war. Er zog einen Bauplan hervor und begann, darauf herumzukritzeln.

Dad hatte sein Faible zum Beruf gemacht und besaß eine kleine Gärtnerei im Stadtzentrum. Der Laden lief gut, was nicht nur an der Qualität der Pflanzen lag, sondern vor allem an den Zusatzaufträgen, die mein Vater regelmäßig annahm. Zurzeit arbeitete er an einem Landschaftsarchitekturprojekt, das die Hauptstraße besser in Szene setzen sollte, um mehr Kunden für den stationären Handel zu gewinnen.

Als ich mein Handy endlich fertig eingerichtet hatte, schickte ich Dee sofort eine Nachricht, dass ich wieder online war, und entschuldigte mich ausgiebig dafür, dass ich sie in der Mensa versetzt hatte. Sie hatte mir schon längst verziehen, da sie nur zu gut wusste, wie ich mich im Moment fühlte.

Um mich aufzuheitern, berichtete sie mir in aller Ausführlichkeit darüber, wie dämlich Shelby aus der Wäsche geguckt hatte, als Philemon sich zu ihr und Matt an den Tisch gesetzt hatte. Die Highschoolprinzessin mochte zwar Philemons Job sein, aber was seinen neuen Freundeskreis betraf, schien er andere Pläne zu haben.

Ich überlegte, ihr von meiner Begegnung mit Cyrian zu schreiben. Aber der Ausgang unserer Unterhaltung war mir so kolossal peinlich, dass ich mich nicht einmal meiner besten Freundin anvertrauen konnte. Stattdessen schrieb ich ihr den ganzen Nachmittag über nur belangloses Zeug und ließ mich von ihr in unzähligen mobilen Quizduellen abzocken.

Es störte mich nicht, dass ich verlor, denn ich war ohnehin nicht bei der Sache. Zu sehr hingen meine Gedanken noch immer bei dem Unfall fest.

Am frühen Abend, als mein Hintern längst taub vom vielen Herumlungern war, rappelte ich mich schließlich auf und versorgte zusammen mit Victor die Tiere – wobei sich seine Hilfe primär darauf konzentrierte, mit den Welpen zu spielen. Als wir fertig waren, stand mein Vater bereits am Herd und briet Steaks.

Er war ein guter Koch, und da Mom meistens lange arbeitete, gehörte es zu unserer Alltagsroutine, dass wir gemeinsam das Abendessen zubereiteten. Victor plapperte die ganze Zeit von dem Chaos nach der Überschwemmung, während ich zufrieden Salat klein schnitt. Es tat gut, den Kopf abzuschalten und dem vertrauten Tagesablauf nachzugehen. Ich merkte, wie meine Laune mit jeder Minute stieg.

Um halb sieben kam Mom nach Hause. Sie wirkte gestresst, als sie zu mir an den Esstisch eilte, der Küche und Wohnzimmer optisch voneinander trennte. Behutsam streichelte sie meine Wange. »Wie geht's dir? Alles in Ordnung?«

Seufzend legte ich das Besteck ab. Natürlich wusste ich die Sorge meiner Eltern zu schätzen. Aber ich war schließlich kein Kleinkind mehr. Andererseits sollte ich vermutlich froh darüber sein, denn sie bescherte mir zumindest eine kleine Schonfrist. Ich war mir sicher, dass meine Eltern noch ein sehr ernstes Gespräch mit mir über das Date mit Jesper führen würden, sobald sie sicher waren, dass ich den Unfall einigermaßen verkraftet hatte.

Ich senkte den Blick. »Ich komme schon klar.«

»Ganz sicher?«, fragte meine Mutter und forschte in meiner Miene, als würde sie nach einer Lüge suchen. »Du fühlst dich nicht komisch oder anders als sonst?«

Doch, das tat ich. Aber so wäre es jedem an meiner Stelle ergangen, oder nicht?

Mit den Daumen zeichnete Mom meinen Wangenknochen nach. »Du musst es mir sagen, wenn du dich merkwürdig fühlst. Bitte, Nayla.«

Ihr drängender Tonfall und der gehetzte Ausdruck in ihren Augen ließen mich einknicken.

»Da ist dieser Schmerz in mir«, gestand ich ihr flüsternd.

Sie zuckte leicht zusammen. »Und ist da noch mehr?«

Zorn. Schuld. Trauer. All das brannte in meinem Inneren und kochte hoch, wann immer ich meine Gedanken in die falsche Richtung treiben ließ. Trotzdem schüttelte ich den Kopf. Es würde vorübergehen.

Irgendwann.

»Essen ist fertig«, rief Victor und trug vorsichtig eine dampfende Schüssel mit Pommes in riesigen Ofenhandschuhen vor sich her.

»Oh, das sieht ja lecker aus«, erwiderte Mom übertrieben gut gelaunt.

Victor strahlte sie an. Er bemerkte nicht, dass ihre Stimme ein wenig zitterte. Aber ich schon. Beklommen schaute ich ihr nach, als sie in die Küche ging, um meinem Vater mit den restlichen Schüsseln zu helfen.

Nachdem wir Platz genommen und unsere Teller beladen hatten, unterhielten sich meine Eltern und Victor über ihren Tag. Unterdessen schob ich lustlos meine Pommes kreuz und quer über den Teller. Obwohl mein Mittagessen lediglich aus ein paar Schokoriegeln bestanden hatte, verspürte ich keinen Hunger.

»Wie war es in der Schule, Kleines?«, fragte mein Vater unvermittelt. Sein Blick ruhte kurz auf meinem unangetasteten Abendessen, ehe er mich ansah. »Hast du mit Mister Lopez über Thorn reden können?«

Ich nickte. »Er hat vorgeschlagen, es mit Katzenfutter zu versuchen. Also habe ich welches im Supermarkt besorgt.«

Mom kniff die Augen zusammen. »Ich hatte dich doch gebeten, direkt nach der Schule nach Hause zu kommen.«

Verständnislos runzelte ich die Stirn. Sorge hin oder her, ich fragte mich, ob dieses Level noch normal war.

»Und hat es geklappt?«, fragte Victor, der offensichtlich Ärger am Tisch befürchtete. »Geht's Thorn besser?«

Sofort verbannte ich jegliche Anspannung aus meinen Zügen und lächelte ihm zu. »Jepp. Hat funktioniert.«

Auch Dad rang sich zu einem Lächeln durch, ehe er mit seinem Verhör fortfuhr. »Und gab es sonst noch etwas Spannendes?«

Innerlich stöhnte ich auf. Es hatte wirklich seine Nachteile, in einem Kaff wie Summertown zu leben. Hier brauchten die Eltern nicht mal eine Chatgruppe, um sich gegenseitig auf dem Laufenden zu halten. Sie redeten direkt miteinander, und so gezielt, wie mein Vater gerade nachbohrte, wussten Mom und Dad sicher schon längst über die Neuzugänge an unserer Schule Bescheid.

Cyrian und Philemon waren lediglich der Aufhänger für die überfällige Moralpredigt, weil ich mich heimlich mit Jesper getroffen hatte. Ich konnte meinem Vater praktisch ansehen, wie sehr es immer noch in ihm brodelte. Wahrscheinlich liebäugelte er inzwischen sogar mit der Idee, mich zu lebenslangem Hausarrest zu verdonnern.

»Nayla?«, hakte er prompt nach.

Ich hatte wirklich keine Nerven für dieses Thema. Aber da es ohnehin kein Entrinnen gab, zuckte ich schließlich betont gleichmütig mit den Schultern und berichtete, was meine Eltern ohnehin schon wussten. »Seit heute besuchen zwei neue Austauschschüler die Ellington.«

Sie wechselten einen kurzen Blick.

»Und sind die beiden nett?«, erkundigte meine Mutter sich.

»Sie scheinen ganz okay zu sein.« Ich schielte zu meinem Vater und wartete darauf, dass er loslegte. Aber zu meiner Überraschung schob er sich bloß ein Stück Steak in den Mund und wirkte beinahe zufrieden.

Verwirrt sah ich meine Mutter an.

Sie lächelte.

Wahrscheinlich wollte sie mich damit beruhigen. Leider konnte ich nicht behaupten, dass es besonders gut funktionierte, auch wenn ich natürlich froh über eine weitere Schonfrist war.

»Woher kommen die beiden?«, fragte Mom, ehe sie sich etwas Salat in den Mund schob.

»Keine Ahnung«, antwortete ich wahrheitsgemäß und überlegte, ob es taktisch klug war, sofort das Thema zu wechseln.

Vermutlich nicht.

Wie ich meinen Vater kannte, würden bei ihm gleich wieder irgendwelche Alarmglocken losschrillen. Dabei hätten mir die Neuzugänge nicht gleichgültiger sein können.

Ich beschloss, noch ein wenig von den beiden zu erzählen, und kramte in meiner Erinnerung nach einer brauchbaren Information. »Der eine meinte, er liebt Sonnenuntergänge.«

Dad zog eine Braue hoch, während Mom verblüfft lachte. »Wie bitte?«

Schnaubend durchstach ich ein Stück Pommes. »Das hat er wirklich gesagt. Vor der ganzen Klasse. Seltsamer Vogel.«

Nun schaute sogar mein Vater belustigt drein, weshalb ich auch noch die Sache mit dem Fußtick erwähnte, bevor ich mich etwas ausführlicher der Reaktion meiner Mitschüler widmete.

Dass Philemon und Cyrian in Wahrheit Shelbys Leibwächter waren und mich zu ihrer Verbündeten deklariert hatten, verschwieg ich selbstverständlich. Wobei Cyrian mich nach meinem peinlichen Auftritt inzwischen sicher wieder von der Liste vertrauenswürdiger, psychisch stabiler Personen gestrichen haben dürfte. Darüber sollte ich vermutlich froh sein. Allerdings brachte mir der Gedanke nicht die Erleichterung, auf die ich gehofft hatte.

VI

Cyrian und Philemon wurden bereits von unzähligen Leuten belagert, als Dee und ich am nächsten Tag die Schule betraten.

»Sie sind übrigens beide Single«, raunte mir meine beste Freundin zu und grinste breit. »Nur für den Fall, dass du dich das gefragt haben solltest.«

Ich stöhnte auf. Den ganzen Weg zur Schule hatte Dee die zwei mit keinem Wort erwähnt. Anscheinend war meine Schonfrist jetzt vorbei. »Ist mir egal.«

Dee kicherte. »Lügnerin.«

»Ich lüge nicht«, beharrte ich empört, während Dee vor ihren Spind trat. Sie öffnete die Tür und stopfte gewaltsam ein paar Bücher hinein. Für eine Buchliebhaberin konnte sie erstaunlich grausam sein. Zumindest, wenn es um Stochastik ging.

»Das kann nicht dein Ernst sein«, sagte sie ungläubig. »Selbst *ich* will es wissen. Dabei bin ich bis über beide Ohren in Matt verliebt.«

»Er wird sich bestimmt freuen, das zu hören.« Missmutig lehnte ich mich neben Dee gegen die Spinde, wobei ich Cyrian und Phil auf der anderen Seite des Ganges konsequent ignorierte. »Können wir jetzt bitte das Thema wechseln?«

Mir war klar, dass meine Laune sehr zu wünschen übrig ließ. Was unter anderem daran lag, dass ich letzte Nacht nicht besonders gut geschlafen hatte, und wenn es mir doch gelungen war, für ein paar Minuten wegzudämmern, hatte ich von zwei Scheinwerfern geträumt, die geradewegs auf mich zurasten. Jedes Mal war ich hochgeschreckt und meine Ohren hatten geklingelt von einem Schrei, den ich nicht zuordnen konnte. Kam er von mir oder von einer der Frauen?

Ich war mir nicht sicher.

Davon abgesehen trieben mich meine Eltern noch in den Wahnsinn mit ihrem schrägen Verhalten. Ich hatte gegen ihre Regeln verstoßen und mich hinter ihrem Rücken mit einem Jungen getroffen. Aber bestraften sie mich deswegen? O nein, keineswegs. Statt mir unzählige Vorwürfe zu machen oder mir zusätzliche Hausarbeiten aufzubrummen, beobachteten sie mich ständig aus den Augenwinkeln. Fast so, als würden sie damit rechnen, dass ich jeden Moment ausflippte.

Das Schlimmste daran war, dass sie mit dieser Befürchtung vermutlich gar nicht mal so falsch lagen. Schließlich hatte ich erst gestern eindrucksvoll unter Beweis gestellt, wie nah ich an einem Nervenzusammenbruch vorbeigeschrammt war. Und das nur, weil Cyrian sich nach Jesper erkundigt hatte. Er musste mich für komplett gestört halten. Noch einmal wollte ich mich ganz sicher nicht vor ihm blamieren – oder vor irgendjemand anderem.

Mit einem Rumms schlug Delilah die Tür zu. »Was ist denn bloß los mit dir? Du bist doch sonst nicht so … so *anti.*«

Meine Brauen schossen in die Höhe, aber Dee ruderte nicht zurück.

Mir war klar, dass sie recht hatte. Ich benahm mich lächerlich. Cyrian und Philemon konnten schließlich auch nichts dafür, dass ich seit dem Unfall völlig neben der Spur war.

»Tut mir leid.« Beklommen rieb ich mir über die Stirn. »Ich hab nicht gut geschlafen. Der Unfall geht mir einfach nicht aus dem Kopf.«

Das war zwar nicht die ganze Wahrheit, aber auch nicht gelogen.

»Oh, Nayla.« Sofort zog Dee mich in eine Umarmung. »Ich bin manchmal so eine dumme Nuss.«

Ich schloss die Augen und ließ mich von meiner besten Freundin trösten, bis die Schulglocke klingelte und ich mich notgedrungen von ihr lösen musste.

»Na, komm, Süße«, sagte Dee und hakte sich bei mir unter. »Toben wir uns ein bisschen an der Leinwand aus.«

Mit einem gequälten Lächeln schaute ich auf – und traf direkt auf Cyrians ernsten Blick. Um ihn und Phil hatten sich mittlerweile Shelby und ihre Freundinnen versammelt. Sie kicherten, während Philemon gut gelaunt mit ihnen flirtete. Aber Cyrian achtete nicht auf sie. Stattdessen beobachtete er Dee und mich mit ausdrucksloser Miene.

Hitze flutete meine Wangen, und ich sah verlegen zu Boden, während ich mich von Dee wegziehen ließ.

Das Atelier lag im Dachgeschoss und umfasste einen riesigen lichtdurchfluteten Bereich, in dem wahllos verteilt Staffeleien standen. Obwohl ich keinerlei Begabung für Malerei besaß, mochte ich den Kunstkurs, weil unsere Lehrerin, Miss Evenson, jung und unkonventionell war. Sie ließ uns Musik hören oder quatschen oder was immer wir brauchten, um unsere Muse zu finden.

Als wir eintraten, begrüßte uns Miss Evenson lächelnd, während sie das bunte Tuch auf ihrem Kopf richtete, mit dem sie ihre wilden, kastanienbraunen Locken aus dem Gesicht hielt. Wie üblich trug sie Leggins und ein mit Farbspritzern verziertes Leinenhemd, das viel zu groß für ihre schlanke Statur war.

Dee und ich wünschten ihr ebenfalls einen guten Morgen und gingen dann direkt in den Nebenraum zu einem beschrifteten Regal, wo wir die Leinwände hervorzogen, auf denen wir zuletzt versucht hatten, ein Stück Natur in einem modernen Kunststil zu kreieren. Anschließend schleppten wir sie zu zwei Staffeleien, die am Fenster standen. Nachdem wir auch Acrylfarben und Pinsel organisiert hatten, nahmen wir auf den Schemeln Platz und begutachteten amüsiert unsere Werke.

Dee hatte eine quietschbunte, fröhliche Ansammlung von Punkten auf die Leinwand getupft, die mit viel Fantasie als expressionistische Apfelplantage durchging. Mein Bild hingegen sah aus, als hätte Victor es gemalt. Die Bäume verliefen kreuz und quer, und die Perspektive war eine Katastrophe. Wie ich schon sagte, Kunst war eher nicht mein Ding. Aber es machte Spaß.

Wir lachten immer noch über unsere Bilder, als Shelby mit Yen im Schlepptau eintraf. Philemon und Cyrian kamen direkt hinter ihnen ins Atelier. Sie ließen sich von Miss Evenson zwei leere Leinwände aushändigen und kurz die Aufgabenstellung erläutern. Dann schauten sie sich nach freien Plätzen um.

Shelby, die inzwischen auf einem Schemel in der Mitte des Raumes saß, drückte den Rücken durch und machte sich ein Stückchen größer. Sie strahlte Cyrian an, der ausdruckslos den von Yen besetzten Schemel neben ihr musterte.

Ich rechnete schon damit, dass Shelby ihrer Freundin einen Schubs geben würde. Aber da hatte Phil uns schon entdeckt und steuerte mit einem strahlenden Lächeln auf uns zu. Cyrian folgte ihm weit weniger enthusiastisch. Kurz bevor sie uns erreichten, bog er jedoch ab und setzte sich an eine freie Staffelei, die weiter hinten an der Wand stand. Er stellte die Leinwand darauf und tauchte dahinter ab.

Unterdessen hatte Philemon sich einfach vor uns auf den Boden gesetzt. Er zog die Beine zum Schneidersitz an, schnappte sich einen Pinsel von dem Tischchen zwischen uns und tunkte ihn in ein dunkles Blau.

»Wohin bist du denn gestern verschwunden, Schönste?«, fragte er, während er die Farbe auf das Leinen klatschte. »Ich dachte, wir essen zusammen Mittag.«

Dee zog eine verzückte Miene, wohingegen ich angestrengt nach einer

Antwort suchte, die nicht auf die Frage nach meiner geistigen Gesundheit hinauslief. Ob Cyrian ihm von unserer Begegnung erzählt hatte? An Phils Gesichtsausdruck konnte ich nichts erkennen, aber da Dee nichts davon wusste, hielt ich meine Antwort vage. »Ich wollte noch ein paar Dinge erledigen und bin danach direkt nach Hause.«

»Aha.« Mit schwungvollen Gesten verteilte Phil die Farbe auf der Leinwand. »Und heute? Sag nicht, du lässt dir die Lasagne entgehen.«

Ich war froh, dass er nicht weiter nachhakte, und lächelte. »Um ehrlich zu sein, schmeckt sie grauenvoll. Wie alles in der Mensa.«

Philemon gluckste. »Das hatte ich schon befürchtet.«

»Tja, ich habe dich gewarnt«, meinte Dee in zuckersüßem Ton, bevor sie sich zu mir lehnte. »Er hat gestern den Fisch probiert.«

»Uh! Böser Fehler.« Belustigt tauchte ich meinen eigenen Pinsel in die grüne Farbe. »Du solltest wirklich auf Delilah hören.«

»Den Eindruck habe ich auch.« Grinsend schaute er auf. »Aber ob ihr es glaubt oder nicht, das Schulessen ist unsere einzige Chance, einen elenden Hungertod zu vermeiden. Cyr und ich sind schreckliche Köche.«

Sofort wurde Dee hellhörig. »Lebt ihr etwa allein hier?«

»Jepp.« Philemon wandte sich wieder seiner Leinwand zu. »Wir haben ein Haus in der Berkin Street gemietet. Eine waschechte Junggesellenbude. Ihr solltet uns mal besuchen.«

Dee schnappte nach Luft. »Das ist ja direkt bei dir um die Ecke, Nayla.«

Mir fiel vor Schreck fast der Pinsel aus der Hand, während Philemon seelenruhig weitermalte.

»Ach, wirklich?« Er lachte unbekümmert. »Dieses Kaff ist aber auch echt winzig.«

»So winzig nun auch wieder nicht«, murmelte ich und ging im Geiste die Häuser in der Berkin Street durch. Ich wusste nur von einem Haus, das in den letzten Monaten leer gestanden hatte: eine traumhafte

Stadtvilla, die man unmöglich als *typische Junggesellenbude* bezeichnen konnte.

Vielsagend sah ich meine Freundin an. »Er meint *Bella Blue.*«

Sie riss überrascht die Augen auf. »Was?«

»Wen?«, fragte Phil.

»*Bella Blue.* So haben Dee und ich das Haus getauft«, erklärte ich und zuckte mit den Schultern. »Weil es blau und wunderschön ist.«

Phils Gesichtszüge wurden weich, und er lächelte versonnen. »Das ist es wirklich.«

Ich erwiderte sein Lächeln, weil man bei seinem Charme gar nicht anders konnte.

»Und ihr wohnt dort wirklich ganz allein?«, hakte Dee fasziniert nach. »Das haben eure Eltern erlaubt?«

Ein Schatten huschte über Phils Miene, bevor er sich wieder seinem Bild widmete. »Klar. Sie vertrauen uns.«

Ich glaubte ihm kein Wort.

Im Gegensatz zu Dee. »O mein Gott! Ich will auch solche Eltern haben«, sagte sie mit einem Seufzen. »Stell dir das nur mal vor, Nayla. Ein Jahr *allein* in Paris.«

Philemon schmunzelte. »Ich würde Summertown nicht unbedingt mit Paris gleichsetzen.«

»Stimmt«, räumte Dee grinsend ein. »Paris ist allemal besser.«

Wir lachten und unterhielten uns leise weiter, während ich die Baumkronen auf meiner Leinwand mit verschiedenen Grüntönen betupfte, um etwas mehr Licht und Schatten zu erzeugen. Derweil schlenderte Miss Evenson zwischen den Staffeleien hindurch, blieb gelegentlich stehen und gab den Schülern hilfreiche Tipps.

Cyrian saß die ganze Zeit versteckt hinter seiner Leinwand und schaute kein einziges Mal auf. Trotzdem hatte ich das Gefühl, dass er uns zuhörte.

Als Miss Evenson bei ihm ankam, stieß sie einen abschätzigen Laut aus. »Ohne Farbe wird das aber nichts werden.«

Obwohl ich es hatte vermeiden wollen, reckte ich neugierig den Kopf, um hinter seine Leinwand zu sehen.

Cyrian lehnte an der Wand und hatte die Arme verschränkt. Die Pinsel und Farben lagen unangetastet neben ihm auf dem Beistelltisch. »Ich benutze keine Farbe«, teilte er unserer Lehrerin in gleichgültigem Tonfall mit, woraufhin es im Atelier totenstill wurde.

»O Mann«, murmelte Phil.

Miss Evenson, normalerweise die Ausgeglichenheit in Person, kniff verärgert die Augen zusammen. »Und wie wollen Sie so Ihre Aufgabe erfüllen?«

Cyrians Blick schweifte durch das Atelier, bis er bei mir hängen blieb. Mein Herz machte einen Satz, als ich das Funkeln in seinen Augen registrierte. Obwohl seine Miene ausdruckslos war, wirkte er irgendwie aufgebracht.

Miss Evenson verschränkte nun ebenfalls die Arme. »Wenn Sie kein Interesse an einem kreativen Austausch haben, sind Sie in einem anderen Kurs vermutlich besser aufgehoben.«

Niemand gab einen Laut von sich. Alle – ich eingeschlossen – warteten gespannt auf Cyrians Reaktion.

»Vermutlich«, sagte er langsam. Sein Blick schweifte von mir zu Shelby und weiter zu Miss Evenson. Dann stand er auf und verließ ohne ein weiteres Wort das Atelier. Obwohl die Tür nicht krachend hinter ihm ins Schloss fiel, glich das leise Klicken einem Paukenschlag. Getuschel wurde laut, während Miss Evenson fassungslos auf die Tür starrte.

»Was war das denn?«, fragte Dee verwundert und schaute Phil in Erwartung einer Erklärung an.

Dieser zuckte nur mit den Schultern. »Cyrian malt nicht.« Er beugte sich über die Leinwand, die er inzwischen vollständig mit Blau bepinselt hatte. »Er zeichnet.«

Richtig. Ich hatte ihn im Unterricht immer wieder beobachtet und festgestellt, dass es stets gleich ablief. Etwa fünf Minuten nach Unterrichtsbeginn klaute Cyrian den Schreibblock seines Sitznachbarn – meist Phils – und kritzelte darin herum. Am Ende der Stunde riss er das Blatt heraus, faltete es zusammen und stopfte es sich in die hintere Jeanstasche.

»Warum hat er das nicht einfach gesagt?«, fragte ich verwirrt und sah wieder zur Tür, durch die Cyrian verschwunden war. »Miss Evenson hätte das sicher verstanden.«

»Wahrscheinlich«, stimmte Philemon mir zu, führte Cyrians Beweggründe jedoch nicht weiter aus. Stattdessen zeigte er auf seine Leinwand. »Und? Was meint ihr?«

»Das ist ein blauer Kasten«, stellte Dee nüchtern fest.

Mit gespielter Empörung riss Phil die Augen auf, die genauso blau strahlten wie die Leinwand. »Wie kannst du so etwas Gemeines sagen? Das ist ein Meer, das den Himmel berührt. Siehst du das denn nicht?«

Delilah brach in Gelächter aus. Doch ich teilte ihre Erheiterung nicht. Meine Gedanken waren immer noch mit Cyrian beschäftigt – und der Frage, warum er so wütend gewesen war.

Sein merkwürdiges Verhalten ließ mich den Rest der Stunde nicht mehr los, sodass ich kaum mitbekam, worüber Dee und Phil sich unterhielten. Ich war regelrecht erleichtert, als Miss Evenson wenig später den Unterricht beendete, da es mich aus meinen Grübeleien rausriss.

Nachdem wir das Atelier aufgeräumt hatten, machten wir uns auf den Weg zu den Klassenräumen im zweiten Stock. Matt wartete bereits auf Dee und zog sie zu einem sanften Kuss heran. Sie lächelte verträumt an seinen Lippen, während Philemon verzückt aufseufzte.

»Junge Liebe ist schon etwas Wunderbares, findest du nicht?«, raunte er mir zu, bevor er ins Chemielabor marschierte.

Ich verabschiedete mich von meinen Freunden, die jetzt eine Stunde Englisch hatten, und folgte ihm. Eigentlich hatte ich nicht damit gerechnet, Cyrian so schnell wiederzusehen. Doch er saß bereits an einem Tisch und schaute gedankenverloren aus dem Fenster.

Shelby rauschte an mir vorbei und setzte sich auf den freien Stuhl neben ihm, was Philemon nicht zu stören schien. Er flirtete lieber mit Anabel, während ich neben Bobby Platz nahm.

Wenig später kam auch schon unser Lehrer, Mister Davis, in den Raum geeilt. Er bellte nur eine knappe Begrüßung, bevor er mit dem Unterricht begann. Eigentlich mochte ich Chemie. Ich fand die Experimente spannend, und auch im Hinblick auf mein geplantes Studium war das Fach wichtig für mich. Leider gelang es mir absolut nicht, mich zu konzentrieren, weil ständig Shelbys Gekicher zu mir herüberwehte.

Als ich einen kurzen Blick in ihre Richtung riskierte, sah ich, dass Cyrian heute nicht zeichnete, was entweder mit Shelbys Neugier zusammenhing oder an dem Streit mit Miss Evenson lag. Er lachte auch nicht, obwohl Shelby sich sichtlich Mühe gab, ihm eine wohlwollende Reaktion zu entlocken.

Ihre Bemühungen fielen natürlich auch dem Rest des Kurses auf, woraufhin prompt einige Mitschüler anfingen zu tuscheln.

Shelby Benson wäre jedoch nicht Shelby Benson, wenn sie sich davon oder gar von Cyrians Desinteresse verunsichern ließe. Sie straffte die Schultern, setzte ihr strahlendstes Lächeln auf und zog ihr Programm eisern durch. Den gesamten Kurs hinweg und auch in den folgenden Unterrichtsstunden. Ich gab es ungern zu, aber ihre Entschlossenheit war regelrecht beeindruckend.

In der Mittagspause schockten die beiden populären Neuzugänge die gesamte Schülerschaft, indem sie sich ausgerechnet an unseren Stammtisch gesellten. Dee und Matt waren noch am Büffet, während ich die beiden entgeistert anglotzte.

»Sicher, dass ihr hier richtig seid?«, fragte ich und spähte zu Shelby, die uns vom anderen Ende der Mensa aus missmutig beobachtete.

Cyrian hielt es anscheinend nicht für nötig, mir zu antworten. Genau genommen hatte er kein Wort mehr mit mir gewechselt, seit ich ihn gestern mitten auf der Straße stehen gelassen hatte. Er schaute mich nicht mal an, sondern rührte lustlos in seinem Eintopf herum und überließ Philemon das Reden.

Der zwinkerte mir gut gelaunt zu. »Ich mag diesen Tisch. Er ist so schön ruhig.«

Cyrian gab ein ersticktes Geräusch von sich. Ich fragte mich, ob das ein Zeichen seiner Zustimmung war, weil ihn Shelbys Gequassel ebenso genervt hatte, oder ob er damit lediglich sein Essen kommentierte. Es hatte die Konsistenz von grünem Schleim und sah absolut widerlich aus.

»Außerdem kann man die ganze Mensa überblicken«, setzte Philemon hinzu und zeichnete mit der Gabel Kreise in die Luft.

Erneut wanderte mein Blick zu Shelbys Tisch. Das Mädel dampfte vor Wut förmlich aus den Ohren, während es uns fixierte. Ich lehnte mich zurück und verschränkte abwehrend die Arme. Es konnte schließlich nicht schaden, hier ein klares Statement zu setzen. Nicht dass die Prinzessin noch auf die Idee kam, ich wollte ihr ihr neues Lieblingsspielzeug wegnehmen.

»Wieso haltet ihr eigentlich Abstand zu ihr?«, fragte ich Phil, da ich von Cyrian ohnehin keine Reaktion erwartete. »Ihr sollt sie doch beschützen.«

Er lächelte geheimnisvoll. »Das gehört alles zum Plan.«

Ich verstand den Sinn dahinter zwar nicht, aber vielleicht bestand die Strategie der beiden ja darin, Shelbys Interesse aufrechtzuerhalten, indem sie sich unnahbar gaben – und das funktionierte offensichtlich ganz hervorragend.

VII

Leute in unserem Alter hatten keine besonders hohe Aufmerksamkeitsspanne. Bis Mittwoch hatten sich die Gerüchte um den Autounfall stark zerstreut, und unsere beiden neuen Mitschüler waren vollumfänglich in der Schulgemeinschaft integriert. Als würden sie schon jahrelang mit uns auf die Ellington High gehen. Nur Shelby gab sich immer noch sichtlich Mühe, die beiden in ein Gespräch zu verwickeln und Philemons und Cyrians Interesse auf sich zu lenken.

Das alles kam mir natürlich sehr gelegen, denn ich fühlte mich angespannter und gereizter denn je. Nicht nur der Schlafmangel machte mir zu schaffen, sondern auch der Unfall. Im Gegensatz zu meinen Mitschülern schaffte ich es nämlich nicht, ihn gedanklich einfach ad acta zu legen. Stattdessen grübelte ich permanent darüber nach, wie die Kollision abgelaufen war.

Ich versuchte immer wieder, den Bremsweg und die Fahrtkurven unserer beiden Wagen zu berechnen. Aber da meine Erinnerung an den Unfall unscharf war, stimmten die Parameter nicht. Ich kam jedes Mal auf völlig wirre Ergebnisse, nach denen es physikalisch unmöglich war, einander auszuweichen. Ich hatte den SUV zwar kommen sehen, aber nicht damit gerechnet, dass er plötzlich auf meine Spur geriet. Deshalb hatte ich auch kaum Zeit gehabt, auf die Bremse zu treten, geschweige denn dem Wagen auszuweichen.

Aber wie war es dann dem SUV gelungen?

Die Frage ließ mich einfach nicht los. Das ging sogar so weit, dass ich während des Sportunterrichts am Nachmittag zwei Rollbretter immer wieder mit dem Fuß gegeneinanderstieß, anstatt den vorgesehenen Parcours zu absolvieren.

Coach Doyle hatte ein kleines Faible für Abenteuerspiele und dachte sich jede Woche neue idiotische Hindernisse aus, mit denen wir Gleichgewicht und Geschicklichkeit trainierten. Heute sollten wir erst mit besagten Rollbrettern unter unterschiedlich hohen Hürden durchfahren, anschließend über einige Balken balancieren und danach mit Pfeil und Bogen schießen, ehe wir mit Seilen diverse Sprungübungen vorführen mussten. Zu guter Letzt kam dann noch Coach Doyles persönliches Highlight: eine zwei Meter hohe Kletterwand, die ich hasste wie die Pest, weil ich jedes Mal daran hängen blieb wie ein nasser Sack. Zu meinem Glück befand sich das Ungetüm mitsamt dem Coach auf der anderen Seite des Sportplatzes, weshalb ich meine kleine Crashteststudie gefahrlos durchführen konnte. Noch hatte ich ohnehin ein bisschen Zeit, bis der Coach mit einem schrillen Pfiff aus seiner Trillerpfeife den Wechsel zur nächsten Station verlangte.

»Was treibst du da, Schönste?«, fragte Philemon in dem Moment, als ich eines der Rollbretter mit dem Fuß verschob, um den Kollisionswinkel zu verändern.

Überrascht sah ich auf und blinzelte gegen die Sonne an, die direkt hinter seinem Kopf erstrahlte wie ein Heiligenschein.

Phil hatte die Hände in die schmalen Hüften gestemmt und musterte mich mit einem schiefen Grinsen. Das blonde Haar war verwuschelt und an den Spitzen ein wenig feucht. Sein Muskelshirt klebte an seinem Oberkörper, und seine knielangen Shorts betonten seine kräftigen Beine, auf denen sich feine goldene Löckchen kringelten. Er hätte locker Werbung für Sportartikel machen können.

Als hätte er meine Gedanken gelesen, wurde sein Grinsen noch eine Spur breiter. Doch statt mich darauf anzusprechen, nickte er nur in Richtung der Bretter. »Was soll das werden?«

»Ich wollte nur etwas überprüfen«, murmelte ich und spähte verlegen über den Sportrasen. Eigentlich trainierten die Jungs auf der Laufbahn neben der Kletterwand. Aber anscheinend hatte Phil beschlossen, einen Abstecher hierher zu machen.

Dummerweise hatten die Mädchen in meiner Nähe seine Anwesenheit auch bemerkt. Und natürlich steckten sie sofort die Köpfe zusammen und begannen zu tuscheln. Ich versuchte, mir nichts anmerken zu lassen, aber mir war die Aufmerksamkeit etwas unangenehm.

»Suchst du Shelby?«, fragte ich, um das Thema zu wechseln.

Schmunzelnd schüttelte er den Kopf und nickte zu den Balken in der Rasenmitte. Auf dem höchsten Balken balancierte Shelby auf Zehenspitzen. Sie hatte ihr Trikot gegen winzige Hotpants und ein eng anliegendes rotes Top getauscht, die keine ihrer hübschen Kurven verbargen. Ihr ganzer Körper war angespannt wie bei einer Primaballerina. Mit grazil ausgestreckten Armen vollführte sie eine Drehung und schaute lächelnd zur Tribüne.

In der obersten Reihe entdeckte ich Cyrian, der gedankenverloren auf einem Zettel herumkritzelte. Er schenkte weder Shelby noch sonst jemandem Beachtung.

»Sollte er nicht ein wenig aufmerksamer sein?« Ich runzelte die Stirn, als Shelby eine weitere Pirouette drehte. »Wäre doch blöd, wenn sich die Prinzessin vor eurer Nase den Hals bricht.«

»Keine Sorge. Wir haben die Sache hier ganz gut im Griff.«

In dem Moment blies Coach Doyle in seine Trillerpfeife und wedelte mit den Armen herum, um uns zu signalisieren, dass wir die Station wechseln sollten. Meine Gruppe, bestehend aus Dee und fünf weiteren Mitschülerinnen, sammelte sich am Bogenschießstand.

Ich winkte Phil halbherzig zum Abschied. »Tja, ich muss dann mal weiter.«

»Klar. Bis später.« Phil ließ seine Zähne aufblitzen, ehe er über das Feld joggte und ein paar Mädchen zulächelte, die ihn aus der Ferne anhimmelten.

Reichlich weniger elegant schlurfte ich zu meiner Freundin. Sie erwartete mich mit leuchtenden Augen.

»Was hat er gesagt?«, flüsterte sie mir zu, während wir uns hinter den anderen in die Reihe stellten. »Hat er dich um ein Date gebeten?«

Ich lachte überrascht auf. »Nein, wieso sollte er?«

Dees Hand zuckte vor, als wollte sie mir einen Klaps auf den Hinterkopf verpassen. »Weil er dich mag, du Dummerchen. Das sieht doch ein Blinder.«

»Das bildest du dir bloß ein«, wiegelte ich ab und beobachtete besorgt, wie Olivia sich als Erste damit abmühte, den Pfeil in den Bogen zu spannen. Dad hatte auch so ein Teil, allerdings hatte das bei ihm nie so kompliziert ausgesehen wie bei ihr.

»Falls er dich fragt, stimmst du doch zu, oder?« Delilah packte mich bei den Schultern, um meine Aufmerksamkeit wieder auf sich zu lenken. Ihr Blick wurde flehend. »Bitte sag mir, dass du mit ihm ausgehen würdest.«

Schlagartig schnürte sich meine Kehle zu, als ich an den Ausgang meines letzten Dates dachte. Hätte ich mich nicht davongeschlichen, würden die beiden Frauen vielleicht noch leben.

»Also, wenn du ihn nicht willst, ich nehme ihn«, ließ Anabel uns wissen, die hinter uns stand und unser Gespräch offensichtlich mitverfolgt hatte.

Dee fixierte sie wie eine Löwenmama, die ihr Junges verteidigen wollte. »Hat er dich etwa gefragt?«

Belustigt schüttelte sie den Kopf. »Nein.«

Sofort entspannte sich meine beste Freundin. Sie und Anabel schauten rüber zur Laufbahn, wo Phil gerade als Erster über die Ziellinie sprintete. Die beiden seufzten verzückt.

»Lieber Himmel! Er ist wirklich heiß«, stellte Anabel fest und fächelte sich grinsend Luft zu. »Ich stehe ja eigentlich eher auf den intellektuellen Typ. Aber bei ihm würde ich glatt eine Ausnahme machen.«

Dee gluckste. »Nun ja, ein Schachprofi ist er vermutlich nicht.«

Dieses Angehimmle wurde langsam echt anstrengend. Genervt warf ich einen Blick nach vorn, wo Olivia gerade den Bogen an Tonja übergab, und wir rückten ein Stück weiter vor.

Anabels braune Augen funkelten. »Wer weiß? Man hält ihn auf den ersten Blick ja auch nicht unbedingt für ein Sprachtalent. Aber wie man so hört, spricht er nicht nur Englisch, sondern auch noch fließend Französisch, Spanisch und Italienisch.«

»Woher weißt du das?«, fragte Dee erstaunt.

»Shelby und Yen haben es herausgefunden«, erwiderte Anabel und nickte in Richtung Tribüne zu Cyrian. »Er kann das auch.«

»Was ist das bitte für eine Schule?«, platzte Dee ungläubig heraus.

Anabel lächelte verträumt. »Irgendeine Schule für Hochbegabte an der Ostküste.«

Verdutzt sah Dee mich an. »Ich wusste gar nicht, dass wir ein Austauschprogramm mit einer Eliteschule haben.«

Hatten wir auch nicht. Das war alles gelogen, um den beiden ein Alibi zu verschaffen. Ich hätte Dee und Anabel gern aufgeklärt, doch leider hatte ich mein Wort gegeben.

»Ich würde nicht alles glauben, was Shelby erzählt.« Als die beiden mich fragend musterten, zuckte ich beiläufig mit den Schultern. »Ihr wisst doch, wie sie ist.«

»Stimmt schon«, räumte Anabel ein, während wir vorrückten. Emily, die zwischenzeitlich an der Reihe gewesen war, hatte die Zielscheibe um mehrere Meter verfehlt und gab den Bogen fluchend an Janet weiter.

»Trotzdem scheinen die beiden verdammt clever zu sein«, bemerkte Dee nachdenklich. »Cyrian zum Beispiel schreibt nie mit, aber er hat immer eine Antwort auf Lager, wenn er etwas gefragt wird.«

Das war mir auch schon aufgefallen.

Anabel seufzte erneut. »Ich steh total drauf, wenn er die Lehrer dabei auf diese arrogante Art ansieht. Fast so, als würde er kilometerweit über ihnen stehen.«

Nur mühsam unterdrückte ich ein Lachen, denn meiner bescheidenen Meinung nach lag Anabel mit ihrer Einschätzung vollkommen richtig. Cyrian war zwar still, aber seinen grünen Augen entging nicht das kleinste Detail. Selbst jetzt hatte ich den Eindruck, dass er genau wusste, was hier unten auf dem Platz passierte, während er wie ein dunkler Prinz über uns allen thronte.

Mittlerweile waren wir fast ganz vorn angekommen. Vor uns befand sich nur noch Janet. Sie schien bereits Erfahrung im Bogenschießen zu haben. Zumindest fackelte sie nicht lange, sondern spannte die Sehne und ließ den ersten Pfeil fliegen. Er landete einen Meter neben der Zielscheibe.

»Mist«, grummelte sie und legte sogleich den nächsten Pfeil auf.

»Ich mag Phil trotzdem lieber«, meinte Dee, die sich offensichtlich nicht im Geringsten für Janets Schießkünste interessierte und lieber weiter über die Austauschschüler quatschte. Sie grinste von einem Ohr zum anderen. »Er ist immer so fröhlich. Ein richtiges Sonnenkind.«

Irgendwie nervte es mich, dass Delilah derart begeistert von einem anderen Kerl sprach – und das nicht zum ersten Mal. »Dafür ist Matt aufrichtig und loyal«, mischte ich mich ein. »Kannst du das von Philemon auch sagen?«

Dee lachte irritiert. »Warum sollte er lügen?«

»Keine Ahnung«, erwiderte ich tonlos und streckte die Hand nach dem Bogen aus, den Janet mir nun reichte.

Der Punkt war, dass Philemon es mit der Wahrheit nicht allzu genau zu nehmen schien. Ich hatte ihn schon mehrfach dabei beobachtet, wie er anderen schamlos ins Gesicht log, um seine wahre Identität zu verschleiern.

»Mir dürfte er jedenfalls das Blaue vom Himmel erzählen, solange er in allen Dingen so überzeugend ist«, schnurrte Anabel.

»O ja«, stimmte Dee in nicht weniger genüsslichem Tonfall zu.

Genervt verdrehte ich die Augen und fischte einen Pfeil aus dem Köcher. Während meine Freundinnen munter weiter über Philemons zweifelhafte Qualitäten diskutierten, legte ich den Pfeil auf und spannte die Bogensehne.

Die Zielscheibe befand sich gut fünfzig Meter hinter der Bodenmarkierung, von der aus wir schießen mussten. Sie war immer noch leer. Unzählige Pfeile lagen im Rasen verstreut. Deshalb machte ich mir nicht allzu viel Hoffnung, auch bloß das Brett zu treffen. Allerdings spürte ich den prüfenden Blick von Coach Doyle auf uns, weil Dee und Anabel immer lauter kicherten.

»Sieh dir nur an, wie seine Muskeln in der Sonne glänzen«, schwärmte Anabel. »Ob Cyrian da mithalten kann?«

»Mit Sicherheit«, antwortete Delilah voller Überzeugung. »Ich würde ihn jedenfalls nicht von der Bettkante schubsen. Vielleicht lässt er sich dann auch mal zu einem Lächeln hinreißen.«

Das Bild, das sich bei diesen Worten in meinem Kopf aufbaute, war so verstörend, dass sich mein Magen schlagartig zusammenzog. Dee und Cyrian – das ging gar nicht. Wie konnte sie auch nur darüber nachdenken?

Wut bündelte sich in meinem Inneren, zog sich heiß und mächtig zusammen.

Ich verlor die Geduld mit dem Pfeil und ließ einfach los, bevor ich zu meiner besten Freundin herumwirbelte. Meine Wangen glühten vor Entrüstung.

»Hör auf, solche Sachen zu sagen«, stieß ich hervor.

Dee riss überrascht die Augen auf. »Das war doch bloß ein Scherz.«

»Aber es ist nicht witzig.« Plötzlich war ich so aufgewühlt, dass ich am ganzen Körper zu zittern anfing.

Ein verletzter Ausdruck huschte über Dees Züge. »Wir haben nur herumgealbert, Nayla. Du weißt genau, dass ich Matt niemals betrügen würde.«

Verdammt! Sie hatte recht. Was war nur los mit mir, dass ich harmloses Geplänkel unter Freundinnen nicht mehr von bitterem Ernst unterscheiden konnte?

Betreten rieb ich mir über die Stirn. »Tut mir leid. Natürlich würdest du das nicht.«

Dee entspannte sich, während ich immer noch versuchte, mir meine heftige Reaktion zu erklären. Schließlich waren mir derlei Scherze nicht fremd. Dee schwärmte in regelmäßigen Abständen von anderen Kerlen. Aber mehr auch nicht. Sie liebte Matt. Immer schon. Für sie hatte es nie einen anderen gegeben. Das wusste jeder.

»Guter Schuss«, sagte Anabel und wechselte damit unvermittelt das Thema.

Dee spähte über meine Schulter zur Zielscheibe und riss die Hände hoch, als wollte sie sich einem Angreifer ergeben. »Ich verzeihe dir.«

Irritiert drehte ich mich um und stellte überrascht fest, dass ich in den kleinsten Kreis getroffen hatte, nur knapp vorbei am exakten Zentrum der Zielscheibe.

Dee trat neben mich und klopfte mir auf die Schulter. »Das nenne ich einen Volltreffer, Süße.«

Gott sei Dank war sie nicht nachtragend.

Anabel inspizierte den Bogen, als wäre er ein einziges Mysterium. »Wie hast du das gemacht?«

»War wohl ein Glückstreffer«, antwortete ich und schaute nachdenklich auf meine Hand. Der Sportbogen war ganz hübsch. Die Arme waren aus biegsamem Material gefertigt und weiß lackiert. Das Griffstück, auf dem auch die Pfeilspitze auflag, bestand aus dunklem Holz. Ich hatte keine Ahnung, ob es sich bei dem Bogen um ein gutes oder mittelmäßiges Modell handelte. Aber es fühlte sich erstaunlich gut an, ihn zu halten.

Dee zog einen weiteren Pfeil aus dem Köcher und hielt ihn mir hin. »Versuch es noch mal.«

Da ich selbst neugierig war, ob ich erneut treffen würde, legte ich den Pfeil auf und zog die Sehne straff. Diesmal konzentrierte ich mich ausschließlich auf mein Ziel und blendete die Umgebung völlig aus. Ich achtete nicht mehr auf die Geräusche hinter mir oder die Bewegungen am Rande meines Sichtfeldes. Jetzt gab es nur noch mich, den Pfeil, die Distanz, den Wind …

Ich versuchte, ruhig und gleichmäßig zu atmen, während ich mein Ziel fokussierte. Da spürte ich ein feines Prickeln in meinen Fingerspitzen und wusste instinktiv, das war er, der perfekte Moment.

Ich ließ los und der Pfeil sirrte durch die Luft. Mit einem leisen Plopp landete er in der Zielscheibe. Diesmal exakt in der Mitte.

Krass!

Voller Unglauben starrte ich auf den Pfeil, bis Dee einen schrillen Schrei ausstieß und begann, wie eine Verrückte auf und ab zu hüpfen.

Hinter uns brandete Applaus auf.

Aus purer Gewohnheit zog ich den Kopf ein, auch wenn es ein bisschen spät war, sich zu verstecken.

»Wahnsinn, Nayla! Das war unglaublich«, rief Anabel und übertönte damit das verwunderte Getuschel, das ein paar unserer Mitschülerinnen hinter uns anstimmten.

»Ruhe!«, donnerte Coach Doyle und schob sich zwischen Anabel und mich.

Sofort senkte sich eine gespannte Stille über den Platz, während der Coach stirnrunzelnd die Zielscheibe musterte. »Wie oft trainieren Sie pro Woche, Miss Carlesso?«

»Gar nicht«, stammelte ich.

Seine Brauen schossen in die Höhe. »Sie haben noch nie einen Bogen in der Hand gehalten?«

Unbehaglich trat ich von einem Fuß auf den anderen. »Na ja, mein Dad hat einen. Er hat mir mal erklärt, wie er funktioniert. Aber ich war damals noch zu klein, um seinen Bogen anzuheben. Und seitdem hab ich es nicht noch mal probiert.«

»Mir scheint, wir haben es hier mit einem Naturtalent zu tun.« Coach Doyle sah zwischen der Zielscheibe und dem Bogen in meiner Hand hin und her. Dann zog er einen weiteren Pfeil aus dem Köcher und hielt ihn mir auffordernd entgegen.

Zu meinem Entsetzen joggten ein paar der Jungs über den Rasen, um das Ganze aus nächster Nähe mitanzusehen. Phil war natürlich auch unter ihnen. Verzweifelt wünschte ich mir ein Loch herbei, in das ich hineinspringen konnte. Mein Nacken kribbelte, und ich drehte mich um, um zur Tribüne zu schauen.

Cyrian saß immer noch an der gleichen Stelle. Aber er zeichnete nicht länger. Stattdessen hatte er die Ellenbogen auf die Knie gestützt und verfolgte mit ausdrucksloser Miene, was hier passierte. Ein paar Strähnen seines schwarzen Haares fielen ihm tief in die Stirn. Als unsere Blicke sich trafen, machte mein Magen einen Hüpfer.

Coach Doyle räusperte sich vernehmlich hinter mir, was meine Mitschüler zu amüsieren schien. Ein paar Mädchen kicherten leise. Rasch drehte ich mich wieder um. Unzählige Augenpaare waren auf mich gerichtet.

»Wiederholen Sie die Übung«, forderte Coach Doyle mich ungeduldig auf und drückte mir den Pfeil in die freie Hand.

Mit einem Anflug von Panik schüttelte ich den Kopf. Die ganze Aufmerksamkeit war mir zu viel. Ich wollte das nicht. Je mehr ich mir all der neugierigen Blicke um mich herum bewusst wurde, umso beengter fühlte ich mich. Wie ein Tier in einer Falle.

Am liebsten wäre ich schreiend davongerannt. Das hier war keine schlichte Beklommenheit. In mir brodelte eine andere, weitaus stärkere Emotion. Eine, die mir selbst Angst einjagte. Hitze ballte sich in meiner Brust zusammen. Der Druck machte mir das Atmen schwer.

»Du meine Güte!«, erklang Shelbys Stimme aus der Menge. »Stell dich nicht so an und schieß den blöden Pfeil. Wir wollen auch noch drankommen.«

»Halt die Klappe«, schoss Dee zurück und berührte mich sanft am Arm. In Gedanken flehte ich sie an, mir den Bogen abzunehmen. Doch sie nickte mir nur ermutigend zu. »Du kriegst das hin. Zeig es ihnen.«

Ihre Zuversicht wirkte wie Balsam und nahm mir etwas von der Angst. Trotzdem waren meine Finger steif und ungelenk, als ich den Pfeil auflegte. Mit zusammengepressten Lippen spannte ich die Bogensehne und nahm die Zielscheibe abermals ins Visier, während sich die Gedanken in meinem Kopf überschlugen.

Vielleicht sollte ich einfach die Augen schließen und loslassen. Aber wenn ich Pech hatte, traf ich trotzdem, und dann konnten wir wohl kaum von einem weiteren Glückstreffer sprechen.

Ich hasste die Vorstellung, dass ich plötzlich nicht mehr unsichtbar sein könnte, sondern der Freak mit Pfeil und Bogen. Die Katniss Everdeen der Ellington High. Obwohl, so viel Glück hatte ich nicht. Wahrscheinlich endete ich als weibliche Version von Legolas.

Legolasine.

Was für ein Albtraum. Die Leute würden sich totlachen.

Das musste ich um jeden Preis verhindern. Hastig suchte ich nach etwas, das ich anstelle der Zielscheibe anvisieren konnte, um ganz sicherzugehen, dass ich sie verfehlte.

In dem Moment wehte die Folienverpackung eines Energy-Riegels übers Gras und blieb einen halben Meter vor der Zielscheibe liegen, als hätte der Wind sie extra für mich dort abgelegt.

Ich glaubte nicht, dass ich die Folie wirklich treffen würde. Trotzdem wollte ich es versuchen. Wieder blendete ich die Welt um mich herum völlig aus, bis mir meine Fingerspitzen das Zeichen gaben.

Eine Millisekunde später nagelte der Pfeil die Folie im Rasen fest.

Ich presste die Lippen zusammen, um den überraschten Aufschrei zurückzuhalten, der meiner Kehle entweichen wollte. Ich konnte nicht fassen, dass ich schon wieder getroffen hatte. Jeder Leistungssportler trainierte jahrelang, um so etwas zu schaffen. Woher zum Teufel konnte ich das?

Diesmal folgte kein Applaus – und ich war heilfroh darüber.

»Schade.« Dee nahm mir den Bogen ab. »War wohl doch nur Anfängerglück.«

»Sieht ganz so aus.« Ich bemühte mich um einen möglichst zerknirschten Gesichtsausdruck, als ich mich dem Coach zuwandte. »Tut mir leid.«

Seine Schultern sanken vor Enttäuschung herab. »Üben Sie weiter. In fünf Minuten wechseln Sie die Stationen.«

»Ja, Sir.« Dee nahm einen Pfeil und wandte sich der Zielscheibe zu, während der Coach zurück zur Kletterwand stapfte.

Auch die Mädchen verteilten sich wieder auf die einzelnen Stationen. Philemon zwinkerte mir noch kurz zu, ehe er sich umdrehte und mit den übrigen Jungs zurück zur Laufbahn lief.

Dees erster Schuss landete fünf Meter neben meinem Pfeil im Gras.

Der zweite war ein bisschen näher dran. Aber weiter reichten ihre Bogenschießkünste nicht.

»Gar nicht so einfach«, stellte sie fest und gab das Gerät an Anabel weiter.

Wir reihten uns wieder am Ende der Schlange ein und beobachteten schweigend, wie Anabel mit dem Bogen kämpfte.

»Du hast die Folie anvisiert, oder?«, fragte Dee nach einer Weile.

Sie sah mich nicht an, und auch ich hielt meinen Blick stur geradeaus gerichtet, während ich überlegte, ihre Vermutung einfach abzustreiten. Aber ich wollte sie nicht belügen. »Jepp«, sagte ich schließlich leise.

Das musste Dee erst mal verdauen. Sie verriet mir nicht, was ihr durch den Kopf ging. Aber das war ohnehin nicht nötig. Ich wusste auch so, dass sie wie ich nach einer logischen Erklärung suchte. Trainiert hatte ich nie. Mit Talent allein ließ sich diese Präzision nicht rechtfertigen, und von einem Zufall konnte bei drei Treffern auch keine Rede mehr sein. Letztlich kam Dee wohl zu dem gleichen Ergebnis wie ich, nämlich gar keinem.

»Verrückt«, murmelte sie.

Unbeholfen lächelte ich sie an. »Das Gute daran ist, dass ich offensichtlich keine Sehhilfe brauche.«

Sie drehte den Kopf und richtete demonstrativ ihre Brille zurecht. »Aber du würdest schlauer damit aussehen.«

Ich war erleichtert, dass sie wieder mit mir herumalberte, und stieg sofort darauf ein. »Ich könnte nie so schlau aussehen wie du.«

Ihre Miene hellte sich auf. »Das ist allerdings wahr.«

Wenig später gesellte Anabel sich wieder zu uns und rieb sich mit schmerzverzerrtem Gesicht ihre linke Hand. Anscheinend hatte sie den Bogen falsch gehalten und die Sehne abgekriegt. »Von wegen Geschicklichkeitsübung«, brummte sie. »Das Ding ist lebensgefährlich.«

»Bist du verletzt?«, fragte ich.

Missmutig schüttelte Anabel den Kopf. »Nein, ist nicht schlimm. Aber keine Ahnung, wie ihr es geschafft habt, heil aus der Nummer rauszukommen.«

Im Gegensatz zu Dee hinterfragte sie meine vermeintlichen Glückstreffer nicht. Demzufolge hatte mein Fehlschuss sie wohl überzeugt. Genau wie alle anderen, die wieder ihren Übungen an den verschiedenen Stationen nachgingen, als wäre nie etwas gewesen.

Während Dee und Anabel sich weiter über den Bogen unterhielten, konnte ich nicht länger widerstehen und schaute möglichst unauffällig zur Tribüne hoch. Cyrians Aufmerksamkeit ruhte nach wie vor auf mir – was mich ehrlich gesagt nicht überraschte. Ich hatte seinen Blick die ganze Zeit über auf mir gespürt. Womit ich allerdings nicht gerechnet hatte, war diese Skepsis in seinen Augen. Dee war anscheinend nicht die Einzige, die meine Show durchschaut hatte.

VIII

»Ich will einen Milchshake«, sagte Dee zu Matt und mir und warf die Tür ihres Spindes zu. »Nach dieser Woche brauche ich einen Milchshake. Mit extra viel Sahne und Schokoladensirup.«

»Habe ich Schokoladensirup gehört?« Philemon schob sich an ein paar Leuten vorbei, die es offensichtlich kaum erwarten konnten, das Schulgebäude zu verlassen. Er trat neben mich und strahlte mich an, als käme die Idee von mir. »Ich bin dabei.«

Dees Miene hellte sich auf. »Großartig.« Sie hakte sich bei mir ein und dirigierte mich in Richtung Ausgang. »Und danach gehen wir eine Runde durch die Stadt bummeln, was meint ihr?«

»Alles, was du willst«, antwortete Matt lächelnd.

Nur mühsam konnte ich mir eine Grimasse verkneifen. Obwohl ich darauf bestanden hatte, wieder in die Schule zu gehen, hing mir die Woche doch ziemlich schwer in den Knochen. Mir stand nicht der Sinn nach noch mehr Trubel. »Eigentlich wollte ich direkt nach Hause.«

»Was?« Sichtlich enttäuscht schüttelte Dee den Kopf. »Aber es ist Freitag. Wir haben den ganzen Nachmittag frei, und das Wochenende steht vor der Tür.«

»Ich weiß.« Ich warf meinen besten Freunden einen bedeutungsschweren Blick zu. »Aber ich brauche ein bisschen Zeit für mich.«

Zum Glück verstanden die beiden sofort, worauf ich hinauswollte.

Sie wussten, wie sehr mir der Unfall immer noch zu schaffen machte, und verstanden, dass es nur einen Ort gab, an dem ich zur Ruhe kam.

»Na schön. Dann bringe ich dich erst nach Hause«, bot Dee an.

Ich lächelte dankbar. »Das brauchst du nicht. Ich kann auch den Bus nehmen. So schlimm war es gar nicht.«

»Oder ich fahre dich«, meinte Phil und zuckte mit den Schultern. »Liegt eh auf dem Weg.«

»Wolltest du nicht eben noch mit in den Diner?«, fragte ich irritiert.

»Alles eine Frage der Prioritäten.« Er zwinkerte mir verschwörerisch zu. »Wenn ich die Chance habe, ein hübsches Mädchen sicher nach Hause zu bringen, dann mache ich das doch gern.«

Ich schnaubte. »Ich bin aber nicht diejenige, die deinen Schutz braucht.«

Phils Grinsen verrutschte, während Dee und Matt aufhorchten.

»Was meinst du?«, wollte Dee wissen und kniff die Augen zusammen, als wollte sie meine Gedanken lesen.

Shit! Das hätte ich wohl besser nicht sagen sollen.

Beklommen suchte ich nach einer Ausrede, doch meine beste Freundin schnappte bereits nach Luft. »O mein Gott! Dann stimmt es also, was gemunkelt wird?«

Ich warf Phil einen schuldbewussten Blick zu.

Seine Miene war verschlossen. »Was wird denn gemunkelt?«

Dees Augen begannen zu glühen. Ob sie es nun zugab oder nicht, sie liebte es, den neusten Klatsch zu erfahren. »Angeblich ist Shelbys Stalker gestern Nacht wieder um ihr Haus rumgeschlichen. Aber Cyrian war bei ihr und hat ihn vertrieben.«

Okay, diese Information war definitiv noch nicht an mich herangetragen worden. Entweder nahm Cyrian seinen Job sehr, sehr ernst oder er hatte doch ein heimliches Interesse an der nervigen Prinzessin entwickelt.

»Dem kann ich nicht widersprechen«, sagte Phil gedehnt.

Damit wäre diese Frage wohl geklärt.

Mein Magen grummelte. Dass Shelby einen Narren an Cyrian gefressen hatte, hatte inzwischen jeder mitbekommen. Allerdings konnte ich beim besten Willen nicht verstehen, was Cyrian plötzlich an ihr finden könnte. In der Schule sah es eigentlich nicht danach aus, als würde er sich sonderlich für sie erwärmen. Aber vielleicht täuschte das ja auch.

Andererseits war Cyrian still und unnahbar. Einfach jedem gegenüber. Nur sehr selten, wenn sich unsere Blicke manchmal kreuzten und mich das intensive Grün seiner Augen gefangen nahm, hatte ich das Gefühl, hinter seine kühle Fassade blicken zu können. Und was ich sah, stimmte absolut nicht mit Shelbys Charakter überein. Die beiden passten kein bisschen zusammen.

Matt schien das jedoch anders zu sehen. Er stieg auf Philemons Anspielung ein und wackelte vielsagend mit den Augenbrauen. »Und danach hat er alles darangesetzt, um sie zu trösten, stimmt's?«

Philemon lachte. »Du erwartest nicht ernsthaft eine Antwort auf diese Frage, oder? Ich wäre kein besonders guter Freund, wenn ich solche delikaten Informationen einfach so weitererzählen würde.«

Das ging wohl in meine Richtung. Ich wäre beleidigt gewesen, wenn ich nicht zu sehr damit beschäftigt gewesen wäre, mich an der Vorstellung von Shelby und Cyrian zu stören. Davon abgesehen hatte Phil leider recht. Ich musste in Zukunft wirklich besser aufpassen, was ich sagte.

Seufzend drehte ich mich um und trat, gefolgt von den anderen, aus dem Schulgebäude. In der Wendeschleife fuhr gerade der Bus ein, der in mein Wohnviertel führte. Rasch drückte ich Dee einen Kuss auf die Wange. »Ich muss los.«

Hastig lief ich die Stufen hinunter, während Phil mir nachrief. »Hey, warte doch, Schönste. Ich fahre dich.«

»Nicht nötig, danke! Habt viel Spaß in der Stadt.« Ich winkte meinen Freunden zum Abschied und stieg in den Bus.

Der ältere Fahrer nickte freundlich, ehe er an dem Hebel zog, um die Tür zu schließen. Ich war fast am Busfahrer vorbei, als ich hinter mir eine Bewegung spürte.

Überrascht drehte ich mich um.

Cyrian war mit einem Satz in den Bus gesprungen und stand nun dicht hinter mir. Wortlos schaute er auf mich herab. Seine ausdrucksstarken Augen brachten mich völlig aus dem Konzept. Ich bekam nur am Rande mit, wie sich die Tür ächzend hinter Cyrian schloss und der Bus schwankend losrollte. Um mir die Peinlichkeit zu ersparen, gegen Cyrian zu fallen, streckte ich schnell die Hand nach einer Haltestange aus.

»Du fährst Bus?«, stieß ich ungläubig hervor.

Sein Mundwinkel zuckte spöttisch. »Wieso denn nicht?«

Eigentlich war das ziemlich offensichtlich. Nur die Schüler, die nicht alt genug waren oder kein eigenes Auto besaßen, nutzten die öffentlichen Verkehrsmittel. Zählte man zu diesem Personenkreis, rangierte man an der Ellington nicht gerade weit oben auf der Beliebtheitsskala, weshalb höhere Jahrgänge die gelben Ungetüme konsequent mieden. Cyrian schien es jedoch nicht zu stören, dass wir beide die Ältesten waren. Nachdem sein Blick einmal prüfend über alle Anwesenden gewandert war, als wollte er etwaige Gefahren ausloten, blendete er die übrigen Kids vollkommen aus und schob sich an mir vorbei auf eine Sitzbank.

Zum Glück war die Bank daneben auch noch frei, sodass ich mich nicht neben ihn quetschen musste. Seufzend ließ ich meinen Rucksack auf den Sitz neben mir fallen und lehnte mich gegen das abgewirtschaftete Leder. »Und Shelby?«

»Phil bleibt bei ihr«, erwiderte er und musterte mich, als wunderte er sich, warum mich das so brennend interessierte. Dabei wusste ich es ehrlich gesagt selbst nicht.

»Ist sie denn immer noch in Gefahr?«, fragte ich mit gesenkter Stimme. »Ich dachte, du hättest gestern diesen Stalker geschnappt, als du die Nacht mit ihr verbracht hast.«

O Gott! Was redete ich denn da? Meine Wangen gingen in Flammen auf, und ich presste die Lippen fest zusammen, um mich selbst am Weiterreden zu hindern. Am liebsten wäre ich im Boden versunken.

Cyrian zog eine Braue in die Höhe. Seine Miene zeigte deutlich, dass er zwischen Ärger und Belustigung hin- und hergerissen war. »Es geht dich zwar nichts an, aber ich bin lediglich an Shelbys Haus *vorbeigefahren*, als ich den Typen im Gebüsch entdeckt habe. Bevor ich ihn zur Rede stellen konnte, ist er allerdings abgehauen. Shelby hat das eher zufällig mitgekriegt.«

Vermutlich hätte mich das nicht derart erleichtern sollen. Tat es aber.

»Da habe ich wohl etwas falsch verstanden«, murmelte ich.

»Offensichtlich.« Cyrian drehte den Kopf und sah zur Frontscheibe hinaus. Er schien nicht das geringste Interesse an einem weiteren Gespräch zu haben.

Bedauern regte sich in mir. Denn zu meiner eigenen Überraschung stellte ich fest, dass ich gern mehr über Cyrian erfahren hätte. Alle Informationen, die ich bisher über ihn gesammelt hatte, stammten von Gerüchten oder von Phil. Beide waren nicht gerade zuverlässige Quellen, wie er mir eben erst verdeutlicht hatte. Andererseits wollte ich mich nicht aufdrängen. Also schwieg ich ebenfalls.

Es dauerte nicht lange, bis ich verzweifelt das Ende der Fahrt herbeisehnte. Cyrian wirkte zunehmend angespannter. Immer wieder konnte ich aus dem Augenwinkel beobachten, wie sein Blick zu mir huschte. Aber er blieb weiterhin distanziert und kühl.

Als der Bus schließlich hielt, sprang ich erleichtert auf die Straße. Obwohl ich mich nicht umdrehte, wusste ich, dass Cyrian dicht hinter mir war. Fast meinte ich, die Hitze in meinem Rücken zu spüren, die von ihm ausging.

Bis zu unserem Haus waren es nur hundert Meter. Ein Stück weiter vorn führte eine Seitenstraße zum Bella Blue, was bedeutete, dass Cyrian mir den ganzen Weg bis nach Hause folgen würde. Ich überlegte, wie ich das unangenehme Schweigen zwischen uns brechen könnte, als mein Handy kurz piepste.

»Bis dann«, murmelte Cyrian, schob sich an mir vorbei und stapfte davon.

Verdutzt sah ich ihm nach, und leise Enttäuschung breitete sich in mir aus. Als Cyrian die Seitenstraße erreichte, in der die traumhafte Villa lag, spähte er noch einmal über die Schulter zurück. Fast meinte ich, Bedauern in seinen Zügen zu erkennen. Aber dann wandte er sich ab und verschwand aus meiner Sicht.

Was für ein verwirrender Typ.

Frustriert kramte ich mein Handy aus der Seitentasche meines Rucksacks.

Mom hatte mir eine Nachricht geschickt. Sie wollte nach der Arbeit noch mit Victor und Dad in die Stadt, um ein paar Dinge zu erledigen, und wünschte mir einen entspannten Nachmittag zu Hause.

Erleichterung durchströmte mich. Denn offen gestanden hätte ihr Timing nicht besser sein können. Ich nahm an, dass sie nicht ohne Grund explizit betonte, wo ich relaxen sollte. Aber für mich gab es nur einen Ort, an dem ich den Rest des Tages verbringen wollte. Nach dieser nervenaufreibenden Busfahrt umso mehr.

Ich steckte das Handy zurück in den Rucksack und ging nach Hause. Gerade als ich die Veranda hochgehen wollte, blieb meine Aufmerksamkeit bei der Garage haften. Irgendwo da drin befand sich Dads alter Bogen. Vielleicht sollte ich ihn mitnehmen und dann im Wald noch einmal für mich ausprobieren, wie es tatsächlich um meine Schießkünste stand. Die Idee ließ mich geradezu euphorisch werden, was eine willkommene Abwechslung zu meinem derzeitigen Gemütszustand war.

Rasch ging ich ins Haus und warf meinen Rucksack in die Ecke. Ich tauschte meine Chucks gegen robuste Wanderstiefel, zog mir meine Windjacke über und schnappte mir die Gürteltasche, die ich immer um die Hüften trug, wenn ich durch mein persönliches Himmelreich flanierte. Darin befanden sich allerlei nützliche Dinge wie eine Taschenlampe, ein Schweizer Taschenmesser, ein Kompass, Pflaster, zwei Energy-Riegel und weitere Kleinigkeiten. Zusätzlich füllte ich eine kleine Wasserflasche auf, bevor ich in die Garage ging. Wobei Garage eigentlich nicht die richtige Bezeichnung war. Abstellraum traf es eher.

Ich konnte mich nicht entsinnen, wann unsere Familienkutsche je hier reingepasst hätte. Alles war mit Kram zugestellt. An der Seite erhoben sich ausrangierte Regale, die mit Blumentöpfen, Werkzeugen und abgenutzten Kinderspielzeugen vollgestopft waren.

Dads Bogen musste irgendwo auf der obersten Ablage sein. Zumindest hatte ich ihn zuletzt dort gesehen.

Ich zog einen riesigen Sack für die Kleiderspende aus dem Weg, stieg über einen Stapel von Moms alten Fachzeitschriften und stellte mich auf die Zehenspitzen. Ein Lächeln zupfte an meinen Mundwinkeln, als ich den schwarzen Arm des Bogens entdeckte. Ich streckte mich und schaffte es, das Teil unbeschadet unter einer riesigen Plastikplane hervorzuziehen.

Dabei rieselte eine Unmenge Staub auf mich herab und kitzelte mich in der Nase. Es war nicht besonders angenehm, aber besser als irgendwelche Krabbeltiere.

Dads Bogen war ganz anders geschwungen als der, mit dem wir in der Schule geübt hatten. Außerdem schien er aus einem leichteren Material zu bestehen. Meine Finger schlossen sich um das schwarz lasierte Griffstück. Probehalber zupfte ich an der Sehne und grinste breit, als mein Arm angenehm kribbelte.

Perfekt. Jetzt fehlten nur noch die Pfeile.

Es dauerte gut zehn Minuten, bis ich in dem Chaos endlich den schwarzen Lederköcher fand. Darin befanden sich fünf silbrig glänzende Pfeile.

Aufgeregt schlang ich mir die Riemen um den Körper und schnallte sie fest, sodass der Köcher zwischen meinen Schulterblättern ruhte. Weil ich Angst hatte, den Bogen kaputt zu machen, behielt ich ihn in der Hand.

Voll ausgerüstet ging ich nach draußen, stapfte an den Gehegen vorbei und nahm den schmalen Pfad direkt in den Wald. Meine Schritte wurden von feuchtem Laub gedämpft, während ich querfeldein durch das bunte Gemisch von Buchen, Linden, Rosskastanien und Ahornbäumen marschierte. Um mich herum gediehen unzählige Arten von Sträuchern und Kletterpflanzen. Neue Keime sprossen aus dem fruchtbaren Boden und leuchteten in einem satten Grün.

Ich kannte das Gebiet hinter unserem Haus wie meine Westentasche und begrüßte den Wald wie einen alten Freund, den ich viel zu lange nicht gesehen hatte.

Nach etwa einer Meile wurde das Gehölz dichter. Die Frühlingssonne brach hier nur schwach durch die knospenden Zweige. Die feuchte Luft war erfüllt vom Duft nach Erde, Harz und Lindenblüten. Irgendwo in der Nähe trieb ein Specht seinen Schnabel rhythmisch in das Holz. Zaunkönige flatterten umher, und ein Waldsalamander krabbelte unmittelbar vor mir durch ein Geflecht aus Weißwurzeln und Waldhortensien.

Lächelnd ließ ich die Idylle auf mich wirken. Zum ersten Mal seit Tagen fühlte ich mich frei.

Frei von Trauer, Angst und Schmerz.

Frei von verschwommenen Erinnerungen an den Unfall und unliebsamen Gedanken.

Eine angenehme Ruhe überkam mich. Einen Moment lang überlegte ich, eine kleine Pause einzulegen und eingehüllt im Schutz der Natur zu verweilen. Aber ich wollte keine Zeit verschwenden. Ich war viel zu lange nicht mehr hier gewesen. Außerdem hatte ich mir für diesen Ausflug einiges vorgenommen.

Nach so vielen Jahren kannte ich die bevorzugten Territorien der Wilderer genau und wusste, wohin ich gehen musste. Es dauerte auch nicht lange, bis ich fündig wurde.

Abrupt blieb ich stehen, als ich nicht weit von mir entfernt eine tote Maus entdeckte. Sie war auf einem Laubbett drapiert worden wie eine Delikatesse auf einem Servierteller. Ein Stück daneben ragte ein Metallhebel aus dem Boden. Er gehörte zu einer Schlagfalle, die ein Kleintier bei Kontakt sofort tötete.

Verärgert biss ich die Zähne zusammen, während ich mich nach einem dicken Ast bückte. Ich warf ihn neben die Maus, um den Schlagmechanismus auszulösen. Ein Knall schallte durch den Wald und schreckte ein paar Vögel auf, die in den Wipfeln nisteten.

Damit war meine Aufgabe aber längst noch nicht erledigt. Ich legte den Bogen ab und kramte das Taschenmesser aus meiner Gürteltasche. Mit dem Schraubenzieher drehte ich die kleinen Schrauben aus den Gewinden. Als ich sie gelöst hatte, steckte ich sie in meine Jackentasche und klemmte einen laminierten Zettel unter die metallenen Überbleibsel der Falle. Darauf stand in gedruckter Schrift:

AUF SIE IST EINE MIKROKAMERA GERICHTET.
SOLLTEN SIE NOCH EINMAL ILLEGALE FALLEN AUFSTELLEN,
GEBE ICH DIE AUFNAHMEN AN DIE POLIZEI WEITER.

Ja, gut. Das war ein Bluff. Aber das wussten diese Typen ja nicht. Immerhin bestand durchaus die Möglichkeit, dass irgendwo in den Bäumen oder im Dickicht eine Kamera versteckt war. Ich hatte mir schon öfter vorgenommen, meine Drohung auch mal wahr zu machen. Aber diese Kameras waren leider nicht ganz billig. Daher blieb mir nur zu hoffen, dass diese Idioten, für die die Jagd nach wehrlosen Tieren lediglich eine abartige Freizeitbeschäftigung war, genug Angst bekamen, um den Mist in Zukunft zu lassen.

Nachdem ich die tote Maus mit Laub und Erde bedeckt hatte, klopfte ich mir die Hände ab, nahm den Bogen wieder an mich und setzte meine Suche fort.

Eine halbe Meile weiter nordöstlich stieß ich auf eine Trittfalle, die für die Wilderei von Rehen gedacht war. Ich machte sie ebenfalls unschädlich und hinterließ einen laminierten Zeitungsartikel, in dem berichtet wurde, dass in Missouri ein verurteilter Wilderer neben einer satten Freiheitsstrafe dazu verdonnert worden war, mindestens einmal im Monat Disneys *Bambi* zu schauen. Kein Witz.

Meiner Meinung nach war das noch viel zu wenig. Ich hätte den Mistkerl ganz andere Filme in Endlosschleife gucken lassen. Aber mich fragte ja niemand.

Gut eine Stunde später hatte ich zwei weitere Fallen entschärft und befand mich weit genug von der Zivilisation entfernt, um gefahrlos mein zweites Anliegen in die Tat umzusetzen.

Mein Körper begann vor Aufregung zu kribbeln, als ich mich nach einem geeigneten Ziel umsah. In etwa vierzig Metern Entfernung entdeckte ich einen umgekippten Baumstamm, von dem ein dicker Ast in die Höhe ragte. Eine kreisrunde Narbe zog sich über die Rinde. Mit einem Durchmesser von gut zwanzig Zentimetern war sie zwar deutlich größer als die Verpackung eines Energy-Riegels, doch für den Anfang sollte es reichen. Zumal sich direkt hinter meinem Ziel mehrere alte

Laubbäume befanden, die prima als Schutzwall fungieren würden, falls ich danebenschoss.

Ich zog einen Pfeil aus dem Köcher auf meinem Rücken, legte ihn an und nahm die Astnarbe ins Visier. Eine Millisekunde lang wunderte ich mich, wie sich etwas, das ich im Grunde überhaupt nicht kannte, derart vertraut anfühlen konnte. Doch dann ließ ich den Pfeil fliegen, und das surrende Geräusch zerstreute meine Gedanken.

Es knackte leise, als der Pfeil das Holz im Zentrum des Astes durchtrieb.

Mein Herz vollführte einen kleinen Salto, so sehr freute ich mich, dass ich getroffen hatte. Eilig bahnte ich mich durch die kniehohen Sträucher und betrachtete den durchbohrten Ast.

Ich überlegte, ein Foto zu machen, um den Moment meines Triumphes wenigstens für mich festzuhalten, aber da stellte ich fest, dass ich mein Handy gar nicht dabeihatte. Es war immer noch in meinem Rucksack, den ich zu Hause achtlos in die Ecke geworfen hatte.

Dann eben kein Foto.

Mit einem Ruck zog ich den Pfeil aus dem Ast. Ich wollte gerade wieder zurückgehen, da zerfetzte mir ein Schuss beinahe das Trommelfell. Entsetzt warf ich mich zu Boden und drückte mich Schutz suchend an den Baumstamm.

»Volltreffer«, jubelte ein Mann.

Ich war so erschrocken, dass ich sekundenlang nur das Donnern meines Herzschlages wahrnahm.

Dann riss mich eine zweite Stimme aus meiner Schockstarre. »Ich hab die Schnauze voll, Beaver. Immer bist du der Erste.«

»Jetzt stell dich nicht so an. Du kommst schon noch früh genug dran.«

Das durfte doch nicht wahr sein!

Wilderer. In *meinem* Wald.

Jedes andere Mädchen an meiner Stelle hätte vermutlich ohne zu zögern die Flucht ergriffen, wenn es mutterseelenallein im Wald auf zwei fremde Männer traf. Noch dazu, wenn diese ein Gewehr dabeihatten. Aber die Empörung ließ mich jede Vorsicht vergessen. Ich hob den Kopf, um die Stimmen zu orten, konnte aber niemanden entdecken.

»Das sagst du jedes Mal«, grummelte Beavers Kumpel. »Aber langsam habe ich echt keinen Bock mehr.«

Während der Typ sich weiter beklagte, richtete ich mich so lautlos wie möglich auf und spähte über den umgekippten Baumstamm. Die Stimmen kamen auf jeden Fall aus dieser Richtung. Sehen konnte ich die beiden Streithähne allerdings immer noch nicht. Sie mussten sich also hinter dem Baumwall befinden.

Bevor ich mit mir selbst ausdiskutieren konnte, wie dämlich diese Idee war, kroch ich über den Baumstamm und zwängte mich so lautlos wie möglich zwischen den dicken Bäumen hindurch. Es war etwas mühsam, den sperrigen Bogen durch die zahlreichen Zweige zu manövrieren, aber es gelang mir. Ich drückte mich an einen dicken Stamm und spähte in die Richtung, aus der die Stimmen kamen.

Ich war inzwischen nahe genug am Rand des Baumwalles, wo es etwas lichter wurde, sodass ich die Kerle gut beobachten konnte.

Die beiden Wilderer hockten keine fünf Meter entfernt vor einem Gebüsch, das ihnen wohl als Tarnung gedient hatte. Zum Glück waren sie so sehr in ihre Diskussion vertieft, dass sie mich gar nicht bemerkten.

»Es ist mein Gewehr, also mache ich auch die Regeln, Snoobs«, verkündete der Schütze, der aussah wie gerade mal Anfang zwanzig. Das musste Beaver sein. Mit einem selbstzufriedenen Grinsen tätschelte er die Jagdwaffe in seiner Hand. Er trug ein Camouflage-Hemd und verdreckte Jeans. Die dunkelblonden Haare klebten ihm verschwitzt an den Schläfen.

Sein Kumpel Snoobs, der auch nicht viel älter sein konnte, schob missmutig das speckige Basecap auf seinem Kopf zurecht. Auch er trug

Tarnkleidung, war aber im Gegensatz zu Beaver deutlich korpulenter. »Das nächste Mal kannst du dir einen anderen Trottel suchen, der dich hier raus in die Pampa fährt.«

Beaver grinste noch breiter und offenbarte dabei widerliche gelbe Zähne. »Dann willst du dir also die ganze Asche entgehen lassen?«

Snoobs zog die Nase hoch. »Die Kohle ist mir egal. Ich bin hier, um Spaß zu haben.«

Ich unterdrückte ein Schnauben. Das war der mieseste Bluff, den ich je gesehen hatte. Aber es reichte aus, um Beaver dazu zu bewegen, seine Waffe herzugeben. »Von mir aus.«

Begierig nahm Snoobs das Gewehr entgegen. Er wollte es gerade anlegen, als Beaver die Augen verdrehte.

»Das Magazin ist leer, du Trottel.« Er klopfte seine Brusttasche ab, pfriemelte eine Zigarette heraus und zündete sie an. »Im Rucksack ist noch eins.«

Snoobs drehte sich suchend um und streckte sich nach besagtem Rucksack aus, der etwas weiter entfernt auf dem Boden lag. Daneben erblickte ich einen großen Leinensack. Er war prall gefüllt und mit dunklen Flecken übersät.

Schlagartig wurde mir kotzübel.

Diese Flecken … Das war keine Erde oder sonstiger Dreck. Das war Blut. Viel zu viel Blut. Der ganze Stoff war getränkt damit. Das hieß, es mussten mindestens drei oder vier Tiere darin ausbluten. Diese beiden Arschlöcher hatten sie brutal erschossen und in den Leinensack gestopft wie Müll.

Das Feuer explodierte in mir. Ich hatte keine Chance gegen den tosenden Schmerz und die Wut, die plötzlich in mir aufbrandeten. Bevor ich wusste, was ich tat, hatte ich einen Pfeil aus dem Köcher gezogen und ihn aufgelegt. Mit straff gespanntem Bogen trat ich zwischen den Bäumen hervor.

Erschrocken fuhren die beiden Wilderer herum. Snoobs ließ das Gewehr fallen und riss die Hände in die Höhe. Beaver hingegen musterte mich von Kopf bis Fuß, während er an seiner Zigarette zog.

Ich ließ die Sehne los, und der Pfeil peitschte schneller als für das bloße Auge sichtbar an seinem Gesicht vorbei. Glut flog durch die Luft, als die Zigarette zerbarst.

»Verfluchte Scheiße!«, brüllte Beaver und sprang auf die Füße.

Ich verlor keine Zeit, sondern spannte sofort einen weiteren Pfeil ein.

Beaver wischte sich hektisch ein paar Funken von den Klamotten, ehe er mich aufgebracht ansah. »Bist du noch ganz dicht? Du hättest mir um ein Haar die Fresse wegrasiert.«

Es war schon erstaunlich. Innerlich brannte ich vor Zorn. Doch äußerlich musste mein Lächeln eiskalt wirken. Ich spannte die Sehne noch weiter. Obwohl sie in meine Fingerspitzen schnitt, war der Schmerz ein Witz verglichen mit dem Rachedurst, der gerade in mir tobte. Diese Männer verdienten eine Strafe.

Als hätte er meine Gedanken erraten, stolperte Beaver zurück. Er verlor jegliche Farbe im Gesicht, während er mich anstarrte, als hätte er einen Geist gesehen. »Fuck! Wa… was ist denn mit deinen Augen?«

Snoobs stieß ein Wimmern aus. »Lass uns abhauen, Mann. Die ist doch komplett irre.«

Normalerweise hätte ich an diesem Punkt vehement widersprochen. Aber die erschreckende Wahrheit war, dass ich gerade nicht Herrin meiner Sinne war. Es kam mir vor, als hätte jemand anders von mir Besitz ergriffen. In mir wütete ein solcher Hass, dass ich ernsthaft mit dem Gedanken spielte, auch den nächsten Pfeil fliegen zu lassen. Ich hatte keinerlei Zweifel, dass er sein Ziel treffen würde.

Die Erkenntnis, dass ich zu so etwas imstande sein könnte, traf mich wie ein Schlag in die Magengrube. Selbstverteidigung war eine Sache. Aber diese Kaltblütigkeit … Das war nicht ich. Das war nicht richtig.

Meine Finger begannen zu zittern. Schweißperlen bildeten sich auf meiner Stirn, während ich versuchte, diese brennende Wut in mir zu zähmen.

»Verschwindet«, presste ich hervor, ohne die beiden aus den Augen zu lassen. »Und kommt nie wieder zurück.«

Zu meiner immensen Erleichterung setzte Snoobs sich sofort in Bewegung. Er schnappte sich den Rucksack und stürzte davon.

Beaver jedoch zögerte. Sein Blick zuckte zu seinem Gewehr. Offensichtlich war er nicht bereit, es zurückzulassen. Vorsichtig machte er einen Schritt darauf zu.

Der nächste Pfeil durchbohrte die Erde nur wenige Zentimeter vor seinem Fuß.

Sein Schrei war noch nicht verstummt, da hatte ich bereits den nächsten Pfeil eingespannt und zielte nun direkt auf ihn. Obwohl die Zweifel in mir immer lauter wurden, gab ich nicht nach.

»Sofort!«, zischte ich.

Beavers Augen weiteten sich, als er meinem Blick begegnete. Was auch immer er sah, sorgte dafür, dass er auf dem Absatz kehrtmachte und lossprintete. Er war so schnell, dass er Snoobs nach wenigen Metern einholte.

Ich sah den beiden lange nach, ohne mich zu bewegen. Zu groß war meine Angst, dass sie umkehren und ich meine Wut nicht mehr kontrollieren könnte. Nach einer Weile kühlte die Hitze in mir auf ein erträgliches Maß herunter. Das Zwitschern der Vögel drang wieder lauter in mein Bewusstsein. Ein Reh schlenderte in der Ferne vorbei und rupfte eine Pflanze aus der Erde.

Die Gefahr war vorüber.

Schlagartig verließ mich jegliche Kraft. Dads Bogen rutschte mir aus den Händen. Meine Beine knickten ein, und ich fiel auf die Knie. Entsetzt starrte ich zu Boden.

Eigentlich hätte es mich zutiefst erschrecken sollen, dass ich mich gerade mit zwei wildfremden Kriminellen in einem abgelegenen Waldstück angelegt hatte. Die beiden Typen hätten mich überwältigen, missbrauchen, ermorden oder zerstückeln können. Eigentlich sogar alles zusammen.

Aber das war es nicht, was mich bis ins Mark schockierte. Es war vielmehr die Tatsache, dass ich keinerlei Angst vor den Typen verspürt hatte, sondern nur grausamen, blinden Zorn, der mich vergessen ließ, was Recht und Unrecht war. Es hatte nur noch mich und meine eigene Moral gegeben, und ich war bereit gewesen, diese skrupellos durchzusetzen – völlig egal, welche Konsequenzen das nach sich gezogen hätte.

Ganz ehrlich? Die Einzige, die ich auf einmal fürchtete, war ich selbst.

Meine Muskeln brannten, als ich sie anspannte, um wieder aufzustehen. Am liebsten wäre ich sofort abgehauen. Doch mein Blick wanderte wie von selbst zu dem blutgetränkten Leinensack, den diese miesen Dreckskerle achtlos liegen gelassen hatten.

Ich überlegte, Gräber für die toten Tiere auszuheben. Aber mir war klar, dass das nicht viel nützen würde. Hier in der Gegend gab es auch Raubtiere. Kojoten und Wildkatzen, die die Kadaver sofort wieder ausbuddelten, sobald sie Witterung aufgenommen hatten.

Die Natur war eben nicht immer schön, sondern auch grausam.

Weil ich es jedoch auch nicht über mich brachte, den blutüberströmten Sack einfach liegen zu lassen, sammelte ich Zweige und Äste ein. Anschließend hockte ich mich auf den Boden, grub die Finger in die laubbedeckte Erde und schaufelte mit den Händen eine Kuhle frei. Als sie etwa zehn Zentimeter tief war, schob ich den Leinensack hinein und verteilte das Blattwerk darüber.

Danach nahm ich Gewehr und Bogen an mich und machte mich auf den Heimweg. Ich rannte fast die gesamte Strecke, weil ich diesen Ort so schnell wie möglich hinter mir lassen wollte.

Als ich gut eine Stunde später durchgeschwitzt und bis auf die Knochen abgekämpft heimkehrte, waren meine Eltern noch nicht von ihrem Stadtbummel zurück. Worüber ich heilfroh war. Sie wären sicher ausgetickt, wenn sie mich in meinem derangierten Zustand aus dem Wald hätten kommen sehen.

Ich versteckte die Waffen in der Garage unter allerlei Gerümpel, ehe ich unter die Dusche ging. Ich hoffte, dass das heiße Wasser meine Anspannung lösen und ich mich endlich beruhigen würde. Aber leider war das nicht der Fall.

IX

Dees Lachen drang an meine Ohren. Doch plötzlich wurde der Laut schriller, panischer. Er wandelte sich in einen markerschütternden Schrei.

Glas splitterte.

Erschrocken fuhr ich hoch. Schweiß klebte mir im Nacken. Mein Herz hämmerte gegen meinen Brustkorb und mein Atem rasselte. Es dauerte einen Moment, bis ich realisierte, dass ich mich in meinem Zimmer befand und dass ich bloß geträumt hatte.

Erschöpft rieb ich mir über das Gesicht. Die Träume wurden jede Nacht schlimmer. Nicht mehr lange und ich würde aus Angst vor meinem Unterbewusstsein bald überhaupt kein Auge mehr zutun.

Dem hellen Licht nach zu urteilen, das durch das Fenster schien, war längst Mittag, trotzdem fühlte ich mich wie gerädert. Kraftlos drehte ich mich um, um mein Handy unter dem Kopfkissen hervorzuziehen. Da bemerkte ich die Sauerei auf dem Nachttisch.

Die Blumenvase war kaputt. Überall lagen Scherben, Blätter und Blüten. Feine Tropfen perlten von der Wand. Das Wasser rann über die Nachttischkante auf den Boden und bildete eine Pfütze auf dem Holzparkett. Es sah aus, als wäre die Vase nicht einfach nur umgekippt, sondern irgendwie explodiert.

»Na, klasse«, murmelte ich und stand widerwillig auf.

Vorsichtig pflückte ich die Blumen, die noch in einem Stück waren, aus der Scherbensuppe, ehe ich ins Badezimmer tapste, um Putzzeug zu holen. Während ich das Chaos beseitigte, grübelte ich darüber nach, wie das passiert war.

War ich im Schlaf gegen die Vase gestoßen? Nein, dafür hatte ich zu weit entfernt gelegen. Ich konnte sie unmöglich berührt haben. Aber vielleicht hatte das Porzellan ja schon einen feinen Riss gehabt und dem Druck des Wassers nicht länger standhalten können? Oder ein Windhauch hatte die Vase umgestoßen?

Ich hielt die Hand in die Höhe und versuchte, ein wenig Zugluft zu erspüren. Aber abgesehen von meinen nassen Fingern fühlte ich rein gar nichts.

Frustriert, weil ich keine logische Erklärung fand, warf ich den Lappen in den Eimer und strampelte mir die durchnässte Pyjamahose von den Beinen. Anschließend fischte ich eine Jeans und einen dünnen Pullover aus der Kommode. Nachdem ich mich angezogen und mir die Zähne geputzt hatte, schob ich mein Handy in meine Gesäßtasche und ging nach unten. Meine Chucks lagen immer noch am Fuße der Treppe, wo ich sie gestern Abend achtlos abgestreift hatte, nachdem ich die Tiere gefüttert hatte. Da ich sowieso gleich wieder nach ihnen sehen und keinen Ärger mit Mom wollte, schlüpfte ich hinein.

Ich zog gerade den rechten Schuh hoch, als mir auffiel, wie still es im Haus war. Normalerweise schallte ein Popsong aus dem Radio und Victor sauste mit seinen Spielzeugen zwischen Küche und Wohnzimmer hin und her. Aber heute war niemand zu sehen.

Ich wollte schon nach meiner Familie rufen, doch da hörte ich die Stimme meines Vaters aus dem Arbeitszimmer. »Wir können so nicht weitermachen, Allegra. Es ist einfach nicht fair.«

Er klang aufgebracht, weshalb ich das tat, was wohl jeder an meiner Stelle getan hätte: Ich schlich näher und spitzte die Ohren.

»Valeria kannte jede Einzelheit und doch hat sie dieses Wissen nicht retten können«, antwortete meine Mutter angespannt.

Valeria?

Den Namen hatte ich noch nie gehört. Wer war das?

Irritiert lehnte ich mich gegen die Tür und bemerkte, dass sie bloß angelehnt war. Durch einen schmalen Spalt konnte ich meine Eltern sehen. Sie standen einander gegenüber und waren so sehr in ihr Gespräch vertieft, dass sie mich gar nicht bemerkten.

Behutsam legte Mom meinem Vater die Hand auf die Brust. »Wir haben es ihr *geschworen*, Julius. Wir haben geschworen, sie zu beschützen und von all dem fernzuhalten.«

»Und genau das haben wir getan, solange es möglich war«, erwiderte mein Vater. »Aber die Dinge haben sich geändert. Niemand hat das kommen sehen.«

Mom schüttelte den Kopf. »Es fühlt sich trotzdem an, als würden wir Valeria verraten. Ich will sie nicht in diese Welt hineinziehen.«

»Sie ist doch längst ein Teil davon. Das wissen wir beide.« Unglücklich rieb sich mein Vater über das Gesicht. »Sie verändert sich.«

»Vielleicht ist es nur eine Phase«, krächzte meine Mutter, doch ihr war anzuhören, dass sie sich selbst nicht glaubte. »Die Pubertät bringt immer einen Wandel mit sich.«

Mein Herz begann zu rasen, als mir klar wurde, dass sie von mir sprachen.

Die Stimme meines Vaters wurde sanfter. »Wir können sie nicht länger im Dunkeln lassen. Das weißt du genauso gut wie ich.«

»Schon.« Plötzlich schluchzte meine Mutter auf. »Aber ich dachte, wir hätten mehr Zeit.«

»Ich auch, Liebes.« Zärtlich streichelte er ihr über die Wangen. »Hab ein bisschen Vertrauen. Sie wird es verstehen.«

»Und wenn nicht? Was, wenn wir sie auch noch verlieren?« Zu meinem Entsetzen fing meine Mutter an zu weinen. »Das könnte ich einfach nicht ertragen.«

»Sie ist stark.«

Mom stieß ein tränenersticktes Lachen hervor. »Genau da liegt das Problem, nicht wahr?«

»Sie wird es verstehen«, wiederholte mein Vater in einem Ton, als wollte er sich selbst ebenfalls überzeugen.

Aber er irrte sich. Ich verstand absolut gar nichts.

Meine Mutter drehte den Kopf, um sich über das Gesicht zu wischen. Da bemerkte sie meine Anwesenheit und zuckte zusammen. Ihre braunen Augen wirkten riesig in dem aschfahlen Gesicht. »Nayla.«

Irgendwie schaffte ich es, die Tür weiter aufzuschieben und zu meinen Eltern ins Zimmer zu treten. Furcht und Verwirrung schnürten mir die Kehle zu. »Was müsst ihr mir erklären?«

Weitere Tränen liefen über Moms Wangen. Die Verzweiflung in ihrer Miene machte mich noch unruhiger. Plötzlich fiel mir auf, dass mein kleiner Bruder nicht da war. Panik erfasste mich. »Wo ist Victor? Geht es ihm gut?«

»Keine Sorge, er ist bei Michael«, sagte mein Vater sofort. »Mit ihm ist alles in Ordnung.«

Zitternd holte ich Luft. »Aber mit mir nicht?«

»Doch!«, erwiderte Mom und rieb sich hektisch über die feuchten Wangen. »Mit dir ist alles in Ordnung.«

Ich glaubte ihr kein Wort, und das Schweigen meines Vaters trug nicht unbedingt dazu bei, dass sich das ungute Gefühl in mir legte. Skeptisch sah ich zwischen den beiden hin und her. »Das klang gerade aber ganz anders.«

Meine Eltern tauschten einen Blick. Mom schürzte die Lippen und schüttelte den Kopf. Was immer auch das Problem war, sie wollte nicht, dass ich es erfuhr. Aber mein Vater schien wild entschlossen zu sein.

»Wir müssen dir ein paar Sachen erzählen, Kleines.« Er deutete zu dem kleinen Zweisitzer in der Ecke. »Vielleicht setzt du dich besser.«

Das war der Standardsatz, den jemand brachte, wenn er wirklich üble Neuigkeiten hatte.

Meine Knie wurden weich, und ich hielt mich Halt suchend am Türrahmen fest. »Ich will mich nicht setzen. Ich will wissen, was hier los ist.« Da Mom sich offensichtlich weigerte, mir die Wahrheit zu sagen, wandte ich mich meinem Vater zu. »Wer ist Valeria?«

Mein Vater antwortete nicht, sondern nickte Mom ermutigend zu.

Ihre Gegenwehr schien zu erlahmen. Ich merkte es in dem Moment, in dem ihre Schultern ergeben herabsanken. Betrübt sah sie mich an. »Valeria war deine Mutter.«

Die Welt begann sich zu drehen, während ich Mom ungläubig anstarrte. Das konnte nicht sein. Unmöglich. Die Frau, die mich großgezogen hatte, sollte nicht meine richtige Mutter sein?

»Nein!« Ich schüttelte immer wieder den Kopf. »Das ist ein Scherz, oder? Sagt mir, dass das ein Witz ist? Oder eine besonders abartige Art, mich zu bestrafen.«

War das die Strafe für das Date mit Jesper? Oder hatten sie doch herausgefunden, dass ich gestern entgegen ihrer Anweisung allein im Wald gewesen war? Wollten sie mir vielleicht eine grausame Lektion erteilen?

»Niemand will dich bestrafen, Liebling.« Mom streckte die Hand nach mir aus. Sie zitterte. »Bitte hör mir zu.«

O mein Gott! Sie meinten das tatsächlich ernst. »Das ist nicht wahr.«

»Es tut mir so leid«, wisperte meine Mutter. »Wir haben es getan, um dich zu beschützen, Nayla. Weil wir dich über alles lieben.«

Wir.

Mein Blick flog zu dem Mann, den ich bis gerade eben *Dad* genannt hatte. »Und du? Bist du auch nicht echt?«

Er sah mich ernst an. »Ich *bin* dein Vater, wenn auch nicht im biologischen Sinne. Aber das ändert gar nichts, hörst du? Wir werden immer deine Eltern sein.«

Mir wurde schwindelig. Meine Knie wackelten, und ich war kurz davor, wie ein nasser Sack auf den Boden zu fallen. Irgendwie schaffte ich es, mich auf den Beinen zu halten. Tränen liefen mir aus den Augenwinkeln und kullerten über meine Wangen.

Ich fühlte mich verraten, entwurzelt. »Ihr habt mich mein ganzes Leben lang belogen?«

»Es war zu deiner eigenen Sicherheit«, setzte Mom zu einer Erklärung an.

Oh, pardon. Sie war ja gar nicht meine Mutter. Meine Mutter war eine Fremde mit dem Namen *Valeria.*

Schlagartig breitete sich ein unvorstellbarer Schmerz in meiner Brust aus. Es war dieselbe Hitze, die ich in letzter Zeit bei jeder emotionalen Überbelastung spürte, aber diesmal bedeutend heftiger. Sogar noch heftiger als gestern im Wald.

Alles um mich herum schien heißer zu werden. Meine Brust zog sich immer enger zusammen. Ich atmete wie ein Fisch auf dem Trockenen, bekam einfach keinen Sauerstoff in die Lungen. In meinen Ohren setzte ein Rauschen ein.

»Nayla, beruhige dich!«, rief meine Mutter, kam jedoch nicht näher. Es war, als hätte sie Angst vor mir. Als würde sie fürchten, ich könnte jeden Moment auf sie losgehen.

Und tatsächlich empfand ich plötzlich schon wieder diesen irrationalen Zorn. Ich wollte um mich schlagen, irgendetwas zerstören. Dieses Bedürfnis hatte mich schon bei den Wilderern entsetzt. Nie hätte ich für möglich gehalten, es jemals gegenüber meinen Eltern zu verspüren.

Ich stolperte zurück und stieß mit dem Rücken gegen den Türrahmen.

»Nicht«, hörte ich meinen Vater wie aus weiter Ferne sagen. Aber er wollte gar nicht mich aufhalten, sondern meine Mutter. »Gib ihr etwas Zeit, damit sie es verdauen kann.«

Beinahe hätte ich gelacht. Es gab Dinge im Leben eines Menschen, die würde er niemals verdauen. Auf meiner kleinen Liste war gerade ein neuer Punkt direkt auf Platz eins geschossen.

X

Ich stapfte durch das Geäst, ohne wirklich darauf zu achten, wohin ich lief. Zweige klatschten mir gegen den Körper oder knackten unter meinen Füßen, als wollten sie nach mir greifen und mich am Fortkommen hindern. Trotzdem ging ich weiter, während immer wieder dieselben Gedanken in meinem Kopf kreisten: Ich war nicht ihr leibliches Kind, nicht ihre richtige Tochter.

Und Victor …

Schniefend blinzelte ich die Tränen weg. Er war überhaupt nicht mein Bruder.

Sein Abbild tauchte in meinen Gedanken auf. Die sanften dunkelbraunen Augen meiner Mutter, das verstrubbelte Haar meines Vaters.

Ich hatte nie darüber nachgedacht, wie merkwürdig es war, dass ich im Gegensatz zu meinen restlichen Familienmitgliedern goldblonde Haare hatte und himmelblaue Augen besaß. Dabei war es so lächerlich offensichtlich, dass man es eigentlich gar nicht übersehen konnte.

Und es gab auch keine Schwangerschaftsfotos von Mom und mir in den Babyalben, die sie vor Jahren für Victor und mich angefertigt hatte. In Victors Album konnte man zusehen, wie ihr Bauch wuchs und sie auf jedem Bild mehr strahlte vor Glück. Auf dem ersten Foto in meinem Album war ich etwa drei Monate alt.

Einmal hatte ich Mom gefragt, wo meine *Bauchbilder* waren, aber sie hatte mir erklärt, dass sie damals schlichtweg keine Kamera besessen hatte, und ich hatte diese dämliche Ausrede einfach hingenommen. Weil es ja genug andere Bilder von mir gab, die meine behütete Kindheit zeigten. Wäre ich hartnäckiger geblieben, hätte sie mir vielleicht damals schon die Wahrheit gestanden. Aber naiv, wie ich war, hatte ich nicht den geringsten Verdacht geschöpft.

Gott! Ich war ja so dumm.

Völlig außer mir irrte ich weiter durch den Wald, während unzählige Fragen auf mich einstürmten. Wer waren meine echten Eltern? Warum hatten sie mich weggegeben? Hatten sie keine Wahl gehabt oder mich schlichtweg nicht haben wollen?

Der Gedanke schmerzte.

Ich verstand einfach nicht, wie man sein eigenes Kind einer ungewissen Zukunft überlassen konnte. Hatten sie denn gar nichts für mich empfunden? War es ihnen vollkommen gleichgültig gewesen, was mit mir passierte?

»Nayla!«

Als ich die vertraute Stimme hörte, blieb ich abrupt stehen und drehte mich um.

Cyrian stand keine fünf Meter hinter mir. Er war wie üblich vollständig in Schwarz gekleidet. Ebenso dunkle Haare klebten ihm an den Schläfen. Seine Brust hob und senkte sich, als wäre er einen Marathon gelaufen.

Angespannt musterte er mich von Kopf bis Fuß. »Geht es dir gut?«

»Klar«, murmelte ich und stellte fest, dass dieses Engegefühl in meiner Brust ein wenig nachgelassen hatte. Auch das Feuer in mir war abgekühlt, weil meine Gedanken meine Gefühle überlagert hatten. »Alles bestens.«

»Was machst du hier?«, fragte er.

Entgeistert starrte ich ihn an. »Was *ich* hier mache? Was zum Teufel machst du hier?«

Er zuckte mit den Schultern. »Ich bin ein bisschen durch die Gegend gelaufen, und dann habe ich dich von dem Hügel da drüben aus gesehen.« Wie um seine Worte zu untermauern, deutete er auf eine Erhöhung ganz in der Nähe.

Zum ersten Mal, seit ich losgelaufen war, schaute ich mich bewusst um und erkannte, dass ich mich immer noch in vertrautem Terrain befand. Meine Füße hatten mich offenbar ganz automatisch zu einem meiner Lieblingsplätze geführt. Ich war bei einer meiner Erkundungstouren auf diesen Hügel gestoßen und mochte ihn sehr, weil er einen unglaublichen Blick über das Gelände bot. Er lag etwa vier Meilen nordwestlich von Summertown und war weit entfernt von jeglicher Zivilisation, weshalb man hier tatsächlich nur die Geräusche der Natur hören konnte.

»Du bist allein«, fuhr Cyrian fort. »Mitten im Wald. Da dachte ich, du hast dich vielleicht verlaufen.«

Ich verdrehte die Augen. »Danke, aber ich brauche keinen Helden, der mich aus dem gruseligen Wald rettet. Ich kenne mich hier ganz gut aus.«

Davon abgesehen hatte ich ja auch keine Skrupel, ein paar Wilderer zu killen. Heute fehlte mir zwar der Bogen, aber so wie ich gerade drauf war, reichte sicher auch ein Knüppel.

»Gut.« Cyrian legte den Kopf schief. »Dann kannst du mir ja sicher sagen, wo es zurück zur Stadt geht.«

Es dauerte einen Moment, bis ich verstand, was er da sagte. »Hast *du* dich etwa verirrt?«

Er verzog das Gesicht. »Vielleicht ein bisschen.«

»Wo ist dein Handy?«, fragte ich misstrauisch. »Damit kannst du dich doch problemlos selbst hier rausnavigieren.«

Er zögerte. »Der Akku ist fast alle.«

Obwohl mir eigentlich überhaupt nicht danach zumute war, fing ich an zu lachen. »Wow! Das ist ätzend.«

»Stimmt«, erwiderte er trocken. »Aber zum Glück habe ich ja dich gefunden.«

Unbeholfen zeigte ich in Richtung Süden. »Nach Summertown geht es dort entlang.«

Eine kleine Falte erschien auf seiner Stirn. »Und wo willst du hin?«

Wenn ich ehrlich war, hatte ich keine Ahnung. Ich musste erst mal runterkommen, ehe ich bereit war, umzukehren und mich dem Gespräch mit meinen Eltern zu stellen. Ich zuckte mit den Schultern. »Noch ein Stück weiter.«

»Was dagegen, wenn ich dich begleite?«, fragte Cyrian und schob sich die Hände in die Hosentaschen.

Eigentlich hatte ich keine Lust auf Gesellschaft, und auch er erweckte nicht unbedingt den Eindruck, als wäre er besonders scharf darauf, mit mir durch den Wald zu schlendern. Das weckte mein Interesse. »Willst du das denn?«

»Sonst würde ich nicht fragen.«

Herausfordernd hob ich eine Braue. »Vielleicht hast du ja nur Angst, dich wieder zu verirren oder einem Bären vor die Füße zu laufen.«

»Hier gibt es keine Bären.«

Ich grinste teuflisch. »Oben in den Bergen schon. Ist gar nicht so weit von hier.«

Okay, das war übertrieben. Bis zum nächsten Bärenrevier waren es noch mindestens zehn Meilen.

Cyrians Mundwinkel zuckten. »Dann sollten wir wohl besser hier unten bleiben.«

Etwas flatterte durch meinen Magen, als er sich in Bewegung setzte und auf mich zukam, ohne meinen Blick loszulassen. Unmittelbar vor mir blieb er stehen. »Wo geht's lang?«

Er schien tatsächlich fest entschlossen, diesen Spaziergang mit mir durchzuziehen. Keine Ahnung, was ich davon halten sollte. Allerdings stellte ich plötzlich fest, dass seine Gegenwart etwas überraschend Tröstliches an sich hatte. Daher entschied ich, nicht länger über seine Motive nachzudenken. Mühsam riss ich mich von seinem Anblick los und zeigte nach links. »Am besten dort.«

Schweigend liefen wir nebeneinander durch den Wald; lediglich das Knacken der Zweige, das Rascheln der Blätter und das Gezwitscher der Vögel war zu hören. Die Stille zwischen uns fühlte sich weniger nervenaufreibend an als gestern während der Busfahrt. Aber wahrscheinlich lag das daran, dass wir nicht in einem Metallmonster eingesperrt waren, sondern uns frei bewegen konnten. Hinzu kam, dass es mir im Moment schlichtweg egal war, was Cyrian von mir hielt. Ich hatte wirklich andere Probleme.

Zum Beispiel die Frage, warum meine Eltern mich all die Jahre belogen hatten. Sie hatten gesagt, sie wollten mich beschützen. Aber wovor? Vor wem? Ich konnte mir kaum vorstellen, dass ich die Tochter einer Verbrecherbande oder in einem Zeugenschutzprogramm war. Das wäre dann doch etwas zu weit hergeholt. Aber was rechtfertigte es sonst, einem Kind vorzuenthalten, wer seine wirklichen Eltern waren?

»Du bist ziemlich still«, sagte Cyrian irgendwann.

Schnaubend streckte ich die Hand aus und strich mit der Spitze meines Zeigefingers über eine weiße Rhododendronblüte. »Und du bist nicht gerade in der Position, dir darüber ein Urteil zu bilden.«

»Das tue ich nicht. Ich stelle nur fest.« Cyrian schaute hinauf in die Baumwipfel. »Du wirkst aufgewühlt. Ist irgendetwas passiert?«

Ich stieß ein bitteres Lachen aus. Wo sollte ich da anfangen?

»Manchmal ist es gut, über die Dinge zu reden, die einen beschäftigen«, fuhr er fort. »Auch wenn es nur mit einem Fremden ist.«

»Du bist kein Fremder«, erwiderte ich, ohne darüber nachzudenken.

Als er mich ansah, fügte ich betont gelassen hinzu: »Immerhin kennen wir uns aus der Schule.«

»Wie wäre es dann mit einem Freund?«, schlug er vor und klang zu meinem Erstaunen sogar ein wenig unsicher. »Ich kann dir ein Freund sein, wenn du einen brauchst.«

Ich dachte einen Moment lang darüber nach. »So funktioniert das nicht, Cyrian. Freundschaft beruht auf Gegenseitigkeit.«

»Was willst du denn wissen?«

Überrascht sah ich zu ihm rüber. In seinen grünen Augen konnte ich Unbehagen erkennen, aber auch eine wilde Entschlossenheit. Er *wollte*, dass wir Freunde wurden. Das hatte ich nicht erwartet. Zugleich spürte ich aber auch eine gewisse Freude darüber. Also stellte ich die erste Frage, die mir in den Sinn kam. »Was zeichnest du eigentlich die ganze Zeit?«

Cyrian runzelte die Stirn, als hätte er mich nicht verstanden.

»Im Unterricht«, erklärte ich. »Du schreibst nie mit, sondern zeichnest fast in jedem Kurs.«

Nach einem Moment zuckte Cyrian mit den Schultern. »Meistens ist es nur belangloses Gekritzel. Kästchen ausmalen und so was.«

Ich wusste, dass er log. Und er wusste, dass ich es wusste. Trotzdem beließ ich es dabei, weil ich ihm ansehen konnte, dass ihm dieses Thema unangenehm war. Also stellte ich ihm eine andere Frage. »Warum bist du wirklich hier?«

Er versteifte sich. »Was meinst du?«

»Es ist offensichtlich, dass du diesen Job hasst.«

»Ich hasse den Job nicht«, widersprach er. Einen Moment lang starrte er nachdenklich nach vorn, als müsste er erst überlegen, wie viel er mir erzählen sollte. »Als Phil und ich hierherbeordert wurden, war ich nicht begeistert, das stimmt. Aber mittlerweile bin ich anderer Ansicht.« Sein Blick huschte zu mir. »Es gefällt mir hier.«

Seine Worte überraschten und freuten mich gleichermaßen. »Was meinst du mit herbeordert? Ich dachte, Shelbys Vater hätte euch engagiert.«

Cyrian schüttelte den Kopf. »Ich arbeite für eine Organisation, die sich *Securitas* nennt«, erklärte er nach kurzem Zögern. »Die Leitung entscheidet, wen wir beschützen.«

»Das klingt nicht gerade arbeitnehmerfreundlich.«

»Die Bedingungen sind nicht optimal. Aber die Bezahlung ist gut.«

Klar, sonst könnte er sich wohl kaum eine Residenz wie das Bella Blue leisten.

»Was ist mit deinen Eltern?«, fragte ich und sprang auf einen breiten Stein, der mitten im Weg lag. »Haben sie kein Problem damit, dass du dich freiwillig in Gefahr begibst?«

Seine Miene wurde ausdruckslos. »Mein Vater ist sozusagen der Boss der Securitas. Er hat mich ausgebildet und hergeschickt.«

Ich hüpfte wieder zurück auf den Boden. »Philemon auch?«

Cyrian nickte. »Wir sind auf eine spezielle Schule gegangen und haben dort alles gelernt, was wir wissen müssen.«

Provokativ schürzte ich die Lippen. »Ich wette, du warst Jahrgangsbester.«

»Natürlich.« Er grinste und sah dabei so atemberaubend aus, dass ich beinahe über meine eigenen Füße stolperte. Ich stützte mich kurz an einem Birkenstamm ab, bevor ich mit einem großen Schritt über einen jungen Hartriegelstrauch stieg.

»Was ist mit deinen Eltern?«, fragte er hinter mir. »Haben sie kein Problem damit, dass du hier allein im Wald herumspazierst?«

»Ich bin doch nicht allein.«

»Du weißt, was ich meine.«

Sein ernster Ton ließ mich innehalten. An jedem anderen Tag wäre diese Frage vollkommen harmlos gewesen. Heute jedoch wühlte sie mich auf. Mein Puls beschleunigte sich, und meine Gefühle drohten mich schon wieder zu überwältigen.

Cyrian hatte recht. Ich musste darüber reden, bevor mich meine Emotionen innerlich zerfraßen.

»Meine Eltern sind gar nicht meine Eltern«, antwortete ich leise und starrte stur geradeaus, um meine glasigen Augen zu verbergen. »Ich wurde adoptiert. Ich habe es gerade erst erfahren.«

Cyrian schwieg, doch ich hörte, wie er dicht hinter mich trat. »Das muss ein ziemlicher Schock für dich gewesen sein.« Seine Stimme war mitfühlend, beinahe liebevoll. Wärme strahlte von seinem Körper aus und hüllte mich in einen Mantel aus Trost und Geborgenheit.

»Das ist es immer noch«, flüsterte ich, ohne ihn anzusehen. Stattdessen hielt ich den Blick immer noch auf die unzähligen Bäume vor uns gerichtet. »Es kommt mir vor, als wäre mein ganzes Leben eine einzige Lüge.«

»Du denkst, ihre Liebe für dich war bloß geheuchelt?«

Ich dachte einen Moment lang drüber nach. Mom hatte zwar das Gegenteil behauptet, aber meine Eltern hatten mich jahrelang belogen. Wer wusste schon, ob sie mir nicht auch ihre Zuneigung vorgaukelten?

Gott, ich war so verwirrt.

Frustriert schüttelte ich den Kopf. »Ich weiß es nicht.«

»Nayla.« Ein leiser Tadel schwang in seinem Ton mit, als er meinen Namen aussprach. Er verringerte den Abstand zwischen uns noch mehr. Wahrscheinlich fehlten nur noch Millimeter und wir hätten uns berührt. Ich konnte seine Kraft in meinem Rücken spüren und seinen Atem, der fast wie eine Liebkosung über die Haut in meinem Nacken strich. »Was sagt dir dein Herz?«

Beinahe hätte ich gelacht. Mein Herz raste wie ein Güterzug. Aber nicht aufgrund meiner inneren Zerrissenheit, sondern weil Cyrian mir plötzlich so nahe war. Er wollte mir wahrscheinlich nur helfen, aber das zwischen uns fühlte sich auf einmal alles andere als freundschaftlich an. Der Moment war verstörend intim.

Ein Kribbeln jagte meine Wirbelsäule hinab, und mich überzog eine Gänsehaut.

»Horch tief in dich hinein«, sagte er betörend sanft.

Ich schloss die Augen und versuchte, mich auf das Kernproblem zu konzentrieren, bevor mich seine Nähe noch mehr aus dem Konzept brachte.

Meine Eltern waren immer da gewesen. Solange ich denken konnte. Vor meinem geistigen Auge blitzten in schneller Reihenfolge Bilder auf: Mom, die mir jeden Abend einen Gutenachtkuss auf die Stirn drückte. Dad, der neben meinem neuen Fahrrad herlief und sich weigerte loszulassen, weil er fürchtete, ich könnte stürzen. Mom, die mich tröstete, weil Shelby alle Kinder aus der Middle School zu ihrer Geburtstagsparty eingeladen hatte, nur mich nicht. Dad, der jeden Abend mit mir und Vic in der Küche herumalberte und sich dabei nach unserem Tag erkundigte.

So ging es weiter und weiter. Bis ich bei dem Bild im Krankenhaus ankam. Ich sah die Angst in den Augen meiner Eltern. Angst um mich.

Weil sie mich liebten.

Es spielte keine Rolle, ob sie mich gezeugt hatten oder nicht. Ich war ihre Tochter. So wie Dad es gesagt hatte.

Cyrian schien die Veränderung, die gerade in mir vorgegangen war, instinktiv wahrzunehmen. »Du hast deine Antwort gefunden«, stellte er fest und trat einen Schritt zurück.

Obwohl ich einen kleinen Stich der Enttäuschung verspürte, weil er wieder Abstand zwischen uns brachte, lächelte ich. »Ja.« Ich drehte mich um, damit ich ihn ansehen konnte. »Danke.«

Er nickte knapp. Seine Miene war ausdruckslos. »Dafür sind Freunde doch da, oder nicht?«

Ich spürte, wie mein Lächeln verblasste.

Plötzlich stieß über uns ein Vogel einen schrillen Schrei aus. Cyrians Blick schoss alarmiert nach oben.

Auch ich suchte die Wipfel ab. »Dort drüben.« Ich zeigte auf einen alten Ahornbaum, in dessen Krone eine wunderschöne Ostkreischeule saß. Ihre riesigen Augen musterten uns aufmerksam.

Sobald Cyrian den Vogel entdeckte, wich er hastig zurück. »Wir sollten gehen.«

»Was?« Erstaunt sah ich ihn an und konnte mir ein Schmunzeln nicht verkneifen, als ich seine Anspannung bemerkte. »Hast du etwa Angst vor einer süßen, kleinen Eule? Die sind überhaupt nicht gefährlich.«

Wie aus dem Nichts stob eine eisige Böe vom Boden auf, und obwohl wir inmitten zahlreicher Bäume standen, fuhr mir die Kälte bis in die Knochen. Blätter wirbelten im Kreis und schossen hinauf zu den Baumkronen. Die Zweige peitschten umher, woraufhin sich die Eule mit einem empörten Kreischen in die Lüfte erhob und davonflatterte.

Fröstelnd sah ich mich um und stellte fest, dass sich die Blätter an den bodentiefen Pflanzen nur ganz sanft bewegten. »Was war das denn?«

Anstelle einer Antwort zuckte Cyrian nur mit den Schultern, drehte sich um und stapfte in die Richtung davon, aus der wir gekommen waren. Er schien es nicht erwarten zu können, von hier wegzukommen.

Verwirrt eilte ich ihm nach, bis ich wieder zu ihm aufgeholt hatte. Ich überlegte, ob ich ihn nach seiner Mutter fragen sollte, denn mir war nicht entgangen, dass er sie bisher mit keiner Silbe erwähnt hatte, ließ es dann aber doch bleiben. Vermutlich hatten wir fürs Erste sowieso genug ernste Themen auf der Agenda gehabt.

Schweigend liefen wir nebeneinander her. Nach ein paar Hundert Metern verließen wir unseren ursprünglichen Pfad und schlugen einen anderen Weg ein, der zurück in die Stadt führte. Wir waren noch nicht weit gekommen, da ließ mich ein Fauchen erstarren.

Cyrians Arm schoss zur Seite, um mich am Weitergehen zu hindern. »Bleib zurück.«

Das Fauchen wurde schriller, kläglicher.

Ohne nachzudenken, duckte ich mich unter seinem Arm hindurch und rannte los.

Hinter mir stieß Cyrian einen deftigen Fluch aus, bevor er mir folgte. »Nayla. Bleib hier!«

Ich achtete nicht auf ihn. Meine Sinne waren allein darauf gerichtet, zu dem gepeinigten Tier zu gelangen. Ich sprang über ein paar Baumstämme und blieb schließlich abrupt stehen.

»Großer Gott«, stieß ich hervor und starrte entsetzt auf das arme Geschöpf, das sich mit dem Hals in einer Schlingfalle verfangen hatte und sich nun panisch hin- und herwarf, um sich zu befreien.

Cyrian kam neben mir zum Stehen und sog scharf Luft ein. »Ist das ein *Puma*?«

Ich nickte bestürzt. Die Falle war auf große Tiere ausgelegt. Ein riesiger Ast diente als Hebel für ein Seil, das an einem dicken Baumstamm festgezurrt war. »Normalerweise kommen Berglöwen nie so weit in die Nähe der Menschen. Sie muss auf der Suche nach einem Gefährten gewesen sein.«

»Sie?«, wiederholte Cyrian entgeistert.

»Es ist ein Weibchen«, klärte ich ihn auf. »Ungefähr zwei Jahre alt. Wahrscheinlich hat sie ein Männchen gewittert, dann aber seine Spur verloren.«

»Da kann man mal sehen, wie grausam die Liebe sein kann«, murmelte Cyrian, doch ich ignorierte ihn, weil ich jetzt keine Nerven für blöde Witze hatte.

Die Puma-Dame musste schon seit Stunden in dieser grausamen Falle stecken, denn ihre Bewegungen waren mühsam und träge. Der Kampf gegen die Schlinge hatte ihr sichtlich die Kraft geraubt. Außerdem war das Fell an ihrem Hals aufgeschürft und blutverschmiert. Sie litt bestimmt Höllenqualen.

Ich musste ihr helfen. Entschlossen setzte ich mich in Bewegung und wurde prompt von Cyrian aufgehalten. Seine Hand legte sich wie ein Schraubstock um meinen Oberarm. »Was zum Teufel glaubst du, was du da tust?«

Er verstand es nicht. Natürlich nicht. Wie sollte er auch?

»Sie befreien.«

Er lachte hart auf. »Ich denke eher nicht.«

Die Puma-Dame bemerkte uns und senkte drohend den Kopf, woraufhin sich der Strick noch tiefer in ihren Hals fraß.

»Lass mich los, Cyrian.« Ich ruckelte an meinem Arm, doch er hielt mich unerbittlich fest. »Ich muss zu ihr.«

»Bist du wahnsinnig?«, fuhr er mich an. »Das ist ein Puma und keine Schmusekatze.«

»Das weiß ich«, zischte ich. »Aber so etwas passiert hier nicht zum ersten Mal. Es gibt eine Menge abartiger Leute, die es lieben, das Gesetz zu brechen und solche Fallen aufzustellen, in denen die Tiere elend zugrunde gehen.« Aufgewühlt zeigte ich auf die Puma-Dame. »Sieh sie dir an! Sie wird sterben, wenn ich sie nicht befreie.«

Cyrian blickte kurz zu der Berglöwin. Mitgefühl huschte über seine Züge. Doch dann schüttelte er entschieden den Kopf. »Du kannst da nicht einfach rüberspazieren, Nayla. Das ist viel zu gefährlich.«

»Ist es nicht«, widersprach ich und versuchte erneut, mich zu befreien. »Nicht für mich.«

Cyrian ließ nicht locker. Es war offensichtlich, dass sich erhebliche Zweifel an meiner geistigen Gesundheit in ihm regten. Normalerweise hätte mir sein Gesichtsausdruck Sorge bereitet, doch ich war zu sehr darauf fixiert, der Raubkatze zu helfen.

»Cyrian«, sagte ich mit ernster Stimme.

Ein Beben ging durch seinen Körper. »Tut mir leid«, presste er hervor und zerrte mich entschlossen weg. »Ich habe keine Lust, dabei zuzusehen, wie du von einem verdammten Puma zerfleischt wirst.«

Verzweifelt stemmte ich die Füße in den Boden. Vergeblich. »Sie wird mir nichts tun«, versuchte ich es noch mal.

Er schnaubte. »Du hast echt einen Knall.«

»Cyrian!« Weil ich mir nicht anders zu helfen wusste, umrundete ich ihn und stellte mich ihm in den Weg. Er musste stehen bleiben, um mich nicht über den Haufen zu rennen.

Ich legte die freie Hand auf seine Wange und zwang ihn, mir in die Augen zu sehen. Sofort schoss ein Kribbeln durch meine Handfläche. Zum ersten Mal spürten wir einander Haut an Haut.

»Bitte«, flehte ich ihn an. »Vertrau mir.«

Er ließ mich zwar nicht los, aber wenigstens zog er mich auch nicht weiter. Sein Atem ging stoßweise, jedoch nicht, weil es ihn angestrengt hatte, mich wegzuschleppen. Körperlich war er mir weit überlegen.

Plötzlich hatte ich das Gefühl, zwei wilde Tiere beruhigen zu müssen. »Ich weiß, wie verrückt das klingt«, sprach ich eindringlich auf ihn ein. »Ich kann es dir auch nicht erklären. Aber es ist wahr. Die Tiere … Sie tun mir nichts. Egal, wie verängstigt, wütend oder verletzt sie sind. Ich habe noch nie einen Kratzer abbekommen.«

»Wie vielen Tieren hast du denn schon geholfen?«, stieß er fassungslos hervor.

Verlegen zuckte ich mit den Schultern. »Ich habe nicht mitgezählt, aber ein paar waren es schon.«

Zugegeben, ein ausgewachsener Berglöwe war noch nicht dabei gewesen. Doch aus einem Grund, den ich selbst nicht benennen konnte, wusste ich, dass mir auch die aufgebrachte Puma-Dame nichts tun würde.

»Bitte, Cyrian.« Ich strich mit den Daumen über seine Wange. »Lass mich sie befreien. Ich muss das einfach tun.«

Der Griff um meinen Oberarm lockerte sich, und schließlich ließ Cyrian ganz los. »Ich will das nicht bereuen.«

»Ich werde vorsichtig sein«, versprach ich und lächelte ihn dankbar an. »Bleib hier und sei ganz leise.«

Er biss die Zähne zusammen. »Okay«, sagte er, immer noch eindeutig widerstrebend.

»Danke«, flüsterte ich. Dann drehte ich ihm den Rücken zu und richtete meine gesamte Konzentration auf die Berglöwin. Ich blendete Cyrian und meine Umgebung vollkommen aus. Langsam trat ich auf sie zu.

Wieder fauchte sie, krallte die Vorderpfoten tiefer in die Erde und schob ihren Hintern höher. Ihr rötlich-goldenes Fell sträubte sich.

Ich suchte den Blickkontakt zu ihr, während ich mich ihr noch mehr näherte. Nach ein paar Metern blieb ich stehen, weit genug von ihr entfernt, sodass sie mich nicht erreichen konnte. Schließlich war ich nicht lebensmüde.

Die Puma-Dame beobachtete mich mit unverhohlenem Misstrauen. Ihre Körperhaltung drückte pure Aggression aus.

Doch ich lächelte sie arglos an. Ich achtete darauf, dass ich durch meine Gesten keinerlei Gefahr signalisierte. »Hallo, meine Schöne.«

Beim Klang meiner ruhigen Stimme legte sie irritiert den Kopf schief, starrte mich aber weiter skeptisch an.

»Wenn du mir gehören würdest, würde ich dich Sansa nennen«, redete ich weiter und ging in die Knie, um mit ihr auf einer Höhe zu sein. »Na ja, weißt du, ich bin ein *Game-of-Thrones*-Fan«, gestand ich verlegen. »Daenerys würde auch passen. Sie ist tapfer und stark und die Mutter der Drachen. Das ist schon cool. Aber unter uns gesagt, dreht sie am Ende ein bisschen durch, wohingegen Sansa die Königin des Nordens wird. Das passt also viel besser für dich, findest du nicht?«

Ich neigte den Kopf, ohne unseren Blickkontakt zu lösen. »Ich bin übrigens Nayla.«

Das Ohr der Puma-Dame zuckte. Sie gab ihre angespannte Haltung auf und hob neugierig ihr Haupt.

Hoffnungsvoll schaute ich ihr in die gelben Augen, wagte mich aber noch nicht in ihre Reichweite vor. »Du könntest auch eine Königin des Nordens sein«, fuhr ich mit sanfter Stimme fort. »Alles, was wir dafür tun müssten, ist, dich aus dieser schrecklichen Falle zu befreien.«

Ich konnte spüren, wie sich das Band zwischen uns festigte. Das war immer so. Egal, ob ich mit einem Vogel sprach oder einem Säugetier. Irgendwann kam der Punkt, an dem wir eine richtige Verbindung herstellten.

»Würdest du mir das erlauben?«, fragte ich und lächelte. »Ich möchte dir wirklich gern helfen.«

Ihr Blick wurde so intensiv, als wollte sie bis auf den Grund meiner Seele vordringen. Und ich versteckte nichts. Das war der Teil, der mir immer am schwersten fiel. Aber nur so konnten die Tiere erkennen, dass ich es wirklich gut mit ihnen meinte. Deshalb ließ ich sie alles sehen.

Obwohl ich vor Aufregung am liebsten die Luft angehalten hätte, zwang ich mich, gleichmäßig weiterzuatmen. Ich wartete, ließ ihr Zeit, ihre Entscheidung zu treffen.

Auf wackligen Beinen tappte sie zwei Schritte zurück, sodass sich das Seil um ihren Hals etwas lockerte. Dann legte sie sich auf den Bauch und schaute mich erwartungsvoll an.

»Gutes Mädchen«, lobte ich sie und krabbelte langsam zu ihr.

Sansas Unterkiefer klappte runter, und sie begann zu hecheln. Sie wirkte nun überhaupt nicht mehr verängstigt oder feindselig, was mich dazu ermutigte, mich unmittelbar vor ihr auf den Boden zu knien. Ich hielt ihr meinen Handrücken vor die rosige Nase, und sie schnupperte daran, ehe sie sich an mir rieb.

Leise kichernd streichelte ich ihren Kopf und genoss das Gefühl ihres weichen Fells unter meinen Fingerspitzen. Behutsam tastete ich mich bis zu dem Seilknoten an ihrem Genick vor. »Ich werde dir jetzt diese widerwärtige Schlinge abnehmen, in Ordnung?«

Die Puma-Dame versteifte sich unter mir.

»Hab keine Angst«, versuchte ich, sie zu besänftigen.

Ich presste die Lippen aufeinander und krallte die Finger in das robuste Seil. Im Stillen betete ich, dass es sich durch Sansas Herumgezerre nicht zu sehr verfestigt hatte.

»Ist schon gut«, sagte ich leise, um die Berglöwin ruhig zu halten. »Gleich hast du es geschafft.«

Nach einer gefühlten Ewigkeit löste sich endlich der Knoten. Ich zog die Seilenden auseinander und stülpte die Schlinge vorsichtig über ihren Kopf.

Sofort setzte sie sich auf und schaute mich an.

Ich kniete wehrlos vor ihr. Es würde nur Sekunden dauern, sich in meinem Hals zu verbeißen und mich zu töten. Das wussten wir beide.

Aber nichts dergleichen geschah. Stattdessen stieß Sansa mir kraftvoll ihre breite Nase ins Gesicht, erhob sich auf alle viere und drückte ihren Kopf gegen meinen, bevor sie einfach umfiel. Schnurrend.

Ich lachte auf. »Du warst so tapfer.« Hastig blinzelte ich die Freudentranen weg und inspizierte die Verletzung an ihrem Hals, während ich sie weiterhin streichelte. Glücklicherweise war die Hautabschürfung nur oberflächlich. »Es sieht schlimmer aus, als es ist. Es wird wieder heilen, Sansa. Alles wird wieder gut.«

Sie grunzte, nahm erneut Schwung und warf mich beinahe zu Boden, während sie mich mit ihren dicken Vordertatzen umarmte. Kichernd stemmte ich mich ihrem Gewicht entgegen, bis sie plötzlich zurückwich und einen Punkt hinter mir fixierte.

Erschrocken schaute ich über die Schulter.

Cyrian war näher gekommen. Er stand mit weit aufgerissenen Augen da und starrte uns an. Sein Gesicht war kreidebleich.

Sansa stieß ein leises Knurren aus.

»Nicht«, sagte ich streng, stand auf und stellte mich zwischen die beiden. Dadurch gewann ich die Aufmerksamkeit der Puma-Dame zurück. »Er ist mein Freund.« Lächelnd nickte ich mit dem Kinn hinter sie. »Geh jetzt, meine Schöne. Du bist frei. Vielleicht sehen wir uns wieder, wenn du Königin bist.«

Sie schien mich verstanden zu haben, denn sie stieß ihren Kopf gegen meine Hand, schlich noch einmal um mich herum und stolzierte dann in die Richtung, die ich ihr gewiesen hatte, davon.

Ich sah ihr nach, bis sie im Dickicht verschwand, ehe ich mich zu Cyrian umdrehte. Sein Schock hatte sich inzwischen gelegt.

Jetzt war er stinksauer.

XI

Bevor Cyrian losbrüllen konnte – und dem Pochen seiner Halsschlagader nach zu urteilen, hatte er das zweifellos vor –, lief ich zu ihm und warf mich in seine Arme.

Er fing mich mühelos auf.

»Danke«, sagte ich und drückte ihn so fest an mich, wie ich konnte.

Er verstärkte seinen Griff, sodass ich den Boden unter den Füßen verlor. »Tu. Das. Nie. Wieder.« Seine Stimme war rau vor unterdrücktem Zorn.

»Keine Sorge.« Ich lachte erstickt auf und zog den Kopf zurück, um ihn anzustrahlen. »Ich habe nicht vor, in nächster Zeit noch einmal mit einem Puma zu kuscheln. Das sind schließlich keine Schmusekätzchen.«

Sein Lachen vibrierte an meiner Brust, und plötzlich wurde mir überdeutlich bewusst, wie nahe wir uns gerade waren. Eine Mischung aus Lavendel und Sandelholz stieg mir in die Nase.

Lieber Himmel! Ich konnte Cyrian *riechen.*

Und er duftete fantastisch.

Behutsam setzte Cyrian mich ab, ließ mich jedoch nicht los. Der Blick aus seinen grünen Augen war offen und ehrfürchtig. »Das war unglaublich, Nayla.«

Ein ganzer Schwarm von Schmetterlingen erhob sich in meinem Bauch, während ich ihn fasziniert anstarrte. Er war auf seine eigene unvollkommene Weise wunderschön. Kleine Fältchen bildeten sich um seine Augen und um seine Mundwinkel. Seine Unterlippe war ein bisschen voller, und eine hauchfeine Narbe zog sich darüber.

Plötzlich keimte in mir der Wunsch auf, meine Lippen auf genau diese Stelle zu drücken. Es war verrückt. Wir kannten uns kaum, hatten ja nicht einmal besonders viel miteinander geredet. Und doch hob ich jetzt das Kinn, als würde mich etwas zu ihm ziehen. Meine Knie wurden weich, und ich spürte, wie ich in seiner Umarmung schwankte.

Cyrians Miene verhärtete sich, während er mich stützte. »Alles in Ordnung?«

»Ja. Mir ist nur etwas schwindlig von der ganzen Aufregung.«

»Wahrscheinlich bist du unterzuckert.« Cyrian fluchte. »Ich hab leider nichts zu essen dabei.«

»Schon okay«, murmelte ich. »Ist bestimmt gleich wieder vorbei.«

»Sicher?«, fragte er und ließ mich vorsichtig los, bereit, sofort wieder zuzugreifen, sollte ich doch umkippen. »Geht es?«

Ich nickte und zwang mich zu einem Lächeln. Am liebsten hätte ich mich weiter von seinen starken Armen halten lassen, doch der Moment – was auch immer das genau war – war zweifellos vorüber. Sehr zu meinem Bedauern.

Cyrian räusperte sich. »Wir sollten aufbrechen. Bis in die Stadt brauchen wir sicher noch eine gute Stunde«, sagte er, während er meinem Blick auswich.

Ungeschickt deutete ich auf die Schlingfalle. »Zuerst müssen wir dieses elende Ding zerstören.«

»Okay.«

Ich ärgerte mich, dass ich meine Gürteltasche nicht dabeihatte. Mit dem Taschenmesser hätten wir das Seil einfach zerschneiden können. So aber mussten wir es umständlich vom Baumstamm lösen, und es dauerte eine Weile, bis wir die Falle restlos entschärft hatten. Nachdem

Cyrian das Seil aufgewickelt und sich um die Schulter gelegt hatte, machten wir uns auf den Rückweg.

Wir gingen schweigend nebeneinander her, und ich stellte fest, dass sich die Stimmung zwischen uns erneut verändert hatte. Cyrians Wut darüber, dass ich Sansa unbedingt befreien wollte, schien zwar vergessen zu sein, doch es fühlte sich trotzdem so an, als hätte er nach unserer Umarmung seine Schutzschilde wieder hochgefahren.

Ich war unsicher, wie ich mich nun verhalten sollte. Er machte es einem nicht gerade leicht, sich in seiner Gegenwart unbefangen zu fühlen.

»Also, *Game of Thrones*, hmm?«, sagte er plötzlich.

Verlegen stieg ich über kniehohes Gestrüpp. »Mir ist nichts Besseres eingefallen.«

Cyrian schwieg einen Moment. »Gut, dass du ihr nicht erzählt hast, wen die Ärmste alles heiraten musste, bis sie schlussendlich Königin wurde«, meinte er dann in trockenem Ton. »Sonst würde sie wahrscheinlich für den Rest ihres Lebens Single bleiben.«

Seine Worte entlockten mir ein Grinsen. »Beim nächsten Mal werde ich umsichtiger bei der Namenswahl sein«, versprach ich und duckte mich unter einem tief hängenden Birkenast hinweg. »Wobei mir gerade kein *Game-of-Thrones*-Charakter einfällt, der nicht irgendwelchen kranken Mist durchgemacht hat.«

Wir diskutierten fast die Hälfte der Strecke über die erfolgreiche Fernsehserie, bevor wir zu anderen Filmen und Musik übergingen. Je weiter wir liefen, umso mehr löste sich die Anspannung zwischen uns. Es war lustig und locker und, wenn ich ehrlich war, das Letzte, was ich nach meinem überstürzten Aufbruch erwartet hatte.

Erst als unser Grundstück in Sichtweite kam, kehrte ein Teil meiner Anspannung zurück.

Plötzlich fiel mir auf, dass sich meine Eltern seit meiner Flucht nicht einmal gemeldet hatten. Zwar wäre ich ohnehin nicht ans Telefon gegangen, aber eine Nachricht wäre schon irgendwie nett gewesen. Zumal mir ja wer weiß was hätte passieren können.

Unsicher verringerte ich mein Tempo und spähte zum Haus. Was, wenn ich mich irrte und meine Eltern mir doch nur etwas vorgegaukelt hatten?

Cyrian schien einmal mehr meine Gedanken zu lesen, denn er legte mir eine Hand auf den Rücken und schob mich sachte weiter. Seine Berührung sandte eine Hitzewelle durch meinen Körper. »Na los, sie warten sicher schon auf dich.«

Ich brachte ein zittriges Lächeln zustande. »Ich habe Angst.«

Belustigung glomm in seinen Augen auf. »Vor dem Puma hättest du dich mehr fürchten sollen. Immerhin hätte er dich zerfetzen können, wohingegen deine Eltern wahrscheinlich gerade durchdrehen vor Sorge.«

Gutes Argument.

Ich atmete tief durch, ehe wir weitergingen. Wir schafften es bis zu den Gehegen, wo Willis, Lee und Norris so herzzerreißend jaulten, dass ich spontan abbog, um sie zu begrüßen.

Und um Zeit zu schinden.

Cyrian grinste schief, als ich ihm die Jungs vorstellte. Anscheinend hatten meine Eltern die Welpen bereits gefüttert, denn im Gehege standen andere Futterschalen. Nachdem ich etwas Mut gesammelt und den dreien geschworen hatte, ganz bald ausgiebig mit ihnen zu spielen, richtete ich mich auf und wandte mich zum Haus.

Ich wollte gerade weitergehen, als die Hintertür aufflog und meine Mutter, dicht gefolgt von meinem Vater, herausgestürzt kam.

»Nayla!«

Moms panischer Ruf ließ auch den letzten Rest Zweifel in mir verpuffen. Ich warf Cyrian einen kurzen Blick zu, der mir ermutigend zunickte. Ich gab mir einen Ruck und ging meinen Eltern entgegen. Wir trafen uns in der Mitte des Gartens, und obwohl ich immer noch wütend auf sie war, weil sie mich angelogen hatten, ließ ich mich von Mom in die Arme ziehen.

Meine Mutter schluchzte auf. »Oh, Nayla.« Sie drückte mir ihr tränennasses Gesicht an die Wange und streichelte meine Haare. »Mein Liebling. Es tut mir so leid.«

Nur mühsam unterdrückte ich ein Schnaufen. *Ihr* tat es leid? Sie machte sich ja keine Vorstellung davon, wie sehr es *mir* leidtat, dass sie und Dad mich durch ihre jahrelangen Lügen zutiefst verletzt und mein Bild von einer glücklichen Familie gehörig ins Wanken gebracht hatten. Aber da ich durch Schmollen auch keine Antworten bekommen würde, riss ich mich zusammen. Vorsichtig löste ich mich aus Moms Umarmung und sah sie an. »Ich denke, wir sollten noch einmal in Ruhe reden.«

Dad nickte sichtlich erleichtert. »Das wäre gut.«

Moms Blick glitt zu Cyrian, der hinter uns gewartet hatte, um uns etwas Privatsphäre zu geben.

Ich räusperte mich. »Mom, Dad«, sagte ich und winkte ihn herbei. »Das ist Cyrian. Wir gehen zusammen zur Schule und sind uns zufällig im Wald begegnet.«

Cyrian, der nun eine höflich-distanzierte Miene zur Schau stellte, kam auf uns zu und schüttelte nach kurzem Zögern erst meiner Mutter, dann meinem Vater die Hand. »Freut mich.«

»Gleichfalls«, erwiderte Mom knapp und wandte sich wieder mir zu, ohne Cyrian weiter zu beachten. »Wollen wir?«

Es beschämte mich, dass sie so unhöflich zu Cyrian war. Aber vermutlich wollte sie es sich nicht anmerken lassen, dass bei ihr und Dad schon wieder die Alarmglocken losschrillten, weil ich allein mit einem »Mann im heiratsfähigen Alter« unterwegs gewesen war.

»Gleich«, antwortete ich meiner Mutter. »Ich verabschiede mich noch von Cyrian.«

Ich machte mich auf Widerspruch gefasst. Doch zu meiner Überraschung zogen sich meine Eltern kommentarlos ins Haus zurück. Verdutzt schaute ich ihnen hinterher. Sie mussten mit ihren Gedanken schon bei der bevorstehenden Unterhaltung sein. Sonst hätte Dad das sicherlich nicht zugelassen.

Bevor sie es sich doch noch anders überlegen konnten, führte ich Cyrian zum Gartentor. Dort angekommen legte ich den Kopf in den Nacken, um ihn anzusehen. Einmal mehr verfing ich mich in seinen schönen grünen Augen. Ich überlegte, ob ich ihn zum Abschied umarmen sollte. Schließlich machten Freunde das so, oder nicht? Aber waren wir das überhaupt? Freunde? Obwohl ich vor Sansa genau das resolut behauptet hatte, war ich mir plötzlich nicht mehr sicher. Mein Puls spielte nämlich nie so verrückt, wenn ich mich von Matt oder Philemon verabschiedete.

Und die beiden wollte ich auch nicht küssen.

Cyrian schon.

Der Gedanke lenkte meine Aufmerksamkeit erneut zu seinen vollen Lippen.

»Wir sehen uns dann am Montag in der Schule«, sagte Cyrian plötzlich und riss das Gartentor auf.

Ich blinzelte. »Äh. Ja, klar.«

Er murmelte einen kurzen Abschiedsgruß und ging davon, bevor ich etwas erwidern konnte. Benommen stand ich da und kämpfte gegen den Stich der Enttäuschung an.

Es mussten ein paar Minuten vergangen sein, denn unvermittelt erklang die Stimme meines Vaters: »Nayla?«

»Ich komme schon.« Obwohl mir immer noch vor dem Gespräch graute, ging ich zur Hintertür und zog die dreckverkrusteten Chucks aus. »Wo ist Victor?«

»Er übernachtet heute bei Michael«, erwiderte Dad und wartete geduldig, bis ich meine schmutzigen Schuhe hinreichend arrangiert hatte und barfuß ins Haus tappte.

Gemeinsam gingen wir durch die Küche ins Wohnzimmer. Mom saß bereits am Esstisch und knetete sich nervös die Hände. Dad musste in der Zwischenzeit heiße Schokolade zubereitet haben, denn es standen drei dampfende Tassen in der Mitte des Tisches und verströmten den herrlich vertrauten Geruch nach Kakao.

Als Mom uns kommen sah, lächelte sie unsicher. »Hast du Hunger?«

»Nein.« Ich nahm auf dem Stuhl ihr gegenüber Platz, während Dad sich neben sie setzte.

Angespannt fixierte ich die bunten Tassen. »Also?«

Meine Mutter holte zittrig Luft. »Valeria war meine beste Freundin. Wir haben zusammen in Yale studiert. Dort begegnete sie einem Mann namens Eric.« Mom wartete, bis ich sie ansah. »Er war dein leiblicher Vater.«

So weit, so gut. Ich schluckte schwer. »Was ist passiert?«

Mom zögerte. Deshalb übernahm Dad das Reden. »Dieses Arschloch hat alles kaputt gemacht.«

Meine Brauen schossen in die Höhe, wohingegen meine Mutter das Gesicht verzog. »Sag so etwas nicht.«

Doch mein Vater blieb unerbittlich. »Tut mir leid, das so drastisch ausdrücken zu müssen, aber ist doch wahr. Er hat Valeria einfach im Stich gelassen.«

Meine Mom lächelte betrübt, als sie fortfuhr: »Wir waren im letzten Semester, als Valeria mit dir schwanger wurde. Ich war bei ihr, als sie es erfahren hat. Sie war so glücklich und hat dich mit jedem Tag mehr geliebt. Aber Eric …« Sie stockte und schien sich erst einmal sammeln zu müssen, bevor sie weitersprechen konnte. »Er wollte keine Familie. Er wollte dich nicht. Also stellte er Valeria vor die Wahl.«

Okay, das war jetzt doch ein wenig schmerzhaft.

Genauer gesagt tat es höllisch weh.

Heiße Wut ballte sich in meinem Magen zusammen, aber ich hielt sie in Schach, weil ich ja bereits wusste, wie Valeria sich entschieden hatte.

Ich verzog die Lippen zu einem sarkastischen Grinsen. »Schätze, er hat nicht damit gerechnet, dass sie sich gegen ihn entscheidet, was?«

Ernst schaute Mom mir in die Augen. »Valeria hat keine Sekunde darüber nachgedacht. Sie hat dich gewollt. Immer.«

»Daran darfst du niemals zweifeln«, sagte Dad und raufte sich angespannt die Haare. Es war offensichtlich, dass uns der harte Teil dieser Unterhaltung noch bevorstand.

Angst keimte in mir auf. »Was ist mit ihr geschehen?«

Moms Augen wurden glasig. »Als Valeria im achten Monat schwanger war, wurde sie überfallen und mit mehreren Messerstichen schwer verletzt. Wir konnten sie nicht mehr retten, dich hingegen schon.«

Das war … heftig.

Tief in meinem Inneren spürte ich aufrichtige Trauer über den Verlust der Mutter, die ich nie hatte kennenlernen dürfen.

»Die Sache ist die …«, begann mein Vater. »Als Eric Valeria das Herz brach, wurden gewisse Ereignisse in Gang gesetzt. Wir haben noch versucht, Valeria zu helfen. Aber es war zu spät.«

Ich sah zwischen meinen Eltern hin und her – und verstand kein Wort. »Was für Ereignisse?«

»Du musst wissen, dass du kein gewöhnliches Mädchen bist, Nayla«, erwiderte meine Mutter und legte ihre Hände um eine der Tassen. »Du stammst von sehr bedeutsamen Vorfahren ab.«

Ich blinzelte und musste irrwitziger Weise an diesen Disneyfilm mit Anne Hathaway denken. »Was? Bin ich jetzt *plötzlich Prinzessin*, oder wie?« Eigentlich hatte ich nur einen doofen Witz reißen wollen, um dieses Gespräch ein wenig aufzulockern, doch meine Eltern verzogen keine Miene.

Mir klappte die Kinnlade runter. »Ihr nehmt mich auf den Arm, oder?«

Mom schüttelte den Kopf. »Nein, du bist keine Prinzessin. Zumindest nicht im herkömmlichen Sinne. Du bist viel, viel mehr.«

»Genau genommen bist du eine Nachfahrin von Aeneas, Prinz von Troja, Stammvater der Römer und Sohn der Göttin Venus«, verkündete mein Vater und klang dabei geradezu lächerlich ehrerbietig.

Stille legte sich über den Raum, während ich meine Eltern fassungslos anstarrte – und dann prustete ich los. Ich konnte einfach nicht anders. »Das ist doch Blödsinn.«

»Nein, Nayla. Es ist die Wahrheit«, widersprach meine Mutter eindringlich. »Dein Stammbaum lässt sich über Jahrtausende zurückverfolgen. Es fließt nicht nur das Blut der Liebesgöttin Venus in dir, sondern zusätzlich das des Kriegsgottes Mars.«

»Ach, jetzt auch noch Mars?« Schnaubend verschränkte ich die Arme. »Alles klar.«

»Man kann die Gründungslegende der Stadt Rom überall nachlesen«, sagte mein Vater, ohne auf meine zynische Bemerkung einzugehen. »Aber das ist nicht nur eine Legende, Nayla. Es ist wirklich passiert. Du bist die letzte lebende Erbin des ursprünglichen römischen Herrschergeschlechts.«

»Und du hast Feinde«, ergänzte meine Mutter mit vor Aufregung geröteten Wangen. »Mächtige Feinde, die geschworen haben, alle Nachfahren von Aeneas für dessen Sünden büßen zu lassen. Deshalb haben wir damals, als deine Mutter gestorben ist, deinen Tod vorgetäuscht und dich versteckt.«

Der Blick meines Vaters schweifte in die Ferne. »In den ersten Jahren deines Lebens waren wir permanent mit einem Wohnmobil unterwegs. Europa, Australien, Kanada, die USA. Wir sind nie lange an einem Ort geblieben. Wir hatten einfach zu viel Angst, dass doch etwas durchgesickert sein könnte und jemand von deiner wahren Identität erfahren hat. Als jedoch nichts passierte, beschlossen wir, uns einen festen Wohnsitz zu suchen. Du brauchtest ein richtiges Zuhause und Freunde. Summertown schien der perfekte Ort für eine unbeschwerte Kindheit zu sein. Also blieben wir hier.«

»Valeria war von Anfang an über ihre Abstammung im Bilde«, erklärte meine Mutter. »Aber sie wusste nie, wem sie vertrauen konnte. Sie hat sich für dich immer etwas anderes gewünscht. Deshalb haben wir ihr auch versprechen müssen, dir kein Wort zu sagen. Aber dann hattest du diesen Unfall ...« Mom fing wieder an zu weinen. Pure Verzweiflung stand ihr ins Gesicht geschrieben. »Sie wissen jetzt, dass du überlebt hast, und es gibt kein Entkommen mehr.«

Tröstend legte mein Vater den Arm um sie. »Da ist noch etwas ...«

Inzwischen war mir jede sarkastische Bemerkung im Hals stecken geblieben. Schweigend saß ich da und starrte meine Eltern an.

»Du besitzt außergewöhnliche Kräfte, die Valeria nicht hatte«, erklärte mein Vater. »Wir wissen nicht, warum das so ist. Aber du musst auf der Hut sein.«

Mom wischte sich mit dem Handrücken die Tränen weg. »Deine Gefühle sind gefährlich.«

»Gefährlich«, wiederholte ich tonlos und schüttelte den Kopf. Hitze kochte in mir hoch. Ich konnte keine Minute länger hier sitzen bleiben und mir weiter diesen Schwachsinn anhören.

Wütend sprang ich auf und schaute auf meine Eltern hinab, die vor Schreck zusammenzuckten. »Wenn ihr mich fragt, ist hier nur eines gefährlich, und das sind eure Wahnvorstellungen.«

Mom starrte mich verzweifelt an. Ihre Augen waren vom vielen Weinen gerötet. »Nayla, bitte glaub uns doch. Das ist ...«

»Sag nicht, dass das die Wahrheit ist«, fauchte ich sie an. Sonst konnte ich wirklich für nichts mehr garantieren. Mittlerweile bebte ich am ganzen Körper. Ich warf meinen Eltern einen vernichtenden Blick zu. »Ihr solltet euch Hilfe suchen.«

Bevor dieses Gespräch noch in einem Streit endete, bei dem so richtig die Fetzen flogen, stand ich auf und marschierte in mein Zimmer.

Ich hatte wirklich nicht geglaubt, dass dieses Gespräch noch ätzender laufen könnte als das vorangegangene. Aber offensichtlich hatte ich mich gründlich getäuscht.

XII

Hinter mir lag eine weitere schlaflose Nacht, in der meine Gedanken genauso verrückt gespielt hatten wie meine Eltern.

Ein Teil von mir konnte akzeptieren, dass ich nicht ihre leibliche Tochter war. Schließlich qualifizierten sich Eltern nicht nur durch einen passenden Genpool für diesen Titel. Allegra und Julius hatten mich aufgezogen, mir ein Zuhause gegeben. Sie liebten mich wie ihr eigenes Kind. Klar, sie hatten mich jahrelang belogen. Aber konnte ich ihnen das zum Vorwurf machen, nachdem Valeria brutal niedergestochen worden war?

Meine Eltern sagten, dass sie mich nur beschützen wollten, und auch wenn der Rest der Geschichte völlig absurd war, nahm ich ihnen zumindest das ab. Vielleicht hatte der Tod meiner leiblichen Mutter eine Art Trauma bei ihnen ausgelöst. Das wäre zumindest eine Erklärung für diese ganze verrückte Geschichte um meine göttliche Abstammung.

Egal, wie oft ich es drehte und wendete, ich konnte einfach nicht begreifen, was meine Eltern mir da weiszumachen versuchten.

Götter gab es nicht. Punkt.

Sie waren fiktive Wesen, vor Urzeiten von Menschen erfunden, um Erklärungen für Naturkatastrophen oder Schicksalsschläge zu finden. Und weil die Menschen etwas brauchten, an das sie glauben konnten. Etwas, das ihnen in dunklen Stunden Trost spendete und Hoffnung schenkte.

Aber *ich* glaubte nicht daran. Das hatte ich noch nie. Ich war ein rational denkender Mensch und überzeugt von der Evolution. Ebenso sah ich über mir Galaxien, Sterne und Planeten am Himmel, keine Engel oder gar Götter. Und stinknormale Menschen besaßen auch keine geheimnisvollen Kräfte. Schließlich war das hier die Realität und kein verdammter *Percy-Jackson*-Film.

Allein bei der Vorstellung, dass diese wirre Geschichte meiner Eltern real sein könnte, kippte mein komplettes Weltbild. Und jede Minute, die ich länger darüber nachdachte, verwandelte mich mehr und mehr in ein nervliches Wrack. Ich musste dringend raus aus diesem Irrenhaus. Deshalb war ich heilfroh, als Delilah am Sonntagvormittag anrief und vorschlug, im Diner zu brunchen.

»Kannst du mich abholen?«, bat ich meine beste Freundin, während ich auf der Fensterbank saß und hinaus in den Garten schaute. Draußen regnete es in Strömen, was ebenfalls nicht sonderlich zu meiner Laune beitrug.

»Phil hat angeboten, dich abzuholen.« Dee gluckste leise. »Um ehrlich zu sein, war das Ganze sogar seine Idee. Ich glaube, er mag dich wirklich.«

Unter anderen Umständen hatte ich mich über diese Aussage vermutlich gefreut. Aber jetzt nahm ich sie lediglich zur Kenntnis, bevor meine Gedanken zu Cyrian sprangen. Ob er auch mitkommen würde? Phil und Cyrian waren meistens zusammen unterwegs, daher bestand durchaus Grund zur Hoffnung.

Ein zartes Flattern erhob sich in meinem Bauch und ich rutschte von der Sitzbank. »Wann geht's los?«

»In einer halben Stunde.«

Mein Blick blieb am Wandspiegel hängen, und ich zuckte zusammen.

Ich sah gruselig aus. Das blonde Haar stand mir wild zerzaust in alle Richtungen vom Kopf ab. Meine Haut war bleich und dunkle Schatten lagen unter meinen blauen Augen, wodurch sie noch riesiger wirkten als sonst.

Ehrlich! Ich hätte ein Gespenst glatt das Fürchten lehren können.

So viel zum Thema geheime Superkraft.

»Ich muss noch duschen«, informierte ich Delilah, die prompt loskicherte.

»Genau, Süße. Schmeiß dich in Schale.«

Ich verdrehte die Augen und verabschiedete mich, ehe ich saubere Klamotten aus der Kommode wühlte und mich unter die heiße Dusche stellte. Anschließend schlüpfte ich in eine Jeans, ein Trägertop und einen bequemen Pullover, dessen Ausschnitt so breit war, dass mir der Stoff lässig über die linke Schulter fiel. Meine Haare flocht ich zu einem seitlichen Zopf.

Nachdem ich Handy und Geldbeutel in meine Tasche gesteckt hatte, ging ich nach unten. Beinahe rechnete ich damit, dass meine Eltern noch an der gleichen Stelle hockten, wo ich sie am Tag zuvor zurückgelassen hatte. Doch mein Dad hatte es sich im Wohnzimmersessel bequem gemacht und kritzelte auf einem Bauplan herum, während Mom mit Michaels Mutter telefonierte.

»Natürlich kann er noch bleiben, wenn es dir keine Umstände macht, Shawna.« Sie lachte. »Großartig. Dann hole ich Victor nach dem Mittagessen ab.«

Die Szene war derart gewöhnlich, dass ich mich kurz fragte, ob ich mir unser Gespräch gestern Abend bloß eingebildet hatte.

Scheiße! Vielleicht wurde *ich* ja verrückt. Wenn man so zusammenrechnete, was in letzter Zeit alles passiert war, war das wesentlich wahrscheinlicher.

Nachdem Mom aufgelegt hatte, drehte sie sich zu mir um. Ein unsicheres Lächeln erschien in ihrem Gesicht. »Guten Morgen, mein Liebling.«

Auch mein Vater schaute nun auf und musterte mich prüfend. »Wie geht es dir?«

Wie sollte es einem schon gehen, wenn man erfuhr, dass man gar nicht das leibliche Kind seiner Eltern war? Und besagte Eltern sehr wahrscheinlich auch noch an Wahnvorstellungen litten? »Super«, murmelte ich und versuchte, nicht zu sarkastisch zu klingen.

Offensichtlich war es mir nicht gelungen, denn meine Mutter verzog mitfühlend das Gesicht. »Uns ist klar, dass das gestern alles ein bisschen viel war. Falls du irgendwelche Fragen hast …«

»Nein«, unterbrach ich sie schroff und hob abwehrend die Hände. »Ehrlich gesagt will ich überhaupt nichts mehr davon hören.«

»Aber du kannst dein Erbe nicht einfach ignorieren«, sagte mein Vater bestürzt.

Ich stöhnte innerlich auf. Jetzt ging das schon wieder los.

»Und wie ich das kann«, schoss ich zurück und straffte die Schultern. »Ich bin mit Freunden zum Brunch verabredet. Ich weiß noch nicht, wann ich zurück bin.«

Obwohl ich es irgendwie erwartete, hielten mich meine Eltern nicht auf. Stattdessen nickten sie nur angespannt.

Meine Mutter lächelte mit tränenfeuchten Augen. »Sei vorsichtig.«

Verwirrt sah ich sie an. Wenn es so gefährlich für mich da draußen war, warum ließen sie mich dann überhaupt gehen? Nicht, dass sie mich hätten aufhalten können, aber merkwürdig war es trotzdem.

Draußen drückte jemand dreimal auf die Hupe. Das musste Philemon sein.

»Bis später«, murmelte ich, schnappte mir die Haustürschlüssel und ging hinaus.

Auf der Straße stand ein schwarzer Escalade, der wahrscheinlich mehr kostete, als Dad in einem Jahr in seiner Gärtnerei verdiente. Phil saß auf dem Fahrersitz und winkte mir fröhlich zu. Er war allein.

Ich ignorierte die leise Enttäuschung, rannte durch den Regen und stieg auf der Beifahrerseite ein. Der Wagen roch nach Leder und Möbelpolitur. Erleichtert stellte ich fest, dass die Sitzheizung bereits eingeschaltet war. »Nettes Auto.«

Phil grinste. »Ich liebe diesen Schlitten. Leider darf ich ihn nicht für den Schulweg nutzen. Cyr hat Angst, dass wir dadurch zu viel Aufmerksamkeit auf uns ziehen.«

»Das tut ihr doch sowieso«, bemerkte ich und schnallte mich an. »Und wo steckt dein Kumpel?«

Mein beiläufiger Tonfall schien keinerlei Verdacht bei Philemon zu erregen, denn er schenkte mir lediglich ein vielsagendes Lächeln. »Er ist in geheimer Mission unterwegs. Du weißt schon.«

Er war also bei Shelby. Ich konnte nicht gerade behaupten, dass mir diese Neuigkeit sonderlich gefiel. Andererseits war es nun mal sein Job, die verwöhnte Bürgermeistertochter zu beschützen.

»Bereit?«, fragte Phil und legte den Gang ein. »Dee und Matt warten sicher schon.«

Meine Brauen schossen in die Höhe. Normalerweise waren Matt und ich die Einzigen, die Delilah so nennen durften. »Dee?«

Phil grinste breit. »Wir sind jetzt richtig gute Freunde.«

Klasse. Matt würde begeistert sein.

Da es draußen immer noch wie aus Kübeln goss, war auf den Straßen nicht viel los, und wir gelangten relativ schnell ins Stadtzentrum, wo sich ein paar Geschäfte und Boutiquen fein säuberlich aneinanderreihten. Dads Laden war auch darunter, allerdings hatte er sonntags geschlossen. Unwillkürlich kam mir wieder das Gespräch mit meinen Eltern in den Sinn, doch ich zwang mich, die Erinnerung daran zu verdrängen. Stattdessen konzentrierte ich mich auf die Geschäfte und das kleine Kino, an denen wir vorbeifuhren.

Als wir wenig später den Diner erreichten, parkte Phil seinen Wagen direkt vor dem Gebäude. Da es sich nicht lohnte, einen Schirm aufzuspannen, rannten wir schnell durch den kalten Regen. Als wir ins Trockene schlitterten, schüttelte Phil sich wie ein nasser Hund. Feine Tropfen spritzen in alle Richtungen.

Lachend ging ich auf Abstand und hielt nach unseren Freunden Ausschau. Das Restaurant war im Stil der Sechzigerjahre eingerichtet und besaß den typischen schwarz-weiß gekachelten Fliesenboden. Auf der rechten Seite zog sich ein langer Tresen durch das gesamte Lokal. Dahinter gab es ein Fenster zur Küche und weiße Hochglanzregale mit polierten Gläsern. Reklameschilder im Retrolook schmückten die blau gestrichenen Wände. Entlang der Fensterfront standen Tische und mit ultramarinblauem Leder bezogene Sitzbänke, auf denen jeweils drei bis vier Personen Platz fanden.

Da der Diner ziemlich beliebt war, waren zahlreiche Gäste da und genossen ein spätes Frühstück beziehungsweise ein frühes Mittagessen. Schließlich entdeckte ich Dee und Matt am vorletzten Tisch.

Froh, meine besten Freunde zu sehen, ging ich zu ihnen und schob mich auf die gegenüberliegende Sitzbank. »Hey.«

Dee strahlte über das ganze Gesicht. »Du siehst toll aus.«

Verwirrt warf Matt ihr einen kurzen Blick zu. Wahrscheinlich dachte er das Gleiche wie ich: Buhu!

Phil rutschte neben mich und schnappte sich sofort die Speisekarte. »Ich verhungere gleich. Was könnt ihr empfehlen?«

»Die Burger sind spitze«, sagte Matt.

Nachdenklich rieb Phil sich über den Bauch. »Ich weiß nicht recht.« Verschmitzt sah er mich an. »Ich glaube, mir steht eher der Sinn nach etwas Süßem.«

Unbeeindruckt hob ich die Schultern. »Dann nimm die Pancakes.«

Phil lachte. »Alles klar, Schönste.«

Meine beste Freundin sah verzückt zwischen Phil und mir hin und her, wohingegen ich mich leicht unbehaglich fühlte. Offensichtlich war ich in einem Doppeldate gelandet.

Zum Glück war Matt da und schaffte es mit seiner leicht verschrobenen Art, das Gespräch in angenehme Bahnen zu lenken. Nachdem wir unsere Bestellung aufgegeben hatten, redeten wir über alles Mögliche. So verging die Zeit wie im Flug, bis die freundliche Bedienung unser spätes Frühstück brachte: einen doppelten Cheeseburger für Matt, ein Schinkenomelett für Dee, Blaubeerpfannkuchen für Philemon und einen heißen Brownie für mich, den ich bloß bestellt hatte, um nicht als Einzige mit nur einer Tasse Kaffee am Tisch zu sitzen.

»Wie geht's mit euren Essays voran?«, erkundigte Philemon sich, ehe er sich über seine Pancakes hermachte.

Dee stöhnte. »Erinnere mich nicht daran.«

Entsetzt schaute ich sie an. »Hast du etwa immer noch kein Thema gefunden?«

Sie schüttelte frustriert den Kopf. »Diese Arbeit macht ein Drittel der Abschlussnote aus. Ich will mich nicht falsch entscheiden und es dann verbocken.«

»Letztlich ist es doch völlig egal, worüber du schreibst«, meinte Matt mit vollem Mund. »Hauptsache, du bringst gute Argumente auf den Tisch, und niemand kann so gut argumentieren wie du, Babe.«

Obwohl Dee sich sichtlich über das Kompliment freute, verzog sie das Gesicht. »Du hast leicht reden. Dein Thema steht schon seit Wochen fest.«

»Künstliche Intelligenz ist auch wirklich eine spannende Angelegenheit«, meldete Phil sich zu Wort und erntete dafür einen wohlwollenden Blick von Matt.

Nachdenklich zupfte ich an meinem Brownie herum. Ich wollte Dee wirklich gerne helfen. »Was ist denn mit deiner Leidenschaft für Bücher?«, fragte ich. »Kannst du das nicht irgendwie nutzen? Taschenbuch versus E-Book oder etwas in die Richtung?«

»Darüber schreibt Monica schon«, erwiderte Dee deprimiert. »Alle coolen Themen sind schon weg.«

»Lass dich doch einfach morgen im Museum inspirieren«, schlug Phil vor und trank einen Schluck Kaffee. »Diese Wanderausstellung bietet sicher guten Stoff für eine Abhandlung.«

Dee runzelte die Stirn. »Da geht es um europäische Kunst von der Antike bis zur Gegenwart. Inwiefern sollen mir ein paar verstaubte Statuen weiterhelfen?«

»Mythologie ist doch ein interessantes Thema«, erwiderte Phil.

Mir lief ein Schauer über den Rücken. An diesen nervigen Schulausflug hatte ich überhaupt nicht mehr gedacht. Es kam mir fast wie ein Witz des Universums vor, dass die geplante Ausstellung ausgerechnet meine angebliche Abstammung thematisierte.

»Phil hat recht«, sagte Matt. »Die Leute in der Antike hatten gewaltig einen an der Klatsche. Es gibt unzählige abgefahrene Legenden, die du verwenden könntest. Damit ließe sich auf jeden Fall arbeiten.«

Phil lachte. »Jetzt tust du den Europäern aber unrecht.«

»Ich habe vor Kurzem ein Buch darüber gelesen«, fuhr Matt fort, während er eine Tomatenscheibe aus seinem Burger zupfte. »Über die griechischen und römischen Gottheiten, meine ich. Die waren alle ziemlich gerissen, expressiv und sexbesessen.« Er grinste Dee frech an. »Jetzt, wo ich so darüber nachdenke, solltest du das wirklich in Erwägung ziehen. Ich sehe da gewisse Parallelen.«

Delilah boxte ihm lachend gegen den Oberarm. »Du bist ein Blödmann.«

Mit einem lauten Schmatzen beugte Matt sich zu ihr hinüber und drückte ihr einen Kuss auf die Lippen.

Ich schenkte den beiden keine Beachtung, sondern zerquetschte nachdenklich ein klebriges Stück Schokoteig zwischen meinen Fingerspitzen. Gestern Nacht hatte ich es mir strikt verboten, im Internet zu recherchieren, weil ich mein Kopfkino nicht noch mehr anheizen wollte. Andererseits schien es sowieso kein Entkommen zu geben, und Verdrängung war vermutlich keine geschickte Strategie, um mit den Hirngespinsten meiner Eltern fertigzuwerden. Vielleicht sollte ich stattdessen lieber stichhaltige Argumente sammeln, um ihnen die Augen zu öffnen.

»Hat jemand von euch schon mal was von einem Kerl namens *Aeneas* gehört?«, fragte ich daher.

Phil trank einen Schluck Kaffee, während Dee den Kopf schüttelte.

»Jepp«, sagte Matt zu meiner Überraschung und richtete sich eifrig auf. »Er war ein Flüchtling aus dem gefallenen Troja.« Unsicher schaute er in die Runde. »Troja sagt euch was, oder?«

Dee verdrehte die Augen. »Hallo? Brad Pitt in einer knappen Rüstung? Eric Bana mit Schild und Schwert? Natürlich sagt uns das was. Die beiden sahen so heiß aus.«

»Ich wollte eher auf die griechische Stadt hinaus, die dank eines Holzpferdes vernichtend geschlagen wurde«, erwiderte Matt, ohne auf das bemerkenswerte Filmgedächtnis seiner Freundin einzugehen. Er sah mich an. »Aeneas stammte aus der trojanischen Herrscherfamilie. Er war ein Cousin siebzehnten Grades oder so, und seine Mutter war Venus, die Göttin der Liebe und der Schönheit.«

Ich verzog das Gesicht, weil meine Eltern genau das Gleiche behauptet hatten. Andererseits hatten sie das vielleicht auch nur in einem Buch oder Film aufgeschnappt.

»Nachdem die Stadt untergegangen war, befahl Jupiter, dass Aeneas einen neuen Platz für sein Volk finden sollte«, fuhr Matt fort, wurde jedoch sogleich von Dee unterbrochen.

»Wer ist Jupiter?«, fragte sie irritiert.

Matt wackelte vielsagend mit den Brauen. »Er ist das Familienoberhaupt der Götterfamilie, sozusagen der Big Boss der ganzen Bande.«

Dee runzelte die Stirn. »Wie viele gibt es denn von denen?«

»Unzählige«, erwiderte Matt mit vor Begeisterung funkelnden Augen. »Es gibt die göttliche Königsfamilie, ähnlich wie bei den Griechen. Dazu kommen aber noch haufenweise weitere Nebengötter, die die Römer in ihrem Alltag verehrten.« Er griff zu seiner Cola und trank einen Schluck, während wir gebannt an seinen Lippen hingen. »Na, jedenfalls segelten Aeneas und seine Leute auf Jupiters Geheiß hin durch die Gegend und suchten eine neue Heimat, bis sie irgendwann in Karthago landeten. Dort war Königin Élyssa gerade dabei, ihre eigene Stadt zu bauen. Später wurde sie unter den Römern als *Dido* bekannt. Keine Ahnung, warum sie sie umbenannt haben.«

»Und was war mit dieser Königin?«, fragte Dee ungeduldig.

Matt grinste breit. »Nach dem Desaster in Troja wollte Venus ihren Sohn in Sicherheit wissen. Deshalb sorgte sie dafür, dass Élyssa sich in Aeneas verliebte und die beiden zusammen in der Kiste landeten.«

Das schien Dee zu gefallen. Sie stützte das Kinn auf die Hand. »Und dann lebten sie glücklich und zufrieden bis ans Ende ihrer Tage?«

»Von wegen.« Matt schnaubte. »Jupiter schickte seinen Götterboten, der Aeneas an seinen Auftrag erinnerte. Also ließ der die verknallte Königin sitzen und zog weiter. Das hat sie nicht verkraftet und sich umgebracht.«

»Was?«, stießen Dee und ich entsetzt hervor.

Doch Matt zuckte nur mit den Schultern. »Ich sag's ja, die waren nicht ganz dicht.« Er tupfte sich den Mund mit einer Serviette ab, knüllte sie zusammen und ließ sie auf den leeren Teller fallen. »Der Legende nach erreichte Aeneas eine Weile später Italien und legte dort den Grundstein für die Erbauung Roms.«

»Das kann nicht sein«, widersprach ich nachdenklich und kratzte das bisschen Wissen zusammen, das ich über Roms Entstehungsgeschichte besaß. »Diese beiden Brüder, die von einer Wölfin aufgezogen wurden, haben Rom gegründet.«

»Ach, stimmt ja.« Dee wurde ein bisschen grün im Gesicht. »Sie hat sie gesäugt. Ist das nicht eklig?«

Entsetzt schüttelte ich den Kopf. »Das ist doch nur eine Legende.«

»In jeder Legende steckt ein Körnchen Wahrheit«, schaltete Philemon sich ein und lächelte milde.

In dem Moment erschien die Bedienung und sammelte eifrig die leeren Teller ein. »Kann ich euch noch etwas bringen?«

»Ja, bitte!«, erwiderte Phil sofort und zeigte auf meinen zerkrümelten Brownie. »Ich hätte gern auch so ein Teil mit einem riesigen Berg Vanilleeis.«

Die Frau reagierte wie alle Frauen, wenn Phil sie anschaute: wie ein Kind am Weihnachtsabend. Sie strahlte förmlich. Es dauerte einen Moment, bis ihr auffiel, dass noch drei weitere Personen am Tisch saßen. Mit leicht geröteten Wangen fragte sie, ob wir auch noch etwas haben wollten.

Matt schloss sich Phils Bestellung an. Dee begnügte sich mit einem Erdbeermilchshake, und ich lehnte dankend ab.

Als die Bedienung zum nächsten Tisch weitergezogen war, sah Dee zwischen Matt und Phil hin und her. »Also, wer hat Rom denn nun gegründet? Diese Zwillinge oder der andere Typ?«

»Im weitesten Sinne beide«, antwortete Phil. »Aeneas gilt als Stammvater des römischen Volkes, weil er die Überlebenden nach Italien brachte. Aber er hat zunächst nur die Stadt Alba Longa in der Nähe des zukünftigen Roms erbaut. Ein paar Generationen später wurde König Numitor, ein Nachfahre von Aeneas, von seinem jüngeren Bruder Amulius verraten und vom Thron gestürzt. Danach herrschte Amulius über Alba Longa. Kurz nachdem er die Macht an sich gerissen hatte, tötete er Numitors Sohn und zwang seine Tochter Rhea Silvia zur Priesterschaft. Damit wollte er sicherstellen, dass sie keine Kinder haben würde, die ihm später den Thron streitig machten. Allerdings begegnete

Rhea Silvia dem Kriegsgott Mars und brach ihr Keuschheitsgelübde. Sie konnte seinem Charme einfach nicht widerstehen.«

Erstaunt zog ich eine Braue hoch. »Du kennst dich ziemlich gut aus.«

Lässig winkte Philemon ab. »Wir haben die Gründungslegende von Rom mal im Lateinunterricht durchgekaut. Der Text nahm kein Ende.«

»Wie auch immer«, ging Matt dazwischen, der seine kleine Unterrichtsstunde offensichtlich gern selbst abschließen wollte. »Jedenfalls entstanden die Zwillinge Romulus und Remus aus der Verbindung von Rhea Silvia und Mars. Da die Priesterin aber ihr Gelübde gebrochen hatte, wurde sie zusammen mit ihren beiden Söhnen in den Tiber gestürzt. Die Ärmste wurde vom Fluss fortgerissen, die Zwillinge hingegen konnten von der Wölfin gerettet werden. Später fand sie ein Hirte und zog sie auf.«

»Jepp, so war das«, stimmte Phil ihm zu. Er nahm den Teelöffel von seiner Untertasse, schaufelte ein paar meiner Browniekrümel darauf und schob sich den Löffel in den Mund, bevor er genüsslich die Augen verdrehte.

Ungeduldig warf Dee die Arme in die Luft. »Ja, und wie ging es dann weiter?«

»Immer mit der Ruhe, Babe«, sagte Matt und richtete seine Aufmerksamkeit auf die Kellnerin, die gerade mit dem Dessert zurückkehrte. Erfreut nahmen die Jungs ihre Teller entgegen, bevor Matt mit seiner Erzählung fortfuhr: »Als die Zwillinge erwachsen waren, begegneten sie durch einen Zufall Numitor, der sie als seine Enkelsöhne erkannte. Die drei taten sich zusammen und zogen gegen Amulius in die Schlacht. Sie gewannen, und Numitor kehrte als rechtmäßiger König wieder auf den Thron zurück. Zum Dank für ihre Hilfe durften die Zwillinge eine eigene Stadt bauen – Rom.«

»Und dann gab es wieder Zoff mit Mord und Totschlag«, ergänzte Phil trocken.

Matt nickte zustimmend und bot Dee einen Löffel mit Eiscreme an, den sie lächelnd annahm. »In den alten Legenden haben sich die Menschen die ganze Zeit über gegenseitig verraten und bekriegt. Meistens hatten auch die Götter ihre Finger mit im Spiel.«

Gut, dass ich diesen ganzen Blödsinn nicht glaubte.

Sonst wäre ich jetzt einem Heulkrampf nahe.

Die Geschichte von Aeneas und seinen Nachkommen hing mir schwer im Magen. Aber das war gar nichts verglichen mit der Ex, die sich aus Liebeskummer umgebracht hatte. Irgendwie empfand ich Mitleid für Königin Élyssa. Sie musste echt verzweifelt gewesen sein.

Delilah schien indes endlich ihre Story zu wittern. »Das klingt tatsächlich ziemlich spannend. Jetzt freue ich mich umso mehr auf den Trip nach Chattanooga.« Sie leckte das Eis von Matts Löffel und klimperte mit den Wimpern. »Hast du das Buch noch zu Hause?«

»Klar.« Matt wackelte vielsagend mit den Brauen. »Ich kann es dir nachher gleich zeigen, wenn du willst.«

Sie wurde rot, während Phil amüsiert gluckste. »Ich brauche eindeutig mehr Bücher.«

Dee und Matt lachten, wohingegen ich es gerade mal schaffte, meine Mundwinkel zu heben, um meine Erheiterung zu signalisieren. Als sie sich wieder beruhigt hatte, ließ Dee es sich nicht nehmen, die Jungs darauf hinzuweisen, dass lesende Kerle absolut sexy waren. Woraufhin alle erneut lachten. Sogar ich musste schmunzeln.

Zum Glück entwickelte sich unsere Unterhaltung daraufhin in eine andere Richtung. Wir sprachen über die Schule, den anstehenden Ausflug und die Party, die nächsten Samstag bei Preston stattfinden sollte.

Ich hatte nicht vor, dort hinzugehen. Es war einfach nicht mein Ding, meinen Mitschülern beim Beerpong-Spielen zuzusehen. Philemon hingegen schien Feuer und Flamme zu sein.

Als wir uns schließlich auf den Weg machten, hatte es zum Glück aufgehört zu regnen.

Vor dem Diner umarmte Dee mich zum Abschied. »Das lief doch super, oder?«, flüsterte sie mir ins Ohr. »Lass uns nachher telefonieren.«

Meine Stimme blieb ausdruckslos, weil ich ihre Euphorie absolut nicht teilen konnte. »Klar.«

Delilah löste sich von mir und grinste von einem Ohr zum anderen. »Ich ruf dich an, sobald meine Buchbesprechung mit Matt vorüber ist.«

Ich liebte Dee. Aber manchmal konnte ich sie wirklich nicht leiden. Belustigt verdrehte ich die Augen und wandte mich Matt zu, der am Escalade stand und das Fahrzeug sichtlich begeistert durch die offene Beifahrertür inspizierte.

Währenddessen hauchte Phil Dee einen Kuss auf die Wange. »Das war sehr schön.«

»Fand ich auch«, stimmte sie ihm zu. Plötzlich drehte sie sich erschrocken zu mir. »Oh, Nayla. Das habe ich ganz vergessen. Ich kann dich morgen leider nicht mit in die Schule nehmen.«

Ich runzelte die Stirn. »Wieso denn nicht?«

»Na ja, ähm …« Sie warf Phil einen auffordernden Seitenblick zu.

Er kapierte natürlich sofort. »Kein Problem. Ich kann dich doch mitnehmen.«

Entgeistert sah ich meine beste Freundin an, die eine derart überrascht-erleichterte Miene zog, dass es peinlich wurde.

»Wirklich? Das wäre ja großartig«, zwitscherte Dee.

Verärgert presste ich die Lippen zusammen. Ich würde sie später ungespitzt in den Boden rammen, sobald sie anrief.

»Das mache ich doch gern«, erwiderte Phil. »Wir sind schließlich fast Nachbarn.«

Ich murmelte einen Dank, ehe ich mich mit einem Wangenkuss von Matt verabschiedete und auf den Beifahrersitz kletterte.

Matt warf mir einen mitfühlenden Blick zu. »Sorry«, formte er mit den Lippen, aber ich schüttelte nur missmutig den Kopf.

Als Matt und Dee Händchen haltend davonschlenderten, konnte ich sehen, dass er ihr eine Standpauke hielt. Allerdings kannte ich meine beste Freundin gut genug, um zu wissen, dass sie sich von Matts sanften Tadeln nicht beeindrucken ließ.

Mir war die ganze Sache furchtbar unangenehm. »Du musst mich nicht abholen«, sagte ich, sobald wir vom Parkplatz gerollt waren. »Ich kann auch mit dem Schulbus fahren.«

»Sei nicht albern. Es macht mir überhaupt nichts aus. Um ehrlich zu sein, tust du mir sogar einen Gefallen. Cyrian ist so ein Morgenmuffel, da freue ich mich über ein bisschen nette Gesellschaft.«

Schlagartig beschleunigte sich mein Puls. Ich war so sehr mit Dees Bemühungen, mich mit Phil zu verkuppeln, beschäftigt gewesen, dass ich gar nicht darüber nachgedacht hatte, wer noch im Auto sitzen würde.

Die Vorstellung, Cyrian morgen früh noch vor der Schule wiederzusehen, sandte ein heftiges Kribbeln durch meinen Körper. Ich dachte an unsere zufällige Begegnung im Wald, unsere Gespräche und die innige Umarmung, nachdem ich Sansa befreit hatte. Es hatte sich unglaublich schön angefühlt, ihm so nahe zu sein, und da war definitiv eine besondere Anziehungskraft zwischen uns gewesen.

Ob er das auch gespürt hatte? Mir wurde jedenfalls jetzt noch warm, wenn ich daran dachte.

»Alles in Ordnung?«, riss Philemon mich aus meinen Gedanken und trat auf die Bremse.

Ich blinzelte. »Klar, wieso?«

»Du hast seit mindestens fünf Minuten kein Wort mehr gesagt«, erwiderte er und wirkte im Gegensatz zu sonst nicht sonderlich fröhlich, sondern ungewohnt ernst. »Beschäftigt dich irgendetwas?«

Ich wusste, dass seine Sorge aufrichtig war und er es gut mit mir meinte. Trotzdem zögerte ich, mich ihm anzuvertrauen. Verlegen sah ich aus dem Fenster und stellte erstaunt fest, dass wir bereits vor unserem Haus standen.

»Nayla?«, hakte er mit sanfter Stimme nach. »Ich weiß, dass wir uns noch nicht lange kennen, aber ich mag dich, und ich möchte, dass es dir gut geht. Wenn ich irgendetwas für dich tun kann, brauchst du es nur zu sagen.«

Sein Angebot rührte mich. Dennoch schüttelte ich den Kopf, bevor ich ihn mit einem angespannten Lächeln ansah. »Mir geht zurzeit einfach eine Menge im Kopf rum. Aber ich komme schon zurecht. Danke.«

»Okay.« Es war ihm anzumerken, dass ihn meine Antwort nicht zufriedenstellte. Doch er bohrte nicht weiter nach, sondern lächelte ebenfalls. Er beugte sich über die Mittelkonsole und drückte mir einen Kuss auf die Wange. »Wir sehen uns morgen, Schönste.«

Ich nickte perplex, ehe ich ausstieg und zum Haus ging. Dabei spürte ich die ganze Zeit Phils Blick auf meinem Rücken und versuchte zu entscheiden, ob ich sein Verhalten aufmerksam oder nervig fand. Vergeblich. Nachdem ich die Tür hinter mir ins Schloss gedrückt hatte, spähte ich noch mal durchs Fenster nach draußen.

Phil parkte immer noch vor unserem Grundstück und schien auf irgendetwas zu warten. Dann gab er plötzlich Gas und preschte davon.

»Hallo, Liebling.«

Erschrocken wirbelte ich herum.

Meine Mutter stand hinter mir im Flur und trocknete sich gerade die Hände an einem Geschirrtuch ab. »Hattest du Spaß mit Delilah und den anderen?«

»Ja«, erwiderte ich knapp und wappnete mich im Geiste für eine neue Runde: *Übrigens, Kind, wir sind nicht ganz dicht.*

Aber nichts passierte.

»Das freut mich«, sagte Mom und verschwand wieder in die Küche. Misstrauisch folgte ich ihr.

Victor war wieder zu Hause. Er stand auf einem Hocker und rührte in einer Schüssel mit rohem Teig. »Hey, Nana. Wir backen Kuchen.«

»Cool«, erwiderte ich gedehnt, während meine Mutter konzentriert auf ein Tablet starrte und etwas vor sich hin brabbelte. Sie war keine besonders herausragende Köchin – und vom Backen hatte sie noch viel weniger Ahnung. Daher übernahm mein Vater meistens diesen Part, während sie sich um andere Dinge kümmerte. »Wo ist Dad?«

»Er hat einen kurzfristigen Termin in der Stadt«, erklärte Mom zerstreut und sah mich ratlos an. »Was ist ein MSP?«

»Eine Messerspitze«, antwortete ich.

»Ah«, murmelte sie und schaute wieder auf das Display. »Ja, das ergibt Sinn.«

Mein Bruder und ich tauschten einen belustigten Blick, ehe er mich aufforderte, ihnen zu helfen. Und weil ich mich nach all dem Gefühlschaos so sehr nach Normalität sehnte, krempelte ich die Ärmel hoch und schloss mich dem Küchenabenteuer an.

Schnell erkannte ich, dass meine Mutter in Vics Anwesenheit kein Wort über meine angebliche göttliche Herkunft verlor. Deshalb beschloss ich, ihm den Rest des Tages nicht mehr von der Seite zu weichen.

Nachdem wir den Kuchen in den Ofen geschoben hatten, zogen wir uns in sein Zimmer zurück und bauten Raumschiffe aus Legosteinen.

Nun ja, genau genommen baute Victor. Derweil saß ich neben ihm auf dem Boden und recherchierte auf meinem Handy, weil mich nach Matts Bericht im Diner nun doch die Neugier gepackt hatte.

Ich wusste bereits, dass die römische Mythologie Jahrhunderte vor unserer Zeitrechnung einfach von der griechischen Glaubenskultur abgeleitet worden war. Und obwohl es Unterschiede in der Beschreibung und Namensgebung einzelner Gottheiten gab, waren sie doch dieselben.

An der Spitze standen die *Dei Consentes*, der sogenannte Götterrat. Das waren die zwölf mächtigsten Götter, angeführt von Jupiter. Sie alle besaßen menschliche Tugenden und Schwächen, waren leidenschaftlich, aber auch wankelmütig und oft getrieben von Missgunst, Neid und Rachegelüsten.

Die Legenden, die sich um die Götter rankten, reichten von Geschwisterliebe – und das war durchaus wörtlich zu nehmen – bis hin zu Territorialstreitigkeiten.

Ganz ehrlich, das Ganze las sich wie eine perfide Seifenoper mit einem Schuss *Game of Thrones*, nur dass die Protagonisten eben Götter waren. Es gab sogar Drachen und andere Fabelwesen.

Kopfschüttelnd scrollte ich durch die Texte, bevor ich entschied, mich auf den sterblichen Part meiner illustren Abstammungsgeschichte zu konzentrieren. Ich brauchte unbedingt ein schlüssiges Gegenargument. Einen Beweis, der belegte, dass Rom schlichtweg von ein paar Ureinwohnern gegründet worden war und es einen Kerl namens Aeneas nie gegeben hatte.

Leider scheiterte dieser Versuch kläglich.

Tatsache war, dass unterschiedliche Quellen von einem trojanischen Flüchtling berichteten, der vor mehr als zweieinhalbtausend Jahren in Italien eine neue Heimat für sein Volk gefunden hatte. Zwar konnte niemand sicher beweisen, dass Aeneas wirklich gelebt hatte. Doch leider galt dies auch umgekehrt.

Es verhielt sich genauso wie mit Jesus Christus – und an ihn glaubte mehr als ein Drittel der gesamten Weltbevölkerung. Insgesamt gehörten sogar fast neunzig Prozent aller Menschen einer bestimmten Religion an und folgten damit spirituell einer Idee, die nicht rational erklärbar war. Sie alle glaubten an irgendeine Art von Gott oder gar an mehrere Götter.

Aber sie alle als verrückt zu bezeichnen? Das ging doch etwas zu weit.

War vielleicht ich die Dumme, weil ich der Vernunft den Vorzug gab, obwohl sie längst nicht alle wichtigen Fragen des Lebens plausibel beantworten konnte?

Der Fairness halber versuchte ich, mir eine Welt vorzustellen, in der Götter tatsächlich existierten, was mir nach allem, was ich gerade gelesen hatte, *wirklich* schwerfiel. Ich dachte an Tsunamis, Orkane und Überschwemmungen, aber auch an die Wunder, die die Natur hervorbrachte. Für all diese Ereignisse gab es jedoch auch physikalische Erklärungen.

Anders war es allerdings beim Urknall. Den konnte tatsächlich niemand erklären, da vor Milliarden von Jahren noch nichts existierte. Weder Raum noch Zeit. Allein das war schon schwer zu begreifen. Aber wenn man dann noch versuchte zu verstehen, wie ganz plötzlich und ohne Auslöser aus dem Nichts Materie – und damit Leben – entstand, stieß man endgültig an seine Grenzen.

Einige Theoretiker erklärten sich den Urknall damit, dass eine göttliche Macht dabei ihre Finger im Spiel hatte. Aber wenn das stimmte, woher war sie gekommen? Vor allem, wenn es zuvor rein gar nichts gegeben hatte?

Je länger ich mir das Hirn darüber zermarterte, umso mehr drehte ich mich im Kreis. Es war zum Verrücktwerden.

Ich war so vertieft in meine Gedanken, dass ich beinahe einen Herzinfarkt bekam, als Victor plötzlich aufsprang und aus dem Zimmer stürmte, weil Mom nach oben gerufen hatte, dass der Kuchen fertig war.

Erschöpft rieb ich mir über das Gesicht, bevor ich nach unten in die Küche trottete.

Mom hatte bereits Schokoladenkuvertüre geschmolzen, die sie jetzt über den schiefen Kuchen träufelte. Victor stand mit einem Schälchen voll bunter Streusel in der Hand auf einem Hocker und wartete auf ihren Startschuss. Seine Augen leuchteten voller Vorfreude.

Ich trat gerade neben die beiden, als mein Vater heimkehrte. Er wirkte angespannt und gestresst.

Mom drückte mir sofort den Topf in die Hand. »Macht allein weiter, ja?«

Sie wartete meine Antwort gar nicht erst ab, sondern verschanzte sich mit Dad im Arbeitszimmer, wo sie kurz darauf lautstark zu diskutieren anfingen. Worüber war wohl nicht schwer zu erraten. Glücklicherweise verstanden wir kein Wort. Hätten sie diese Hirngespinste nämlich auch noch Victor gegenüber verbreitet, hätte ich es wahrscheinlich ernsthaft in Betracht ziehen müssen, die Männer mit den weißen Jacken anzurufen.

»Was ist denn los?«, fragte Victor, während er mit sorgenvoller Miene in Richtung Arbeitszimmer sah.

»Nichts.«

Natürlich glaubte er mir kein Wort. Für einen Sechsjährigen war er erstaunlich pfiffig und besaß eine ausgeprägte emotionale Intelligenz. Er merkte es immer, wenn der Haussegen schief hing, was bis vor meinem Unfall eher selten der Fall gewesen war.

»Mom und Dad streiten sich.« Victor sagte das so leise, als hätte er Angst, es laut auszusprechen.

»Erwachsene machen das eben manchmal.«

Eine Denkerfalte erschien auf seiner Stirn. »Sie benehmen sich komisch in letzter Zeit.«

Das war noch reichlich untertrieben. Aber ich wollte meinem Bruder keine Angst einjagen. »Mach dir keine Sorgen. Das gibt sich wieder.« Ich kippte den Rest der Schokoglasur über den Kuchen. »Lass uns das schnell fertig machen, und danach schauen wir, was die Welpen so treiben. Sie haben sicher Hunger.«

Meine Ablenkung zeigte prompt Wirkung. Victor verteilte eifrig die bunten Zuckerstreusel und half mir anschließend, die Futterschalen vorzubereiten. Wir ließen uns Zeit damit, die Tiere zu versorgen, und freuten uns gemeinsam, als Thorn ordentlich reinhaute. Als wir schließlich ins Haus zurückkehrten, stand das Abendessen bereits auf dem Tisch, aber die Stimmung war eine Katastrophe.

Mein Vater sah aus, als würde er gleich seine Pizza zurück auf den Tisch spucken, meine Mutter hatte schon wieder geweint und je länger ich in die traurigen Kulleraugen meines Bruders schaute, umso wütender wurde ich. Konnten meine Eltern sich nicht wenigstens Victor gegenüber zusammenreißen?

Ich konnte ja damit leben, dass ich nicht ihre leibliche Tochter war. Womit ich aber definitiv nicht klarkam, war, dass meine Eltern sich offensichtlich so sehr in diese Sache mit meiner göttlichen Abstammung hineinsteigerten, dass nun auch mein Bruder darunter leiden musste.

Ich verstand einfach nicht, warum sie das taten. Wir waren immer eine von jenen Familien gewesen, die gemeinsam durch dick und dünn gingen. Eine, in der sich jeder um jeden kümmerte. Ich hatte eine großartige Kindheit gehabt und war in einem Zuhause voller Liebe aufgewachsen.

Bis der Autounfall alles verändert hatte.

Nicht zum ersten Mal wünschte ich mir, ich wäre nie auf dieses bescheuerte Date mit Jesper gegangen. Dann wäre das alles nicht passiert. Die beiden jungen Frauen wären noch am Leben, und meine größte Sorge bestünde darin, dass ich für einen Jungen schwärmte, den ich kaum kannte, während Dee mich mit seinem besten Freund verkuppeln wollte.

Aber nein! Anstatt mich mit den typischen Problemen einer Siebzehnjährigen zu befassen, musste ich einen tödlichen Autounfall verarbeiten, mit dieser beängstigenden Aggression in mir fertigwerden, mir irgendwelchen kranken Mist über meine göttliche Abstammung anhören und hilflos zusehen, wie meine Familie zerbrach.

Das frustrierende Gefühl der Ohnmacht kochte in mir hoch und breitete sich siedend heiß in meinen Adern aus. Mein Mund wurde trocken. Ich streckte die Hand nach dem Wasserglas aus, um danach zu greifen, als es plötzlich umkippte und sein Inhalt sich zu einer riesigen Pfütze auf dem Esstisch ergoss.

Mom schrie auf, während Dad kalkweiß wurde. Sogar mein Bruder sah mich mit schreckgeweiteten Augen an.

»Entschuldigung«, presste ich hervor, doch niemand reagierte.

Meine Familie saß stocksteif am Tisch.

»Ich hole einen Lappen.« Angespannt erhob ich mich und ging in die Küche. Dort stützte ich mich schwer atmend auf die Anrichte und versuchte, mich zu beruhigen. Mein Puls rauschte mir immer noch in den Ohren. Trotzdem konnte ich die Worte meines Bruders deutlich hören.

»Nayla hat das Glas nicht angefasst«, sagte er verwundert.

Quatsch! Natürlich hatte ich das. Ich hatte doch gespürt wie meine Fingerspitzen unter dem kühlen Glas kribbelten.

»Du hast dich verguckt, Spätzchen«, erwiderte meine Mutter, doch mir entging nicht das Beben in ihrer Stimme.

»Hab ich nicht«, widersprach Victor energisch. »Ich habe es genau gesehen. Da fehlte noch so ein Stück.«

Ich machte mir nicht die Mühe, den Kopf zu drehen und nachzuschauen, welchen Abstand Victor gerade in der Luft zeigte. Stattdessen starrte ich aufgewühlt auf meine zitternden Hände.

Ich hatte das Glas berührt.

Victor irrte sich.

Er *musste* sich irren.

XIII

Als ich mich Montagmorgen fertig für die Schule machte, hatte ich eine weitere zermürbende Nacht hinter mich gebracht. Mittlerweile sah ich so übermüdet aus, dass ich freiwillig zu Concealer griff, um wenigstens meine Augenringe zu kaschieren. Ich wartete bis zum letzten Moment, ehe ich aus meinem Zimmer stürmte, meinem Bruder einen Kuss aufdrückte und einen Abschiedsgruß in Richtung meiner Eltern murmelte. Weder Mom noch Dad hielten mich auf, als ich das Haus verließ.

Und das war auch besser so.

Ich wollte nicht mit ihnen sprechen. Zumindest nicht, bis sie sich eingestanden, dass sie falschlagen und ihnen ihre Fantasie bloß einen abstrusen Streich gespielt hatte. Wenn es sein müsste, half ich ihnen sogar dabei, sich professionelle Hilfe zu suchen. Hauptsache, sie verloren nie wieder ein Wort über meine angebliche göttliche Abstammung.

Gestern Abend war ich sofort hoch in mein Zimmer gegangen, nachdem ich die Sauerei auf dem Esstisch beseitigt hatte. Dort hatte ich mich aufs Bett geworfen und war noch in Klamotten eingeschlafen, als mich die Erschöpfung, die mich schon seit Tagen quälte, schließlich doch übermannt hatte. Mitten in der Nacht war ich dann schweißgebadet hochgeschreckt, weil ein Bilderrahmen von der Wand gefallen war.

Einfach so.

Minutenlang hatte ich auf den Boden gestarrt und mich gefragt, was zum Teufel passiert war. Der Holzrahmen war zersplittert. Aber der Nagel steckte noch immer in der Wand. Erst mit Verzögerung fiel mir auf, dass auch die übrigen Bilderrahmen schief hingen. Als wäre ein Windstoß über die Wand gepeitscht. *Oder eine übernatürliche Kraft.*

Selbstverständlich bekam ich den Rest der Nacht kein Auge mehr zu.

Das war ich nicht.

Das war ich nicht.

Das war ich nicht.

Ich murmelte die Worte vor mich hin wie ein Mantra, während ich mit weit aufgerissenen Augen den Sonnenaufgang herbeisehnte. Irgendwann war ich so verzweifelt gewesen, dass ich angefangen hatte, die Minuten zu zählen, bis es endlich Zeit zum Aufstehen war. Bis ich Cyrian wiedersah.

Ich freute mich so sehr auf ihn, dass ich beinahe über meine Füße stolperte, als ich auf den unauffälligen Golf am Straßenrand zuhastete. Der Frühling war zurückgekehrt, diesmal kraftvoller denn je. Die Sonne schien vom wolkenlosen Himmel und die Luft war bereits jetzt angenehm warm.

Cyrian saß auf dem Beifahrersitz, hielt seine Aufmerksamkeit allerdings auf etwas in seinen Händen gerichtet. Auf sein Smartphone, wie ich beim Näherkommen erkannte.

Ich öffnete die Tür und schob mich auf den Rücksitz. »Guten Morgen.«

»Hey, Schönste.« Philemon warf einen Blick über die Schulter und lächelte mich an. »Bereit für den großen Ausflug?«

»Sicher«, antwortete ich, obwohl das keineswegs stimmte. Aber wie hätte ich ihm das erklären sollen?

Cyrian reagierte nicht. Das war ja an sich nicht ungewöhnlich. Allerdings hatte ich nach unserem Waldspaziergang auch nicht damit gerechnet, komplett von ihm ignoriert zu werden.

Dafür übernahm Philemon das Reden. Er schien ein echtes Problem mit Stille zu haben. »Wir hatten heute übrigens einen ziemlich üblen Morgen«, berichtete er, sobald er losgefahren war. Er legte eine Kunstpause ein, als würde er darauf warten, dass ich diese vage Aussage hinterfragte.

Tat ich aber nicht. Ich war zu irritiert über Cyrians Verhalten.

Sein bester Freund ließ sich von meinem offenkundigen Desinteresse jedoch nicht verunsichern und plapperte schließlich einfach weiter. »Wir hatten einen Vogel in der Küche.«

»Wie bitte?« Nun schaute ich doch auf und begegnete Phils Blick im Rückspiegel.

Seine Augen funkelten triumphierend. »Ehrlich wahr! Er war grau, hatte einen gelben Bauch und süße Knopfaugen. Irgendwie ist er durchs offene Küchenfenster geflattert.«

»Könnte ein Meisenwaldsänger gewesen sein«, überlegte ich.

»Was auch immer.« Phil gluckste. »Du kannst dir nicht vorstellen, was dieser winzige Kerl für ein Chaos angerichtet hat. Cyr hat gebrüllt wie am Spieß.«

»Blödsinn«, brummte Cyrian.

Allerdings fiel es mir schwer, das zu glauben, da mir seine Reaktion auf die Eule im Wald noch zu gut im Gedächtnis war. Die Erinnerung ließ mich schmunzeln. »Habt ihr es geschafft, ihn zu befreien?«

»Ich wollte ihn einfangen, aber das hat nicht funktioniert«, erwiderte Phil und bog auf die Hauptstraße ab. »Der kleine Mistkerl ist mir immer wieder entwischt. Also hat mein Kumpel hier seinen Schreck überwunden und mit ihm *geredet.* Er hat den Piepmatz einfach ganz höflich hinauskomplimentiert.« Phil schaute kurz in den Rückspiegel. »Willst du wissen, was er gesagt hat?«

Neugierig lehnte ich mich ein Stück vor. »Was denn?«

»Er hat den Vogel Tweety getauft und ihm damit gedroht, Sylvester zu holen, wenn er nicht freiwillig abzischt.« Lachend schüttelte Philemon den Kopf. »So was habe ich noch nie gesehen. Es war saukomisch. Und der absolute Hammer war, dass der Piepmatz tatsächlich artig aus dem Fenster geflattert ist. Unfassbar!«

»Ist doch keine große Sache«, murmelte Cyrian und sah aus dem Seitenfenster, wodurch ich seine angespannte Miene gut erkennen konnte.

Was war denn bloß los mit ihm?

»Machst du Witze?«, rief Phil so laut aus, dass ich zusammenzuckte. »Bis heute Morgen hatte ich nicht mal den Verdacht, dass du auch ein Fan von den *Looney Tunes* bist. Wir müssen unbedingt mal eine Cartoonparty schmeißen.«

Cyrian stöhnte genervt auf und verkniff sich jeden weiteren Kommentar, während Philemon zum eigentlichen Thema zurückkehrte und eifrig aufzählte, was alles zu Bruch gegangen war, als er versucht hatte, das aufgeregte Vögelchen einzufangen. Als wir wenig später vor der Schule parkten, besaß ich dank Philemon einen umfassenden Einblick in das Schadensbild.

Cyrian hatte unterdessen konsequent geschwiegen. Kaum hielten wir auf dem Parkplatz, sprang er aus dem Wagen und stapfte davon. Von dem gut gelaunten Freund, mit dem ich noch vor zwei Tagen im Wald herumgealbert hatte, war nichts mehr zu sehen.

Ich stieg ebenfalls aus und schaute ihm verunsichert nach. »Du hast nicht übertrieben, als du sagtest, er wäre ein Morgenmuffel«, meinte ich, nachdem Phil neben mich getreten war.

»Nimm das nicht persönlich, Nayla.« Phil lächelte entschuldigend, doch seine Augen blieben ernst. »Es gibt da ein paar Dinge, die er nicht versteht, und das macht ihm aktuell ziemlich zu schaffen.«

»Was meinst du damit?«

»Frauen natürlich.« Er legte mir einen Arm um die Schulter. »Na, komm. Nicht dass der Bus noch ohne uns abfährt. Wäre doch ein Jammer, wenn wir den ganzen Spaß verpassen.«

Dem konnte ich nur bedingt zustimmen, trotzdem ließ ich mich von Phil in Richtung Schulgebäude führen.

In der Wendeschleife wartete bereits ein Doppeldeckerbus, der alle Schüler des letzten Jahrgangs nach Chattanooga transportieren sollte. Miss Brisbane und Miss Evenson standen mit Klemmbrettern neben der Tür und hakten die Schüler ab, die einstiegen. Überwacht wurden sie dabei von Mister Schriever, unserem Englischlehrer. Er war ein untersetzter Mann in den Fünfzigern mit schütterem Haar und einer auffallenden Vorliebe für karierte Hemden. Da er ziemlich pedantisch war, zählte er nicht unbedingt zu meinen Lieblingslehrern, aber wir kamen einigermaßen miteinander klar.

Ich grüßte die drei, ehe ich in den Bus kletterte.

Shelby hatte sich bereits neben Cyrian gesetzt und präsentierte ihm ihr Zahnpastalächeln. Zwei ihrer Freundinnen saßen vor ihnen, hatten sich jedoch umgedreht und überboten sich gegenseitig mit ihren Flirtkünsten, was ihnen einen eisigen Blick ihrer Anführerin einbrachte.

Obwohl Cyrian die Mädels nicht beachtete, biss ich verärgert die Zähne zusammen und ging an der Truppe vorbei. Im hinteren Teil hatten Dee und Matt zwei Plätze für uns freigehalten. Meine beste Freundin war sichtlich zufrieden, als Phil sich neben mich setzte. Sofort fingen die drei an herumzualbern. Sie schienen bester Laune zu sein, und ich wünschte mir, ich hätte mich von ihnen anstecken lassen können.

Leider war das nicht der Fall.

Bis nach Chattanooga waren wir etwas mehr als eine Stunde unterwegs. Zeit, die ich damit verbrachte, darüber nachzudenken, wie sehr sich mein Leben inzwischen verändert hatte. Wie sehr *ich* mich verändert hatte. Die Tatsache, dass wir im Begriff waren, eine Ausstellung zu besuchen, die mir praktisch den Spiegel vor mein verkorkstes Leben hielt, machte es nicht unbedingt besser.

»Herrschaften!« Mister Schrievers kratzige Stimme erklang durch die

Lautsprecher des Busses. »Wie angekündigt haben meine werten Kolleginnen und ich einen interdisziplinären Fragenkatalog zusammengestellt, den Sie im Laufe Ihres Museumsbesuches zu bearbeiten haben.«

Der gesamte Bus stöhnte und ächzte.

Aber das beeindruckte unseren Englischlehrer herzlich wenig. »Sie können sich gern miteinander austauschen. Identische Antworten sind jedoch ausdrücklich verboten. Wenn wir gleich vor dem Museum halten, nimmt bitte jeder von Ihnen einen Fragebogen von Miss Evenson entgegen. Abgabefrist ist zwölf Uhr. Wir treffen uns zum Mittagessen im Museumscafé. Und anschließend haben wir das Vergnügen, einen Vortrag von Professor Buckley zu hören.«

»Aber was ist mit unserem Ausflug in die Stadt?«, rief ein Mädchen entsetzt.

»Professor Buckley ist Dozent für Kunstgeschichte an der University of Tennessee«, schoss Mister Schriever zurück. Er klang echt sauer. »Es ist eine Ehre und ein Privileg, dass er sich extra Zeit für uns nimmt. Ersparen Sie uns also weitere Diskussionen, sondern machen Sie sich klar, dass diese Erfahrung um ein Vielfaches wertvoller ist als ein stupider Einkaufsbummel.«

Überall brach unzufriedenes Getuschel aus, aber niemand wagte es, ihm noch einmal zu widersprechen.

Ich rutschte tiefer in den Sitz. Dann also kein Stadtbummel. Echt schade.

Mister Schriever ratterte noch eine Reihe von Benimmregeln herunter, bevor der Bus zischend zum Stehen kam und uns einen nach dem anderen auf den Parkplatz ausspuckte. Nachdem ich von Miss Evenson einen Stapel Blätter sowie eine Eintrittskarte entgegengenommen hatte, schloss ich zu Delilah, Matt und Anabel auf. Die drei überflogen bereits die Fragen, doch ich hatte nur Augen für die eindrucksvolle Architektur der Anlage.

Das Hunter Museum of American Art war ein dreiteiliger Gebäudekomplex am Ufer des Tennessee River. Im Zentrum erhob sich ein feudales Herrenhaus. Es erinnerte mich ein bisschen an das Weiße Haus, mit dem Unterschied, dass die Fassade aus roten Backsteinen bestand. Rechts davon stand ein massives Gebäude aus Stahlbeton, das in seiner Gestaltung einen krassen Gegensatz zum Haupthaus darstellte. Als hätten sich die Konstrukteure nach einem Ausgleich gesehnt, fügte sich auf der linken Seite ein ähnlich futuristischer Gebäudeflügel an. Die Oberfläche des kastenförmigen Baus war mit Metallplatten geschmückt, die in der Sonne glänzten. Über dem Haupteingang wellte sich ein riesiges Vordach, unter dem sich bereits die ersten Schüler sammelten. Cyrian war ebenfalls unter ihnen. Ich fragte mich, warum er es so eilig hatte.

»Legen wir los«, meinte Matt. »Je schneller wir den Kram hinter uns gebracht haben, umso eher haben wir frei.«

Dee warf ihm einen zweifelnden Blick zu. »Ich liebe dich für deinen Pragmatismus. Aber wenn ich mir die Aufgaben so ansehe, fürchte ich, dass wir nächste Woche noch nicht fertig sind.«

»Ach, das kriegen wir schon hin«, erwiderte er aufmunternd und lotste uns zu den anderen.

Kaum standen wir in der Schlange, erschien Phil mit Shelby im Schlepptau hinter uns. Er grinste ein wenig selbstgefällig in die Runde. »Wenn ihr Hilfe braucht, sagt Bescheid. Ich bin ziemlich fit in Kunstgeschichte.«

»Sicher nicht nur darin«, schnurrte Shelby.

Wahnsinn, wie sehr mir dieses Mädchen auf den Wecker ging, auch wenn es vermutlich nur laut ausgesprochen hatte, was die meisten weiblichen Anwesenden dachten.

Wenig später waren wir auch schon an der Reihe. Nachdem ich meine Karte eingescannt und das Drehkreuz passiert hatte, schlug ich zum ersten Mal den Aufgabenkatalog auf. Er war nach Epochen strukturiert und mit dem Hinweis versehen, dass wir sämtliche Antworten in der Wanderausstellung »Europäische Kunst von der Antike bis zur Gegenwart« sowie dem mitgeschleppten Geschichtsbuch fanden.

Da ich mich absolut noch nicht bereit fühlte, in die antiken Künste einschließlich der alten Legenden einzutauchen, beschloss ich, den Katalog rückwärts durchzuarbeiten. »Ich fange im neunzehnten Jahrhundert an«, informierte ich meine Freunde.

»Gute Idee«, sagte Phil lächelnd und zeigte auf den Wegweiser. »Wir müssen in den ersten Stock.«

Zu meiner Überraschung nickten auch die anderen zustimmend. Gemeinsam machten wir uns auf den Weg in den Westflügel, wo die Wanderausstellung stationiert war. Eine meterhohe Fensterfront gab den Blick frei auf den Tennessee River. Davor führte eine gewundene Treppe hinauf ins Obergeschoss. Meine Freunde erklommen eilig die Stufen. Ich hingegen musterte fasziniert die filigranen Metallgebilde, die überall von der Decke hingen und den Eindruck erweckten, als würden sie schweben.

Vor dem Eingang der Wanderausstellung wies ein riesiger Plan die einzelnen Stationen mitsamt den zugehörigen Epochen aus. Während die meisten unserer Mitschüler artig rechts abbogen, hielten wir uns links und betraten einen Ausstellungssaal, in dem Gemälde unterschiedlicher Größen aus dem neunzehnten Jahrhundert hingen. Weiß verputzte Zwischenwände unterteilten den Saal in verschiedene Nischen und Bereiche, in deren Mitte lederne Sitzhocker standen, auf denen man verweilen konnte, wenn man die Gemälde länger auf sich wirken lassen wollte.

Matt hatte bereits sein Geschichtsbuch aufgeschlagen und suchte darin herum, während Dee ihm eine Frage vorlas. Shelby flanierte unterdessen in Begleitung von Phil an einigen expressionistischen Werken vorbei, während Anabel und ein paar weitere Schüler, die mit der Antike anscheinend ebenfalls haderten, die Exponate inspizierten oder sich Notizen machten. Unbewusst hielt ich nach Cyrian Ausschau, doch er war nirgends zu sehen.

Ich verdrängte den Gedanken an ihn und schlug meinen eigenen Fragenkatalog auf der letzten Seite auf, ehe ich damit begann, mich mit den Aufgaben auseinanderzusetzen.

Nach einer Weile stellte ich überrascht fest, dass mir diese Arbeitsweise gefiel. Je mehr Zeit verstrich, umso tiefer versank ich in den einzelnen Epochen der jüngsten Jahrhunderte. Unsere Gruppe zerstreute sich, nur um wenig später wieder aufeinanderzustoßen und sich aufs Neue zu zerpflücken. Natürlich gaben wir uns gegenseitig Tipps, aber wir waren nicht so dreist wie Shelby, die sich von Philemon sämtliche Antworten diktieren ließ.

Es war etwa eine Stunde vergangen, als eine Engelsskulptur meine Aufmerksamkeit auf sich zog. Sie stand frei auf einem Podest in der Mitte eines kleineren Bereichs, der zu allen Seiten mit Zwischenwänden abgegrenzt war. Eigentlich wollte ich nur herausfinden, ob die Statue eher dem Barock oder dem Klassizismus zuzuordnen war. Doch stattdessen ertappte ich mich dabei, wie ich mich erneut in Überlegungen von Fantasie und Wirklichkeit verstrickte.

Um mich herum passierten immer seltsamere Dinge. Dinge, die ich mir einfach nicht erklären konnte. Ich hatte einen schweren Autounfall ohne eine einzige Schramme überlebt, konnte plötzlich Bogenschießen und war völlig ausgeflippt, als ich die Wilderer auf frischer Tat ertappt hatte. Hinzu kamen die Wahnvorstellungen meiner Eltern. Und dann waren da noch all diese überbordenden Gefühle in mir, die ich kaum zu bändigen wusste. Ständig fühlte ich mich wie ein Pulverfass, das kurz davor war zu explodieren.

Hormone hin oder her, das war doch nicht normal.

Du bist ja auch nicht normal.

Die Stimme in meinem Kopf klang nicht gehässig, sondern sanft. Als wollte sie mir die Wahrheit so schonend wie möglich beibringen. Aber so sehr ich mich auch bemühte, ich konnte sie einfach nicht fassen.

Als ich am Rande meines Sichtfeldes eine Bewegung wahrnahm, drehte ich überrascht den Kopf.

Jesper war in die Nische getreten. In der rechten Hand hielt er den Katalog und schlug ihn in einem wirren Takt gegen seinen Oberschenkel. »Hallo, Nayla.«

Ich unterdrückte ein Stöhnen. Jesper und ich hatten seit unserem missratenen Date kaum ein Wort miteinander gewechselt, und auch jetzt hielt sich mein Interesse, mit ihm zu reden, stark in Grenzen. Vermutlich lag das daran, dass ich mit ihm einfach zu viele negative Erfahrungen verknüpfte. Andererseits hatte nicht er, sondern ich den Fehler gemacht. Ich hätte diesem Date niemals zustimmen dürfen. Es war nicht fair, ihm dafür die Schuld zu geben. Ich konnte zumindest freundlich bleiben. Also lächelte ich. »Hey, was gibt's?«

»Wir hatten in letzter Zeit gar keine Gelegenheit, uns zu unterhalten.« Jesper musterte mich von Kopf bis Fuß. Plötzlich erschien etwas in seinem Blick, bei dem sich mir die Nackenhaare aufstellten. Noch schlimmer wurde es, als er unheimlich grinste. Der Ausdruck auf seinem Gesicht erinnerte keineswegs mehr an den schüchternen Jungen, den ich damals kennengelernt hatte, sondern eher an einen hungrigen Löwen. »Wie geht's dir denn so?«

»Gut«, sagte ich knapp und hoffte, dass er an meiner fehlenden Gegenfrage merkte, dass ich nicht mit ihm reden wollte.

Jesper schien das nicht zu stören, denn er ging einfach an der Engelsskulptur vorbei auf mich zu. Dabei ließ er mich nicht aus den Augen.

Ich presste die Unterlagen schützend gegen meinen Oberkörper und wich vor ihm zurück. Hätte ich das nicht getan, wäre er in meine Komfortzone eingedrungen, was mich doch massiv störte. Ich deutete auf den Durchgang rechts von uns und rang mir ein Lächeln ab. »Ich mache dann mal weiter.«

»Warte.« Mit zwei schnellen Schritten stellte er sich mir in den Weg und leckte sich über die Unterlippe. »Wir sollten noch einmal miteinander ausgehen.«

Großartig, das hatte ich nun davon.

Langsam schüttelte ich den Kopf. »Ich denke, das ist keine gute Idee.«

»Jetzt komm schon«, raunte er und machte noch einen Schritt auf mich zu, während ich weiter zurückwich.

Mein Puls schoss in die Höhe, und ich konnte praktisch spüren, wie mein Körper hochheizte. Ich wollte Jesper wirklich nicht wehtun, aber wenn er mir noch mehr auf die Pelle rückte, würde ich ihm meinen Fuß dahin rammen, wo er ihn bestimmt nicht haben wollte.

»Hey, da bist du ja.«

Cyrian schlenderte von wer weiß woher in den Raum, und mein armes, rasendes Herz wurde von einem emotionalen Ausnahmezustand in den nächsten geschleudert, als sein Blick über mein Gesicht glitt. Sicher bemerkte er meine angespannte Haltung, doch er ließ es sich nicht anmerken. Stattdessen tat er etwas, das mich mindestens genauso sehr schockierte wie Jesper.

Er trat neben mich, legte mir einen Arm um die Schulter und drückte mir einen Kuss auf die Schläfe. Die Bewegung war absolut natürlich. Als wäre es das Normalste der Welt, mich auf diese vertraute Weise zu berühren.

»Ich habe dich schon überall gesucht«, sagte er und sah voller Zuneigung auf mich herab.

Jesper klappte die Kinnlade runter und auch ich starrte ihn entgeistert an. Die Stelle, an der mich seine Lippen eben kurz berührt hatten, prickelte. Dann wurde mir klar, was Cyrian hier trieb, und weil es einfach zu verlockend war, spielte ich mit.

»Jetzt hast du mich ja gefunden«, antwortete ich mit einem sanften Lächeln.

Mir blieb beinahe das Herz stehen, als er zurücklächelte. Das Grün seiner Augen erstrahlte heller als sonst. Zumindest kam es mir so vor. Sein Duft kitzelte in meiner Nase, als sein Atem über meine Haut wehte. Mein ganzer Körper kribbelte vor Begeisterung.

In einer nicht minder vertrauensvollen Geste legte ich ihm die Hand auf den Bauch. Durch den Stoff seines Pullovers konnte ich spüren, wie seine Muskeln in Reaktion auf meine Berührung zuckten. Seine Pupillen weiteten sich. Ihm selbst schien es nicht bewusst zu sein, aber er senkte den Kopf, sodass wir uns noch näherkamen.

Auf einmal war es mir egal, dass wir uns in einem Museum befanden und einen unwillkommenen Zuschauer hatten. Das hier war keine Show mehr. Ich kam gegen diese gewaltige Anziehung einfach nicht an – und das wollte ich auch gar nicht. Fasziniert hob ich das Kinn, weil ich hoffte, dass Cyrian auch das letzte bisschen Distanz überwinden würde.

Doch plötzlich verhärteten sich seine Züge. Er unterbrach unseren Blickkontakt und starrte Jesper mit all seiner Arroganz in Grund und Boden. »Gibt es hier ein Problem?«

Jesper knickte sofort ein. Wortlos schüttelte er den Kopf, drehte sich um und ging davon.

Ich wollte erleichtert aufatmen, doch da riss Cyrian sich von mir los, als hätte er sich die Finger verbrannt. Er sah mich nicht einmal mehr an. »Wo ist Philemon?«

Irritiert über seinen forschen Ton deutete ich auf den Durchgang. »Er ist schon mit Shelby und den anderen vorgegangen.«

Cyrian biss die Zähne zusammen. »Gehen wir zu ihnen.«

Er wartete nicht auf meine Zustimmung, sondern stapfte einfach los. Erst als er bemerkte, dass ich immer noch neben der Engelsstatue stand, drehte er sich zu mir um. »Worauf wartest du?«

Tja, das wusste ich selbst auch nicht so genau. Eine Erklärung für seinen abrupten Stimmungswechsel wäre schon mal ein guter Anfang. »Habe ich irgendetwas falsch gemacht?«

Cyrian verwirrte mich. Er hatte doch mit diesem Spielchen für Jesper angefangen. Warum war er jetzt auf einmal so sauer?

Angespannt fuhr er sich durch die Haare. »Nein.«

Eine weitere Erklärung gab es nicht. Stattdessen ging er sogar noch weiter auf Abstand.

Ich wollte gerade nachhaken, als plötzlich eine kühle Brise durch das Stockwerk fegte. Faltblätter, die in verschiedenen Prospektständern lagen, wurden aufgewirbelt und flatterten durch die Luft. Irgendwo in einem anderen Raum erklang ein spitzer Schrei, der verdächtig nach Shelby klang. Fröstelnd sah ich mich um. »Was ist denn jetzt los?«

»Wahrscheinlich spielt jemand an der Klimaanlage rum«, antwortete Cyrian gleichmütig.

Sekunden später bog Phil um die Ecke, und die Kälte legte sich. Die Jungs tauschten einen kurzen Blick, dann wandte Phil sich an mich. »Wo bleibst du denn, Schönste?«

Ohne ein weiteres Wort ging Cyrian davon, während ich ihm verdattert hinterhersah.

»Stimmt was nicht?«, fragte Phil.

Ich schüttelte den Kopf. »Alles super.«

Einfach bestens.

»Na, komm.« Phil streckte die Hand nach mir aus. »Schauen wir mal, was dieser Laden noch so zu bieten hat.«

Gemeinsam betraten wir den Bereich für Kunst aus dem Mittelalter. Sofort fiel mein Blick auf Cyrian, der neben dem Porträt eines englischen Monarchen stand und sich mit Shelby unterhielt. Sie spielte aufreizend mit einem Bändchen an ihrem Oberteil und himmelte ihn schon wieder ohne jede Zurückhaltung an.

Im Bus hatte er ihre platten Flirtversuche ignoriert. Doch diesmal senkte er den Kopf und sah ihr tief in die Augen. Er lächelte sie an.

Bei dem Anblick schrumpelte mein Herz zu einem eiskalten Klumpen zusammen. Schnell schaute ich weg und marschierte direkt weiter in den nächsten Bereich.

Ich hätte das Schild lesen sollen.

Dann wäre ich wenigstens gewappnet gewesen. So aber jagte mir der Anblick der riesigen antiken Marmorskulpturen einen Heidenschreck ein. Es waren zehn Stück, und jede von ihnen war mindestens drei Meter hoch. Manchen fehlte ein Arm, anderen ein Bein. Und bei ein paar Statuen schien sich das komplette Gesicht im Laufe der Zeit zersetzt zu haben.

Dee und Matt standen zwischen der Skulptur eines nackten, sich windenden Liebespaares und einer Kriegerin mit einem straff gespannten Bogen in den Händen. Sie trug einen Chiton, wie es im alten Rom üblich gewesen war. Als meine Freunde mich entdeckten, winkten sie vergnügt.

»Guck mal, Süße«, sagte Dee, als ich mich zu ihr und Matt gesellt hatte, und zeigte belustigt auf die Bogenschützin. »Das bist du vor dreitausend Jahren.«

»Unwahrscheinlich«, schaltete Phil sich ein. Ich hatte gar nicht mitbekommen, dass er mir gefolgt war. Er tippte sich selbst auf die Nasenspitze, um mich darauf aufmerksam zu machen, dass eben jene bei der Statue fehlte. »Du bist entschieden hübscher.«

»Vielen Dank«, erwiderte ich trocken. Ich brauchte nicht auf das Schild zu sehen. Dank meiner Recherchen wusste ich auch so, wen ich vor mir hatte. »Das ist Diana, die römische Göttin der Jagd.«

Ich wollte die Statue gern genauer betrachten, doch Phil umfasste meine Schultern und drehte mich nach rechts, bis wir vor dem Liebespaar standen. »Und hier haben wir Venus und Anchises.«

Ich zuckte zusammen.

Das hat nichts mit mir zu tun. Das ist einfach nur ein Brocken Gestein, in den ein Künstler zwei Sagengestalten gehauen hat. Bleib cool!

»Anchises?« Neugierig trat Dee neben mich. »Das war kein Gott, oder?«

»Richtig.« Phil zwinkerte Matt zu. »Eure Buchbesprechung war anscheinend sehr lehrreich.«

Matt grinste breit. »Kann man so sagen.«

»Sei still.« Kichernd und mit leuchtend roten Wangen stieß Dee mir den Ellenbogen in die Seite. »Sieh dir das an, Nayla. Die beiden scheinen echt heiß aufeinander gewesen zu sein.«

Ich wollte mir das nicht ansehen. Wirklich nicht.

Trotzdem schaute ich auf und stellte erleichtert fest, dass es um Venus' Gesicht nicht besser bestellt war als um das der Jagdgöttin. Gut! Das machte es irgendwie anonymer – und erträglicher.

»Eigentlich war Venus mit dem Gott des Feuers, Vulcanus, verheiratet. Leider konnte sie ihre Finger nie lange bei sich behalten.« Phil zeigte auf das Liebespaar. »Anchises war als Sterblicher eigentlich unter ihrer göttlichen Würde. Aber er war wohl so hübsch anzusehen, dass sie ihm nicht widerstehen konnte. Aus dieser Verbindung entstammte Aeneas. Ihr wisst schon, der Kerl, über den wir gestern schon im Diner gesprochen haben.«

Oh, ja klar, und der nebenbei bemerkt auch noch mein angeblicher Vorfahre war.

Genau wie die Göttin selbst.

Und der niedere, sterbliche Schönling war dann wohl mein Uropa hundertsten Grades.

Plötzlich wurde mir das alles zu viel. Ich musste hier raus. Und zwar schnell.

Andernfalls war die Wahrscheinlichkeit groß, dass ich gleich auf eine uralte Statue kotzte. Hastig wandte ich mich ab und floh zum Ausgang. Dee rief meinen Namen, aber ich reagierte nicht auf sie. Genauso wenig interessierte es mich, dass sich mehrere Schüler neugierig nach mir umdrehten. Sogar Cyrian, der inzwischen mit verschränkten Armen neben der Tür lehnte und mich mit ausdrucksloser Miene beobachtete, hätte mir in diesem Moment nicht gleichgültiger sein können.

Ich rauschte an ihm vorbei und steuerte blindlings durch die Ausstellungsräume bis ins Foyer im ersten Stock. Eine unauffällige Seitentür führte auf eine geräumige Terrasse. Sie war mit einem gläsernen Geländer abgesichert, durch das man direkt auf den Tennessee River sehen konnte. Die Sonne brach sich im Licht der seichten Wellen.

Sofort war ich fasziniert. Ich trat ans Geländer, stützte die Ellenbogen auf und ließ den Anblick all dieser Pracht auf mich wirken. Links konnte ich eine Brücke sehen. Und in der Mitte des Flusses entdeckte ich eine bewaldete Insel. Die Aussicht war einfach traumhaft und hatte etwas ungemein Beruhigendes an sich. Auch die frische Luft tat mir gut und half mir, mich zu entspannen. Ich war froh, dass weder Dee noch einer der anderen mir nachgelaufen war. Ich hatte diesen Moment allein hier draußen wirklich gebraucht, um mich wieder zu fangen.

Da sich aber immer noch alles in mir sträubte, in den Ausstellungsraum zurückzukehren, beschloss ich, die restlichen Aufgaben einfach hier draußen zu erledigen. Es gab genug Betonbänke, und nur wenige waren von Museumsbesuchern besetzt.

Ich ließ mich auf die nächste freie Bank fallen und schickte Dee eine Nachricht, damit sie sich keine Sorgen machte. Sie antwortete, dass sie mich später abholen würde, und wünschte mir viel Spaß. Dazu schickte sie mir ein Emoji, das vielsagend mit den Brauen wackelte. Manchmal hatte sie wirklich einen eigenartigen Sinn für Humor.

Um ganz sicherzugehen, dass meine Gedanken nicht wieder Amok liefen, schloss ich meine Kopfhörer an und wählte eine rockige Playlist aus. Dann zog ich die Beine in den Schneidersitz, bettete den Fragenkatalog auf mein Knie und richtete meine gesamte Aufmerksamkeit auf die Aufgaben.

Zehn Minuten vor zwölf beendete ich den letzten Satz und klappte zufrieden meine Unterlagen zu. Ich streckte meine steifen Glieder und erhob mich, um die anderen zu suchen. Doch in dem Moment traten Dee und Matt bereits dicht gefolgt von Phil und Shelby auf die Terrasse.

»Hier hast du dich also versteckt«, sagte Dee, sobald ich bei ihnen war.

Shelby sah sich suchend um. »Wo ist Cyrian?«

Ich wollte sie gerade fragen, woher zum Teufel ich das wissen sollte, als sich ihre Miene aufhellte. »Ah, da ist er ja. Ich frage ihn, ob er mir beim Mittagessen Gesellschaft leistet.«

Keine Ahnung, warum sie dachte, das würde einen von uns interessieren. Ohne uns weiter zu beachten, schob sie ihre Brüste nach vorn und schlenderte mit wiegenden Hüften zu einer Bank auf der anderen Seite der Terrasse.

Dort saß Cyrian und zeichnete.

Ich blinzelte überrascht. War er die ganze Zeit schon da gewesen?

»Er ist kurz nach dir raus«, raunte Dee mir zu. »Ich dachte, ihr würdet die restlichen Aufgaben zusammen lösen.«

Das erklärte zumindest das seltsame Emoji.

»Vermutlich hat er mich nicht gesehen«, murmelte ich.

Dees Blick sagte deutlich, für wie unwahrscheinlich sie diese Theorie hielt. Aber das konnte ich ihr schwer übel nehmen. Ich selbst glaubte mir schließlich auch nicht.

XIV

Chattanooga verfügte über kein besonders attraktives Stadtzentrum. Aber für jeden Jugendlichen aus Summertown war es das reinste Schlaraffenland. Daher beklagte Delilah sich während des gesamten Mittagessens im Museumscafé ausführlich darüber, dass wir nicht wie ursprünglich geplant die zahlreichen Antiquitäten- und Buchläden auf der Market Street abklappern konnten, sondern zu einem Vortrag im Auditorium des Museums verdonnert worden waren.

Zugegeben, ich hatte ebenso wenig Lust wie meine Freunde, gleich zwei Stunden lang einem Referat über europäische Kunst zu lauschen. Aber da wir im Grunde keine andere Wahl hatten, tappte ich ihnen artig hinterher zum Auditorium.

Mister Schriever stand neben der Eingangstür und zählte offenbar die Schüler, die an ihm vorbei in den Saal gingen. Er hatte die Hände hinter dem Rücken verschränkt, weshalb sein ausladender Bauch noch größer erschien. Seine kleinen Augen richteten sich direkt auf mich, als wir uns näherten.

»Miss Carlesso.«

Bei seinem schroffen Ton blieb ich wie angewurzelt stehen. »Ja?«

Dee, Matt und die anderen hielten ebenfalls inne und tauschten verwirrte Blicke, weil auch ihnen die Schärfe in Schrievers Stimme nicht entgangen war.

Er winkte sie ungeduldig weiter. »Worauf warten Sie? Gehen Sie rein.«

Dee zögerte. »Gibt es ein Problem, Mister Schriever?«

Unser Lehrer schnaubte. »Das kann man so sagen.« Er streckte gebieterisch die Hand in meine Richtung aus. »Wo ist Ihr Fragenkatalog? Abgabetermin war *vor* dem Mittagessen, nicht hinterher.«

Perplex starrte ich ihn an. »Ich habe ihn vorhin abgegeben.«

Er schüttelte den Kopf. »In der Sammlung ist er nicht.«

»Aber ich habe ihn auf den Stapel gelegt«, beteuerte ich.

Sein Blick glitt über meine Freunde, die ebenso fassungslos schienen wie ich. »Kann das auch jemand bezeugen?«

Mir rutschte der Magen in die Kniekehlen. Ich war noch auf der Toilette gewesen, während die anderen schon ins Café gegangen waren. Als ich danach den Fragenkatalog auf dem ausgewiesenen Tisch neben der Tür abgelegt hatte, war niemand bei mir gewesen. Ich schluckte. »Nein.«

»Dann ist die Sachlage wohl eindeutig, meinen Sie nicht?«, blaffte Mister Schriever.

Inzwischen waren auch einige andere Schüler stehen geblieben und verfolgten neugierig den Tumult. Ich wäre vor Scham am liebsten im Boden versunken. Trotzdem reckte ich das Kinn vor und versuchte, mich irgendwie gegen seine Anschuldigung zu behaupten. »Ich habe den Test vor dem Mittagessen abgegeben, das schwöre ich.«

Er kniff die Lider zu schmalen Schlitzen zusammen, wodurch seine wasserblauen Augen kaum noch zu sehen waren. »Ich würde es sehr zu schätzen wissen, wenn Sie Ihre dreisten Lügen unterlassen würden.«

»Aber ich lüge nicht«, stammelte ich, vollkommen perplex über seine harschen Worte. Mister Schriever war kein sehr herzlicher Mann, aber ich hatte noch nie erlebt, dass er derart herablassend mit einer Schülerin sprach, geschweige denn, dass er sie als dreiste Lügnerin beschimpfte.

Er schnaubte. »So ein Fragenkatalog löst sich nicht einfach in Luft auf, Miss Carlesso.«

Bestürzt schüttelte ich den Kopf. »Das muss ein Missverständnis sein. Könnten Sie nicht noch einmal nachschauen?«

»Das habe ich bereits mehrfach getan. Ihr Fragenkatalog ist nicht da.« Anklagend zeigte er mit dem Finger auf mich. »Weil Sie ihn nicht abgegeben haben.«

Meine Augen begannen zu brennen, doch ich unterdrückte die Tränen. Ich würde hier nicht vor ihm zu heulen anfangen. »Bitte glauben Sie mir doch.«

Mister Schriever bleckte die Zähne. Er sah regelrecht unheimlich aus. »Denken Sie ja nicht, ich lasse mich von Ihnen einwickeln.«

»Was?« Entgeistert starrte ich ihn an. »Ich will Sie nicht einwickeln.« Allein diesen Satz laut auszusprechen, fühlte sich absolut bizarr an.

»Ich sage die Wahrheit«, beteuerte ich noch mal.

»Äh, Mister Schriever«, schaltete Dee sich nun ein. »Nayla hat genau wie wir den Fragenkatalog ausgefüllt. Warum sollte sie sie dann nicht abgeben?«

»Genau!« Phil verschränkte die Arme. »Das ergibt überhaupt keinen Sinn.«

»Vielleicht ist der Fragenkatalog ja runtergefallen«, schaltete Matt sich ein. »Ich kann noch einmal nachsehen.«

Mister Schriever schüttelte den Kopf. »Im Café ist er nicht.«

Weitere Stimmen wurden laut, die mich verteidigen wollten. Zu meiner Überraschung ergriff sogar Jesper das Wort. »Ich habe Nayla auch gesehen. Sie hat die Aufgaben selbstständig gelöst.«

»Ich kann das auch bezeugen«, sagte Anabel mit fester Stimme.

»Ruhe!«, donnerte unser Lehrer, woraufhin Dee schockiert die Augen aufriss, aber nichts mehr sagte.

Wutentbrannt wandte Mister Schriever sich wieder mir zu. »Für Sie ist dieser Ausflug beendet.«

Mittlerweile konnte ich die Tränen nur noch mit Mühe zurückhalten. Ich konnte einfach nicht fassen, was hier gerade passierte. »Aber ich …«

»Verschwinden Sie«, knurrte er. »Andernfalls werden Sie mit weit schlimmeren Konsequenzen zu rechnen haben als mit einem Ungenügend.«

Voller Entsetzen starrte ich Mister Schriever an. Ich war noch nie mit einem Lehrer aneinandergeraten, geschweige denn, dass ich des Unterrichts verwiesen wurde. Aber er meinte es bitterernst.

»Ich werde das nicht wiederholen«, zischte er. »Warten Sie beim Bus!«

Mir klappte der Mund auf, doch ich brachte keinen Ton hervor. Sprachlos sah ich zu, wie Mister Schriever meine Mitschüler ins Auditorium scheuchte, ehe er mir die Tür vor der Nase zuknallte.

Und da stand ich.

Zurückgelassen. Allein. Gedemütigt.

Verzweiflung fraß sich wie ätzende Säure durch meine Eingeweide, während ich um Fassung rang. Mein Fragenkatalog konnte sich doch nicht einfach in Luft aufgelöst haben. Hatte ihn jemand weggenommen? Aber wer sollte so etwas tun? Und warum? Es war, als hätte sich auf einmal die ganze verdammte Welt gegen mich verschworen.

Frustriert drehte ich mich um und zuckte zusammen, weil Cyrian immer noch hinter mir stand. Mit ausdrucksloser Miene musterte er mein Gesicht.

Klasse!

Ich versuchte, die Nase hochzuziehen, ohne dabei peinliche Geräusche von mir zu geben. »Solltest du nicht im Auditorium sein?«

Er runzelte die Stirn, als wäre die Frage vollkommen absurd. »Ich lasse dich jetzt nicht allein.«

Plötzlich kochte ein ganz anderes Gefühl in mir hoch. »Warum?«, fuhr ich ihn an. »Vorhin hat es dich doch auch nicht interessiert, wie es mir geht.«

Seine Züge wurden weicher und ließen etwas von dem Cyrian erkennen, der mich im Wald aufgemuntert hatte. »Du weißt, dass das nicht wahr ist.«

»Ich kann keine Gedanken lesen«, erwiderte ich zähneknirschend und ging an ihm vorbei.

Er folgte mir. Warum auch immer. »Wo willst du hin?«

»In einem Punkt hat Schriever recht«, erklärte ich und beschleunigte meine Schritte. »Der Fragenkatalog kann nicht spurlos verschwunden sein. Ich werde ihn finden – und wenn ich dieses ganze blöde Museum absuchen muss.«

Zu meiner Verwirrung gab er hinter mir einen Laut von sich, der sich fast wie ein Lachen anhörte. Abrupt blieb ich stehen und wirbelte herum. Tatsächlich konnte ich in seinen Augen ein amüsiertes Funkeln ausmachen. »Was ist daran so lustig?«, fragte ich patzig.

Er schüttelte den Kopf. »Du tust wirklich nie das, was man von dir erwartet.«

Tja, nun, das Kompliment konnte ich wohl zurückgeben.

»Was hast du denn erwartet?«

Gemächlich überwand er die letzten Schritte, die noch zwischen uns lagen, bis wir unmittelbar voreinander standen. »Dass du beim Bus wartest, wie Schriever gesagt hat, und … na ja … traurig bist.«

»Das bin ich auch«, gestand ich, obwohl mir das nicht leichtfiel. »Aber vor allem bin ich sauer.« Lässig zuckte ich mit den Schultern. »Zurzeit habe ich eine Menge Emotionen drauf.«

Sein Mundwinkel zuckte. »Ist mir nicht entgangen.«

»Was würdest du denn an meiner Stelle tun?«

Er legte den Kopf schief, schien intensiv über meine Frage nachzudenken. »Lass uns von hier verschwinden.«

»Was?« Ich lachte verunsichert auf. »Aber was ist mit meinem Fragenkatalog?«

»Wir wissen beide, dass die Suche danach umsonst sein wird«, antwortete Cyrian düster. »Wer immer ihn gestohlen hat, wird ihn nicht einfach woanders hingelegt haben. Also können wir die Zeit auch sinnvoller nutzen.«

Verwirrt starrte ich ihn an, als er mir auffordernd die Hand entgegenhielt. »Ich möchte dir gern was zeigen.«

Sein sanfter Ton wickelte mich lächerlich schnell ein. Ich ergriff seine Hand, und prompt rauschte ein Kribbeln durch meine Fingerspitzen und breitete sich in meinem ganzen Körper aus.

Seine Mundwinkel hoben sich leicht, dann zog er mich mit sich nach draußen.

Nachdem wir das Museum durch den Haupteingang verlassen hatten, bogen wir um eine Kurve und betraten einen wunderschönen Garten. Ein schmaler Kiesweg führte an verschiedenen klassischen und modernen Skulpturen vorbei. Einige waren abstrakt, schrill und bunt, andere wiederum stellten überdimensionierte Metallgebilde dar. Um sie herum wuchsen unzählige alte Bäume, Büsche und Bodendecker, die in allen Farben blühten. Es war, als würde man in ein kleines Wunderland purzeln. Eine zauberhafte Welt, in der es keine Sorgen gab und in der Cyrian immer noch meine Hand hielt, weil es einfach so sein musste.

»Es ist wunderschön hier«, stellte ich fest und sah mich staunend um, während wir über den Kiesweg spazierten.

Cyrian schien sich zu freuen, dass es mir gefiel. Er wirkte plötzlich lockerer, entspannter. Seine warme Hand hielt meine sicher und beschützend.

»Also Tweety, hmm?«

Er stöhnte gequält auf. »Können wir bitte nie wieder darüber reden?«

Meine Mundwinkel hoben sich zu einem Grinsen. »Nope.«

»Komm, lass uns dort drüben hinsetzen«, versuchte er, mich abzulenken, und deutete mit der freien Hand auf ein nettes Plätzchen zwischen hochgewachsenen Kastanien. Die Sonne brach durch die Zweige und malte schöne Muster in das grüne Gras, das gespickt war mit Osterglocken.

Es gefiel mir nicht besonders, als Cyrian mich losließ. Aber als er es sich unter den Bäumen im Gras gemütlich machte, entschädigte mich sein Anblick. Er lehnte sich lässig mit dem Rücken gegen einen dicken Stamm und überkreuzte die Füße. Dabei wirkte er fast ein bisschen verwegen. Am meisten freute ich mich jedoch darüber, dass die Zurückhaltung aus seiner Miene verschwunden war. Stattdessen musterte er mich offen und interessiert.

»Du hast dir meine Tricks abgeguckt«, nahm ich das Thema wieder auf und setzte mich neben ihn.

»Einen oder zwei.« Er grinste schief. »Mit einem Puma würde ich es trotzdem nicht aufnehmen.«

»Das wäre auch sehr unklug«, gab ich zurück und zupfte einen Grashalm ab, um meine nervösen Finger zu beschäftigen.

»Hattest du diese Gabe schon immer?«

»Es ist keine Gabe«, widersprach ich verlegen. »Tiere spüren, wer es gut mit ihnen meint. Deshalb haben sie mich auch noch nie verletzt. Sie wissen, dass ich ihnen nur helfen will. Manchmal glaube ich, ich ende irgendwann als alte Frau mit fünfzig Katzen.«

»Das kann ich mir nicht vorstellen.« Nachdenklich rieb Cyrian sich über das markante Kinn. »Du liegst übrigens falsch.«

»Womit?«

»Du hast gesagt, du wärst nur mit Delilah und Matt befreundet. Aber das stimmt nicht. Es gibt einige, die mehr sind als einfache Mitschüler. Anabel zum Beispiel.«

Ich lächelte, als ich mich daran erinnerte, wie sie gerade lautstark Partei für mich ergriffen hatte. Sogar Jesper hatte mich verteidigt. Nachdem

Cyrian ihn in seine Schranken verwiesen hatte, hatte ich wahrlich nicht mit seinem Rückhalt gerechnet. »So gesehen hast du vermutlich recht. Aber ich habe mit Anabel neben der Schule nicht viel zu tun.«

»Warum machst du eigentlich bei keinen Aktivitäten mit?«

Ich zuckte mit den Schultern. »Da sind die Tiere und mein kleiner Bruder. Wir verbringen viel Zeit miteinander.«

»Wie alt ist er?«

»Victor ist sechs.« Neugierig legte ich den Kopf schief. »Hast du Geschwister?«

Die Leichtigkeit in seinem Gesichtsausdruck verlor sich etwas, als er meine Frage verneinte. »Phil ist das, was einem Bruder wohl am nächsten kommt. Wir kennen uns seit unserem siebten Lebensjahr.«

»So lange schon?«

Cyrian nickte und sein Blick schweifte zu einem grellgelben Stangengebilde. »Er kam damals an die Schule und hat alle in den Wahnsinn getrieben mit seinem Geplapper und Gezappel.« Cyrian lachte leise, ein Laut, der mir durch und durch ging. »Tag und Nacht. Er konnte nie die Klappe halten. Die meisten haben einen Bogen um ihn gemacht, weil er so eine Nervensäge war.«

»Und du nicht?«, riet ich und zwirbelte den Grashalm zwischen meinen Fingerspitzen.

»Nein.« Cyrian zog die Beine an und stützte die Ellenbogen auf die Knie. »Ehrlich gesagt habe ich seinen Lebenshunger immer am meisten gemocht. Aber verrate es ihm nicht.«

»Ich würde dein Vertrauen niemals so schändlich verraten«, erwiderte ich belustigt, woraufhin er sich für den Bruchteil einer Sekunde versteifte.

Gott! Ich war echt eine Niete im Flirten. Verlegen rupfte ich einen weiteren Grashalm ab. »Also war eure Schule ein Internat?«

»So etwas in der Art. Wir lebten alle auf dem Gelände. Es gab klassischen Unterricht, aber auch Nahkampftraining, Fechten, Psychologie und so weiter.«

»Klingt anstrengend.«

»Es war hart«, stimmte Cyrian mir zu und betrachtete geistesabwesend seine Hände. Er streckte die Finger und ballte sie zur Faust. »Unsere Ausbilder sind nicht gerade zimperlich mit uns umgesprungen. Aber so wurden wir zu den Besten in dem Job.«

Sofort blitzte Shelby in meinen Gedanken auf. Aber ich schob sie entschlossen beiseite. Ich wollte den Moment mit Cyrian genießen und mich nicht in sinnloser Eifersucht verlieren.

»Ist das hier dein erster Auftrag?«, erkundigte ich mich neugierig.

Cyrian zögerte einen Moment. »Der zweite.« Er holte tief Luft, als müsse er sich erst überwinden, mir mehr zu erzählen. »Phil und ich waren ein paar Monate lang in Südfrankreich, um einen jungen Mann zu beschützen. Sein Name war Aurélien.«

»Was ist passiert?«, fragte ich leise.

Seine Kiefermuskeln traten hervor. »Es gab ein Sicherheitsleck. Wir haben viele gute Männer verloren. Ehrlich gesagt fast alle. Jetzt sind von den Securitas nicht mehr viele übrig.«

»Das tut mir sehr leid.«

Cyrian sah auf und in seinen Augen spiegelte sich wilde Entschlossenheit. »Noch einmal werde ich nicht versagen.«

»Es war bestimmt nicht deine Schuld«, versuchte ich, ihn zu besänftigen. Am liebsten hätte ich ihm die Hand auf den Unterarm gelegt, um ihm Trost zu spenden. Aber ich traute mich nicht.

»Trotzdem hätte ich es besser wissen müssen.« Er schluckte schwer. »Vielleicht hätte ich es dann verhindern können.«

Ich kannte diese Zweifel und diese nagenden Schuldgefühle. Sie waren mir seit dem Unfall ein ständiger Wegbegleiter. Egal, ob ich wach war oder schlief. Deshalb wusste ich auch, dass es nichts gab, was ich hätte sagen können, um seinen Schmerz zu lindern. Ich konnte ihm nur zeigen, dass ich ihn verstand. Wirklich verstand.

Also überwand ich meine Furcht und offenbarte ihm mein schreckliches Geheimnis. Cyrian hörte still zu, während ich mich ihm anvertraute und ihm auf diese Weise zeigte, dass ich genau wusste, was in ihm vorging.

»Ich frage mich jeden Tag, ob sie noch leben würden, wenn ich nur etwas langsamer gefahren wäre oder schneller reagiert hätte«, schloss ich leise. »Aber darauf werde ich genauso wenig eine Antwort kriegen wie du.«

Cyrian dachte einen Moment lang darüber nach. »Vielleicht ist es Zeit, dass wir beide wieder nach vorn schauen, anstatt uns in den Wenns der Vergangenheit zu verlieren.«

Offen gestanden war ich mir nicht sicher, ob ich dieses Vorhaben wirklich in die Tat umsetzen konnte. Aber um Cyrians Willen zwang ich mich zum Optimismus und nickte. »Lass es uns versuchen.«

Das Lächeln, das nun auf seinem Gesicht erschien, war absolut atemberaubend und ließ mein Herz wie verrückt gegen meinen Brustkorb wummern. Erneut spürte ich dieses Gefühl der Verbundenheit, und mich überkam das heftige Verlangen, ihn zu küssen. Ich senkte den Blick auf seine Lippen.

Und er schaute weg.

»Wir sollten zum Bus gehen«, sagte er unvermittelt. »Die anderen kommen sicher bald.«

Cyrians Worte waren wie ein Kübel Eiswasser. Ernüchtert rappelte ich mich auf, während er deutlich anmutiger auf die Füße kam. Als er mich wieder ansah, war seine Miene verschlossen.

»Geht es dir jetzt besser?«, fragte er schon beinahe kühl.

Ich zögerte kurz, nickte dann aber. »Ja, alles gut.«

Okay, das stimmte nicht ganz. Ich war ein bisschen enttäuscht, weil er unser Gespräch so abrupt beendete. Außerdem fragte ich mich, warum er sich ständig nach meinem Befinden erkundigte. Andererseits sollte ich mich wohl nicht darüber wundern. Immerhin hatte er mich schon häufiger in Momenten erwischt, in denen mir meine Gefühle über den Kopf gewachsen waren.

Ich hoffte inständig, dass das in Zukunft nicht wieder passieren würde. Doch bedauerlicherweise glaubte ich nicht einmal selbst wirklich daran.

XV

»O Nayla!« Dee hastete an ein paar Mitschülern vorbei und kam schlitternd vor mir und Cyrian zum Stehen. »Ich fasse es einfach nicht, dass er dich ausgesperrt hat. Wir wollten uns aus dem Auditorium schleichen, um nach dir zu sehen. Aber er hat uns nicht rausgelassen. Was für ein Drecksack.«

Peinlich berührt zog ich den Kopf ein. »Geht es auch ein bisschen leiser?«

»Soll das ein Witz sein? Alle sprechen davon.«

Na, großartig.

»Und das ist keine Untertreibung«, fügte Matt trocken hinzu, der Dee gefolgt war.

Ich schnitt eine Grimasse. »Jemand muss meinen Fragenkatalog gestohlen haben.«

»Natürlich.« Mit einer fahrigen Geste schob Dee sich die Brille höher auf die Nase. Ihre hübsch geschminkten Augen sprühten regelrecht Funken vor Zorn. »Wir finden heraus, wer das war. Darauf kannst du dich verlassen.«

»Aber wer sollte so etwas tun?« Ratlos sah ich zu Cyrian, der mit ausdrucksloser Miene vor sich hinstarrte. Dabei wusste ich, dass er diese Frage auch nicht beantworten konnte.

Dee warf Cyrian ebenfalls einen kurzen Blick zu. Da er ihrer Auffassung nach hinreichend abgelenkt wirkte, entschied sie zu meiner unermesslichen Freude, ihren ersten Verdacht direkt laut zu äußern. »Jesper vielleicht?« Sie zuckte mit den Schultern. »Du weißt schon, weil du ihn schon wieder hast auflaufen lassen?«

Schon bereute ich es, ihr beim Mittagessen von meiner unerfreulichen Begegnung mit Jesper erzählt zu haben. Unbehaglich trat ich von einem Fuß auf den anderen. »Das glaube ich nicht. Er hat mich sogar vor Mister Schriever verteidigt.«

»Vielleicht hat er das bloß gemacht, um kein Misstrauen zu erregen?«, warf Matt ein. »So machen das die Mörder in Thrillern auch oft.«

Dee gluckste. »Der Vergleich ist vielleicht ein wenig drastisch, aber im Prinzip hat Matt recht. Es könnte doch sein, dass Jesper – oder einer der anderen – sich einfach rächen wollte, weil du gewisse *Hoffnungen* nicht erfüllt hast.«

Am Rande meines Sichtfeldes konnte ich sehen, wie Cyrian eine Braue hochzog.

»Bitte alle einsteigen!«, rief Miss Brisbane und winkte uns heran.

Sofort setzten wir uns in Bewegung und reihten uns in die Schlange ein.

»Nur aus Interesse«, raunte Cyrian hinter mir. »Von wie vielen zerstörten *Hoffnungen* reden wir hier?«

O mein Gott!

Mir schoss das Blut in die Wangen. »Ich werde diese Frage bestimmt keiner Antwort würdigen«, ließ ich ihn wissen, ohne mich umzudrehen.

Hinter mir erklang sein heiseres Lachen. »Ich will nur den Kreis der Verdächtigen eingrenzen.«

Schweigend schüttelte ich den Kopf. Ich würde auf keinen Fall mit Cyrian über meine Dates reden. Eher würde die Hölle zufrieren.

»Nayla?« Miss Evenson hinderte mich daran, Dee und Matt in den Bus zu folgen, und beugte sich ein Stück zu mir. »Ich habe gehört, dass

Ihr Fragenkatalog verloren gegangen ist und Sie deshalb nicht an Professor Buckleys Vortrag teilnehmen durften.«

Ich nickte angespannt. »Das stimmt. Aber ich habe ihn auf jeden Fall abgegeben.«

Sie winkte ab. »Keine Sorge, ich glaube Ihnen.«

Am liebsten wäre ich ihr um den Hals gefallen, doch sie warf einen kurzen Blick über die Schulter. Da Mister Schriever gerade zum Glück nicht in unsere Richtung schaute, drückte mir meine Kunstlehrerin schnell eine Mappe in die Hand. »Hier sind der Fragenkatalog und ein Handout des Vortrags. Ich rate Ihnen, die Sachen zu Hause in Ruhe durchzugehen.«

Verdutzt nahm ich die Mappe entgegen. »Danke. Das mache ich.«

Miss Evenson zwinkerte mir zu. »Diese Unterlagen haben Sie aber nicht von mir.«

Ich nickte eifrig, ehe ich in den Bus einstieg. Cyrian blieb dicht hinter mir, während ich mich zu ein paar freien Plätzen im hinteren Bereich vorarbeitete.

Shelby reckte den Kopf. Sicher war ihr nicht entgangen, dass Cyrian während des Vortrags im Auditorium ebenfalls gefehlt hatte, und es war mehr als offensichtlich, dass es ihr nicht gefiel, ihn nun direkt hinter mir zu sehen.

Ihre Lippen verzogen sich zu einem spöttischen Grinsen. »Du meine Güte, Nayla! Ich hätte dich nie für jemanden gehalten, der sich mit einem Lehrer anlegt. Mister Schriever hat dich ja ordentlich auflaufen lassen. Das kommt davon, wenn man sich nicht an die Regeln hält.«

Ihre Freundinnen kicherten.

Ich wusste, dass sie mich bloß provozieren wollte. Trotzdem ging mir ihre Gehässigkeit an die Nieren. »Immerhin habe ich den Fragebogen selbst ausgefüllt, was man von dir nicht gerade behaupten kann, oder?«

Anstelle einer Antwort reckte sie stolz ihr Kinn in die Höhe und wandte sich an Cyrian. »Willst du dich wieder neben mich setzen? Ich habe dir extra einen Platz frei gehalten.«

»Nein«, erwiderte er knapp und legte mir die Hand auf den Rücken, um mich sanft weiterzuschieben.

Mein Magen kribbelte. Ich presste die Lippen zusammen, um meine Belustigung über Shelbys dämlichen Gesichtsausdruck nicht allzu sehr zu zeigen.

Leider verschwand Cyrians warme Hand viel zu schnell wieder. Überrascht warf ich einen Blick über die Schulter und stellte fest, dass er sich auf den Sitz neben Bobby geschoben hatte, der ihn verblüfft anstarrte. Cyrian ignorierte ihn jedoch und richtete stattdessen seine Aufmerksamkeit auf sein Smartphone.

Die Erkenntnis, dass Cyrian erneut eine Mauer um sich errichtet hatte, dämpfte meine Freude über den Korb, den er Shelby gerade gegeben hatte. Eigentlich hatte ich gehofft, wir würden uns noch ein wenig unterhalten. Aber wie es schien, hatte er kein Interesse daran.

»Hierher, Schönste!«, rief Phil quer durch den Bus, was bei einigen meiner Mitschüler leises Gekicher auslöste.

Meine Wangen wurden heiß. Schnell ging ich weiter und ließ mich auf den Platz neben Phil fallen. Dee und Matt besetzten die Bank vor uns.

Nachdem Miss Brisbane alle Schüler durchgezählt hatte, rollte auch schon der Bus los.

»Alles okay?«, fragte Phil und musterte mich besorgt.

Erschöpft schüttelte ich den Kopf. Ich war so weit entfernt von *okay* wie der Mond von der Erde. Aber ich konnte ihm schlecht erklären, dass mich sein bester Freund noch in den Wahnsinn trieb mit seinem widersprüchlichen Verhalten. Daher stürzte ich mich auf eine lahme Ausrede. »Ich frage mich einfach, wer sich die Mühe macht, meinen Fragenkatalog zu klauen.«

Dee drehte sich um. »Ich muss meine Meinung über Jesper revidieren.« Mit den Augen signalisierte sie mir, unauffällig in seine Richtung zu schauen.

Jesper saß ein paar Reihen vor uns und beobachtete mich mit ernster Miene. Als sich unsere Blicke begegneten, duckte er sich jedoch rasch weg.

»Er scheint sich echt Sorgen um dich zu machen«, meinte Dee. »Es muss also jemand anders gewesen sein.«

»Vielleicht sollte ich die Sache einfach auf sich beruhen lassen«, überlegte ich.

»Und den Schuldigen davonkommen lassen?« Dee schüttelte entschieden den Kopf. »Das kommt gar nicht infrage.«

»Aber ich weiß wirklich nicht, wer es gewesen sein könnte«, widersprach ich müde. »Ich habe mit niemandem Streit. Und deine Theorie von einem verschmähten Ex hinkt auch. Das wissen wir alle.«

Dee legte die Stirn in Falten. »Aber es muss ein Schüler gewesen sein. Schriever oder ein anderer Lehrer wird wohl kaum deinen Fragenkatalog vernichtet haben.«

Matt drehte sich nun ebenfalls um und nickte nachdenklich. »Vielleicht sollten wir doch zu der Party von Preston gehen.«

Dee runzelte die Stirn. »Was sollen wir denn auf der Party?«

»Wir könnten uns dort zumindest umhören, wenn wir bis dahin nichts rausgefunden haben.« Matt zuckte mit den Schultern. »Alkohol lockert ja bekanntlich die Zungen und wir sind immerhin im letzten Schuljahr. Die Zeit kriegen wir nie wieder zurück.« Er lächelte Dee mit funkelnden Augen an. »Außerdem habe ich gehört, dass das Ganze gar nicht bei Preston stattfindet, sondern auf einer kleinen Waldlichtung. Wenn du mich fragst, klingt das ziemlich cool.«

Dee schürzte die Lippen zu einem Schmollmund. »Ich weiß nicht recht.«

»Komm schon, Babe«, raunte Matt ihr zu und wackelte mit den Augenbrauen. »Lagerfeuer. Marshmallows. Leise Gitarrenmusik. Das ist Romantik pur.«

Schon hatte er sie eingewickelt.

»Okay.« Sie drückte Matt einen Kuss auf den Mund. »Du kommst aber auch mit, Nayla. Vielleicht finden wir ja wirklich etwas heraus.«

Ich biss mir auf die Unterlippe, um Zeit zu schinden. Meiner Meinung nach war es eher unwahrscheinlich, dass sich der- oder diejenige, dem ich den Stress mit Mister Schriever zu verdanken hatte, wie durch ein Wunder von selbst zu erkennen gab. Davon abgesehen hatte ich nach wie vor keine Lust auf eine Party. Egal, wie mies die Stimmung zu Hause war, was mich gleich zur nächsten Hürde brachte. Meine Eltern würden das nie im Leben erlauben.

Ich könnte schließlich meine göttliche Kraft entfesseln oder so einen Quatsch.

»Ich glaube nicht, dass das irgendetwas bringt«, schaltete Phil sich ein und riss eine Tüte Chips auf. »Und Spaß wird es dir vermutlich auch nicht machen, Schönste. Ich habe gehört, ein paar Jungs wollen einen Wet-T-Shirt-Contest veranstalten.«

Dee kniff die Augen zusammen, als Matt knallrote Ohren bekam. Offenbar war Phil nicht der Einzige, der davon gehört hatte.

Mit einer hochgezogenen Braue sah ich Phil an. »Dann bist du wohl auf jeden Fall auf der Party, was?«

»Ich habe mich noch nicht entschieden«, erwiderte er gleichmütig.

»Wie bitte?« Ich lachte ungläubig auf. »Normalerweise reißt du doch als Erster die Hand hoch, wenn es darum geht, ein bisschen Spaß zu haben.«

»Genau«, stimmte Matt mir nicht minder verwirrt zu. »Am Samstag warst du doch noch total aus dem Häuschen, als ich euch von Prestons Party erzählt habe.«

Ein Muskel zuckte an Phils Kiefer. Dann grinste er schief. »Vielleicht ergibt sich ja noch etwas Besseres bis dahin. Man kann nie wissen.«

Irgendwie überzeugte mich seine Antwort nicht. Allerdings schien er es ernst zu meinen, was sein Interesse an der Party betraf. Gelassen schaufelte er die Chips in sich rein.

Dee seufzte schwer. »Ich will auch eine Testosteronschleuder mit Wachstumsschub sein.«

Matt und Phil lachten und so entbrannte eine lebhafte Diskussion über die Vorteile maskuliner Fettverbrennung. Ich genoss das Geplapper meiner Freunde und schaffte es sogar, ein wenig den Kopf freizukriegen.

Leider hielt die Ablenkung nur so lange an, bis wir auf dem Parkplatz der Ellington hielten. Der Bus hatte kaum die Tür geöffnet, da schoss Cyrian auch schon von seinem Sitz hoch, eilte durch den engen Gang und sprang auf die Straße.

Als ich, gefolgt von Phil, Dee und Matt, aus dem Bus stieg, sah ich gerade noch, wie er in Richtung Summertown davonmarschierte.

»Fährt Cyrian nicht mit uns zurück?«, fragte ich Phil, der seinem Freund mit nachdenklicher Miene hinterherschaute.

»Sieht nicht so aus.« Kurz kam es mir so vor, als wäre Phil nicht sonderlich erfreut über Cyrians Abgang, doch da hoben sich seine Mundwinkel, und er deutete grinsend zu seinem Wagen. »Umso besser. Dann kannst du noch ein bisschen länger neben mir sitzen.«

Ich wünschte wirklich, ich hätte meiner Begeisterung mehr Ausdruck verleihen können, aber ich brachte nur ein schwaches Lächeln zustande.

In dem Moment schlenderte Shelby mit ihrem Gefolge an uns vorbei, und mir fiel ein, dass Phil ja auch noch einen Job zu erledigen hatte.

Als hätte er meine Gedanken gelesen, beugte er sich zu mir. »Es macht dir doch nichts aus, noch einen kleinen Umweg zu fahren, oder?«, raunte er mir zu, sodass Dee und Matt uns nicht hören konnten. »Der Schulweg sollte zwar kein Problem sein, da sie zurzeit immer mit Yen und Clara fährt. Aber ich will lieber kein Risiko eingehen.«

»Natürlich.«

Nachdem wir uns von den anderen verabschiedet hatten, beeilten wir uns, zu Phils Wagen zu kommen, und fädelten uns ein paar Wagen hinter Shelby in den Verkehr ein.

Leise Rockmusik kam aus dem Autoradio. Und obwohl Phil keinen Ton halten konnte, ließ er es sich nicht nehmen mitzusingen, während ich den Straßenrand im Auge behielt.

Cyrian konnte zu Fuß nicht weit gekommen sein. Trotzdem war er nirgends zu entdecken.

Frustriert rieb ich mir über die Stirn. Er hatte sich nicht mal verabschiedet. Für die anderen mochte das keine große Sache sein, aber nach unserem vertrauten Gespräch im Museumsgarten versetzte mir sein Verhalten doch einen empfindlichen Schlag.

Um ehrlich zu sein, hatte ich allmählich die Nase voll von dem emotionalen Pingpong, das er mit mir spielte. Ich hatte wirklich schon genug Probleme. Da brauchte ich nicht auch noch einen Kerl, der andauernd von einem Extrem ins nächste hüpfte und mich dabei jedes Mal aus der Bahn warf.

Ich grübelte darüber nach, ob und wie ich ihm künftig aus dem Weg gehen sollte, während wir Shelby in das Wohnviertel nordöstlich von Summertown folgten. Sie parkte vor einer schicken Vorstadtvilla.

Phil drosselte das Tempo, und wir beobachteten, wie sie mit ihren Freundinnen im Haus verschwand.

»Feierabend!«, rief er und legte einen U-Turn hin.

Erschrocken hielt ich mich am Türgriff fest. »Woah! Immer mit der Ruhe, Kumpel!«

Doch der Blödmann lachte nur. »Kommst du noch mit zu mir?«

Ich blinzelte überrascht, weil ich nicht mit seiner spontanen Einladung gerechnet hatte. Es war erst kurz nach vier, und eigentlich sprach nichts dagegen, noch ein bisschen mit ihm abzuhängen. Aber mir stand ehrlich gesagt nicht der Sinn danach, Cyrian im Bella Blue in die Arme zu rennen.

»Ein anderes Mal, okay? Ich bin ziemlich fertig.«

Glücklicherweise schien Phil mir meinen Korb nicht übel zu nehmen, sondern nickte nur und brachte mich nach Hause. Diesmal in sehr, sehr gemächlichem Tempo.

Als ich wenig später endlich die Haustür aufschloss, brannte sich Philemons Blick wieder in meinen Rücken. Aber diesmal fühlte ich mich nicht ganz so unwohl dabei. Trotzdem hörte ich den Motor erst aufheulen, als ich die Tür hinter mir zumachte.

Eigentlich hatte ich erwartet, das Haus noch mindestens eine Stunde für mich zu haben, bis Dad und Victor nach Hause kamen. Aber in der Küche lief der Nachrichtensender und irgendwo im Obergeschoss waren Schritte zu hören.

»Hallo?«, rief ich, zog meine Jacke aus und warf einen Blick in die Küche. Durch das Fenster konnte ich sehen, dass Victor bei den Fuchswelpen stand und ihnen etwas erzählte. Er war allein. Also kehrte ich um und steuerte die Treppe an. »Dad?«

»Ich bin hier.« Mein Vater kam mit ernster Miene aus dem Arbeitszimmer. In der Hand hielt er eine Aktentasche.

Es polterte auf dem oberen Treppenabsatz, und als ich hochsah, entdeckte ich Mom, die einen riesigen Koffer die Stufen runterwuchtete.

»Mom?«, fragte ich überrascht. »Was machst du denn da? Warum bist du nicht in der Klinik?«

»Oh!« Sie warf meinem Vater einen gestressten Blick zu. »Du bist schon zu Hause, Liebes. Das ging aber schnell. Hattest du einen schönen Ausflug?«

Ich ignorierte ihre Frage und deutete auf den Koffer. »Wo willst du denn hin?«

»Ich habe mir ein paar Tage freigenommen«, setzte meine Mutter an, hielt jedoch inne, als die Hintertür aufflog.

Mein Bruder kam hereingestürzt. »Nana!«, rief er freudestrahlend. »Wir machen eine Reise!«

»Was?« Ich runzelte die Stirn. »Wohin?«

Victor rannte auf mich zu und hüpfte an mir hoch. Ich war so von den Socken, dass ich ihn gerade noch rechtzeitig zu fassen bekam. Sonst wäre er postwendend auf dem Hintern gelandet.

»Nach Italien! Ist das nicht cool?«

»Wie bitte?« Fassungslos sah ich meine Eltern an und bemerkte erst jetzt, dass beide stocksteif dastanden und uns mit bangem Gesicht musterten.

Langsam ließ ich meinen Bruder wieder zu Boden gleiten.

»Spätzchen.« Moms Stimme zitterte, als sie sich mit einem verkrampften Lächeln an meinen Bruder wandte. »Lauf doch schnell nach oben und hol deinen Rucksack, ja? Und vergiss Bobo nicht.«

Sofort flitzte Victor davon. Meine Eltern blieben jedoch auch weiterhin auf Abstand.

»Aber ich kann nicht nach Italien fliegen«, stammelte ich. »Die Schule …«

Ich verstummte, als sich meine Eltern erneut verstohlene Blicke zuwarfen – und da endlich kapierte ich es. Meine Kehle schnürte sich zu.

»Ich soll gar nicht mitkommen, oder?«, fragte ich leise.

Gequält rieb sich mein Vater über das Gesicht, ehe er auf mich zuging. »Ich reise nach Capua. Es gibt ein paar Dinge, die ich dort erledigen muss, und wir dachten, es wäre gut, wenn Victor mich begleitet.«

»Wieso?«, krächzte ich, obwohl ich tief in meinem Herzen längst die Antwort kannte.

Sie hatten Angst.

Vor mir.

Und um Victor.

»Warum tut ihr das?« Plötzlich schossen mir Tränen in die Augen. Mein Tag war wirklich ätzend gewesen. Aber das hier brachte das Fass zum Überlaufen. »Warum zerstört ihr unsere Familie?«

»Oh, Nayla.« Bedauernd schüttelte meine Mutter den Kopf. »Wir wollen diese Familie doch nicht zerstören, sondern beschützen. Aber solange du die Wahrheit nicht akzeptieren kannst, ist es hier für niemanden sicher. Schon gar nicht für ein Kind.«

Ich wich zurück, als hätte sie mir eine schallende Ohrfeige verpasst. Erneut ergriff eine ungeheure Wut von mir Besitz. Sie ballte sich heiß und schmerzhaft in mir zusammen. »Ihr seid völlig wahnsinnig. Ich würde Victor niemals etwas antun.«

Mein Vater musterte mich eindringlich. »Du hast keine Kontrolle über deine Gefühle, Kleines.«

Gut, aktuell mochte das stimmen. Aber wollte er mir das wirklich vorwerfen?

»Ich habe mich im Griff«, behauptete ich trotzdem.

Niemand glaubte mir. Nicht einmal ich selbst.

Dad rückte nicht von mir ab, sondern sah mir fest in die Augen. »Du hast gestern Abend ein Glas über den Tisch gefegt, ohne es zu berühren. Victor saß keinen halben Meter neben dir.«

Mein Puls beschleunigte sich. »Aber das hat er sich doch nur eingebildet.«

»Wir haben es alle gesehen«, entgegnete meine Mutter so betont ruhig, dass ich sogar noch wütender wurde.

»Das ist eine Lüge!«, schrie ich, und nun stolperte Dad doch zurück.

Aufgebracht schob ich mich an meinen Eltern vorbei und rannte hinauf in Victors Zimmer. Mein kleiner Bruder saß inmitten unzähliger Spielsachen auf dem Boden und manövrierte ein Modellauto über den Verkehrsteppich. Er schien Moms Anweisung völlig vergessen zu haben.

Das war so typisch für ihn. Ständig blendete er die Welt um sich herum aus und verlor sich in seiner Fantasie.

Mom hatte immer behauptet, ich wäre genauso gewesen, als ich noch jünger war. Doch mittlerweile hatte die Realität Einzug in mein Leben gehalten. Heute gab ich mich nur noch selten Tagträumen hin.

Aber was, wenn die Realität, die ich bisher kannte, doch nicht so real war, wie ich immer geglaubt hatte? Was, wenn ich mich irrte? Was, wenn meine Eltern recht hatten und ich wirklich von Göttern abstammte und besondere Kräfte hatte?

Allein der Gedanke fühlte sich vollkommen grotesk an. Andererseits konnte ich nicht länger ignorieren, dass in meiner Gegenwart auffallend viele Sachen zu Bruch gingen. Es konnte natürlich auch einfach nur ein dummer Zufall sein. Aber was, wenn nicht?

Victor schaute auf und schob entschlossen das Kinn vor. »Wenn du nicht mitfährst, fahre ich auch nicht mit.«

Er hatte gelauscht. Natürlich.

Meine Knie gaben nach. Ich ließ mich zu ihm auf den Boden sinken und breitete die Arme aus. Sofort krabbelte er auf meinen Schoß und schlang seine dünnen Arme um meinen Hals. Er war so winzig, so zerbrechlich.

Verdammt!

Egal, wie unwahrscheinlich es war, ich konnte das Risiko nicht eingehen.

Ich drückte die Nase in seine Locken und atmete seinen vertrauten Geruch nach Kaugummi tief ein, während ich gegen die Tränenflut ankämpfte. »Doch, Äffchen, du wirst mit Dad verreisen. Du wirst bestimmt unglaublich viel Spaß haben und mir jeden Tag ein Bild malen.«

»Aber du sollst mitkommen«, jammerte er und umklammerte mich so fest er konnte.

Leise schniefend schüttelte ich den Kopf. »Es tut mir leid, aber ich kann nicht.«

XVI

Dad und Victor brachen eine halbe Stunde später nach Nashville auf, von wo mitten in der Nacht ihr Flug nach Italien ging. Der Abschied war grauenvoll. Victor krallte sich weinend an mir fest, bevor Mom ihn schließlich wegzog. Mit Dad redete ich kein Wort. Stattdessen verschränkte ich demonstrativ die Arme und unterband seine unbeholfenen Versuche, mir Auf Wiedersehen zu sagen. Um einen Kuss auf die Stirn kam ich trotzdem nicht herum.

Als sie weg waren, ließ ich meine Mutter einfach stehen und floh ins Fuchsgehege, wo ich mich – umgeben von den aufgekratzten Welpen – von der lähmenden Leere abzulenken versuchte, die die Abwesenheit meiner halben Familie in mir verursachte.

Mom ließ mich in Ruhe. Wahrscheinlich, weil sie mich gut genug kannte, um zu wissen, dass ich im Moment wirklich keine Lust hatte, mit ihr zu reden. Dazu war ich viel zu wütend auf sie und Dad.

Irgendwann wurde es kühl. Ich wäre trotzdem noch länger draußen geblieben, hätte mich nicht schon wieder dieses seltsame Gefühl beschlichen, beobachtet zu werden. Minutenlang starrte ich in den Wald und suchte nach der Gefahr, die mir angeblich drohte. Aber nichts geschah. Natürlich nicht. Die Paranoia meiner Eltern begann lediglich, auf mich abzufärben.

Was mich gleich noch wütender machte.

Nachdem ich die Füchse und Thorn gefüttert hatte, verschanzte ich mich in meinem Zimmer. Ich holte meinen Laptop, setzte mich damit aufs Bett und öffnete den Internetbrowser, auf dessen Startseite eine Suchmaschine enthalten war. Meine Fingerspitzen kribbelten, als wollten sie die Worte, die unaufhörlich durch meinen Kopf geisterten, so schnell wie möglich in das Eingabefeld tippen.

Aeneas.

Venus.

Mythologie.

Übernatürliche Kräfte.

Ich nagte an meiner Unterlippe und überlegte, ob ich einen weiteren Blick ins World Wide Web riskieren sollte. Die alten Legenden waren ziemlich komplex, und obwohl ich schon eine Menge gelesen hatte, rang ich mit dem Gefühl, immer noch viel zu wenig zu wissen.

Da zerriss ein Klopfen die Stille des Zimmers.

»Nayla?«, rief meine Mutter durch die geschlossene Tür.

Ich verdrehte die Augen. »Lass mich in Ruhe.«

Mom zögerte kurz. »Ich wollte nur wissen, was du essen möchtest. Ich könnte uns Pizza bestellen.«

Ich schnaubte leise. Und was dann? Kuschelten wir uns aufs Sofa und schauten eine romantische Komödie, während wir uns mit fettigem Zeug vollstopften? Wohl kaum.

Die Zeiten, in denen wir einträchtig zusammengesessen und gelacht hatten, waren vorbei. Endgültig.

»Oder vielleicht etwas anderes?«, fügte meine Mutter hinzu, als ich nicht sofort antwortete.

Genervt klappte ich den Laptop zu. »Ich habe keinen Hunger!«

»Aber es ist schon fast neun. Du kannst dich nicht für den Rest des Abends in deinem Zimmer verkriechen.«

Genau genommen konnte ich schon. Aber ich *wollte* es gar nicht.

Entschlossen sprang ich aus dem Bett, schnappte mir meine Jacke und riss die Tür auf.

Meine Mutter stand mit verquollenen Augen vor mir. Sie sah so traurig aus, dass ich einen Moment lang vergaß, wie wütend ich auf sie und Dad war.

»Wir können auch einfach nur reden«, sagte sie mit hoffnungsvollem Blick.

Alles, nur das nicht.

»Nein, danke.« Entschlossen schob ich mich an ihr vorbei. Ich trampelte die Treppe hinunter, wandte mich zur Haustür und griff im Gehen nach meinem Schlüssel.

Mom folgte mir natürlich. »Wo willst du hin?«, fragte sie alarmiert.

Ehrlich gesagt hatte ich keine Ahnung. Mittlerweile war es draußen dunkel geworden. Damit konnte ich einen Ausflug in den Wald vergessen. Mein Wagen war immer noch in der Werkstatt, und Dee wohnte zu weit weg, um ihr zu Fuß einen spontanen Besuch abzustatten. Aber vielleicht würde sie mich irgendwo einsammeln. »Ich gehe eine Runde spazieren.«

»Das wirst du nicht tun.« Zum ersten Mal, seit hier alles angefangen hatte, den Bach runterzugehen, kehrte ein autoritärer Tonfall in die Stimme meiner Mutter zurück.

Langsam drehte ich mich um und sah sie mit einer hochgezogenen Braue an. »Willst du mich etwa aufhalten?«

Ihre Augen weiteten sich, aber sie widersprach nicht.

»Das dachte ich mir.« Ich wirbelte wieder herum und zog mir die Kapuze über den Kopf, ehe ich die Tür aufriss und die Verandastufen hinab auf den Fußweg eilte. Hinter mir meinte ich, meine Mutter fluchen zu hören, bevor die Tür ins Schloss fiel. Aber ich ging trotzdem weiter.

Kaum war ich um die Ecke gebogen, blieb ich unter einer Straßenlaterne stehen, um Dee anzurufen. Es klingelte zehnmal. Aber meine beste Freundin ging schon wieder nicht an ihr blödes Telefon. Auch auf Matts Handy hatte ich keinen Erfolg. Angespannt wählte ich noch einmal Dees Nummer.

»Komm schon, geh ran«, beschwor ich sie.

»Nayla?«

Als ich die vertraute Stimme in der Dunkelheit vernahm, fuhr ich entgeistert herum und suchte die Straße ab. Cyrian schlenderte mir lässig entgegen. In der Hand hielt er sein Smartphone, das er sich in die hintere Jeanstasche schob, während ich mein eigenes Handy perplex sinken ließ.

Als er mich erreicht hatte, blieb er stehen und musterte mich aufmerksam. »Was machst du hier?«

»Was machst *du* hier?«, platzte ich heraus und gab mir gar nicht erst die Mühe, meinen Schock zu verbergen.

Sein rechter Mundwinkel hob sich zu einem schiefen Grinsen. »Haben wir dieses Gespräch nicht schon einmal geführt?«

Ja, das hatten wir.

Mitten im Wald mochte es ja noch ein verrückter Zufall gewesen sein. Zwei Zufälle hingegen waren mehr als unwahrscheinlich.

Misstrauisch wich ich vor ihm zurück. Irgendetwas Wichtiges entging mir hier.

Zweifellos bemerkte Cyrian meine Reaktion, doch seine Miene blieb entspannt. »Ich bin gerade auf dem Heimweg.« Er legte den Kopf schief. »Und weshalb stehst du hier so verloren in der Gegend herum?«

Ich brachte die Lüge nicht über meine Lippen. Also hob ich nur hilflos die Schultern. »Zu Hause läuft es gerade nicht so gut.«

Mitgefühl huschte über seine Züge, ehe seine lässig-coole Fassade zurückkehrte. »Du kannst mit zu uns kommen, wenn du einen Moment zum Durchatmen brauchst.« Mit einer fahrigen Geste wischte er sich eine dunkle Haarsträhne aus der Stirn. Hätte ich es nicht besser gewusst, hätte man fast glauben können, er wäre verlegen.

Der Gedanke wärmte mein Herz. Doch schlagartig erinnerte ich mich wieder an meine neuen Vorsätze, was diesen verwirrenden Kerl betraf. Mit ihm noch mehr Zeit allein zu verbringen, war nicht unbedingt ratsam – vor allem nicht im Hinblick auf meine emotionale Stabilität. Eher im Gegenteil.

Cyrian ging mir unter die Haut. Nichtsdestotrotz wollte ich in seiner Nähe sein. Was ich also brauchte, war ein gut gelaunter Puffer. »Ist Philemon auch da?«

Cyrians Kiefer spannten sich an, als würde er die Zähne zusammenbeißen. Seine Stimme klang jedoch unverändert, als er antwortete: »Er ist unterwegs. Aber er müsste bald zurück sein.«

Ich zögerte. *Bald* war ein sehr relativer Begriff.

Plötzlich ärgerte ich mich darüber, dass ich Phils Einladung vorhin nicht angenommen hatte. Das hätte sie Sache wesentlich unkomplizierter gemacht. Andererseits hätte ich in dem Fall nicht mal mitbekommen, wie Dad mit Victor abreiste. Meinen Eltern wäre das sicherlich sehr recht gewesen …

Cyrian stieß einen ungeduldigen Laut aus. »Ich werde dich nicht allein lassen, Nayla. Also kannst du ebenso gut mitkommen.«

Sein Blick war derart entschieden, dass ich meine Gegenwehr aufgab. »Okay.«

Wir brauchten kaum zwei Minuten bis zum Bella Blue. Einhundertzwanzig Sekunden, die wir in angespanntem Schweigen nebeneinander herliefen, und in denen ich mich fragte, was zum Teufel ich hier tat.

Meine Gedanken kamen allerdings zum Stillstand, als ich Cyrian durch das hohe Eisentor folgte. Das Grundstück war von einer hohen Mauer und dichten Hecken umgeben, sodass man vom Gehweg nur einen winzigen Teil der Südstaatenvilla durch die Gitterstäbe des Eingangstors erkennen konnte. Sie nun in ihrer ganzen Pracht vor mir zu sehen, raubte mir regelrecht den Atem.

Ich legte den Kopf in den Nacken. An der blauen Fassade rankte sich Efeu hinauf bis in den ersten Stock. In gleichmäßigen Abständen waren Laternen angebracht, die die weißen Fensterläden und Marmorsäulen in der Dunkelheit erstrahlen ließen.

Cyrian schenkte der blauen Schönheit keinerlei Beachtung, sondern stapfte ohne Umschweife die Stufen hinauf, die zu einer doppelflügeligen Eingangstür führten. Er stieß sie auf und winkte mich mit sich.

Zögernd folgte ich ihm ins Innere, wo ich mich staunend umschaute. Der Boden des Foyers war mit dunklem Holzparkett ausgelegt. Passend dazu erhob sich vor uns eine gewundene Treppe. Die hohen Wände waren unten mit weißem Holz vertäfelt, während der weitaus größere Teil darüber in einem warmen Beige gestrichen war.

Cyrian führte mich durch den Eingangsbereich in eine geräumige Küche. Mit weißen Hochglanzfronten und Arbeitsflächen in Betonoptik war sie überraschend modern gehalten. In der Mitte befand sich eine riesige Kochinsel, in die sowohl die Spüle als auch der Herd integriert waren. Am hinteren Ende standen mehrere Barhocker.

Auf einen warf Cyrian seine Jacke, bevor er den gigantischen Kühlschrank öffnete und hineinspähte.

»Willst du etwas trinken?«

Unsicher trat ich an die Kochinsel heran. »Nein, danke.«

Cyrian holte trotzdem eine Flasche Cola heraus, bevor er sich zu einem der oberen Küchenschränke reckte, um zwei Gläser herauszuholen. Dabei rutschte sein schwarzes Shirt nach oben und offenbarte einen schmalen Streifen glatter, leicht gebräunter Haut.

Ich wusste, ich sollte nicht hinsehen. Trotzdem blieb mein Blick natürlich genau an der Stelle kleben. Seine Muskulatur war bemerkenswert gut ausgebildet. Das hatte ich schon erkannt, als er im Museum den

Arm um mich gelegt hatte. Jetzt fragte ich mich allerdings, wie es sich anfühlen würde, auch mit den Fingerspitzen über seine Haut zu streichen und die Hand vielleicht noch höherzuschieben, um mehr von ihm zu spüren.

»Und wie steht's mit Essen?«, fragte er und schaute über die Schulter. Belustigung blitzte in seinen Augen auf, als er mich beim Gaffen ertappte. »Du siehst hungrig aus.«

Sein neckender Tonfall brachte meine Wangen zum Brennen. Da ich meiner Stimme nicht so recht traute, schüttelte ich lediglich den Kopf.

Cyrian schenkte zwei Gläser Cola ein, bevor er eines auf die Kochinsel zwischen uns stellte und dann aus dem anderen trank. Sein Adamsapfel hüpfte bei jedem kräftigen Schluck.

Eigentlich hatte ich Hälsen nie besonders viel abgewinnen können. Aber Cyrians Kehle übte eine seltsame Faszination auf mich aus. Vielleicht, weil ich mich noch genau daran erinnern konnte, wie gut er an dieser Stelle roch.

Noch schlimmer wurde es, als er das Glas absetzte und sich das zuckrige Getränk von den Lippen leckte. Er tat das ganz unbewusst. Dennoch jagte ein Kribbeln durch meinen Körper. Hilflos starrte ich ihn an.

Und er erwiderte meinen Blick.

Seine Miene war ausdruckslos. Deshalb hatte ich keine Ahnung, was in seinem Kopf vor sich ging. Aber plötzlich kam es mir so vor, als würden seine Augen regelrecht zu glühen beginnen. Seine Lider senkten sich herab, während die Luft um uns herum vor Spannung knisterte.

Mein Herz wummerte gegen meinen Brustkorb, immer lauter, sodass ich die aufgeladene Stille zwischen uns kaum wahrnahm. Wahrscheinlich hätten wir noch ewig wie festgewachsen dagestanden und uns angesehen. Doch da schallte Philemons Stimme durch das Haus und brach den Bann zwischen uns.

»Schatz! Ich bin wieder zu Hause.«

Sofort wandte Cyrian sich ab.

Im selben Moment spazierte Phil in die Küche. In der Hand hielt er eine riesige Papiertüte, auf der das Logo von Mister Wongs Restaurant aufgedruckt war.

Als er mich sah, grinste er breit. »Hey, Schönste! Das ist ja eine nette Überraschung.«

Ehrlich gesagt wirkte er nicht sonderlich überrascht. Andererseits machte Phil ohnehin nie den Eindruck, als würde ihn etwas aus der Bahn werfen. Er schien das Leben zu nehmen, wie es kam. Und in diesem Fall hatte es ihm eben einen Gast zum Abendessen beschert.

Er hielt die Tüte höher. »Es gibt Chop Suey.«

Phil fragte weder, warum ich es mir anders überlegt hatte und doch hier aufgeschlagen war, noch ob ich Hunger hatte. Er schnappte sich einfach drei Teller aus dem Schrank und brachte sie zusammen mit der Tüte zum Esstisch, an dem locker zehn Personen Platz fanden. Er war im hinteren Teil mit sechs dicken schwarzen Blockkerzen unterschiedlicher Höhe geschmückt, denen nichts Feminines anhaftete.

Cyrian folgte seinem Freund mit Besteck und der Colaflasche. »Vergiss dein Glas nicht«, sagte er, ohne mich anzusehen.

Zögernd ging ich ihnen nach, während Phil eifrig das Essen verteilte. »Mann, habe ich einen Kohldampf«, murmelte er, setzte sich hin und begann zu essen. Als er bemerkte, dass ich unsicher neben dem Tisch stand, runzelte er die Stirn. »Warum so schüchtern? Setz dich und iss.«

Mein Blick flog zu Cyrian, der inzwischen neben Phil Platz genommen hatte.

»Nayla hat keinen Hunger«, erklärte er in gelangweiltem Ton.

»Aber es ist echt lecker«, widersprach Phil mit vollem Mund. »Probier doch wenigstens.«

Ich lächelte matt, ehe ich seiner Aufforderung nachkam und mich ans Tischende setzte. Als ich gerade die Hand nach der Gabel ausstreckte, klingelte mein Handy. Eigentlich hatte ich erwartet, dass Mom anrief, um mich nach Hause zu zitieren. Aber es war Delilah. Sicher war sie besorgt, weil ich mehrfach angerufen hatte. Deshalb warf ich Philemon einen entschuldigenden Blick zu und ging dran.

»Hey, Dee.«

»Hi, Süße, sorry. Matt und ich waren gerade … abgelenkt. Alles okay?«

»Ja, alles bestens«, erwiderte ich.

Philemon beugte sich zu mir herüber. »Hallo, Dee.«

Sowie meine Freundin seine Stimme erkannte, schnappte sie nach Luft. »Bist du etwa bei Phil?«

Es kostete mich einige Mühe, meinen Gesichtsausdruck neutral zu halten. »Ja.«

»O mein Gott!«, quietschte sie los. Im Geiste sah sie uns wahrscheinlich schon Händchen haltend die Straße entlangschlendern. Dabei hätte sie nicht weiter danebenliegen können.

Cyrian und Phil hatten ihren Ausruf zweifellos gehört. Allerdings verzog Cyrian keine Miene.

Nur Phil grinste. »Kommt doch auch vorbei«, schlug er gut gelaunt vor. »Und bringt Eis mit.«

»Wir wollen wirklich nicht stören«, wiegelte Dee ab, aber ich kannte sie gut genug, um zu wissen, wie gern sie sich das Bella Blue von innen angesehen hätte.

Vielleicht konnte ich ihr bei dieser Gelegenheit auch gleich klarmachen, dass Phil und ich bloß Freunde waren. »Ihr stört nicht. Cyrian ist auch da. Wir hängen nur zusammen rum und essen Chop Suey.«

Dee gluckste. »Ach, so ist das.«

Ich verdrehte die Augen, schenkte ihrem Kommentar darüber hinaus aber keine Beachtung. »Also, kommt ihr vorbei?«

»Wir sind in einer Viertelstunde da.«

»Vergesst das Eis nicht!«, rief Phil, woraufhin Dee versprach, nicht mit leeren Händen zu erscheinen.

Nachdem wir uns verabschiedet hatten, legte ich das Handy beiseite. Da fiel mir auf, dass die Kerzen am anderen Tischende brannten, obwohl Cyrian und Phil sich nicht vom Fleck bewegt hatten.

Unsicher fixierte ich das helle Flackerlicht. »Wer hat die Kerzen angezündet?«

»Gefällt es dir etwa nicht?«, fragte Philemon mit vollem Mund.

»Doch«, murmelte ich und rieb mir über die Stirn. »Aber ich habe gar nicht mitbekommen, wann ihr sie angemacht habt.«

Phil zwinkerte mir zu. »Du warst ja auch abgelenkt, weil du telefoniert hast.«

Die Erklärung klang plausibel. Trotzdem hätte einer von ihnen aufstehen müssen, um die Kerzen zu erreichen. Aber die Jungs hatten die ganze Zeit über gesessen. Da war ich mir absolut sicher.

Misstrauisch taxierte ich die beiden.

Cyrians Kiefer war angespannt, während er sich auf sein Essen konzentrierte.

Phil hingegen wirkte geradezu nervenaufreibend gelassen. »Entspann dich, Schönste. Ich nehme dich bloß auf den Arm. Ich habe die Kerzen schon vor Dees Anruf angezündet.« Er klang absolut überzeugend, was mich noch mehr verunsicherte. Vielsagend zwinkerte er mir zu. »Was soll ich sagen? Ich stehe einfach auf ein romantisches Ambiente – beim Essen und auch in allen anderen Lebenslagen.«

Cyrian verpasste ihm einen Fußtritt. »Treib es nicht zu weit«, stieß er zähneknirschend hervor.

Aber Phil lachte nur. »Ich mache doch nur Spaß. *Du* verstehst das, nicht wahr, Schönste?«

Ich nickte beklommen, aber nicht, weil ich ihm glaubte, sondern weil ich allmählich an meinem Verstand zweifelte.

»Gott, dieses Essen ist der Wahnsinn«, meinte Phil verzückt und nickte mir auffordernd zu. »Jetzt iss endlich.«

Schweigend langte ich nach dem Besteck und häufte etwas Reis auf, ehe ich mir einen Bissen in den Mund schob. Unterdessen unterhielt Phil unsere kleine Gruppe quasi im Alleingang. Cyrian hatte nicht untertrieben. Sein bester Freund konnte reden wie ein Wasserfall. Er sprach von unserem Ausflug, unseren Mitschülern, den Restaurants in der Stadt, die er noch ausprobieren wollte, und so weiter. Es dauerte nicht lange und mir schwirrte der Kopf von den vielen Informationen.

Als Dee und Matt wenig später mit drei riesigen Kübeln Ben & Jerry's eintrafen, wurde es noch lauter.

»Was für ein Wahnsinnshaus!«, rief Dee und schaute sich in der exklusiven Küche um, während Cyrian die leeren Restaurantverpackungen im Mülleimer entsorgte.

Auch Matt zeigte sich beeindruckt. »Sind eure Eltern Millionäre?«

Schmunzelnd stellte Phil das schmutzige Geschirr in die Spüle. »Über Geld spricht man nicht, Freunde.«

Dee zog eine Braue hoch, hakte aber nicht weiter nach, sondern stellte die Eiskübel auf der Anrichte ab.

Sofort leuchteten Phils Augen auf. »Gib das gleich her.«

Ein ungläubiges Lachen platzte aus mir heraus. Ich konnte nicht fassen, dass er immer noch Hunger hatte, nachdem er nicht nur seine, sondern auch den Rest von meiner Portion verschlungen hatte. »Du bist wirklich verfressen.«

Vergnügt grinste er mich an. »Ich bestehe schließlich nicht aus Pudding, oder?«

»Eher nicht«, räumte ich ein, da ich kaum abstreiten konnte, dass mir Philemons eindrucksvoller Körperbau nicht entgangen war.

Schwungvoll schlug Cyrian den Deckel auf den Mülleimer.

Wir sahen ihn erschrocken an.

Cyrian presste die Lippen aufeinander. »Ich muss noch Zeug erledigen«, sagte er kühl und marschierte aus der Küche.

»Okay«, meinte Dee gedehnt und schaute Phil an, der nun weit weniger amüsiert auf die Tür starrte, durch die Cyrian soeben verschwunden war. »Gibt's in diesem schicken Haus auch Löffel?«

Phil blinzelte und glättete seine Gesichtszüge. »Klar.«

Mit Löffeln bewaffnet setzten wir uns an den riesigen Esstisch und aßen das Eis direkt aus der Packung. Keiner fragte nach, was Cyrians zorniger Abgang zu bedeuten hatte, obwohl es mich wirklich brennend interessierte. Zugleich ärgerte ich mich darüber, dass es mir nicht egal war.

Gott! Dieser Kerl war so verwirrend.

»Wie bist du überhaupt hier gelandet?«, fragte Dee unvermittelt.

Ich verzog das Gesicht. Wo sollte ich da anfangen? Mittlerweile herrschte bei meinen besten Freunden ein beachtlicher Informationsrückstand. Aber wer gab schon gern zu, dass seine Eltern wahrscheinlich reif für die Klapsmühle waren? Vermutlich niemand.

Deshalb zuckte ich bloß mit den Schultern. »Ich hatte Zoff mit meiner Mutter. Also bin ich abgehauen.«

»Ach, Nayla.« Delilah legte mir eine Hand auf den Unterarm. »War sie sehr sauer wegen Schriever?«

Beinahe hätte ich gelacht. *Dieses* Desaster hatte ich längst vergessen. Trotzdem kam mir Dees Vermutung natürlich gelegen. »Sie war jedenfalls nicht erfreut.«

»Aber sie muss dir doch glauben, dass du den Fragenkatalog abgegeben hast«, sagte Matt entrüstet.

Seine Loyalität entlockte mir ein Lächeln. Kurz war ich überzeugt, dass meine Freunde auch dann noch vorbehaltlos zu mir stehen würden, wenn ich ihnen die ganze Geschichte erzählte. Andererseits konnte ich weder Dee noch Matt in die Augen schauen und ihnen aus voller

Überzeugung sagen, dass meine Eltern verrückt geworden waren. Denn da gab es mittlerweile diese leise, zweifelnde Stimme in mir, die einfach nicht mehr verstummen wollte.

Phil lächelte mir aufmunternd zu. »Ihr werdet euch bestimmt bald wieder versöhnen.«

»Sicher«, gab ich zurück, obgleich ich weit weniger optimistisch war. Immerhin hatten meine Eltern Angst vor mir, und zwar so sehr, dass sie sich genötigt sahen, meinen kleinen Bruder auf einem anderen Kontinent in Sicherheit zu bringen. »Lasst uns nicht mehr davon reden, bitte.«

Meine Freunde fügten sich meinem Wunsch und wir unterhielten uns noch eine Weile über belanglosen Kram. Die drei gaben sich sichtlich Mühe, mich zum Lachen zu bringen, was ihnen größtenteils auch gelang.

Um kurz vor elf erhob Matt sich schließlich. »Wir müssen los, Babe. Deine Eltern warten sicher schon.«

Dee verzog das Gesicht, stand aber artig auf. »Ich wünschte, heute wäre Freitag.«

»Ich auch«, stimmte ich ihr pflichtbewusst zu.

Da ich nicht allein hierbleiben wollte, folgte ich den beiden hinaus. Zu meiner Überraschung zog Philemon sich ebenfalls eine Jacke über.

»Ich bringe dich schnell nach Hause«, erklärte er, als er meinen fragenden Blick bemerkte.

Sofort blitzten kleine Herzchen in Dees Augen auf, während ich dankend ablehnte. »Das brauchst du nicht. Ich wohne doch gleich um die Ecke.«

»Keine Widerrede, Madame.« Er deutete eine Verbeugung an. »Ich bin ein Gentleman. Meine Moral verbietet es mir, dich mitten in der Nacht allein durch die Straßen wandern zu lassen – selbst, wenn es sich um eine winzige Stadt wie Summertown handelt.«

Hinter ihm fächelte Dee sich Luft zu, während Matt amüsiert die Augen verdrehte. »Das war ein bisschen zu dick aufgetragen, Kumpel.«

Phil runzelte die Stirn. »Echt wahr?«

Ich grinste. »Jepp.«

Lässig zuckte er mit den Schultern. »Ich komme trotzdem mit.«

Damit war die Diskussion für ihn offenbar beendet. Doch kaum hatte er die Tür geöffnet, wurden wir sogleich von einer eisigen Böe erfasst, die uns bis in die Knochen fuhr.

»Verdammt noch mal«, knurrte Phil und hatte Mühe, die Tür festzuhalten, damit sie nicht aus den Angeln flog. Er hob die Stimme und brüllte: »Hör auf damit, du Idiot!«

»Wen meinst du?«, fragte ich irritiert.

Phil presste die Lippen aufeinander. »Den Wind natürlich.«

Fröstelnd blinzelte Dee zum dicht bewölkten Himmel hoch. »Ich glaube nicht, dass der sich von einer Beleidigung aufhalten lässt.«

»Eher nicht«, stimmte Matt ihr zu und runzelte die Stirn. »Seltsam. Eigentlich war nichts dergleichen in der Wettervorhersage angekündigt.«

»Beeilen wir uns besser«, murmelte Phil und schob mich sanft zur Tür hinaus.

Wir verabschiedeten uns von Dee und Matt, ehe wir den Weg zu meinem Haus einschlugen. Es war wirklich ein lächerlich kurzes Stück.

Nach ein paar Metern lachte Phil leise. »Wenn du noch langsamer gehst, läufst du rückwärts.«

Er hatte recht. Ich kroch förmlich über den Fußweg. Der Wind störte mich nicht. Im Gegenteil. Er wehte den Duft des Waldes herbei und hüllte mich ein wie ein schützender Umhang, anstatt unangenehm an meinen Kleidern zu zerren.

»Darf ich dir einen gut gemeinten Rat geben?«, fragte Phil über das Pfeifen hinweg, während er nachdenklich die schnell vorüberziehenden Wolken betrachtete.

»Natürlich.«

Er schien nach den richtigen Worten zu suchen, bevor er missmutig fluchte. »Ich bin wirklich nicht gut darin, also sage ich es einfach geradeheraus, in Ordnung?«

Verwundert darüber, was er wohl auf dem Herzen haben könnte, nickte ich. »Schieß los.«

Philemon schaute in Richtung unseres Hauses, das hinter der Straßenecke zum Vorschein kam. Warmes Licht schimmerte durch die Fenster. Mom war also noch wach.

»Du solltest dich von Cyrian fernhalten.«

Mir klappte die Kinnlade runter. »Wie bitte?«

»Unser Auftrag …« Er zuckte mit den Schultern. »Er hat oberste Priorität, verstehst du?«

Ehrlich gesagt verstand ich es nicht. Es war ja schließlich nicht so, dass ich Cyrian von Shelby fernhielt.

»Er erzählt mir alles«, fuhr Phil leise fort. »Ich weiß zum Beispiel auch von eurem Waldausflug.«

Mir rutschte das Herz in die Hose. Meinte er damit auch unsere vertrauten Gespräche? Und die Begegnung mit Sansa? Und unsere innige Umarmung?

»Weißt du, Nayla, ich mag dich. Sehr sogar.« Ernst sah Philemon mich an. »Deshalb will ich auch nicht, dass ihr euch gegenseitig verletzt.«

Da ich nicht wusste, was ich darauf erwidern sollte, nickte ich nur benommen. Phil schien sich damit jedoch zufriedenzugeben, denn er bohrte nicht weiter nach.

Den Rest des Weges legten wir schweigend zurück. Erst vor der Haustür drückte Phil mich kurz an sich. »Gute Nacht, Nayla.«

»Gute Nacht, Phil«, sagte ich leise und löste mich von ihm.

Er lächelte mich etwas unsicher an. »Wir sehen uns morgen früh, okay?«

»Klar.« Ich ging hinein und spähte sogleich durchs Fenster. Phil stand noch immer auf dem Gehweg. Mehr als eine Minute verging, ehe er sich umdrehte und in der Dunkelheit verschwand.

Ich atmete tief durch und steuerte die Treppe an. Da fiel mein Blick ins Arbeitszimmer. Es dauerte einen Moment, bis ich meine Mutter entdeckte. Sie saß inmitten unzähliger alter Fotografien auf dem Fußboden.

Neugierig trat ich näher und bemerkte eine Flasche Rotwein, die neben ihr stand. Sie hielt ein gefülltes Glas in der einen und eine Fotografie in der anderen Hand. Mit einem versonnenen Lächeln betrachtete sie das Bild.

»Julius und ich wollten nie eigene Kinder haben«, nuschelte sie plötzlich, ohne aufzusehen. »Wir hatten dich, und du warst mehr, als wir je zu träumen gewagt hätten.« Sie lachte leise. »Schon als Baby hast du alle um den Finger gewickelt. Nur mit deinem süßen Lächeln. Darin bist du deiner Mutter sehr ähnlich. Valeria hat auch jeden in ihren Bann gezogen.«

Kopfschüttelnd sah ich meine Mom an. Sie irrte sich. Ich konnte niemanden nur mit meinem Lächeln verzaubern.

»Als ich herausfand, dass ich mit Victor schwanger war, bin ich aus allen Wolken gefallen«, erzählte sie weiter. »Wir hatten unser Leben dem Schutz von Venus' Kindern gewidmet. Da wir bei Valeria versagt hatten, waren wir bei dir umso entschlossener, keinen Fehler zu machen. Wir haben unser ganzes Leben nach dir und deinen Bedürfnissen ausgerichtet. Und wir haben es keine Sekunde bereut. Das war schließlich unsere Aufgabe, unsere Bestimmung. Wie sollten wir uns da um ein weiteres Kind kümmern?«

Eine Träne löste sich aus ihrem Augenwinkel und rollte über ihre Wange. »Wir wussten, dass es riskant war, aber für die Liebe geht man nun mal Risiken ein, nicht wahr? Scheiß auf die Regeln.«

Sie lachte bitter auf und geriet mit ihrem Oberkörper ins Schwanken.

Dabei stieß sie mit dem Ellenbogen gegen die Weinflasche, die daraufhin klirrend umfiel. Doch nicht ein Tropfen quoll hervor. Die Flasche war leer und meine Mutter offensichtlich sturzbetrunken.

»Ich hätte wissen müssen, dass das Schicksal einen Weg findet, uns in den Arsch zu treten«, murmelte sie. »Aber *damit* hätte ich niemals gerechnet.«

Ich stöhnte gequält auf. »Es reicht, Mom. Du tust ja gerade so, als wäre ich eine Atombombe, die kurz davor ist, in die Luft zu fliegen.«

Meine Worte sorgten dafür, dass sie anfing zu lachen. Erst leise und dann immer hysterischer. Ihr ganzer Körper zuckte, während ihr noch mehr Tränen übers Gesicht liefen und sie zugleich das Foto auf ihr Herz presste.

Liebe Güte! Sie war echt donnervoll.

»Vielleicht solltest du lieber ins Bett gehen.«

»Ja.« Sie schniefte. »Wahrscheinlich hast du recht.«

Kurz überlegte ich, sie einfach in ihrem benebelten Zustand sitzen zu lassen. Aber das brachte ich nicht über mich. Also ging ich zu ihr, nahm ihr das Glas aus der Hand und stellte es beiseite, ehe ich ihr behutsam das Foto aus der Hand nahm. Natürlich konnte ich es nicht lassen und warf einen Blick darauf.

Mir blieb beinahe das Herz stehen. Die junge Frau auf dem Bild sah aus wie ich, nur war sie ein paar Jahre älter und bedeutend schöner. Ihr blondes Haar glänzte in der Sonne wie flüssiges Gold und ihre blauen Augen schimmerten wie der Douglas Lake, an dem wir früher häufig gecampt hatten.

Valeria.

Das war also die Frau, die mich geboren hatte. Sie lächelte in die Kamera, und ich hatte auf der Stelle das Gefühl, sie zu mögen. Vielleicht war die Sache mit dem verzaubernden Lächeln, das alle in seinen Bann zieht, doch nicht übertrieben.

Neben ihr saß meine Mutter. Auch sie war jung, vielleicht Anfang zwanzig. Sie hatte die Arme um Valeria geschlungen, wie Dee es häufig bei mir tat, wenn Matt sein Handy zückte, um besondere Momente festzuhalten. Die beiden Freundinnen saßen auf einer kleinen Mauer und dahinter erhob sich eine Ruine, die mich entfernt an das Kolosseum in Rom erinnerte. Es musste warm an dem Tag gewesen sein, denn die beiden trugen hübsche Sommerkleider.

»Wo ist das?«, fragte ich.

»Das war in Italien.« Mom lächelte. »Wir hatten gerade die Zulassung fürs Medizinstudium erhalten und spontan beschlossen, uns mit einem Kurztrip nach Capua zu belohnen.«

Ich schnaubte. »Na klar. Ist ja auch nur ein Katzensprung über den großen Teich.«

Sie runzelte die Stirn, als könnte sie meinem Kritikpunkt nicht ganz folgen. »Wir hatten doch den Jet.«

»Den Jet«, wiederholte ich tonlos.

Ihre Lippen verzogen sich zu einem dümmlichen Grinsen. »Venus ist seit jeher äußerst großzügig mit den Wächtern ihrer Kinder. Den Securitas hat es noch nie an etwas gemangelt.«

Ich taumelte zurück, als hätte mir jemand mit voller Wucht in den Bauch getreten. »*Securitas?*«

Die Augen meiner Mutter weiteten sich, als sie erkannte, dass sie eine Information zu viel preisgegeben hatte. Mühsam rappelte sie sich auf die Beine, während sich in meinem Kopf Stück für Stück die Puzzleteile zusammensetzten. Mein Herz begann zu rasen.

»O mein Gott«, stieß ich hervor und wich noch weiter vor ihr zurück. »Ihr steckt alle unter einer Decke.«

Meine Mutter wurde kreidebleich. »Es ist nicht so, wie du denkst.«

»Nicht so, wie ich denke? Willst du mich auf den Arm nehmen?«, schrie ich sie an, war aber eigentlich viel wütender auf mich selbst.

Es hatte unzählige Anzeichen gegeben – und ich hatte es trotzdem nicht kapiert.

Jetzt ergab es natürlich auch Sinn, warum meine Eltern so cool geblieben waren, wann immer ich seit dem Unfall mit meinen neuen *Freunden* losgezogen war. Oder weshalb Cyrian stets aufgetaucht war, wenn ich mich in die Einsamkeit geflüchtet hatte.

»Wie habt ihr es gemacht?« Noch während ich die Frage laut aussprach, wurde mir klar, dass es heutzutage eine ziemlich simple Methode gab, die nicht einmal spezielle IT-Kenntnisse erforderte. Alles, was man brauchte, war ein entsprechendes Equipment wie beispielsweise ein nagelneues Smartphone, auf das man die erforderlichen Apps installieren konnte, bevor man es seiner Tochter aushändigte.

Ich schnappte nach Luft. »Ihr habt mein Handy getrackt?«

Meine Mutter senkte beschämt den Blick. »Wir wollten dich doch nur beschützen.«

»Ihr habt mich überwacht!«, widersprach ich aufgebracht. »Wie eine verfluchte Schwerverbrecherin. Ich hatte keine Ahnung.«

»Wir wollten dich nicht noch mehr aufregen.« Zerknirscht rieb sich meine Mutter über das Gesicht. »Du warst sowieso schon völlig durch den Wind nach dem Unfall und kanntest keinerlei Hintergründe über deine Vergangenheit. Also entschieden wir, dir erst einmal nichts von deinen Wächtern zu erzählen, bis du bereit wärst, die Wahrheit zu hören – und auch zu akzeptieren.«

Ich stieß ein bitteres Lachen aus. »Tja, die Überraschung ist euch wohl misslungen.«

Mom fuhr sich durch die Haare. »Es tut mir leid, Nayla. Wir haben getan, was wir für das Beste hielten.«

»Ich fasse es einfach nicht.« Wütend warf ich die Hände in die Luft, woraufhin meine Mutter sich duckte, als wollte sie sich vor mir in Sicherheit bringen.

Ungläubig schüttelte ich den Kopf.

Bevor ich noch etwas sagte, was ich später bereute, machte ich auf dem Absatz kehrt, rannte die Treppe hinauf in mein Zimmer und pfefferte die Tür hinter mir zu. Rastlos tigerte ich durch den Raum und versuchte, meine Wut zu zügeln, indem ich ruhig ein- und ausatmete.

Doch es half nicht. Die Erkenntnis, dass mir meine Eltern hinter meinem Rücken zwei Wachhunde auf den Leib gehetzt hatten, tat weh. Aber das machte nur einen Teil meines Schmerzes aus. Weit schlimmer waren Cyrians Worte, die wieder und wieder durch meinen Kopf hallten. Die Highschoolprinzessin, von der er an seinem ersten Tag gesprochen hatte, war gar nicht Shelby Benson. Dieses labbrige Truthahnsandwich ohne all die netten Extras – das war ich.

XVII

Meine Mutter schlief offenbar noch ihren Rausch aus, als ich am nächsten Morgen nach unten kam. Im Arbeitszimmer zeugte nur noch der Gestank nach schalem Wein von Moms Alkoholexzess. Die Fotos hatte sie wieder weggeräumt. Größtenteils jedenfalls.

Neugierig trat ich in den Raum und bückte mich nach einem Bild, auf dem eine Gruppe junger Leute abgebildet war. Ich wollte es gerade näher betrachten, da sah ich einen vergilbten Briefumschlag, der an der Falzkante aufgerissen war. Darunter lugte ein beschriebenes Blatt hervor. Die Buchstaben waren fein geschwungen und stammten zweifellos von einer Frau. Ich hob den Umschlag, der an meine Mutter adressiert war, auf und drehte ihn um. *Valeria* stand oben links in der Ecke.

Diesen Brief hatte meine leibliche Mutter geschrieben. Er enthielt ihre Worte, ihre Gedanken.

Ich wollte diesen Brief unbedingt lesen. Gleichzeitig ließ mich meine Angst zögern. Wer wusste schon, welche Hiobsbotschaft als Nächstes kam?

Im ersten Stock erklang ein leises Poltern. Anscheinend war Mom doch schon auf den Beinen. Hastig stand ich auf und schob den Brief in meinen Rucksack. Anschließend legte ich das Spionage-Handy demonstrativ auf den Küchentresen, schnappte mir ein paar Schalen und ging in den Garten, um die Tiere zu füttern.

Als die vier versorgt waren, machte ich mich zu Fuß auf den Weg in die Schule. Querfeldein waren es etwa vier Meilen, aber da die Sonne gerade erst aufgegangen war, hatte ich alle Zeit der Welt bis zur ersten Stunde.

Morgentau benetzte meine Schuhspitzen, als ich über den moosbedeckten Waldboden spazierte. Ich strich mit den Fingerkuppen über feuchte Blätter und lauschte zufrieden den Vogelstimmen, die den neuen Tag begrüßten. Hin und wieder knackten dünne Zweige unter meinem Gewicht, aber darüber hinaus verursachte ich keinen Laut.

Ich war etwa eine halbe Stunde unterwegs, als ein Rascheln meine Aufmerksamkeit erregte. Überrascht hielt ich inne.

Ein Weißwedelhirsch schob seinen Kopf durchs Dickicht. Dem gut verzweigten Geweih nach zu urteilen, war er schon sieben oder acht Jahre alt, ein prächtiger Bursche.

Ich lächelte. »Na, mein Hübscher.«

Einen Moment lang sah er mich noch skeptisch an, doch dann überwand er seine Scheu und trat langsam näher, bis wir einander gegenüberstanden. In seinen großen braunen Augen lag jetzt nichts als Neugier.

Weil ich einfach nicht widerstehen konnte, streckte ich die Hand nach ihm aus. Sofort senkte er den Kopf, um an mir zu riechen. Seine Nüstern blähten sich, dann stupste er mich mit seiner feuchten Nase an.

Ich kicherte leise. »Dir auch einen guten Morgen.«

Behutsam streichelte ich seinen breiten Nasenrücken. Er kniff die Augen zusammen, als würde er die Berührung genießen.

»Bist du ganz allein unterwegs?«, fragte ich und sah mich suchend um. Ich konnte nirgends ein anderes Tier entdecken. Das war allerdings nicht weiter verwunderlich. Weißwedelhirsche fanden sich nur selten in Herden zusammen. Sie kamen prima ohne Gefährten klar.

Im Gegensatz zu mir.

»Ich bin auch allein«, murmelte ich, während ich mit den Fingerspitzen über seine Stirn fuhr. »Eigentlich sollte ich gleich mit zwei Jungs in die Schule fahren. Aber sie haben mich angelogen, und jetzt habe ich keinen Schimmer, wie ich ihnen gegenübertreten soll.«

Beschämt verzog ich das Gesicht. »Sie müssen mich für das dümmste Mädchen von ganz Tennessee halten, weil ich auf sie hereingefallen bin.«

Der Hirsch schnaubte leise, was ich spontan als Entrüstung interpretierte.

»Ganz meine Meinung«, stimmte ich ihm ernst zu. »Ich bin so wütend auf die beiden, dass ich überhaupt nicht mehr klar denken kann. Aber am schlimmsten ist, dass ich mich die ganze Zeit frage, ob wirklich *alles* gelogen war.«

Ratlos versank ich in den braunen Augen und suchte darin nach Antworten, die ich dort auf keinen Fall finden würde.

Frustriert schüttelte ich den Kopf. »Wie auch immer. Danke fürs Zuhören, Kumpel.«

Ich wollte mich gerade verabschieden, da fuhr der Hirsch plötzlich herum und preschte davon.

Alarmiert musterte ich meine Umgebung. Doch ich konnte nirgends etwas Verdächtiges entdecken. Ich war mutterseelenallein – wenn man die Ostkreischeule nicht mitzählte, die oben in den Baumwipfeln hockte und mich aus wachsamen Augen beobachtete. Sie sah dem Vogel, den Cyrian und ich zusammen im Wald gesehen hatten, zum Verwechseln ähnlich. Aber es war äußerst unwahrscheinlich, dass es sich um ein- und dieselbe Eule handelte.

Nichtsdestotrotz rieselte ein Schauer meine Wirbelsäule hinab. Meine Instinkte mahnten mich, meinen Weg fortzusetzen, was ich schleunigst tat. Nicht dass mir am Ende doch noch ein Irrer hinter einem dicken Baumstamm auflauerte. Ich hatte schließlich keinen Bogen dabei, mit dem ich ihn in die Flucht schlagen könnte.

Meine Atmung wurde hektischer, weil ich immer schneller lief. Das ungute Gefühl ließ sich einfach nicht abschütteln, trieb mich immer weiter voran, bis ich über eine hochgewachsene Baumwurzel stolperte. Nur knapp schaffte ich es, mich auszubalancieren. Schweiß klebte mir im Nacken.

Angstschweiß.

Dabei hatte ich mich im Wald immer sicher gefühlt.

Fluchend zwang ich mich, langsamer zu laufen. Ich würde nicht zulassen, dass die Paranoia meiner Eltern auf mich abfärbte. Niemand wollte mir schaden. Dieses ganze Gerede über irgendwelche Gefahren, die mir drohten, war doch Schwachsinn.

Mit erbitterter Entschlossenheit brachte ich das restliche Stück in normalem Tempo hinter mich, bis die Ellington in Sicht kam. Es war noch eine halbe Stunde Zeit bis zum Unterrichtsbeginn. Dennoch herrschte auf dem Parkplatz bereits hektische Betriebsamkeit. Wagen hupten und Schulbusse reihten sich aneinander.

Ich zog den Kopf ein, schlüpfte durch die Menge hindurch ins Schulgebäude und ging rasch auf die Toilette, um mich frisch zu machen. Auch wenn es mir widerstrebte, tauschte ich den Geruch nach Wald und Hirsch gegen den von antibakterieller Seife und Deo ein. Mit den Fingern kämmte ich mir notdürftig durch die zerzausten Haare, bevor ich mich auf den Weg ins Atelier machte.

Auf halber Strecke kam mir Dee entgegen. Sie sah stinksauer aus. »Wo zum Teufel bist du gewesen?«

Mit dem Daumen deutete ich hinter mich. »Auf dem Klo.«

»Du weißt genau, dass ich das nicht gemeint habe.« Sie kniff die Augen zu schmalen Schlitzen zusammen. »Phil hat mich vor einer halben Stunde angerufen. Er wollte dich abholen, aber du warst nicht mehr zu Hause und auch nicht im Schulbus. Deine Mutter hatte ebenfalls keine Ahnung, wo du steckst, und dein Handy hattest du auch nicht dabei. Wir waren alle fast verrückt vor Sorge.«

Shit! Ich hätte wissen müssen, dass Philemon sofort Dee kontaktieren würde, wenn ich nicht wie verabredet erschien. »Tut mir leid. Ich wollte dir keinen Schreck einjagen.«

Meine beste Freundin stellte sich mir in den Weg. »Kannst du mir vielleicht mal erklären, was das ganze Theater soll?«

Ich stieß ein bitteres Lachen aus. »Nein.«

Ungläubig starrte sie mich an. »Was ist denn bloß los mit dir, Nayla? Ich erkenne dich überhaupt nicht wieder.«

»Da wären wir schon zwei«, murmelte ich, bereute meine Worte aber sofort, als ich ihren verletzten Gesichtsausdruck bemerkte. Ich seufzte leise. »Wir reden später in Ruhe, okay?«

Ich konnte ihr ansehen, dass sie damit nicht zufrieden war. Aber aktuell konnte ich nichts daran ändern. Zum Glück schrillte in diesem Moment die Klingel los und rettete mich aus ihrem Verhör. Während wir nach oben gingen, zog Dee ihr Handy hervor und tippte hektisch darauf herum.

»Ich schicke Phil und Cyrian eine Nachricht, dass du noch lebst.« Sie bedachte mich mit einem vorwurfsvollen Blick. »Die beiden suchen nämlich gerade die ganze Stadt nach dir ab.«

Normalerweise hätte ich spätestens jetzt ein schlechtes Gewissen bekommen, aber alles, was ich empfand, war Schadenfreude. Sollten die Jungs mal was tun für ihr Geld. Bisher hatten sie ja leichtes Spiel mit mir gehabt.

Wenig später erreichten wir das Atelier, wo wir nach einem gemurmelten »Guten Morgen« in Richtung Miss Evenson in den Nebenraum gingen und unsere Materialien holten, ehe wir unseren gewohnten Platz am Fenster einnahmen.

Dort setzte Dee sogleich die Arbeit an ihrem Bild fort und strafte mich mit Missachtung.

Zehn Minuten nach Unterrichtsbeginn stürmte Philemon herein. Er suchte den Raum ab und atmete erleichtert auf, als er mich hinter der Staffelei entdeckte.

Nachdem er sich bei Miss Evenson für die Verspätung entschuldigt hatte, kam er direkt auf uns zu. »Tu mir das nie wieder an«, sagte er und rieb sich über die Brust. »Ich habe beinahe einen verdammten Herzinfarkt gekriegt.«

Er machte *mir* Vorwürfe? Ernsthaft?

Ich presste die Lippen aufeinander, um nicht vollends auszuflippen. Dennoch schien immer noch genug Zorn in meiner Miene zu liegen, denn Phil verzog schuldbewusst das Gesicht.

Betreten ließ er den Kopf hängen. »Komm schon, Nayla. Es tut mir leid. Wir hatten keine andere Wahl.«

»Lass es!«, fauchte ich, was mir einen durchdringenden Blick von Dee einbrachte, den ich jedoch ignorierte.

Für den Rest der Stunde sagte ich nichts mehr. Dee schwieg ebenfalls – und auch Phil hielt sich zurück. Seine übertrieben gute Laune schien ihm tatsächlich vergangen zu sein. Und Cyrian tauchte gar nicht erst auf.

Es war die mit Abstand längste Kunststunde, die ich je gehabt hatte.

Auch in den nächsten Kursen glänzte Cyrian durch Abwesenheit, wohingegen Philemon nicht von meiner Seite wich. Er probierte verschiedene Strategien, um sich wieder bei mir einzuschleimen. Als sanfte Bitten um Verständnis nichts halfen, wollte er mich über Dritte in diverse Gespräche verwickeln. Doch ich schmetterte jeden seiner Annäherungsversuche konsequent ab und versuchte stattdessen, mich auf den Unterricht zu konzentrieren, um nicht noch einmal negativ aufzufallen. Was mir jedoch nicht besonders gut gelang.

Als es zur Mittagspause klingelte, zog ich Anabel beiseite und bat sie, Dee und Matt auszurichten, dass ich mich zum Lunch verspäten würde, weil ich noch mal ein klärendes Gespräch mit Mister Schriever suchen wollte. Sie wünschte mir viel Glück, ehe sie sich auf den Weg in die Mensa machte.

Ich schlug die entgegengesetzte Richtung ein und verließ das Schulgelände, um mich in den benachbarten Park zurückzuziehen. Mir war klar, dass es feige war, meinen besten Freunden aus dem Weg zu gehen und sie obendrein auch noch anzulügen, aber ich hatte jetzt einfach keine Nerven für ein weiteres Verhör.

Graue Wolken hingen am Himmel und verdeckten die Sonne. Es war kühl. Aber das störte mich nicht. Es kam mir sogar ganz gelegen, weil der Park aufgrund des unfreundlichen Wetters fast leer war. Abgesehen von ein paar Kids, die lachend an mir vorbeiliefen, und zwei Mädchen, die ihr Mittagessen auf einer weit entfernten Parkbank aßen, sah ich nur noch einen Typen, der abseits auf der Wiese saß und ein Buch las. Niemand schenkte mir Beachtung.

Natürlich rechnete ich damit, dass Philemon mir folgte. Trotzdem machte mein Herz einen Satz, als ich seine schweren Schritte hinter mir vernahm. Da nun auch der Rest meiner Selbstbeherrschung aufgebraucht war, wirbelte ich herum.

Meine Worte blieben mir jedoch im Hals stecken, weil nicht Phil, sondern Cyrian vor mir stand.

Und – lieber Himmel – er war fuchsteufelswild.

Seine grünen Augen waren dunkel vor Zorn, und er hatte die Hände zu Fäusten geballt. »Hast du deinen verfluchten Verstand verloren?«

Ich war so perplex, dass mir kurz die Spucke wegblieb. Dann kehrte meine Wut mit voller Wucht zurück. »Lass mich in Ruhe, Cyrian.«

Er schnitt eine zynische Grimasse. »Wie du ja inzwischen weißt, ist das leider nicht möglich. Also finde dich gefälligst damit ab und lass in Zukunft deine albernen Spielchen.«

»Ich denke überhaupt nicht daran«, fauchte ich und ballte nun selbst die Hände zu Fäusten. »Das hier ist *mein* Leben.«

Mit zusammengekniffenen Augen trat er auf mich zu. »Dein Leben wird bald vorbei sein, wenn du so weitermachst. Kapierst du das nicht?«

»Ich brauche keine Wachhunde!«, schrie ich ihn an.

»Verdammt noch mal, wir sind hier, um dich zu beschützen!«, brüllte er zurück.

»Warum behauptet ihr das alle?«, fragte ich aufgebracht. »Ihr sagt das andauernd. Als wäre ich ein hilfloses Lamm auf direktem Weg zur Schlachtbank. Aber ich sehe hier keine Metzger. Niemand will mir schaden. Mir ging es wunderbar, bevor ihr hier aufgekreuzt seid.«

»Weil du keine Ahnung von deiner wahren Herkunft hattest.«

»Nein. Weil mich niemand verarscht hat!« Anklagend zeigte ich mit dem Finger auf ihn. »Du hast mich belogen, Cyrian.«

»Das habe ich nicht«, widersprach er scharf. »Du hast angenommen, dass wir wegen Shelby hier sind, und ich habe dich nicht korrigiert. Wirf mir das ruhig vor, wenn es dir damit besser geht. Aber es ist nun mal nicht meine Entscheidung gewesen. Ich habe dich nie belogen. Nicht ein einziges Mal.«

»Ist das dein Ernst? Du hast mir die ganze Zeit etwas vorgemacht.« Vor lauter Wut schossen mir plötzlich Tränen in die Augen. »Du hast so getan, als *wolltest* du Zeit mit mir verbringen. Dabei bin ich für dich in Wirklichkeit nichts weiter als eine lästige Pflicht.«

»Das ist nicht wahr«, presste er hervor.

»Und warum hast du Phil dann alles erzählt?«

Ein Teil von mir wünschte sich wirklich, er würde es abstreiten und mir versichern, dass die Gespräche, die wir zu zweit geführt hatten, nur uns gehörten und niemanden etwas angingen. Aber er tat es nicht. Stattdessen blitzte Reue in seinen Zügen auf – und das gab mir den Rest.

»Ich habe dir vertraut.«

Gequält verzog er das Gesicht. »Ich habe dich nie darum gebeten.«

Stimmt. Das hatte er nicht. Aber ich war trotzdem dämlich genug gewesen, ihm mein Herz zu öffnen. »Weißt du was? Geh einfach.«

»Das kann ich nicht.«

»Verschwinde«, fauchte ich, unfähig, meine Wut noch länger im Zaum zu halten. Sie braute sich in mir zusammen wie ein gewaltiger Orkan. Ich spürte, wie ich die Kontrolle verlor, aber ich war nicht gewillt, mich noch länger zu beherrschen.

Cyrian regte sich nicht, sondern starrte mich in all seiner trotzigen Arroganz an. »Nein.«

»Ich habe gesagt, du sollst verschwinden!« Ich stieß die Hände gegen seine Brust, bündelte all meine Enttäuschung und Wut darin.

Licht explodierte vor meinen Augen.

Eine Millisekunde später flog Cyrian durch die Luft und krachte mit dem Rücken gegen einen Baum, der etwa fünf Meter entfernt stand. Dann plumpste er ins Gras wie ein nasser Sack.

Kraftlos sank ich auf die Knie, während ich mit namenlosem Entsetzen auf die Stelle starrte, an der Cyrian sich ächzend aufrichtete. Er war blass und seine Augen vor Schreck geweitet.

Ungläubig schüttelte ich den Kopf. Ich hatte ihn einfach weggeschleudert. Wie … wie eine Puppe. Obwohl er einen Kopf größer war als ich und locker dreißig Kilo mehr wog.

Das war doch nicht möglich!

Es gab Gesetze in der Physik, die für jeden galten. Ausnahmslos. Und trotzdem hatte ich gerade mit eigenen Augen gesehen, wie sie außer Kraft gesetzt wurden.

Durch mich.

Und das vermutlich nicht zum ersten Mal.

Weiße Blitze raubten mir plötzlich die Sicht. Ich fühlte mich vollkommen ausgelaugt, sogar zu erschöpft zum Weinen. Mit den Händen stützte ich mich auf dem kiesbedeckten Gehweg ab, kaum in der Lage, mich länger aufrecht zu halten.

Ich hörte, wie Cyrian sich fluchend hochrappelte, war aber zu fertig, den Kopf zu heben.

»Heilige Scheiße!« Philemons erschrockener Ausruf erklang direkt hinter mir. »Geht's dir gut, Mann?«

»Ja.« Cyrians Schritte näherten sich. »Hat irgendjemand was mitbekommen?«

»Zum Glück nicht.« Phil gluckste. »Ich würde mal sagen, das ist gehörig vor den Baum gegangen, was, Kumpel? Vielleicht überlässt du das Reden in Zukunft doch besser wieder mir.«

»Halt die Klappe«, knurrte Cyrian und ging vor mir in die Hocke. Behutsam umfasste er mein Kinn und zwang mich, ihn anzusehen. »Nayla.«

Die Schärfe war aus seiner Stimme verschwunden. Jetzt war sein Ton sanft und in seinen Augen schimmerte eine Mischung aus Sorge und Zärtlichkeit.

Dabei hatte ich ihn gerade erst verletzt.

Weil er mich verletzt hatte.

Genau, wie Philemon prophezeit hatte.

Mühsam wackelte ich mit dem Kopf, um seiner Berührung zu entfliehen.

Ein gequälter Ausdruck huschte über seine Miene, bevor er mich losließ und sich aufrichtete. »Kümmere du dich um sie.«

Ich bekam nicht mit, was Phil antwortete, weil ich zu sehr damit beschäftigt war, gegen eine Ohnmacht anzukämpfen. Aber ich hörte, wie sich Schritte entfernten. Cyrian ließ uns also allein.

Ohne Rücksicht auf meinen desolaten Zustand packte Phil mich unter den Armen, zog mich auf die Füße und verfrachtete mich auf eine freie Bank. »So«, sagte er und legte stützend den Arm um mich. »Hier ist es doch viel bequemer als auf dem steinigen Boden, findest du nicht?«

Ich antwortete nicht, aber das schien er auch gar nicht zu erwarten. Stattdessen wühlte er mit der freien Hand in seiner Schultasche herum. »Hier.« Er reichte mir einen Schokoriegel. »Du brauchst Zucker, um deinen Kreislauf anzukurbeln. Nicht dass du mir noch aus den Latschen kippst.«

Da das durchaus logisch klang, folgte ich seiner Aufforderung, wickelte mit zittrigen Fingern das Papier ab und stopfte mir die Schokolade in den Mund. Während die klebrige Masse auf meiner Zunge zerrann, versuchte ich, das Geschehene zu verarbeiten. Aber da war nur ein Gedanke in mir. Ich würgte den Zuckerklumpen hinunter.

»Es ist also wahr«, murmelte ich resigniert.

»Ich weiß, es ist schwer zu glauben«, erwiderte Phil mit ungewohnt weicher Stimme. »Aber du bist wirklich eine Nachfahrin von Aeneas, und in dir fließt das Blut zweier Götter.«

Missmutig verzog ich das Gesicht. »Das klingt so schräg.«

Er drückte sanft meine Schulter. »Du gewöhnst dich schon dran. Außerdem bist du nicht allein. Wir helfen dir.«

Ich schnaubte. »Ihr habt mich alle angelogen, Phil. Wie soll ich euch da noch vertrauen?«

Er zog eine Braue hoch. »Wenn ich bei unserem ersten Treffen auf dich zugegangen wäre und dir erklärt hätte, dass du aufgrund deiner göttlichen Abstammung unsere Schutzbefohlene bist, die ab sofort rund um die Uhr überwacht werden muss, wie hättest du da reagiert?«

Ich zuckte mit den Schultern. »Ich hätte dir vermutlich die Klinik in Cosby empfohlen. Ich habe gehört, die soll ziemlich gut sein.«

Er lachte leise. »Ganz genau. Du hättest uns gar nicht erst die Chance gegeben, einander kennenzulernen, und das wäre doch wirklich schade gewesen, oder nicht?«

Ich gab es zwar nur ungern zu, aber er hatte recht. Wenn er das gesagt hätte, hätte ich tatsächlich einen großen Bogen um die beiden gemacht. Das hieß aber noch lange nicht, dass alles vergeben und vergessen war. »Es war trotzdem eine miese Aktion.«

Seufzend reichte Phil mir einen weiteren Schokoriegel. »Uns war allen klar, dass es falsch ist, dir gewisse Details zu verschweigen. Aber du musst verstehen, dass wir überfordert waren. Du hattest keine Ahnung von deiner wahren Abstammung, und uns fehlte die Zeit, dir die Zusammenhänge in Ruhe zu erklären. Daher meinten Allegra und Julius, es wäre am besten, wenn Cyrian und ich die Highschool übernehmen und dich erst einmal inkognito beschützen.«

Ich stieß ein trockenes Lachen aus, als ich hörte, wie er meine Eltern bei ihren Vornamen nannte. »Ihr seid alle richtig dicke Freunde, was?«

Phil ignorierte meinen sarkastischen Ton und nickte. »Die Securitas sind wie eine Familie mit langen Traditionen. Die meisten Mitglieder sind schon seit Generationen involviert. Nur gelegentlich kommen neue Gesichter hinzu.«

»Klingt, als wärt ihr eine Sekte oder irgendein ritueller Geheimbund«, murrte ich, bevor ich mir das letzte Stück des zweiten Schokoriegels in den Mund schob.

»Wir sind nichts dergleichen.« Phil wuschelte sich durch die blonden Locken, bevor er mir einen vorsichtigen Blick zuwarf. »Um dir alles zu erklären, werde ich etwas weiter ausholen müssen. Sicher, dass du es diesmal ertragen kannst?«

Nein, war ich nicht. Andererseits konnte ich die Wahrheit wohl kaum noch länger verleugnen. Also nickte ich trotz des unguten Gefühls in meinem Bauch.

Phil überlegte einen Moment, bevor er anfing zu erzählen. »Du erinnerst dich sicher noch, was Matt im Diner über Aeneas und Élyssa erzählt hat, oder?«

Wie könnte ich das vergessen? »Du meinst, dass sie sich umbrachte, nachdem er sie abserviert hat.«

»Genau. Was Matt erzählt hat, stimmt allerdings nur zum Teil.« Phil hielt mir einen dritten Schokoriegel hin und bedeutete mir, ihn zu essen. »Tatsache ist, dass auch Aeneas die Königin geliebt hat, seine Pflichtgefühle gegenüber seinem Volk und Jupiter aber stärker waren. Was zu diesem Zeitpunkt allerdings niemand wusste, ist, dass Élyssa ein Schützling von Minerva war. Die Göttin der Weisheit war natürlich stinksauer, als Élyssa sich aufgrund ihrer verlorenen Liebe das Leben nahm. Sie verfluchte Aeneas und seine Erben, was dich leider miteinschließt.«

Mir klappte die Kinnlade runter. »Warte mal! Soll das etwa heißen, ich bin auch noch verflucht?«

Phil nickte bedauernd. »Deine Eltern sind nicht dazu gekommen, es dir zu erklären. Aber das ist einer der Gründe, warum wir hier sind. Unsere Aufgabe ist es, dich vor diesem Fluch zu beschützen.«

Übelkeit bündelte sich in meinem Magen und ich entschied, dass drei Schokoriegel mehr als genug waren. Nur für den Fall, dass ich gleich kotzen musste.

»Na toll. Und wie lautet mein Todesurteil?«, scherzte ich, um die Stimmung ein wenig aufzulockern und meine Angst zu überspielen.

Dummerweise lachte Phil nicht. Stattdessen schaute er mich mit seinen großen blauen Augen traurig an. »So wie Élyssa bist auch du dazu verdammt, den Tod zu finden, nachdem du von einem geliebten Menschen verraten wurdest.«

XVIII

Ich sprang von der Bank auf, als hätte mein Hintern Feuer gefangen, und begann, vor Phil auf- und abzulaufen. »Okay, weißt du was? Ich glaube, ich flippe doch aus.«

Er schnitt eine Grimasse. »Das kann ich dir echt nicht verübeln, aber wir sind jetzt schon so weit gekommen, da würde ich dir auch gern den Rest erzählen.«

Aufgewühlt schlang ich die Arme um meinen Oberkörper. »Ich weiß nicht, ob ich das ertragen kann.«

»Du musst, Nayla.« Er stand auf, legte mir die Hände auf die Schultern, damit ich nicht mehr wie ein kopfloses Huhn hin- und herlaufen konnte, und sah mich eindringlich an. »Wenn du alles weißt, wirst du erkennen, wie wichtig es ist, dass wir zusammenarbeiten. So ein Mist wie heute Morgen darf nicht wieder passieren. Dieser Fluch ist nicht zu unterschätzen! Du bist wirklich in Gefahr.«

Plötzlich fiel mir auf, wie seltsam es war, Philemon so ernst reden zu hören. Normalerweise war er der Komiker, der alle zum Lachen brachte und pausenlos dummes Zeug vor sich hinschwatzte. Wenn ich genauer darüber nachdachte, waren unsere Unterhaltungen größtenteils oberflächlich geblieben. Er hatte mich innerlich nie berührt.

Im Gegensatz zu Cyrian. Bei ihm hatte es deutlich mehr wehgetan. Und das hatte ich ihn spüren lassen.

»Hey! Nicht abschalten.« Phil schnipste vor meinem Gesicht herum, als wollte er mich aus einer Trance wecken. »Schön hierbleiben.« Ich blinzelte und registrierte sein zufriedenes Grinsen. »Sehr gut. Können wir weitermachen?«

Ehrlich gesagt wollte ich schreiend davonrennen. Aber mir war klar, dass er mich nicht so einfach vom Haken lassen würde. Er schien wild entschlossen zu sein, seine Mission zu Ende zu bringen.

Kraftlos plumpste ich zurück auf die Bank und ließ den Blick durch den Park wandern. Inzwischen hatten sich weitere Schüler an die frische Luft gewagt und genossen die letzten Minuten der Mittagspause. Was beneidete ich sie um ihre Ahnungslosigkeit.

Phil setzte sich wieder neben mich und holte eine Flasche Cola aus seiner Tasche. Es zischte, als er den Verschluss öffnete. »Möchtest du etwas?«

»Nein, danke.«

Er trank einen Schluck, während ich mir über die müden Augen rieb. »Also«, sagte ich gedehnt. »Ich sterbe, sobald mich jemand verrät, den ich liebe.«

»Und der dich liebt«, ergänzte er und lehnte sich zurück.

Ich lachte bitter auf. »Meine Eltern haben mich mein ganzes Leben lang belogen. Gilt das nicht auch als Verrat?«

»Nicht, wenn die Motivation Liebe war«, widersprach Phil. »Allegra und Julius würden ihr Leben für dich geben und alles tun, um dich zu beschützen. Daher zählt ihre Geheimniskrämerei nicht als Verrat. Victor ist noch zu klein, um dich bewusst zu hintergehen, und Dee und Matt lieben dich zwar wie eine Schwester, aber ihre romantische Liebe füreinander ist noch stärker.«

»Ihr habt also bereits sämtliche Eventualitäten eruiert«, stellte ich ernüchtert fest.

»Das ist unser Job, Nayla.« Phil zuckte mit den Schultern, als wäre es keine große Sache, die Menschen, die mir am meisten bedeuteten, als potenzielle Killer zu betrachten. »Immerhin geht von deinen engsten Vertrauten keine Gefahr aus«, sagte Phil und stieß mich aufmunternd an. »Das ist doch auch was.«

Ja, einfach klasse!

Jetzt kapierte ich auch, warum meine Eltern sich standhaft weigerten, mich auf Dates gehen zu lassen. Sie wollten verhindern, dass ich einen netten Jungen kennenlernte und mich verliebte.

Ich warf Phil einen schiefen Blick zu. »Und wie genau läuft dieser Fluch ab?«

»Es ist immer dasselbe. Kaum lassen Aeneas' Nachkommen jemand Besonderen in ihr Herz, betritt Minerva die Bühne und setzt alles daran, die beiden wieder auseinanderzureißen. Egal ob freundschaftliche oder romantische Liebe. Und sobald ihre Herzen gebrochen sind, findet die Göttin einen Weg, den unglücklichen Erben zu töten. Manchmal dauert es Jahre, manchmal bloß ein paar Wochen.«

Ich runzelte die Stirn. »Warum hat sie Aeneas' Kinder nicht gleich in der ersten Generation getötet? Dann hätte sie sich einen Haufen Stress gespart.«

Und mir auch, nur so am Rande.

»So einfach ist das leider nicht«, stellte Phil klar und kratzte mit dem Fingernagel über das Flaschenetikett. »Die Göttin war scheißwütend, als sie den Fluch aussprach. Vermutlich hat sie die Konsequenzen in dem Moment einfach nicht bedacht.« Er gluckste. »Die übrigen Götter haben sich bestimmt schlapp gelacht. Stell dir nur mal vor: Die Göttin der Weisheit und Vernunft tickt aus und lässt sich von ihren Emotionen leiten. Was für eine Blamage.«

Ich konnte seine Erheiterung nicht im Mindesten teilen. Mit hochgezogener Braue sah ich ihn an, woraufhin er wieder ernst wurde.

»Du musst das Ganze positiv sehen, Schönste. Solange der Verrat nicht erfolgt ist, ist ein Nachfahre von Aeneas sozusagen unantastbar.«

Mir klappte der Mund auf. »Definiere *unantastbar.*«

Phil breitete die Arme aus. »Das sind die guten Neuigkeiten: Streng genommen sind alle Erben unsterblich. Zumindest, bis ihr Herz bricht. Dann wird es kritisch.«

Entgeistert schüttelte ich den Kopf. »Du nimmst mich auf den Arm.«

»Kein bisschen.« Ein süffisantes Grinsen huschte über seine Lippen. »Soweit wir wissen, ist Minerva die Einzige, die den Fluch außer Kraft setzen und dich sofort töten könnte. Allerdings ist es den Göttern verboten, die Nachfahren anderer Götter zu ermorden. Wer sich nicht daran hält, zahlt mit seinem eigenen Leben.«

Nachdenklich zog ich die Beine an und schlang die Arme um die Knie. »Ich dachte, Götter sind unsterblich.«

»Sie können ewig leben. Das heißt aber nicht, dass man sie nicht umbringen kann. Enthauptung ist zum Beispiel eine sehr effektive Methode.« Phils Blick glitt in die Ferne. »Vor langer Zeit hatte Jupiter zwei Söhne, deren Namen inzwischen in Vergessenheit geraten sind. Bekannt ist nur noch, dass der Ältere von Eifersucht auf seinen jüngeren Bruder zerfressen war und ihn bei einem Streit umbrachte. Zur Strafe – und um ein Exempel zu statuieren – schlug Jupiter ihm den Kopf ab.«

Ich schnitt eine Grimasse. »Wie nett.«

»Es war grausam, das stimmt. Doch es war die einzig logische Konsequenz, weil die Götter immer aggressiver wurden.« Phils rechter Oberschenkel begann, auf und ab zu wippen. »Minerva konnte also die Kinder von Aeneas, die ebenfalls Nachfahren von Venus und später auch von Mars waren, nicht offen angreifen, und durch den Fluch genossen sie einen gewissen Schutz. Aber natürlich fand die schlaue Göttin andere Wege, ihre Ziele zu erreichen. Als Venus davon erfuhr, tobte sie vor Wut. Sie ließ eine Gladiatorenschule gründen, um die besten und stärksten Wächter um ihre Erben zu scharen. Sie gab den Erbauern bestimmte Gesetze, gesammelt in der sogenannten *Doctrina Veneris*, an die Hand. Die Auswahl war sehr streng. Nur die Krieger, in denen das Blut der Nebengötter floss, wurden überhaupt für eine Ausbildung in Betracht gezogen. Deshalb …«

»Stopp!«, unterbrach ich ihn erneut und sah ihn mit großen Augen an. »Soll das etwa heißen, in euch fließt ebenfalls *Götterblut*?«

Ich brachte das immer noch schwer über die Lippen, wohingegen Phil völlig gelassen blieb. »Unser Blut ist nicht königlichen Ursprungs wie bei dir. Man könnte wohl sagen, dass wir eher vom niederen Adel abstammen.« Grinsend lehnte Phil sich zu mir herüber. »Jetzt willst du bestimmt wissen, wessen göttliche Essenz in meinen Adern fließt, stimmt's?«

Das konnte ich nicht leugnen. Also nickte ich stumm.

»Meine Vorfahren und ich tragen das Blut von Sol in uns«, erklärte er und strahlte mich voller Stolz an. »Er ist der Sonnengott.«

Irgendwie überraschte mich das nicht bei seinem sonnigen Gemüt. Ein zaghaftes Lächeln zupfte an meinen Mundwinkeln. »Das passt zu dir.«

»Danke sehr.«

»Und Cyrian?«, fragte ich leise.

»Er stammt von Aeolus ab, dem Gott der Winde.« Phil wackelte vielsagend mit den Augenbrauen. »Daher auch seine Launenhaftigkeit, nehme ich an.«

Ich ignorierte seinen Scherz und dachte an die seltsamen Luftveränderungen, die mir das erste Mal im Wald und dann erneut im Museum aufgefallen waren. Im Gegensatz zu mir hatte Cyrian sich kein bisschen darüber gewundert. Ob er irgendein besonderes Gespür für den Wind hatte?

»Venus hat also diese Gladiatorenschule gegründet, um Wächter für die Nachfahren ihres Sohnes zu finden, die sie vor Minervas Fluch beschützen sollen«, fasste Phil noch mal zusammen und sah mich fragend an, um zu überprüfen, ob ich noch mitkam.

Ich runzelte die Stirn. »Aber wenn der Fluch sowieso an die Bedingung des Verrats geknüpft ist, gibt es doch überhaupt keinen Grund zur Sorge. Ich bleibe einfach mein Leben lang Single.«

Bedauernd schüttelte er den Kopf. »Das haben schon andere versucht, doch es hat nicht funktioniert. Dein Herz ist dazu bestimmt zu lieben, Nayla. Deshalb wird es auch verraten werden. Die Frage ist nur, wann. Und von wem.« Er verlagerte unruhig sein Gewicht. »Das ist allerdings nicht das einzige Problem.«

Ich stöhnte auf. »Was denn noch?«

»Allegra und Julius ist es nach deiner Geburt gelungen, dich vor der Götterwelt zu verbergen. Abgesehen von deinen Eltern und Cyrians Vater, der das Oberhaupt der Securitas ist, wusste niemand, dass du überlebt hast. Was sicherlich auch noch eine ganze Weile gut gegangen wäre.« Phil warf mir einen kurzen Blick zu. »Allerdings hast du bei dem Unfall instinktiv deine Kräfte entfesselt, um dich selbst zu retten. Das war quasi wie ein göttliches Leuchtfeuer. Wir fürchten, dass Minerva dadurch auf dich aufmerksam geworden ist, und sie wird verdammt sauer sein. Sie kann dich zwar nicht töten, aber glaub mir, sie ist äußerst kreativ darin, Aeneas' Nachkommen auf möglichst abartige Weise zu quälen. Deshalb wurden Cyrian und ich auch hierherbeordert, und deshalb ist es so wichtig, dass du in unserer Nähe bleibst.«

Zweifelnd musterte ich sein ernstes Gesicht. Ich konnte mir nicht so recht vorstellen, wie Cyrian, Phil oder meine Eltern sich gegen eine *Göttin* zur Wehr setzen wollten.

»Ich will euch ja nicht zu nahe treten, aber Minerva ist doch sicher ziemlich mächtig«, sagte ich nachdenklich. »Mächtiger als ich auf jeden Fall. Und ihr seid zwar besser ausgebildet, aber du hast ja mitgekriegt, was ich vorhin mit Cyrian gemacht habe.«

Pure Erheiterung erschien in seinem Gesicht. »Von dieser Demütigung wird er sich so schnell nicht erholen, das steht fest.«

»Lass die Witze. Ich meine es ernst.«

»Schon gut.« Ergeben hob Phil die Hände, bevor er mich mit geschürzten Lippen musterte. »Was da vorhin passiert ist, war krass, das gebe ich zu. Keiner von uns hat eine Erklärung für deine außergewöhnlichen Kräfte. Wir wissen weder, wieso du sie hast, noch welche Fähigkeiten sonst noch in dir schlummern. Aber wir arbeiten dran, okay?«

»Ich will helfen«, platzte ich heraus.

Phil strahlte mich an. »Großartig!«

»Was kann ich tun?«, fragte ich aufgeregt und überlegte gleichzeitig, ob ich überhaupt qualifiziert war, um sinnvolle Recherchen anzustellen.

Phil legte mir eine Hand auf den Unterarm und lächelte mich an. »Du hilfst uns am besten, indem du für deine Sicherheit sorgst.«

Offen gestanden war das nicht die Antwort, die ich mir erhofft hatte. Schließlich ging es hier um mich, und nachdem ich mich endlich dazu durchgerungen hatte, mein Weltbild zu überdenken, wollte ich mehr sein als eine passive Zuschauerin.

Phil schien meine Enttäuschung nicht zu bemerken. »Die Häuser der Venus – und das schließt die der Securitas mit ein – sind alle vor unerwünschten Eindringlingen geschützt«, fuhr Phil fort und grinste, als er meinen skeptischen Blick bemerkte. »Auf den Grundstücken liegt eine Art Schutzzauber.«

»Ein Schutzzauber?«, wiederholte ich tonlos.

Er nickte. »Es gibt da bestimmte Gebetsriten, die es Feinden fast unmöglich machen, einen Fuß über die Schwelle zu setzen.«

Ich schnaubte. »Wie bei Vampiren, oder was?«

Er zwinkerte mir verschwörerisch zu. »Was meinst du denn, woher diese Legende stammt?«

Ich musste ziemlich blöd aus der Wäsche gucken, denn Philemon brach in schallendes Gelächter aus. »Alles ist miteinander verbunden, Schönste. Jede Religion und jede Geschichte.«

Zweifelnd sah ich ihn an. »Und wenn ich mal einen Fuß *vor* die Tür setzen will?«

Phil zuckte mit den Schultern. »Dann hast du uns. Wir sind erstklassig ausgebildet und haben ein paar echt coole Tricks auf Lager. Wir werden also locker damit fertig, falls Minerva ein krummes Ding versucht.«

Ich war immer noch nicht überzeugt. Allerdings war die Zeit für weitere Diskussionen vorbei, denn in dem Moment entdeckte ich Dee und Matt am Parkeingang – und sie sahen nicht amüsiert aus.

»Oh, oh«, murmelte Phil, der die beiden ebenfalls bemerkt hatte. Mit einem Anflug von Panik sah er mich an, während meine besten Freunde entschlossenen Schrittes auf uns zukamen. »Hör zu, Nayla. Ich weiß, es ist ätzend, aber du darfst den beiden nichts von der ganzen Sache erzählen.«

»Was?«, zischte ich. »Wieso denn nicht?«

»Es ist einfach sicherer. Nicht für dich, sondern für sie. Also, bitte, versprich es mir.«

Ich wollte protestieren, aber Phil hatte recht. Hier ging es nicht nur um mich, und das Letzte, was ich wollte, war es, die beiden in Gefahr zu bringen. Also nickte ich schweren Herzens. »Okay, ich werde nichts sagen.«

Erleichterung blitzte in seinen Zügen auf, ehe er mir einen Arm um die Schultern legte und Matt und Dee angrinste. »Hey, wir wollten gerade zu euch kommen.«

»Klar.« Dee musterte uns kühl. »Genau danach sieht es aus.«

»Tut mir leid«, murmelte ich.

»Anabel sagte, du wolltest mit Mister Schriever reden«, sagte Matt und versuchte, Dees abweisende Haltung durch einen sanfteren Tonfall zu entschärfen. »Hattest du Erfolg?«

»Nein.« Ich senkte den Blick, weil ich es kaum schaffte, meinen Freunden in die Augen zu sehen. »Er war nicht da.«

»Und wieso hast du beschlossen, deine Mittagspause lieber hier draußen anstatt in der Mensa zu verbringen?«, fragte Dee. »Ohne uns.«

»Ich wollte nur kurz ein bisschen an die frische Luft«, antwortete ich und zuckte hilflos mit den Schultern. »Aber dann hat Phil mich aufgegabelt.«

Vom Boden. Nachdem ich Cyrian durch die Luft geschleudert hatte.

Im Geiste sah ich ihn wieder vor mir, wie er mit voller Wucht gegen den Baum krachte. Sein Rücken dürfte grün und blau werden, von den Schmerzen ganz zu schweigen. Obwohl ich immer noch wütend auf ihn war, fühlte ich mich furchtbar.

»Na ja«, meinte Dee spitz. »Immerhin habt ihr beide euch wieder vertragen.«

Wir alle hörten den Vorwurf in ihrer Stimme, da sie heute Morgen sehr deutlich gemacht hatte, wie nervig sie mein Verhalten fand. Doch auch jetzt unternahm ich nichts, um meine aufgebrachte Freundin zu besänftigen. Ich schwieg, während ich weiterhin Dees anklagenden Blick auf mir spürte.

»Jepp«, mischte Phil sich unvermittelt ein, um die angespannte Stille zu durchbrechen. Er strahlte mich an. »Und ich bin wirklich froh darüber.«

Das war ich auch. Trotzdem blieb ein fader Beigeschmack, weil der Streit mit Cyrian derart eskaliert war.

Dee schob beleidigt die Unterlippe vor. »Wie schön, dass *ihr* eure Differenzen beigelegt habt.«

»Jetzt komm schon, Dee«, erwiderte ich leise. »Sei bitte nicht sauer.«

»Kein Problem«, schoss sie zurück. »Sag mir einfach, was los ist.«

Ich zuckte zusammen. »Nichts.«

»Erzähl mir keinen Scheiß, Nayla«, rief Dee aufgebracht. »Gestern

Abend war die Welt noch in Ordnung. Heute Morgen tauchst du plötzlich unter, alle flippen völlig aus und jetzt gehst du uns auch noch aus dem Weg.«

»Ich gehe euch nicht aus dem Weg«, widersprach ich schwach.

Dee lachte schnaubend. »O bitte! Ich kann die Tage an einer Hand abzählen, an denen du deine Mittagspause ohne uns verbracht hast, und selbst die waren nicht freiwillig.«

Das stimmte wohl, wie ich mir eingestehen musste. Dee, Matt und ich waren seit jeher ein Dreiergespann, das ständig zusammen herumhing. Die einzigen Male, die ich ohne die beiden verbracht hatte, hingen mit außergewöhnlichen Umständen zusammen. Krankheiten, Trauerfeiern und dergleichen. Sogar, wenn wir uns wegen Belanglosigkeiten gestritten hatten, fanden wir spätestens in der Mittagspause immer wieder zusammen und versöhnten uns.

»Es tut mir leid«, wiederholte ich leise. »Ich habe heute Morgen einfach nicht darüber nachgedacht, dass ihr euch alle Sorgen machen könntet, okay? Es kommt nicht wieder vor.«

Meine Worte schienen Delilah nur mäßig zu besänftigen. Doch Matt ergriff ihre Hand, drückte sie beruhigend und lächelte mich treuherzig an. »Schwamm drüber.«

Ich liebte Matt! Hatte ich das schon erwähnt?

Er nickte in Richtung des Schulgebäudes. »Wir sollten langsam zurückgehen. Es sind nur noch ein paar Minuten bis zur nächsten Stunde.«

Phil sah mich an, und mir wurde klar, dass die Entscheidung allein bei mir lag.

Die unsägliche Erschöpfung, die mich nach dem Zwischenfall mit Cyrian überrollt hatte, hatte dank der Schokolade zwar kurzzeitig etwas nachgelassen. Doch ich fühlte mich noch immer vollkommen ausgelaugt. Schon die Vorstellung, jetzt noch drei Stunden die Schulbank zu drücken, machte mich völlig fertig. Ich wollte nur noch ins Bett.

»Ehrlich gesagt geht's mir nicht besonders gut.«

Matt legte stirnrunzelnd den Kopf schief. »Jetzt, wo du es sagst, du bist wirklich ganz schön blass. Vielleicht solltest du besser nach Hause und dich hinlegen.«

»Ja«, erwiderte ich matt und stand auf. Meine Knie zitterten und das war nicht gespielt. »Würdest du mich bitte heimfahren, Phil?«

»Na klar.« Er schnappte sich seine Schultasche und warf sich auch noch meinen Rucksack über die Schulter.

Dee ließ mich nicht aus den Augen, während ich mich an ihr vorbeischleppte.

Schweigend gingen wir zurück in Richtung Schulgebäude. Vor dem Parkeingang blieb ich schließlich stehen und sah meine besten Freunde zerknirscht an. »Es tut mir echt leid. Wir sehen uns morgen, ja?«

Matt nickte lächelnd. »Aber klar. Gute Besserung.«

Nicht ganz so versöhnlich reckte Dee das Kinn in die Höhe. »Bis dann.«

»Macht's gut, Leute«, sagte Phil und schlang einen Arm um mich.

Für Dee und Matt mochte das wie eine lässige Geste aussehen, doch in Wahrheit hielt er mich fest, damit ich nicht umkippte. Ich hatte keine Ahnung, warum ich so erschöpft war. Ich hätte im Stehen einschlafen können.

Phil zog mich mit sich in Richtung Parkplatz, und mir fielen schon im Gehen immer wieder die Augen zu. Hätte ich mir nicht derart den Kopf über meine Freunde zerbrochen, wäre ich wahrscheinlich eingenickt, sobald ich auf dem Beifahrersitz saß.

»Dee wird nicht lockerlassen«, krächzte ich, während Phil den Wagen vom Parkplatz lenkte. »Ich brauche dringend eine plausible Erklärung, warum ich heute Morgen plötzlich sauer auf dich war.«

Der Blödmann grinste. »Erzähl ihnen doch einfach, dass du mir nicht länger widerstehen konntest und gestern Abend auf dem Heimweg versucht hast, mich zu küssen, woraufhin ich dich habe abblitzen lassen.«

Schnaubend schaute ich aus dem Fenster. »Das kauft Dee mir niemals ab.«

Er überlegte kurz, ehe er ein theatralisches Seufzen ausstieß. »Dann vertausch halt die Rollen. Mach mich zum Sündenbock.«

Richtig glücklich war ich mit seinem Vorschlag nicht. Ich dachte den ganzen Heimweg darüber nach. Allerdings fiel mir keine passendere Alternative ein, die das ganze Drama rechtfertigte.

Als wir kurze Zeit später vor meinem Haus hielten, tätschelte Phil tröstend meinen Oberschenkel. »Mach dir keinen Kopf, okay? Dee kriegt sich schon wieder ein.«

»Du irrst dich«, erwiderte ich tonlos. »Sie weiß, wann ich lüge. Sie wird das Thema nicht fallen lassen.«

Die Angst, meine besten Freunde zu verlieren, nagte unablässig in meiner Brust. Doch das war nichts verglichen mit der Erkenntnis, dass meine Eltern die Wahrheit gesagt hatten. Einen Moment lang starrte ich wie paralysiert auf mein Zuhause.

»Hey«, erklang Phils sanfte Stimme neben mir.

Ich drehte mich zu ihm und begegnete seinem mitfühlenden Blick.

»Kommst du klar?«

Ich schluckte. »Habe ich denn eine Wahl?«

Er verzog das Gesicht. »Ich fürchte nicht.«

»Tja, dann …« Irgendwie schaffte ich es, die Hand nach dem Türgriff auszustrecken und am Hebel zu ziehen. »Wir sehen uns morgen.«

Er nickte. »Bis morgen, Schönste.«

Beklommen stieg ich aus und schlurfte zum Haus. Diesmal wunderte ich mich nicht, warum Phil vor dem Haus wartete, bis ich hineingegangen war. Ich kannte jetzt die Wahrheit, auch wenn es mir immer noch schwerfiel, sie vorbehaltlos zu akzeptieren.

Mir schwirrte der Kopf von den vielen Informationen. Ich stammte nicht nur von zwei Göttern ab, sondern auch von dem römischen Herrschergeschlecht, weshalb ich von einem Geheimbund beschützt wurde, dem neben Cyrian und Phil auch meine Eltern angehörten. Ich war verflucht, aber gleichzeitig unsterblich. Und als wäre das Ganze nicht schon irre genug, besaß ich obendrein auch noch geheimnisvolle Superkräfte, über die absolut nichts bekannt war.

Einfach großartig.

Ich ließ meine Sachen achtlos zu Boden fallen. Eigentlich wollte ich direkt nach oben in mein Zimmer gehen, doch stattdessen trugen mich meine Beine ins Wohnzimmer.

Meine Mutter saß auf dem Sofa und tippte auf ihrem Handy herum. Sie schien sich wieder gefangen zu haben, denn nichts erinnerte an ihren desolaten Zustand von gestern Nacht. Ich wusste nicht, ob sie wusste, was in der Schule passiert war. Aber der Blick aus ihren braunen Augen war voller Mitgefühl.

»Hallo, Liebling«, sagte sie und legte das Handy beiseite.

Die Zärtlichkeit in ihrer Stimme ließ bei mir alle Dämme brechen. Und weil sie immer noch meine Mom war, sprach ich ihr gegenüber das aus, was ich vor Phil niemals zugegeben hätte. »Es war doch ein frontaler Zusammenstoß, nicht wahr? Ich habe diese beiden Frauen umgebracht.«

»Was?« Entsetzt schüttelte sie den Kopf. »So etwas darfst du nicht mal denken, Nayla. Dich trifft keine Schuld.«

Ein Schluchzen brach aus meiner Kehle hervor. »Aber wenn ich normal wäre, würden sie vielleicht noch leben.«

»Das ist nicht wahr«, erwiderte meine Mutter sanft.

»Wie kannst du da so sicher sein?«

Sie schluckte schwer. »Weil ich in jener Nacht an der Unfallstelle war, Nayla.«

»Was?«, krächzte ich und blinzelte gegen die Tränen an.

Mom nickte schmerzerfüllt. »Julius und ich haben beide gleichzeitig etwas gespürt. Ein Beben, das uns innerlich erschütterte. Wir wussten nicht, was das zu bedeuten hatte, aber dann rief Colin an. Du erinnerst dich vielleicht an meinen Kollegen. Ihr seid euch schon mal auf dem Familienfest der Klinik begegnet.«

Ich schüttelte den Kopf, weil ich keine Ahnung hatte, von wem sie sprach.

»Er hatte an dem Abend Notdienst«, fuhr Mom fort. »Als er dich erkannt hat, rief er sofort an, und ich bin zur Unfallstelle gefahren.«

Angespannt befeuchtete sie sich die Lippen, während ihr Blick ins Leere ging. Offenbar fiel es ihr nicht leicht, daran zurückzudenken.

»Alles war zerstört. Dein Auto … Es war nur noch ein Haufen zerschmettertes Blech. Ich dachte …« Sie schluckte schwer. »Im ersten Moment dachte ich, wir hätten dich verloren. Theoretisch wusste ich, dass es nicht möglich war. Aber ich war außer mir vor Angst. Colin hatte dich etwas weiter entfernt im Straßengraben gefunden. Du warst bewusstlos. Niemand konnte sich erklären, wie du dorthin gelangt warst. Aber letztlich spielte es auch keine Rolle. Laut Detective O'Grady hattest du einen Schutzengel. Aber er lag falsch. Du warst selbst der Engel, Liebes.«

Ich holte zittrig Luft. »Aber wie?«

»Wir wissen es nicht«, gestand Mom zögernd. »Es wäre denkbar, dass du dich in eine Art Kokon gehüllt hast, als die Wagen zusammenprallten, oder du hast dich teleportiert oder …« Sie verstummte und sah mich traurig an.

Oder ich hatte alles um mich herum weggeschleudert. So wie ich es mit Cyrian getan hatte. Der Gedanke ließ mich erneut in Tränen ausbrechen.

Ich konnte meiner Mutter ansehen, dass sie aufstehen und mich in die Arme nehmen wollte. Aber sie hielt sich zurück. Nicht aus Furcht, sondern weil sie mir die Entscheidung überlassen wollte. Und ich brauchte gerade so dringend ihren Trost, dass ich kaum noch atmen konnte.

Tränen liefen mir über die Wangen, als ich zu ihr stolperte und mich neben sie aufs Sofa plumpsen ließ. Ich schlug mir die Hände vors Gesicht, während mein Körper von einem Weinkrampf geschüttelt wurde. Es tat so verdammt weh, dass ich kaum atmen konnte. Diese beiden Frauen, Cyrian … Ich hatte das getan. Es war alles meine Schuld.

Mom strich behutsam über mein Haar. »Der SUV war viel zu schnell, als er auf deine Spur geraten ist«, sagte sie leise. »Du hast deine Kräfte unbewusst entfesselt, um dich selbst zu retten. Du darfst dir deshalb keine Vorwürfe machen.«

Ich verstand, was sie mir sagen wollte. Aber mein Herz war nicht bereit, ihre Worte zu akzeptieren.

Mom schien das zu spüren, denn sie redete nicht weiter auf mich ein, sondern trauerte still mit mir zusammen um die beiden Unfallopfer.

Es tat gut, mir den Kummer von der Seele zu weinen, auch wenn ein Teil von mir nicht fassen konnte, dass ich immer noch Tränen übrig hatte. In den letzten Tagen hatte ich so viel geweint wie in meinem ganzen Leben nicht.

Ich wusste nicht, wie viel Zeit verging, während ich mich von ihr trösten ließ und versuchte, mit dem Schmerz fertigzuwerden. Irgendwann kippte ich zur Seite und rollte mich auf dem Sofa zusammen. Die Erschöpfung brach sich Bahn. Das Chaos in meinem Kopf drehte sich immer langsamer, bis es nichts mehr gab als selige Stille.

Ich musste eingeschlafen sein, denn als ich die Augen wieder aufschlug, hatte draußen bereits die Dämmerung eingesetzt. Eine Decke lag ausgebreitet über meinem Körper. Mit verquollenen Lidern schaute ich mich im Wohnzimmer um.

Mom saß inzwischen im Sessel und beobachtete mich mit sorgenvoller Miene. Als sich unsere Blicke begegneten, lächelte sie vorsichtig. »Geht es dir besser?«

»Ein bisschen«, nuschelte ich, machte aber keine Anstalten aufzustehen. »Ich habe mit Philemon geredet.«

Das schien sie nicht wirklich zu überraschen.

Ich stieß ein hartes Lachen aus. »Du weißt es schon.«

Immerhin unternahm Mom nicht einmal den Versuch, mir eine blöde Ausrede aufzutischen. »Er hat mir vorhin eine Nachricht geschickt und mich über die jüngsten Ereignisse in Kenntnis gesetzt.«

»Na, toll«, brummte ich und setzte mich nun doch auf. »Was hat er geschrieben?«

Sie zögerte. »Dass du dich mit Cyrian gestritten hast, er dich aber beruhigen und dir einiges erklären konnte.«

Schnaubend wischte ich mir eine Haarsträhne aus der Stirn. »Hat er dir auch erzählt, dass ich Cyrian gegen einen Baum geschleudert habe wie einen verdammten Gummiball?«

Ihre Augen weiteten sich, ehe sie den Kopf schüttelte. »Das hat er wohl vergessen zu erwähnen.« Neugierig legte sie den Kopf schief. »Was ist passiert?«

Ich zuckte mit den Schultern. »Ich war wütend auf Cyrian, weil er mich belogen hat, und er war sauer, weil ich heute Morgen allein zur Schule gegangen bin. Da ist die ganze Sache etwas aus dem Ruder gelaufen. Ich wollte ihn bloß ein Stück wegschubsen. Stattdessen flog er plötzlich durch die Luft und krachte gegen den Baum.« Frustriert sah ich sie an. »Und ihr habt wirklich keine Idee, wieso ich diese Kräfte habe?«

»Leider nicht.« Angespannt rieb sich meine Mutter über das Gesicht. »Niemand hatte je zuvor solch starke Fähigkeiten, obwohl in allen Nachkommen seit Romulus die Macht zweier Götter fließt.«

Irritiert sah ich sie an. »Wieso Romulus? Ich dachte, es geht um Aeneas.«

»Das stimmt auch. Aber Aeneas' Fluch ist nur ein Teil des großen Ganzen.« Sie zögerte kurz. »Phil hat mir erzählt, dass ihr beim Brunch mit Delilah und Matt auch über Roms Gründungslegende gesprochen habt.«

Ich zog eine Braue hoch. »Über diese Sache mit der Berichterstattung werden wir noch einmal ausführlich reden müssen, wenn diese kleine Geschichtsstunde vorüber ist.«

Mom nickte, hatte aber immerhin den Anstand, eine reumütige Miene aufzusetzen, ehe sie fortfuhr: »In Romulus und Remus vereinten sich erstmalig die Essenzen zweier Götter, die von Venus *und* Mars. So entstand eine neue Götterlinie – etwas, das es zuvor noch nie gegeben hatte.«

Nachdenklich wickelte ich mir die Spitze einer Haarsträhne um den Zeigefinger. »Ich verstehe nicht, was daran so besonders ist. Es gibt doch unzählige Götter, die miteinander im Bett waren und Kinder gekriegt haben.«

Meine Mutter lachte leise. »Das ist richtig. Aber normalerweise wird immer nur die Essenz von *einem* Gott vererbt. Bei Romulus und Remus sind jedoch *beide* Essenzen miteinander verschmolzen. Wir nehmen an, die besonderen Umstände des Fluches, der Aeneas' Erben für begrenzte Zeit unsterblich macht, hatte diese Synergie ermöglicht. Soweit wir wissen, haben die Götter zwar auch selbst immer wieder versucht, ihre Essenzen miteinander zu verbinden, um ihre Kräfte zu bündeln. Allerdings ist ihnen das nie gelungen. Meist verloren sie dabei nur selbst an Kraft und der Empfänger ihrer Essenzen verstarb. Deshalb ließen sie es irgendwann bleiben.«

Meine Mutter sah mich ernst an. Es schien sie Überwindung zu kosten, weiterzusprechen: »Die Nachfahren der Götter haben alle gewisse Talente und Begabungen. So waren Romulus' Erben schön, empathisch und einnehmend wie Venus und hatten zugleich eine grausame, zänkische Seite wie der Kriegsgott. Göttliche Macht besaß jedoch keiner von ihnen. Du bist die Einzige.«

Ich stöhnte gequält auf. »Prima. Und was jetzt?«

»Im Laufe der Jahrhunderte ist natürlich vieles verloren gegangen. Oder falsch interpretiert worden. Möglicherweise haben wir bei unseren Forschungen auch etwas übersehen. Das ist auch der Grund, warum dein Vater nach Capua geflogen ist. Er hofft, in den Archiven der Securitas etwas zu finden, das uns helfen kann, dich zu beschützen. Aber unabhängig davon musst du lernen, deine Kräfte zu kontrollieren.«

»Wie denn?«, fragte ich hilflos. »Ich mache das ja nicht bewusst.«

»Ich denke, deine Gefühle sind der Schlüssel«, erwiderte meine Mutter voller Überzeugung, was mittlerweile leider absolut Sinn ergab.

Bei dem Unfall hatte ich Todesangst verspürt, und bei dem Streit mit Cyrian war ich stinksauer gewesen. Je aufgebrachter ich war, umso stärker schienen demnach meine Kräfte zu werden. Also musste ich dringend an meiner Selbstbeherrschung arbeiten.

»Ich werde versuchen, künftig gelassener zu bleiben«, versprach ich.

Mom nickte zufrieden, ehe sie mahnend den Zeigefinger hob. »Und du musst mit uns zusammenarbeiten. Ausnahmslos. So etwas wie heute Morgen darf sich nicht noch einmal wiederholen.«

Sofort schnellte mein Puls in die Höhe. »Aber ich kann doch nicht für den Rest meines Lebens von euch bewacht werden. Das ist der Horror, Mom!«

Meine Mutter sah mich mitfühlend an. »Es ist unsere Aufgabe, dich zu beschützen, und genau das werden wir tun. Koste es, was es wolle.«

»Sogar meine Freiheit?«

Eiserne Entschlossenheit breitete sich in dem Gesicht meiner Mutter aus, als sie zu meinem Entsetzen nickte. »Sogar deine Freiheit.«

XIX

»Bist du jemals einem Gott begegnet?«, fragte ich Philemon am nächsten Morgen, als wir zusammen zur Schule fuhren. Er war allein gekommen, worüber ich einerseits froh war, weil ich keine Ahnung hatte, wie ich Cyrian nach unserem Streit gegenübertreten sollte. Andererseits konnte ich aber nicht leugnen, dass ich auch ein wenig enttäuscht war.

Phil sah mich an, als wäre *ich* übergeschnappt. »Natürlich nicht.«

»Weißt du von jemandem, dem dieses zweifelhafte Vergnügen je zuteilwurde?«

Er überlegte kurz. »Nein.«

Nachdenklich starrte ich aus dem Fenster. Gestern Abend hatte ich mich nach dem Gespräch mit meiner Mutter auf mein Zimmer zurückgezogen und im Internet stundenlang über alte Sagen und Legenden aus der römischen Mythologie recherchiert. Aber einen wirklich verwertbaren Beweis für die Existenz der Götter hatte ich nicht gefunden.

Niemand hatte je einen waschechten Gott gesehen, und obwohl ich inzwischen anfing, diese ganze verrückte Geschichte um meine wahre Abstammung zu glauben, war ich nicht bereit, meine Freiheit kampflos aufzugeben. Schließlich war ich trotz meiner eindrucksvollen Ahnenreihe und der übernatürlichen Kräfte immer noch ich. Ich hatte Träume und Ziele – und ich weigerte mich, sie einfach einem Mythos zu opfern. Für eine gewisse Zeit konnte ich mich vielleicht damit abfinden, auf

Schritt und Tritt begleitet zu werden. Aber langfristig? Auf keinen verdammten Fall!

»Du hast also dein Leben dem Schutz von Aeneas' Nachkommen verschrieben?«, hakte ich daher nach und nestelte angespannt am Riemen meines Rucksacks, den ich auf meinem Schoß umklammerte. »Ganz ohne stichhaltigen Beweis?«

Phil runzelte die Stirn. »Hast du etwa immer noch Zweifel? Du hast doch gestern selbst erlebt, wozu du fähig bist. Dafür gibt es auch keine logische Erklärung, oder?«

»Nein«, räumte ich widerstrebend ein. »Aber …«

»Kein Aber, Nayla. Auch wenn wir es uns nicht erklären können, Tatsache ist, du besitzt diese Macht. Ich brauche daher keine Teambesprechung mit Venus und Mars, um daran zu glauben, dass es wahr ist.«

»Aber bis gestern hast du mich nie in Aktion erlebt.«

Phil seufzte leise, bevor er auf die Bremse trat und den Wagen an den Straßenrand lenkte.

»Was machst du?«, fragte ich verwirrt und fürchtete kurz, er würde mich aufgrund meiner nervigen Fragen zwingen, den restlichen Schulweg zu Fuß zurückzulegen.

»Versprichst du mir, nicht schreiend davonzulaufen?«

Skeptisch wich ich ein Stück vor ihm zurück. »Kommt drauf an.«

Seine Mundwinkel hoben sich vor Belustigung. »Immerhin bist du ehrlich.«

Stirnrunzelnd beobachtete ich, wie er die rechte Hand in meine Richtung ausstreckte und die Handfläche nach oben drehte.

»Was …?« Ich schnappte nach Luft, als etwa fünf Zentimeter über seiner Handfläche ein kleiner weißer Punkt erschien. Flimmernd dehnte er sich aus, bis er aussah wie ein leuchtender Tennisball. Er war so hell, dass er mich blendete.

»Das ist gebündeltes Sonnenlicht«, erklärte Philemon stolz.

Mit einer Mischung aus Faszination und Unglauben streckte ich die Hand aus, um den Ball zu berühren. Ich konnte die sengende Hitze spüren, die von ihm ausging, obwohl meine Fingerspitzen noch ein ganzes Stück entfernt waren. Kurz bevor ich das Gebilde berührte, ballte Phil die Hand zur Faust und die Lichtkugel verschwand.

»Mach das noch mal«, stieß ich hervor, woraufhin er lachend den Kopf schüttelte.

»Später. Sonst kommen wir noch zu spät zur Schule.« Er legte den Gang ein und fuhr wieder los, als wäre nichts Ungewöhnliches geschehen.

Verdattert starrte ich ihn an. »Wie hast du das gemacht?«

»Mit meinen Gedanken.« Er zuckte mit den Schultern. »Alle Kinder von Sol können auf irgendeine Art und Weise das Sonnenlicht manipulieren. Es ist unsere spezielle Gabe.«

Mir lag die Frage auf den Lippen, welche Gabe Cyrian und meine Eltern hatten. Aber dann wurde mir klar, dass ich es im Grunde längst wusste.

Es war so offensichtlich.

Cyrian hatte die Windhose im Wald und den Temperatursturz im Museum nicht nur gespürt, er hatte diese Luftveränderungen als Nachfahre von Aeolus wahrscheinlich sogar selbst erzeugt. Mein Vater besaß einen unglaublich grünen Daumen und konnte gut mit Pflanzen umgehen. Er trug also wahrscheinlich das Erbe von Flora, der Göttin der Blumen und Pflanzen, in sich. Mom war Ärztin. Sie *heilte,* genau wie der römische Gott Aesculapius. Und meine spezielle Gabe galt den Tieren. Meine Liebe zu ihnen musste der Grund dafür sein, dass wir diese besondere Verbindung miteinander eingehen konnten – und weshalb es so wirkte, als könnte ich mit ihnen sprechen.

»Na? Endlich überzeugt?«, fragte Phil sichtlich amüsiert und lehnte sich ein Stück zu mir herüber. »Falls dir das immer noch nicht reicht, können wir gern noch einen Blick in unsere Archive werfen. Wir haben unzählige alte Schriften von Opferpriestern, die in Zeiten der Hochkultur göttliche Weisungen und Ratschläge empfingen. Und dann wären da noch kilometerlange Stammbäume, die sich über Jahrhunderte zurückverfolgen lassen. Glaubst du ernsthaft, jemand macht sich so viel Mühe, wenn es keinen triftigen Grund dafür gibt?«

Ich lachte angespannt. »Das wäre schon ziemlich verrückt.«

»Ganz genau.« Höchst zufrieden bog Phil auf den Parkplatz ein, während ich versuchte, diese verrückte Offenbarung zu verarbeiten.

Da fiel mir plötzlich etwas auf. Mein Kopf fuhr herum und ich kniff die Augen zusammen. »Kannst du auch das Feuer kontrollieren?«

Er schüttelte den Kopf. »Ich kann Flammen zwar durch die extreme Hitze meiner Sonnenkraft entfachen, aber ich kann nicht den Lauf eines Feuers beeinflussen.«

»Also hast du die Kerzen auf dem Esstisch nur mit deinen Gedanken angezündet?«

Schmunzelnd zwinkerte er mir zu. »Ja, das war ich.«

Bevor ich mich zurückhalten konnte, hatte ich ausgeholt und ihn in die Schulter geboxt.

Er jaulte auf, doch zugleich bebte sein ganzer Körper vor Lachen.

»Das ist überhaupt nicht witzig!«, fuhr ich ihn an. »Ich dachte, ich werde langsam verrückt.«

»Keine Sorge. Cyrian hat mir wegen der Aktion schon die Hölle heiß gemacht.« Phil schnaubte. »Dabei hat er seine Kräfte in deiner Gegenwart genauso offensichtlich eingesetzt.«

Allein seinen Namen zu hören, versetzte mein Herz in Aufruhr. Ich presste die Lippen aufeinander, um mich am Weitersprechen zu hindern. Dennoch platzte die Frage unaufhaltsam aus mir heraus. »Ist er schlimm verletzt?«

Phil schüttelte den Kopf, während er den Wagen auf einem freien

Parkplatz abstellte. »Wie ich schon sagte, wir sind hart im Nehmen. Sein Stolz hat mehr abgekriegt als sein Rücken.«

Ich stöhnte gequält auf. »Falls du mich damit trösten wolltest, ist dir das gewaltig misslungen.«

Phil lachte. »Er kriegt sich schon wieder ein. Mach dir keine Gedanken, okay?«

»Klar«, murmelte ich und wandte den Blick ab, damit er nicht sah, wie sehr ich mich inzwischen mit einem schlechten Gewissen herumplagte.

Nachdem wir ausgestiegen waren, trottete ich neben Phil in Richtung Schulgebäude und suchte automatisch die Menge nach dem vertrauten schwarzen Haarschopf ab.

Ich hasste die Vorstellung, dass Cyrian sauer auf mich war. Andererseits hatte ich ihn nicht absichtlich verletzt; er hingegen hatte mein Vertrauen vorsätzlich missbraucht. Ich kam mir immer noch so naiv vor, wenn ich an all unsere Gespräche dachte. Und natürlich ärgerte ich mich einmal mehr über meine miserable Menschenkenntnis.

Von Cyrian gab es jedoch weit und breit keine Spur. Stattdessen fiel mein Blick auf Dee und Matt, die bereits ungeduldig vor meinem Spind warteten. Und wie ich an der steinernen Miene meiner besten Freundin erkennen konnte, war sie wild entschlossen, mich mit Fragen zu durchlöchern. Was wirklich ein Problem war, denn ich wollte sie nicht schon wieder anlügen.

Also ging ich – mutig wie es sich für ein Mädchen mit göttlicher Abstammung gehörte – mit eingezogenem Kopf auf sie zu. »Hallo.«

»Na, alles paletti?«, fragte Phil.

»Jepp.« Matts Antwort blieb einsilbig, während Dee mich mit ihrem Blick durchbohrte.

»Ich habe dich gestern Nachmittag angerufen«, sagte sie anklagend.

Stimmt, das hatte sie. Drei Mal, um genau zu sein.

Abends hatte sie es dann noch einmal versucht.

Ich hatte mein Telefon in den Händen gehalten und aufs Display gestarrt, hin- und hergerissen zwischen dem Wunsch, mit meiner besten Freundin zu reden, und der Angst, sie noch einmal zu enttäuschen. Ich wollte sie nicht belügen. Aber die Wahrheit sagen konnte ich ihr auch nicht, weil es einfach zu gefährlich war. Also war ich dem Gespräch aus dem Weg gegangen, bis Dee es schließlich aufgegeben hatte.

»Sorry, ich habe geschlafen«, redete ich mich heraus, was zumindest auf den Nachmittag bezogen keine Lüge war. Ich zuckte ungelenk mit den Schultern, während ich meine Schulbücher aus dem Spind kramte.

Delilah schwieg einen Moment. »Du hättest mich ruhig zurückrufen können.«

Ich verbannte jede Emotion aus meinem Gesicht, bevor ich die Tür wieder verschloss und mich zu ihr umdrehte. »Das wollte ich ja auch, aber dann ist mir etwas dazwischengekommen.«

Dee hob eine Braue. »Und was, wenn ich fragen darf? Oder geht es mich nichts mehr an, was bei meiner besten Freundin los ist?«

»Doch, natürlich«, versuchte ich, sie zu beschwichtigen, und suchte verzweifelt nach einer sinnvollen Ausrede.

»Daran bin ich schuld.« Phil legte mir den Arm um die Schulter und schenkte Dee ein argloses Lächeln. »Ich habe sie abgelenkt.«

Die Lüge ging ihm aalglatt über die Lippen. Er klang absolut überzeugend. Doch weder Matt noch Dee wirkten besonders erfreut über diese Information. Stattdessen schienen die beiden noch unzufriedener, und ich fragte mich, woher ihr plötzlicher Meinungsumschwung kam. Immerhin war Dee entschlossen gewesen, Phil und mich miteinander zu verkuppeln. Doch nun erweckte sie eher den Eindruck, als wollte sie mich am liebsten aus seinen Armen reißen. In dem Moment tauchte Cyrian neben uns auf, und wie so oft reagierte mein Herz mit einem kleinen Hüpfer auf seinen Anblick. Dunkle Strähnen fielen ihm ins Gesicht. Ohne die Miene zu verziehen, musterte er schweigend Phils Hand auf meiner Schulter, bevor er mich anschaute.

Etwas flackerte in seinen grünen Augen auf. Doch sein Blick blieb kalt, teilnahmslos, als trüge er keinerlei Gefühle in sich. Es sah nicht so aus, als ob er sein Verhalten inzwischen bereute. Stattdessen schien es ihm vollkommen gleichgültig zu sein, wie sehr er mich vor den Kopf gestoßen hatte.

»Oh! Schon so spät«, rief Phil plötzlich aus, wodurch er die Aufmerksamkeit aller Anwesenden auf sich lenkte. »Wir sollten dringend los. Bis später, Leute.«

Da die Stimmung zum Zerreißen angespannt war, wehrte ich mich nicht dagegen, von Philemon weggezogen zu werden, während Cyrian uns schweigend folgte.

Schon merkwürdig. Anfang des Schuljahres war ich echt traurig gewesen, dass Dee, Matt und ich nur ein paar wenige Nebenfächer gemeinsam hatten. Nun aber spürte ich eine gewisse Erleichterung darüber, weil ich mich gerade absolut nicht imstande fühlte, mich ihren Fragen zu stellen.

Ich konnte spüren, wie sie uns mit unverhohlenem Misstrauen nachschauten. Deshalb hielt ich die Scharade aufrecht, bis wir um die Ecke bogen.

Auf der unteren Stufe des Treppenaufganges grinste Phil mich zufrieden an. »Das lief doch ganz gut, oder?«

»Ja, einfach klasse«, murmelte ich, schüttelte seinen Arm ab und marschierte die restliche Treppe allein hoch und in Schrievers Klassenraum.

Mir graute davor, meinem Englischlehrer nach dem Desaster beim Schulausflug erneut gegenüberzutreten. Doch ich war nach wie vor entschlossen, ihn von meiner Unschuld zu überzeugen. Also sammelte ich meinen ganzen Mut zusammen und trat vor den Tisch, an dem er saß und in einem Lehrbuch blätterte.

»Mister Schriever?«

Stirnrunzelnd sah er auf, doch als er mich erkannte, verhärteten sich seine Gesichtszüge. Er ließ das Buch sinken und legte die Fingerspitzen aneinander. »Sie wünschen, Miss Carlesso?«

Ich trat unbehaglich von einem Fuß auf den anderen. Eigentlich hatte ich geplant, ihm noch einmal in allen Einzelheiten zu schildern, wann ich den Fragenkatalog wo abgelegt hatte. Doch seine ganze Haltung machte deutlich, dass ich mir den Atem sparen konnte. Also schwenkte ich spontan um.

»Ich wollte Ihnen nur sagen, dass es mir leidtut.«

Überraschung huschte über seine Züge, ehe er steif nickte. »Ist registriert.«

»Gibt es irgendetwas, das ich tun kann, um die schlechte Zensur auszugleichen? Ich könnte den Fragebogen noch einmal ausfüllen oder eine Hausarbeit schreiben.«

Er schnaubte. »Ich fürchte, ich sehe da keine Möglichkeit für Sie, Miss Carlesso.«

An dieser Stelle hätte ich einwenden können, dass er im Laufe des letzten Semesters mehreren Schülern die Gelegenheit gegeben hatte, eine verpatzte Prüfung durch eine zusätzliche Aufgabe wettzumachen. Doch bevor ich noch etwas sagen konnte, erhob er sich und drehte sich demonstrativ zur Tafel um.

Frustriert setzte ich mich auf meinen Platz und holte missmutig mein Englischbuch aus meinem Rucksack.

Phil, der ein paar Plätze vor mir saß, drehte sich um und warf mir einen aufmunternden Blick zu. Cyrian ignorierte mich – mal wieder.

Im Laufe des Unterrichts forderte Schriever mich mehrfach auf, den Zusammenhang zwischen einzelnen Gemälden, die wir im Museum gesehen hatten, und lyrischen Texten herzustellen. Da ich den Fragenkatalog zu Hause noch einmal vollständig ausgefüllt hatte, kriegte ich das ganz gut hin. Allerdings löcherte er mich auch zu dem verpassten Vortrag von Professor Buckley, was ich doch ein bisschen mies fand. Zum Glück hatte Miss Evenson mir zusammen mit dem Fragenkatalog auch ein Handout von dem Vortrag gegeben. Im Geiste schickte ich ihr ein fettes Danke, denn ohne ihre Unterstützung hätte ich Mister Schrievers Fragen nie im Leben beantworten können. Ich fiel also nicht noch einmal negativ auf. Zufrieden wirkte mein Englischlehrer trotzdem nicht.

Auch bei der übrigen Lehrerschaft schien sich der verschwundene Fragenkatalog herumgesprochen zu haben, denn in den nachfolgenden Kursen rückten mir die Dozenten ebenfalls zu Leibe. Sie quälten mich mit Fragen quer durch den gesamten Lehrplan der Oberstufe. Sogar mein Lieblingslehrer Mister Lopez bildete keine Ausnahme und unterzog mich spontan einer mündlichen Prüfung in Biologie.

Wie durch ein Wunder überstand ich den Spießrutenlauf. Trotzdem war ich bis zur Mittagspause schweißgebadet. Mir dröhnte der Kopf, und ich spürte schon wieder diese Wut im Bauch, weil mir die ganze Situation so ungerecht vorkam.

Ich hatte nichts Falsches getan. Warum also behandelten mich die Lehrer, als hätte ich eine Todsünde begangen? Sie schienen geradezu danach zu lechzen, dass ich einen Fehler machte.

Cyrian und Phil hatten schweigend zugesehen, wie ich von ihnen drangsaliert worden war, und da sie wussten, welches Biest in mir schlummerte, waren sie auch entsprechend auf der Hut.

»Kommst du klar?«, fragte Phil leise, als wir auf dem Weg in die Mensa waren.

Ich stieß ein kaltes Lachen aus. »Spielt das eine Rolle?«

»Natürlich!« Entrüstet sah Phil mich an. »Wie du dich fühlst, ist sogar von entscheidender Bedeutung.«

Mein Blick huschte zu Cyrian, bevor ich es verhindern konnte. Er schaute mich nicht einmal an.

Ein dumpfer Schmerz zog meinen Brustkorb zusammen. »Ich wünschte, ich würde gar nichts fühlen«, flüsterte ich und beschleunigte meine Schritte, als könnte ich dadurch das Knäuel aus Wut, Frust und Enttäuschung hinter mir lassen, das über mir schwebte wie eine verdammte Gewitterwolke.

XX

Ich hatte gehofft, dass sich beim Mittagessen wenigstens mit Dee und Matt die Wogen glätten ließen. Doch leider schrumpelte meine Hoffnung in sich zusammen, sobald ich an unseren Stammtisch trat.

Ich versuchte, es als positives Zeichen zu werten, dass sie überhaupt gekommen waren. Immerhin wäre es auch möglich gewesen, dass sie mich allein in der Mensa sitzen ließen. Aber ein Blick auf meine Freundin reichte, um mir klarzumachen, dass ihre Anwesenheit allein Matts Verdienst war.

»Hi, Leute«, sagte ich leise und nahm ihnen gegenüber Platz.

Dee erwiderte nichts, wohingegen Matt sich wenigstens zu einem freundlichen »Hallo« durchrang. Er sah über die Schulter zum Büfett zurück, wo Phil gerade seelenruhig die heutigen Gerichte inspizierte. Cyrian hatte sich mal wieder in Luft aufgelöst. Offensichtlich war er wirklich ein Nachfahre des Windgottes.

Ich räusperte mich angestrengt. »Und? Wie war euer Tag bisher?«

Dee schob den Unterkiefer nach vorn, wie sie es immer tat, wenn sie schmollte. Also echt! Innerlich verdrehte ich die Augen. Man konnte es auch übertreiben. Ich hatte doch kein Kapitalverbrechen begangen.

»Gut so weit«, antwortete Matt nach kurzem Zögern. Er beäugte mich, als wäre ich eine Fremde und nicht eine seiner besten Freundinnen. »Und wie läuft es bei dir so?«

»Alles bestens«, murmelte ich und zeichnete mit dem Zeigefinger die Kratzspuren auf der Tischplatte nach. Kurz überlegte ich, mir auch etwas zu essen zu holen. Aber das wäre pure Geldverschwendung gewesen. Außerdem war mir nach diesem Vormittag irgendwie der Appetit vergangen.

Eine unbehagliche Stille machte sich am Tisch breit. Ich konnte mich nicht entsinnen, je eine vergleichbare Stimmung zwischen uns wahrgenommen zu haben. Fast war ich erleichtert, als Phil nur ein paar Minuten später sein voll beladenes Tablett neben mir abstellte.

»Ich habe dir ein Truthahnsandwich mitgebracht.«

Ich zuckte zusammen. Wahrscheinlich würde ich nie wieder an ein Truthahnsandwich denken können, ohne Cyrians herablassende Worte im Ohr zu hören.

Phil schien dieses Gespräch längst aus seinem Gehirn gelöscht zu haben, denn er musterte mich unsicher. »Soll ich dir lieber etwas anderes holen?«

Genervt über mich selbst schüttelte ich den Kopf und nahm das Sandwich entgegen, während Phil sich auf sein Cordon bleu stürzte. Da Dee beschlossen hatte, uns mit Missachtung zu strafen, fingen Matt und Phil ein Gespräch an. Sie redeten über Sport.

Genau mein Thema.

Mir war klar, dass die Jungs bloß versuchten, mit etwas Unverfänglichem die Situation zu deeskalieren. Aber es funktionierte leider kein bisschen.

Delilahs Dickköpfigkeit ging mir langsam wirklich an die Substanz. Dabei konnte ich doch auch nichts dafür, dass sich mein Leben in ein einziges Chaos verwandelt hatte, in das ich sie und Matt nicht hineinziehen wollte. Kapierte sie denn gar nicht, dass ich einen guten Grund für mein Verhalten hatte und sie nicht absichtlich ausgrenzte? Wo zum Teufel blieb ihr Vertrauen?

Missmutig knabberte ich an meinem Sandwich, während Phil und Matt die Unterhaltung gekonnt umlenkten und sich nun über den neuen *X-Men*-Streifen austauschten, der vor Kurzem angelaufen war.

»Er ist wirklich gut«, berichtete Matt und lächelte mich hoffnungsvoll an. »Wir sollten mal alle zusammen ins Kino gehen, und danach essen wir wieder eine Riesenportion Ben & Jerry's.«

Mir klappte der Mund auf, während ich nach einer guten Ausrede suchte. So verlockend das auch klang, ich konnte im Moment unmöglich den Abend mit meinen Freunden verbringen. Dee würde mich bei der erstbesten Gelegenheit zur Seite zerren und Antworten für mein seltsames Verhalten verlangen.

Auch jetzt konnte ich spüren, wie sie mich mit Argusaugen beobachtete, während ich mit mir rang.

»Das klingt super«, sagte Phil schließlich.

Ich schaute ihn entgeistert an. Erst mit einiger Verzögerung kapierte ich, dass er keineswegs vorhatte, dieses Doppeldate jemals in die Tat umzusetzen. Er stimmte Matts Vorschlag einfach nur zu, damit es keine neue Diskussion gab. Leider hatte er nicht mit Matts Eifer gerechnet.

»Wie wäre es am Freitag?«, schlug er sogleich vor.

Bedauernd verzog Phil das Gesicht. »Da bin ich schon verplant.«

Matts Schultern sackten vor Enttäuschung herab, aber er bohrte nicht weiter nach. Im Gegensatz zu meiner besten Freundin, die ganz plötzlich ihre Stimme wiederfand.

»Dann gehen wir eben zu dritt aus«, sagte sie und sah mich abwartend an.

Matt lächelte erfreut, weil er ihren Vorschlag für ein Friedensangebot hielt. Leider kannte ich Dee gut genug, um zu wissen, dass es ein Test war.

Und Phil tappte natürlich prompt in die Falle. »Offen gestanden«, sagte er und legte mir den Arm um die Schulter, »ist Nayla in meine Pläne involviert.«

Sie zog eine Braue hoch und sah zwischen uns hin und her. »Habt ihr etwa ein *Date*?«

»Das könnte man so sagen«, erwiderte Phil aalglatt und streichelte obendrein mit dem Daumen zärtlich über meinen Oberarm.

Am liebsten hätte ich ihm eine Kopfnuss verpasst, doch stattdessen blieb ich ruhig und lächelte Dee entschuldigend an, um die Situation halbwegs glaubwürdig wirken zu lassen.

Vergeblich, wie sich herausstellte. Dees Wangen nahmen einen dunklen Rotton an. Sie wusste nun, dass Phil log, und die Tatsache, dass ich nicht einlenkte, ließ für sie anscheinend nur einen Schluss zu: Ich log ebenfalls.

»Verstehe.« Der Vorwurf in ihrem Blick versetzte mir einen Stich.

Matt schaute unbehaglich zwischen uns hin und her. Offensichtlich versuchte er noch, zu rekapitulieren, wann unser Gespräch die falsche Abzweigung genommen hatte.

»Oh!«, rief Phil plötzlich aus, zog den Arm weg und tippte auf seine Armbanduhr. »Die Pause ist gleich um. Wir sollten gehen, Schönste. Sonst kommen wir noch zu spät zum Unterricht.«

Wir alle wussten, dass auch das nur eine bescheuerte Ausrede war. Bis zur nächsten Stunde war noch mehr als genug Zeit. Trotzdem murmelte ich einen Abschied und folgte Phil zähneknirschend aus der Mensa.

»Du machst es nicht gerade leichter für mich«, fauchte ich, sobald wir unter uns waren und durch den Korridor zu meinem Spind gingen.

»Ich kapiere nicht, wo dein Problem liegt.« Lässig winkte Phil ein paar Leuten zu, die an uns vorbeikamen. »Lass sie doch glauben, dass etwas zwischen uns läuft. Dann hast du gleich eine gute Erklärung, warum wir ständig zusammen abhängen.«

Ich lachte bitter auf. »Du kapierst es wirklich nicht, oder?«

»Nein, ehrlich gesagt stehe ich gerade ziemlich auf dem Schlauch.«

»Dee *kennt* mich, Phil«, fuhr ich ihn an und blieb abrupt stehen. »Sie weiß, dass ein Date für mich nicht mehr infrage kommt. Nicht nach dem … nach dem, was beim letzten Mal passiert ist. Außerdem würde sie mir niemals abkaufen, dass wir etwas miteinander angefangen haben, weil ich absolut nichts für dich empfinde.«

Phils Heiterkeit verpuffte. Er wirkte fast ein wenig verletzt, und ich bekam augenblicklich ein schlechtes Gewissen, weil ich mich so harsch ausgedrückt hatte. Und weil es auch nicht ganz stimmte.

»Phil …«

»Schon okay«, unterbrach er mich hastig und zwinkerte mir frech zu. »Ich kann dich auch nicht leiden.«

Vor ein paar Tagen hätte ich vermutlich über diesen Spruch gelacht. Aber inzwischen hatte ich begriffen, dass auch Philemon eine Maske trug und sich oft hinter seinem Humor versteckte. Ich hatte ihn mit meiner unbedachten Äußerung wirklich vor den Kopf gestoßen.

»Entschuldige«, murmelte ich.

Er verdrehte theatralisch die Augen. »Jetzt mach dir nicht ins Hemd, Schönste.« Erneut legte er den Arm um mich und zog mich weiter den Gang entlang. »Du bist nicht die erste Frau, die meinem Charme widersteht, auch wenn das für mich immer noch unbegreiflich ist.«

Seine Haltung machte deutlich, dass er keine Lust hatte, länger darüber zu reden. Daher ließ ich das Thema auf sich beruhen.

Schweigend holten wir meine Sachen aus dem Spind, bevor wir zum Physikraum liefen, wo Phil sich sofort auf den Stuhl neben mir fallen ließ. Anabel warf mir einen neugierigen Blick zu, den ich jedoch ignorierte.

Unbewusst hielt ich nach Cyrian Ausschau. Seit unserem Streit gestern Mittag hatte er kein Wort mehr mit mir gesprochen. Und auch während unserer Kurse am Vormittag hatte er mich kein einziges Mal angesehen. Inzwischen hatte er wohl beschlossen, mir komplett aus dem Weg zu gehen und Phil die Arbeit ganz allein machen zu lassen, denn als es zur Stunde klingelte, war er immer noch nicht aufgetaucht.

Hätte ich geahnt, dass der Tag genauso weitergehen würde, wie er angefangen hatte, wäre ich nach Hause gefahren. So aber musste ich meinem Physiklehrer vor der versammelten Klasse Rede und Antwort stehen, warum ich gestern Nachmittag seinen Unterricht geschwänzt hatte. Er verdonnerte mich zum Nachsitzen, was Philemon zum Anlass nahm, ihm so lange auf die Nerven zu gehen, bis er ihn ebenfalls mit hochrotem Kopf *bestrafte.*

Philemon war natürlich zufrieden mit sich. Ich hingegen wurde zunehmend unruhiger, weil er sich jetzt keine Mühe mehr gab, seinen Job diskret auszuführen. Stattdessen wich er mir nicht mehr von der Seite, weshalb schon bald in der ganzen Schule die Gerüchteküche brodelte.

»Kannst du nicht wenigstens versuchen, ein bisschen unauffälliger zu arbeiten?«, jammerte ich, als wir am späten Nachmittag endlich auf dem Heimweg waren.

»Keine Chance. Ich bin froh, dass dieser Shelby-Mist vorbei ist. Dieses Mädel ist echt nicht auszuhalten.« Er wackelte vielsagend mit den Augenbrauen. »Aber immerhin ist sie scharf.«

Ich stöhnte. »Ich will wirklich nicht wissen, was du über Shelby Benson denkst.«

»Sagen wir so: Wenn sie mal aufhören würde, permanent von sich selbst zu quatschen, könnte ich mir durchaus vorstellen, sie flach…«

»Ich sagte, ich will es nicht wissen!«, unterbrach ich ihn entrüstet, woraufhin Phil in schallendes Gelächter ausbrach.

»Ganz ehrlich, Schönste«, meinte er, als er sich wieder eingekriegt hatte. »Ich weiß wirklich nicht, wie Cyr es mit ihr aushält. Ich würde komplett am Rad drehen.«

Dieser salopp dahingesagte Satz riss mir fast den Boden unter den

Füßen weg. Ich hatte keine Ahnung, was ich mit dieser Information anfangen sollte.

Mittlerweile wusste ich, dass Shelby nicht das Truthahnsandwich war, das es zu beschützen galt. Also verbrachte Cyrian seine Zeit freiwillig mit ihr? Aber warum hatte Phil mir dann erst vor zwei Tagen gesagt, ich sollte mich von ihm fernhalten? Das ergab doch keinen Sinn.

Ich drehte den Kopf, um ihn anzusehen.

Phil bemerkte meinen forschenden Blick und lächelte mich auf diese Weise an, mit der er auch andere anlächelte, wenn er ihnen das Blaue vom Himmel erzählte. So, als könnte er kein Wässerchen trüben. Genau das war wohl auch der Grund, warum ich ihm nicht so recht glauben konnte.

Ich fragte mich, wieso er mir überhaupt von Cyrian und Shelby erzählt hatte. Hatte er seinen Kommentar über die beiden einfach gedankenlos rausgehauen oder wollte er den Keil zwischen Cyrian und mir noch tiefer in das Holz unserer komplizierten Beziehung treiben?

Beides lag absolut im Bereich des Möglichen. Allerdings hinderte mich mein Stolz daran, weiter nachzuhaken.

Als Phil mich wenig später vor der Haustür absetzte, hatte ich mich immer noch nicht entschieden, was nun wahrscheinlicher war. Entsprechend frustriert verabschiedete ich mich von ihm und lief ins Haus.

Meine Mutter erwartete mich bereits voller Ungeduld. »Hallo, Liebling, wie war dein Tag?«

Ich unterdrückte einen genervten Schrei, ehe ich nach draußen zu den Tieren floh. Thorn hatte inzwischen beträchtlich zugenommen, was mich wenigstens ein bisschen aufmunterte. Auch die Welpen waren bester Laune und freuten sich über meine Anwesenheit.

Mit einem abgewetzten Kauknochen scheuchte ich sie durch das Gehege und schaffte es endlich, ein wenig den Kopf freizukriegen. Da hielten die drei plötzlich in ihrem Spiel inne und fixierten mit angelegten Ohren den Wald. Willis winselte leise.

Irritiert drehte ich mich um, konnte jedoch niemanden im Dickicht entdecken. Ich schloss die Augen und konzentrierte mich ganz auf meinen Hörsinn. Kein Laut – abgesehen von den Geräuschen des Waldes – drang an mein Ohr.

Trotzdem übertrug sich die Nervosität der Füchse auch auf mich. Ich fühlte mich beobachtet, obwohl niemand außer mir hier war. Beklommen wich ich zurück.

Da ich nicht wusste, ob diese Vampir-Schutzzauber bis zum Gehege reichten, beschloss ich, besser kein Risiko einzugehen, und ging wieder ins Haus. Meine Mutter war in der Küche, wahrscheinlich, um mich durch das Fenster im Auge zu behalten. Aber immerhin hatte sie nicht nur sinnlos in der Gegend gestanden, sondern war fleißig gewesen.

»Was machst du da?«, fragte ich und lugte über ihre Schulter.

»Eigentlich wollte ich uns einen Nudelauflauf kochen, aber irgendwie …« Sie verstummte und stocherte mit einer Gabel in der mit verbranntem Käse überzogenen Auflaufform herum. Ratlos stach sie eine Nudel an und hob sie in die Höhe, ehe sie versuchte, sie mit den Fingern zusammenzudrücken. Das klappte allerdings nicht, da das gute Stück noch fast roh war.

Ich prustete los. »Wie hast du überlebt, bevor du Dad kennengelernt hast?«

»Es gab da einen sehr guten Italiener auf dem Campus«, erwiderte sie schmunzelnd. »Valeria und ich sind dort Stammgäste gewesen. Wir kannten die Speisekarte auswendig.«

Plötzlich wurde mir klar, dass ich kaum etwas über meine leibliche Mutter wusste. Zögernd spähte ich zur Seite. »Wie war sie so?«

Ein sanftes Lächeln umspielte Moms Lippen. »Wie wäre es, wenn wir uns Pizza bestellen und ich dir mehr über Valeria erzähle?«

Unsicher musterte ich den verbrannten Nudelauflauf. Ich war immer noch wütend auf Mom, weil sie anscheinend sogar bereit war, mich gegen meinen Willen einzusperren, falls nötig. Andererseits brachte es nichts, weiter zu schmollen. Vielleicht sah sie ja schon bald selbst ein, dass sie mit ihrer Überfürsorge über das Ziel hinausschoss. Da ich zudem wirklich mehr über meine leibliche Mutter erfahren wollte, nickte ich schließlich.

»Das wäre schön«, sagte ich und griff nach der warmen Auflaufform. »Ich kümmere mich darum und du machst die Pizza klar, okay?«

Meine Mutter deutete eine Verbeugung an. »Wie die Dame wünscht.«

Ich versteifte mich kurz, dann verdrehte ich belustigt die Augen.

Während wir auf die Pizza warteten, rief Dad an. Mom aktivierte sogleich ihre Handykamera, woraufhin Victor auf dem Display erschien.

»Nana!«, rief mein kleiner Bruder fröhlich, als er mich sah, und plapperte munter drauflos. »Wir sind mit einem Jet geflogen.«

»Wahnsinn!«, erwiderte ich mit der angemessenen Begeisterung. Am liebsten wäre ich ins Telefon gekrochen, um ihn an mich zu drücken.

Victor redete wie ein Wasserfall. Von der Reise. Vom Essen. Vom Wetter. Von der Unterkunft. Aufgeregt schwenkte er das Handy durch den Raum.

Offen gestanden fand ich die Einrichtung auf den ersten Blick ziemlich spartanisch. Es gab ein Doppelbett, zwei Nachttische, eine Kommode sowie einen Schreibtisch.

Ich runzelte die Stirn. »Wo genau seid ihr eigentlich?«

»Hotel Secur…irgendwas«, antwortete mein Bruder und mir dämmerte, dass sie sich an dem Ort befanden, an dem Cyrian und Phil aufgewachsen waren.

»Guck mal!« Kichernd zeigte Victor auf ein riesiges Wandbild neben der Tür. Darauf abgebildet war die Göttin der Liebe. Während meiner Recherchen hatte ich schon einige Illustrationen von ihr im Internet gefunden und festgestellt, dass ihre äußere Erscheinung je nach Schönheitsideal der entsprechenden Epoche stark schwankte. Vielleicht war das auch der Grund, warum ich in ihr nie eine Vorfahrin, sondern stets eine abstrakte Sagengestalt gesehen hatte. Ich hatte keinerlei Verbindung gefühlt.

Bis jetzt.

Dieses Bild, das Victor mir über die Handykamera zeigte, war anders. Venus tauchte gerade nackt aus einem tosenden Meer auf. Ihr Unterleib wurde von aufschäumenden Wellen verhullt. Das lange Haar schimmerte golden in der Sonne und verdeckte ihre Brüste. Sie besaß zarte, ebenmäßige Gesichtszüge, und ihre blauen Augen waren zum Himmel gerichtet.

»Die sieht aus wie du, Nana.«

Ich bekam eine Gänsehaut, denn er hatte recht. Es gab tatsächlich gravierende Ähnlichkeiten in unserer Mimik.

»Wie geht's dir, Kleines?«, unterbrach Dad meine Gedanken. Er nahm meinem Bruder das Handy ab und hielt es sich näher vors Gesicht. »Deine Mutter hat mir geschrieben, ihr konntet inzwischen ein paar Dinge klären?«

Ich warf meiner Mutter einen scharfen Blick zu, aber sie zuckte lediglich mit den Schultern, als wollte sie sagen: *Was hast du erwartet? Er ist immerhin dein Vater.*

»Was denn für Dinge?«, rief mein Bruder hinter Dad und kletterte aufs Bett, um besser zu sehen.

Lächelnd schüttelte ich den Kopf. »Nichts Wichtiges, Äffchen.«

Da Victor dabei war, konnten wir nur über allgemeine Themen sprechen, ehe wir uns kurz darauf voneinander verabschiedeten, weil die Pizza da war und Dad sowieso zu einer Besprechung musste.

»Wann kommen sie zurück?«, fragte ich, sobald die duftenden Kartons auf dem Tisch lagen.

»Das wissen wir noch nicht genau.« Mom klappte die oberste Schachtel auf, bevor sie die Schinkenpizza an mich weiterreichte. »Es hängt davon ab, wie schnell dein Dad und Quintus im Archiv vorankommen. Das meiste wurde nie digitalisiert. Deshalb wird es wohl noch ein wenig dauern.«

»Wer ist Quintus?«

Mom entfernte den Deckel ihrer vegetarischen Pizza. »Er ist der Anführer der Securitas, der *Princeps.*«

»Cyrians Vater?«

Sie nickte, pflückte ein Stück Paprika vom Teig und steckte es sich in den Mund. »Er war abgesehen von uns der Einzige, der von deiner Existenz wusste.«

»Warum?«

»Nach deiner Geburt haben wir niemandem vertraut«, berichtete meine Mutter. »Das Risiko war einfach zu groß.«

Unwillkürlich musste ich wieder an diesen jungen Mann aus Frankreich denken und daran, wie schuldig Cyrian sich seinetwegen fühlte. Ob sein Tod hätte verhindert werden können, wenn weniger Personen über seinen Verbleib Bescheid gewusst hätten?

»Haben die Securitas Sicherheitsprobleme?«, fragte ich und biss von meiner Pizza ab.

Schockiert riss sie die Augen auf. »Wer sagt das?«

Eigentlich sollte es mir ja egal sein, ob ich Cyrian in den Rücken fiel, indem ich ihn als meine Quelle preisgab. Aber ich brachte es nicht über mich. Deshalb zuckte ich nur gleichmütig mit den Schultern. »War bloß eine Frage. Immerhin muss es ja einen Grund geben, warum ihr so vorsichtig wart.«

Mom zögerte. »Es gab ein paar Ungereimtheiten bei dem Angriff auf Valeria«, gestand sie schließlich. »Einige Wächter waren nicht auf ihren Posten, sodass der Attentäter leichtes Spiel hatte. Er überwältigte die beiden Securitas, die bei ihr waren, bevor er Valeria selbst attackierte. Wir haben nie herausgefunden, wer dafür verantwortlich war.«

»Das muss schrecklich gewesen sein.«

Mom schluckte schwer und ich wusste, gleich kam die nächste grauenvolle Enthüllung. »In jener Nacht kam nicht nur Valeria ums Leben, sondern auch Philemons Vater.«

Mir wich das Blut aus den Wangen. »Was?«

»Er war einer der beiden Wächter.«

»Weiß Phil davon?«, krächzte ich.

Mom nickte. »Es gab damals intensive Ermittlungen und ausführliche Berichte. Soweit mir bekannt ist, hat Philemon sie alle gelesen, und ich empfinde große Dankbarkeit, dass er Cyrian trotzdem hierher begleitet hat. Er hätte das nicht tun müssen. Jeder hätte es verstanden. Aber er ließ sich nicht davon abbringen. Ich bewundere ihn sehr für seine Tapferkeit und Courage.«

Das ging mir genauso. Ich war mir nicht sicher, ob ich das an seiner Stelle übers Herz gebracht hätte, so beschämend es auch war, das zuzugeben.

»Wo seid ihr in jener Nacht gewesen?«, fragte ich leise.

Unglücklich senkte meine Mutter den Kopf. »Julius und ich waren auf dem Weg ins Theater, als wir von dem Überfall erfuhren. Wir waren nicht da, um Valeria zu beschützen.«

Behutsam legte ich ihr eine Hand auf den Arm. »Es war nicht eure Schuld.«

»Trotzdem.« Mom lächelte traurig. »Sie fehlt mir wahnsinnig.«

Und dann erzählte sie mir von der lebhaften jungen Frau, die mir das Leben geschenkt hatte, und von der Freundschaft, die die beiden verband. Valeria schien eine coole Person gewesen zu sein, aufgeschlossen, freundlich und lustig.

Ich dachte an den Brief, den ich nach Moms Alkoholabsturz im Arbeitszimmer gefunden hatte. Meine Mutter schien nicht bemerkt zu haben, dass er fehlte. Inzwischen lag der Umschlag gut versteckt in einem meiner Notizbücher im Bücherregal. Aber bisher hatte ich es noch nicht über mich gebracht, ihn zu lesen.

Mom von Valeria reden zu hören, linderte meine Befangenheit ein wenig. Ich war mir sicher, dass ich sie gemocht hätte, und löcherte meine Mutter mit Fragen, um mich von dem Gefühl des Verlustes abzulenken, das unvermittelt in mir aufkeimte.

Nachdem wir aufgegessen und die leeren Kartons weggeräumt hatten, wechselten wir aufs Sofa, weil es dort gemütlicher war als am Esstisch.

»Was ist eigentlich mit meinem leiblichen Vater? Eric?«, fragte ich, während ich mich in eine Decke einwickelte. »Wie war er so?«

Mom überlegte. »Ehrlich gesagt fällt es mir schwer, ihn zu beschreiben. Einerseits war er attraktiv und charismatisch, andererseits zeigte er sich selbst uns gegenüber häufig verschlossen. Man wusste nie, was in ihm vorging. Er hat Valeria angebetet. Sogar ich war irgendwann davon überzeugt, dass die beiden zusammen eine Chance haben würden.« Betrübt rieb sie sich über das Gesicht. »Ich war so dumm.«

Das Bedauern in ihrem Blick schnürte mir einen Moment lang die Kehle zu. »Hast du ein Foto von ihm?«

»Nein.« Ein harter Zug erschien um Moms Mundwinkel. »Wir haben fast alles zurückgelassen, als wir mit dir geflohen sind, und damals wollte ich nie wieder einen Gedanken an ihn verschwenden. Ich habe ihn aus tiefstem Herzen gehasst, weil er Valeria im Stich gelassen hat.«

»Er hat damit den Fluch ausgelöst, oder?«

Mom nickte wieder. Es schien ihr schwerzufallen weiterzusprechen. »Er wusste, was geschehen würde, wenn er sie verließ. Aber er hat es trotzdem getan.«

Bestürzt schnappte ich nach Luft. »Sie hat ihm davon erzählt?«

»Ja. Valeria hat fest an ihn geglaubt; sie hat ihm mit ihrer ganzen Seele vertraut.« Unglücklich schüttelte Mom den Kopf. »Sie war sogar dann noch von seiner Liebe überzeugt, als er sie vor die Wahl stellte. Sie wollte es nicht glauben, als er ging.«

»Weißt du, was aus ihm geworden ist?«, fragte ich und versuchte, den Zorn, der plötzlich wieder in mir tobte, aus meiner Stimme herauszuhalten. Vielleicht könnte ich ihm mal einen Besuch abstatten. Bei ihm hätte ich jedenfalls kein schlechtes Gewissen, wenn ich ihn mit dem Kopf voran gegen eine Wand klatschte, so viel stand fest.

»Quintus kontaktierte uns etwa zehn Monate nach unserer Flucht per Mail und schickte uns einen eingescannten Zeitungsartikel. Darin stand, dass er an einer Überdosis Kokain gestorben war.«

Meine Augen wurden kugelrund. »Er hat *Drogen* genommen?«

»Nicht, als er mit Valeria zusammen war. Anscheinend fing das erst später an.«

»Vielleicht hatte er ja Schuldgefühle.« Mir war klar, dass ich hoffnungslos naiv klang. Trotzdem wünschte sich ein Teil von mir, dass er sein Handeln bereut hatte.

Mom lächelte nachsichtig. »Das wäre möglich.« Ich konnte ihr anhören, dass sie nicht daran glaubte, doch sie war zu taktvoll, mir den kleinen Hoffnungsschimmer zu rauben. »Wie gesagt, viele seiner Gedanken blieben ein Rätsel.«

Mit Cyrian war es das Gleiche.

Gott! Ich vermisste es, mit Dee über Jungs zu reden. Sie hätte sicher einen Rat gewusst, was diesen blöden Sturkopf betraf. Ich hingegen hatte keinen blassen Schimmer, ob ich mich bei Cyrian entschuldigen oder darauf warten sollte, dass er einen Schritt auf mich zumachte. Aber wie sollte ich Dee erklären, warum Cyrian und ich wütend aufeinander waren, wenn ich ihr nichts verraten durfte?

Das war echt ätzend.

»Wie gut kennst du Philemon und Cyrian eigentlich?«, fragte ich meine Mutter, während ich konzentriert einen Fussel von der Decke zupfte.

»Ich weiß, dass sie gute, vertrauenswürdige Wächter sind. Sonst hätte Quintus sie nicht geschickt.« Mom nippte an ihrem Glas, in dem sich heute Abend allerdings kein Wein, sondern Orangensaft befand. »Ich hatte gar nicht so viel mit ihnen zu tun, wie du annimmst. Es gab lediglich ein kurzes Gespräch, nachdem sie eingetroffen waren. Dein Vater hat sich häufiger mit Cyrian zusammengesetzt und nach Antworten gesucht, warum du stärker als die übrigen Erben bist. Ich habe sie lediglich bei der Suche nach dir um Hilfe gebeten, als du Hals über Kopf weggelaufen bist.«

Sie schaffte es nicht, den Vorwurf aus ihrer Stimme herauszuhalten. Aber da ich inzwischen besser verstand, wie groß ihr Verlust war, konnte ich es ihr nicht verdenken.

»Tut mir leid«, murmelte ich.

Meine Mutter seufzte leise. »Ich weiß, dass all diese Veränderungen Furcht einflößend sind und dass dich das alles noch immer überfordert. Trotzdem bitte ich dich inständig, das nicht noch einmal zu tun. Wir hatten alle schreckliche Angst um dich, als du spurlos verschwunden bist.«

Nun ja, Cyrian war eher stocksauer gewesen. Aber das ließ ich lieber mal so stehen, weil ich nicht wollte, dass Mom irgendwelche falschen Schlüsse zog.

Ich hätte sie gern noch weiter mit Fragen über die Jungs gelöchert, doch da klingelte es an unserer Haustür und wir fuhren beide erschrocken zusammen. Mittlerweile war es nach neun. So spät kam sicher kein Postbote mehr vorbei.

»Erwartest du noch jemanden?«, fragte Mom und stand auf.

»Eigentlich nicht.«

Ich sagte mir, dass es keinen Grund gab, Angst zu haben. Immerhin war das Haus durch einen ominösen Hokuspokus geschützt. Trotzdem kroch eine leise Anspannung in mir hoch, als ich meiner Mutter zur Eingangstür folgte.

Sie spähte durchs Fenster und ihre Schultern sackten augenblicklich herab. »Es ist Matt.«

Überrascht trat ich an ihr vorbei und riss die Tür auf. Matt hatte die Hände in seine Jeanstaschen geschoben und wippte auf den Füßen vor und zurück. Das Bandlogo der *Gorillaz* fluoreszierte auf seinem blauen Shirt. Er grinste zwar, doch seine Augen musterten mich ungewohnt ernst.

»Hallo, *Schönste.*«

Aus seinem Mund klang das nicht nach dem Kompliment, das Phil eigentlich bezweckte. Ich verzog das Gesicht. »Hey, Matt.«

Im Gegensatz zu sonst stiefelte er nicht direkt ins Haus, sondern blieb auf der Veranda stehen. »Hast du eine Minute? Es dauert nicht lang.«

Meine Mutter zog sich wortlos zurück, um uns unsere Privatsphäre zu lassen. Natürlich ahnte ich bereits, was Matt auf dem Herzen lag. Trotzdem brachte ich es nicht über mich, ihn abzuweisen. Ich würde einfach improvisieren müssen.

»Klar.« Ich trat zu ihm auf die Veranda und wir setzten uns nebeneinander auf die Stufen.

Matt sah mich nicht an, sondern ließ den Blick über unseren Vorgarten schweifen. Er ging anders mit Krisen um als Dee. Meistens forderte er keine Antworten ein, sondern wartete geduldig, bis sein Gegenüber einknickte und ihm sein Herz ausschüttete.

Ganz ehrlich? In diesem Moment hätte ich nichts lieber getan, als ihm *alles* zu erzählen. Doch wie sollte ich ihm begreiflich machen, was ich nicht einmal selbst verstand?

Ratlos zog ich die Beine an und schlang die Arme um die Knie. Eine ganze Weile lang saßen wir still nebeneinander und schauten in die Nacht.

Irgendwann gab Matt auf. Er stieß ein unzufriedenes Brummen aus, weil seine Konfliktstrategie diesmal nicht aufging. »Wir machen uns Sorgen um dich.«

Traurig schaute ich zu Boden. »Es tut mir leid, Matty.«

Langsam drehte er den Kopf. Obwohl ich nicht hinsah, konnte ich seinen forschenden Blick deutlich auf mir spüren. »Brauchst du Hilfe?«

Bei der Frage musste ich unwillkürlich lächeln. Das war einer der Gründe, warum ich Matt liebte. Es war typisch für ihn, sich anzubieten, obwohl er keinerlei Hintergründe kannte. Ich war schon drauf und dran, zu verneinen, als mir klar wurde, dass ich in einer Sache durchaus seine Unterstützung gebrauchen konnte.

Ich bemühte mich um einen möglichst gelassenen Gesichtsausdruck, ehe ich ihn ansah. »Du könntest Dee davon überzeugen, dass es keinen Grund zur Beunruhigung gibt. Ich muss nur ein paar Sachen auf die Reihe kriegen. Dann wird bald alles wieder sein wie früher.«

Skeptisch hob Matt die Brauen. »Und da bist du dir sicher?«

Das war ich keineswegs. Trotzdem nickte ich. »Habt ein bisschen Geduld mit mir, ja?«

Ein amüsierter Ausdruck huschte über seine Züge. »Geduld ist nicht gerade das, was meine bessere Hälfte auszeichnet.«

»Das ist mir klar. Aber es macht mich noch wahnsinnig, wie sie mich andauernd mit Blicken erdolcht.«

»Weil sie es hasst, wenn du Geheimnisse vor ihr hast.« Matt lehnte sich schmunzelnd zu mir. »Ich übrigens auch, aber ich gehe souveräner damit um.«

Obwohl ich am liebsten losgeheult hätte, musste ich grinsen. »Du bist halt eine coole Socke.«

Matt wackelte mit den Augenbrauen. »Aber hallo.«

Wir lachten beide, ehe wir wieder ernst wurden.

»Also redest du mit ihr?«, fragte ich hoffnungsvoll.

»Warum machst du nicht selbst den ersten Schritt?« Matt lächelte auf eine Weise, wie es vermutlich ein großer Bruder tat, wenn er seiner kleinen Schwester einen gut gemeinten Ratschlag erteilte. »Schmollen hat noch niemandem geholfen.«

»Ich schmolle nicht«, erwiderte ich pikiert.

»Du bist also nicht eingeschnappt, weil Dee keinen Hehl aus ihrem Ärger macht?«

»Nein …« Ich zog die Nase kraus. »Okay, vielleicht ein bisschen. Ich meine, sie kennt mich besser als sonst jemand. Sie müsste doch wissen, dass ich ihr nicht wehtun will.«

Matt seufzte. »Versuch mal, dich in ihre Lage zu versetzen«, riet Matt und stieß mit seiner Schulter sanft gegen meine. »Dee ist genauso unglücklich über die Situation wie du. Gleichzeitig hat sie aber auch ihren Stolz und weiß nicht, wie sie die Distanz zwischen euch überwinden soll. Hilflosigkeit macht Menschen irrational.«

Ja, davon konnte ich wahrlich ein Liedchen singen.

Ich sah ein, dass Matt recht hatte. Keine Ahnung, wann mein bester Freund so weise geworden war. Letztlich war das jedoch genau der Tritt in den Hintern, den ich gebraucht hatte. Ich konnte Dee vielleicht nicht alles im Detail erklären. Aber zumindest konnte ich ihr zeigen, wie viel sie mir bedeutete.

Und das Gleiche galt für Cyrian.

XXI

»Ist das wirklich notwendig?«, fragte Phil und machte sich gar nicht erst die Mühe, sein Unbehagen zu verbergen, während er mich zu Fuß durch die Innenstadt begleitete.

»Ja«, antwortete ich so knapp wie möglich, weil ich nicht wollte, dass er weiter nachbohrte und mich vielleicht von meiner Idee abbrachte.

Nach dem Gespräch mit Matt hatte ich mich die ganze letzte Nacht im Bett herumgewälzt und begriffen, dass ich diejenige war, die auf Cyrian zugehen musste.

Er hatte mir anvertraut, wie sehr es ihm noch immer zu schaffen machte, dass er seinen letzten Schutzbefohlenen verloren hatte, und dass er sich davor fürchtete, erneut zu versagen. Und obwohl ich das gewusst hatte, war ich einfach abgehauen. Ich hatte nur meine eigene Enttäuschung im Kopf gehabt, aber keinen Gedanken an seine Gefühle verschwendet. Und zum krönenden Abschluss hatte ich ihn auch noch durch die Gegend geschleudert.

Kein Wunder, dass er sauer war.

Inzwischen lag ein weiterer Schultag hinter uns, an dem er mir konsequent aus dem Weg gegangen war und jeden weiteren Blickkontakt gemieden hatte. Mit Dee war es nicht viel besser gelaufen.

So konnte das nicht weitergehen. Deshalb war ich nun wild entschlossen, mich nicht nur mit Worten, sondern auch mit Taten zu entschuldigen. Sowohl bei Cyrian als auch bei Dee.

»Und wo ist nun dieser Laden?«, murrte Philemon neben mir und reckte den Kopf, um den Fußweg besser zu überblicken. Ein paar Schüler tummelten sich vor den Geschäften, besetzten die Bänke oder waren auf Shoppingtour.

Ich versteifte mich, als ich Dee und Matt zusammen im Diner auf der gegenüberliegenden Straßenseite sitzen sah. Die beiden waren so sehr damit beschäftigt, sich an den Händen zu halten und miteinander herumzualbern, dass sie uns nicht bemerkten.

Früher wäre ich bei ihnen gewesen. Wir hätten stundenlang geredet, uns über den neusten Klatsch ausgetauscht und einfach die Zeit, die wir miteinander verbrachten, genossen. Aber heute hatte Dee mich gar nicht erst gefragt, ob ich sie begleiten wollte. Etwas in meiner Brust zog sich schmerzhaft zusammen.

»Hallo!« Phil wedelte vor meinem Gesicht herum. »Träumst du? Ich habe dich etwas gefragt.«

»Sorry«, murmelte ich und zeigte auf ein Schild, das nicht weit entfernt über dem Laden für Künstlerbedarf hing. »Wir sind gleich da.«

Nun kam der spannende Teil. Ich musterte Phil, während ich meine Worte mit Bedacht wählte. »Hör mal, ich würde mich da drin gern in Ruhe umsehen. Meinst du, ich kann das allein erledigen?«

Phil runzelte die Stirn. »Wieso? Dort gibt es doch keine Dessous oder anderen Frauenkram.«

Ich verdrehte die Augen. »Trotzdem brauche ich ein bisschen Privatsphäre.«

»Ist das unbedingt nötig?«

»Bitte, Phil.« Übertrieben klimperte ich mit den Wimpern. »Ich hätte wirklich gern ein paar Minuten für mich.«

Vor allem, weil ich selbst noch nicht genau wusste, wonach ich eigentlich suchte.

»Also, ich weiß nicht«, erwiderte Phil zögernd, als wir vor dem Laden stehen blieben und durch das Schaufenster ins Innere spähten.

Der Verkaufsraum war nicht besonders groß, enthielt aber jede Menge kunterbunter Farben und Papiere, die in dunklen Holzregalen an der rechten Wand aufgereiht waren. Daneben stapelten sich Leinwände unterschiedlicher Größen und auf einem großen Tisch in der Ladenmitte gab es Fachbücher über Kunst, Kalender und andere Schreibmaterialien. Auf der linken Seite befand sich ein weiteres Regal mit Pinseln und allen möglichen Arten von Stiften. Abgesehen von einer älteren Frau, die hinter dem Tresen stand und sich mit einer Kundin unterhielt, und zwei Mädchen, die die Postkarten inspizierten, die an einem Drehständer hingen, war der Laden leer.

»Da drin ist überhaupt nichts los«, stellte ich fest und schaute Phil flehend an. »Mir droht sicher keine Gefahr in einem Künstlershop.«

Phil schien nicht besonders glücklich zu sein, stimmte aber letztlich doch zu. »Okay, aber ich bleibe direkt hier vor der Tür.«

Erleichtert strahlte ich ihn an und schlüpfte in den Laden, bevor er es sich anders überlegen konnte.

Niemand beachtete mich. Die beiden Mädchen amüsierten sich köstlich über die schrägen Karten, bevor sie sich einem Regal mit Stickern zuwandten. Die Verkäuferin und ihre Kundin waren inzwischen zu den Leinwänden rübergegangen und diskutierten über deren Beschaffenheit. Erst jetzt erkannte ich, dass es sich bei der Frau um Miss Evenson handelte. Offenbar brauchte meine Kunstlehrerin Nachschub für ihr eigenes Atelier.

Da ich sie nicht stören wollte, widmete ich mich meiner Mission. Unsicher schaute ich mir die Auslagen in den Regalen an. Ich hatte mit dem

Gedanken gespielt, Cyrian einen schönen Stift zu kaufen, damit er nicht länger Phils Kugelschreiber klauen musste. Nun aber blieb meine Aufmerksamkeit auf dem Verkaufstisch haften.

Neben den Kalendern gab es eine kleine Auswahl an Zeichenblöcken und Skizzenbüchern. Ein kleines, in schwarzes Leder eingefasstes Buch stach mir besonders ins Auge. Es war schlicht, elegant und passte perfekt zu Cyrian.

Vorsichtig nahm ich das Büchlein an mich und wickelte das filigrane Lederband ab, das lose um den Umschlag gewunden war. Gut fünfzig schneeweiße Blätter strahlten mich an, als würden sie den Betrachter geradezu anbetteln, sie mit einem Stift zu schmücken. Cyrian könnte seine Skizzen darin sammeln und müsste nicht mehr irgendwelche Zettel verwenden, die ihm in die Finger kamen.

Behutsam klappte ich das Buch wieder zu und suchte nach dem Preis. Es kostete gerade mal acht Dollar. Wenn ich mit Dee und Matt im Diner abhing, bezahlte ich eindeutig mehr.

Ob Cyrian sich darüber freuen würde? Oder war es zu viel?

Unschlüssig legte ich das Büchlein zurück auf den Verkaufstisch. Vielleicht sollte ich Philemon doch um Rat bitten. Immerhin war Cyrian sein bester Freund.

Ich drehte mich um und schaute hinaus auf die Straße.

Doch Philemon war nicht mehr allein. Wie es der Zufall wollte, wurde er mal wieder von Shelby und Yen belagert. Allerdings schien es ihm nicht das Geringste auszumachen. Er lachte und sonnte sich in der Aufmerksamkeit der Cheerleaderinnen.

Kopfschüttelnd wandte ich mich ab. Ich beschloss, meine Entscheidung zu verschieben, schließlich konnte ich das Büchlein später immer noch mitnehmen. Stattdessen schlenderte ich zum Postkartenständer und schaute mich nach einem Geschenk für Dee um. Es gab einige süße und sentimentale *Sorry*-Karten, aber das schien mir nicht das Richtige für Dee zu sein, da wir uns ja gar nicht wirklich gestritten hatten. Daher würde eine Entschuldigung, die in weiteren fadenscheinigen Ausreden mündete, auch nichts an der Stimmung zwischen uns ändern.

Was hingegen schon helfen könnte, war diese schräge Postkarte von Stan Laurel und Oliver Hardy.

Meine Lippen kräuselten sich zu einem Grinsen, während ich die Schwarz-Weiß-Fotografie von den weltberühmten Komikern näher betrachtete. Die schwarzen Bowler-Hüte, die zu jener Zeit schwer angesagt gewesen waren, hingen schief auf ihren Köpfen, während die beiden Darsteller ihre Gesichter zu skurrilen Grimassen verzogen. Irgendwo hatte ich einmal gelesen, dass nichts das Band ihrer tiefen Freundschaft je hatte zerreißen können. Kein Filmproduzent, keine Frau, keine Sucht, kein Geheimnis. Sie waren Freunde gewesen. Immer.

Dee würde bestimmt verstehen, was ich ihr mit dieser Karte sagen wollte. Da war ich mir sicher.

»Hallo, Nayla«, erklang plötzlich Miss Evensons freundliche Stimme hinter mir.

Ich drehte mich um und lächelte meine Kunstlehrerin an. »Hi, Miss Evenson.«

Sie stellte die riesige Leinwand, die sie gerade gekauft hatte, ab und lehnte sie gegen den Verkaufstisch. »Wie geht es Ihnen?«

Ihre Frage freute mich. Vor allem, da die meisten Lehrer der Ellington in den letzten Tagen alles andere als nett zu mir gewesen waren. Zum Glück gehörte Miss Evenson nicht dazu. Nachdem sie mir schon nach dem Ärger im Museum geholfen hatte, schien sie sich auch jetzt nichts aus den bösen Gerüchten um mich zu machen.

»Mir geht's gut«, erwiderte ich gelassen. Das entsprach vielleicht nicht zu hundert Prozent der Wahrheit, aber Smalltalk war mir lieber, als mich weiter erklären zu müssen. »Ihre Unterlagen haben mir sehr geholfen. Vielen Dank noch mal.«

»Ach, das war doch nicht der Rede wert.« Sie beugte sich ein Stück zu mir und rümpfte die Nase. »Mister Schriever ist viel zu streng.«

Ich lachte überrascht auf. Nur allzu gern hätte ich ihr lautstark beigepflichtet, aber ich wollte mich nicht zu weit aus dem Fenster lehnen. Stattdessen zeigte ich auf die weiße Leinwand, die sie um gut einen Kopf überragte. »Wie ich sehe, haben Sie sich ganz schön was vorgenommen.«

»Ich muss zugeben, ich habe mich etwas hinreißen lassen«, gestand sie mit einem breiten Grinsen und musterte die Leinwand. »Hoffentlich passt dieses Ungetüm überhaupt in mein Auto.«

»Das könnte knapp werden«, stimmte ich ihr zu, denn soweit ich wusste, fuhr sie einen japanischen Kleinwagen.

Sie winkte ab. »Es wird schon irgendwie gehen. Haben Sie noch einen schönen Nachmittag.«

»Danke, das wünsche ich Ihnen auch.«

Miss Evenson hob die Leinwand an und versuchte, das sperrige Ding durch den engen Laden in Richtung Ausgang zu bugsieren. Dabei schrammte sie natürlich gegen den Verkaufstisch, und ein Pappaufsteller mit der Preisliste fiel zu Boden.

»Oh, Entschuldigung!«, rief Miss Evenson und zog verlegen den Kopf ein, was nicht unbedingt förderlich für die Navigation war.

Die Verkäuferin beobachtete uns von der Kasse aus, machte aber keine Anstalten, meine Lehrerin zu unterstützen.

Schließlich konnte ich nicht länger tatenlos zusehen. »Warten Sie einen Moment, ja?« Demonstrativ hielt ich die Postkarte in die Höhe. »Ich muss nur schnell bezahlen, dann kann ich Ihnen helfen.«

Miss Evenson sah mich dankbar an. »Wirklich? Das wäre ja wunderbar.«

»Ist doch kein Problem.« Ich huschte am Verkaufstisch vorbei, schnappte mir das Skizzenbuch und eilte damit zur Kasse.

Nachdem ich bezahlt hatte, stopfte ich meine Beute in den Rucksack und kehrte zu Miss Evenson zurück, die bereits an der hinteren Seite der Leinwand Position bezogen hatte.

Ich überlegte gerade, wie wir am besten um den Verkaufstisch und durch die Tür kommen könnten, ohne die Leinwand zu beschädigen, als Miss Evenson einen leisen Fluch ausstieß. »Ich befürchte, so funktioniert das nicht.«

Ich runzelte irritiert die Stirn. Man brauchte zwar schon etwas Fingerspitzengefühl, aber es war durchaus möglich, den richtigen Winkel zu erwischen.

Bevor ich jedoch Einwände erheben konnte, wandte Miss Evenson sich an die Verkäuferin. »Dürfen wir kurz die Hintertür benutzen?«

Die Verkäuferin schien nicht sonderlich begeistert zu sein, winkte uns aber mit sich.

Miss Evenson zwinkerte mir verschwörerisch zu, ehe sie die Leinwand anhob.

Ich zögerte und schaute an ihr vorbei durchs Schaufenster. Phil war immer noch mit Shelby und Yen beschäftigt. Aber ich sollte ihm vermutlich trotzdem Bescheid geben. »Philemon wartet draußen. Er könnte uns auch helfen.«

»Ach, das ist doch nicht nötig.« Miss Evenson schaute hinter der Leinwand hervor und lächelte mich zuversichtlich an. »Mein Wagen steht ganz in der Nähe. Wir zwei schaffen das auch allein, meinen Sie nicht?«

Ein Kribbeln rieselte meine Wirbelsäule hinab. Allerdings wusste ich selbst nicht, warum. Schließlich drohte mir hier keine Gefahr, und weil mir noch niemand das Herz gebrochen hatte, musste ich mir auch noch keine Sorgen wegen des Fluches machen. Bevor ich es mir also aufgrund einer paranoiden Anwandlung mit der einzigen Lehrerin verscherzte, die mir freundlich gesinnt war, schob ich mein Unbehagen beiseite und hob ebenfalls die Leinwand an.

Gemeinsam manövrierten wir das sperrige Ding am Verkaufstisch vorbei zur Verkäuferin.

»Folgen Sie einfach dem Gang«, wies sie uns an. »Die Hintertür ist offen.«

Miss Evenson bedankte sich, während ich mich rückwärts vortastete. Am Ende des Ganges drückte ich die rostrote Metalltür mit dem Ellenbogen auf und ging weiter auf ein kleines Plateau, das von einem Metallgeländer begrenzt war.

Vier Stufen führten hinab in eine schmale, geschotterte Gasse, die zu drei Seiten von grau verputzten Hauswänden umgeben war. Obwohl die Sonne noch hoch am Himmel stand, drang nicht besonders viel Licht hierher. Unwillkürlich musste ich an die Leuchtkugel von Phil denken. Die wäre jetzt echt praktisch gewesen.

Vorsichtig ging ich die Stufen hinunter und achtete darauf, dass Miss Evenson gut um die Kurve kam. Als die Tür hinter uns krachend zufiel, zuckte ich zusammen. Das Geräusch kam mir in der schmalen Gasse viel zu laut vor.

Schnell warf ich einen Blick zur Tür zurück und bemerkte, dass am Außenschloss keine Klinke, sondern ein Türknauf befestigt war.

Mist! Eigentlich hatte ich vorgehabt, mich auf demselben Weg in den Laden zurückzuschleichen und dann fröhlich zur Vordertür hinauszuspazieren. Aber daraus wurde wohl nichts. Phil würde garantiert nicht begeistert sein.

»Warten Sie einen Moment«, bat Miss Evenson, sobald wir unten in der Gasse angelangt waren, und setzte die Leinwand auf dem Boden ab.

Es war nicht schwer, das sperrige Stück auszubalancieren. Dennoch sah ich mit wachsender Ungeduld zu, wie meine Lehrerin in aller Seelenruhe in ihrer Hippiehandtasche herumkramte und dann zu mir herüberschlenderte.

»Ich hatte schon befürchtet, es würde Wochen dauern, mich bei dir einzuschleimen, damit du deine lästigen Begleiter abschüttelst und ich dich allein erwische.«

Ich blinzelte. »Wie bitte?«

Als sie den Kopf hob, lag ein seltsamer Ausdruck auf ihrem Gesicht. Ihr Blick war eiskalt und die Lippen hatte sie zu einem Grinsen gehoben, das durch und durch böse war. Sie sah aus wie der verrückte Joker aus *Batman*.

»Anscheinend ist heute mein Glückstag.«

Verwirrt sah ich sie an. Was redete sie denn da?

Herablassend schnalzte Miss Evenson mit der Zunge. »Nicht zu fassen, dass du tatsächlich auf so einen dämlichen Trick hereingefallen bist.« Sie kicherte schrill. »Deine Leichtgläubigkeit wird sie sicher amüsieren.«

Ich war noch dabei, ihre Worte zu verarbeiten, da riss sie plötzlich den Arm hoch. In ihrer Hand blitzte etwas Metallisches auf, und mir gefror das Blut in den Adern, als ich erkannte, dass es sich um ein Messer handelte.

Sie war dabei, mich mit einem verdammten Messer zu attackieren!

Und ich … ich tat gar nichts.

Ich war starr vor Entsetzen. Hilflos stand ich da, während sie mit einem ohrenbetäubenden Schrei auf mich losging.

Sie zielte direkt auf mein Herz.

XXII

Zeit wurde relativ. Ich wusste, es fehlten nur noch Zentimeter, bis Miss Evenson mir das Messer in die Brust rammen würde. Aber es gelang mir nicht, mich aus meinem Schockzustand zu befreien. Selbst meine Instinkte schienen nicht begreifen zu können, was hier passierte.

Meine Lehrerin wollte mich *umbringen.*

Doch bevor es ihr tatsächlich gelang, tauchte neben uns ein Schatten auf und stieß mich grob beiseite.

Ich fiel zu Boden und landete wenig elegant auf dem Hintern. Reflexartig streckte ich die Hände aus, um nicht auch noch ungebremst mit dem Hinterkopf auf den Boden zu knallen. Ein Brennen schoss meinen Arm hinauf, als die Haut auf meinen Handflächen aufriss.

Miss Evenson brüllte wie am Spieß. Diesmal klang sie jedoch weitaus weniger triumphierend, sondern wütend.

Denn jemand hatte sich zwischen uns geschoben.

Cyrian.

Ohne zu zögern, stürzte er sich auf sie, wich ihrem Messer aus, mit dem sie jetzt auf ihn einstach, und umschlang sie von hinten. Er hielt ihre Arme fest und hinderte sie so daran, wieder auf mich loszugehen. Sie wehrte sich wie eine Furie, keifte und schrie. Im Vergleich zu Cyrian war meine zierliche Kunstlehrerin eine halbe Portion. Trotzdem schien es ihn einige Anstrengungen zu kosten, sie in Schach zu halten. Seine

Armmuskeln wölbten sich unter dem schwarzen Pullover, als er ihr Handgelenk packte und es verdrehte, sodass ich beinahe hören konnte, wie die Knochen brachen.

Notgedrungen ließ Miss Evenson das Messer fallen, riss sich los und wirbelte um ihre eigene Achse, um Cyrian einen Roundhouse-Kick zu verpassen.

Er wich ihr geschmeidig aus, bevor er zum Gegenschlag ansetzte. Erbarmungslos rammte er ihr die Faust in den Magen. Da gab es kein Zögern, keine Gnade.

Ich keuchte entsetzt auf, während sie ein paar Schritte zurückstolperte.

Cyrian lachte. Er lachte! War das zu glauben?

Lässig hob er die Hand und vollführte eine Drehung mit dem Handgelenk, woraufhin ein Windstoß durch die Gasse fegte. Die Leinwand bäumte sich auf, flog durch die Luft und riss Miss Evenson von den Füßen.

Es krachte, als meine Lehrerin unter dem sperrigen Teil begraben wurde. Mit einem weiteren Schrei trat sie den Keilrahmen durch und zerfetzte das Leinen, bevor sie sich wieder aufrichtete. Doch kaum hatte sie festen Stand, erfasste sie ein weiterer Windstoß.

Erneut flog sie durch die Luft und knallte gegen die Hauswand hinter mir. Putz rieselte zu Boden. Sie stöhnte unter der Wucht des Aufpralls. Allerdings ließ Cyrian ihr keine Zeit, sich zu erholen. Eine weitere Drehung seines Handgelenks beförderte sie quer durch die Gasse, bevor sie in der gegenüberliegenden Wand einschlug.

Sekunden später wiederholte sich das bizarre Schauspiel.

Links, rechts. Links, rechts.

Direkt vor meinen Augen flog eine erwachsene Frau durch die Luft wie ein Pingpongball, bis sie zuletzt mit dem Rücken voran neben der Hintertür des Kunstladens gegen die Wand gedrückt wurde. Sie ruderte mit den Armen, um sich gegen den Wind zu wehren, der sie festhielt. Doch es war sinnlos.

»Du Bastard!«, keifte sie und spuckte Blut. Es sollte vermutlich vor Cyrians Füßen landen. Der Gegenwind sorgte allerdings dafür, dass das meiste davon auf ihrer eigenen Kleidung endete. »Bist du nicht Manns genug, es ohne deine affigen Lüftchen mit mir aufzunehmen?«

Cyrian, der nun wieder mit dem Rücken zu mir stand, neigte leicht den Kopf. Dann zuckte er mit den Schultern und ließ den Arm sinken, woraufhin jeder noch so kleine Luftzug schlagartig verschwand.

Die plötzliche Stille knisterte in meinen Ohren.

Miss Evenson plumpste unkontrolliert zu Boden. Ihr Atem ging schwer. Sie war verdreckt und entkräftet. Blut sickerte aus ihrem Mundwinkel. Doch der Hass in ihren Augen verriet, dass längst noch nicht alle Reserven erschöpft waren. Entschlossen stemmte sie sich auf die Beine und ließ ihre Nackenwirbel knacken.

Ein weiterer Kampfschrei hallte durch die Gasse, ehe sie auf Cyrian zulief. Sie war ungeheuer schnell. Ich sah sie bereits aufeinanderprallen, doch plötzlich duckte sie sich und fuhr mit der Hand über den Boden.

»Cyrian!« Meine Stimme klang schrill vor Panik. »Das Messer.«

Sie hatte es aufgehoben und holte nun damit nach ihm aus.

Diesmal war ich es, die schrie.

Kurz bevor Miss Evenson ihn erreichte, trat Cyrian einen Schritt beiseite und packte zugleich ihren Unterarm.

Wieder gab es kein Zögern.

Er verdrehte ihren Arm, bis das Messer mit einem Ruck ihren Hals durchbohrte.

Abrupt blieb sie stehen. Sie fixierte mich mit irrem Blick, sogar dann noch, als ihre Knie nachgaben und sie vor mir auf den Boden fiel.

Ihre Lippen bewegten sich, als wollte sie etwas sagen. Doch sie brachte nur gurgelnde Laute hervor. Dann schrumpelte sie mit grotesken Zuckungen in sich zusammen. Wie eine Gummipuppe, der man den Stöpsel gezogen hatte. Ihr Kopf, ihre Gliedmaßen, ihr Rumpf – alles faltete sich ineinander, bis nur noch ein dunkler Fleck auf dem Boden der Gasse zu sehen war.

Benommen betrachtete ich das Muster auf dem Schotter. Miss Evenson war fort. Es war nicht mehr von ihr übrig geblieben als dieser seltsame schwarze Klecks.

Cyrian atmete tief durch, bevor er sich zu mir umdrehte. »Warum tust du eigentlich nie, was man dir sagt?« Seine Stimme war ruhig, doch ich konnte hören, dass es ihn einige Mühe kostete, mich nicht anzubrüllen.

Mir wurde klar, dass ich schon wieder Mist gebaut hatte. Ich hätte dieses merkwürdige Gefühl vorhin im Laden nicht ignorieren dürfen, sondern wie versprochen Phil Bescheid geben müssen. Wenn Cyrian nicht plötzlich aufgetaucht wäre, hätte das übel für mich enden können.

Richtig übel.

Allmählich legte sich mein Schock und machte nackter Angst Platz. Mit weit aufgerissenen Augen starrte ich Cyrian an, während sich Hitze in meinem Inneren bündelte. Sämtliche Luft wich aus meinen Lungen, und ich begann zu hyperventilieren.

Fluchend fuhr Cyrian sich durch die Haare. Mit ein paar langen Schritten hatte er die Distanz zwischen uns überwunden. Er packte meine Oberarme und zog mich unsanft auf die Füße.

Am liebsten hätte ich ihn weggestoßen, tat es aber nicht, weil ich fürchtete, ihn gegen die nächste Wand zu schmettern. Und weil ich ahnte, dass ich ohne seine Hilfe gleich wieder auf dem Hintern landen würde, so sehr zitterten meine Beine.

»Nayla, sieh mich an.« Seine Stimme klang immer noch streng, war nun aber deutlich weniger kalt.

Ich hatte gar nicht bemerkt, dass mein Blick zurück zu dem Fleck gewandert war. Der Boden sah aus, als hätte jemand einen Topf schwarzer Farbe ausgekippt.

Grundgütiger!

Cyrian hatte meine Lehrerin getötet. Weil die versucht hatte, mich umzubringen.

Hatte ich schon erwähnt, wie sehr ich mein Leben seit Neustem hasste?

Ein Kichern brach aus mir hervor, das dem von Miss Evenson gar nicht so unähnlich war. Es klang besorgniserregend schrill. Ein Beben ging durch meinen Körper. Mein Herz raste – was diesmal definitiv nicht an Cyrians Nähe lag.

Ich war kurz davor, die Nerven zu verlieren.

Endgültig.

»Hey.« Behutsam legte er mir die Hand auf die Wange und lenkte meinen diffusen Blick zurück auf sich. In seinen ernsten grünen Augen schimmerten Sorge und Mitgefühl. »Alles ist gut. Es kann dir nicht noch einmal etwas antun.«

»*Es?*« Aufgewühlt schüttelte ich den Kopf. »Das war kein *Es*. Das war Miss Evenson. Meine Lehrerin. Und … und jetzt ist sie nur noch ein komischer Fleck.«

Ein Muskel an Cyrians Kiefer zuckte. »Ich dachte, Philemon und Allegra haben dir alles erklärt?«

»Das dachte ich eigentlich auch. Aber offensichtlich gibt es wohl doch noch etwas Klärungsbedarf.«

Himmel noch mal. Hörte das denn niemals auf?

»Das war kein Mensch, Nayla.« Cyrian beobachtete aufmerksam jede meiner Regungen. Aber ich hatte Mühe, seine Worte zu begreifen. »Wir nennen diese Wesen *Servus*. Der Begriff ist aus dem Altlateinischen abgeleitet. Es bedeutet so viel wie *Diener* oder *Sklave*. Miss Evenson hat sich einer bestimmten Gottheit verpflichtet.«

»Minerva«, wisperte ich und kämpfte verzweifelt gegen eine weitere Panikwelle an.

Cyrian nickte angespannt. »Das würde am meisten Sinn ergeben. Schließlich will sie dich tot sehen.«

»Aber die Bedingung des Fluches ist noch nicht erfüllt«, stieß ich verzweifelt hervor und wand mich nun doch aus seiner Umklammerung, weil ich etwas Abstand brauchte, um meine Gedanken zu sortieren. »Warum sollte sie mich jetzt schon angreifen? Phil hat gesagt, ich wäre unsterblich. Hat er etwa gelogen?«

Unglücklich verzog Cyrian das Gesicht. »Dein Leben ist an den Fluch gebunden, das stimmt. Du würdest jede noch so schwere Verletzung überleben.«

»Sogar, wenn mir jemand den Kopf abschlägt?«.

»Das würde gar nicht erst gelingen.« Nachdenklich stemmte Cyrian die Hände in die Hüften. »Jeder Angreifer, der dir vor dem Verrat eine lebensgefährliche Wunde zufügt, zahlt dafür mit seinem eigenen Leben. Mal angenommen, jemand durchtrennt deinen Hals, dann würde dein Kopf trotzdem bleiben, wo er ist. Der deines Angreifers hingegen würde fallen. Genauso funktioniert es mit anderen Waffen. Wenn jemand mit einer Pistole auf ein lebenswichtiges Organ schießt, bevor der Verrat erfolgt ist, landen die Kugeln nicht in deinem Körper, sondern in dem deines Feindes.«

Schnaubend verschränkte ich die Arme. »Du hast aber auch gesehen, dass *es* direkt auf mein Herz gezielt hat, oder?«

Cyrian hob beschwichtigend die Hände. »Minerva kennt die Bedingungen ihres Fluchs. Deshalb beschränken sich ihre Sklaven normalerweise darauf, die Zielpersonen zu quälen. Es bereitet der Göttin ein krankhaftes Vergnügen, sie auf diese Weise für Élyssas Leid und all die Demütigungen büßen zu lassen.«

Mir wurde schlecht. Denn diese Worte hatte ich schon einmal gehört.

Nur hatte Philemon sie nicht weiter ausgeführt. »Also wollte es mich nicht umbringen?«

Cyrian wich meinem Blick aus. »Einen Servus zu erschaffen, kostet die Götter viel Kraft. Sie würden ihre Gefolgsleute also nicht sinnlos in den Tod schicken«, erwiderte er und raufte sich die Haare, als versuchte er, ein komplexes Rätsel zu lösen. »Hat es vor dem Angriff irgendetwas zu dir gesagt?«

Mir war nicht entgangen, dass er meine Frage nicht beantwortet hatte. Betreten knetete ich die Hände. »Na ja, nur dass es sie amüsieren würde zu erfahren, wie leichtgläubig ich bin.«

Cyrian war deutlich anzusehen, wie gern er mir eine Standpauke gehalten hätte, aber er hielt sich zurück, und ich wechselte schleunigst das Thema, um von meinem desaströsen Fehler abzulenken.

»Ich verstehe das nicht«, sagte ich. »Warum sollte sich irgendjemand freiwillig versklaven wollen? Das ist doch Wahnsinn.«

»Es gibt viele Gründe: Geld, Neid, Rache.« Cyrian zuckte mit den Schultern. »Du kannst diese Liste ewig fortsetzen. Menschen tun alles Mögliche, um reicher, mächtiger oder weniger unglücklich zu sein. Die Götter wissen das und nutzen es zu ihrem Vorteil. Vielleicht hat Miss Evenson von einer Karriere als Künstlerin geträumt oder sie wollte sich an einem Ex rächen. Das werden wir nie herausfinden. Aber letztlich ist es auch egal. Sie wird dich nicht noch einmal angreifen.«

»Weil sie tot ist.«

Cyrians Miene wurde hart. »Sie starb in dem Moment, als sie zu einem Servus wurde. Der Tod ist der Preis, den die Götter im Gegenzug für ihre Unterstützung verlangen.«

Ich schnappte nach Luft. »Soll das etwa heißen, dass jeder in meinem Umfeld eins von diesen Dingern sein könnte?«

»Es können nur jene zu einem Servus werden, die rein menschlichen Blutes sind«, antwortete Cyrian. »Deine Familie ist also ebenso geschützt wie alle anderen Mitglieder der Securitas. Uns kann nicht einmal Jupiter persönlich versklaven.«

Eiskalte Angst fraß sich in mein Herz. »Was ist mit Dee und Matt? Sie tragen kein göttliches Blut in sich. Was, wenn Minerva sie benutzt?«

»Dazu braucht sie den freien Willen der beiden. Du wirst also darauf vertrauen müssen, dass sie der Versuchung widerstehen.«

Trotzig schüttelte ich den Kopf. »Ich muss sie warnen.«

»Das geht nicht, Nayla«, erwiderte er sanft. »Es ist zu gefährlich.« Er sprach es nicht laut aus, aber wir wussten beide, dass er damit nicht nur die Gefahr durch die zornige Göttin meinte.

Meine Augen füllten sich mit Tränen. »Es tut mir leid, dass ich dich verletzt habe.«

Sofort war Cyrian wieder bei mir. Er schlang die Arme um mich, während ich die Stirn gegen seine Brust sinken ließ. Es fühlte sich so natürlich an, dass ich mich nicht einmal darüber wunderte, sondern erleichtert seinen holzigen Duft einatmete.

»Ich schwöre dir, es war keine Absicht«, nuschelte ich und krallte mich an seinem Pullover fest. »Ich war nur so enttäuscht und wütend.«

Zu meiner Überraschung gab er ein ersticktes Lachen von sich. »Glaub mir, das war ich auch. Du kannst einen wirklich in den Wahnsinn treiben mit deiner Sturheit.«

Meine Mundwinkel hoben sich leicht, als ich den belustigten Unterton in seiner Stimme ausmachte. Ich nahm all meinen Mut zusammen und legte den Kopf in den Nacken, um ihn anzusehen.

Und da war er wieder.

Mein Cyrian.

Seine Miene war weich und in seinen schönen grünen Augen lag dieses Funkeln, das ich so sehr mochte. Ich wollte vor Freude auf- und abhüpfen. Allerdings hätte das bedeutet, mich seiner Umarmung zu entziehen, und das stand nicht zur Debatte.

»So stur bin ich eigentlich gar nicht«, entgegnete ich leise.

Spöttisch hob er eine Braue. »Ach, tatsächlich?«

»Ehrlich.« Meine Wangen wurden warm. »Ich hatte sowieso vor, mich bei dir zu entschuldigen. Ich habe nie gewollt, dass du dir Sorgen um mich machst.«

Eine kleine Falte trat auf seine Stirn. »Ich hatte Angst um dich.«

»Es tut mir leid«, wiederholte ich reumütig und verzog das Gesicht. »Ich habe einfach nicht nachgedacht. All die Dinge, die ich dir anvertraut habe …«

»Ich habe die Wahrheit gesagt, Nayla.« Er verstärkte den Druck seiner Hände auf meinem Rücken und diesmal wurde mir auf eine gute Art warm. »Phil weiß über vieles Bescheid. Das ging nicht anders, weil es nun mal unsere Aufgabe ist, dich zu beschützen. Aber ich habe ihm nur erzählt, was er sowieso erfahren hätte.«

Sein Blick war offen und ehrlich, weshalb ich ein erleichtertes Lächeln nicht länger zurückhalten konnte. »Ich hätte nicht an dir zweifeln dürfen.«

»Du hast jedes Recht dazu.« Etwas Gequältes trat in seine Augen, bevor er die Lider zusammenkniff. »Nayla«, flüsterte er mit rauer Stimme. »Ich kann nicht …«

Er schluckte schwer, sprach jedoch nicht weiter.

Ohne mir dessen wirklich bewusst zu sein, rückte ich näher an ihn heran und legte vorsichtig die Hand auf seine Wange, so wie er es immer bei mir tat. Mit dem Daumen strich ich über seinen Bart. Die Stoppeln kratzten unter meiner Fingerkuppe, und die Berührung sandte ein Kribbeln durch meinen ganzen Körper.

»Was kannst du nicht?«

Cyrian antwortete nicht. Doch seine Worte verloren an Bedeutung, als er den Kopf senkte und seine Stirn gegen meine lehnte. Seine Lippen teilten sich, und sein Atem strich hauchzart über meine Haut.

Der Drang, ihn zu küssen, wurde geradezu übermächtig. Mein Herz krachte immer lauter gegen meinen Brustkorb.

Diesmal stieß er mich nicht weg wie sonst, sondern zog mich zu sich, bis sich unsere Körper überall berührten. Sie schmiegten sich perfekt aneinander. Wie zwei Teile eines Ganzen. Ich konnte die Kraft und die Hitze spüren, die von ihm ausgingen. Eine Welle purer Erregung erfasste mich. Nie hatte ich mir die Nähe eines Mannes stärker herbeigesehnt.

Meine Finger krallten sich fester in Cyrians Pullover, während ich mich auf die Zehenspitzen stellte. Ich wusste, jeden Augenblick würden sich unsere Lippen begegnen.

Endlich.

Freudige Erwartung rieselte durch meinen Magen – und dann flog auf einmal die Hintertür des Ladens auf und zerstörte den intimen Moment.

Cyrian sprang von mir weg, als hätte ihm jemand einen elektrischen Schlag verpasst.

Erschrocken drehte ich mich um.

Am Geländer stand Phil und scannte alarmiert meinen Körper. Als er feststellte, dass ich unversehrt war, atmete er erleichtert auf. Dann sah er zwischen Cyrian und mir hin und her. Schätze, es war ziemlich offensichtlich, wobei er uns gerade unterbrochen hatte, denn sein Gesicht färbte sich plötzlich dunkel vor Zorn.

»Was zum Teufel machst du da, du Idiot?«, brüllte er Cyrian an.

Cyrian wirkte angespannt, auch sein Gesicht war plötzlich ein wenig blasser als zuvor.

»Gar nichts«, antwortete ich schnell.

»Es sieht aber nicht wie *nichts* aus«, knurrte Phil mich an, ehe sein Blick auf den schwarzen Klecks fiel. Seine Augen weiteten sich. »Was ist passiert?«

Beschämt zog ich den Kopf ein. »Ich wollte Miss Evenson kurz beim Transport einer Leinwand helfen. Aber wie sich herausstellte, war sie ein Servus.«

»Was?« Mit einem Satz sprang Phil über das Geländer, rannte zu mir und packte mich bei den Schultern. »Ist alles okay?«

Ich nickte betreten. »Ja, ich weiß, dass es dämlich war, dir nicht Bescheid zu sagen, aber ich hatte keine Ahnung, dass so etwas möglich ist.«

»Du hast mir erzählt, sie wüsste über die Gefahren Bescheid«, schaltete Cyrian sich nun in kühlem Ton ein. »Wie konntest du ihr vorenthalten, was ein Servus ist?«

Phil klappte die Kinnlade runter. »Warte mal«, sagte er und ließ mich los, ehe er sich zu Cyrian herumdrehte. »Bin ich jetzt etwa der Buhmann?«

»Nein«, sagte ich sofort, weil ich bestimmt keinen Streit zwischen den beiden vom Zaun brechen wollte. »Das war alles meine Schuld. Ich hätte dir Bescheid geben müssen. Cyrian hat mir nur geholfen.«

Phil maß mich nun seinerseits mit einem kühlen Blick. »Und aus lauter Dankbarkeit hast du dich ihm an den Hals geworfen, oder wie?«

»Es ist überhaupt nichts passiert«, erwiderte ich kleinlaut. »Also beruhige dich endlich.«

»Ich soll mich beruhigen?« Phil betrachtete mich, als hätte ich nicht mehr alle Tassen im Schrank. »Du hast aber schon noch auf dem Schirm, warum Jungs eine verdammt blöde Idee für dich sind, oder?«

Zugegeben, das war ein äußerst berechtigter Einwand.

»Ich habe es nicht vergessen«, erwiderte ich zähneknirschend. Es war mir nur egal gewesen, weil meine Sehnsucht nach Cyrian jeden anderen Gedanken verdrängt hatte.

Phil grinste zynisch. »Großartig. Ich wollte schon an deinem gesunden Menschenverstand zweifeln.« Sein Kopf fuhr zu Cyrian herum.

»Und an deinem gleich mit. Bist du wirklich bereit, diesen Preis für ein flüchtiges Abenteuer zu zahlen? Reiß dich mal zusammen, Mann!«

»Zunächst einmal wäre ich dir dankbar, wenn du mich nicht als flüchtiges Abenteuer bezeichnen würdest«, fauchte ich. »Davon abgesehen fordert der Fluch *mein* Leben, nicht Cyrians.«

Mit einer hochgezogenen Braue wandte Phil sich an seinen besten Freund. »Willst du es ihr sagen?«

Ein ungutes Gefühl kroch in mir hoch.

Cyrian hatte inzwischen jede verräterische Emotion aus seiner Miene verbannt. Nur seine Kiefermuskeln mahlten, weil er so fest die Zähne aufeinanderbiss.

»Fein, dann übernehme ich das«, presste Phil hervor und verschränkte die Arme, sodass er wie ein waschechter Security wirkte. »Es ist den Mitgliedern der Securitas verboten, einen Nachfahren von Aeneas zu begehren. Jeder Verstoß wird bestraft.«

Schockiert starrte ich Phil an. »Und wie sieht diese Strafe aus?«

»Das wissen wir nicht genau. Bisher war nämlich keiner so dämlich, Venus' Gesetze zu missachten. Aber wenn man sich die übrigen Befehle der Göttin in der *Doctrina Veneris* so ansieht, kann man davon ausgehen, dass es mit einem simplen Ausschluss von den Securitas nicht getan ist. Die Götter sind grausam, Nayla, und für sie bedeutet ein menschliches Leben *nichts*. Also, was immer auch hier zwischen euch läuft, vergesst es. Alle beide. Und zwar auf der Stelle. Klar?«

»Ich kenne unsere Gesetze«, sagte Cyrian tonlos. »Du kannst also unbesorgt sein. Ich empfinde nichts für sie. Ich habe lediglich getan, was getan werden musste, um sie von einer weiteren Panikattacke abzulenken. Wir wissen schließlich alle, was passieren kann, wenn sie wieder durchdreht.«

Cyrians Worte trafen mich bis ins Mark. Die schönen Gefühle, die ich noch vor wenigen Sekunden in seinen Armen empfunden hatte, wurden schlagartig von diesem seltsamen, heißen Schmerz abgelöst. Er ballte sich in meiner Brust zusammen und versetzte meinen Körper in Aufruhr. Ich versuchte, ruhig zu atmen, und fixierte einen Punkt an der Hauswand, während die Stille zwischen uns zunehmend peinlicher wurde.

Schließlich setzte Cyrian sich als Erster in Bewegung und ging in einem weiten Bogen um uns herum. »Da du jetzt wieder auf deinem Posten bist, ist meine Anwesenheit wohl nicht länger erforderlich. Ich habe sowieso Wichtigeres zu tun.«

Seine Stiefelsohlen knirschten auf dem Schotter und wurden leiser, je weiter er sich entfernte. Sobald er aus der Gasse verschwunden war, rieb Phil sich fluchend über das Gesicht.

Ich schlang die Arme um meinen Oberkörper. »Warum hast du es mir nicht einfach gesagt?«

Angespannt raufte Phil sich die Haare. »Ich war nicht sicher, wie ihr zueinander steht, und wollte keine schlafenden Hunde wecken. Schließlich ist es allgemein bekannt, dass Verbotenes besonders reizvoll ist.«

»Und Shelby?« Es mochte unpassend sein, aber ich musste es einfach wissen. »Hast du das auch nur gesagt, um mich abzuschrecken?«

»Was glaubst du denn?«, fragte er leise zurück.

Seine Gegenfrage war Antwort genug. Er hatte tatsächlich gelogen. Irgendwie war ich froh über diese Erkenntnis, auch wenn es im Grunde nichts änderte. »Schätze, deine Sorge war unbegründet.«

Phil seufzte. »Ich hatte dich gewarnt, Nayla. Tut mir leid.«

»Mir auch«, erwiderte ich. Zu meiner Überraschung gelang es mir, jedes Gefühl aus meiner Stimme zu verbannen, obwohl das Feuer noch immer lichterloh in mir brannte.

XXIII

Meine Mutter wurde aschfahl im Gesicht, als Philemon und ich von dem Angriff des Servus erzählten. Ich hatte festgestellt, dass es mir leichter fiel, über Miss Evenson als abstraktem Feind zu sprechen als von meiner coolen Kunstlehrerin. Das machte es irgendwie erträglicher.

Trotzdem fiel es mir schwer, daran zurückzudenken. Nach dem Vorfall hinter dem Kunstladen hatte Phil mich direkt nach Hause gefahren, wo Mom mich erst mal aufs Sofa gedrückt und meine Schürfwunden durch Handauflegen geheilt hatte. Inzwischen war sie fertig damit und schüttelte mit banger Miene den Kopf.

Phil lümmelte im Sessel und wackelte unaufhörlich mit dem Knie. Er machte mich noch wahnsinnig damit.

»Sie ist also hier«, sagte Mom, nachdem sie sich gefangen hatte, und sprang wieder auf die Füße. »Ich muss Julius anrufen.«

»Das kannst du dir sparen.« Phil hielt sein Handy in die Höhe, auf dem er zwischenzeitlich herumgetippt hatte. »Cyr hat bereits Bericht erstattet und kommt gleich vorbei, um das weitere Vorgehen zu besprechen. Er vermutet, dass es noch weitere Sklaven gibt.«

Mein Herz machte einen Satz. Nicht nur aufgrund von Cyrians Verdacht, sondern weil ich nicht damit gerechnet hatte, ihn so schnell wiederzusehen. Andererseits war das vermutlich unvermeidlich.

»Noch mehr Sklaven?«, fragte Mom und wanderte unruhig vor dem

Wohnzimmertisch auf und ab. »Das wäre durchaus möglich. Aber warum schon jetzt? Sie weiß selbst, dass Nayla unantastbar ist, solange der Verrat nicht erfolgt ist.«

Phil zuckte mit den Schultern. »Vielleicht will sie Nayla psychisch weichkochen.«

»Also, um ehrlich zu sein, hatte ich nicht den Eindruck, dass jemand bloß seine Spielchen mit mir spielen will«, wandte ich ein und legte mir die Hand auf die Brust. »Sie … *es* hat direkt auf mein Herz gezielt.«

Abrupt blieb meine Mutter stehen und starrte mich an. »Das ergibt keinen Sinn.«

»Kann schon sein«, erwiderte ich angespannt. »Aber ich bin mir sicher. Cyrian hat es auch gesehen.«

»Warum hast du eigentlich nicht dieses Wegschubs-Ding gemacht?«, fragte Philemon unvermittelt. »Damit hättest du den Servus doch mühelos ausschalten können.«

Diese Frage hatte ich mir auch schon gestellt. »Es ging alles so schnell und sie war immerhin meine *Lehrerin*. Wahrscheinlich ist mein Selbsterhaltungstrieb nicht angesprungen, weil ich Hemmungen hatte. Ich wollte ihr nicht wehtun.«

Phil gluckste. »Ich finde das wirklich sehr rücksichtsvoll von dir, wenn man bedenkt, dass deine *Lehrerin* versucht hat, dich mit einem Messer aufzuschlitzen.«

Ich warf ihm einen finsteren Blick zu, doch davon ließ er sich nicht beeindrucken, sondern grinste frech.

In dem Moment ertönte die Klingel.

»Das muss Cyrian sein«, sagte meine Mutter und eilte davon.

Erwartungsvoll richtete ich mich auf. Ich holte tief Luft, zog die Beine zum Schneidersitz an und versuchte, eine möglichst entspannte Pose einzunehmen. Phil entging das natürlich nicht, ich ignorierte ihn jedoch geflissentlich.

Im Geiste bereitete ich mich darauf vor, Cyrian so gelassen wie möglich gegenüberzutreten. Ich wollte nicht, dass er merkte, wie sehr er mich mit seinen Worten getroffen hatte. Doch nicht er rauschte ins Wohnzimmer, sondern Dee.

Ernst sah mich meine beste Freundin an. »Ich muss mit dir reden, Nayla.«

Ein Knoten ballte sich in meinem Magen zusammen.

»Hat das nicht Zeit bis morgen, Delilah?«, fragte meine Mutter freundlich. »Wir müssen heute noch ein paar Sachen erledigen.«

Dees Blick flog zu Phil, der lässig winkte. Sie presste die Lippen aufeinander. »Es dauert nicht lange.«

Ich seufzte. »Okay. Lass uns in mein Zimmer gehen«, schlug ich vor und erhob mich.

Dee wartete nicht auf mich, sondern stolzierte die Treppe nach oben. Nervös folgte ich ihr und schloss die Tür hinter uns.

Dee musterte mich abschätzig. »Was läuft hier, Nayla?«

»Was meinst du?«, fragte ich vorsichtig.

Sie schnaubte. »Du weißt genau, wovon ich rede. Also versuch gar nicht erst, mich für dumm zu verkaufen.«

»Es ist alles in Ordnung.«

Ihr Gesicht verzog sich voller Verzweiflung und Wut, während sie mit dem Fuß aufstampfte. »Du hast es doch Matt gegenüber selbst zugegeben!«

Ich schluckte schwer. »Ich habe ihm gesagt, dass ich aktuell etwas durch den Wind bin und Zeit für mich brauche.«

»Und wieso? Der Unfall allein kann nicht das Problem sein. Es muss noch einen anderen Grund geben.«

O ja, den gab es allerdings.

Flehend legte ich die Hände aneinander. »Bitte, Dee. Hör auf, mich das zu fragen. Ich kann es dir nicht sagen.«

Mit zusammengekniffenen Augen legte sie den Kopf schief. »Kannst du nicht oder willst du nicht?«

Gott, ich hasste es, wenn sie mich so in die Enge trieb. Dee wusste das ganz genau. Aber sie hörte einfach nicht auf nachzubohren.

»Es gibt *Gerüchte* über dich, Nayla, und zwar welche von der üblen Sorte.«

Ich spürte, wie mir das Blut aus den Wangen wich. »Was für Gerüchte?«

»Einige sagen, dass du mit Cyrian *und* Phil zusammen bist.«

Mir klappte die Kinnlade runter. »Was?«

»Ist das wirklich so eine große Überraschung für dich?«, fragte sie scharf. »Die zwei weichen dir doch überhaupt nicht mehr von der Seite.«

»Na und? Wir verbringen eben gern Zeit miteinander«, erwiderte ich ausweichend. »Das machen du, Matty und ich doch auch.«

»Setz uns nicht mit diesen beiden Typen gleich«, fauchte sie. »Wir sind aufrichtig und loyal.«

Bevor ich etwas erwidern konnte, stieß sie ein bitteres Lachen aus. »Ich gebe zu, ich habe eine Weile gebraucht, um es zu kapieren. Aber du wusstest von Anfang an, dass Phil andauernd lügt. Was also hat sich verändert, dass du dich jetzt lieber mit ihm und diesem finsteren Typen abgibst anstatt mit deinen echten Freunden?«

Gott! Ich wollte es ihr so gern sagen. Aber ich konnte einfach nicht – und ich hasste das.

Dee schien zu begreifen, dass sie keine Antwort von mir kriegen würde, und hob trotzig das Kinn. »Ist dir klar, dass Philemon eine *Waffe* trägt?«

Ich blinzelte verdutzt. »Nein, das wusste ich nicht.«

Keine Ahnung, warum es mich derart überraschte. Immerhin war ich inzwischen über sämtliche Hintergründe im Bilde. Und nach dem, was heute Nachmittag passiert war, war ich ehrlich gesagt auch froh darüber.

»Es ist aber wahr.« Dee maß mich mit strengem Blick. »Frag ihn, wenn du mir nicht glaubst. Dann wirst du sehen, dass er dir rotzfrech ins Gesicht lügt. Ich habe das Klappmesser mit eigenen Augen gesehen, und ich wette, Cyrian hat auch eins.«

Es kostete mich einige Überwindung, eine neutrale Miene aufzusetzen. »Das ändert gar nichts.«

Dee wurde puterrot im Gesicht. »Ich kann einfach nicht glauben, wie naiv du bist. Begreifst du denn nicht, dass diese Typen gefährlich sind?«

Ich wollte Cyrian und Phil vor meiner besten Freundin verteidigen, doch ich hatte versprochen, Stillschweigen zu bewahren. Also schluckte ich einmal mehr die Wahrheit hinunter und schaute zu Boden. »Zu mir waren die beiden immer nur freundlich.«

»Das mag ja sein. Aber diese Freundschaft, die ihr drei da pflegt, nimmt merkwürdige Züge an. Sie lassen dich ja gar nicht mehr aus den Augen. Willst du mir ernsthaft weismachen, dass du das so willst?«

Angespannt befeuchtete ich meine Lippen. »Ja, das tue ich.«

Ungläubig schüttelte Dee den Kopf. »Sag mir wenigstens, dass an diesen Gerüchten nichts dran ist, Nayla. Sag mir, dass da weder mit Cyrian noch mit Phil etwas läuft.«

»Natürlich nicht!«, stieß ich hervor, konnte aber nicht leugnen, dass ich – zumindest was einen der beiden betraf – ein gewisses Bedauern empfand.

Dee schien nicht überzeugt. »Du bist gesehen worden. Ein paar Schüler haben dich und Cyrian von der Aula aus im Museumsgarten beobachtet. Angeblich hat es heftig zwischen euch geknistert. Und zwei Tage später behauptet Phil plötzlich, ihr hättet ein Date. Ihr seid sogar Händchen haltend durch das Schulgebäude spaziert.«

»Wir haben nicht Händchen gehalten«, stellte ich entrüstet klar und war nun doch leicht genervt. Hatten die Leute eigentlich nichts Besseres zu tun, als sich über andere das Maul zu zerreißen?

Dee zog eine Braue hoch. »Dann bist du also keinem von beiden jemals nähergekommen?«

Sofort blitzten Momente in meinem Kopf auf, in denen Cyrian mich im Arm gehalten hatte und in denen ich ihn fast schon verzweifelt hatte küssen wollen.

Verdammt!

»Nein«, log ich mit dünner Stimme.

Ich konnte Dee ansehen, dass sie mir nicht glaubte. »Und du empfindest auch nichts für sie?«

Klasse! Was immer ich jetzt auch sagte, würde mir zum Verhängnis werden. »Ich mag sie beide. Es ist aber nicht so, wie die Leute sagen. Seit wann glaubst du diesen ganzen Blödsinn, den Shelby und ihre intriganten Freundinnen verbreiten?«

Frust flackerte in Dees Augen auf, dann wurde ihre Miene hart. »Ich weiß einfach nicht mehr, was ich denken soll, Nayla.«

»Aber du kennst mich«, krächzte ich.

»Tja, offensichtlich nicht mehr«, sagte sie spitz und drehte den Kopf weg. Ihr Blick wanderte zu den gerahmten Fotos an meiner Wand und blieb an einem Bild hängen, auf dem wir beide abgebildet waren. Wir waren etwa vierzehn und hielten uns lachend in den Armen. »Seit Phil und Cyrian hier aufgekreuzt sind, bist du wie ausgewechselt. Ständig starrst du geistesabwesend vor dich hin, bist gereizt oder schlecht gelaunt. Es kommt mir wie eine Ewigkeit vor, seit wir zuletzt zusammen gelacht haben. Du schwänzt sogar die Schule.«

»Das war *ein Mal*«, widersprach ich entgeistert. Dass Mister Schriever mir nicht erlaubt hatte, an dem Vortrag teilzunehmen, zählte schließlich nicht.

»Früher wäre es gar nicht erst so weit gekommen.«

Ja. Früher war mein Leben tatsächlich herrlich langweilig gewesen, und ich vermisste es wahnsinnig.

Aber nicht Cyrian und Phil waren der Grund für all die Veränderungen, sondern ich.

»Also schön.« Dee holte erneut Luft. »Wenn es nicht an einer schrägen Dreiecksbeziehung liegt, was ist dann der Grund dafür, dass ihr permanent aufeinanderhockt?«

Ich zuckte kaum merklich zusammen. »Es gibt keinen.«

»Bullshit!« Dee musterte mich durchdringend. »Wir sind seit dem Kindergarten befreundet, und in all den Jahren hast du außer mir und Matt niemanden an dich herangelassen. Nicht einmal deine Dates hatten eine Chance, obwohl du ein oder zwei der Typen anfangs wirklich mochtest.«

Mich beschlich das ungute Gefühl, dass sie vielleicht recht haben könnte. Ich dachte an Jesper und daran, wie gut wir uns unterhalten hatten, *bevor* wir miteinander ausgegangen waren. Damals hatte ich ihm die Schuld für das miese Date gegeben, aber wenn ich genauer darüber nachdachte, konnte ich nicht abstreiten, dass ich seine Versuche, mich besser kennenzulernen, mit einsilbigen Antworten sabotiert hatte.

»Steckst du in Schwierigkeiten?«, fragte Dee unvermittelt und gab sich keine Mühe, ihre Sorge zu verbergen. »Erpressen sie dich oder setzen sie dich irgendwie anderweitig unter Druck? Denn ich schwöre dir, wenn das der Fall ist, dann …«

»Nein«, unterbrach ich sie leise. Mir blutete das Herz, weil der Wunsch, ihr alles zu erklären, geradezu übermächtig wurde. »Es ist nichts dergleichen.«

Verständnislos schüttelte Dee den Kopf. »Die beiden tun dir nicht gut, Nayla. Es wäre besser, wenn du ihnen sagst, dass wir eine Weile lieber für uns sein wollen.«

»Aber sie sind auch meine Freunde.« Und meine Beschützer. »Ich kann ihnen nicht einfach sagen, dass ich sie nicht mehr sehen will.«

Abgesehen davon würden sie sich sowieso nicht abwimmeln lassen, und nach der Begegnung mit dem Servus war ich auch gar nicht scharf darauf, allein durch die Gegend zu spazieren.

»Natürlich kannst du das«, erwiderte Dee streng und deutete zur Tür. »Geh einfach da raus und sag Phil, dass du dir einen netten Mädelsabend mit mir machen willst. Allein.«

Unbehaglich trat ich von einem Fuß auf den anderen. »Das geht nicht.«

»Wieso nicht? Wenn sie deine Freunde sind, werden sie es sicher verstehen. Ich hatte doch auch Verständnis für deine Launen.«

Was das betraf, hätte ich ihr gern widersprochen. Ich liebte Delilah wie eine Schwester, aber ihr Krisenmanagement war die reinste Katastrophe. Sie verfolgte stets die Mit-dem-Kopf-durch-die Wand-Strategie, und wenn das nicht funktionierte, wurde sie sauer.

Mir fiel die Postkarte ein, die ich erst vor wenigen Stunden für sie gekauft hatte. Sie steckte immer noch in der Seitentasche meines Rucksacks. Ich wünschte, ich hätte sie mit nach oben genommen, um meine Freundin ein wenig zu besänftigen.

»Du willst es gar nicht«, stellte Dee fest, und ein schmerzhafter Ausdruck huschte über ihr Gesicht. »Du bist wirklich lieber mit ihnen zusammen.«

»Das stimmt nicht, Dee«, sagte ich mit einem leisen Flehen in der Stimme. »Bitte, ich …«

»Schon gut.« Abwehrend streckte sie die Hände aus. Ihre Augen wurden glasig, während sie zittrig Luft holte. »Ich verstehe.«

Bevor ich noch etwas sagen konnte, war sie an mir vorbei und zur Tür hinausgestürmt. Ich wollte ihr nachlaufen. Gleichzeitig wusste ich jedoch, dass es sinnlos war. Frustriert fuhr ich mir durch die Haare und kämpfte gegen das brennende Gefühl in meiner Brust an.

Es dauerte eine ganze Weile, bis ich mich einigermaßen beruhigt hatte und ins Wohnzimmer zurückkehren konnte. Sofort wurde ich von

Cyrians ernstem Blick gefangen genommen. Er stand am Fenster und hatte die Arme verschränkt. Eine dicke Strähne seines schwarzen Haares hing ihm in die Stirn, und obwohl ich wusste, dass der Wunsch lächerlich war, wollte ich sie ihm aus dem Gesicht streichen.

Phil fläzte immer noch im Sessel und wackelte mit den Beinen. »Gibt es einen bestimmten Grund dafür, dass Dee uns *angezischt* hat?«

Ungläubig starrte ich ihn an. Fragte er mich das gerade wirklich? Nach allem, was er in der Schule abgezogen hatte?

»Nayla hat uns den Vorzug gegeben«, antwortete Cyrian an meiner Stelle und sah wieder aus dem Fenster. Draußen dämmerte es bereits, was mich daran erinnerte, dass ich bald nach den Tieren sehen musste.

»Sie hat dich vor die Wahl gestellt? Ernsthaft?« Phil stieß einen Pfiff aus, während ich mich aufs Sofa fallen ließ. »Hätte nicht gedacht, dass sie wirklich so weit geht.«

»Dee teilt nicht gern«, erwiderte Cyrian in gelangweiltem Ton. »Und sie wird auch nicht gern außen vor gelassen.«

Cyrians Scharfsinn sollte mich längst nicht mehr überraschen. Trotzdem störte es mich, dass er seine Mitmenschen so mühelos lesen konnte. Ich hätte Delilah gern verteidigt. Dummerweise hatte Cyrian mit seiner Beobachtung absolut recht. Also blieb mir nur die Empörung.

Ich hielt an dieser Empfindung fest, denn die war immer noch besser als die unerfüllte Sehnsucht, die immer noch in mir tobte. »Scharf kombiniert, Holmes.«

Langsam drehte er sich wieder zu mir herum. »Ich bin eigentlich lieber Watson in der Kombi.«

Genervt verschränkte ich die Arme. »Wieso? Weil er weniger exzentrisch ist?«

Cyrians Mundwinkel zuckte. »Eher wegen seines Pragmatismus.«

»Da hast du natürlich recht. Watson passt wesentlich besser zu dir.«

Ich schenkte ihm ein zuckersüßes Lächeln. »Ihm sind Gefühle ja auch eher lästig, nicht wahr?«

Seine Belustigung verflog schlagartig. In seinen Augen braute sich ein Sturm zusammen, und ich hielt unwillkürlich den Atem an.

Vielleicht war es dumm, aber ein Teil von mir weigerte sich zu glauben, dass er tatsächlich nichts für mich empfand. Ich kannte Cyrian inzwischen gut genug, um zu wissen, dass er ein pflichtbewusster Mensch war. Er wollte die Dinge *richtig* machen. Und etwas zu riskieren, das seine Schutzbefohlene in Gefahr brachte und zugleich einen Gesetzesverstoß bedeutete, zählte definitiv nicht dazu. Andererseits hatte er in der Gasse kaltblütig und voller Überzeugung gesagt, dass er nichts für mich empfand. Seine Worte hatten sich wie fiese Stachel in mein Herz gegraben und verspotteten mich jedes Mal, wenn die leise Hoffnung in mir erwachte, dass er doch gelogen haben könnte.

»Nicht streiten, Kinder«, ging Philemon dazwischen und hörte sogar kurz mit seinem Gezappel auf. »Wir haben schon genug Probleme.«

In dem Moment kam meine Mutter, deren Abwesenheit ich jetzt erst bemerkte, mit einem Tablett in den Händen herein. Darauf standen Gläser, Saft und eine Packung Käsecracker. Zum Glück hatte sie nichts gekocht.

»Wo ist Delilah?«, fragte sie, während sie das Tablett auf dem Couchtisch abstellte.

Ich schluckte den Kloß in meinem Hals hinunter. »Sie ist gegangen.«

Mom nickte geistesabwesend und wandte sich dann direkt an Cyrian. »Wie ist der Status?«

Es war merkwürdig, meine Mutter in diesem autoritären Tonfall reden zu hören. Sonst sprach sie höchstens im Krankenhaus auf diese abgeklärte, distanzierte Weise, aber vermutlich ohne den gehetzten Ausdruck in den Augen.

»Durch den Anschlag wissen wir jetzt mit Sicherheit, dass Nayla entdeckt wurde«, sagte Cyrian. »Ich denke, es werden schon bald weitere Angriffe folgen.«

Obwohl ich diese wunderbare Neuigkeit nicht zum ersten Mal hörte, wurde mir eiskalt.

Stirnrunzelnd setzte Mom sich zu mir aufs Sofa. »Aber wieso hat sich der Servus jetzt schon offenbart?«

»Weil ich blöd genug war, auf ihn hereinzufallen«, murmelte ich verdrießlich.

»Das meine ich nicht.« Nachdenklich sah meine Mutter mich an. »Bisher gingen die Sklaven taktisch viel geschickter vor. Solange die Bedingungen von Minervas Fluch nicht erfüllt waren, konnten sie Aeneas' Nachfahren nicht töten. Daher versuchten sie es auf eine andere Weise. Meistens mit Psychoterror, im schlimmsten Falle entführten sie ihre Zielpersonen auch und misshandelten sie über einen gewissen Zeitraum hinweg, ehe sie sie wieder freiließen und dieses kranke Spiel von vorn begannen. Sie wollten, dass Aeneas' Erben verzweifelt genug waren, um jemandem ihr Herz zu öffnen, der es gut mit ihnen meinte. Aber dabei gaben sie sich nie zu erkennen.«

Cyrian ballte die Hände zu Fäusten. »Ich bin die Szene wieder und wieder in meinem Kopf durchgegangen. Der Servus wollte Nayla nicht nur verletzen. Er hatte ein klares Ziel: sie zu töten.«

Meine Mutter starrte ihn ungläubig an. »Aber das ist nicht möglich.«

»Ihr habt gesagt, dass der Fluch mich schützt«, brachte ich mit zitternder Stimme hervor.

»Das dachten wir auch.« Ein gequälter Ausdruck huschte über Cyrians Züge. »Aber inzwischen bin ich mir nicht mehr sicher.«

»Vielleicht war es eine besondere Waffe?«, überlegte meine Mutter, die nun nervös die Hände auf ihrem Schoß knetete.

Cyrian schüttelte den Kopf. »Ich habe das Messer benutzt, bevor es mit dem Servus implodierte. Es war ein ganz normaler Kampfdolch mit schwarzer Beschichtung, Gummigriff und einer beidseitig geschliffenen Klinge. Daran war nichts Besonderes.«

»Minerva könnte einen versteckten Zauber gewirkt haben«, sagte Mom, klang aber alles andere als überzeugt von ihrer eigenen Theorie.

»Du weißt selbst, dass jeder Zauber zurückzuverfolgen ist, Allegra«, widersprach Cyrian. »Das wäre ihr Todesurteil.«

»Vielleicht war Miss Evenson auch nur ein Bauernopfer«, wandte ich wenig hoffnungsvoll ein. Es war ein schwacher Versuch, mich an jedem noch so dünnen Strohhalm festzuklammern. »Um zu testen, wie stark meine Kräfte sind.«

Grundgütiger! Hatte ich das gerade wirklich laut gesagt?

»Das wäre eine Möglichkeit«, stimmte Cyrian mir zu, als wäre diese Aussage überhaupt nicht merkwürdig. »Die andere wäre eine konkrete Tötungsabsicht.«

Philemon, der bis jetzt kein Wort gesagt, sondern das Gespräch schweigend verfolgt hatte, schlug mit der Hand auf die Sessellehne. »Aber sie können Nayla nicht umbringen. Der Fluch definiert klare Bedingungen: erst der Verrat, dann der Tod. Wieso sollte das plötzlich anders sein?«

»Weil Nayla anders ist«, erwiderte Cyrian tonlos und sah mich bewusst nicht an. »Wir können nicht mit Bestimmtheit sagen, welche Auswirkungen ihre Kräfte auf den Fluch haben, weil wir gar nicht wissen, wieso sie sie überhaupt hat. Es wäre denkbar, dass für sie andere Regeln gelten. Vielleicht kann sie tatsächlich schon jetzt getötet werden.«

»Nein.« Phil klang wie ein trotziges Kind. Er schnappte sich die Snacktüte, riss sie auf und stopfte sich eine Handvoll Cracker in den Mund, bevor er kauend den Kopf schüttelte. »So läuft das nicht.«

»Und da bist du dir absolut sicher?«, fragte Cyrian scharf. »Denn wenn wir uns auf den Fluch verlassen und uns irren, könnte das für Nayla fatale Folgen haben. Willst du dieses Risiko wirklich eingehen?«

Phil zuckte kaum merklich zusammen. »Natürlich nicht.«

Entschlossen straffte Cyrian die Schultern. »Wir müssen auf *alles* vorbereitet sein. Uns darf kein weiterer Fehler unterlaufen.«

Einen Moment lang herrschte betretenes Schweigen.

»Und was jetzt?«, fragte ich schließlich.

Mom legte mir beruhigend eine Hand aufs Knie. »Wir sollten zuerst herausfinden, wer noch alles in Minervas Dienst steht.«

Zweifelnd sah ich sie an. »Und wie sollen wir diese Sklaven finden?«

»Ein Gott kann nur einen Bann über Menschen seines Standes aussprechen«, erklärte Cyrian. »Ganz allgemein ist Minerva bekannt als Göttin der Weisheit, der Strategie und der Kunst. Darüber hinaus gilt sie aber auch als Schutzgöttin der Lehrer, der Handwerker und des Gewerbes.«

Ich schnaubte. »Großartig. Das schränkt den Kreis der Verdächtigen ja massiv ein.«

»In gewisser Weise schon.« Philemon schien sich von seinem kleinen Trotzanfall erholt zu haben und lehnte sich mitsamt der Snacktüte im Sessel zurück. »Apollo war beispielsweise der Gott des Lichts, der Musik und der Poesie. Außerdem besaß er die Gabe der Voraussicht. Wäre er unser Feind, müssten wir in erster Linie nach Bands und Schriftstellern Ausschau halten.«

Mom nickte zustimmend. »Bei Minerva sind es hauptsächlich Lehrer und Künstler, vor denen wir uns in Acht nehmen sollten.« Bedauernd schaute sie mich an. »Unter diesen Umständen kannst du unmöglich weiter zur Schule gehen.«

»Was?«, rief ich aus, während meine Zukunftspläne wie Seifenblasen davonflogen. Entschieden schüttelte ich den Kopf. »Nein!«

Seufzend rieb sich meine Mutter über die Schläfe. »Nayla, sei bitte vernünftig. Miss Evenson ist vermutlich nicht die Einzige im Kollegium, die versklavt wurde.«

Phil fluchte. »Schriever ist garantiert auch dabei. Der Typ kam mir gleich so komisch vor.«

»Mister Lopez habe ich ebenfalls im Verdacht«, ergänzte Cyrian und verschränkte die Arme.

Ungläubig starrte ich ihn an. »Mister Lopez ist freundlich und hilfsbereit. Er hat mich immer unterstützt.«

»Dafür, dass du seine Lieblingsschülerin bist, geht er in den letzten Tagen erstaunlich hart mit dir ins Gericht, findest du nicht?«, fragte Cyrian ruhig.

Ich zuckte mit den Schultern. »Bald stehen die Zwischenprüfungen an. Er will eben, dass ich optimal vorbereitet bin.« Noch während ich den letzten Satz aussprach, wurde mir klar, dass er absoluter Schwachsinn war. Ich war seit Jahren eine der Besten in Biologie. Ich brauchte keine Vorbereitung, schon gar nicht in Form eines Kreuzverhörs vor der gesamten Klasse.

Cyrians Blick wurde weich. Er wusste, dass ich die Wahrheit erkannt hatte.

Gequält vergrub ich das Gesicht in den Händen. »Das darf nicht wahr sein.«

»Es tut mir leid, Liebes«, sagte Mom leise.

»Aber ich kann mich doch nicht für den Rest meines Lebens verstecken.« Missmutig schaute ich in die Runde. »Das würde ich nicht überleben. Da könnt ihr mich genauso gut in die Schule schicken.«

»Nayla hat recht«, kam Phil mir überraschend zu Hilfe. »Müsste ich ständig in dieser Bude hocken, würde ich auch irgendwann durchdrehen.« Mit einem schiefen Grinsen zwinkerte er meiner Mutter zu. »Nichts für ungut, Allegra. Die Einrichtung ist wirklich hübsch.«

Sie lachte auf. »Du bist deinem Vater so ähnlich. Es ist, als würde er wieder vor mir sitzen.«

Philemons Grinsen wackelte ein wenig. »Tja, der Apfel fällt nicht weit vom Stamm, was?« Er schielte zu mir herüber, und ich war mir sicher, dass er in meinem Gesicht all den Kummer sehen konnte, den ich in diesem Moment über seinen Verlust empfand.

Ich öffnete den Mund auf der Suche nach den richtigen Worten, doch er schüttelte den Kopf. »Wie auch immer«, fuhr er fort. »Ich finde, Nayla sollte unbedingt weiter zur Schule gehen. Wir müssen uns vor niemandem verstecken.«

»Ich werde auch noch viel vorsichtiger sein«, versprach ich.

Mom betrachtete mich abwägend, und dann las ich die Antwort in ihren Augen, noch bevor sie ihr Urteil aussprach. »Es ist zu riskant, Nayla. Deshalb bin ich dagegen.«

Ein bitteres Lachen brach aus mir hervor. »Und meine Stimme zählt überhaupt nicht?«

»Ich fürchte nicht.« Meine Mutter lächelte betrübt. »Es ist Sache der Securitas, Aeneas' Erben zu beschützen. Und das bedeutet manchmal auch, dass wir Entscheidungen gegen ihren Willen treffen müssen.«

»Aber ich bin nicht nur die Nachfahrin eines verfluchten Göttersohnes«, fauchte ich sie an. »Ich bin vor allem deine Tochter. Du hast mir so oft erklärt, dass meine Meinung von Bedeutung ist. Wie kannst du sie da jetzt einfach übergehen?«

»Weil dein Leben davon abhängt«, erwiderte meine Mutter so ruhig, dass ich vor lauter Frust am liebsten geschrien hätte.

Plötzlich wurde mir klar, dass wir uns in einer Pattsituation befanden. Cyrians Stimme hatte nun am meisten Gewicht. Er entschied über meine Freiheit.

»Bitte tu mir das nicht an«, flüsterte ich.

Cyrian mied meinen Blick. Seine Kiefermuskeln mahlten aufeinander, während er im Geiste das Für und Wider abwog. Schließlich wurde seine Miene ausdruckslos. Er presste kurz die Lippen zusammen, ehe er die Schultern straffte und meine Mutter ansah. »Riegle das Haus ab.«

»In Ordnung«, sagte sie leise.

So hätte es sich vermutlich angefühlt, wenn der Servus Erfolg gehabt und mir das Messer in die Brust gerammt hätte. Mit stummem Entsetzen starrte ich Cyrian an, der nun geschäftig Aufgaben verteilte. Die Abstimmung mochte demokratisch verlaufen sein, doch es schien auch eine Hierarchie zu geben, in der er zweifellos ganz oben stand.

»Solange sich Nayla innerhalb des Schutzkreises befindet, wirst du bei ihr bleiben, Allegra«, entschied er. »Zusätzlich wird einer von uns die Straße observieren, während der andere in der Schule nach weiteren Verdächtigen sucht. Hoffen wir, dass mein Vater und Julius bald mehr über Naylas Kräfte herausfinden. Und vor allem darüber, wie sie mit dem Fluch in Verbindung stehen.«

Sobald Mom und Phil seinen Anweisungen zugestimmt hatten, wandte Cyrian sich zur Tür. »Gehen wir, Phil.«

Philemon erhob sich und rieb sich zerknirscht über das Gesicht. »Tut mir leid, Schönste.«

Da ich meiner Stimme nicht traute, nickte ich nur. Ich hielt durch, bis die Haustür hinter den beiden ins Schloss fiel. Dann konnte ich die Tränen beim besten Willen nicht länger zurückhalten.

XXIV

Man sollte eigentlich meinen, dass eine Siebzehnjährige überglücklich wäre, wenn sie unerwartet schulfrei bekam. Schließlich gab es die fantastische Welt des Internets inklusive diverser Shoppingseiten und unzählige Videostreaming-Portale, auf denen man locker fünfzig Jahre am Stück Filme gucken konnte.

Aber ich tat nichts dergleichen.

Mein Laptop lag unangetastet auf meinem Schreibtisch, nachdem ich ihn gestern Nacht wütend zugeklappt hatte. Ich hatte stundenlang nach Hinweisen gesucht, wie man einen Fluch brechen könnte. Leider bot das Internet keine große Hilfestellung. Ich fand bloß profitorientierte Schamanen und skurrile Rituale, unter denen das Brauen widerwärtiger Heiltränke noch das Harmloseste war.

Was für eine Zeitverschwendung.

Mittlerweile war ich verzweifelt genug, es direkt mit der Göttin der Weisheit aufnehmen zu wollen. Zumindest hätte ich Minerva gern gesagt, wohin sie sich ihren dämlichen Fluch stecken konnte, solange ich unantastbar war. Leider liefen auch diese Überlegungen ins Leere. Schließlich konnte ich meine Erzfeindin nicht mal eben anrufen oder ihr eine E-Mail schicken, um mit ihr über mein weiteres Leben zu verhandeln. Stattdessen konnte ich nur dumm rumsitzen und warten.

Das mit der Freiheit war schon eine seltsame Sache. Wenn man gehen konnte, wohin man wollte, tat man es nicht oder zu selten, weil man schlichtweg zu bequem war. Wenn einem jedoch das Recht genommen wurde, sich frei zu bewegen, fühlte sich selbst der gemütlichste Ort der Welt wie ein Gefängnis an.

Fünfundzwanzig Stunden, dreiundvierzig Minuten und siebzehn Sekunden.

So lange saß ich nun schon hier fest. Mit angezogenen Beinen hockte ich auf der Fensterbank, schlug den Hinterkopf im Takt zum Sekundenzeiger gegen die Wand in meinem Rücken und starrte durch das Fenster hinaus in den Garten, wo die Füchse in ihrem Gehege herumtollten.

Sie waren auch nicht frei. Aber immerhin hatten sie einander.

Ich hatte niemanden.

Nach dem Streit mit Dee hatte ich meine besten Freunde wohl endgültig vergrault. Mein Bruder und Dad waren irgendwo in der italienischen Pampa. Philemon streifte vermutlich durch die Gegend, und Cyrian … Er war mir genauso in den Rücken gefallen wie meine Mutter.

Es war ihm egal, wie sehr mich seine Entscheidung verletzte. Ich war für ihn nicht mehr als ein Auftrag, den es unter allen Umständen zu erfüllen galt – und wenn er mir dafür vorgaukeln musste, dass er mich mochte, damit ich mich an die Regeln hielt, dann tat er das eben.

So einfach war das.

Nicht zum ersten Mal sagte ich mir, dass ich diese Tatsache schleunigst akzeptieren sollte. Trotzdem regten sich immer wieder leise Zweifel in mir. Vielleicht blieb Cyrian ja nur auf Abstand, um mich zu beschützen?

Ich mochte ihn – obwohl er sich des Öfteren unmöglich benahm. Wenn ich ganz ehrlich zu mir selbst war, ging es inzwischen sogar über simple Schwärmerei hinaus. Cyrian löste weit tiefere Gefühle in mir aus. Aber es wäre töricht, ihnen nachzugeben.

Für uns gab es keine Zukunft.

Nicht mal eine Gegenwart.

Seufzend starrte ich aus dem Fenster. Ich war also tatsächlich auf mich allein gestellt und fühlte mich einsamer und isolierter denn je. Und ich war innerlich so zerrissen.

Ein Teil von mir verstand, dass die Securitas mich nur vor dieser durchgeknallten, nachtragenden Göttin beschützen wollten. Aber ein anderer, deutlich größerer Teil war derart wütend, dass ich kaum noch Luft bekam.

Ich sah ein, dass ich Fehler gemacht hatte und gelegentlich die Kontrolle über meine Gefühle verlor. Aber wie sollte ich denn lernen, mich in meinem neuen Leben zurechtzufinden, wenn ich in diesem Haus festsaß?

Mom und ich hatten kaum ein Wort miteinander gesprochen, seit Cyrian und Phil gestern Abend gegangen waren. Immerhin kannte sie mich gut genug, um zu wissen, dass ich traurig und frustriert war. Also ließ sie mich in Ruhe.

Erschöpft vom Nichtstun rieb ich mir über die Stirn.

Gott! Ich vermisste meine Freunde.

Ich hatte Dee inzwischen mehrere Nachrichten geschickt, aber sie hatte sich auf keine einzige zurückgemeldet. Auch Matt hatte ich geschrieben. Von ihm hatte ich jedoch nur ein kommentarloses Foto von Prestons Partyplakat erhalten. Die beiden hatten also immer noch vor, morgen Abend dort hinzugehen.

Für den Bruchteil einer Sekunde überlegte ich tatsächlich, einfach abzuhauen. Doch dann fiel mir wieder ein, dass ich das gar nicht konnte.

Erneut flutete eine Welle der Frustration über mich hinweg. Ich brauchte dringend ein Ventil, um all die aufgestauten Aggressionen in mir loszuwerden. Sonst würde meine Inneneinrichtung bei meinem nächsten Nickerchen wahrscheinlich erheblichen Schaden nehmen, sobald mein Unterbewusstsein die Kontrolle übernahm.

Mir fiel natürlich sofort eine Möglichkeit ein, mich zu bewegen und gleichzeitig den Kopf freizukriegen. Dennoch zögerte ich, Dads Bogen noch einmal aus der Garage zu holen. Der Schreck über mein Verhalten gegenüber den Wilderern steckte mir immer noch in den Knochen. Andererseits lagen die Chancen praktisch bei null, dass mich in unserem Garten jemand derart auf die Palme brachte, dass ich zu einer eiskalten Rachegöttin mutierte.

Ich schnaubte abfällig. Wahrscheinlich war ich mit den Furien auch um hundertzehn Ecken verwandt.

Weil mein Hintern allmählich taub wurde, stand ich auf und streckte meine steifen Glieder. Anschließend schlurfte ich nach unten.

Mom telefonierte gerade im Arbeitszimmer und ackerte mit einem Kollegen aus der Klinik verschiedene Patientenakten durch. Trotzdem steckte sie sofort den Kopf durch die Tür, um zu kontrollieren, was ich tat.

Mit zusammengepressten Lippen marschierte ich an ihr vorbei. Es war noch viel zu früh, um die Tiere zu füttern. Daher holte ich doch den Bogen aus der Garage, bevor ich raus in den Garten ging. Zwar musste ich nicht an meiner Treffsicherheit arbeiten, doch es konnte sicher nicht schaden, ein bisschen Dampf abzulassen. Zumindest solange keine Wilderer in der Nähe waren …

Ich warf den Köcher ins Gras und stellte mich vor der Veranda in Position, ehe ich mich nach einem geeigneten Ziel umsah. Lange brauchte ich nicht zu suchen, um die Seitenwand eines leer stehenden Käfigs als beste Option auszumachen. Die Distanz betrug etwa vierzig Meter. Genug, um mich ein bisschen anstrengen zu müssen.

Ich legte einen Pfeil ein und spannte die Sehne. Unverhofft erfasste mich ein Gefühl von Ruhe und Zufriedenheit, als ich meine gesamte Konzentration auf die Käfigwand lenkte.

Meine Fingerspitzen prickelten, und ich ließ den Pfeil fliegen. Mit einem *Plopp* landete er im Holz, und zwar genau dort, wo ich ihn hatte haben wollen.

Nicht übel.

Sofort langte ich nach einem weiteren Pfeil. Nur so zum Spaß versuchte ich, den Pfeil in der Käfigwand nach bester Robin-Hood-Manier zu spalten.

Es klappte nicht. Das lag allerdings nicht daran, dass ich mein Ziel diesmal verfehlte. Der Pfeil sauste schnurgerade auf den ersten Pfeil zu, traf ihn am hinteren Ende – und prallte mit einem lauten Knacken ab.

Irritiert sah ich mir den dritten Pfeil genauer an und stellte fest, dass das Ende zwischen den Federn von einem stabileren Material umgeben war. Es diente anscheinend dem Schutz des Holzes bei Kollisionen.

Okay, dann eben keine Pfeil-Spaltungs-Experimente mehr.

Ich suchte mir ein neues Ziel und visierte als Nächstes einen Holzpfahl an, der gut zehn Meter hinter dem Käfig stand. Dad hatte ihn aufgestellt, weil er mit Victor ein Vogelhaus bauen wollte, aber besonders weit waren sie noch nicht gekommen.

Erneut spannte ich die Sehne und ließ den Pfeil fliegen. Doch diesmal erreichte er nicht sein Ziel. Stattdessen stoppte er etwa drei Meter hinter den Käfigen mitten im Flug und fiel zu Boden.

Erstaunt riss ich die Augen auf.

Langsam ließ ich den Bogen sinken und ging zu der Stelle, an der der Pfeil zwischen tief wachsenden Waldkräutern lag. Dort bückte ich mich nach einem Stein und warf ihn in Richtung des Pfahls. Auch er prallte plötzlich ab und kullerte über den Boden.

Da sich die Grenze unseres Grundstücks ungefähr auf der Höhe der Käfige hinter mir befand, musste das die zusätzliche Barriere sein, die Mom in Cyrians Auftrag errichtet hatte.

Wie dieser seltsame Zauber wohl funktionierte?

Neugierig wagte ich mich weiter vor. Ich streckte vorsichtig die Hand aus und spürte … nichts.

Überhaupt nichts.

Da war keine Grenze, die mich wie den Pfeil zurückhielt. Nicht einmal ein kleiner Widerstand. Ich schloss die Augen, damit ich mich besser konzentrieren konnte, und schob meinen Arm noch ein Stück vor. Diesmal konnte ich ein feines Prickeln auf meinen Fingerspitzen spüren.

Ich öffnete wieder die Augen und beugte mich etwas vor, bis das knisternde Gefühl mein Handgelenk umspannte wie ein Armreif. Dann zog ich die Hand langsam zurück.

Es klappte ohne Probleme. Solange sich ein Teil von mir *im* Schutzkreis befand, konnte ich also anscheinend wieder zurück. Unwillkürlich fragte ich mich, was wohl passieren würde, wenn ich die Barriere vollständig überwand. Ob ich wieder zurückkehren könnte?

Wahrscheinlich nicht. Aber es tat gut zu wissen, dass mein unsichtbarer Käfig nicht so undurchdringbar war, wie ich angenommen hatte.

Etwas beruhigter sammelte ich die Bogengeschosse ein, bezog wieder meine Position vor der Veranda und suchte mir andere Ziele. Dann ließ ich meine Gedanken mit den Pfeilen fliegen.

Es war herrlich befreiend.

Ich kam sogar ein bisschen ins Schwitzen. Nach einer halben Stunde zitterte mein Arm vor Anstrengung und mein Rücken schmerzte, weil ich das Training nicht gewohnt war.

Nachdem ich alle Pfeile in einem Zickzackmuster auf der Käfigwand versenkt hatte, beschloss ich, dass es für heute reichte. Ich sammelte die Pfeile ein und räumte sie zusammen mit dem Bogen wieder in die Garage, bevor ich zurück ins Haus ging.

Mom telefonierte immer noch im Arbeitszimmer. Ich holte eine Flasche Orangensaft aus dem Kühlschrank und trank in gierigen Schlucken. Als ich die Flasche absetzte, kam meine Mutter in die Küche.

Ich überlegte kurz, ob ich sie auf die Barriere ansprechen sollte. Vielleicht würde sie mir ja erklären, wie dieser Hokuspokus funktionierte. Andererseits würde sie mich vermutlich gar nicht mehr aus den Augen lassen, wenn sie erfuhr, dass ich die Barriere durchdringen konnte. Also beschloss ich, diese Entdeckung erst einmal für mich zu behalten.

»Möchtest du etwas essen?«, fragte Mom, doch ich schüttelte nur den Kopf. Sie seufzte schwer. »Wie lange willst du denn noch sauer sein?«

»Keine Ahnung.« Ich schraubte die Saftflasche zu, während ich Mom abwägend betrachtete. »Lass mich hier raus. Dann habe ich auch keinen Grund mehr, sauer zu sein.«

Frustriert rieb sie sich über die Stirn. »Warum machst du es uns denn unnötig schwer? Ich bin hier genauso eingesperrt wie du.«

»Aber du kannst wenigstens so tun, als würde dein Leben weitergehen. Ich hingegen habe nicht mal einen Schulabschluss in Aussicht.«

»Ein Schulabschluss sollte im Moment deine geringste Sorge sein.«

»Wieso?« Genervt stellte ich die Flasche zurück und schlug die Kühlschranktür zu. »Weil ich sowieso niemals ein normales Leben führen werde?«

»Ganz genau.« Entschlossen verschränkte sie die Arme. »Dir ist ein anderer Weg vorherbestimmt.«

»Meinst du den, bei dem ich mich erst verliebe und anschließend verraten und ermordet werde?«

Sie zuckte zusammen. »Nein, natürlich nicht.«

»Und was dann, Mom?«, fuhr ich sie an und war selbst erstaunt über die Wut, die trotz meiner Erschöpfung wieder in mir hochkochte. Anklagend zeigte ich mit dem Finger auf sie. »Du hast mir beigebracht, mir Ziele im Leben zu setzen und alles zu tun, was nötig ist, um mir meine Träume aus eigener Kraft zu erfüllen.«

»Das war, *bevor* du diese unberechenbare Macht entwickelt hast und Minerva auf dich aufmerksam wurde. Wir haben versucht, dir ein normales Leben zu ermöglichen, doch das Schicksal findet immer einen Weg.«

»Ich will dieses Schicksal aber nicht!«

Mitgefühl flackerte in den braunen Augen meiner Mutter auf, während sie mich traurig anlächelte. »Was du willst oder nicht, spielt keine Rolle, Nayla. Du kannst diesem Fluch nicht entkommen.«

»Das werden wir ja sehen«, presste ich hervor und marschierte an ihr vorbei aus der Küche und in mein Zimmer hoch.

Ich würde ganz sicher nicht für den Rest meines Lebens hier herumhängen und Däumchen drehen. Es musste eine andere Lösung geben. Die Securitas konnten schließlich nicht die Antwort auf alles sein.

Ich fragte mich, wie Valeria diesen Zustand permanenter Bewachung über Jahre hinweg ausgehalten hatte. Ich drehte ja schon nach ein paar Tagen durch.

Unruhig lief ich in meinem Zimmer auf und ab, als mein Blick plötzlich zum Bücherregal flog. Der Brief meiner leiblichen Mutter befand sich immer noch in dem Notizbuch, in dem ich ihn versteckt hatte. Allerdings hatte ich mich auch weiterhin davor gedrückt, ihn zu lesen. Schließlich bestand die reelle Chance, dass er noch ein weiteres grauenvolles Geheimnis offenbarte. Vielleicht hatte ich ja eine dreiköpfige Großmutter oder Valeria gab mir die Schuld, weil mein Vater ihr das Herz gebrochen hatte. Es gab unendlich viele Möglichkeiten.

Andererseits wollte ich wirklich gern wissen, welche Gedanken sie beschäftigt hatten, als sie den Brief schrieb. Ich holte tief Luft und fischte das Notizbuch aus dem Regal, ehe ich mich damit auf die Fensterbank setzte.

Behutsam zog ich das vergilbte Blatt aus dem Umschlag und faltete es auf. Mein Blick wanderte über die mit blauer Tinte geschriebenen Worte, ohne den Sinn zu erfassen. Valeria hatte eine schöne Handschrift gehabt. Hoffentlich war der Inhalt ihrer Nachricht genauso schön.

Nervös biss ich mir auf die Lippen, bevor ich anfing zu lesen:

Liebste Allegra,

wenn du diesen Brief erhältst, sind Eric und ich wahrscheinlich schon außer Landes. Ich weiß, dass das ein Schock für dich ist, und es tut mir wahnsinnig leid, dich zu enttäuschen. Aber ich konnte nicht anders. Ich halte diese unsichtbaren Ketten nicht mehr aus. Ich will frei sein, Ally.
Leben und lachen und lieben.
Deshalb flehe ich dich an, sucht nicht nach uns. Halte die anderen Securitas auf oder schicke sie auf eine falsche Fährte. Ich weiß, das ist viel verlangt. Aber bitte gib uns die Chance, unser Schicksal selbst zu bestimmen.
Denk nicht, ich wäre undankbar. Der einzige Mensch, der mir dieses Leben unter ständiger Bewachung erträglich gemacht hat, warst du. Es schmerzt mich, dich zurückzulassen. Ich bin dir, Julius und den anderen so dankbar für all die Opfer, die ihr nur aufgrund meines Erbes erbringt. Es ist Zeit, euch diese Bürde zu nehmen.
Eric und ich blicken voller Hoffnung auf unsere Zukunft. Dabei weiß er noch nicht einmal von dem Wunder, das unter meinem Herzen heranwächst. Heute Abend werde ich ihm endlich von unserem Kind erzählen. Ich kann es kaum erwarten, sein Gesicht zu sehen. Er wird bestimmt außer sich sein vor Freude.
Ich spüre, dass es ein Mädchen wird. Sie soll »Nayla« heißen. Das bedeutet »Erfüllung«. Und genau das ist sie, Ally. Die Erfüllung all meiner Träume und Wünsche. Möge es meine Todfeindin versöhnlich stimmen, dass meine Tochter mit ihrem Namen der Heimat der verlorenen Königin gedenkt. Aber selbst, wenn nicht …

Dieser Fluch kann gebrochen werden. Ebenso wie ein Gott getötet werden kann. Niemand ist unsterblich. Es muss ein Schlupfloch geben, durch das die Chancen wieder ausgeglichen sind. Alles andere ergibt keinen Sinn. Ich glaube fest daran, dass Eric und ich einen Ausweg finden werden.
Für unsere Tochter.

Werde glücklich, Ally.
In Liebe,
Valeria

Die Worte verschwammen, weil mir unvermittelt Tränen in die Augen stiegen. Mom hatte gelogen. In unserem Gespräch über die Vergangenheit hatte sie behauptet, Valeria hätte sich immerzu an die Regeln gehalten und alles getan, um mit den Securitas zusammenzuarbeiten.

Aber das stimmte gar nicht. Valeria hatte sich genauso eingesperrt gefühlt wie ich und war sogar mit meinem Vater durchgebrannt, um auf eigene Faust gegen den Fluch anzukämpfen. Oder sie hatte es zumindest versucht.

Traurig schaute ich hinaus in die Abenddämmerung. Die Sonne war längst hinter den Baumwipfeln verschwunden und hatte den Himmel blutrot verfärbt. Normalerweise liebte ich diesen Anblick, aber heute hatte er etwas Bedrohliches an sich. Vielleicht lag es aber auch an Valerias Worten, die in meinem Kopf nachhallten.

Sie war so voller Hoffnung gewesen.

Zu wissen, dass sie gescheitert war, zerriss mir fast das Herz.

XXV

Die Stunden flossen zäh dahin. Der Abend ging in die Nacht über und irgendwann graute der Morgen. Gegen Mittag versuchte ich noch einmal, Dee anzurufen, doch diesmal sprang direkt die Mailbox an. Anscheinend hatte sie mich aufgegeben.

Als es am Samstagabend dämmerte, war ich derart überfrachtet mit negativen Gefühlen, dass ich meinte, jeden Moment wie eine Rakete in die Luft zu gehen. Nicht einmal das Bogenschießen half mehr. Die Einzigen, die mich kurzzeitig von meinen Sorgen ablenkten, waren Thorn und die Fuchswelpen.

Ich brachte ihnen gerade ihre Abendrationen, als ich ein leises Rascheln im Dickicht vernahm. Erschrocken drehte ich den Kopf. »Hallo?«

Zweige knackten leise. Dann trat langsam ein Kojote zwischen den Bäumen hervor.

Mir stockte der Atem, während ich seinen Anblick in mich aufsog. Im ersten Moment glaubte ich, Hope vor mir zu sehen. Ich hatte sie vor zwei Jahren im Wald gefunden und mit der Flasche aufgezogen. Es hatte höllisch wehgetan, sie ziehen zu lassen, aber kein Tier gehörte in einen Käfig. Es wäre falsch gewesen, sie aus egoistischen Gründen bei mir zu behalten.

Ich trat näher zu der Stelle, wo ich die unsichtbare Barriere lokalisiert hatte, und musterte den Kojoten.

Das war nicht Hope, sondern ein Rüde – und er war wunderschön. Sein silbergraues Fell schimmerte im Dämmerlicht. Er besaß eine kräftige Statur und schlanke, athletische Beine. Erst als ich genauer hinsah, bemerkte ich, dass das Fell an seinem rechten Vorderlauf dunkel verfärbt war. Außerdem berührte er damit nicht den Boden, sondern hatte eine Schonhaltung eingenommen.

»Du bist verletzt«, stellte ich fest.

Als hätte er mich verstanden, stieß er ein klägliches Winseln aus. Hinter mir reagierten die Fuchswelpen und fingen an zu jaulen. Die Laute versetzten mir einen Stich in der Brust. Am liebsten wäre ich sofort zu dem Kojoten gegangen, um ihm zu helfen, aber was, wenn dieser Schutzzauber mich nicht wieder zurück auf das Grundstück ließ?

»Du musst noch ein Stück näher kommen.« Ich versuchte, die Aufregung aus meiner Stimme herauszuhalten, was mir angesichts seiner Qualen kaum gelang.

Der Kojote trat nervös zur Seite, wagte sich jedoch nicht heran.

»Bitte.« Langsam ging ich in die Knie und streckte die Hand nach ihm aus, weil ich hoffte, dass mein Geruch ihn vielleicht beruhigen würde. »Ich kann dir helfen, aber du musst zu mir kommen.«

Einen Moment lang zögerte er noch, doch schließlich überwand er seine Scheu und humpelte zu mir. Etwa zehn Zentimeter vor mir blieb er stehen und beschnupperte meine Hand.

Wir sahen einander in die Augen. Seine waren bernsteingelb, das erkannte ich jetzt. Ich entblößte ihm mein Inneres und konnte trotz der Barriere spüren, wie eine Verbindung zwischen uns entstand.

Langsam hob ich auch die andere Hand und umfasste seinen Kopf, während ich ihn behutsam hinter den Ohren kraulte. Ich nahm an, dass er die Grenze allein nicht passieren konnte. Deshalb zog ich ihn vorsichtig zu mir.

Als er durch die Barriere humpelte, atmete ich erleichtert auf und erhob mich. Im Stand reichte mir der Kojote bis zur Mitte der Oberschenkel, weshalb ich mich nicht einmal herabbeugen brauchte, um seinen Kopf zu streicheln. »Komm mit, mein Hübscher.«

Mom würde durchdrehen, aber ich brauchte mehr Licht, um mir seine Beinverletzung genauer anzusehen. Ohne ihn loszulassen, führte ich ihn behutsam zum Haus. »Hat Hope dich geschickt?«

Vermutlich war es tatsächlich so. Denn anders konnte ich mir nicht erklären, warum er sich so weit in die Menschenwelt vorwagte und dann ausgerechnet bei mir landete. Ich wollte gerade mit ihm auf die Veranda gehen, als er wie angewurzelt stehen blieb und ein Knurren ausstieß.

Cyrian saß auf den Stufen. Wie üblich war er ganz in Schwarz gehüllt und hatte die Ellenbogen lässig auf die Knie gestützt.

Er musterte den Kojoten mit einer hochgezogenen Braue. »Hattest du mir nicht versprochen, in Zukunft nicht mehr mit wilden Tieren auf Kuschelkurs zu gehen?«

Obwohl ich immer noch wütend auf ihn war, rauschte ein Kribbeln durch meinen Magen. »Er ist zu *mir* gekommen.«

Cyrian runzelte die Stirn, doch was immer ihm auch durch den Kopf ging, er sprach es nicht laut aus.

»Was willst du hier?«, fragte ich und grub die Fingerspitzen tiefer in das Fell des Kojoten, um ihn und auch mich selbst zu beruhigen.

»Deine Mom wollte schnell etwas einkaufen.«

»Also bist du jetzt mein Babysitter?«

Ein Muskel an seinem Kiefer zuckte, doch er widersprach nicht. Wozu auch? Schließlich hatte er bereits deutlich gemacht, dass ich mir diese tiefe Verbundenheit zwischen uns nur eingebildet hatte und er nichts für mich empfand.

»Wie auch immer.« Ich räusperte mich. Da jedes noch so kleine aggressive Gefühl meinerseits den Kojoten nur verwirren und aufreiben würde, beschloss ich, meinen Frust zu verdrängen und mich auf meine Aufgabe zu konzentrieren. »Du kannst mir helfen.«

Sofort sprang Cyrian auf die Füße, woraufhin der Kojote prompt nervös wurde und die Zähne fletschte.

»Langsam«, zischte ich.

»Entschuldigung.« Kapitulierend hob Cyrian die Hände. »Was soll ich machen?«

»Ich brauche die schwarze Ledertasche, die links neben der Tür im Arbeitszimmer steht.«

»Alles klar.« Ohne den Kojoten aus den Augen zu lassen, ging Cyrian im Zeitlupentempo rückwärts zur Tür.

Ich verdrehte die Augen. »So langsam nun auch wieder nicht.«

Sein Mundwinkel zuckte vor Belustigung. »Du bist wirklich schwer zufriedenzustellen«, sagte er und verschwand ins Haus, bevor ich etwas erwidern konnte.

Seufzend setzte ich mich auf die Stufen. »So schwer nun auch wieder nicht.« Ich kraulte den Kojoten und murmelte beruhigende Worte, bis es mir gelang, ihn dazu zu bringen, sich auf die Seite zu legen. Sein Kopf fiel auf den Holzboden und er kniff winselnd die Augen zusammen. Jetzt, da er zunehmend Vertrauen zu mir fasste und seine Verteidigungsinstinkte abflauten, brach sich seine Erschöpfung Bahn.

»Du brauchst einen Namen«, sagte ich leise und überlegte, was zu ihm passen könnte. Ich dachte an Hope und musste unwillkürlich lächeln. »Ich werde dich Silver nennen. Wie den Silberstreif am Horizont. Gefällt dir das?«

Sein Ohr zuckte.

Mein Lächeln wurde noch breiter. »Das werte ich als Ja.«

Vorsichtig zog ich seinen blutbefleckten Vorderlauf zu mir und sah mir die Verletzung genauer an. Es war ein tiefer Schnitt von etwa zehn

Zentimetern Länge, der bis auf den Muskel reichte. »Wie hast du das nur angestellt, du armer Kerl?«

Cyrian kehrte mit der Tasche zurück und ging neben mir in die Hocke.

Ohne ihn anzusehen, ergriff ich seine Hand und hielt sie unserem Patienten vor die Nase, damit er seinen Geruch aufnehmen konnte. »Silver, das ist Cyrian. Er wird mir dabei helfen, dir zu helfen. Also tu ihm nicht weh, okay?«

Silver grunzte, und ich legte Cyrians warme Hand auf seinem Hals ab, bevor ich die Tasche öffnete und darin nach dem Narkosemittel suchte, das ich gleich brauchen würde. Da Silver recht dichtes Fell hatte, war es schwer, sein Gewicht richtig abzuschätzen. Aber er wog bestimmt mehr als fünfzehn Kilogramm. Sorgfältig überprüfte ich die Dosierung auf dem kleinen Fläschchen.

»Was machst du da?«, fragte Cyrian, dem offensichtlich nicht ganz wohl dabei war, einen wilden Kojoten zu streicheln.

»Die Wunde muss gesäubert und genäht werden«, erklärte ich und zog die Spritze mit dem Medikament auf. »Es ist besser, wenn er dabei schläft.«

Ohne lange zu zögern, verabreichte ich Silver das Medikament in den Schultermuskel. Er war so abgekämpft, dass er sich kaum wehrte, sondern lediglich ein schmerzerfülltes Wimmern ausstieß.

»Das ist also Silver«, stellte Cyrian nach einem Moment fest. »Und wer ist Hope?«

Verwirrt sah ich ihn an. Mir war nicht klar gewesen, dass er meine Worte vorhin gehört hatte. Er wirkte tatsächlich neugierig, obgleich sein Blick auf dem Kojoten haftete. Anscheinend traute er dem Narkosemittel noch nicht ganz.

Oder er wollte Blickkontakt vermeiden.

Bitterkeit ballte sich in meinem Magen zusammen. Ich überlegte, ihn mit einem dummen Spruch abzufertigen. Aber das wäre kindisch gewesen. Schließlich konnte Cyrian nichts dafür, dass er mein Herz allein durch höfliche Konversation ins Chaos stürzte.

Betreten senkte ich den Kopf und streichelte Silvers Nacken. »Vor ungefähr zwei Jahren fand ich einen Kojotenwelpen, der in eine Felsspalte gefallen war. Seine Familie hatte ihn aufgegeben und war weitergezogen. Also bin ich reingeklettert und habe ihn rausgeholt. Später stellte sich heraus, dass es ein Mädchen war. Ich habe sie Hope getauft, weil ich so sehr hoffte, dass sie wieder gesund werden würde. Es sah anfangs nicht besonders gut für sie aus, aber sie hat sich durchgebissen und ein neues Rudel gefunden, als sie alt genug war, um allein zu überleben.«

»Warum gibst du ihnen Namen?«, fragte Cyrian.

Ich zögerte, entschied mich dann jedoch, bei der Wahrheit zu bleiben. Schließlich war das nichts, wofür ich mich zu schämen brauchte. »Kennst du die *Unendliche Geschichte*?«

»Du gibst ihnen Namen, damit sie nicht in Vergessenheit geraten wie die Kindliche Kaiserin?«

Na gut, jetzt wurde ich doch verlegen. Vor allem deshalb, weil er mich sogar dann noch wie ein offenes Buch zu lesen schien, wenn er mich nicht mal ansah.

Hitze kroch mir in die Wangen, während Silver allmählich wegdämmerte. »Es war meine Lieblingsgeschichte, als ich klein war.« Sanft zeichnete ich Silvers Stirnfurche nach. »Hattest du auch ein Lieblingsbuch?«

»Um ehrlich zu sein, hatte ich nie viel Zeit zum Lesen, und wenn ging es meistens um die alten Legenden«, erwiderte Cyrian und ich konnte einen Hauch von Bedauern in seiner Stimme ausmachen. »Aber ich mochte *Superman*.«

Belustigt hob ich den Kopf. »Ernsthaft?«

»Klar.« Cyrian grinste so breit, dass ich den begeisterten Jungen in dem erwachsenen Mann vor mir sehen konnte. Doch sein Blick war nicht auf mich gerichtet, sondern folgte der Bewegung seiner Hand auf Silvers Fell. »Er ist superschnell, superstark, kann fliegen und ist nahezu unverwundbar.«

»Und vergessen wir nicht den Laserblick.«

Cyrian schnaubte. »Seine Augen können nicht nur lasern. Sie können auch Dinge vergrößern, verkleinern, schweißen, röntgen. Er kann Infrarot sehen und Kleidung durchleuchten. Also wenn das nicht cool ist, weiß ich auch nicht.«

Ich seufzte dramatisch. »Wäre da nur nicht das Kryptonit.«

Mein Kritikpunkt brachte Cyrian nicht aus dem Konzept. Gelassen zuckte er mit den Schultern. »Jeder Held braucht eine Schwäche. Woran soll er denn sonst wachsen?«

Zum ersten Mal an diesem Abend sah er mich direkt an. Als sich unsere Blicke trafen, verflog meine Erheiterung jedoch schlagartig. Denn in seinen Augen lag so viel mehr, als er tatsächlich sagte.

Sei ehrlich, Cyrian. Liegt es an dem Fluch und diesem dämlichen Gesetz, dass du mich ständig von dir stößt?

Am liebsten hätte ich die Worte laut ausgesprochen. Doch ich wagte es nicht. Zu groß war meine Angst, mich zu irren und erneut von ihm in die Schranken verwiesen zu werden.

Stattdessen richtete ich meine Aufmerksamkeit wieder auf Silver. »Er ist eingeschlafen.«

»Sollen wir ihn reinbringen?«

»Gleich.« Ich stand auf und schnappte mir die Tasche. »Ich werde drinnen alles vorbereiten. Bleib so lange bei ihm, okay?«

Cyrian nickte und ich beeilte mich, den Esstisch zu desinfizieren, sterile Unterlagen auszubreiten und das Werkzeug bereitzulegen, das ich gleich brauchen würde. Nachdem ich alles vorbereitet hatte, ging ich wieder zu Cyrian zurück, und gemeinsam trugen wir Silver ins Haus.

»Das wird Allegra nicht gefallen«, meinte Cyrian, während er den schlafenden Kojoten nachdenklich betrachtete.

Da ich unmöglich zugeben konnte, wie richtig er mit seiner Vermutung lag, zuckte ich lediglich mit den Schultern und reichte ihm eine Taschenlampe. »Würdest du die bitte halten?«

»Klar.« Cyrian zog seine Lederjacke aus, unter der er nur ein schwarzes Longshirt trug. Er setzte sich auf die Tischkante, beugte sich über Silver und hielt den Lichtkegel auf die Wunde. »Das sieht übel aus.«

»Ja.« Ich rückte einen Stuhl zurecht und zog mir sterile Handschuhe über, bevor ich konzentriert die Verletzung untersuchte. Knochen und Sehnen waren zum Glück unversehrt.

»Du machst das nicht zum ersten Mal«, stellte Cyrian fest.

»Nein.« Rasch säuberte ich die aufgeklaffte Haut, schnitt blutverkrustete Fellreste weg und entfernte Dreckklumpen. Anschließend fädelte ich einen selbstauflösenden Faden in eine OP-Nadel und begann, die Wunde zu nähen.

»Woher kannst du das?«, fragte Cyrian.

»Meine Mutter hat es mir beigebracht.« Kurz meinte ich, seinen Blick auf mir zu spüren, doch als ich den Kopf hob, starrte er Silver an. Ich rieb meine Lippen gegeneinander, ehe ich fortfuhr. »Ich glaube, ich war elf, als ich zum ersten Mal eine verletzte Wildkatze mit nach Hause gebracht habe. Sie hatte eine ähnliche Verletzung wie diese. Und ich wollte unbedingt lernen, wie ich solche Wunden richtig versorge. Also habe ich Mom so lange genervt, bis sie schließlich nachgegeben hat.«

»Kommt so was öfter vor?«

Ich nickte. »Du würdest nicht glauben, wie viele Tiere sich an scharfen Felskanten, abgesplitterten Ästen oder durch Revierkämpfe die Haut aufreißen. Ich habe sie alle selbst verarztet. Du kannst also unbesorgt sein. Ich weiß, was ich tue.«

»Das glaube ich dir auch.« Cyrian zuckte mit den Schultern. »Ich habe mich nur gerade gefragt, warum du die Tiere nicht einfach zum Arzt gebracht hast.«

Nachdenklich legte ich die Stirn in Falten. »Ehrlich gesagt weiß ich es nicht. Ich habe es einfach nie über mich gebracht, sie weiterzureichen. Zum Arzt habe ich sie nur gebracht, wenn es sich gar nicht vermeiden ließ, und selbst dann habe ich sie immer wieder mit nach Hause genommen.«

Cyrian lachte leise. »Behaupte noch einmal, du wärst nicht stur.«

Ich wollte es nicht, aber ich musste trotzdem grinsen. »Vielleicht war das nicht ganz richtig ausgedrückt«, räumte ich ein und tupfte ein wenig Blut weg, ehe ich die Nadel erneut ansetzte. »Ich kann willensstark sein, wenn mir etwas wichtig ist, und das hier ist mir wichtig. Es war immer mein Traum, mit Dee aufs College zu gehen, Veterinärmedizin zu studieren und eines Tages als Tierärztin zu praktizieren. Aber Mom meint, ich soll diesen Traum am besten begraben.« Ich schluckte angestrengt. »Siehst du das auch so?«

Cyrian zögerte, und ich wusste, dass er einmal mehr abwog, welche Antwort er mir geben sollte. »Niemand weiß, was morgen oder nächste Woche oder nächstes Jahr passiert. Aber wenn du keine Träume mehr hast, wofür willst du dann überhaupt noch kämpfen?«

Plötzlich schossen mir Tränen in die Augen. Ich wusste selbst nicht, warum ich so emotional reagierte. Vielleicht, weil ich erwartet hatte, dass er meiner Mutter zustimmen würde, so wie er es vor zwei Tagen getan hatte, als es um den Hausarrest ging.

Schweigend nähte ich die Wunde zu Ende und legte anschließend einen Haftverband an. Als ich fertig war, zog ich mir die Handschuhe ab und warf sie in den Mülleimer neben meinen Füßen. Dann vergrub ich die Fingerspitzen in Silvers Fell, hielt mich an ihm fest.

»Ich halte das nicht aus, Cyrian«, sagte ich leise. »Ich kann so nicht leben.« Das Geständnis forderte mir einige Überwindung ab. Dennoch hob ich den Kopf, damit er meinen Schmerz sehen konnte.

Er schaltete die Taschenlampe aus, stand auf und fuhr sich durch das rabenschwarze Haar. »Nur hier bist du sicher.«

»Hier bin ich einsam und abgeschnitten von der Außenwelt«, widersprach ich, bevor ich mich ebenfalls aufrichtete und den Tisch umrundete, bis ich direkt vor ihm stand. »Ich vermisse Dee und Matt.«

Missmutig sah er aus dem Küchenfenster. »Sie vermissen dich auch.«

Meine Augen wurden groß. »Wirklich?«

Er nickte. »Als du gestern nicht in der Schule aufgetaucht bist, hat Dee sich Sorgen gemacht. Sie und Matt wollten dich am Nachmittag besuchen, aber Phil hat ihnen gesagt, dass ihr zwei da schon anderweitig … beschäftigt seid.«

Ich spürte, wie meine Verzweiflung von Empörung abgelöst wurde. »Ich werde ihn umbringen.«

»Er hat es nur gut gemeint«, verteidigte Cyrian seinen Freund.

»Er hat alles nur noch schlimmer gemacht.« Aufgewühlt verschränkte ich die Arme. »Ich muss mit Dee reden.«

Cyrian seufzte. »Du weißt, dass das nicht möglich ist.«

Ja, weil sie nicht ans Telefon ging, die sture Nuss.

Plötzlich kam mir eine Idee.

Schnell drehte ich mich um und sah zur Wanduhr. Inzwischen war es kurz vor neun.

»Lass uns zu Prestons Party fahren.«

Cyrians Miene wurde hart. »Vergiss es.«

Natürlich hätte ich das Thema auf sich beruhen lassen und mich später einfach davonschleichen können. Aber damit hätte ich nur bewiesen, dass ich tatsächlich verantwortungslos war und es wohl wirklich besser war, mich einzusperren. Also blieb ich beharrlich.

»Es ist doch nur eine Schülerfeier. Lehrer sind ausdrücklich verboten.«

Schnaubend schüttelte Cyrian den Kopf. »Ich werde ganz bestimmt nicht mit dir zu einem abgelegenen Waldgrundstück fahren, nur damit du dich mit Delilah und Matt versöhnen kannst. Das ist viel zu riskant.«

Obwohl sich mein Puls beschleunigte, versuchte ich, ruhig zu bleiben und an sein Mitgefühl zu appellieren. »Ich möchte doch bloß mit ihnen reden, Cyrian. Wenn der Streit mit Dee geklärt wäre, dann könnte ich wenigstens hin und wieder mit ihr und Matt telefonieren und wäre weniger … allein.«

»Du bist nicht allein«, erwiderte er tonlos.

»Es fühlt sich aber so an.« Behutsam legte ich ihm die Hand auf die Brust. Dass ich nach seiner Zurückweisung den Mut dazu aufbrachte, erstaunte mich selbst. Aber die Verzweiflung trieb mich an. »Dee und Matt sind meine besten Freunde. Seit ich denken kann, waren wir immer füreinander da. Sie sind wie eine Kompassnadel inmitten dieses gewaltigen Sturms, der in mir tobt. Ich brauche sie – und wenn es bloß auf Distanz ist.«

Obwohl Cyrian es noch immer vermied, mich direkt anzusehen, konnte ich erkennen, dass er tatsächlich schwankte.

»Ich werde ihnen kein Wort über diese ganze Göttersache sagen«, versprach ich. »Aber bitte, lass mich mit ihnen reden.«

Sein Kiefermuskel zuckte. Dann ließ er den Kopf hängen. Die Bewegung sorgte dafür, dass unsere Gesichter einander plötzlich noch viel näher waren.

Sanft wehte sein Atem über meine Haut. Seine Nasenflügel blähten sich leicht, als würde er mein Parfum ebenfalls wahrnehmen. Hitze explodierte in meiner Brust und kribbelte durch meine Adern.

Ich konnte mich nicht regen. Atemlos starrte ich Cyrian an, während ich sein Herz unter meinen Handflächen spürte. Es klopfte schnell, viel schneller, als es eigentlich sollte. Aber wahrscheinlich war das auch wieder nur reines Wunschdenken meinerseits, das mir bei der nächsten Gelegenheit um die Ohren fliegen würde.

Er war mein Wächter und ich seine Schutzbefohlene – ein Job, mehr nicht. Das durfte ich nicht vergessen. Egal, wie sehr ich mir wünschte, dass ihn nur sein Pflichtgefühl zurückhielt.

Ein Klingeln riss uns auseinander.

Meine Hände, die Cyrian eben noch berührt hatten, fielen haltlos hinab, als er hastig einen Schritt zurücktrat und sein Smartphone aus der hinteren Jeanstasche fischte.

Er warf einen kurzen Blick auf das Display, ehe er das Gespräch annahm. »Allegra?«

Irritiert fragte ich mich, warum meine Mutter ihn anrief. Leider verstand ich nicht, was sie sagte, aber Cyrian sah nicht besonders glücklich aus. »Alles klar. Kein Problem«, meinte er schließlich und legte auf.

»Was ist los?«, wollte ich wissen.

Cyrian biss die Zähne zusammen. »Allegra wurde zu einer Notoperation in die Klinik gerufen. Es wird wohl die halbe Nacht dauern.«

Sofort flammte neue Hoffnung in mir auf. »Also würde sie es gar nicht bemerken, wenn wir kurz zur Party fahren.«

Angespannt fuhr Cyrian sich durch die Haare. »Es ist zu gefährlich, Nayla.«

»Bitte, Cyrian.« Es war mir egal, dass ich gerade bettelte. »Ich werde auch ganz brav sein.«

Cyrian zog gekonnt eine Augenbraue in die Höhe. Mehr war nicht nötig, um mir klarzumachen, dass er mein Versprechen äußerst zweifelhaft fand.

Zugegeben, ganz unrecht hatte er nicht. Aber ich war wild entschlossen, diesmal keinen Fehler zu machen.

»Wirklich«, schob ich kleinlaut hinterher und lächelte schief, um den Ernst der Lage etwas abzumildern. »Ich halte mich auch von Pumas fern.«

Sein Mundwinkel zuckte – und dann brach sein Widerstand.

Er seufzte leise. »Also gut.«

Am liebsten wäre ich ihm vor Freude um den Hals gefallen. Es ging sogar schon ein Ruck durch meinen Körper. Doch da stieß Silver neben uns ein Winseln aus, und ich fuhr zu ihm herum.

»Er wacht auf.« Ich streckte die Hand aus und streichelte beruhigend über das Fell des schläfrigen Kojoten, während ich überlegte, ob ich es schaffen würde, ihn nach draußen zu tragen.

Da trat Cyrian neben mich. Es war, als hätte er meine Gedanken gelesen. »Ich nehme ihn schon«, sagte er und schob vorsichtig die Arme unter Silvers Körper.

»Okay.« Dankbar lächelte ich ihn an, bevor ich zum Waschbecken ging und eine Schüssel mit Wasser füllte. Danach schnappte ich mir die Taschenlampe, ehe ich Cyrian nach draußen folgte.

Inzwischen war es dunkel geworden. Der Mond stand noch zu tief am Himmel, um genügend Licht zu spenden. Aber ich kannte mich hier gut genug aus, dass ich mich auch blind zurechtgefunden hätte. Cyrian zuliebe leuchtete ich jedoch den Weg, während ich ihn durch den Garten zum zweiten Gehege führte, in dem sich eine größere Holzhütte befand. Dad und ich hatten sie damals für Hope zusammengezimmert, damit sie einen Rückzugsort hatte.

Nachdem ich die Tür zum Gehege geöffnet hatte, legte ich Cyrian die Hand auf den Unterarm und lotste ihn über das unebene Gelände. Als wir die Hütte erreichten, bat ich ihn, kurz zu warten, und ging in die Ecke, wo sich drei Strohballen stapelten. Ich zerrte einen nach unten in die Ecke und breitete Silver ein Lager aus.

Als ich fertig war, legte Cyrian ihn behutsam ab und strich ihm liebevoll über das Fell. Ob er es nun zugeben wollte oder nicht, er war ein Fan dieses Kojoten.

»Braucht er noch was?«

»Erst mal nicht«, antwortete ich. »Aber ich werde später noch einmal nach ihm sehen, wenn wir von Prestons Party zurück sind.«

Cyrian versteifte sich neben mir, machte aber zu meiner Erleichterung keinen Rückzieher.

Schweigend kehrten wir zurück ins Haus, wo ich hastig die schmutzigen Verbandsmaterialien zusammenraffte und in den Mülleimer stopfte, bevor ich mich zu Cyrian umdrehte.

»Ich muss nur noch meine Tasche holen. Dann können wir gleich los.«

Sein Blick glitt über meinen Körper, und mir wurde schlagartig heiß. Ein Hauch von Belustigung erschien in seinen Augen. »Vielleicht ziehst du dir vorher noch etwas an, das weniger aussieht, als wärst du in ein Massaker geraten.«

Irritiert von seinen wenig schmeichelhaften Worten schaute ich an mir hinab und stellte peinlich berührt fest, dass ich voller Blut war. Es klebte auf meinem Pullover, und auch meine Jeans waren total eingesaut.

Entzückend.

»Ich beeile mich«, versprach ich und rannte in mein Zimmer, wo ich mir nach einer schnellen Katzenwäsche einen roten Pullover und Skinny-Jeans überzog. Anschließend kämmte ich meine Haare und ließ sie mir offen über die Schultern fallen.

Nachdem ich mein Handy und die Postkarte für Dee in eine bunte Umhängetasche gesteckt hatte, sprach ich mir selbst noch mal Mut zu und ging wieder hinunter in die Küche.

Cyrian lehnte lässig an der Anrichte und spielte mit seinem Handy. »Phil sollte jeden Moment hier sein.«

»Er kommt mit?«, fragte ich überrascht.

Cyrian nickte, stieß sich von der Anrichte ab und steckte sein Smartphone zurück in seine hintere Jeanstasche. Gleichzeitig sah er auf und hielt unvermittelt in seiner Bewegung inne. Langsam wanderte sein Blick über meinen Körper. Doch diesmal flackerte keine Heiterkeit in seinen Zügen auf. Stattdessen senkten sich seine Lider ein wenig herab, als wollte der um jeden Preis verbergen, was sich in seinen Augen spiegeln könnte.

Draußen hupte es, und wir fuhren beide zusammen.

Eilig schlüpfte ich in meine robusten Wanderstiefel und ließ die Hausschlüssel in die Umhängetasche gleiten.

Cyrian folgte mir in gemächlichem Tempo, doch ich war so ungeduldig, dass ich einfach die Tür aufriss und nach draußen stürmte. Unter der Straßenlaterne vor unserem Haus stand der Escalade. Phil lehnte mit verschränkten Armen an der Motorhaube.

Ich flitzte die Stufen hinunter und lief ihm entgegen. Doch plötzlich stieß er einen deftigen Fluch aus und stolperte drei Schritte vorwärts.

Wie angewurzelt blieb ich stehen und drehte mich unsicher zu Cyrian um. Der war ebenfalls erstarrt und schaute mich mit weit aufgerissenen Augen an.

»Was ist los?«, fragte ich alarmiert.

Cyrian klappte den Mund auf und wieder zu. Dann streckte er die Hand aus und winkte mich zu sich. »Kannst du bitte noch mal kurz herkommen?«

Irritiert ging ich zu ihm. »Was ist denn?« Ich wagte es nicht, mich noch einmal zu Phil umzudrehen. »Hast du irgendetwas Verdächtiges gesehen?«

Er antwortete nicht. Stattdessen schaute er über meine Schulter und winkte Phil heran.

Dieser setzte sich umgehend in Bewegung. Aber auf der Hälfte des Weges kam er nicht weiter. Es war, als würde er vor eine unsichtbare Wand laufen.

Schätze, damit war ich wohl aufgeflogen. Mit einem unschuldigen Augenaufschlag sah ich Cyrian an. »Euer zusätzlicher Schutzzauber funktioniert bei mir nicht.«

»Offensichtlich«, presste er hervor und trat zu mir. Er machte sich gar nicht erst die Mühe, seinen Unmut zu verbergen. »Jedenfalls solltest du hier nicht einfach rein- und rausspazieren können, wie es dir gefällt. Niemand sollte das. Allegra war ziemlich gründlich.«

Er griff in seine Hosentasche und hielt eine kleine Silberscheibe in die Höhe, auf der ein Frauenprofil eingeprägt war. Das Metall schimmerte matt im Schein der Straßenlaterne. Ich erkannte erst auf den zweiten Blick, dass es sich um eine antike Münze handelte.

»Was ist das?«, fragte ich neugierig.

»Wir nennen es *Argentia Veneris*, das Silber der Venus«, erklärte Cyrian. »Von diesen Silbermünzen gibt es noch genau vier Stück auf der Welt, die sich alle im Besitz der Securitas befinden. Zwei sind in Capua, eine habe ich und eine deine Mom. Nur wer eine der Münzen bei sich trägt, darf entscheiden, wer die Barriere passieren darf.«

Ah! So funktionierte das also.

Jetzt ergab es natürlich auch Sinn, warum Cyrian vorhin so seltsam geguckt hatte, als ich plötzlich mit Silver im Schlepptau ankam. Anscheinend konnte ich nicht nur mühelos die Barriere überwinden, sondern durfte ebenfalls entscheiden, wer mir Gesellschaft leistete. Krass!

Cyrian schüttelte missmutig den Kopf. »Du machst mich echt fertig.«

Ich kniff die Lippen zusammen, um nicht allzu breit zu grinsen. Denn im Gegensatz zu ihm war ich höchst zufrieden.

»Bei den Göttern!«, rief Philemon hinter uns aus. Ich drehte mich um und sah gerade noch, wie er lachend den Kopf in den Nacken warf. »Du bist wirklich etwas ganz Besonderes, Schönste.«

XXVI

Etwa fünf Meilen südlich von Summertown führte ein schmaler Feldweg direkt in den Wald. Wir folgten ihm bis zu einem Platz, auf dem bereits mehr als zwanzig Autos standen.

»Hier sind wir schon mal richtig«, stellte Philemon fest.

Ich lehnte mich zwischen den Vordersitzen vor und zeigte auf einen Pfad zwischen zwei Kastanienbäumen, an deren Stämmen die Partyplakate hingen, die Preston auch in der Schule verteilt hatte. »Ich schätze, ab jetzt müssen wir zu Fuß gehen.«

Philemon manövrierte den Escalade geschickt an den parkenden Wagen vorbei und trieb ihn rückwärts eine Anhöhe hinauf. Sowie er die Schlüssel aus dem Zündschloss gezogen hatte, erloschen die Scheinwerfer und der Wald versank in Dunkelheit. Man konnte kaum die Hand vor Augen sehen.

Unbehaglich rutschte ich auf meinem Sitz herum. Vielleicht war das Ganze doch keine gute Idee.

Die Jungs regten sich nicht. Wahrscheinlich hofften sie, dass ich diese Mission freiwillig abbrach. Aber da erreichte ein weiteres Auto den Parkplatz und in dessen Lichtkegel blitzte ein vertrautes Grün auf.

»Dort steht Dees Wagen«, sagte ich, und mit neuer Entschlossenheit öffnete ich die Tür, während ein weißer Jeep neben uns zum Stehen kam.

Kaum waren wir ausgestiegen, flankierten Cyrian und Philemon mich wie die zwei Personenschützer, die sie in Wirklichkeit waren.

Schweigend beobachteten wir im Halbdunkel, wie zwei Jungs aus dem Footballteam der Ellington aus dem Wagen stolperten. Ich kannte sie vom Sehen, hatte jedoch nie zuvor ein Wort mit ihnen gesprochen. Das Licht des Jeeps erlosch, woraufhin es auf der anderen Seite des Wagens schepperte und klirrte.

Jemand fluchte.

»Kann mal einer das Licht anmachen?«, lallte einer der Jungs. Sein Kumpel lachte.

Phil streckte die Hand aus, doch ich hinderte ihn daran, eine Lichtkugel zu produzieren, indem ich seinen Unterarm wieder herunterdrückte. Ich wollte kein Risiko eingehen, zumal in diesem Augenblick ohnehin ein Handylicht aufleuchtete.

Wir sahen zu, wie nun auch der Fahrer ausstieg, um den Jeep herumging und seinem betrunkenen Freund auf die Beine half.

»Hab die Flasche fallen lassen«, nuschelte der.

»Das haben wir gehört, Mann.«

»Zum Glück haben wir noch was dabei«, rief der Kerl, der sich gerade den Abhang hinunterarbeitete und den Boden beleuchtete. Er bemerkte uns und prostete uns grinsend mit einer Flasche zu, die in braunes Papier eingewickelt war. »Ihr wisst nicht zufällig, wo es zur Party geht, oder?«

Ich zeigte zu den Bäumen. »Dort hängen Schilder.«

Der Kerl drehte sich um und leuchtete mit seinem Handy die Umgebung ab, bis er den Pfad sah. »Ah, danke.«

»Keine Ursache«, sagte ich, während nun auch die anderen beiden Jungs ihrem Kumpel hinterherstolperten. Ich beschloss, dass wir uns dem Trupp anschließen sollten, und setzte mich ebenfalls in Bewegung.

Doch plötzlich stellte Cyrian sich mir in den Weg. »Ich weiß, wie wichtig es dir ist, dich mit Delilah zu versöhnen. Aber mir gefällt das nicht.«

»Mir auch nicht«, stimmte Phil ihm zu und aktivierte die Taschenlampenfunktion seines eigenen Smartphones, um keinen Verdacht zu erregen. »Vielleicht solltest du euer Gespräch doch besser auf morgen verschieben.«

Vermutlich hatten sie recht. Dieser Wald war unheimlich, und hier mit Handylichtern in der Finsternis herumzuirren, erinnerte mich auf verstörende Weise an den Film *Blair Witch Project.* Andererseits konnte die Party nicht weit entfernt sein, da ich ganz leise das Gewirr von Stimmen und Musik hören konnte. Wahrscheinlich mussten wir nur dem Pfad um die Kurve folgen, noch ein Stück tiefer in den Wald gehen und schon waren wir da.

»He!« Der Typ mit dem Alkohol blendete uns. »Kommt ihr jetzt mit, oder was?«

Ich horchte tief in mich hinein und versuchte, mich auf meine Instinkte zu konzentrieren. Vielleicht warnten sie mich ja vor potenziellen Gefahren.

In mir schrillten jedoch keine Alarmglocken los. Da waren nur der Kummer, weil ich meine besten Freunde vermisste, und natürlich auch meine zwiegespaltenen Gefühle für Cyrian.

Ich konnte nichts daran ändern, dass unsere Beziehung für ihn rein geschäftlich war und er nicht auf die gleiche Weise wie ich empfand. Aber ich konnte wenigstens versuchen, meine Freundschaft mit Dee und Matt zu retten. Deshalb schob ich mich entschlossen an ihm vorbei. »Wir kommen schon.«

Ohne sich noch mal zu uns umzudrehen, gingen die drei Jungs voran, der Fahrer links, der mit der Flasche rechts und in der Mitte torkelte der Betrunkene.

Wir folgten ihnen in kurzem Abstand.

Eine Weile lang blödelten die Kerle herum und machten sich einen Spaß daraus, sich gegenseitig zu erschrecken. Doch irgendwann wurde ihnen das zu langweilig.

»Wie weit ist es denn noch?«, maulte der Betrunkene und stolperte dabei beinahe über seine eigenen Füße.

Das hätte ich auch gern gewusst. Wir waren bereits zehn Minuten zu Fuß unterwegs, viel länger, als ich erwartet hatte. Wären die Plakate nicht gewesen, die in regelmäßigen Abständen an den Bäumen befestigt waren, hätte ich Angst gehabt, wir hätten uns verirrt.

Inzwischen hatten sich meine Augen an die Dunkelheit gewöhnt. Fahles Mondlicht erhellte den Pfad, wodurch die Bäume, die neben uns aufragten, etwas Bedrohliches bekamen. Ich war froh, dass Cyrian und Phil bei mir waren. Allein hätte ich diesen Weg vermutlich niemals bewältigt.

»Es ist nicht mehr weit«, sagte der Kerl mit dem Handylicht.

Zum Glück behielt er recht.

Nach weiteren fünf Minuten, die wir nun in angespanntem Schweigen zurücklegten, tauchte ein schmaler Lichtstreif auf. Auch die Partygeräusche schwollen an, je näher wir kamen.

Sowie die Jungs ihr Ziel ausmachten, eilten sie johlend davon, während wir ihnen in gemächlichem Tempo folgten. Als wir ebenfalls die Lichtung erreichten, blieb ich stehen und ließ die Kulisse fasziniert auf mich wirken.

Die Party war bereits in vollem Gange. Um ein brennendes Feuer lagen dicke Baumstämme, auf denen unsere Mitschüler saßen. Manche hatten es sich auch auf faltbaren Campingstühlen bequem gemacht, die sie extra hergeschleppt haben mussten. Im Gras verteilt standen ein paar Bollerwagen mit Getränkekisten, und an einem dicken Ast baumelte ein Lautsprecher, der das gesamte Areal mit elektronischer Musik beschallte. Der Bass wummerte so stark, dass ich ihn selbst auf die Entfernung in meiner Brust spüren konnte. Ein paar Schüler tanzten etwas abseits. Sie lachten und alberten herum, frei und losgelöst.

Ein kleiner Stich durchzuckte mich und ich stellte fest, dass ich tatsächlich neidisch auf sie war. Diese ganzen Feten waren eigentlich nie mein Ding gewesen. Doch der Spaß, den die Leute hier hatten, war echt und unverfälscht. Matt hatte recht. Genau das waren die Momente, an die man sich immer erinnern würde, auch wenn die Schulzeit längst der Vergangenheit angehörte.

»Da wären wir also.« Phil ließ den Blick über das Gewusel schweifen. »Habt ihr Dee und Matt schon entdeckt?«

Kopfschüttelnd suchte ich die Menge ab. »Sie sitzen wahrscheinlich am Feuer. Dee tanzt nicht besonders gern.« Außer zu Hause und dann vorzugsweise zu den Songs von *Pink* oder ähnlich kraftvollen Frauenstimmen.

»Dann gehen wir sie mal suchen.« Entschlossen stapfte Phil voran, während Cyrian mir nicht von der Seite wich.

Je näher wir kamen, umso aufgeregter wurde ich. Nervös krallte ich mich am Träger meiner Umhängetasche fest und dachte an die Karte für Dee. Vielleicht würde sie mir Glück bringen. Aber was, wenn ich total danebenlag und sie meine stumme Botschaft falsch verstand? Wenn sie dachte, ich würde unsere Freundschaft verspotten?

»Es wird alles gut gehen«, sagte Cyrian leise neben mir.

Abrupt blieb ich stehen und schaute ihn an. »Habe ich etwa laut gesprochen?«

»Nein.«

Mir rutschte das Herz in die Hose. »Kannst du Gedanken lesen oder so was?«

Du liebe Güte! Daran hatte ich überhaupt nicht gedacht. Das wäre echt der Super-GAU.

Sein Mundwinkel hob sich zu einem schiefen Grinsen. »Auch nicht.«

Vor Erleichterung wurden meine Knie weich, während ich ihn abwartend ansah.

Cyrian schaute immer noch in Richtung Lagerfeuer. »Deine Gedanken stehen dir ziemlich oft ins Gesicht geschrieben.«

Mein Puls beschleunigte sich, als ich den Kern seiner Aussage erfasste. Seit er mir in der Gasse hinter dem Kunstladen eröffnet hatte, dass er nichts für mich empfand, hatte er meinen Blick weitestgehend gemieden. Sicher wäre er auch heute Abend auf Abstand geblieben, wenn Silver nicht unsere Hilfe gebraucht hätte.

»Aber du siehst mich doch kaum an.«

»Nayla.«

Sein sanfter Ton glitt wie eine Liebkosung über mich hinweg. Ich hätte ihn einen Lügner geschimpft, wäre dieser mahnende Unterton nicht in seiner Stimme gewesen. Er wollte diese Art von Gespräch nicht mit mir führen.

Weil er mich nicht wollte.

Ich ignorierte den schmerzhaften Stich, den der Gedanke in mir hervorrief, ließ das Thema fallen und hielt weiter nach meinen Freunden Ausschau.

»Cyrian?«, erklang plötzlich eine hohe Stimme neben uns.

Shelby. Na, großartig.

Phil blieb stehen, warf einen Blick über die Schulter und pflasterte sich ein breites Lächeln ins Gesicht. Allerdings schenkte Shelby ihm keine Beachtung, sondern stürmte auf Cyrian zu und schlang die Arme um seinen Hals. »O mein Gott! Ich fasse es nicht, dass du doch noch gekommen bist. Ich dachte, du hast heute Abend keine Zeit?«

Gelassen hob er die Schultern. »Meine Pläne haben sich geändert.«

Ja, weil *ich* sie geändert hatte. Immerhin war ich nur sein blöder Job.

Shelby, die das natürlich nicht kapierte, zog den Kopf zurück und strahlte ihn an. Sie ließ ihn nicht los, sondern verschränkte die Finger in seinem Nacken. »Ich freue mich so, dass du da bist.«

Weil ich keine Sekunde länger dabei zusehen konnte, wie sie sich an Cyrian heranmachte, und zwar ohne dass er sich darüber beklagte, marschierte ich zu Phil und hakte mich bei ihm unter. »Gehen wir.«

Phil presste die Lippen aufeinander, behielt aber jeden Kommentar für sich. Schweigend liefen wir auf eine Gruppe am Feuer zu, in deren Mitte ich endlich auch meine Freunde entdeckte. Sie saßen auf einem Baumstamm und unterhielten sich angeregt.

Matt bemerkte uns, kurz bevor wir die beiden erreichten. Ich konnte sein Gesicht im Flackern des Feuers nicht genau erkennen, weshalb es schwierig war, seine Reaktion einzuschätzen. Aber da er mir ein Foto vom Plakat geschickt hatte, ging ich davon aus, dass er mir freundlich gesinnt war.

Ich zwang mich zu einem Lächeln. »Hey, Leute.«

Dees Kopf fuhr herum. Ungläubig sah sie zu uns hoch. »Was macht ihr denn hier?«

Mir sank der Mut, als ich die Schärfe in ihrer Stimme vernahm. »Wir sind wegen euch gekommen.«

Misstrauisch hob sie eine Braue. »Ach ja?«

»Ich hole uns etwas zu trinken.« Matt erhob sich und deutete auf seinen frei gewordenen Platz. »Bleibt doch so lange hier, Mädels.«

Ich warf ihm einen dankbaren Blick zu, kletterte über den Baumstamm und setzte mich neben Dee.

Abrupt stand sie auf. »Ich begleite dich.«

»Dee, warte bitte«, sagte ich leise.

Sie schlug die Augen nieder und schüttelte den Kopf. Bevor ich weitersprechen konnte, hatte sie Matts Hand ergriffen und ihn mit sich gezogen.

Betrübt sah ich ihnen hinterher, bis sie in einem Pulk von Leuten verschwanden, die sich um einen Bollerwagen geschart hatten.

Als ich mich wieder zum Feuer zurückdrehen wollte, blieb mein Blick unfreiwillig bei Cyrian haften. Shelby betatschte ihn zwar nicht länger, doch sie stand dicht bei ihm und flirtete, was das Zeug hielt. Frustriert wandte ich mich ab und rieb mir über das Gesicht, während Phil sich neben mir niederließ.

»Wow«, meinte er nach einem kurzen Moment. »Sie ist wirklich ein harter Brocken.«

Ich stieß ein Lachen aus, da seine Bemerkung sowohl für Delilah als auch für Shelby vortrefflich passte. »Das hier war eine blöde Idee.«

»Aber jetzt sind wir hier, nicht wahr?« Schmunzelnd beugte Phil sich zu mir und stupste mich mit der Schulter an. »Vielleicht sollten wir es wie die anderen machen und uns einfach amüsieren. Ich bin mir sicher, Dee beruhigt sich bald wieder.«

Ich starrte nachdenklich in die Flammen. Hitze schlug mir ins Gesicht, was mir nach dem Fußmarsch durch den düsteren Wald durchaus willkommen war. Es lag mir auf der Zunge, Phil darauf hinzuweisen, dass er mit seinen fadenscheinigen Ausreden auch einen Beitrag zu dieser Misere geleistet hatte. Andererseits wusste ich, dass er nicht gelogen hatte, um Dee an der Nase herumzuführen, sondern um mir den Rücken freizuhalten. Deshalb konnte ich ihm auch nicht wirklich böse sein.

Er blieb schweigend neben mir sitzen, obwohl sein rechtes Knie unruhig auf- und abwippte, als müsste er mit aller Macht gegen den Drang ankämpfen, sich stärker zu bewegen.

Unwillkürlich fragte ich mich, ob er mir nur Gesellschaft leistete, weil es seine Aufgabe war, oder ob er in mir inzwischen tatsächlich eine Freundin sah. Aber so oder so gab es da noch eine Sache, die ich ihm unbedingt sagen wollte. »Das mit deinem Dad tut mir leid.«

Philemon versteifte sich neben mir. »Dieses Thema ist definitiv nicht amüsant, Schönste.«

»Schon klar.« Seufzend rieb ich mir über die erhitzten Wangen, ehe ich ihn anschaute. »Ich wollte nur, dass du das weißt.«

Schmerz flackerte in seinen Augen auf, doch dann zuckte er gleichmütig mit den Schultern. »Mach dir keine Gedanken deswegen. Mein Vater kannte die Gefahr, genauso wie wir alle.«

Wenn Phil wie Cyrian schon neunzehn war, musste er etwa zwei Jahre alt gewesen sein, als er seinen Vater verlor. »Kannst du dich noch an ihn erinnern?«

»Nicht wirklich.« Gedankenversunken starrte er ins Feuer. »Früher hat mir meine Großmutter manchmal Geschichten über ihn erzählt. Aber inzwischen reden wir nicht mehr allzu oft über ihn.«

»Und deine Mom?«

Ein bitterer Zug erschien um Phils Mundwinkel. Es war ein Ausdruck, den ich noch nie bei ihm gesehen hatte. »Ich habe meine Mutter nie kennengelernt. Sie hat mich und meinen Vater kurz nach meiner Geburt verlassen.«

Ich keuchte leise auf. »Oh, Phil.«

»Es ist okay.« Er sagte das, als würde er gern selbst daran glauben, doch das Zittern in seiner Stimme strafte seine Worte Lügen.

Am liebsten hätte ich etwas Tröstendes erwidert, wusste jedoch nicht was.

Phil räusperte sich. »Soviel ich weiß, war sie eine Außenstehende und hat nie wirklich verstanden, was die Mitglieder der Securitas antreibt. Sie wollte kein Leben voller Gefahren. Inzwischen ist sie wahrscheinlich mit einem langweiligen Buchhalter verheiratet und hat andere Kinder, um die sie sich keine Sorgen machen muss.« Er lächelte sanft. »Und ich habe Cyrian. Er ist jetzt meine Familie.«

Betrübt rückte ich an ihn heran und legte den Kopf auf seiner Schulter ab. »Ich weiß, dass Cyrian dir viel bedeutet, Phil. Aber es ist *nicht* okay. Weder dass deine Mom euch verlassen hat, noch dass dein Vater gestorben ist, weil er meine leibliche Mutter beschützen wollte. Niemand sollte für den Fehler eines Mannes mit dem Leben zahlen müssen. Das ist einfach nicht richtig.«

Auch in diesem Punkt war ich mit Valeria einer Meinung. Diese Bürde stand einfach in keinem angemessenen Verhältnis.

»Ich weiß nicht, ob es wirklich ein Fehler war«, meinte Phil nachdenklich und lehnte sich ein Stück zurück, damit ich es bequemer hatte. »Wäre Aeneas bei seiner Königin geblieben, hätte Minerva ihn zwar nicht verflucht, aber dafür hätte er Jupiters Zorn auf sich gezogen. Ob das so viel besser gewesen wäre, wage ich zu bezweifeln. Abgesehen davon wäre Aeneas' Volk dann niemals in Italien gelandet. Es hätte kein Alba Longa gegeben und später auch kein Rom. Auch die Securitas wären nie gegründet worden.«

Obwohl mir ganz elend zumute war, musste ich grinsen. Ich drehte den Kopf und linste zu ihm hoch. »Und wir hätten uns auch nicht kennengelernt.«

Sein Mundwinkel hob sich. »Das wäre doch verdammt schade gewesen, findest du nicht?«

»Da hast du recht«, stimmte ich ihm amüsiert zu, bevor ich wieder ernst wurde. »Ich bin froh, dass ihr bei mir seid.«

Er legte seinen riesigen Arm um meine Taille und drückte mich kurz an sich. »Das bin ich auch.«

Obwohl ich eigentlich ihn hatte trösten wollen, genoss ich nun seine schützende Umarmung. Seine Nähe hatte nicht dieselbe Wirkung auf mich wie die von Cyrian, bei dem mein Herz immer wieder in Aufruhr versetzt wurde. Stattdessen glich meine körperliche Reaktion auf Phil einem ruhigen See – und das war genau das, was ich im Moment brauchte.

Ich löste mich erst von meinem Beschützer, als hinter uns eine Flasche zersplitterte und Schreie laut wurden. Erschrocken spähte ich über Phils Schulter.

Schon wieder lag ein Typ, der sich einen Drink zu viel genehmigt hatte, auf dem Boden, während seine Freunde ihm feixend aufhalfen. Soweit ich erkennen konnte, handelte es sich bei der Truppe nicht um Schüler der Ellington High. Wahrscheinlich waren es Freunde von Preston oder irgendwelche anderen Kids, die von der Party Wind bekommen hatten.

Phil, der sich ebenfalls umgedreht hatte, lachte leise auf. »Was vermisse ich die wilden Jahre.«

Ich wollte mich gerade wieder abwenden, da bemerkte ich Cyrian, der etwas abseits an einem Baumstamm lehnte und uns aus der Entfernung beobachtete. Seine Miene war ausdruckslos, doch die Art und Weise, wie seine Kiefermuskeln hervortraten, ließ vermuten, dass er gerade sehr fest die Zähne aufeinanderbiss.

Einen Moment lang glaubte ich fast, er wäre eifersüchtig. Doch dann schob sich Shelby zwischen uns, und mir wurde klar, dass ich mir das vermutlich nur einbildete.

Ernüchtert sah ich weg und begegnete Delilahs Blick. Sie stand inzwischen mit Matt wieder in der Nähe des Feuers und nippte an einem roten Plastikbecher. Zweifellos gefiel es ihr nicht, dass Phil und ich eng aneinandergeschmiegt auf dem Baumstamm saßen.

Ich stieß ein leises Seufzen aus. »Ich werde noch einmal versuchen, mit Dee zu reden.«

Phil nickte. »Ich begleite dich.«

»Danke«, erwiderte ich lächelnd, stützte mich auf seiner Schulter ab und erhob mich. »Aber ich muss das allein mit ihr regeln.«

»He!«, rief plötzlich jemand hinter mir und klopfte mir unsanft auf den Rücken. »Bist du nicht die Kleine, die auf Dreier steht?«

Entgeistert fuhr ich herum und sah dem Betrunkenen ins Gesicht, der gerade noch auf der Wiese herumgepurzelt war. Passend zum Technobeat schnellte mein Puls in die Höhe.

»Ich nehme alles zurück«, murmelte Phil hinter mir und stand langsam auf. Obwohl ich nicht hinsah, wusste ich, dass er dem Kerl einen warnenden Blick zuwarf. »Verschwinde.«

Der Typ grinste teuflisch. »Sie ist es also.«

Da er kaum noch aufrecht stehen konnte, schüttelte ich nur den Kopf. »Lass es gut sein, Phil.« Ich ergriff seine Hand und zog ihn mit mir in die entgegengesetzte Richtung.

Weit kamen wir allerdings nicht, da uns die Freunde dieses Kerls den Weg versperrten. Insgesamt waren es drei, und in ihren Augen lag etwas Unheilvolles, das durch das Flackern des Feuers noch verstärkt wurde.

»Was wollt ihr?«, fragte Phil barsch.

Der Kerl in der Mitte trat vor. Er trug ein kariertes Hemd und Jeans, die viel zu eng saßen. »Wir sind Gäste von Preston. Er meinte, seine Freunde wären auch unsere Freunde.« Mit einem lüsternen Grinsen wandte er sich an mich. »Das entspricht doch der Wahrheit, oder?«

»Sicher.« Ich nickte angespannt. »Wir wollen keinen Ärger. Also lasst uns einfach vorbei.«

»Aber wir sind nur deinetwegen hier«, erwiderte er, woraufhin mir ein Schauer den Rücken hinabrieselte. Mit einem unguten Gefühl wich ich zurück und prallte gegen Phils breite Brust.

Seine Freunde lachten dreckig.

»Seht sie euch an.« Der Typ, der ganz links vor uns stand, bleckte die Zähne. »Tut so verängstigt und unschuldig.«

»Dabei ist sie ein richtiges Luder, wie man so hört«, fügte jemand hinter uns hinzu.

Ich riskierte einen kurzen Blick nach hinten und stellte fest, dass sich zu dem betrunkenen Idioten zwei weitere Kerle gesellt hatten, die mich angafften, als wäre ich ein Stück Fleisch.

Mir wurde schlecht.

»Okay«, erklang plötzlich eine vertraute Stimme neben mir. Eine zarte Hand schob sich in meine. »Ich habe keine Ahnung, wer euch diesen Scheiß erzählt hat. Aber ich bin ihre beste Freundin, und ich kann euch versichern, dass keiner von euch auch nur den Hauch einer Chance bei ihr hat. Also zieht Leine!«

Delilahs Worte erwärmten mein Herz, obwohl ihr Ton schroff war. Normalerweise machte sie damit immer mächtig Eindruck, wenn ihr jemand blöd kam. Doch diese Jungs waren nicht nur in der Überzahl, sie schienen sich obendrein auch noch bestens zu amüsieren.

»Nein. Ich denke, wir bleiben noch ein bisschen und lernen uns besser kennen«, entschied der Typ im karierten Hemd und grinste süffisant. »Das dürfte interessant werden.«

»Jetzt kommt schon, Leute.« Matt trat neben Dee und legte ihr den Arm um die Schulter. Er hasste jede Form von Aggression und versuchte stets, Konflikte friedlich zu lösen. Dass er sich nun einschaltete, bewies, wie brenzlig die Situation war. »Niemand will Stress.«

Inzwischen hatte die Szene mächtig Aufmerksamkeit erregt. Um uns herum ebbten die Gespräche ab, und mehrere Schüler steckten tuschelnd die Köpfe zusammen, ohne uns aus den Augen zu lassen.

»Wir wollen nur ein bisschen Spaß«, lallte der Betrunkene hinter uns.

Ich konnte spüren, wie Phil sich anspannte, um die Typen in unserem Rücken im Auge zu behalten. Gleichzeitig taxierten Dee, Matt und ich die Idioten vor uns.

Bestärkt durch meine Freunde reckte ich das Kinn. »Sucht euch jemand anders.«

Der rothaarige Kerl, der ganz rechts vor uns stand, hob den ausgestreckten Arm und zeigte auf mich. »Wir wollen aber dich, kleine Rose.«

»Das denke ich nicht.« Cyrians Stimme war Furcht einflößend kalt, als er vor mich trat, um mich von den gierigen Blicken dieser Typen abzuschirmen. »Verpisst euch!«

Kurz wirkten die Typen, die uns einkeilten, doch ein wenig eingeschüchtert. Dann brach der Betrunkene hinter uns in schallendes Gelächter aus, und seine Kumpels stimmten mit ein.

Cyrian ging leicht in die Knie, und da ich ihn bereits hatte kämpfen sehen, wusste ich, dass das kein gutes Zeichen war.

Alarmiert packte ich sein Handgelenk. »Nicht«, flehte ich leise. »Das ist es nicht wert.«

Cyrian schien meine Meinung nicht zu teilen, denn er bewegte sich keinen Millimeter.

Ich drückte seine Hand. »Lass uns einfach gehen, bitte.«

»Na, na, na, was soll denn der Quatsch, Jungs?«, rief Preston plötzlich und schlängelte sich an ein paar Leuten vorbei.

Er war ziemlich schmächtig gebaut, besaß jedoch Charisma, Geld und Beziehungen, weshalb er mit zu den beliebtesten Schülern der Ellington zählte. Sein braun gewelltes Haar war lässig in Form gestylt, und er trug ein schwarzes Jackett zu Designerjeans.

Voller Selbstbewusstsein baute er sich vor dem Kerl im billigen Karohemd auf. »Ich habe euch eingeladen, um für gute Stimmung zu sorgen, Briggs, und nicht, damit ihr einen meiner Freunde blöd anmacht.« Er zog ein Smartphone aus seiner hinteren Jeanstasche und tippte darauf herum, woraufhin der nervige Techno-Soundtrack verstummte. Dann wies er auf das Lagerfeuer. »Legt los!«

Briggs, der anscheinend der Anführer der Gang war, presste kurz die Lippen aufeinander, ehe er seinen Kumpels mit einem Kopfnicken signalisierte, Prestons Aufforderung nachzukommen.

Nach einem letzten bohrenden Blick in meine Richtung verteilten sich die Kerle ums Feuer und schnappten sich ein paar Instrumente.

Sekunden später hallten Gitarrenriffs über die Lichtung. Der Betrunkene klopfte träge auf einer Djembe, während Briggs einen Song von *Snow Patrol* zum Besten gab.

»Das ist die Band?«, rief Dee ungläubig, woraufhin Preston äußerst selbstzufrieden nickte.

»Ich habe sie letztes Jahr bei einem Gig in Saint Luise kennengelernt. Sie sind gut, oder?«

Stimmt, das waren sie. Ihnen lag die Musik im Blut, das konnte jeder hören. Doch Dee beeindruckte das wenig.

Sie stieß ein brüskes Schnaufen aus. »Diese Typen sollten dringend an ihrer Sozialkompetenz arbeiten, wenn sie die Charts stürmen wollen.«

Preston schnitt eine Grimasse. »Schätze, sie haben es gerade etwas übertrieben. Sorry, Nayla.«

»Schon okay«, murmelte ich, obwohl ich exakt das Gegenteil empfand.

Glucksend verschränkte Preston die Arme. »Nimm es ihnen nicht übel, ja? Schließlich eilt dir ein gewisser Ruf voraus, und du bist echt scharf. Ich hätte nachher sicher auch noch mein Glück versucht.« Er zuckte mit den Schultern. »Nichts für ungut.«

In meinen Ohren setzte ein Rauschen ein, während Cyrian sich aus meinem Griff wand und mit dem Arm ausholte. Seine Faust krachte so schnell auf Prestons Wange, dass ich die Bewegung kaum wahrnahm.

Preston ging auf der Stelle zu Boden. Ein Mädchen schrie bestürzt auf, woraufhin die Musik wieder verstummte.

Schockiert hob Preston die Hand und betastete seine rechte Gesichtshälfte, während er mit schreckgeweiteten Augen zu Cyrian hochstarrte.

Dieser beugte sich drohend über ihn. Seine Stimme war leise, was sie umso bedrohlicher wirken ließ. »Nichts für ungut.«

XXVII

Philemon klatschte in die Hände wie ein Hirte, der seine Schäfchen zusammentreiben wollte. »Zeit zu gehen, Freunde.«

Da konnte ich ihm nur aus vollem Herzen zustimmen. Denn Briggs und seine Freunde hatten sich erneut erhoben. Gier glitzerte in ihren Augen.

Ich ließ Dee los und packte Cyrians Arm, diesmal mit beiden Händen. Sein ganzer Körper war starr vor Anspannung, weshalb ich all meine Kraft aufbringen musste, um ihn von Preston wegzuziehen.

»Tut mir leid, Preston«, sagte ich schnell, obwohl ein Teil von mir durchaus eine gewisse Genugtuung empfand.

Sein Gesicht verzog sich vor Zorn, als er sich hochrappelte und sein Jackett glatt strich. Eigentlich rechnete ich damit, dass er angesichts dieser Demütigung die Band auf uns hetzte, doch er überraschte mich, indem er lediglich ein schmales Lächeln aufsetzte und mit der Hand durch die Luft wedelte, als wollte er eine lästige Fliege verscheuchen. »Kommt gut nach Hause.«

Auf der Lichtung war es totenstill, als wir geschlossen den Rückzug antraten. Ich ging mit Dee und Matt voran, Cyrian und Phil blieben dicht hinter uns.

Die Blicke der anderen Partygäste verfolgten uns, bis wir von den Schatten der Bäume verschluckt wurden.

Kurz darauf erklang ein neuer Technobeat aus den Lautsprechern. Demnach war die Band wohl nicht mehr zu ihrer Musik zurückgekehrt. Ein ungutes Gefühl machte sich in mir breit.

Phil schien das ebenfalls nicht zu gefallen, denn er fluchte leise. »Vielleicht sollten wir lieber einen Zahn zulegen.«

»Denkt ihr, sie folgen uns?«, fragte Dee alarmiert und sah kurz über die Schulter zurück, während Matt sein Handy herauskramte und die Taschenlampe aktivierte.

»Es wäre möglich«, antwortete Phil.

Dee warf die Hände in die Luft. »Siehst du, Matthew. Genau das ist der Grund, warum wir solche Veranstaltungen bisher immer gemieden haben.«

»Ich konnte doch nicht wissen, dass so etwas passiert«, erwiderte Matt zerknirscht.

»O bitte!« Dee machte einen Schritt zur Seite, um einer Pfütze auszuweichen. »Es gibt doch immer irgendwelche betrunkenen Idioten, die ausfällig werden, sobald ihnen der Alkohol zu Kopf gestiegen ist.«

»Deswegen musst du nicht gleich die ganze Party miesmachen. Es war doch sehr nett, bis diese Typen Nayla blöd angemacht haben.«

Dee und Matt begannen zu streiten, doch ich blendete schon nach wenigen Worten ihr Gezanke aus, weil meine gesamte Aufmerksamkeit bei dem Gespräch zwischen Cyrian und Philemon lag.

»Das waren Musiker und keine Lehrer«, sagte Cyrian leise, damit Dee und Matt nichts mitbekamen. »Sie kann es also nicht gewesen sein.«

»Vielleicht hat sie auf einen Bann verzichtet und sie einfach bloß bestochen?«, erwiderte Phil. »Diese Typen sahen jedenfalls nicht so aus, als würden sie zu einem kleinen Zusatzverdienst Nein sagen.«

»Der Servus hat zu Nayla gesagt, ihre Naivität würde *sie* amüsieren. Was ist, wenn damit nicht nur eine Person gemeint war?«

Phil schnaubte. »Du glaubst doch nicht ernsthaft, dass hier mehrere Spieler mit von der Partie sind?«

Cyrian antwortete nicht. Erst glaubte ich, das lag daran, dass er keine Antwort auf Phils Frage hatte. Doch dann stieß Dee ein ängstliches Wimmern aus, als hinter uns orangerote Lichter aufflackerten.

Ich schaute zurück und entdeckte fünf schemenhafte Gestalten. Drei von ihnen trugen brennende Fackeln in den Händen, während die beiden anderen Taschenlampen benutzten.

Mein Puls schoss in die Höhe.

Verdammt! Diese Typen folgten uns tatsächlich. Zwar hatten sie ihren betrunkenen Freund zurückgelassen, doch ich bezweifelte, dass sie nur ein Schwätzchen halten wollten.

»Los, weiter«, wies Cyrian uns leise an, worauf wir alle gleichzeitig lostrabten.

Matt streckte den Arm nach Dee aus. »Nimm meine Hand!«

Sie krallte sich an Matt fest, und wir liefen so schnell wie möglich über den unebenen Waldweg.

Das Herz schlug mir bis zum Hals, während ich versuchte, in dem wackeligen Lichtschein von Matts Handy rechtzeitig jedes Hindernis zu erkennen. Ich war froh, dass ich robuste Schuhe angezogen hatte und dass auch Dee kein Fan von Highheels war. In ihren Chucks konnte sie also gut mithalten. Trotzdem waren wir viel zu langsam. Egal, wie sehr wir uns beeilten, unsere fünf Verfolger rückten immer näher.

Als wir nach etwa der Hälfte des Weges um eine Kurve bogen, reichte das Licht ihrer Fackeln bereits bis zu uns. Es war nur noch eine Frage der Zeit, bis sie uns ganz eingeholt hatten.

»Bring sie weg von hier, Phil«, befahl Cyrian. Er schien im Gegensatz zu Dee, Matt und mir kein bisschen außer Atem zu sein.

Erschrocken blieb ich stehen. »Was hast du vor?«

Cyrian warf einen Blick zurück zu den fünf Typen, die kaum weiter als fünfzig Meter von uns entfernt sein konnten. »Ich halte sie auf. Geht weiter.«

»Nein!«

Ich wollte an Cyrians Seite eilen, doch Philemon schnappte sich mein Handgelenk und zog mich erbarmungslos mit sich. »Jetzt komm schon, Nayla.«

»Philemon«, fauchte ich und wehrte mich gegen seinen festen Griff. »Lass mich auf der Stelle los.«

»Das kann ich nicht.« Ohne auch nur im Geringsten auf meine Gegenwehr zu achten, zerrte er mich weiter zu meinen Freunden. »Mach das Licht aus, Matt.«

»Aber … aber dann sehen wir nicht mehr, wo wir langlaufen«, stotterte er.

»Unsere Chance, hier heil rauszukommen, ist aber größer, wenn sie uns nicht sehen.« Phil schob mich vor sich, und ich stolperte weiter, während Matt das Licht löschte. Dee schluchzte leise auf.

Hinter uns erklang dunkles Gelächter.

Als ich zurückblickte, hatten die Typen Cyrian erreicht und waren gerade dabei, ihn zu umzingeln. Ich wollte zu ihm zurücklaufen, doch Philemon legte seine Arme um mich, hob mich hoch und schleppte mich weiter.

»Verdammt noch mal, Nayla«, brummte er. »Wir müssen von hier verschwinden.«

»Aber wir können ihn doch nicht zurücklassen!« Über Phils Schulter sah ich, wie die Typen drohend an Cyrian heranrückten. Der Rotschopf wollte an ihm vorbeihuschen, doch Cyrian stellte ihm ein Bein, und er fiel der Länge nach hin.

»Cyrian kommt schon zurecht«, presste Phil hervor. Weil ich zu sehr zappelte, stellte er mich wieder ab, legte die Hände auf meine Schultern und drängte mich weiter.

»Aber sie sind zu fünft. Er ist allein.« Ich verrenkte mir fast den Hals, um weiterhin mitzubekommen, was hinter uns geschah.

Entschlossen verstärkte Phil seinen Griff. »Cyrian ist stark genug, es mit denen aufzunehmen.«

Kaum hatte er den Satz zu Ende gesprochen, sauste eine Windböe an uns vorbei und riss einen weiteren Typ von den Füßen. Er stieß den Rotschopf, der sich gerade aufrappelte, erneut um, und die beiden kullerten in einem wirren Knäuel über den Boden.

Ich schnappte nach Luft, als die drei Fackelträger auf Cyrian zustürmten. Einer holte mit einem brennenden Scheit aus, um ihn damit zu schlagen, doch Cyrian wich geschickt aus und ließ mit der Kraft des Windes ein ganzes Bataillon an Tannenzapfen auf seine Angreifer niederregnen.

Wütendes Gebrüll erklang, während die fünf Typen sich duckten und schützend die Hände über den Kopf hielten.

Sobald sie keine Angst mehr haben mussten, getroffen zu werden, wechselte eine Fackel den Besitzer, und der Kerl, der nun beide Hände frei hatte, ging auf Cyrian los. Er holte aus, um ihm einen Kinnhaken zu verpassen, doch Cyrian wich ihm problemlos aus, wirbelte herum und trat ihn in den Magen. Der Typ stolperte zwei Schritte zurück und krümmte sich vor Schmerz zusammen.

»Cyrian! Pass auf!«, brüllte ich, als ihn der Rotschopf plötzlich von hinten attackierte.

Doch es war zu spät. Er nahm Cyrian in den Würgegriff, woraufhin sein Kumpel ausholte und ihn mitten ins Gesicht schlug.

Cyrians Kopf flog zur Seite.

Ich schrie entsetzt auf, während sich der Abstand zwischen uns immer weiter vergrößerte, weil Phil mich unbarmherzig vorwärtstrieb.

Ein weiterer mächtiger Windstoß ließ den Typ, der Cyrian geschlagen hatte, gegen einen Baumstamm fliegen, wo er bewusstlos zusammenbrach.

Unterdessen warf Cyrian sich nach vorn, um sich aus dem Würgegriff zu befreien; der Rothaarige, der nicht loslassen wollte, stolperte, und die beiden fielen zu Boden. Sofort stürzte ein weiterer Kerl sich in den Kampf, während die zwei verbliebenen Fackelträger sie lautstark anfeuerten.

»Nayla!«, schrie Delilah aus einiger Entfernung. Sie und Matt mussten schon vorgelaufen sein. Aber ich war unfähig, ihnen zu antworten.

Stöhnen und Ächzen drang zu uns herüber. Immer wieder verlor ich Cyrian aus den Augen, weil er hinter einem seiner Angreifer verschwand. Im Schein der Fackeln sah das ganze Spektakel aus wie ein morbides Schattentheater.

Aber Phil schien recht zu haben. Cyrian wurde mit den Typen fertig, obwohl sie deutlich in der Überzahl waren.

Ich entspannte mich ein wenig und ließ mich von ihm durch die Dunkelheit führen, allerdings behielt ich das Geschehen hinter mir fest im Blick.

Cyrian verteilte weiter Schläge, wich Tritten aus und stieß seine Angreifer immer wieder mit Luftwirbeln von sich.

Leider schien den Kerlen ebenfalls aufzugehen, dass sie Cyrian unterschätzt hatten. Als ein weiterer Mann zu Boden ging und nicht mehr aufstand, rammte einer der beiden Fackelträger sein Holzscheit in die Erde am Wegrand und stürzte sich ebenfalls in den Kampf.

Mit unvorstellbarer Härte verpasste er Cyrian einen gezielten Schlag in den Rücken, der daraufhin das Gleichgewicht verlor und ins Taumeln geriet. Derweil warf auch der letzte Angreifer seine Fackel weg und mischte sich in das Geschehen ein. Bevor Cyrian sich wieder fangen konnte, trat er ihn in die Kniekehlen.

Cyrian ging zu Boden, und sofort fielen die übrig gebliebenen Angreifer wie die Geier über ihn her und droschen mit ihren Fäusten auf ihn ein. Eine Windböe peitschte über den Weg und schmetterte den

Rotschopf gegen den Baum. Doch einer der anderen beiden traf Cyrian hart am Kiefer.

»Nein!«, schrie ich und riss mich von Philemon los, der nicht mit meiner erneuten Gegenwehr gerechnet hatte. Geschickt wich ich ihm aus und rannte auf Cyrian zu.

Hinter mir stieß Phil einen Fluch aus. »Nayla, verdammt noch mal, bleib stehen!«

Seine Rufe zogen nicht nur die Aufmerksamkeit von Dee und Matt auf mich, die außer sich vor Angst meinen Namen brüllten, sondern auch Cyrians.

Mit weit aufgerissenen Augen fuhr er zu mir herum. Für den Bruchteil einer Sekunde trafen sich unsere Blicke. Dann donnerte eine Faust gegen seine Schläfe, und er verlor das Bewusstsein.

O Gott!

So schnell ich konnte, lief ich auf ihn zu, ohne auf die Fackel am Wegrand zu achten, die plötzlich umfiel. Es war, als hätte ihr jemand einen Schubs gegeben, obwohl sich niemand in der Nähe befand.

In Windeseile brannte eine Feuerschneise über den Weg.

Unterbewusst registrierte ich durchaus, dass das eigentlich gar nicht möglich sein sollte, da die Erde platt getreten und feucht vom Nachttau war. Doch ich hielt mich nicht länger damit auf, sondern rannte weiter auf Cyrian zu, der rücklings auf dem Boden lag und sich nicht regte.

Die zwei Kerle, die direkt neben ihm standen, sprangen erschrocken zurück, als das Feuer sie immer dichter umkreiste. Es gelang ihnen gerade noch, ihren bewusstlosen Freund zu packen und wegzuschleppen, bevor sich die Flammen um Cyrian herum schlossen.

Ich dachte nicht darüber nach, dass es vermutlich keine gute Idee war, über das Feuer zu springen. Ich tat es einfach.

Und dann war ich bei ihm.

»Cyrian?«

Ich fiel neben ihm auf die Knie und legte ihm vorsichtig die Hand auf die Wange. Sie war aufgeschürft, und Blut rann aus einem Cut an seinem Jochbein. Seine Lider waren geschlossen.

Die Hitze hüllte uns ein. Obwohl ich nicht hinsah, wusste ich, dass die Flammen immer höher brannten.

»Scheiße«, brüllte einer der Typen panisch. »Weg hier!«

Schritte polterten über den Boden und gingen im Knacken des Feuers unter. Wie aus weiter Ferne hörte ich die entsetzten Schreie meiner Freunde. Sie versuchten, zu uns zu gelangen. Doch die Flammen ließen das nicht zu.

Wir waren gefangen.

»Cyrian.« Tränen brannten mir in den Augen, als ich mich über ihn beugte. »Wach auf.«

Ich rüttelte kräftiger an seiner Schulter, doch er regte sich kein Stück. Schatten tanzten über sein fein gemeißeltes Gesicht, ließen seine Konturen schärfer und seine Verletzungen noch dramatischer erscheinen.

Die Luft war inzwischen so dick, dass ich kaum noch atmen konnte, und um uns herum wüteten die Flammen immer stärker.

Verzweiflung machte sich in mir breit. Wir würden hier nicht unverletzt rauskommen.

Mit der Kraft des Windes könnte Cyrian vielleicht das Feuer teilen und uns irgendwie retten. Aber er kam einfach nicht zu sich.

»Cyrian, bitte! Du musst aufwachen«, flehte ich ihn an, doch er blieb bewusstlos.

Die Furcht, die mich jetzt erfasste, war so gewaltig, dass ein Beben durch meinen Körper ging. Ein heiseres Schluchzen entrang sich meiner Kehle.

Ich hatte keine Ahnung, was ich tun sollte. Überall waren Flammen, und sie kamen mit jeder Sekunde näher.

Plötzlich nahm ich noch eine andere Hitze wahr. Sie kam direkt aus meinem Inneren, genau wie damals, als ich mit Cyrian gestritten hatte. Ich spürte, dass ich auch jetzt wieder kurz davor war, die Kontrolle zu verlieren.

Panik überwältigte mich. Ich wollte Cyrian auf keinen Fall verletzen. Aber ich schaffte es einfach nicht, dieses Tosen in mir noch länger zu beherrschen.

Verzweifelt warf ich mich auf Cyrian, schlang die Arme um seinen Nacken und presste mein Gesicht an seine Brust.

Mein Körper stand in Flammen. Aber nicht, weil das Feuer uns erreicht hatte, sondern weil ich selbst innerlich brannte. Weißes Licht blendete mich.

Die Hitze wurde so stark, dass ich vor Schmerz aufschrie.

Es fühlte sich an, als würde ich jeden Moment explodieren. Dann hörte ich auf, länger gegen diese Macht anzukämpfen. Ich ließ los, und das Höllenfeuer fegte aus mir heraus wie ein Tornado.

Es zerstörte alles um uns herum.

Die Flammen stoben mit einer Druckwelle davon. Steine flogen durch die Luft und schlugen wie Pistolenkugeln in die umstehenden Bäume ein. Holz splitterte. Stämme brachen ächzend auseinander. Vögel flatterten kreischend in die Lüfte. Jemand schrie, doch ich konnte nicht ausmachen, wer.

Und dann war plötzlich alles still und dunkel.

Kraftlos sackte ich auf Cyrians Brust zusammen, während mir stumme Tränen über die Wangen liefen. Der Schmerz war fort. Dafür fühlte ich mich vollkommen ausgelaugt, als hätte jemand sämtliche Energie aus mir herausgesaugt. Ich konnte mich nicht bewegen. Konnte nur ein rhythmisches Klopfen in meinem linken Ohr vernehmen.

Cyrians Herzschlag.

Erleichtert blinzelte ich den Tränenschleier fort und lauschte dem gleichmäßigen Pochen, bis ich mich ein wenig an die Dunkelheit gewöhnt hatte. Der Mond stand inzwischen hoch am Himmel, doch durch die Rauchschwaden drang nur wenig Licht. Ich war immer noch so geschwächt, dass ich es nur mit Mühe schaffte, den Kopf zu heben und Cyrian anzusehen.

Meine Finger zitterten, als ich behutsam über seine Wange strich. »Cyrian?«

Seine Lider flatterten, und endlich öffnete er sie einen Spaltbreit. Erleichtert atmete ich auf.

»Nayla?«, fragte er mit heiserer Stimme.

Meine Mundwinkel hoben sich zu einem zaghaften Lächeln. »Ich bin hier.«

Seine grünen Augen wirkten in dem fahlen Mondschein eher silbrig. Er musterte mich mit einer Mischung aus Wut und Sorge. »Du bist zurückgekommen.«

»Ich konnte nicht anders.« Mit dem Daumen strich ich sanft über seinen Wangenknochen.

Verwirrt runzelte er die Stirn. »Aber diese Kerle …«

»Sie sind weg«, unterbrach ich ihn schnell und entschied, ihm lieber nichts von meinem heldenhaften Sprung durch die lodernden Flammen zu erzählen. Denn das zählte ganz sicher nicht als *brav sein.* »Es ist vorbei.«

Ohne mich aus den Augen zu lassen, hob Cyrian die Hand und umschloss mein Handgelenk. Meine Fingerspitzen auf seiner Haut erstarrten, weil mir klar wurde, wie intim dieser Moment war. Ich saß auf dem Boden, mein Oberkörper lag jedoch nach wie vor auf seiner Brust. Wir berührten uns an unzähligen Stellen, was ihm vermutlich ziemlich unangenehm war.

Verlegen räusperte ich mich. »Wir sollten die anderen suchen«, murmelte ich und wich peinlich berührt seinem Blick aus. »Sie müssten hier irgendwo sein.«

Ich wollte mich zurückziehen, doch Cyrian hielt meine Hand fester. »Ich habe gelogen.«

Irritiert sah ich ihn an. »Was?«

Seine Augen waren auf mich gerichtet. Sie waren voller Reue – und Sehnsucht. »Als ich behauptet habe, dass ich dich nicht will.«

Obwohl ich immer noch vollkommen ausgelaugt war, spürte ich, wie das Adrenalin durch meine Adern schoss. Meine Lippen teilten sich, doch ich brachte keinen Ton hervor.

Cyrian, der sonst immer so cool und gelassen wirkte, schluckte schwer. Seine Stimme war leise, als er weitersprach, dafür umso eindringlicher. »Ich will dich so sehr, dass es mir Angst macht, Nayla.«

Bevor ich wusste, wie mir geschah, hatte er die andere Hand gehoben und in mein zerzaustes Haar gegraben. Er zog mich zu sich, und ich beugte mich nur allzu bereitwillig hinab, während mein ganzer Körper vor Freude und Erstaunen summte.

Seine Bauchmuskeln spannten sich unter mir an, als er den Kopf hob und unsere Lippen aufeinandertrafen.

Obwohl der Kuss voller Leidenschaft war, fühlte sich Cyrians Mund überraschend weich an. Wie beim Kampf schien er weder Zögern noch Zurückhaltung zu kennen. Er nahm mich ganz und gar in Besitz. Geschickt teilte er meine Lippen, um unseren Kuss zu vertiefen.

Ein Kribbeln rauschte durch meine Brust, und für einen Moment hatte ich das Gefühl abzuheben. Ich fühlte mich nicht länger schwer und kraftlos, sondern leicht und voller Euphorie.

Sein vertrauter Geruch setzte meine Nervenenden unter Strom, und obwohl der harte Boden denkbar unbequem und die Situation alles andere als romantisch waren, war ich ganz und gar gefangen in seinem verzehrenden Kuss.

Ich wühlte die Finger in sein dichtes Haar, während wir uns noch fester aneinanderklammerten.

Ein raues Stöhnen entwich seiner Kehle.

Der Laut entfachte ein Verlangen in meinem Körper, das mir vollkommen fremd war. Blitze zuckten vor meinen Augen, und ich erstarrte kurz, weil ich fürchtete, dass sich diese unkontrollierbare Macht aufs Neue in mir bündeln könnte. Doch dann wurde mir klar, dass es sich anders anfühlte.

Das hier war eine gute Hitze.

Eine Hitze, die mich nicht verbrannte, sondern wunderbar wärmte.

Plötzlich erklang Dees vertrautes Schnauben neben uns. Es triefte nur so vor Entrüstung. »Tja, ich schätze, unsere Sorge war wohl unbegründet.«

»Das darf doch wohl nicht wahr sein«, brummte Philemon, während das Licht heller wurde.

Blinzelnd riss ich mich von Cyrian los, der einen Moment lang vollkommen desorientiert wirkte. Dann ließ er seinen Kopf zurück auf den Boden sinken und kniff widerwillig die Lider zusammen.

»Könntest du das Licht vielleicht etwas dimmen?«

Anstelle einer Antwort wurde es noch greller.

»Wahnsinn«, murmelte Matt. »Du musst mir unbedingt erklären, wie dieser UV-Chip funktioniert.«

Keine Ahnung, was Philemon unseren Freunden als Erklärung für seinen Lichtball geliefert hatte. Aber nachdem ich gerade vor ihren Augen eine Druckwelle epischen Ausmaßes ausgelöst hatte, war das vermutlich unser geringstes Problem.

Mühsam rappelte ich mich in eine halb sitzende Position hoch und verdrängte jeden Anflug von Verlegenheit, weil mich meine Freunde mit Cyrian erwischt hatten. »Geht's euch gut?«

»Wir sind im Großen und Ganzen unverletzt«, antwortete Phil steif.

Schlagartig kehrte meine Sorge zurück. Ich musterte die drei genauer, und mir wurde speiübel, als ich die blutigen Kratzer in Dees und Matts

Gesicht entdeckte. Phil blutete aus der Nase und hielt sich mit der freien Hand die linke Seite.

Ich schnappte nach Luft. »Was ist passiert?«

»Das fragst du uns?«, rief Dee entgeistert aus und zeigte mit dem Finger auf mich. »Du bist mir einige Erklärungen schuldig.«

»Das können wir alles später besprechen.« Cyrian schob mich sanft beiseite, ehe er aufstand. Anschließend streckte er mir die Hand entgegen. »Erst mal sollten wir schleunigst von hier verschwinden.«

Da sich meine Knie butterweich anfühlten, nahm ich seine Hilfe nur zu gern an und ließ mich von ihm auf die Füße ziehen. Leider erwies sich das als Fehler, denn ich hatte unterschätzt, wie schwach ich wirklich war.

Benommen taumelte ich gegen ihn. Kalter Schweiß sammelte sich in meinem Nacken, während alles vor mir verschwamm.

»Nayla?«, fragte Cyrian alarmiert und hielt mich fest. »Bist du okay?«

Schwarze Punkte tanzten vor meinen Augen und engten mein Sichtfeld immer mehr ein. »Ich weiß nicht … Ich … Cyrian?«

»Ich bin hier.«

Keuchend kämpfte ich gegen die drohende Dunkelheit an und suchte seinen Blick, der voller Sorge und Verwirrung war.

Cyrian verstärkte seinen Griff, doch ich konnte ihn kaum noch spüren. Eine seltsame Taubheit ergriff von mir Besitz, während mir mein Puls in den Ohren rauschte. Mein Herz schlug viel zu schnell.

»Ich fühle mich nicht so gut.« Meine Stimme klang seltsam heiser.

»Du musst wach bleiben«, sagte Cyrian und schüttelte mich. »Nayla! Bleib wach!«

Ich nickte schwach. Doch so sehr ich mich auch anstrengte, ich schaffte es nicht, mich an Cyrians Blick festzuhalten. Das Letzte, das ich wie aus weiter Ferne mitbekam, war Dees entsetzter Schrei.

XXVIII

Dunkelheit umgab mich und hielt mich gefangen. Wie lange, wusste ich nicht. Es war ein unangenehmes Gefühl, und obwohl ich keine Angst verspürte, kämpfte ich verbissen gegen die Schwärze an.

Plötzlich wurde es schlagartig hell. Als hätte jemand die Deckenbeleuchtung angeknipst.

Allerdings befand ich mich nicht wie erwartet in meinem Zimmer oder im Krankenhaus. Stattdessen stand ich in einem fremden, lichtdurchfluteten Garten. Exotische Blumen blühten in kräftigem Karmesinrot, Sonnengelb und Azurblau. Die Blätter und das Gras erstrahlten in einem satten Grün.

Staunend schaute ich mich um. Links neben mir befand sich ein kleiner Teich, auf dem weiße Seerosen trieben. Geradeaus führte eine Steintreppe zu einer Empore, auf der breite Marmorsäulen in den wolkenlosen Himmel ragten. Scheinbar aus dem Nichts wehten weiße Vorhänge herab. Vögel zwitscherten, und die Luft war erfüllt von einer schweren Süße. Alles an diesem Ort war vollkommen und friedlich.

Genauso stellte ich mir das Paradies vor.

Ein vergnügtes Kichern erklang. »Es freut mich, dass dir mein Reich gefällt.«

Erschrocken wirbelte ich herum. Hinter mir stand eine Frau, und ganz offensichtlich war *sie* die Glühbirne, die hier alles erhellte. Soweit ich das beurteilen konnte, trug sie keinerlei Kleidung, was echt peinlich gewesen wäre, hätte ihre Haut nicht gestrahlt und ihre intimen Stellen durch gleißendes Licht verhüllt. Auch ihr Haar, das ihr offen bis zur Hüfte reichte, schien von innen heraus zu leuchten.

Sie hob ihre feingliedrige Hand und strich sich eine Strähne hinters Ohr, wodurch ich ihre zarten Gesichtszüge erkennen konnte. Erst jetzt fiel mir auf, dass sie eine große Ähnlichkeit mit der Frau auf dem Wandbild besaß, das Victor mir über Dads Handy gezeigt hatte. Nur war sie nicht bunt, sondern einfach nur strahlend weiß.

Wie eine Göttin.

Heilige Scheiße! Sie war Venus.

»Du bist ein schlaues Mädchen.« Ihre melodische Stimme kitzelte in meinen Ohren. »Ich würde es allerdings sehr begrüßen, wenn du in meiner Gegenwart auf derlei Ausdrücke verzichtest.«

Ich zuckte zusammen. »Du kannst Gedanken lesen?«

Sie nickte schmunzelnd. »Mein Haus, meine Regeln«, sagte sie und breitete die Arme aus. »Und nun, da du endlich hier bist, heiße ich dich willkommen.«

»Soll das bedeuten, du wolltest mich schon früher hierher … *einladen*?«

»Natürlich«, erwiderte sie in einem Ton, als wäre das vollkommen selbstverständlich. »Aber ich erreiche nur jene, die aufrichtig glauben. Du hingegen warst voller Unwissenheit und Zweifel.«

Das konnte ich nicht leugnen. »Aber warum hast du mich hergeholt?«, fragte ich, schnappte jedoch gleich darauf nach Luft. »Warte mal, bin ich etwa *tot*?«

»Noch nicht.«

Sie sprach das so unbeteiligt aus, als wäre es ihr im Grunde schei… absolut egal, was mit mir passierte.

Übelkeit bündelte sich in meinem Magen, und ich presste die Lippen aufeinander, um nicht aus Versehen ihren heiligen Garten zu entweihen. Ich atmete ein paarmal tief durch, bis ich mich wieder gefangen hatte. »Minerva ist mir also tatsächlich auf der Spur.«

Venus schnaubte, was mich kurz aus dem Konzept brachte. Nicht weil sie plötzlich so menschlich klang, sondern weil sie sogar dann noch anmutig wirkte, wenn sie einen derart abfälligen Laut ausstieß. Wenn ich das machte, klang ich meistens wie ein Pferd.

Die Göttin streckte die Hand aus, um mit der Spitze ihres Zeigefingers über eine zartrosa Blüte zu streichen. »Minerva und ihr alberner Fluch sind nicht dein einziges Problem, mein Kind.«

Ich knirschte mit den Zähnen. »Was du als albern bezeichnest, hat bereits viele Menschen das Leben gekostet. Vielleicht wäre ein wenig mehr Respekt angebracht.«

Plötzlich verdunkelte sich der Himmel über uns und graue Gewitterwolken zogen in einem Affentempo über das fröhliche Blau hinweg.

Empörung funkelte in den Augen der Göttin, als sie sich mir wieder zuwandte. »Verwechsle Freundlichkeit nicht mit Freundschaft. Ich schulde niemandem Respekt. Nicht einmal dem Gottkönig selbst.«

Sie klang echt sauer, weshalb ich rasch die Hände hob und versuchte, sie zu beschwichtigen. Schließlich reichte mir *eine* nachtragende Göttin vollkommen. »Vergib mir. Ich habe mich hinreißen lassen.«

Die Gewitterwolken verpufften so schnell, wie sie gekommen waren, und Venus lachte auf. »Deine Leidenschaft ist wirklich bezaubernd, Donatella.«

Nun ja, wenn ich mir die meteorologischen Eigenheiten dieses Gartens so ansah, war ich wohl nicht die Einzige hier, die zur Impulsivität neigte. Ich fragte mich, worin wir uns noch ähnelten. Und was sollte überhaupt dieser seltsame Spitzname?

Seufzend senkte die Göttin den Blick auf ihre Hände und betrachtete ihre Fingernägel. Ihre zur Schau getragene Langeweile war sicherlich keine unbewusste Geste. Deshalb riss ich mich zusammen und versuchte, mich auf das Wesentliche zu konzentrieren.

»Wenn Minerva nicht das Problem ist, was ist es dann?«, fragte ich.

Wieder kräuselten sich ihre Lippen vor Belustigung. »Ich habe nicht gesagt, dass Minerva *kein* Problem ist. Ganz im Gegenteil.« Ihre Miene war überraschend ernst, als sie mich wieder ansah. »Meine Schwester ist äußerst rachsüchtig. Sie will ihren Fluch erfüllt sehen.«

»Das wird nicht geschehen«, erwiderte ich trotzig.

Venus legte den Kopf schief. »Bist du dir da sicher?«

»Ja.« Natürlich war ich das. Denn eine einseitige Liebe war schließlich nicht genug.

Sicher, Cyrian und ich hatten uns vorhin geküsst, und er hatte gesagt, dass er mich wollte, doch das hieß längst nicht, dass er tatsächlich genauso empfand wie ich.

Die Göttin zog eine Braue in die Höhe und wedelte grazil mit der Hand in der Luft herum. Sofort blitzten Bilder in meinem Kopf auf. Von Cyrian und mir und unseren vertrauten Momenten. Aber die Perspektive war falsch. Es war nicht meine Sicht der Dinge, sondern *seine.*

Atemlos beobachtete ich, wie Cyrian mich wahrnahm. Wie er jede Regung in meinem Gesicht registrierte, wie er mein Lächeln aufsog oder meine Finger betrachtete, die sich in ein sandfarbenes Fell gruben. Wie er meine Lippen fixierte.

Ich konnte seine Sehnsucht spüren, seine innere Zerrissenheit und seinen rasenden Puls, als er mich küsste.

»Du kannst dich selbst belügen, aber nicht die Göttin der Liebe«, sagte Venus sanft.

Ich war nicht dumm. Natürlich war mir klar, dass meine Gefühle für Cyrian mit jedem Tag tiefer reichten. Er hatte von Anfang an diese Faszination auf mich ausgeübt, und je öfter er mir einen Blick auf sein wahres Ich gewährt hatte, umso stärker hatte es mich zu ihm hingezogen.

Allerdings hätte ich nicht gedacht, dass es ihm genauso ging. Ich hatte es zwar insgeheim gehofft, auf jeden noch so kleinen Hinweis geachtet. Aber Cyrian war jedes Mal, nachdem wir uns nähergekommen waren, wieder auf Distanz gegangen. Er war kühl und abweisend geworden. Also hatte ich meine Beobachtungen wegargumentiert und Ausreden vorgeschoben. Weil es einfacher war, und sicherer. Die Bilder, die Venus mir gerade gezeigt hatte, machten allerdings deutlich, dass meine Gefühle möglicherweise doch nicht einseitiger Natur waren.

Die Göttin lächelte wissend. »Wenn du denkst, dass Minerva chancenlos ist, dann täuschst du dich. Du musst auf der Hut sein.«

»Und was soll ich tun?«, fragte ich leise und schlang die Arme um meinen Körper, als könnte ich damit mein Herz vor der Göttin abschirmen. »Soll ich mich etwa von Cyrian fernhalten?«

»Das wäre am besten.« Sie kniff die Augen zu schmalen Schlitzen zusammen. »Dann würde er auch nicht gegen meine Gebote verstoßen.«

Ach, richtig! Dieses bescheuerte Gesetz gab es ja auch noch.

Angespannt trat ich von einem Fuß auf den anderen. »Was passiert eigentlich, wenn sich ein Securitas nicht an deine Regeln hält? Wird er dann sterben?«

Ihre Lippen kräuselten sich zu einem Lächeln. »Der Tod wäre nicht genug angesichts einer solch schändlichen Missachtung.«

Ich runzelte die Stirn. Was konnte schlimmer sein als der Tod?

»Denk wie ein Krieger«, verlangte Venus, die meinen Gedanken gefolgt war.

Angestrengt überlegte ich, was meine Wächter ausmachte. Natürlich fielen mir im ersten Moment Eigenschaften wie Entschlossenheit, Kraft und Intelligenz ein. Aber wenn man es genau betrachtete, war das nicht das, was sie ausmachte.

Bestürzt schnappte ich nach Luft. »Du nimmst ihnen ihre Gabe.«

»Korrekt.«

»Aber sie sind *deine* Soldaten. Sie kämpfen seit Jahrtausenden, um *deine* Nachfahren zu beschützen.« Aufgewühlt schüttelte ich den Kopf. »Wie kannst ausgerechnet du sie für etwas bestrafen, über das sie gar keine Kontrolle haben?«

Gelassen zuckte die Göttin der Liebe mit ihren zierlichen Schultern. »Ich rechtfertige mich vor niemandem, mein Kind.«

Super. Dann war ja alles geklärt.

Plötzlich war ich den Tränen nahe. »Also hast du mich deshalb hergeholt?«, fragte ich und konnte die Bitterkeit beim besten Willen nicht aus meiner Stimme heraushalten. »Um mir die Augen zu öffnen, was Cyrian und ich in Wahrheit empfinden, und um mir klarzumachen, dass wir trotzdem nicht zusammen sein können?«

»Wenn eure Gefühle füreinander noch stärker werden, wird sich der Fluch meiner Schwester bald erfüllen.«

»Cyrian würde mich nicht verraten«, erwiderte ich entschieden. »Eher würde er sich selbst den Arm abhacken.«

Gut möglich, dass ich mich mit dieser Aussage sehr weit aus dem Fenster lehnte. Aber ich weigerte mich zu glauben, dass er mich jemals derart hintergehen könnte. Vor allem, da er ganz genau wusste, dass ich dadurch mein Leben verlieren würde.

Leider beeindruckte meine Überzeugung die Göttin herzlich wenig. Sie schnalzte ungeduldig mit der Zunge. »Und doch ist es gewiss, dass dein Herz brechen wird, sobald es wahrhaftig liebt. So will es der Fluch.«

»Aber …«

»Du wirst sterben«, unterbrach mich die Göttin. Ihre Augen wurden schmal.

Ich zuckte zusammen, als sich meine Brust schmerzhaft zusammenzog.

»Und mein Krieger wird seine göttliche Kraft einbüßen«, fuhr sie unerbittlich fort, bevor sie den Kopf schief legte und mich forschend betrachtete. »Ist es dir das wert?«

O Mann! Woher zur Hölle sollte ich das wissen? Niemand konnte die Liebe nach Vor- und Nachteilen abwägen. So funktionierte das einfach nicht. Gerade sie sollte das ja wohl am besten …

»Du liegst im Koma, Nayla.«

Ich keuchte entsetzt auf. »Was?« Jetzt kapierte ich gar nichts mehr. »Aber du hast doch gerade gesagt, dass sich der Fluch noch gar nicht erfüllt hat.«

»In dir fließt das Blut der Götter«, erklärte Venus, was an sich eigentlich nichts Neues war. »Allerdings ist dein sterblicher Körper zu schwach für diese unermessliche Macht.«

»Wie … wie meinst du das?«, stammelte ich.

»Solltest du deine Kräfte noch einmal vollständig entfesseln, wird das dein Ende sein.«

»Aber ich habe das nicht bewusst getan«, widersprach ich angespannt. »Es war reiner Überlebensinstinkt.«

»Das ist unerheblich. Dein Herz wird aufhören zu schlagen, sobald du diese Macht erneut aus dir fließen lässt.«

»Aber der Fluch verhindert doch meinen Tod«, wandte ich ein und war kurz davor, wie ein trotziges Kind auf dem heiligen Rasen aufzustampfen. Langsam hatte ich wirklich die Nase voll davon, ständig zu hören zu bekommen, dass ich bald draufgehen würde. »Alle sagen, ich wäre unsterblich.«

Venus schüttelte den Kopf. »Niemand ist unsterblich, Donatella. Die Macht in dir ist tausendfach stärker als die einer einzelnen Göttin. Du darfst sie nicht noch einmal gebrauchen.«

Etwas an ihren Worten kam mir bekannt vor, aber ich war zu aufgebracht, um genauer darüber nachzudenken. Ich schnitt eine zynische Grimasse. »Ich fasse das mal zusammen: Wenn ich mich nicht von Cyrian fernhalte, bin ich so gut wie tot. Und wenn ich noch einmal meine Kräfte benutze, bin ich ganz sicher tot. Gibt es auch irgendein Szenario, in dem ich eines oder sogar beides tue und lebend aus der Nummer rauskomme?«

Vielleicht kam es mir nur so vor, aber kurz meinte ich, Belustigung in den Augen der Göttin aufblitzen zu sehen. »Spontan fällt mir keines ein.«

Schätze, damit war mein Schicksal besiegelt, was?

Ich schluckte schwer. »Warum soll ich dann überhaupt noch kämpfen, wenn ich sowieso zum Scheitern verurteilt bin?«

Majestätisch schwebte die Göttin auf mich zu, und ich musste die Augen zusammenkneifen, weil ich von ihrer Schönheit im wahrsten Sinne des Wortes geblendet wurde. Sie lächelte sanft. »Niemand scheitert je wahrhaftig, Nayla. Du musst lernen, deine Gefühle zu beherrschen, wenn du diesen Kampf gewinnen willst.«

Großartig! Die Göttin der Liebe erklärte mir also, ich sollte meine Emotionen zurückschrauben.

Das sollte wohl ein Witz sein.

Ich wollte etwas erwidern, doch da leuchtete sie noch strahlender, als hätte jemand einen Dimmer voll aufgedreht. Venus und ihr wunderschöner Garten wurden von weißem Licht verschluckt – und plötzlich war ich wieder allein in der Dunkelheit.

XXIX

Als ich die Augen aufschlug, lag ich in einem fremden Bett inmitten eines Zimmers, das den Charme eines Fünfsternehotels versprühte. Sonnenlicht strahlte durch ein breites, mit weißen Vorhängen verdecktes, bodentiefes Fenster. Es musste gekippt sein, denn eine angenehme Frühlingsbrise wehte in den Raum und ließ den Stoff flattern. Dahinter konnte ich schemenhaft den Wald erkennen. Aber ich hatte keinen Schimmer, wo ich mich befand, geschweige denn, was überhaupt passiert war.

Mir dröhnte der Schädel, und ich fühlte mich so kraftlos, als hätte mir jemand sämtliche Energie aus jeder einzelnen Zelle gesaugt. Langsam atmete ich durch die Nase ein und durch den Mund wieder aus, um die aufsteigende Panik zurückzudrängen. In meinem Kopf herrschte pures Chaos. Trotz des Hämmerns hinter meinen Schläfen versuchte ich, die wirren Puzzleteile zusammenzusetzen und Ordnung in meine Gedanken zu bringen.

Der Wald. Das war das Letzte, woran ich mich erinnern konnte. Dee und Matt waren bei mir gewesen. Cyrian und Phil ebenfalls. Und jemand hatte uns verfolgt.

Mein Puls beschleunigte sich, als sich die Bruchstücke mehr und mehr verbanden. Es hatte einen Kampf gegeben. Cyrian war verletzt worden. Und dann war da dieses Feuer gewesen.

Ich riss die Augen auf, weil das Grauen plötzlich mit voller Wucht zurückkehrte. Diese unerträgliche Hitze, erst um uns herum und dann in mir. Ich hatte meine Kräfte benutzt – und uns gerettet.

Mein Herz machte einen weiteren Satz, als ich mich an die Stille erinnerte, die daraufhin folgte. Ich hatte auf Cyrian gelegen. Wir hatten uns angesehen und …

Ich will dich so sehr, dass es mir Angst macht, Nayla.

O mein Gott! Cyrian hatte mich geküsst.

Meine Finger zitterten, als ich über meine Lippen strich. Dieser Kuss war unglaublich gewesen. Verzehrend und voller Sehnsucht. Ein Kribbeln rieselte mein Rückgrat hinab und versetzte meinen Körper in Aufruhr. Trotz des herrlichen Gefühls zwang ich mich, nicht bei diesem besonderen Moment zu verweilen, sondern grub tiefer in meiner Erinnerung.

Was war danach passiert?

Phil, Dee und Matt waren aufgetaucht. Sie hatten mitgenommen gewirkt, und sie waren verletzt gewesen. Meinetwegen.

Und dann … war da nichts mehr.

Nichts als erdrückende Schwärze. Ich hatte schon wieder einen verdammten Blackout, genau wie damals nach dem Unfall. Ich wusste weder, wie wir aus dem Wald gelangt waren, noch, wie ich hierhergekommen war. Wo auch immer *hier* war.

Verunsichert sah ich mich in dem Raum um. Die Wände waren in einem hellen Grauton gestrichen, was einen schönen Kontrast zu dem Boden aus dunklem Nussbaumholz bildete. Neben dem riesigen Bett befanden sich moderne Nachttische aus schwarz lackiertem Holz, auf denen silberne Lampen standen. Auf einem runden Designersessel aus weißem Leder lag meine bunte Umhängetasche. Sie wirkte wie ein Farbklecks in dem ansonsten eher neutral gestalteten Raum. Bis auf eine Kommode mit ein paar Schubfächern gegenüber dem Bett gab es keine weiteren Möbel. Links davon konnte ich durch eine offene Tür in ein Bad schauen, das mindestens genauso luxuriös eingerichtet war wie dieses Zimmer.

Plötzlich fiel mir auf, dass der beißende Verbrennungsgeruch, der zuletzt wie eine zweite Haut an mir haftete, etwas nachgelassen hatte. Jemand musste mich gewaschen und mir – wie ich ebenfalls jetzt erst erkannte – ein großes schwarzes Shirt angezogen haben.

Bevor ich über diese Erkenntnis jedoch erneut in Panik ausbrechen konnte, ging rechts von mir eine weitere Tür auf. Erleichtert atmete ich auf, als ich Delilah erkannte, die mit einem Tablett in der Hand in den Raum trat. Sie konzentrierte sich darauf, nichts zu verschütten, und bemerkte daher nicht, dass ich wach war. Vorsichtig stellte sie das Tablett auf der Kommode ab.

Ich war so froh, sie zu sehen, dass ich automatisch lächelte. »Dee.«

Obwohl ich ihren Namen nur geflüstert hatte, wirbelte sie mit einem Keuchen herum. Sie musterte mich angespannt. »Deine Mom hat gesagt, dass du bald aufwachen würdest.«

Ich schluckte den Kloß in meinem Hals hinunter. »Wie lange war ich weg?«

»Fast drei Tage.«

Du lieber Gott! »So lange?«

Dee nickte. »Nachdem du im Wald bewusstlos geworden bist, haben wir dich ins Bella Blue gebracht. Cyrian und Phil meinten, das wäre sicherer als ein Krankenhaus.«

Damit hatten sie vermutlich recht.

»Wie fühlst du dich?«, fragte sie nach einem kurzen Zögern. »Hast du Kopfschmerzen oder so?«

Ich konnte nicht gerade behaupten, dass es mir sonderlich gut ging. Obwohl ich mehrere Tage geschlafen hatte, fühlte ich mich maßlos erschöpft, und die Erinnerungslücken nagten an mir. Ich mochte den Gedanken nicht, dass ich völlig weggetreten und hilflos gewesen war, auch wenn meine Freunde mich sicher beschützt hatten. Immerhin hatte sich das Pochen in meinem Kopf inzwischen etwas gelegt.

»Mir geht's gut«, sagte ich.

Diese Antwort stimmte meine Freundin allerdings alles andere als zufrieden. Sie verzog verächtlich die Lippen. Vermutlich, weil sie wusste, dass ich log. Schließlich lag ich immer noch völlig ausgelaugt im Bett.

»Es tut mir so leid, Dee«, flüsterte ich und blinzelte gegen einen Tränenschleier an. Es nützte nichts. Ein Schluchzen verließ meine Kehle, und schon rollte die erste Träne über meine Wange. »Ich wollte nie, dass ihr verletzt werdet.«

»Ach, Nayla.« Dee kam zu mir, setzte sich auf die Bettkante und zog mich in eine Umarmung. Sie hielt mich fest, bis ich mich ein bisschen beruhigt hatte. »Wehe, du jagst mir noch einmal so eine Scheißangst ein, du blöde Kuh.«

Ich lachte erstickt auf, wollte ihr jedoch nichts versprechen, was ich nicht halten konnte. Also wechselte ich das Thema. »Bitte sag mir, dass es dir gut geht.«

»Machst du Witze?« Dee zog sich zurück, um mich anzusehen. Auch ihre Augen schimmerten feucht. »Meine beste Freundin hat sich vor meinen Augen in eine Supernova verwandelt und alles weggefetzt, was sich in ihrer unmittelbaren Umgebung befand. Und als wäre das noch nicht schräg genug, erwische ich sie anschließend beim Rumknutschen, woraufhin sie gleich mal drei Tage in einen Dornröschenschlaf fällt.«

Trotz der ätzenden Zusammenfassung zuckten ihre Mundwinkel vor Belustigung. »Cyrian muss echt ein Wahnsinnsküsser sein.«

Das war er. Das ließ sich nicht leugnen. »Es hatte nichts mit dem Kuss zu tun.«

»Ganz sicher?«, zog sie mich auf, wurde jedoch sogleich wieder ernst. »Cyrian war völlig außer sich, als du dramatisch in seinen Armen zusammengesunken bist. Er hat Philemon angebrüllt und dann uns – und zum Schluss sogar deine Mom, weil sie nicht sofort hergekommen ist, nachdem er angerufen hat. Der arme Kerl ist total ausgeflippt. Er hat mir echt leidgetan. Dabei mag ich ihn nicht mal besonders.«

Überrascht schaute ich sie an. »Du magst ihn nicht?«

Dee zuckte mit den Schultern. »Er ist so finster und voller Geheimnisse. Ich weiß, dass das viele Frauen faszinierend finden, aber ich stehe eben auf *lächelnde* Typen.«

»Cyrian kann lächeln«, verteidigte ich ihn, ohne nachzudenken, und spürte, wie meine Wangen unter Dees skeptischem Blick heiß wurden. »Er tut es nur nicht allzu oft.«

»Nun ja, immerhin scheint ihm eine Menge an dir zu liegen.« Dee ergriff meine Hand, als müsste sie sich davon überzeugen, dass ich wirklich noch hier war. »Was ist da mit dir passiert, Nayla?«

Ich vermutete, dass Phil und Cyrian ihr schon einiges erklärt hatten. Trotzdem musste sie es von mir hören. Und weil ich einfach zu egoistisch war, um sie länger aus meinem Leben auszusperren, erzählte ich ihr die Wahrheit. Die ganze Wahrheit, ohne etwas zu beschönigen.

Dee hörte mir aufmerksam zu, und ich konnte ihrer Miene ansehen, dass sie zwischen absoluter Fassungslosigkeit, Misstrauen und auch Wut schwankte. Doch sie ließ meine Hand kein einziges Mal los und starrte mich auch nicht an, als wäre mir ein zweiter Kopf gewachsen.

Als ich ihr schließlich von dem Fluch erzählte, verlor ihr Gesicht merklich an Farbe. Es war ihr deutlich anzusehen, dass sie nach diesen neuen Informationen nicht besonders glücklich über die Sache mit Cyrian war. Zu meiner Überraschung sprang sie jedoch nicht auf und hielt mir eine Moralpredigt, sondern presste lediglich die Lippen aufeinander. Wahrscheinlich hielt sie sich nur deshalb zurück, weil sie mich nicht aufregen wollte, und ich nutzte diesen Umstand gnadenlos aus, weil ich nicht schon wieder streiten wollte.

Bevor sie es sich doch noch anders überlegen konnte, erzählte ich ihr auch noch den Rest. Ich ließ nichts aus, auch nicht den Angriff von Miss Evenson oder dass meine Mom mich daraufhin nicht mehr aus dem Haus gelassen hatte.

Sobald ich fertig war, stieß Dee ein Schnauben aus. »Und ich dachte, ich hätte Probleme.«

Ich grinste zynisch. »Tja, das kann ich wohl toppen.«

»Um Längen.«

Abwartend sah ich meine beste Freundin an. Sie erklärte mich weder für bekloppt, noch rannte sie schreiend aus dem Zimmer. Trotzdem musste ich sie einfach fragen: »Hältst du mich jetzt für einen Freak?«

Dee verdrehte die Augen. »Ich werde nicht abstreiten, dass du dich echt dämlich verhalten hast. Immerhin hättest du uns auch gleich die Wahrheit sagen können, anstatt uns ins kalte Wasser zu stoßen.«

»Ich wollte euch nur beschützen«, wandte ich ein.

»Das mag ja sein. Trotzdem war es unnötig. Ich dachte, ich halluziniere, als du plötzlich angefangen hast, zu leuchten wie eine überdimensionierte Glühbirne, und dann flog auf einmal alles um uns in die Luft.«

Ich zuckte zusammen. »Wie schlimm hat es euch erwischt?«, fragte ich, weil ich jetzt keinerlei Spuren mehr sehen konnte.

»Matt und ich haben nur ein paar Kratzer abbekommen. Die hat deine Mutter zusammen mit Cyrians Verletzungen in wenigen Minuten geheilt.« Ungläubig schüttelte Dee den Kopf. »Sie hat uns einfach angefasst und – *puff* – waren die Hautaufschürfungen verschwunden. Echt irre.«

Die Bewunderung in Dees Stimme hätte mich mit Stolz erfüllt, doch mir war nicht entgangen, dass sie eine Person ausgelassen hatte. »Was ist mit Phil?«

Diesmal zögerte Dee. »Er wurde von einem herumfliegenden Ast erwischt und hat sich zwei Rippen gebrochen.«

Ich keuchte entsetzt auf. »O nein!«

Beschwichtigend drückte Dee meine Hand. »Er wird sich erholen, Nayla. Deine Mutter hat uns erklärt, dass Knochenbrüche eine kompliziertere Angelegenheit sind als unsere Kratzer. Sie kann ihm zeitweise die Schmerzen nehmen und den Heilungsprozess vorantreiben, aber es wird trotzdem ein paar Tage dauern, bis er wieder fit ist.«

Ich schnitt eine Grimasse. »Das ist alles meine Schuld.«

»Du hast es ja nicht mit Absicht getan«, versuchte Dee, mich zu trösten. »Das wissen wir alle, und keiner nimmt dir irgendwas übel, okay? Also hör auf, dich selbst fertigzumachen. Du hast schon genug Mist um die Ohren.«

Da hatte sie wohl recht. »Und wie hat Matt das Ganze aufgenommen?«, fragte ich zögernd. »Ist er sehr sauer?«

Dee schnaubte. »Ist das dein Ernst? Er ist außer sich vor Begeisterung. Du weißt ja, dass er schon immer von den Mysterien der Welt fasziniert war. Für ihn geht quasi ein Kindheitstraum in Erfüllung.«

»Freut mich, dass ich helfen konnte.«

Bei meinem trockenen Ton konnte Dee sich ein Schmunzeln nicht verkneifen. »Er löchert Cyrian und Phil seit Tagen ununterbrochen. Ich glaube, den beiden klingeln schon die Ohren.«

Ein leises Lachen brach aus mir hervor. »Das kann ich mir gut vorstellen.«

»Geht es dir denn inzwischen besser?«.

Vorsichtig setzte ich mich auf. Ich fühlte mich immer noch etwas kraftlos. »Ja, langsam werde ich wieder munter.«

»Gut.« Sie holte das Tablett und stellte es auf meinem Schoß ab, doch ich war kaum in der Lage, es richtig festzuhalten.

»Warte, ich helfe dir.« Dee nahm ein Glas Cola und setzte es mir an die Lippen. »Immer schön in kleinen Schlucken«, sagte sie in einem Ton, als würde sie mit einem Kleinkind reden.

Ich wusste, dass sie nur versuchte, die Stimmung aufzulockern – und ich war ihr auch dankbar dafür –, trotzdem konnte ich ein genervtes Seufzen nicht unterdrücken.

Langsam trank ich ein paar Schlucke von der Cola, bevor sie das Glas wieder auf das Tablett stellte.

»Mund auf«, befahl sie und hielt mir als Nächstes ein Schinkensandwich vor die Nase.

Mir wurde schon vom Geruch schlecht, obwohl ich seit Tagen nichts gegessen hatte. Dennoch klappte ich artig den Unterkiefer runter und ließ mich füttern.

»Schmeckt's?«, fragte Dee und grinste breit. »Deine Mom hat extra viel Mayonnaise draufgemacht.«

Super. Genau das, was man auf nüchternen Magen brauchte.

Ich würgte einen fettigen Brocken runter. »Es ist ekelhaft.«

»Hab ich mir fast gedacht.« Sie ließ das Sandwich auf den Teller fallen, ging zu meiner Handtasche und zog zwei Schokoriegel hervor, die sie triumphierend in die Höhe hielt. »Die habe ich für den Notfall gebunkert.«

Ich streckte die Hand aus. »Das ist ein Notfall.«

Lachend reichte Dee mir die Schokoriegel, die doch deutlich besser schmeckten als das ölige Sandwich.

Dee stellte das Tablett weg, bevor sie sich wieder zu mir setzte. »Hör mal, Süße, du weißt, dass ich immer für dich da bin, oder?«

»Natürlich.« Ich lächelte schwach. »Danke, Dee.«

»Das ist mein Ernst, Nayla. Ich will dir helfen.« Sie zuckte mit den Schultern. »Keine Ahnung, wie. Schließlich bin ich nur eine gewöhnliche Sterbliche. Aber ich bin clever und kreativ. Was immer du brauchst, ich beschaffe es dir.«

Meine Kehle schnürte sich vor Rührung zu. »Es gibt da tatsächlich etwas.«

Sofort richtete Dee sich auf. »Spuck es aus.«

»Meine Wächter halten es für keine gute Idee, wenn ich weiter die Schule besuche.«

Delilahs Miene verfinsterte sich. Wahrscheinlich weil ihr klar wurde, dass wir damit unseren Plan, nächstes Jahr zusammen aufs College zu gehen, vergessen konnten.

Hastig ergriff ich ihre Hand. »Aber ich will meinen Abschluss machen, und ich glaube fest an unsere Träume.«

Nachdenklich schürzte sie die Lippen. »Erinnerst du dich noch an Toby Morrison?«

Ich runzelte die Stirn. »Nein. Wer ist das?«

Ihre Augen leuchteten auf; offenbar nahm gerade eine Idee in ihrem Kopf Gestalt an. »Er hat letztes Jahr seinen Abschluss gemacht, obwohl er fast die komplette zweite Hälfte des Schuljahres gefehlt hat.« Sie wackelte mit den Brauen. »Pfeiffersches Drüsenfieber.«

Als ich begriff, worauf sie hinauswollte, breitete sich ein wenig Hoffnung in mir aus. »Du meinst, ich soll eine Krankheit vortäuschen?«

»Wieso denn nicht? Deine Mom ist Ärztin. Sie könnte dir problemlos in regelmäßigen Abständen Atteste ausstellen. Matt und ich halten derweil die Stellung an der Schule und besorgen dir den Lernstoff aus deinen Kursen. Bis zu den Prüfungen sind es noch drei Monate. Vielleicht hat sich das Göttinnen-Problem bis dahin von selbst geklärt.«

Was den letzten Punkt betraf, war ich leider nicht ganz so optimistisch. Aber immerhin hätte ich ein Ziel vor Augen. Das Lernen würde mich ablenken und ich würde Dee und Matt regelmäßig sehen.

Meine Lippen hoben sich zu einem Grinsen. »Abgemacht.«

»Sehr schön.« Zufrieden sammelte Dee die Schokoladenverpackungen ein, die ich auf dem Bett verstreut hatte. »Denkst du, du fühlst dich fit genug, um mit nach unten zu kommen?«

Obwohl ich am liebsten aufgesprungen und zu Cyrian gerannt wäre, zögerte ich nun, ihm erneut gegenüberzutreten. Ich bereute unseren Kuss nicht. Aber es war passiert, nachdem wir beide Todesängste ausgestanden hatten. Extreme Situationen förderten nicht unbedingt rationale Entscheidungen. Was, wenn er inzwischen bedauerte, dass wir es so weit hatten kommen lassen?

»Ich kann deiner Mom auch Bescheid sagen, dass du noch ein bisschen Zeit für dich brauchst«, bot Dee an, weil ich ihr nicht antwortete.

Kurz erwog ich es, ihr zuzustimmen. Andererseits konnte ich mich nicht für den Rest meines Lebens in diesem Zimmer verkriechen, und ich wollte Cyrian unbedingt sehen. Deshalb schüttelte ich entschieden den Kopf. »Lass uns nach unten gehen. Ich will mich nur noch schnell umziehen.«

Naserümpfend beugte Dee sich vor und schnupperte. »Ich fürchte, mit sauberen Klamotten ist es nicht getan. Du riechst immer noch wie eine verkokelte Ente.«

Ich lachte schnaubend auf. »Schönen Dank auch.«

»Wofür hat man Freunde?«, zwitscherte Dee, ging ans Bettende und hob eine Reisetasche hoch.

Sie stellte sie neben meinen Füßen ab und zog den Reißverschluss auf. Zielsicher warf sie meine geflickte Lieblingsjeans, Unterwäsche und Socken aufs Bett. Anschließend hielt sie einen roséfarbenen, weit ausgeschnittenen Oversize-Pullover mit freier Schulterpartie und ein dunkelblaues, körperbetontes Baumwollshirt in die Höhe.

Abwägend legte sie den Kopf schief. »Damit siehst du noch blasser aus«, teilte sie mir mit, ehe sie das Shirt zurück in die Reisetasche stopfte.

Da ich ihrem Urteil vertraute und sich meine Motivation, mit ihr über mein Outfit zu diskutieren, in Grenzen hielt, fügte ich mich ihrer Wahl. Mit einiger Anstrengung schob ich die Decke beiseite und stand auf, ehe ich in Begleitung meiner besten Freundin ins Badezimmer wankte.

Die Fliesen waren grau meliert, weshalb sich die schneeweißen Keramikelemente besonders effektvoll abhoben. Auf der rechten Seite befand sich hinter einer hohen Glaswand eine Regendusche, die mich regelrecht zu sich lockte.

Eigentlich wollte ich den Blick in den großen Spiegel über dem Waschbecken meiden. Aber letztlich überwog meine Neugier. Leider sah ich genauso bescheiden aus, wie ich mich fühlte. Mein Haar war matt und strähnig. Mein Teint ungesund, fast teigig. Die einzigen Farbtupfer boten die dunkelblauen Ringe unter meinen Augen.

Wirklich hinreißend! Cyrian wäre sicher völlig von den Socken.

Ich schnitt eine Grimasse, während Dee in Gelächter ausbrach.

»Jepp! Für die Nachfahrin von Venus siehst du echt beschissen aus.« Behutsam strich sie mir das blonde Haar hinter die Schulter. »Glücklicherweise ist das nichts, was man nicht mit ein bisschen Wasser und Make-up beheben kann.«

Während Dee diverse Duschgels und Pflegeshampoos auf der Ablage der geräumigen Duschkabine ablegte, schlüpfte ich aus meinen Klamotten und warf das muffige Bündel in die Ecke. Anschließend trat ich in die Nasszelle und ließ mir heißes Wasser auf den Kopf prasseln.

»Alles klar da drin?«, rief Dee über das rauschende Wasser hinweg. »Dir ist nicht schwindlig oder so?«

Mit zitternden Händen wischte ich mir über das nasse Gesicht. »Nein.«

Ich wollte ihr versichern, dass es mir gut ging. Aber Dee hätte diese Lüge mühelos durchschaut. Deshalb schnappte ich mir das Shampoo und seifte mich gründlich ein. Es kostete mich einige Anstrengung, meine Haare und meinen Körper zu schrubben. Trotzdem tat ich es äußerst sorgfältig, denn ich wollte gewiss nicht wie ein verbrannter Vogel riechen, wenn ich Cyrian wiedersah.

Mein Puls beschleunigte sich, als ich an seine grünen Augen dachte und an den Duft nach Sandelholz, den er verströmte. Ich wollte mich an ihn schmiegen und so lange im Schutz seiner Umarmung verweilen, bis alles Böse in der Welt vorübergezogen war. Ich wollte den Kopf in den Nacken legen und dieses Lächeln sehen, das er nur mir zeigte.

Dee hatte recht. Er lächelte wirklich nicht besonders oft. Aber wenn er es tat, erschienen kleine Fältchen um seine Mundwinkel. Fältchen, die in mir den Wunsch weckten, meine Lippen daraufzudrücken. Ich wollte ihn wieder küssen.

Mir war bewusst, wie leichtsinnig dieser Gedanke war. Immerhin lastete ein Fluch auf mir, der mein Leben bedrohte. Aber ich glaubte nicht, dass Cyrian mich je verraten könnte, und gegen alle Vernunft wünschte ich mir, dass er sich genauso sehr nach mir sehnte wie ich mich nach ihm.

Etwas, das sich so gut anfühlte, konnte einfach nicht falsch sein.

Erneut erhob sich ein Flattern in meinem Magen und ließ meine Knie weich werden. Eilig drehte ich das Wasser ab und wickelte mich in ein Handtuch, das an einem Haken hinter mir hing.

Als ich aus der Nasszelle trat, ging Dee ein Stück zur Seite, um mir Platz zu machen. »Setz dich lieber hin. Du bist ein bisschen blass.«

Ich folgte ihrer Anweisung und ließ mich auf einen Hocker fallen, den sie mir hinschob.

»Geht's?«, fragte Dee besorgt.

Ich nickte stumm und überließ meiner besten Freundin das Styling – genau wie früher, als wir noch Kinder waren. Sobald mein Haar getrocknet war, flocht sie mir einen seitlichen Zopf, den sie elegant auf meiner rechten Schulterpartie drapierte. Danach holte sie – zu meinem Entsetzen – tatsächlich Make-up aus einem kleinen Täschchen hervor, das sie mitgebracht hatte.

»Vertrau mir, Süße! Das muss sein«, erklärte sie resolut und tupfte mit Concealer über mein Gesicht, bevor sie sich die Puderdose schnappte.

Mit einem gequälten Stöhnen zog ich den Kopf zurück, um ihrer Reichweite zu entgehen. Mir war schleierhaft, warum sie darauf bestand, mich derart aufzubrezeln. »Was soll das? Du weißt genau, dass ich das hasse.«

»Du wirst es noch mehr hassen, wie ein Zombie auszusehen, wenn du gleich da runtergehst.« Sie kleisterte mein Gesicht voll und griff anschließend nach der Wimperntusche. »Stillhalten.«

Ich tat wie befohlen. Aber nicht, weil ich es besonders toll fand, wie ein Modepüppchen hergerichtet zu werden, sondern weil es mir einfach zu kräftezehrend schien, mit Dee zu diskutieren. Letzten Endes setzte sie sich sowieso durch.

Als sie fertig war, legte sie das Tuschefläschchen beiseite und half mir auf die Füße.

»Bereit?«

»Kein bisschen.«

Sie schnappte sich meine Hand und zog mich sachte mit sich. »Wir müssen da jetzt trotzdem durch.«

Seufzend wankte ich ihr hinterher. Als wir in den lichtdurchfluteten Flur traten, staunte ich nicht schlecht. Von dem Gang, der unglaublich breit war, führten acht Türen ab. Natürlich hatte ich gewusst, dass das Bella Blue groß war. Aber das hier übertraf alle meine Vorstellungen. Hier drin konnte man sich ja glatt verlaufen.

Langsam führte Dee mich zur gewundenen Treppe. Sie hinunterzugehen, erforderte meine gesamte Konzentration. Meine Knie fühlten sich an wie Gummi, und mir war immer noch ein bisschen schwindlig. Ich überlegte schon, mich vielleicht doch besser wieder hinzulegen, bevor ich noch umkippte. Doch da hörte ich *ihn*, und schlagartig war jede Erschöpfung wie weggefegt.

»Das ist mir egal«, knurrte Cyrian. Er klang angespannt, und das machte mich ebenfalls nervös. »Ich werde Nayla auf keinen Fall im Stich lassen.«

Mein Herz applaudierte seinen Worten mit einem schnelleren Takt.

»Du wirst dich an die Regeln halten oder du bist schneller zurück in Capua, als du *Minervas Fluch* sagen kannst.«

Erschrocken hielt ich mich am Treppengeländer fest. Diesmal hatte ein Fremder gesprochen. Seine Stimme war hart, kompromisslos.

Mein Blick flog zu Dee, die sich schuldbewusst auf die Lippe biss. Zugleich verstärkte sie den Griff um meine Hand, für den Fall, dass ich gleich die Flucht ergreifen würde. Was gar nicht so abwegig war. Schließlich gab es nur einen Menschen, der dafür sorgen konnte, dass Cyrian zurück auf italienischen Boden versetzt und damit von mir getrennt wurde: seinen Vater.

Blut schoss mir in die Wangen. »Habt ihr ihm etwa von dem Kuss erzählt?«

»Nein«, zischte Dee. Sie klang so empört, dass ich auf der Stelle ein schlechtes Gewissen bekam. »Matt und ich haben keinen Ton gesagt, und ich bezweifle, dass Phil seinem besten Freund derart in den Rücken fallen würde.«

Da hatte sie allerdings recht. Zerknirscht drückte ich ihre Hand. »Tut mir leid. Aber du hättest mich ruhig vorwarnen können, dass Cyrians Vater hier ist.«

Trotzig reckte Dee das Kinn vor. »Dann hätte ich dich niemals aus dem Bett gekriegt.«

Guter Punkt.

Unabhängig von dem, was ich gerade gehört hatte, konnte ich wahrlich nicht behaupten, mich auf diese Begegnung zu freuen. Cyrian hatte seinen Vater als unterkühlten Mann beschrieben, der ein strenges Regiment führte.

Dee kannte jedoch kein Erbarmen. Entschlossen zog sie an meiner Hand. »Jetzt komm schon. Bring es hinter dich. Bestimmt wird es nicht so schlimm.«

Oh, wie sehr sie sich täuschte …

XXX

Ich war mir sicher, dass Delilah absichtlich laut auf den Boden stampfte, während sie mich durch den Flur hinter sich herzerrte.

»Da wären wir«, flötete sie, blieb stehen und schob mich an sich vorbei ins Zimmer.

Bei meinem letzten Besuch im Bella Blue hatte Phil mir den Raum nur kurz gezeigt. Schon damals hatte er mich mehr an einen pompösen Saal erinnert als an ein gemütliches Wohnzimmer. Mit der beigefarbenen Ornamenttapete und dem alten Kamin wirkte der Raum wie aus der Barockzeit. Vor der breiten Fensterfront, durch die man in einen wild bewachsenen Garten sehen konnte, standen sich in der Mitte des Wohnzimmers zwei große Sofas gegenüber. Dazwischen diente ein rustikaler Couchtisch als Ablage. Darüber hinaus waren auch noch mehrere antike Sessel und Stühle wahllos verteilt. Einzig der riesige Flachbildfernseher, die Spielekonsole, die zugehörigen Controller und ein paar Videospielverpackungen deuteten darauf hin, dass hier auch Menschen unter vierzig lebten.

Sofort fiel mein Blick auf Cyrian. Sein schwarzes Haar war zerzaust, und die grünen Augen funkelten vor Wut, obwohl seine Miene absolut beherrscht wirkte. Er trug einen anthrazitfarbenen Pullover, der seine breiten Schultern und seine athletische Statur perfekt betonte.

Der Drang, zu ihm zu gehen, war überwältigend. Ich wollte mich in seine Arme werfen und mich von seiner Wärme einhüllen lassen. Gerade rechtzeitig fiel mir jedoch wieder ein, warum das eine saublöde Idee war.

Ein älterer Mann, der neben Cyrian stand, trat vor. Sein Haar war militärisch kurz geschoren, weshalb man die ergrauten Stoppeln kaum sehen konnte. Mit dem dunkelblauen Pullover mit Offiziersstreifen auf den Schultern, der schwarzen Armeehose und den Kampfstiefeln wirkte er wie ein Soldat. Als wäre seine breite Statur nicht schon imposant genug gewesen.

Sein Blick war kühl, als er mich musterte. »Du musst Nayla sein«, sagte er und streckte mir die Hand entgegen. »Ich bin Quintus, Princeps der Securitas.«

Zögernd schüttelte ich seine Hand und stellte fest, dass seine Finger warm und trocken waren. Die Haut war schwielig wie die eines Mannes, der keine mühselige Arbeit scheute.

»Hallo«, begrüßte ich ihn leise.

Er taxierte mich auf eine Weise, die ich keineswegs angenehm fand. Dann ließ er mich los und stemmte die Hände in die Hüften. »Du bist erwachsen geworden.« Zu meinem Schock wurden seine Züge weicher, und ein warmer Glanz trat in seine grün-grauen Augen. »Als ich dich das letzte Mal sah, warst du noch ein Winzling. Kaum mehr als einen halben Meter lang.«

»Mein Vater hat dich damals auf die Welt geholt«, erklärte Cyrian tonlos.

Ich war noch damit beschäftigt, diese Information zu verdauen, als er trocken hinzufügte: »Im wahrsten Sinne des Wortes. Allegra war nicht da, um Valeria zu heilen, nachdem sie niedergestochen wurde. Als mein Vater sie fand, konnte er nichts mehr für sie tun. Er brachte sie in ein Versteck, wo er dich … entbunden hat. Anschließend half er, dein Überleben zu vertuschen.«

Entgeistert musterte ich den Mann, der mich ohne mit der Wimper zu zucken aus dem sterbenden Leib meiner Mutter geschnitten hatte. Ich sah das Massaker praktisch vor mir und schauderte.

Ein Schatten huschte über Quintus' Miene. »Du siehst aus wie sie.«

»Sie *ist* aber nicht Valeria«, knurrte Cyrian hinter ihm.

Quintus wirbelte zu seinem Sohn herum. »Valeria würde noch leben, hätten wir uns nicht ihrem Willen gebeugt und sie studieren lassen.« Seine Stimme bebte vor Frustration über sein Versagen. Der Tod meiner leiblichen Mutter grämte ihn offenbar noch immer. »Das wird nicht noch einmal passieren.«

Mir klappte die Kinnlade runter, als mir klar wurde, dass es hier nicht um den Kuss mit Cyrian ging, sondern um meine Zukunft.

»Wir können sie aber nicht für den Rest ihres Lebens einsperren«, schoss Cyrian zurück, woraufhin ich den Drang, zu ihm zu eilen, nur noch mit Mühe beherrschen konnte.

Da bemerkte ich, wie sich eine zarte Hand auf seine Schulter legte.

Hinter Cyrian tauchte eine junge Frau auf, die ich bisher noch gar nicht wahrgenommen hatte. Sie war in unserem Alter und wunderschön. Anders konnte ich es beim besten Willen nicht beschreiben. Auch sie trug ein praktisches Outfit, in dem man hervorragend Roundhouse-Kicks verteilen konnte. Allerdings saß der Stoff an ihrem wohlproportionierten Körper deutlich enger. Ihre dunkelbraunen Haare hatte sie zu einem hohen Pferdeschwanz zusammengebunden, und ihre Augen schimmerten aufgrund ihres dramatischen Make-ups in einem hellen Azurblau.

»Vielleicht besprechen wir das lieber später, Cyr«, sagte sie, ehe sie mir zunickte. »Nayla. Ich bin Mare.«

Sie klang freundlich, blieb aber auf Abstand.

»Hi.« Angespannt verschränkte ich die Arme. »Und von wem stammst du ab?«

Sie lächelte. »Von Volturnus.«

Verdammt.

Volturnus war der Gott des Wassers und der Flüsse und galt als einer der mächtigsten Nebengötter. Hätte sie nichts Langweiliges sagen können? Göttin des Obstsegens oder Gott der Grenzsteine oder etwas in der Art?

»Nayla!« Meine Mutter kam, gefolgt von meinem Vater, in den Raum und rannte auf mich zu. Sofort schlang sie die Arme um mich. Sie zitterte am ganzen Körper.

Über ihre Schulter hinweg suchte ich Cyrians Blick.

Doch er wandte sich ab.

Ich schluckte den Kloß in meiner Kehle hinunter und konzentrierte mich wieder auf meine Eltern. »Es geht mir gut, Mom.« Ich löste mich von ihr, um meinen Vater anzusehen. »Ihr seid zurück.«

Dad schien um mindestens fünf Jahre gealtert zu sein. »Wir sind sofort hergeflogen, als wir gehört haben, was passiert ist.«

Sein ernstes Gesicht nahm mir jede Freude über unser unverhofftes Wiedersehen. »Wo ist Victor?«

»Er hat sich einen Trickfilm in einem der Gästezimmer angeguckt und ist eingeschlafen.« Meine Mutter lächelte. »Der Jetlag macht ihm noch ein bisschen zu schaffen.«

»Du kannst zu ihm, sobald er wach ist«, versicherte mir mein Vater und nahm mir damit die Angst, dass meine Eltern Victor auch weiterhin von mir fernhalten wollten.

Ich entspannte mich ein wenig.

»Schönste!« Philemon kam ins Wohnzimmer, und bevor ich wusste, wie mir geschah, zog er mich in eine Bärenumarmung.

Als ich ihn leicht drückte, zuckte er mit einem Ächzen zusammen. Sofort ließ ich ihn los, um ihn genauer zu betrachten. Er war ungewohnt blass, und sein blondes Haar stand ihm in alle Richtungen zu Berge.

Ein verkniffener Zug lag um seine Mundwinkel, während er sich an die linke Seite fasste, als hätte er Schmerzen.

Das war meine Schuld. Jetzt stiegen mir doch wieder Tränen in die Augen. »Es tut mir so leid, Phil. Ich wollte das nicht.«

Er winkte ab. »Weiß ich doch.«

»Kann ich irgendetwas tun?«, fragte ich unbeholfen, doch bevor er antworten konnte, schob Mom mich sanft beiseite. Sie legte ihm die Hand auf den Rippenbogen.

Sekunden verstrichen, dann atmete Phil erleichtert auf. »Danke, Allegra.«

»Keine Ursache.« Meine Mutter zog eine Braue in die Höhe. »Allerdings bin ich mir ziemlich sicher, dass ich dir strikte Bettruhe verordnet hatte.«

Gequält verzog Phil das Gesicht. »Ich halte es keine Minute länger da oben aus. Sonst werde ich noch verrückt.« Er sah sich um und registrierte augenblicklich die angespannte Stimmung. »Davon abgesehen scheint es hier wesentlich interessanter zu sein.«

Da hatte er recht. Dieser Raum war das reinste Pulverfass. Cyrian und sein Vater befanden sich auf Kriegsfuß. Meine Eltern schienen ebenfalls unter Strom zu stehen. Ich selbst war gleichzeitig enttäuscht und verwirrt über das Wiedersehen mit Cyrian. Und wieso zum Henker fasste Mare ihn immer noch an?

Meine Mutter schüttelte resigniert den Kopf. Offenbar war ihr klar geworden, dass sie gegen Phils Dickkopf nicht ankam. Deshalb wandte sie sich wieder mir zu.

»Es ist gut, dass du da bist, Nayla. Wir haben einiges zu besprechen«, sagte sie, ehe sie Delilah ansah. Sie schien zu überlegen, wie sie meine beste Freundin am höflichsten hinauskomplimentieren konnte.

Aber das konnte sie gleich vergessen. Ich brauchte meine beste Freundin dringend als emotionale Stütze. Schützend stellte ich mich vor sie. »Dee geht nirgendwohin.«

Quintus schnaubte. »Natürlich tut sie das. Sie ist eine Außenstehende.«

»Die über alles Bescheid weiß«, ergänzte ich bissig und versuchte, mich nicht von seiner Autorität einschüchtern zu lassen.

Mare stieß ein ersticktes Geräusch aus. »So kannst du doch nicht mit dem Oberhaupt der Securitas reden.«

Und wie ich das konnte. Ich warf ihr einen scharfen Blick zu. »Erstens würde Delilah alles tun, um mich zu beschützen, was sie in gewisser Weise ebenfalls zu einer Wächterin macht. Und zweitens ist nicht Quintus das Oberhaupt dieses Bundes, sondern Venus, die, soweit ich weiß, *meine* Vorfahrin ist.«

So! Das nahm dem Mädel hoffentlich den Wind aus den Segeln.

Cyrians Mundwinkel zuckte, doch ich verdrängte das warme Gefühl, das seine Belustigung in mir auslöste. Stattdessen sah ich Quintus entschlossen an. »Wenn Delilah will, wird sie bleiben.«

»Das will sie definitiv«, zwitscherte Dee und hakte sich bei mir unter, während die anderen mich teils verärgert, teils amüsiert betrachteten.

Meine Mutter fing sich als Erste. »Also gut«, sagte sie und warf einen auffordernden Blick in die Runde. »Dann lasst uns anfangen.«

Murmelnd setzten sich alle in Bewegung.

Selbstredend nahm Quintus in dem Sessel am Kopfende des Couchtisches Platz, während Phil, Mom, Dee und ich uns auf das linke Sofa quetschten. Mein Vater, Cyrian und Mare ließen sich uns gegenüber auf dem anderen Sofa nieder.

Quintus legte die Fingerspitzen aneinander und forderte mich auf, die Vorfälle im Wald noch einmal aus meiner Sicht zu schildern.

Ich war mir sicher, dass er bereits sämtliche Einzelheiten kannte. Trotzdem wollte ich es mir nicht total mit ihm verscherzen und folgte seiner Anweisung. »Fünf junge Männer sind uns von der Waldlichtung aus gefolgt. Cyrian hat versucht, sie aufzuhalten. Aber einem Angreifer gelang es, ihn bewusstlos zu schlagen.«

Quintus warf seinem Sohn einen missbilligenden Blick zu, deshalb fuhr ich eilig fort. »Es ist meinetwegen passiert. Ich bin in Panik geraten und habe ihn abgelenkt, als ich mich von Phil losgerissen habe.«

Es folgte ein weiterer unzufriedener Blick des Securitas-Oberhauptes, diesmal in Philemons Richtung.

Dieser zog beschämt den Kopf ein. »Sie ist stärker, als sie aussieht.«

»Über eure Inkompetenz werden wir zu gegebener Zeit noch mal sprechen«, verkündete Quintus, bevor er mir mit einer ungeduldigen Geste zu verstehen gab, weiterzusprechen.

»Es war nicht ihre Schuld«, beharrte ich und ballte die Hände zu Fäusten. »Ich habe nicht nachgedacht, als diese Fackel umfiel. Das Feuer breitete sich rasend schnell aus.« Meine Kehle wurde eng, als ich die Erinnerungen an diesen furchtbaren Moment erneut heraufbeschwor. Es ging jetzt deutlich besser, weil ich nicht mehr ganz so neben der Spur war. Ich ließ den Teil, in dem ich heldenhaft über die Flammen gesprungen war, um zu Cyrian zu gelangen, aus und setzte etwas später an. »Cyrian und ich wurden vom Feuer eingeschlossen. Ich dachte, wir würden bei lebendigem Leib verbrennen.«

Meine Mutter ergriff meine Hand. »Oh, Liebes.«

Ich sah auf und stellte fest, dass sie vor Schreck kreidebleich war.

»Ich hatte solche Angst«, flüsterte ich. »Also habe ich einfach losgelassen.«

Mom nickte verständnisvoll, während Quintus sich vorbeugte, als wären wir endlich beim spannenden Teil der Unterhaltung angelangt. »Wie hast du das gemacht?«

Beklommen schüttelte ich den Kopf. »Ich weiß es nicht. Alles, woran ich mich erinnere, ist Schmerz.«

»Mehr nicht?« Mares sanfter Ton stand in einem krassen Gegensatz zu ihrer Skepsis.

Es widerstrebte mir, mich vor ihr zu rechtfertigen. Vor allem, weil sie für meine Begriffe viel zu nah bei Cyrian saß.

»Ich habe gehört, wie Nayla geschrien hat«, kam Phil mir zu Hilfe. »Es klang nicht so, als wäre da noch Platz für andere Gedanken in ihrem Kopf. Dann flog auch schon alles um sie herum durch die Luft, und sie brach ohnmächtig zusammen.«

Cyrian mied meinen Blick, was vermutlich das Klügste war. Andernfalls wären wir wohl sofort aufgeflogen.

Quintus musterte mich misstrauisch. »Ist das alles?«

Es kostete mich einige Anstrengung, meine Miene neutral zu halten, bevor ich nickte. »Mehr ist nicht passiert.«

Dee stieß ein brüskes Schnaufen aus. »Das reicht ja wohl auch. Wer waren diese Spinner überhaupt?«

»Es waren Servus«, erklärte mein Vater tonlos. »Cyrian und ich haben heute Morgen einen von ihnen in dem Wald hinter unserem Haus erwischt.«

Furcht kroch in mir hoch. Cyrian und Phil hatten ja schon vermutet, dass die Männer Sklaven sein könnten. Aber nun die Gewissheit zu haben, machte doch einen signifikanten Unterschied aus. »Habt ihr mit ihm geredet?«

Sichtlich frustriert schüttelte mein Vater den Kopf. »Leider hatten wir keine Gelegenheit mehr, den Mistkerl zu verhören, weil er plötzlich implodiert ist. Aber wir nehmen an, er wollte herausfinden, ob du zurück bist.«

»An der Ellington waren auch zwei«, fügte Cyrian hinzu. »Sie sind leider entkommen.«

Mein Kopf fuhr zu Dee herum. »Du und Matt, ihr werdet keinen Schritt mehr ohne einen von uns tun, ist das klar?«

»So funktioniert das nicht, Nayla«, schaltete Mare sich ein. »Wir sind zu *deinem* Schutz hier, nicht zu ihrem.«

»Wenn den beiden etwas passiert, ist mein Schutz euer kleinstes Problem, glaub mir«, gab ich in eisigem Tonfall zurück.

»Immer mit der Ruhe.« Phil warf mir ein schiefes Grinsen zu. »An unserem ursprünglichen Plan, weiterhin die Schule zu observieren, hat sich nichts geändert. Dee und Matt sind sicher. Ich verspreche es dir.«

Seine Worte besänftigten mich nur mäßig. Erst als Dee mir versprach, vorsichtig zu sein, entspannte ich mich ein wenig. Doch plötzlich fiel mir etwas auf, das keinen rechten Sinn ergab. »Ihr habt doch gesagt, dass ein Gott nur Menschen seines Standes versklaven kann. Aber diese Männer im Wald waren Musiker, keine Lehrer oder Strategen.«

»Das ist richtig.« Mein Vater räusperte sich unbehaglich. »Es wäre denkbar, dass es Minerva gelungen ist, einen weiteren Gott auf ihre Seite zu ziehen.«

»Was?«, platzte ich ungläubig heraus. »Wen?«

»Das wissen wir nicht genau, Liebes.« Meine Mutter lächelte nervös. »Allerdings vermuten wir, dass es sich bei ihrem Komplizen um einen der *Dei Consentes* handelt.«

Der Götterrat. Natürlich! Was war ich doch für ein Glückspilz.

Ich stöhnte auf. »Also zehn mögliche Komplizen, wenn man Venus und Minerva ausklammert.«

»Mars würde ich auch streichen«, sagte Dee nachdenklich und zuckte auf die erstaunten Blicke der anderen hin mit den Schultern. »Der Legende nach ist er doch auch ein Vorfahre von Nayla, oder nicht? Warum sollte er ihr schaden wollen?«

Mom nickte zustimmend. »Der Ansicht bin ich auch.«

»Großartig.« Meine Stimme triefte vor Sarkasmus. »Dann bleiben ja bloß noch neun Götter übrig, die sich mit der Irren verbündet haben könnten.«

»Acht«, korrigierte mein Vater. »Wir haben in den Archiven Dokumente aus dem Jahr 90 unserer Zeitrechnung gefunden. In den Aufzeichnungen schildert ein Zeitzeuge, wie Jupiter von einem Flamen Besitz ergriff.«

»Äh.« Zaghaft hob Dee die Hand. »Wer oder was ist ein Flamen?«

Mare lächelte sie an, aber nicht herablassend, sondern irritierend nett. »*Flamines*«, sie betonte das Wort extra, »sind Opferpriester.«

»So eine Art Medium«, präzisierte Philemon. »Sie haben eine besondere Verbindung zu den Göttern und wurden seit jeher von ihnen genutzt, um ihre Botschaften und Weissagungen zu verkünden.«

Lieber Himmel! Mein Leben wurde wirklich immer verrückter.

»Und was hat Jupiter verkündet?«, fragte Dee neugierig.

Quintus presste demonstrativ die Lippen aufeinander. Es gefiel ihm offensichtlich nicht, dass meine beste Freundin – eine gewöhnliche Sterbliche – so viel über die Geheimnisse der Securitas wissen wollte. Auch meine Eltern zögerten.

Genervt warf ich die Hände in die Luft. »Könnte mal bitte jemand die Frage beantworten?«

Mein Vater befeuchtete sich die Lippen, bevor er sich vorlehnte und die Ellenbogen auf die Knie stützte. »Zusammengefasst hat Jupiter verkündet, dass er sich ins Elysium zurückzieht, bis seine Kinder ihre törichten Fehler einsehen und zu ihrer wahren Bestimmung zurückfinden. Berücksichtigt man den Zeitpunkt des Orakelspruchs, ist mit *Fehler* wahrscheinlich die Abkehr der Menschheit vom Polytheismus hin zum Christentum gemeint.«

Ich zog die Brauen hoch. »Das ist ein Scherz, oder?«

»Mitnichten«, erwiderte Quintus brüsk. »Die Echtheit der Dokumente ist zweifelsfrei belegt. In einem weiteren Pergament heißt es, dass die Tempel der alten Götter neuen Gebetsstätten weichen mussten. Die Menschen hörten auf, den *Dei Consentes* zu huldigen. Stattdessen folgten sie dem neuen Messias, Jesus von Nazareth, und den Schriften seiner Jünger.«

Entgeistert sah ich Quintus an. »Soll das etwa heißen, Jupiter bestraft seine Kinder, indem er seit fast zweitausend Jahren in einer paradiesischen Zwischenwelt schmollt und darauf wartet, dass sich die Menschheit wieder auf den alten Glauben besinnt?«

»Jepp.« Das kam von Phil und führte dazu, dass ich in schallendes Gelächter ausbrach. Ich lachte so sehr, dass mein ganzer Körper bebte.

»Was ist denn daran so witzig?«, fragte Quintus empört.

Auch die übrigen Securitas blickten verständnislos drein.

Nur Cyrian nicht. Seine Mundwinkel zuckten, doch er behielt jeden Kommentar für sich.

Letztlich war es Delilah, die meine ratlosen Wächter aufklärte. »Das ist ein bisschen so, als würde man ohne seine Kinder in den Urlaub fahren und ihnen eine sturmfreie Bude hinterlassen.« Sie gluckste leise. »Schätze, der oberste Gottkönig ist nicht die hellste Kerze auf der Torte, was?«

Meine Eltern stöhnten, während Quintus puterrot vor Entrüstung anlief. »Hüte deine Zunge, junge Dame.«

Unbeeindruckt zog Dee eine Braue hoch. »Glauben Sie mir, Sir. Ich passe gut auf sie auf.«

Quintus knirschte mit den Zähnen. Er sah aus, als würde er meine beste Freundin am liebsten am Kragen packen und eigenhändig zur Tür hinausbefördern.

Da selbst mir klar war, dass das keine günstige Ausgangsbasis für eine gute Zusammenarbeit war, legte ich Dee die Hand auf den Oberschenkel, damit sie einen Gang zurückschaltete.

In versöhnlichem Ton wandte ich mich an Quintus. »Jupiter kommt also ebenfalls nicht als Minervas Komplize infrage. Aber wer dann?«

»Ich glaube überhaupt nicht, dass die Göttin sich Unterstützung geholt hat«, antwortete er und verschränkte die Arme. »Wahrscheinlich hat sie ihre Sklaven nur geschickt gewählt, um uns einzuschüchtern.«

»Das wäre auch möglich.« Nachdenklich rieb Dad sich über das Kinn. »Es ist eine gute Taktik, den Feind glauben zu lassen, man wäre nicht allein.«

»Und was ist, wenn es ihr doch gelungen ist, jemanden auf ihre Seite zu ziehen?«, fragte meine Mutter unsicher. »Wir dürfen sie nicht unterschätzen.«

Ratlosigkeit lag wie schwerer Nebel in der Luft.

Schließlich zog mein Vater eine Akte hervor, klappte sie auf und breitete mehrere lose Kopien auf dem Couchtisch aus. Nebeneinander gelegt formten sie eine Landkarte, die aussah, als wäre sie einem Fantasyroman entsprungen. Doch die lateinischen Inschriften, die ich von meinem Platz aus entziffern konnte, machten deutlich, dass auf der Karte irgendein Gebiet in Italien abgebildet war.

»Das hier ist eine Kopie der *Tabula Peutingeriana*, eine kartografische Darstellung des antiken römischen Straßennetzes. Die originale Rollkarte war mehr als sechs Meter lang und bildete eine verzerrte Ansicht des eurasischen Kontinents ab.« Er zog eine weitere Kopie hervor, diesmal von einem uralten lateinischen Text, und legte sie auf den Tisch. »Dieser Abschrift zufolge hat der Götterrat nach Jupiters Rückzug das Territorium unter sich aufgeteilt.«

Mom kniff die Augen zusammen. »Der Himmel dem Apollo, dem Neptun die Meere, die Lande den verbliebenen Neun«, übersetzte sie.

»Genau.« Die Wangen meines Vaters begannen vor Begeisterung zu glühen. Mit dem Zeigefinger fuhr er eine kryptische Zeile nach. »Venus erhielt als Stammmutter des römischen Volkes natürlich Rom, Mars als Vater von Romulus und Remus den südlich angrenzenden Raum, Minerva besetzte Skythien, was dem heutigen Nordindien entspricht, und so weiter.«

»Aus den Dokumenten geht auch hervor, dass die *Dei Consentes* klare Regeln festlegten«, erläuterte Quintus. »Ohne Jupiter herrschte Anarchie. Einmischungen in das Geschehen innerhalb eines Territoriums wurden ebenso wenig geduldet wie Bündnisse, um für eine Partei noch mehr Vorteile herauszuschlagen.«

Ich stieß ein ungläubiges Lachen aus. »Das ist doch Blödsinn. Die Welt ist viel größer als diese Karte. Warum haben die Götter nicht einfach den ganzen Kuchen unter sich aufgeteilt?«

»So darfst du das nicht sehen, Kleines«, erwiderte mein Vater ruhig. »In der Antike galt das Römische Reich als Zentrum der Welt. Amerika, Australien, Südafrika – das alles waren Gebiete ohne eine besondere Bedeutung.«

»Aber heute sind sie durchaus relevant«, widersprach ich und verschränkte die Arme. »Wie kommt es, dass niemand einen Besitzanspruch auf den Rest der Welt erhoben hat?«

Mom seufzte. »Das haben sie ganz sicher. Aber anscheinend sind sie zu keiner Einigung gekommen.«

»Und woher wollt ihr das so genau wissen?«, hakte ich skeptisch nach.

Quintus lehnte sich im Sessel zurück. »Ein Flamen überbrachte nach dem Zweiten Weltkrieg die Botschaft, dass sich an der alten Ordnung nichts geändert habe. Und dass sich auch nichts ändern würde. So hat es der Götterrat seinerzeit einstimmig entschieden. Es war die letzte Prophezeiung dieser Art.«

»Danach kam nichts mehr?«, fragte Delilah mit großen Augen.

»Nein«, antwortete Quintus schroff, bevor er mich wieder ansah. »Deshalb bin ich auch überzeugt davon, dass Minerva noch immer allein arbeitet.«

Ich warf ihm einen kühlen Blick zu. »Und wenn du dich irrst?«

»Bündnisse sind verboten«, wiederholte Quintus, als wäre ich schwer von Begriff.

»Aber Minerva kann es nicht allein gewesen sein«, entgegnete ich. »Unsere Angreifer waren Musiker mit Leib und Seele.«

Quintus zog die Brauen hoch. »Sie könnten Gitarrenunterricht gegeben haben. Damit sind sie Lehrer, ergo kann Minerva sie versklaven.«

»Diese Idioten sahen aus, als könnten sie nicht mal einen Stift halten, Quintus«, kam Phil mir zu Hilfe. »Es muss Apollo gewesen sein.«

Nachdenklich schüttelte Cyrian den Kopf. »Sie haben aber auch einen Handel mit Preston abgeschlossen, als sie sich von ihm engagieren ließen. Also könnte auch Merkur dahinterstecken.«

»Das Problem ist, dass wir viel zu wenig über diese jungen Männer wissen«, sagte Mom. »Falls sie zum Beispiel einem Schützenverein angehören, gelten sie als Jäger und könnten ebenso gut von Diana versklavt worden sein.«

Phil ließ die Fingerknöchel knacken. »Wir müssen uns einen von diesen Scheißkerlen schnappen.«

»Das sollten wir auf jeden Fall versuchen«, stimmte Mare ihm ernst zu. »Vielleicht finden wir so heraus, wer sie geschickt hat.«

»Wer von den göttlichen Herrschaften kann eigentlich Feuer lenken?«, erkundigte ich mich vorsichtig, weil es mir nicht einfallen wollte.

Mom sah mich stirnrunzelnd an. »Warum fragst du?«

»Diese Fackel.« Nachdenklich rieb ich die Handflächen aneinander. »Irgendetwas an ihr war merkwürdig. Sie hat Cyrians Windkraft mühelos standgehalten, fiel dann aber ohne ersichtlichen Grund um und entzündete den Boden. Auch das Feuer hat sich nicht auf natürliche Weise ausgebreitet.«

Dads Augen wurden groß. »Wie meinst du das?«

Unbeholfen zuckte ich mit den Schultern. »Der Waldweg war nass und steinig. Normalerweise brennt ein offenes Feuer keinen gezielten Pfad entlang und auch nicht in dieser Höhe, schon gar nicht, wenn es keinen Brennstoff gibt.«

Phil fluchte. »Nayla hat recht. Das ergibt keinen Sinn.«

»Vesta gilt als Hüterin des heiligen Feuers«, sagte Mom und verlor merklich an Farbe. »Aber Vulcanus kann ebenfalls Flammen kontrollieren.«

»Ich verstehe das nicht«, rief Delilah aus. »Warum sollte Minerva sich überhaupt mit irgendwem verbünden? Nayla ist doch durch den Fluch geschützt. Und gibt es nicht auch dieses Gesetz, das es den Göttern verbietet, die Nachkommen anderer Götter umzubringen?«

Quintus verzog das Gesicht, als wäre ihm Dees Anwesenheit immer noch zuwider. Ich hingegen konnte nur staunen, wie mühelos Delilah meine neue Identität akzeptierte.

»Ob Nayla noch immer durch den Fluch geschützt ist, wissen wir erst, wenn jemand sie tödlich verletzt«, sagte Cyrian leise. »Wir können uns nicht mehr darauf verlassen.«

Mare legte Cyrian die Hand auf den Unterarm und sah ihn eindringlich an. Er erwiderte ihren Blick, während er ihr offenbar wortlos etwas mitteilte, das nur für sie bestimmt war.

Mein Magen zog sich schmerzhaft zusammen, als ich erneut die Vertrautheit zwischen den beiden registrierte. Wer war diese Frau? Kannten die beiden sich schon lange? Waren sie möglicherweise sogar mehr als Kampfgefährten? Der Gedanke sorgte dafür, dass mir fast das Mayonnaise-Schokoladen-Gemisch wieder hochkam.

»Ich glaube nicht an diese Theorie«, ließ Quintus uns erneut wissen und verschränkte die Arme. »Minerva ist eine Strategin. Sie braucht keine Hilfe, um ihre Ziele durchzusetzen.«

Mare und mein Vater nickten zustimmend, wohingegen Cyrian, Phil und meine Mutter nicht überzeugt wirkten.

Mir war klar, dass wir uns im Kreis drehten. So kamen wir kein Stück weiter. Nachdenklich betrachtete ich die ausgebreiteten Dokumente auf dem Tisch. »Und habt ihr etwas über …« Ich stockte, weil ich wesentlich mehr Schwierigkeiten mit der Formulierung hatte als meine beste Freundin. »Habt ihr irgendetwas über meine Kräfte herausgefunden?«

Bedauernd schüttelte mein Vater den Kopf. »Tut mir leid, Kleines. Ich fürchte, was das betrifft, stehen wir immer noch ganz am Anfang.«

»Nichtsdestotrotz ist Nayla unsere stärkste Waffe im Kampf gegen Minerva«, warf Quintus ein.

Mir klappte die Kinnlade runter.

»Nayla ist keine Waffe.« Cyrians Stimme war leise, was sie umso bedrohlicher klingen ließ.

»Wenn sie lernt, ihre Kräfte gezielt einzusetzen, könnte sie aber eine sein«, erwiderte Quintus unbeeindruckt. »Sie wird sich mühelos gegen jeden Angreifer zur Wehr setzen können. Das wäre in unser aller Interesse. Wir dürfen ihr Potenzial nicht ignorieren.«

Mare nickte zustimmend. »Es wäre zumindest von Vorteil, wenn Nayla sich verteidigen könnte.«

»Ich könnte dir helfen, Schönste«, bot Phil an und zuckte mit den Schultern, als wäre das keine große Sache. »Ein bisschen Training schadet sicher nicht.«

Mein Blick flog zu Cyrian, der mich nun eindringlich ansah. Er schien wie ich eher zwiegespalten.

Dee hingegen hatte eine klare Meinung. »Nein!« Entschieden schüttelte sie den Kopf. »Du warst gerade erst tagelang bewusstlos, und ich denke, wir sind uns alle einig, dass das mit deiner geheimnisvollen Superkraft zu tun hat.«

»Ich halte das auch für keine gute Idee«, pflichtete Mom meiner besten Freundin bei und schaute mich besorgt an. »Euch zu retten, war zweifellos richtig. Aber es hat dich sehr viel Energie gekostet. Ich habe dich kaum noch gespürt, als ich hier eintraf.«

Ungerührt verdrehte Quintus die Augen. »Wenn ihr mich fragt, schwebte sie zu keiner Zeit in Lebensgefahr. Selbst wenn sie ihre Kraft nicht eingesetzt hätte, hätte sie das Feuer überlebt.«

Aber Cyrian nicht! Fassungslos starrte ich ihn an. Ich konnte nicht glauben, dass dieser Mann tatsächlich sein Vater war. Was für ein Kotzbrocken!

Leider hatte er in einem Punkt jedoch recht: Ich musste lernen, diese Kraft in mir zu kontrollieren, damit ich mich im Zweifelsfall selbst verteidigen konnte.

Also nickte ich, obwohl mir der Gedanke zutiefst widerstrebte. »Ich versuche es.«

Wahrscheinlich überraschte ich Quintus damit am meisten, denn er blinzelte verblüfft, bevor er sich wieder fing und seinem Sohn einen überlegenen Blick zuwarf.

Mein Vater schien meine Entscheidung ebenfalls gutzuheißen. Aufmunternd zwinkerte er mir zu. »Wir werden dich alle unterstützen.«

Ich holte tief Luft. »Dann ist das also der Plan?«, fragte ich mit zittriger Stimme. »Ihr observiert weiterhin die Schule und sucht nach den Sklaven, um ihren Herren zu identifizieren, während ich lerne, meine Kräfte zu kontrollieren?«

Sichtlich zufrieden lehnte Quintus sich in seinem Chefsessel zurück und nickte. »Das ist der Plan.«

XXXI

Nachdem wir geklärt hatten, dass ich lernen musste, meine Kräfte zu kontrollieren, zogen sich die Securitas an den großen Esstisch zurück, um die Einsätze in den kommenden Tagen festzulegen.

Da Phil jedoch noch nicht fit genug war, um sich an den Patrouillen zu beteiligen, und ihn die strategische Planung ohnehin langweilte, schlug er vor, Delilah zu Matt zu fahren, damit er sie nicht extra abholen musste. Dankbar nahm Dee das Angebot an und suchte schnell ihre Sachen zusammen, während Phil und ich auf sie warteten.

Als Dee kurz darauf aufbruchsbereit war, verabschiedete ich mich mit einer festen Umarmung von meiner Freundin. »Ich bin so froh, dass ich dich habe«, flüsterte ich ihr ins Ohr.

»Immer.« Dees Stimme klang belegt. Sie drückte mir einen Kuss auf die Wange und lächelte mich an, ehe sie mit Phil nach draußen ging.

Einen Moment lang stand ich etwas verloren im Eingangsbereich des Bella Blue herum. Kurz überlegte ich, unter einem fadenscheinigen Vorwand in die Küche zu spazieren. Aber ich hatte Angst, dass meine Eltern mich sofort durchschauen würden, wenn ich auch nur einen Blick in Cyrians Richtung warf. Also zügelte ich meine Sehnsucht nach ihm und kämpfte mich stattdessen die Treppe hoch, um nach meinem Bruder zu sehen. Zu spät stellte ich fest, dass ich gar nicht wusste, in welchem Zimmer Victor schlief.

Unsicher trat ich in den Flur und musterte die Türen. Natürlich könnte ich einfach mein Glück versuchen. Allerdings widerstrebte mir der Gedanke, einfach in die Privatsphäre meiner Wächter einzudringen.

»Es ist die zweite Tür links.«

Cyrians warme Stimme versetzte mein Herz augenblicklich in Aufruhr, und die Tatsache, dass er mir heimlich gefolgt war, trieb meinen Puls noch weiter in die Höhe.

Langsam drehte ich mich um.

Er stand etwa drei Meter hinter mir, nicht so nah, wie ich es mir gewünscht hätte, aber immerhin weit genug von der Treppe entfernt, um ungestört zu sein.

»Geht es dir gut?«, fragte er leise. Seine Miene war immer noch verschlossen, als würde er sich krampfhaft darum bemühen, seine wahren Gefühle zu verbergen. Aber seine Augen verrieten ihn. Denn in dem satten Grün schimmerte die gleiche Sehnsucht, die auch ich empfand.

Mehr brauchte ich nicht zu wissen.

Ohne nachzudenken, setzte ich mich in Bewegung. Ich tat einfach, wonach mein Herz in diesem Moment am meisten verlangte. Und bevor Cyrian mich aufhalten konnte, hatte ich die Arme um seinen Nacken geschlungen und meine Lippen auf seinen Mund gepresst.

Cyrian stand stocksteif da. Weder erwiderte er meinen Kuss, noch stieß er mich von sich. Er schien mit meiner Initiative vollkommen überfordert zu sein. Ehrlich gesagt war ich selbst überrascht, denn das entsprach ganz und gar nicht meinem Naturell. Aber meine Sehnsucht nach ihm war so stark, dass ich mich schlichtweg weigerte, mich jetzt verunsichern zu lassen.

Vernunft hin oder her.

Das, was ich für Cyrian empfand, war mehr, als ich je für einen anderen empfunden hatte. Ich wollte mir das nicht kaputt machen lassen.

Von niemandem. Nicht einmal von einer nachtragenden Göttin. Cyrian musste einfach begreifen, dass ich keine Angst vor Minerva hatte – und auch nicht vor diesem dämlichen Fluch.

»Cyrian«, wisperte ich dicht vor seinem Mund. »Es ist okay.«

Als hätte er nur auf diese Worte gewartet, ging plötzlich ein Ruck durch seinen Körper. Er fluchte leise, doch dann schlang er die Arme um mich und versiegelte unsere Lippen. Und – *bei den Göttern!* – dieser Kuss war sogar noch intensiver als der im Wald.

Seine Lippen waren weich, aber gleichzeitig schienen sie alles von mir zu fordern. Sie neckten mich und lockten Laute aus mir hervor, die mir vollkommen fremd waren.

Als er sanft in meine Unterlippe biss, grub ich die Finger in sein Haar. Der Druck seiner Arme um mich verstärkte sich, und er zog mich noch dichter zu sich heran. Ein Kribbeln jagte durch meinen Körper und verwandelte sich in Verlangen, das jeden sinnvollen Gedanken in mir zum Stillstand brachte.

Ich konnte Cyrian fühlen. Seine Kraft, seine Hitze, …

Sein Geruch vernebelte meine Sinne, berauschte mich. Und doch war es nicht genug.

Plötzlich verlor ich den Boden unter den Füßen, im wahrsten Sinne des Wortes.

Cyrian hob mich hoch und trug mich zu einer Tür, die er beiläufig öffnete und hinter uns wieder schloss. Sekunden später presste er mich gegen das Holz in meinem Rücken und drückte seinen Körper gegen meinen.

Nie hätte ich gedacht, dass es mir gefallen könnte, auf diese Art gehalten zu werden. Aber ich vertraute Cyrian. Ich wusste, dass er mir nicht wehtun würde.

Wie zur Bestätigung löste er die rechte Hand und strich über meine Seite. Er berührte mich so ehrfürchtig und vorsichtig, dass ich mich fühlte wie ein kostbarer Schatz. Gleichzeitig fachte er mein Bedürfnis, ihm noch näher zu sein, weiter an.

Ungeduldig schlang ich die Beine um seine Hüfte, und eine Hitzewelle schoss durch meinen Leib, als ich spürte, wie sehr er mich wollte.

Ich wollte ihn auch. Mein Verlangen nach ihm war so stark, dass es fast körperlich schmerzte.

Ist es dir das wert?

Die Stimme in meinem Kopf brachte mich aus dem Konzept. Weder gehörte sie mir, noch kannte ich sie – und doch war sie mir merkwürdig vertraut. So, als hätte ich sie schon einmal gehört.

Erinnere dich, Donatella!

Ich zuckte zusammen, als mir wirre Bilder durch den Kopf schossen. Bilder von einem blühenden Paradies und einer Lichtgestalt, die geradezu überirdisch schön war. Einer Göttin gleich.

Venus.

Ach, du Scheiße!

»Nayla?« Cyrian zog den Kopf zurück. Lust verschleierte seinen Blick, ließ seine Augen dunkler erscheinen. Seine Lippen waren feucht von unserem Kuss, und sein Atem ging stoßweise. Doch er bemerkte sofort, dass etwas nicht stimmte. »Was hast du?«

Du wirst sterben, und mein treuer Krieger wird seine göttliche Kraft einbüßen.

Meine Lungenflügel zogen sich so schnell zusammen, dass mir schlagartig speiübel wurde. Ich schnappte nach Luft, aber ich bekam einfach keinen Sauerstoff in meine Lungen.

Cyrian verlor keine Zeit. Ohne mich loszulassen, drehte er sich um und trug mich zu einem Bett. Behutsam setzte er mich auf der Kante ab und ging vor mir in die Knie. »Bitte, Nayla, rede mit mir.«

Aufgewühlt schlang ich die Arme um meinen Oberkörper. Ich zitterte wie Espenlaub, während nackte Panik von mir Besitz ergriff.

Phil hatte mir erklärt, was es mit dem Fluch auf sich hatte. Cyrian war von Anfang an wachsam gewesen, hatte versucht, die Distanz zwischen uns zu wahren. Meine Eltern hatten mich immer wieder gewarnt. Ich kannte Valerias Geschichte, wusste, wie ihre Liebe und ihr Leben endeten. Und doch hatte ich es einfach nicht wahrhaben wollen.

Aber aus dem Mund einer Göttin blieb kein Raum für Zweifel. Wenn Cyrian und ich uns noch einmal so nahe kamen wie gerade eben, war ich dem Tod geweiht. Und wenn die Göttin mir ihre Worte ausgerechnet jetzt ins Ohr gepflanzt hatte, konnte das nur eins bedeuten: Sie beobachtete uns.

Mir gefror das Blut in den Adern. »Kannst …?« Nervös befeuchtete ich meine Lippen. »Hast du deine Gabe noch?«

Eine tiefe Falte erschien auf Cyrians Stirn. »Sicher, wieso?«

»Probier es aus«, verlangte ich.

Ich konnte die Skepsis in seiner Miene sehen. Aber er hob die Hand und ließ den Zeigefinger kreisen, woraufhin eine kühle Brise über meine erhitzten Wangen strich. Sie brachte den Duft des Waldes mit sich und etwas, das ganz nach Cyrian roch.

Erleichtert schloss ich die Lider.

»Warum fragst du mich das?«, wollte Cyrian wissen.

Als ich nicht antwortete, legte er mir die rechte Hand auf den Oberschenkel. Dieselbe, die gerade noch sanft meine Kurven erkundet hatte. Wieder schoss ein Prickeln meine Wirbelsäule hinauf.

Ich sog scharf die Luft ein. »Nicht.«

Cyrian erstarrte. Ein verletzter Ausdruck huschte über seine Züge, ehe er langsam die Hand zur Faust ballte und den Arm zurückzog. »Tut mir leid.«

Ich schüttelte den Kopf, während mir Tränen in die Augen schossen. »Es soll dir nicht leidtun. Niemals.«

Stille legte sich über den Raum, während wir einander ansahen. Erst war da nur Verwirrung in seiner Miene. Doch allmählich sickerte die Erkenntnis zu ihm durch.

»Wir dürfen das nicht mehr tun«, sagte er leise.

Ich biss mir auf die Unterlippe, um mich von dem Schmerz abzulenken, der mein Herz durchschnitt. Dann nickte ich.

Abrupt stand Cyrian auf und brachte Abstand zwischen uns. Er wandte mir den Rücken zu, als könnte er meinen Anblick nicht länger ertragen.

Meine Nasenspitze piekte. Schnell konzentrierte ich mich auf die Umgebung, um mich von den Tränen abzulenken.

Das Zimmer war genauso groß wie das, in dem ich geschlafen hatte. Die Fenster waren ebenfalls bodentief und erfüllten den Raum mit hellem Tageslicht, weshalb er trotz der Betonoptik der Wände und seines dunklen Interieurs nicht zu trist wirkte.

Im Gegensatz zu dem anderen Zimmer war dieses hier jedoch wesentlich maskuliner eingerichtet. Das große Bett, auf dem ich saß, verfügte über eine Rückenlehne aus geknöpftem Leder. Daneben stand eine schwarze Kommode, auf der sich verschiedene Zettel verteilten, durch deren Ruckseiten gestrichelte Linien durchschimmerten. Vermutlich waren das Cyrians Skizzen. Unwillkürlich fragte ich mich, was er wohl zuletzt gezeichnet hatte, doch dann wurde mir klar, dass ich darauf wohl niemals eine Antwort erhalten würde.

Traurig wandte ich mich ab und betrachtete den großen Schreibtisch, der sich gegenüber vom Bett befand und mit dem neusten technischen Equipment ausgestattet war. Ein riesiger Flachbildmonitor stand in der Mitte der Tischplatte. Neben unzähligen Kugelschreibern und Bleistiften entdeckte ich darauf auch eine Kaffeetasse und einen Teller, auf dem nur noch ein paar Krümel lagen. Den Sessel vor dem Fenster schien Cyrian spontan zum Kleiderschrank umfunktioniert zu haben, denn er war vollgepackt mit Klamotten. Obwohl die Situation total deprimierend war, musste ich plötzlich lächeln, als mir klar wurde, dass er zumindest in seinem eigenen Reich ein kleiner Chaot war.

Mein Blick wanderte zu Cyrian, der mir immer noch den Rücken zukehrte und sich nun mit kräftigen Zügen über das Gesicht rieb.

Dann wirbelte er unvermittelt zu mir herum und musterte mich kühl. »Und verrätst du mir auch, woher dein plötzlicher Sinneswandel kommt?«

Offen gestanden war ich mir nicht sicher, ob es klug war, Cyrian in das Gespräch mit der Göttin der Liebe einzuweihen. Aber nachdem ich mich ihm gerade an den Hals geworfen hatte, nur um ihn Minuten später doch abblitzen zu lassen, verdiente er zumindest eine Erklärung.

»Als ich bewusstlos war«, fing ich zögernd an, »da hatte ich eine Art Vision. Aber bis eben hatte ich es vergessen.«

»Vergessen«, wiederholte Cyrian trocken.

Ich nickte beklommen. »Das Letzte, woran ich mich erinnern konnte, war, dass ich im Wald umgekippt bin. Und dann bin ich hier aufgewacht. Ich dachte, ich hätte einfach einen Blackout, wie damals nach dem Autounfall. Aber sie hat mich gezwungen, mich wieder zu erinnern.«

»Sie?«

»Venus«, flüsterte ich.

Cyrian wich so abrupt zurück, als hätte ich ihm eine schallende Ohrfeige verpasst. »Du hattest eine Vision von *Venus*?«

Wieder nickte ich. »Sie hat mich zu sich in ihr Reich gerufen, und wir haben geredet.« Meine Sicht verschwamm, weil mir von Neuem Tränen in die Augen schossen. »Sie hat mich gewarnt, Cyrian.« Eine Träne löste sich aus meinem Augenwinkel und rollte mir über die Wange. »Sie sagte, wir wären dabei, uns ernsthaft ineinander zu verlieben.«

Voller Unglauben starrte Cyrian mich an, doch er stritt es nicht ab. »Was hat sie noch gesagt?«

Ich lächelte traurig. »Zusammengefasst: Wenn das tatsächlich passiert, wird sich nicht nur Minervas Fluch erfüllen, du wirst auch deine Gabe verlieren. Das ist die Strafe für die Wächter, die sich nicht an ihre Regeln halten.«

Cyrian wurde blass. Mit einem Mal wirkte er so erschüttert, dass er es nicht einmal schaffte, seine Emotionen hinter einer stoischen Maske zu verbergen.

Weitere Tränen rannen mir über die Wangen, als pure Verzweiflung ihre Krallen in mein Herz schlug. Schließlich hatte sich nichts an meinen Gefühlen für Cyrian geändert, nur weil ich mich plötzlich erinnern konnte. Ich wollte trotzdem noch mit ihm zusammen sein, und ich bezweifelte, dass wir jegliche Zuneigung einfach per Knopfdruck abschalten konnten. Allerdings wäre es ziemlich dumm, die Warnung einer Göttin zu ignorieren.

»Ich werde mich zurück nach Capua versetzen lassen«, sagte Cyrian tonlos.

»Was?« Bevor ich mich zurückhalten konnte, war ich aufgesprungen und hatte die Distanz zwischen uns überwunden. Ich wollte die Hand nach ihm ausstrecken, ihn berühren. Aber ich schaffte es gerade noch, mich zurückzuhalten. Stattdessen schüttelte ich lediglich den Kopf. »Nein.«

»Wir müssen uns voneinander fernhalten, Nayla.«

»Ja, aber deshalb musst du doch nicht gleich das Land verlassen.«

Er stieß ein bitteres Lachen aus. »Das wäre aber am vernünftigsten.«

Ich unterdrückte ein abfälliges Schnauben. Vernunft würde den Fluch auch nicht aufhalten können. Das hatten bestimmt schon andere vor uns versucht. Minerva würde sich wahrscheinlich schlapp lachen. Egal, ob Cyrian rational handelte und nach Capua zurückkehrte oder ob wir das Risiko eingingen – sie würde in jedem Fall gewinnen.

Andererseits hatte Venus mir ebenfalls den Rat gegeben, mich von Cyrian fernzuhalten.

Plötzlich fiel mir auch wieder der zweite Teil unserer Unterhaltung ein. Bei dem Gedanken daran rutschte mir das Herz in die Hose. Ich durfte diese Kraft in mir nicht noch einmal benutzen. Aber wie sollte ich das schaffen, wenn es nur einen Menschen auf der Welt gab, dem es gelang, mich zu beruhigen, sobald meine Emotionen überkochten?

»Du darfst nicht gehen.« Entschlossen wischte ich mir über die Wangen. »Ich brauche dich hier. An meiner Seite.«

Cyrian verzog das Gesicht. »Das ist Selbstmord, Nayla.«

»Nein. Wir kriegen das hin.« Ich lächelte ihn tapfer an. »Wir können einfach Freunde sein. Mit der Zeit wird es bestimmt leichter.«

Wir beide hörten die Lüge in meinen Worten. Gar nichts würde leichter werden. Trotzdem konnte ich Cyrian nicht gehen lassen.

Frust flackerte in seinen Augen auf. Er biss so fest die Zähne aufeinander, dass seine Kiefermuskeln hervortraten.

Ein letztes Mal ignorierte ich das Verbot und tat, wonach mein Herz verlangte. Ich legte die Arme um seine Mitte, schmiegte mich an ihn und inhalierte seinen vertrauten Geruch nach Moos und Wald. Ich konnte seinen donnernden Herzschlag hören. Niedergeschlagen schloss ich die Augen und versuchte, mir den Rhythmus einzuprägen.

»Bitte, verlass mich nicht, okay?«

Cyrian regte sich nicht. Er antwortete auch nicht, und ich hatte schon Angst, dass er mich von sich schieben würde. Doch dann entspannte sich sein Körper. Zwar nahm er mich nicht in den Arm, aber immerhin kapitulierte er, und das geflüsterte Wort, das seine Lippen verließ, schenkte mir den Trost, den ich gerade mehr als alles andere brauchte:

»Okay.«

XXXII

Obwohl ich mir nicht zu hundert Prozent sicher war, ob Cyrian sein Versprechen halten würde, bedrängte ich ihn nicht weiter, sondern ließ mich von ihm zu dem Zimmer führen, in dem Victor schlief. Vor der Tür hielt er noch einmal inne.

»Du solltest bald anfangen zu trainieren«, sagte er leise.

Ausdruckslos sah ich ihn an. »Dann hältst du das auch für eine gute Idee?«

Er stieß ein Lachen aus, das keineswegs amüsiert klang. »Selbstverteidigung ist immer eine gute Idee.« Langsam trat er einen Schritt zurück, ballte die Hände zu Fäusten und schaute auf einen Punkt an der Wand hinter mir. »Phil ist ein guter Lehrer. Du kannst viel von ihm lernen.«

Seine Worte waren sanft. Deshalb schmerzten sie umso mehr.

Ohne auf meine Erwiderung zu warten, drehte er sich um und ging wieder zu den anderen Securitas zurück.

Ich unterdrückte den Impuls, ihm nachzuschauen, und schlüpfte ins Zimmer, wo ich mich an meinen schlafenden Bruder kuschelte und mich meinem Liebeskummer ergab, bis er schließlich aufwachte.

Victors Freude, mich wiederzusehen, zerstreute zumindest für kurze Zeit die Traurigkeit in mir. Voller Begeisterung erzählte er mir von seiner Reise und den Dingen, die er erlebt hatte.

Als Dad uns nach einer halben Stunde abholte, machten wir uns zusammen mit Mom auf den Heimweg.

Philemon begleitete uns. Sein Gang war schleppend, und einmal mehr packte mich das schlechte Gewissen, weil ich seine Schmerzen verursacht hatte.

»Es tut mir so leid, Phil.«

»Hör auf, dich zu entschuldigen, Schönste. Du hast mir ja nicht absichtlich die Rippen gebrochen.« Er grinste schief. »Das hoffe ich jedenfalls.«

Sein Witz prallte wirkungslos an mir ab.

Seufzend legte er den Arm um mich. »Jetzt mach dir keinen Kopf. In ein paar Tagen bin ich wieder komplett hergestellt, und dann beginnen wir gleich mit dem Training. Einverstanden?«

Erneut schoss mir die Warnung der Göttin durch den Kopf. Ich war ein impulsiver Mensch, und als solcher neigte ich leider dazu, aus der Haut zu fahren. Wenn ich aber überleben oder zumindest eine Chance haben wollte, musste ich unbedingt einen Weg finden, meine emotionale Seite zu unterdrücken. Vielleicht würde mir das Training tatsächlich dabei helfen.

Entschlossen nickte ich. »Klar.«

Phil strahlte mich an. »Großartig. Ich freue mich drauf.«

Ich wünschte, ich hätte seinen Enthusiasmus teilen können. Aber ich schaffte es gerade mal, mich zu einem Lächeln durchzuringen.

Während meine Eltern und Victor kurz darauf direkt ins Haus gingen, blieb ich noch kurz vor der Tür stehen, um mich von Phil zu verabschieden.

Er schien allerdings keine Lust zu haben, schon wieder den Heimweg anzutreten. »Wie sieht's aus? Soll ich dir noch ein bisschen Gesellschaft leisten?«

Überrascht schaute ich ihn an. »Musst du nicht zurück?«

»Schon.« Phil schnitt eine Grimasse. »Aber Quintus macht mich noch wahnsinnig mit seinem Herumkommandieren. Außerdem haben Cyrian und Mare einiges zu besprechen. Ich schätze, die beiden werden noch für eine Weile beschäftigt sein.«

Ich versteifte mich, was Phil natürlich nicht entging.

Bestürzt biss er sich auf die Lippe. »Oh, verdammt. Vergiss, was ich gerade gesagt habe. Das war dämlich.«

»Nein, schon gut.« Keine Ahnung, wie ich die Worte herausbrachte, ohne in Tränen auszubrechen. »Das ist in Ordnung. Ehrlich.«

Phil musterte mich zweifelnd. »Sicher?«

Ich nickte bloß, weil sich meine Kehle plötzlich wie zugeschnürt anfühlte.

»Den Göttern sei Dank«, murmelte Phil und lächelte mich erleichtert an. »Ich war mir nicht sicher, wie du nach der Sache im Wald auf Mare reagieren würdest. Aber ich bin froh, dass du das so locker siehst.«

Na klar! Ich war geradezu tiefenentspannt. Was machte schon eine hübsche Kriegerin mehr oder weniger, wenn ich Cyrian sowieso nicht haben durfte?

Schon wieder begannen meine Augen zu brennen. Hastig wandte ich mich ab, damit Phil es nicht mitkriegte. »Du kannst gern mit reinkommen«, sagte ich betont ruhig, während ich krampfhaft versuchte, das Zittern in meiner Stimme zu verbergen. »Ich will nur kurz nach den Tieren sehen.«

»Was dagegen, wenn ich so lange in der Küche warte?«, fragte Phil.

»Nein, warum?«

»Versteh mich nicht falsch, Schönste. Du und die Tiere, das hat schon was. Die Füchse sind ja auch ganz niedlich. Aber dieser Kojote ist ein echtes Mistvieh. Er knurrt jeden an, der sich auch nur in die Nähe seines Geheges wagt. Schätze, wenn Cyrian nicht gewesen wäre, wäre er lieber verhungert, als sich von uns helfen zu lassen.«

Überrascht hob ich den Kopf. »Cyrian hat sich um Silver gekümmert?«

Phil zuckte mit den Schultern. »Einer musste es ja tun.«

Als ich kurz darauf bei den Gehegen ankam, stellte ich fest, dass Cyrian sich nicht nur um Silvers Nahrung gekümmert, sondern auch seinen Verband gewechselt hatte. Wie er das hingekriegt hatte, ohne gebissen zu werden, war mir allerdings ein Rätsel.

Mein Blick blieb an der Wolldecke hängen, die auf dem Strohlager ausgebreitet war. Amüsiert verzog ich die Lippen. Silver lebte in der freien Natur. Er brauchte bestimmt keine Decke. Trotzdem ließ mich der Gedanke lächeln, dass Cyrian sich darum bemüht hatte, es dem verletzten Kojoten so bequem wie möglich zu machen.

Weil er wusste, dass es mir wichtig war.

Ich spürte, wie mir erneut Tränen in die Augen stiegen, weshalb ich mich schnell auf die anderen Tiere konzentrierte. Auch denen schien es gut zu gehen. Die Füchse flitzten munter durch ihr Gehege, und Thorn hatte weiter zugenommen.

Einigermaßen beruhigt kehrte ich ins Haus zurück, wo Phil mit dem Rest meiner Familie ausgelassen herumalberte. Er saß am Küchentresen und ließ sich von Mom einen Kaffee servieren, während Dad und Victor Pizza zubereiteten.

Ich schob mich neben Phil auf den Barhocker und gab vor, dem Gespräch zu lauschen. Dabei drang rein gar nichts bis in mein Gehirn vor. Obwohl ich mich ein bisschen schuldig fühlte, war ich erleichtert, als Phil nach dem Essen von Quintus zurückbeordert wurde und ich mich endlich in meinem Zimmer verkriechen konnte.

Kraftlos rollte ich mich auf dem Bett zusammen und ließ den Tränen freien Lauf, die ich in Anwesenheit der anderen zurückgehalten hatte.

Venus hatte behauptet, dass es noch nicht zu spät war und meine Gefühle für Cyrian noch nicht tief genug reichten. Aber ich fühlte mich wie ausgehöhlt. Mein Herz schien jetzt schon gebrochen zu sein. Ich konnte mir nicht vorstellen, dass es je wieder heilen würde. Wie mochte es mir erst ergehen, wenn sich eines Tages mein Schicksal erfüllte?

Meine Gedanken drehten sich unentwegt im Kreis. Irgendwann musste ich eingeschlafen sein, denn als ich meine verquollenen Lider öffnete, war bereits die Nacht hereingebrochen. Mondlicht schien durch die Fenster meines Zimmers, und jemand hatte mir eine Wolldecke übergelegt.

Ich wollte mir gerade die Decke über den Kopf ziehen und all meine Probleme einfach aussperren, als ich plötzlich ein hohes Gurren hörte.

Verwirrt setzte ich mich auf und lauschte.

Das Geräusch kam aus dem Wald und klang wie der Ruf einer Eule.

Silver heulte.

Die Decke um meine Schulter geschlungen, trat ich langsam ans Fenster und spähte in die Nacht hinaus. Im ersten Moment konnte ich außer den Umrissen der Bäume nicht viel erkennen. Doch dann löste sich ein Schatten aus dem Dickicht.

Mein Puls beschleunigte sich, als ich den Mann erkannte. Es war der Anführer der Band, die uns im Wald angegriffen hatte. *Briggs* hatte Preston ihn genannt. Sein Gesicht war gespenstisch weiß. Fast so hell wie das Gefieder der Ostkreischeule, die mit majestätischer Anmut auf seinem ausgestreckten Arm saß. Sie sah genauso aus wie der Vogel, den ich damals mit Cyrian im Wald gesehen hatte.

Ich war noch dabei, diesen Anblick zu verdauen, da verließen weitere Gestalten den Schutz der Dunkelheit.

Hitze explodierte in mir, als mein Instinkt losschrillte. Der Drang, mich selbst zu schützen, indem ich meine Feinde pulverisierte, war derart überwältigend, dass ich Mühe hatte, meine Gedanken zu fokussieren. Verzweifelt krallte ich mich in der Decke fest und zwang mich, ruhig zu atmen. Ich durfte jetzt nicht die Nerven verlieren.

Angespannt beobachtete ich, wie insgesamt fünf Männer vortraten und in einer Linie stehen blieben. Jeder einzelne von ihnen fixierte mich mit irrem Blick. Genau wie Miss Evenson in der Gasse.

Geschlossen traten sie einen Schritt nach vorn.

Doch weiter kamen sie nicht.

Natürlich! Die Barriere ließ sie nicht passieren.

Obwohl ich hier sicher war, peitschte Furcht durch meine Adern, und wieder loderte das Feuer in mir auf. Aber ich durfte nicht zulassen, dass mich die Panik überwältigte und ich die Kontrolle verlor.

Denn genau davor hatte Venus mich gewarnt. Und sie hätte sich bestimmt nicht die Mühe gemacht, mit mir zu sprechen, wenn ich sowieso keine Chance gegen Minerva hatte.

Ich blinzelte überrascht, weil mir dieser Gedanke zuvor noch gar nicht in den Sinn gekommen war.

Das Gespräch mit der Göttin hatte einen tristen und hoffnungslosen Nachgeschmack hinterlassen. Aber nun wurde mir klar, dass sie mich nicht ohne Grund zu sich gerufen haben konnte. Hatte ich vielleicht etwas Entscheidendes übersehen?

Vage erinnerte ich mich daran, dass mir ihre Wortwahl im Hinblick auf meine Kräfte seltsam vertraut vorgekommen war. Sie hatte gesagt, dass diese Macht in mir sogar stärker war als eine einzelne Göttin. Was bedeutete, dass sie sogar Minervas Fluch überbieten würde.

Allerdings würde ich sterben, wenn ich meine Kraft einsetzte. Und das, obwohl ich eigentlich unsterblich war.

»Niemand ist unsterblich«, murmelte ich vor mich hin und schnappte nach Luft, als mir wieder einfiel, woher ich diesen Satz kannte.

Dieselben Worte hatte Valeria in ihrem Brief verwendet. Für sie war die Tatsache, dass selbst ein Gott unter gewissen Umständen sterblich war, der unumstößliche Beweis dafür, dass auch der Fluch gebrochen werden konnte.

Niemand scheitert je wahrhaftig.

Mein Puls begann zu rasen. Hatte Venus mir das sagen wollen? Dass es trotz aller Aussichtslosigkeit eine Chance für mich gab?

Die Eule stieß ein wütendes Kreischen aus.

Meine Feinde wurden langsam unruhig. Aber noch hielt der Schutzwall stand.

Ein kaltes Lächeln hob meine Mundwinkel, als ich spürte, wie mich neue Zuversicht durchflutete. Minerva täuschte sich, wenn sie glaubte, ich wäre bloß ein weiteres Opfer in einer endlosen Ahnenreihe und einzig dazu bestimmt, ihre Rachegelüste zu befriedigen.

In mir floss die Macht der Götter. Ich würde lernen, sie zu bändigen. Und wenn ich das geschafft hatte, würde ich verdammt noch mal einen Weg finden, diesen Fluch zu brechen.

Das war vielleicht nicht das Schicksal, das einem Erben des Aeneas vorherbestimmt war. Aber es war *mein* Schicksal, und ich würde alles dafür tun, damit es in Erfüllung ging.

EPILOG

Minerva, die Göttin der Weisheit und Strategie, stand am Fußende des Bettes und blickte auf den jungen Mann herab, der sich rastlos im Schlaf umherwälzte.

Er war genauso hübsch anzusehen wie sein Vater, von kräftiger Statur und gut trainiert. Schweiß bedeckte seinen Körper und glänzte im Mondschein. Seine Züge waren verzerrt. Ob vor Schmerz oder vor Kummer, vermochte Minerva nicht zu sagen. Menschliche Gefühle waren für sie belanglos geworden, als sie Élyssa an diesen heuchlerischen Flüchtling aus Troja verlor. Seither verfolgte sie seine Erben ohne Erbarmen, und wann immer der Fluch allein nicht ausreichte, half sie eben nach.

Venus mochte sich für clever gehalten haben, Aeneas' Nachkommen besondere Wächter zur Seite zu stellen. Aber letztlich hatten sie jedes Mal versagt.

Niemand konnte Minervas göttlichem Zorn entfliehen. Obgleich sich die letzte Generation der Securitas als erstaunlich trickreich erwiesen hatte.

Abfällig verzog sie die Lippen. Sie hatte immer geahnt, dass sie vor siebzehn Jahren betrogen worden war. Dieser törichte Servus, der Valerias Tod herbeigeführt hatte, hatte sich täuschen lassen. Das ungeborene Kind war bei dem Angriff nicht wie geplant ums Leben gekommen.

Stattdessen war es im Verborgenen zu einer kleinen Schönheit herangewachsen, die der Göttin der Liebe in geradezu lächerlichem Ausmaß ähnelte. Nicht nur, was ihr Aussehen betraf, sondern vor allem in Bezug auf ihren Charakter. Sie konnte mitfühlend und sanft sein, wenn es um wehrlose Geschöpfe ging, war aber auch impulsiv und eifersüchtig.

Bei ihren Studien hatte Minerva zudem Eigenheiten von Mars in dem Mädchen ausmachen können, denn es zeigte sich dickköpfig und leicht reizbar, ganz wie sein kriegerischer Vorfahre.

Womit Minerva jedoch nicht gerechnet hatte, war die Tatsache, dass Aeneas' Erbin über besondere Kräfte verfügte. Das war ein Novum, und die Gründe für diese Veränderung stellten die Göttin noch immer vor ein Rätsel.

Gut, dass sie Vorkehrungen getroffen hatte.

Der Krieger warf unruhig den Kopf hin und her. Er würde nicht aufwachen, dafür hatte Minerva gesorgt. Allerdings verfügte er über hervorragende Instinkte. Wahrscheinlich spürte er, dass er nicht allein war.

Minerva lächelte.

Dieser Securitas hatte keine Ahnung von seiner wahren Herkunft. Niemand wusste es oder schöpfte gar Verdacht. Denn dieses Geheimnis hatte sie gehütet wie einen kostbaren Schatz. Nicht mehr lange und er würde ihr zu Diensten sein.

Zufrieden löste Minerva sich auf. Ihre Stimme verblasste bereits, als die geflüsterten Worte ihre Kehle verließen. »Bald, mein Sohn.«

DANKSAGUNG

Ich erinnere mich noch genau an den Abend, an dem ich neben meinem Mann auf dem Sofa saß und mich die Idee zu »Nayla« wie ein Blitz traf. Und weil er der wunderbarste Mensch der Welt ist, hat er mich nur mit diesem besonderen Lächeln bedacht, in dem die Frage mitschwang, worauf ich noch warte. Seither sind wahnsinnig viele Tage und Nächte ins Land gegangen, die ich mit Nayla und ihren Wächtern verbracht habe. Das wäre nicht möglich gewesen ohne die uneingeschränkte Unterstützung und das Verständnis meiner Familie.

Mika, ich danke dir von Herzen, dass du mir in unserem chaotischen Familienalltag Freiräume zum Schreiben geschaffen hast, dass du mir stundenlang zugehört hast (sogar dann, als ich meine wirren Gedanken selbst nicht mehr nachvollziehen konnte) und dass du mich immer bestärkst und ermutigst, auch mal etwas Neues zu wagen.

Ich danke meinen Kindern, die mich jeden Tag mit so vielen kleinen und großen Gesten inspirieren. Auch wenn es manchmal so wirkt, als wäre ich geistig gar nicht anwesend, ihr seid der Mittelpunkt meiner Welt, ganz egal, wo sie sich befindet. Vergesst das nie!

Nayla hat so viele besondere Personen an ihrer Seite, die ihr helfen und ihr mit Rat und Tat zur Seite stehen. Ich bin dankbar und glücklich, dass ich von mir das Gleiche sagen kann. Mama, Mopi, Sanni und Nana, ich danke euch von Herzen für euren Zuspruch, eure Freude und eure Geduld mit mir.

Ganz besonders möchte ich mich auch bei dem tollen Team im Ravensburger Verlag bedanken. Ich bin so stolz und glücklich, dass ihr mich zu einer RavensQueen gemacht habt. Auch dir, liebe Tamara, danke für dieses wahnsinnig tolle Lektorat und deine hilfreiche Kritik.

Ich danke auch meiner Agentin Leonie Schöbel, die von Anfang an voller Begeisterung für dieses Projekt war, obwohl das Genre ganz neu für mich ist.

Und natürlich sende ich allen Leserinnen und Lesern ein riesiges Dankeschön, dass ihr mit Nayla in die römische Mythologie eingetaucht seid. Ich hoffe, ihr hattet eine tolle Zeit und seid gespannt, wie es weitergeht …

Eure Greta

GRETA MILÁN
Before Destiny
DER SCHWUR DER GÖTTIN
Ravensburger